Anthony Burgess

Enderby

Die Stiefmutter / Die Muse

Ein Doppel-Roman

Aus dem Englischen übersetzt
von Wolfgang Krege und
Joachim Kalka

– Klett-Cotta –

Die Stiefmutter

Deutsch von Wolfgang Krege

Für D'Arcy Conyers

– Allons, dernier des poètes,
Toujours enfermé tu te rendras malade!
Vois, il fait beau temps, tout le monde est dehors,
Vas donc acheter deux sous d'ellébore,
Ça te fera une petite promenade.

Jules Laforgue, *Dimanches*

Erster Teil

Kapitel Eins

1 Pfffrrrammmmp! Und ein glückliches Neues Jahr, Mr. Enderby! Der Wunsch ist jedoch beiderseits müßig, denn für Ihre nächtlichen Besucher ist dieses Jahr schon uralt. Das Geflüster und Gefummel, Rascheln und Dielenknarren in Ihrem Schlafzimmer, das sind wir, die Nachgeborenen, die Sie so erwartungsvoll angedichtet haben. Gratuliere, Mr. Enderby, Ihr Ball ist über die Mauer gekommen. Wenn Sie jetzt an einer dieser Regungen des Zwölffingerdarms oder des Pförtners aufwachen, die für uns eine ebenso herbe Würze des Literaturunterrichts sind wie Johnsons Skrofulose, Swifts Skatophobie oder Keats' todesvoranmeldender Blutsturz, dann denken Sie bitte nicht, das wären Gespenster, die da wispernd und knisternd um Ihr Bett stehen. Ein Gespenst muß erst einmal gestorben sein, oder wenigstens geboren.

Pörrrrrp.

Ein Afterwort Enderbys für die Nachwelt. Faß ihn nicht an, Priscilla! Mr. Enderby ist kein Stück zum Begrabschen, er ist ein großer Dichter, der schläft. Nimm deine Dreckfinger aus seinem Mund, bitte, Alberta! Er hat den Mund nicht auf, damit du Zahnarzt spielen kannst, sondern weil er dadurch nämlich atmet. Die Nase hier hat mit fünfundvierzig ihre beste Zeit als Sinnesorgan hinter sich, die schwarzen, zuckenden Löcher, jedes wie eine verkleinerte Achselhöhle, sind zu und verstopft. Die Welt der Gerüche wird thematisiert in seinen frühen Gedichten, ihr erinnert euch an die Seiten 1 bis 17 der Auswahl in unserem Lesebuch. Da finden wir frischgewaschenes Haar, Ginster, Essiggurken, Badesalz, Hautgerüche, Bleistiftanspitzer, Büchsenpfirsich, Postamt, Mrs. Lazenby im Laden an der Ecke in seinem heimischen Slum, Nelkenwurz, Diabetes. Aber für die Werke seiner reiferen Periode existiert dies alles nicht; die Zwillingspforten sind für immer geschlossen. Dies leise Geräusch, Harold, das nannte man Schnarchen. Dem ist so, Christine, seine Zähne, oben und unten, sind herausnehmbar, sie liegen jetzt in dem Plastikschälchen auf dem Nachttisch. Kind, Kind, jetzt hast du seine Zahnhafttropfen auf Mrs. Meldrums Teppich gekleckert! Nein, Robin, der Teppich ist weder schön noch rar, aber er gehört Mrs. Meldrum. Ja, Mr. Enderby selbst gehört uns, er gehört der ganzen Welt, aber sein Teppich gehört seiner Vermieterin, Mrs. Meldrum.

Seht mal! Tag für Tag wandert sein Haar vom Kopf in die Bürste, ein Büschelchen nach dem andern, und kehrt nicht wieder. Hier auf dem Ankleidetisch haben wir die Bürsten, hinten Silberimitat, die er von seinem Vater, dem Tabakwarenhändler, geerbt hat. Ja freilich sind die Borsten schmutzig, Mavis, aber ein großer Dichter hat anderes zu tun, als den Geboten der Hygiene zu folgen. Da seht ihr, wie sich die Borsten ihre Tagesquote von Mr. Enderbys Resthaar geschnappt haben. Das sind Reliquien, Kinder! Nicht drängeln, eines für jeden! Da! Das heben wir gut auf, jeder, in unserem kleinen Tagebuch für das jetzige Nachweltjahr. Runtergefallene Haare gehören dem, der sie aufhebt, Henry. Mr. Enderby braucht sie nicht mehr, aber in den klassischen Auktionssälen kann man schon so ein Pfund dafür kriegen, wenn sie hübsch gefaßt sind. Das gibt's aber nicht, Audrey, daß du dir ein *lebendiges* Haar auszupfen mußt! Solch ein grobes Ziepen an der Kopfhaut, davon könnte Mr. Enderby aufwachen.

Quörpkprrmp.

Siehst du? Du hast ihn gestört. Laßt ihn wieder zur Ruhe kommen, wie aufgerührtes Wasser. So! Jetzt seht ihr Mr. Enderby besser, müßt ihr zugeben, Kinder, wie er sich kreuzförmig auf den Rücken wälzt und die Bettücher wegschiebt, daß sie zu Boden rutschen. Sein Bauch wölbt sich in zwei sanften Hügeln beiderseits der Pyjamaschnur. Da ist kein Mangel an Haaren, seht mal! Es ist eine der abscheulichen Ironien der Lebensmitte, daß sich das Haar von dem edlen Scheitel, dem Adlerhorst, der bald kahl ist wie ein Adler, herabbegibt, um die Feldlager, Kasernen und Garnisonen des warmen vulgären Leibes mit einem Bewuchs, der weder nützlich noch schön ist, zu bedecken. Die schwächliche Brust auch, da! Dicht behaart, ein Gestrüpp von Ranken und Kringeln. Kinn und Wangen obendrein stachlig. Horrend, würde Milton sagen.

Ja, Janice, ich sehe mich gezwungen, dir recht zu geben: Mr. Enderby bietet keinen schönen Anblick, wenn er schläft, nicht mal in völliger Dunkelheit. Ja, da seht ihr's wieder, das spärliche Haar, die zahnlosen Kiefer, die massigen Fleischwülste, wie sie sich heben und senken. Aber was hat Aussehen mit Größe zu tun, eh? Das solltet ihr euch alle mal gut überlegen. Was, mit dem möchtest du nicht verheiratet gewesen sein, Alberta? Könnte nicht das Umgekehrte ebenso gegolten haben, und zwar noch mehr, du kicherndes Dummchen? Wer bist du denn, daß du denkst, du könntest je ausersehen sein, die Gefährtin eines großen Dichters zu werden?

Die Extremitäten. Die Füße, die den Parnaß beschritten haben. Hornhautablagerungen, da, auf der feingezeichneten Landkarte der Sohle. Eingerissene Zehennägel, der des großen Zehs allerdings wie ein Felsen und nicht reißbar. Stimmt, beide hätten ein langes Laugenbad nötig. Die rechte Hand streckt er aus wie ein Bettler, dabei ist es doch die Hand eines Königs. Schaut mit Ehrfurcht auf diese Finger, die nun vom Schreiben ausruhen. Morgen schreiben sie weiter an dem Gedicht, das er für sein Meisterstück hält. Ach, was haben sie nicht schon hervorgebracht, diese Finger! Jetzt küssen wir ihm alle die Hand, aber sachte, nur so, wie wenn eine Fliege drüberhin krabbelt. Ich sehe ein, daß das Küssen eine Willensanstrengung erfordert, um einen gewissen natürlichen Abscheu zu überwinden. Aber das wäre doch geradezu eine kleine Lektion in scholastischer Philosophie. Die unreinlichen Knöchel, die Nägel mit den schwarzen Rändern, die Tiefenverfärbung durch den Tabakteer (die Zigarette wurde interdigital festgehalten und vergessen, während der Geist des Dichters über den Brandgeruch hinausschweifte) und die rauhe Haut – das sind die Akzidenzien, die äußeren Aspekte der Hand, ein Zugeständnis an die gemeine Welt des Fressens und Sterbens. Aber das Wesen der Hand – was ist das nun? Eine göttliche Maschine, die Segen in unser Leben gebracht hat. Küßt sie, los, küßt sie! Althea, bitte hör auf mit diesem Kotzgeräusch! Charles, dein Gesicht ist häßlich genug, auch ohne daß du noch diese Ekelmiene draufsetzt. So ist's recht, küssen!

Es hat ihn fast gar nicht gestört. Er kratzt sie sich ein wenig im Schlaf: ein Kitzeln wie von der kurzen Zwischenlandung einer Motte. Paßt auf! Gleich wird er im Schlaf etwas sagen. Euer Kuß hat eine schlummernde Inspiration geweckt. Hört zu!

Bettgenossin brav
Durch tiefe Wehen von Schlaf.

Noch was? Nichts mehr. Ja, Kinder, stellt euch vor! Ihr habt ihn gehört, seine Stimme, brummelnd und schläfrig, gewiß, aber seine! Und jetzt wollen wir uns mal Mr. Enderbys Nachttisch ansehen.

Bücher, Kinder, Mr. Enderbys Bettlektüre. *Blondinen und Bullen* – was das wohl sein mag? *Wer war wer im Altertum?* – sicher nützlich. *Raffity's Deal* – mit einem etwas knalligen Umschlag. *Wie ich es schaffte* – von einem Tycoon, der an Arteriosklerose gestorben ist. *Kleine Geschichten von den Märtyrern unter Maria Stuart* – wohl etwas Sensationelles. Aber hier, meine Guten, hier ist eins von seinen eigenen Büchern, *Fische und Helden*, seine frühen Gedichte. Was für ein Genie war er da schon! Ja, Denis, du darfst es in die Hand nehmen, aber bitte vorsichtig! Ach, du Blödmann, jetzt hast du eine ganze Kollektion von Sachen runtergeschmissen! Was ist denn das, was da zwischen den vieldurchblätterten Seiten gesteckt hat? Fotos? Nicht anfassen, laßt sie, das ist nichts für euch! Gnädiger Himmel, die Schwächen der Großen! Welch eine Schande haben wir da unbeabsichtigterweise entdeckt! Hört auf zu kichern, Brenda und Maureen, und gebt dieses Foto her, aber sofort! Ihr werdet Mr. Enderby noch aufwecken mit eurem unanständigen Mädchengegakker. Wie, was die machen, Charles? Der Mann und die Frau auf dem Bild? Die kümmern sich um ihren eigenen Dreck, das machen sie!

Bopperlopp.

O raste, du verwirrter Geist! Das Bild her, Robin! Ich seh's doch in deiner Jackentasche. Danke. Fellatio ist der Fachausdruck, wenn du's unbedingt wissen mußt. Und jetzt Schluß damit! Sollen wir, aber bitte auf Zehenspitzen, mal in Mr. Enderbys Badezimmer eindringen? Da wären wir. Hier ist der Ort, wo Mr. Enderby die meisten Verse schreibt. Erstaunlich, nicht? Hier, weiß er, ist er wirklich ungestört. Das Bad ist voller Manuskripte, Wörterbücher und Kugelschreiber. Vor dem WC steht ein niedriges Tischchen, grad die richtige Höhe. Da steht ein elektrischer Heizapparat, um ihm die entblößten Beine zu beglühen. Warum bevorzugt er dieses dürftige Gemach? Die Dichtung, hat er in einem Interview schon gesagt, hier hat sie den ihr gemäßen Ort; sie ist das Reinigungs- und Abführmittel der Zeit. Aber man kann sicher sein, da spielt noch vieles andere mit hinein. Ein Kindheitstrauma, das wir noch nicht enthüllt haben. Aber das Institut für Bildungszeitreisen spricht ja schon davon, bald ganz andere Tiefen der Vergangenheit zu erschließen. Wer weiß, vielleicht könnt ihr, bevor ihr von der Schule abgeht, noch mal Shakespeare besuchen, wie er im Kirchspiel St. Olaf mit Massen von Versen und einem Gänsekiel ringt. Nigel, du dummer Bub, laß die rostigen Rasierklingen liegen! Und jetzt leise, leise! Der Raum, wo er ißt und haust, wenn er nicht schreibt, ist bloß einen Schritt weiter. Nein, Stephanie, Mr. Enderby lebt freiwillig allein. Immerzu Liebe, Liebe und noch mal Liebe, etwas anderes geht manchen Mädchen doch einfach nicht in den Kopf! Mr. Enderbys Liebesleben, bisher, ist dunkel und verhüllt. Seine Einstellung zu Frauen? Ihr habt seine Gedichte. Von Sex allerdings, geb ich zu, ist darin wenig die Rede.

Porripipuup.

Die Hörner von Elfenland. Lassen wir ihn in poetischem Frieden. Nur eines noch: die Gedichte dieses Jahres – die er natürlich erst noch schreiben wird – zeigen die scheue Regung eines nicht nur fotografischen Interesses an der Frau. Biografische Anhaltspunkte für eine Affäre oder gewisse häusliche Veränderungen haben wir aber nicht. Biografische Anhaltspunkte haben wir für kaum etwas. Er war im wesentlichen einer, der in sich selbst zu Hause war. Und diese sandige Badeortsadresse ist die einzige, die wir haben. Könnt ihr das Meer hören, Kinder? Es ist schon dasselbe Meer, was wir kennen, grün, grausam und faulig.

Und was finden wir von Mr. Enderby in diesem Zimmer? Es ist Mrs. Meldrum, seine Vermieterin, die aus all diesen aufgereihten Nippsachen unüberhörbar zu uns spricht. Ja, sehet und staunet: Elefantenbabys aus Ebenholz in geometrischer Reihe, allerliebste Porzellanschäfer beim Flötenspiel für ihre unsichtbaren Schäfchen, ein gipserner Puppentoastständer mit antiker Blackpooler Vergoldung, der Brighton-Pavillon, leicht stockfleckig, auf einer Teebüchse, ein marmorierter Pappmaché-Kerzenhalter, eine Porzellanhündin mit ihrem Wurf Porzellanjunge, eine Knopfschachtel aus Filigraneisenblech. Gefällt euch das Bild über dem Elektrokaminsims? Es zeigt Männer in Rostrot beim morgendlichen Aufbruch zur Jagd, alle Mann gleich, vermutlich weil sich der Pseudokünstler nur ein Modell leisten konnte. Und an der Wand gegenüber britische Admirale des achtzehnten Jahrhunderts, Karten der Terra incognita entrollend, wobei man ihnen Wein einschenkt und die Glut des Feuers sich auf den Krügen spiegelt. Hier lustige Mönche beim Fischen am Donnerstag; da beim großen Schlemmen am Freitag. Ein Backfischkopf mit Hut und Lippenbemalung, zwanziger Jahre, über dem Streifen Wand hinter der Küchentür. Emily, Finger aus der Nase! Charles, muß ich dir das sagen, es ist kindisch, so die Spucke herumzublasen! Die Küche ist nicht weiter ansehenswert. Na gut, wenn ihr unbedingt wollt!

Was für ein durchdringender Geruch von altbackenem Brot! Seht mal die Fischchen, wie sie im Dunkeln schimmern! Auf dem oberen Regal die Pfannen. Nicht anfassen, Denis, bitte nicht! Ach, du verdammter kleiner Idiot! Da kommt es runter, das ganze blöde verflixte Geschepper und Gewummer! Du verfluchter kleiner Blödmann! Euch wird das Lachen vergehen, wenn ich euch erst wieder in die Zivilisation zurückgebracht habe. Mein Gott, jetzt hat die Bratpfanne auch noch den Kessel umgerissen! Der Gasherd ist voll Wasser. Was für ein gräßliches Geklirr! Wer hat den Pfeffer verschüttet? Hört auf zu niesen, verflixte Bande! Aaaaaach! Wasdennjetztnoch? Los, raus hier, schnell!

Euch ist nicht zu trauen, keinem. Das letzte Mal, daß ich so einen Ausflug mit euch mache! Schaut mal da runter auf all die viktorianischen Dächer, Karpfenschuppen unter dem Neujahrsmond. Die seht ihr nie wieder. Auch sonst nichts von diesem Städtchen, wo die Alten und Sterbenden in ihren Wohnungen und Pensionen bis zum Morgen vor sich hinröcheln. Na schön. Na schön, ich verzeih euch. Es sieht doch ganz wie ein großer Kamm aus, nicht? Ein blinkender, juwelenbesetzter Griff, die Alleen der Zähne, die das hügelige Hinterland auskämmen, das Haarknäuel des Rauchs über dem Bahnhof. Über uns der Januarhimmel: Scutum, Ophiuchus, Sagittarius, die Planeten des Alters, des Krieges und der im Westen untergehenden Liebe. Und dieser Mann da unten, den das Klirren billigen Metalls aus seinem magensauren, flatulenten Schlaf geweckt hat – der gibt all dem einen Sinn.

2

Enderby erwachte, teils von Lärm, teils von Sodbrennen. Ans Kopfende des Betts geklemmt war eine Lampe mit Plastikschirm. Er knipste sie an, merkte, daß er fror, und sah, warum. Er hob den Wirrwarr der Bettücher vom Boden auf, deckte sich recht und schlecht zu und streckte sich wieder auf den Rücken, um den Schmerz auszukosten. Er hatte einen unerklärlichen Beigeschmack nach rohen Steckrüben. Der Lärm? Da schlugen sich die Küchengötter. Ratten. Er brauchte Natrium-Bikarbonat. Er mußte, nahm er sich zum wenigstens siebentausendsten Male vor, dran denken, es fertiggemischt und griffbereit am Bett zu haben. Der Stich der zugespitzten rohen Rübe durchbohrte ihm das Brustbein. Er mußte aufstehen.

Er sah sich im Schrankspiegel, als er steif aus dem Zimmer auf die winzige Diele seiner Wohnung schlappte, ein rheumatischer Roboter im Pyjama. Er ging ins Eßzimmer, knipste Licht an, schnüffelte wie ein Hund nach einer tückisch unsichtbaren Erscheinung. Geister waren hier umhergewimmelt, ganz klar, die Geister des verblichenen Jahres. Oder vielleicht, er grinste abgebrüht über den Einfall, hatte die Nachwelt verstohlen hereingespäht. Er wunderte sich über das Durcheinander in der Küche. Aber sowas kam vor: ein wackliges Gleichgewicht, eine mikroskopische Verschiebung des alten Hauses, ein Erdbeben, eigenwillige Monaden in den Utensilien selbst. Er nahm ein bewölktes Glas vom Spültisch, sah zu seiner Überraschung, daß es schon Wasser enthielt, ließ etwas Natrium-Bikarbonat hineinschneien, rührte mit zwei Fingern um und trank. Er wartete dreißig Sekunden und blinzelte die Milchglasscheibe in der Hintertür an. Ein Händchen unter seiner Epiglottis machte ein Komme-gleich-Zeichen. Und dann.

Köstlich! Herr Doktor, welch eine Erleichterung! Ich glaube, ich muß Ihnen schreiben, um mich für die durch Ihr Produkt bewirkte Linderung zu bedanken. Aaaaaaarp. Fast sofort nach dem zweiten krampfartigen Aufstoßen bekam er einen heißen, schamlosen Hunger. Er machte die drei notwendigen Schritte vom Spülbecken zum Speiseschrank, und schon erschraken seine Füße in einer eisigen Wasserpfütze am Herd. Er trocknete sie an dem heruntergefallenen Küchentuch und stellte die Pfannen wieder auf das Regal, ächzend vor senilem Bückschmerz, als er sie vom Boden aufhob. Dann fiel ihm ein, daß er die Zähne brauchte, darum tappste er zurück ins Schlafzimmer, knipste unterwegs im Wohnzimmer den Ofen an. Mit klappernd gebleckte Ersatz und einem kurzen, knurrenden Zornestanz begrüßte er sein Bild im Spiegel, als er zurückkam. Im Speiseschrank waren Brocken von steinigem Cheddar in fettigem Papier. Ein einsamer Blumenkohlzwerg schwamm wie ein Puppenhirn in trüber Lake. Eine halbe Büchse Sardinen, weiche, plumpe Messer in goldgelbem Öl. Er aß mit den Fingern, die er dann am Pyjama abwischte.

Fast sofort reagierten seine Gedärme. Er rannte wie ein Männchen im Stummfilm, ließ sich seufzend nieder und schaltete die Badezimmerheizung ein. Er kratzte sich die nackten Beine und las nachdenklich in dem Durcheinander, an dem er arbeitete. Pfffrumpfff. Es war ein allegorischer Versuch, ein erzählendes Gedicht, in dem zwei Mythen, der kretische und der christliche, verschmolzen wurden. Ein geflügelter Stier kam in einem pfeifenden Wind vom Himmel herabgestoßen. Whuiiiiii. Die Tochter des Gesetzgebers ließ sich hinreißen. Hochschwanger, von ihrem Mann als Hure beschimpft, zog sie inkognito in ein kleines Dorf im Königreich, um dort in einem billigen Hotel den Minotaurus zu gebären. Aber die zahnlose alte Schlampe, die sich um sie kümmerte, konnte nichts für sich behalten; sie posaunte im Dorf aus (und von da drang die Sache weiter in die Marktflecken und bis in die Hauptstadt), daß ein gottmenschliches Tier herabgestiegen sei, um die Welt zu regieren. Die anarchische Partei im Staat, voller Hoffnung, war bereit, gegen den Gesetzgeber aufzustehen: In der Überlieferung war von der Ankunft eines göttlichen Führers die Rede gewesen. Bürgerkrieg brach aus, ein Gewitter wildgezackter Propagandablitze von beiden Seiten. Das Tier ist böse, sagte König

Minos, ergreift es, tötet es! Das Tier ist Gott, riefen die Rebellen. Aber niemand bis auf die Königin-Mutter und die zahnlose Hebamme hatte das Tier je gesehen. Brrrrbfrrr. Das Minotaurusbaby wuchs schnell heran, gelüstig brüllend, mit seinem Muttertier auf einem abgelegenen Gehöft sicher verborgen. Aber durch Verrat erfuhren Minos' Truppen seinen Aufenthalt. Äußerlich, dachte Minos, als man es in seinen Palast brachte, war es zwar ein Ungeheuer, aber besonders ungeheuerlich wirkte es nicht: seine sanften Augen waren Zwillingswelten voll Liebe. Mit dem Talisman und Maskottchen der Rebellen in seiner Gewalt konnte Minos nun zur Unterwerfung auffordern. Er ließ ein Labyrinth bauen, geräumig, alles aus Marmor, und im Innersten verborgen hauste der Minotaurus. Er sei unsäglich grauenvoll, hieß es, er werde mit Menschenfleisch gefüttert: ein Staatspopanz, des Staates schlechtes Gewissen. Aber Minos dachte ökonomisch. Die äußeren Korridore des Labyrinths wurden zur Heimstatt der kretischen Kultur: Universität, Museum, Bibliothek, Kunstgalerie; eine Schatzkammer des von Menschenhand Vollbrachten, Schönheit und Wissen rings um einen Kern von Sünde – des Menschen Los! Prrrrf. (Die Toilettenpapierrolle drehte sich.) Aber eines Tages kam von Westen der pelagische Befreier eingeflogen, der Mann, der die Sünde nicht kannte, der Schuldvertilger. Minos war inzwischen längst tot, ebenso wie seine schamlose Königin und, noch viel, viel länger, die Hebamme. Kein Lebender hatte das Ungeheuer je gesehen und war am Leben geblieben, so hieß es. Mit Applaus, Blumen und Wein empfangen, machte sich der Befreier an sein heroisches Werk. Blond, braungebrannt, muskulös und sündenfrei betrat er das Labyrinth und kam einen Tag später mit dem Ungeheuer an der Leine wieder heraus. Sanft wie ein Schoßhund, mit gekränkter und verzeihender Miene betrachtete es die Menschheit. Und die Menschheit fiel drüber her, bespuckte und verdrosch es. Zuletzt wurde es an ein Kreuz genagelt, wo es langsam verreckte. In dem Augenblick, als es den Geist aufgab, war ein Krachen und Bersten zu hören. Das Labyrinth stürzte ein; Bücher wurden verschüttet, Statuen zu Kreidestaub zermalmt: Aus war's mit der Zivilisation. Brrrrp.

Das Gedicht sollte, vorläufig mal, *Das Schoßtier* heißen. Enderby wußte, daß es noch eine Menge dran zu tun gab, Symbole zu klären, technische Komplikationen aufzudröseln. Daedalus, der uneigennützige Handwerker, mußte noch eingeführt werden, das antisoziale Genie, mit der Kunst des Fliegens als Lösung aller Probleme. Pasiphaës pantomimische Kuh mußte kommen. Mit seiner tiefen, belegten Stimme trug er dem eingeschüchterten Publikum schmutziger Handtücher probeweise ein paar Verse vor:

Er, der kalte König, sprach
Recht im Traum. Der andere, hellwach
Und pfeifend, fing an, Balken zu sägen.
Recht ist Anschein. Danach
Fragt kein Meister, will er was bewegen.

In der winzigen Zelle widerhallend, wirkten die Worte sogleich wie eine Beschwörung. Gleich draußen vor der dünnen Tür von Mr. Enderbys Erdgeschoßwohnung war die Eingangshalle des Hausflurs. Er hörte, wie die massive Haustür knarrend aufging, und dann schien der Flur sich mit Leuten von einer Silvesterfeier zu füllen. Er erkannte die dummfreche, klanglose Stimme des Verkäufers aus der Wohnung eine Treppe höher und das bierschwere Lachen der Frau, die mit ihm zusammenlebte. Da waren noch andere Stimmen, die er keinen bekannten Personen, aber Kategorien zuordnen konnte, Stimmen von *Daily Mirror*-Lesern, Werbefernsehzuschauern, Käufern von HP-Sauce und Soft Drinks. Er hörte laute und freudige Zurufe:

»Frohes neues Jahr, Enderby!«

»Prrrrrrp.«

Die frauliche Bierstimme sagte »mir ist nicht gut. Ich muß brechen.« Dem Geräusch nach mußte sie gleich. Jemand rief:

»Ein Gedicht, Enderby! ›Eskimo Nell‹ oder ›Das gute Schiff Venus‹.«

»Sing uns eins, Enderby!«

»Jack«, sagte die Frau, der schlecht geworden war, mit matter Stimme, »ich geh gleich nach oben. Ich hab genug.«

»Geh du schon rauf, Herzchen«, sagte die Verkäuferstimme. »Ich komme gleich nach. Erst mal dem guten Enderby ein Ständchen bringen.« Man hörte einen torkelnden Anprall an Enderbys Wohnungstür, das Einszweidrei eines Chordirigenten und dann, mit kräftigem Einsatz, die schmetternde Melodie von *Ach, du lieber Augustin*, aber mit rüden englischen Worten:

Pfeif auf Mister Enderby, Enderby, Enderby,
Pfeif auf Mister Enderby, pfeife auf ihn.
Um zu onanieren, läßt er uns hier frieren, drum –

Enderby verstopfte sich die Ohren mit Kügelchen von angefeuchtetem Toilettenpapier. Seine Wohnungstür war einigermaßen sicher verschlossen; trotzdem riegelte er sich nun auch noch im Badezimmer ein. Er kratzte sich eines der erwärmten nackten Beine und versuchte die Konzentration auf sein Gedicht wiederzufinden. Die Krakeeler gaben es bald auf und zerstreuten sich. Ihm war, als hörte er den Verkäufer rufen: »Das ist das Enderby, Enderby!«

3

Warm eingepackt gegen die maritime Morgenfrische ging Enderby die Fitzherbert Avenue entlang zum Meer. Nach der Rathausuhr war es halb elf, und die Pubs machten auf. Er ging vorbei am Gradeleigh (»für gutsortierte Gäste«), am Kia-Ora (pensionierte Kiwis), Ty-Gwyn (ein Ehepaar aus Tredegar), am Kanalblick, den Weißen Masten, Dulce Domus, dem Lorbeer und Ithaka (ein ehemaliger Lehrer für alte Sprachen, überführter Päderast). In Mietwohnungen aufgeteilt und zu Fremdenpensionen herabgewürdigt, befanden sich alle Häuser nun im Besitz von Fremden aus den Gebieten nördlich und westlich der Höhen, Leuten, die auf den Zauber der Südküste hereinfielen: Nachts blinkte Frankreich übers Wasser, und man konnte sich einbilden, die Luft wäre zauberhaft milde. Aber nicht heute, dachte Enderby und klatschte seine dickwollenen Bärentatzen zusammen. Er trug einen Schal in neapolitanischen Eiskremfarben; sein Mantel war ein straffumgürtelter Melton; vor dem Himmel schützte ihn eine Baskenmütze. Das Haus, in dem er seine Wohnung hatte, war, demselben Himmel sei Dank, namenlos. Ob dort irgendwann eine Tafel hängen und vermelden würde, daß er hier gewohnt hatte? Sicher nicht. Er gehörte einer aussterbenden Rasse an, unbeachtet von der Welt. Hurra!

Enderby bog in die Esplanade ein, stellte sich hinter einer Schlange alter Frauen in einem Bäckerladen an und kam mit einem Siebenpennylaib wieder heraus. Er ging über die Straße zum Seegeländer, lehnte sich dagegen und riß das Brot in Stücke. Die Möwen hasteten kreischend hinter den fliegenden Brocken her, kulleräugige, gierige Kreaturen, während das Meer brüllend auf den Strand losging, der grüngraue winterliche Kanal, und dann knurrend und grollend und mit vielen Tamburinen klirrend wie vor der Peitsche eines Dompteurs wieder zurückwich. Enderby warf der bissigen Luft und ihren grauen Gleitvögeln die letzten Krümel hin, dann kehrte er dem Meer den Rücken. Er drehte sich noch mal nach ihm um, bevor er das Neptun betrat, und wie schon so oft sah es von weitem aus wie ein kluges, grünes, unartiges Kind, das nun gelernt hatte, freihändig eine gerade Linie zu ziehen.

Die Bar zum Neptun war schon halbvoll mit alten Leuten, meist Witwen. »Morgen«, sagte ein sterbender Generalmajor, »und ein frohes neues Jahr!« Zwei männliche Senioren verglichen bei einem Baby-Stout ihre Arthritis. Eine bärtige Dame trank ihren Port aus und kaute langsam und zahnlos darauf herum. »Ihnen ebenfalls«, sagte Enderby. »Wenn ich das Frühjahr noch erlebe«, sagte der General, »mehr kann ich nicht hoffen.« Enderby setzte sich mit seinem Whisky. Er war zu Hause unter den Alten, er gehörte dazu, trotz seiner lachhaften Jugend. Allerdings, sein kalendarisches Alter war eine rein statistische Ziffer. Das Brennen im Schlund, als der Whisky herabfloß, seine Schmerzen und Beschwerden, seine Unlust zu jeder Tat – all dies machte ihn ebenso alt wie die tattrigen Figuren, zwischen denen er saß.

»Was«, fragte ein zarter, zittriger Pergamentmann, »was macht«, und schüttelte sein Glas in der Hand wie einen Würfelbecher, »was macht denn der Magen?«

»Ganz tüchtige Zuckungen«, sagte Enderby. »Solche, die man fast sehen kann. Und Flatulenz.«

»Flatulenz«, sagte der Generalmajor, »ah ja, Flatulenz!« Er sprach es so aus, als ginge es um einen raren alten Wein. »Viele Jahre her, seit ich das hatte. Klar, ich eß ja auch nichts mehr. Ein Stück Brot in warme Milch getunkt, morgens und abends. Ich könnt' schwören, was mich am Leben hält, ist dieser Rum. Hab ich Ihnen doch sicher erzählt, nicht, von diesem Mißgeschick mit der Rumration bei Bruderstroom?«

»Mehrmals«, sagte Enderby. »Eine sehr gute Geschichte.«

»Und ob!« sagte der General schmerzlich bewegt. »Wenn das keine gute Geschichte ist! Und wahr. Unglaublich, aber wahr.«

Eine plebejische Vettel in Schmutzigschwarz sagte etwas von einem Barhocker herab. »Ich«, sagte sie, »hab mir einen Teil von meinem Magen rausnehmen lassen.« Es wurde still. Die männlichen Senioren dachten nach über diese unverlangte Enthüllung; fragten sich, ob sie, von einer Frau, noch dazu einer vergleichsweise fremden, kommend, wirklich vom allerbesten Geschmack zeugte. Enderby sagte freundlich, »da haben Sie aber ganz schön was durchgemacht.« Die Alte sah ihn verschmitzt an, packte den Thekenrand mit papierenen Händen, die an den Knöcheln kreidig wurden, kantete ihren Hocker zu Enderby hin und sagte sehr laut, »Pardon?«

»Durchgemacht«, sagte Enderby, »unvergeßlich.«

»Sechs Stunden auf dem Operationstisch«, sagte die Frau. »Soll mir mal einer hier nachmachen.«

»Crump«, rief der Generalmajor mit einer ausgebleichten Kommandostimme. »Crump! Crump!« Es hörte sich an, als schwelge er in Erinnerungen an Granateneinschläge im Ersten Weltkrieg, aber er meinte den Barmann, der ihm Rum nachschenken sollte. Crump kam hinter der Theke vor, um die Siebzig, in weißer Kellnerjacke, mit einem zugleich schwachsinnigen und verbindlichen falschen Lächeln, den Graukopf ständig nach derselben Seite geneigt, wie ein lauschender Papagei. »Ja, Herr General«, sagte er. »Dasselbe, Sir? Sehr gut, Sir.«

»Ich erklär ihm immer«, sagte ein Senior mit einem fleischigen Glatzkopf wie Jean Sibelius, »wie man richtig sagen müßte. Das ist so üblich unter Wirten und Barmännern. Dabei kann man doch *dasselbe* nicht zweimal trinken. Aber sie sagen, man will doch nicht bloß so was Ähnliches. Sie gehn doch mit Worten um, Enderby, Sie sind Schriftsteller. Was meinen Sie zu der Sache?«

»Es ist das Gleiche«, sagte Enderby, »weil es aus derselben Flasche ist. Etwas Ähnliches wäre etwas anderes.«

»Professor Taylor konnte das immer sehr überzeugend erklären«, sagte ein Alter, der gesprenkelt war wie eine Salami, mit einem Tautropfen an der Nasenspitze.

»Was ist denn los mit Taylor?« fragte der Generalmajor. »Wir haben ihn schon eine ganze Weile nicht mehr gesehen.«

»Ist gestorben«, sagte der Gesprenkelte. »Letzte Woche. Beim Korkenziehen. Herzversagen.«

»Er war grad achtzig geworden«, sagte einer, der grad achtzig geworden war. »Noch gar nicht so alt.«

»Taylor ist hinüber«, sagte der General. »Hab ich nicht gewußt.« Er ließ sich von einem leidtragenden Crump den Rum geben. Crump ließ sich Münzen geben, mit einer leidtragenden Verbeugung seines zerschlagenen und wieder zusammengeflickten Rumpfes. »Ich dachte, ich käme vor ihm dran«, sagte der General, »aber ich bin noch da.«

»So alt sind Sie ja noch nicht«, sagte der zittrige Pergamentmann.

»Ich bin fünfundachtzig«, sagte der General mit aufgebauschter Entrüstung. »Ich finde, das ist *sehr* alt.«

Aus den anderen Ecken wurde er überboten. Eine Frau bekannte sich verschämt zu ihren neunzig. Als ob das irgendwie ein Beweis wäre, machte sie ein paar Walzerdrehungen und summte dazu Takte aus der

Lustigen Witwe. Unter mild schockiertem Applaus setzte sie sich wieder hin, mit blauen Lippen und fast hörbarem Herzklopfen. »Und«, fragte der Sibeliuskopf, »wie alt mögen Sie wohl sein, Enderby?«

»Fünfundvierzig.«

Hörbares Naserümpfen, verächtlich und belustigt. Ein Mann in einer Ecke krähte: »Wenn das komisch sein soll, find ich's nicht sehr geschmackvoll.«

Der Generalmajor drehte sich streng und bedachtsam zu Enderby hin, beide Hände auf dem elfenbeinernen Bulldoggenkopf seines Spazierstocks. »Und was tun Sie für Ihren Unterhalt?« fragte er.

»Sie wissen doch«, sagte Enderby. »Ich bin ein Dichter.«

»Ja, ja, aber was Sie für Ihren Unterhalt tun? Nur Sir Walter konnte von der Dichterei leben. Und vielleicht noch dieser Anglo-Inder, der in Burwash gewohnt hat.«

»Paar Kapitalanlagen«, sagte Enderby.

»Was für welche?«

»I. C. I. und B. M. C. und Butlin. Und Kommunalobligationen.«

Der Generalmajor knurrte, als ob nichts davon ganz unverdächtig wäre. »Welches war Ihr Rang im letzten Krieg?« fragte er: letzte Chance!

Bevor Enderby eine unehrliche Antwort geben konnte, fiel eine Witwe in antikem Tweed, eine lange, dünne Frau mit schwarz gerandeter Brille, von einem niedrigen Hocker an einem Korbtisch. Alte Männer griffen zitternd nach ihren Stöcken, um sich hochzustemmen und Hilfe zu leisten. Aber Enderby war zuerst da. »Scho freundlich«, sagte die Frau wohlerzogen. »Tut mir scho leid, daschie schich scho viel Mühe machen.« Anscheinend hatte sie schon zu Hause vorgetankt. Enderby hob sie vom Boden auf. Sie war leicht und steif wie ein Bund Sellerie. »Schowasch paschiert«, sagte sie, »in den beschten Familien.«

Die Hände immer noch unter ihre Achseln gehakt, war Enderby schockiert, in dem großen Gilbey's-Port-Spiegel an der Wand gegenüber das Bild seiner Stiefmutter zu sehen. Vor Schreck hätte er seine Last beinah wieder fallen lassen. Das Bild nickte ihm zu, wie aus einem belebten Bild im Werbefernsehen, hob das Glas zu einem Neujahrsgruß und schien dann aus der Bildfläche in die Kulissen zu schlurfen, womit es verschwand.

»Machen Sie schon, Enderby«, sagte der Generalmajor ungeduldig. »Setzen Sie sich wieder auf Ihren Platz!«

»Scho freundlich«, sagte die Frau und strengte sich an, ihr Ginglas exakt ins Auge zu fassen. Enderby blickte sich im Raum nach einem

Ursprung dieses Spiegelbilds um, sah aber nur einen gebeugten Rücken zur Herrentoilette schlurfen. Das konnte's gewesen sein, ein Lichtreflex oder das neue Jahr! Aber, sonderbar genug, es war seine Stiefmutter, die ihm erzählt hatte, als er klein war, daß am Neujahrstag ein Mann durch die Straßen ginge, mit so vielen Nasen im Gesicht, wie das Jahr Tage hatte. Er war herumgerannt, um diesen Mann zu finden, furchterfüllt, weil er ihn für einen aus der Familie des Antichrist hielt, der vor dem Jüngsten Gericht in der Welt umging. Lange nachdem er die Flunkerei durchschaut hatte, war Neujahr für ihn immer noch ein makabres, anrüchiges Datum, ein Tag der möglichen Wunder. Seine Stiefmutter, dessen war er ganz sicher, war tot und begraben. Sie hatte, soweit es ihn anging, ihren Zweck erfüllt. Es hatte keinen Sinn, daß sie noch leben oder aus dem Grabe auferstehen sollte.

»Nun«, sagte der Generalmajor, als Enderby sich mit einem neuen Whisky wieder hinsetzte, »was sagten Sie, welches Ihr Rang war?«

»Leutnant, General«, sagte Enderby. In mündlicher Rede ist das Komma vom Bindestrich kaum zu unterscheiden.

»Glaub ich Ihnen nicht.«

»Schlagen Sie nach.« Enderby war fast sicher, seine Stiefmutter den Flaschenverkaufsstand verlassen zu sehen, mit einer Viertelflasche Booth's Gin in der Handtasche. Das Neptun war die Art Pub, wo man in jeden der drei Teile – Bar, Gaststube, Straßenverkauf – von jedem anderen hineinsehen kann. Enderby bekleckerte sich den Schlips mit Whisky. Ein Alter, der bisher nichts gesagt hatte, zeigte mit tattriger Achtsamkeit auf Enderbys Schlips und sagte, »Sie haben sich Ihren Schlips mit Whisky bekleckert.« Enderby hatte das Gefühl, daß ihm in dieser Angst womöglich Schlimmeres passieren könnte. In der Welt hier draußen war er nicht sicher. Er mußte wieder nach Hause, sich einschließen und an seinem Gedicht arbeiten. Er trank den Rest aus seinem Glas, knöpfte sich zu und setzte die Baskenmütze auf. Der Generalmajor sagte, »ich glaube Ihnen nicht, Sir.«

»Wie es Ihnen beliebt, General«, sagte Ex-Leutnant Enderby, salutierte und ging.

»Er's ein Lügner«, sagte der Generalmajor. »Ich hab gleich gewußt, daß man ihm nicht trauen kann. Ich glaub auch nicht, daß er ein Dichter ist. Ganz, ganz schief schaute der drein, heute.«

»Ich hab in der Bibliothek mal was über ihn gefunden«, sagte der Salamimann. »Mit Foto. Es war ein Artikel, und da hielt man anscheinend große Stücke auf ihn.«

»Was ist er? Wo kommt er her?« fragte ein anderer.

»Er bleibt immer ganz für sich«, sagte der Gesprenkelte und zog eben noch rechtzeitig einen sturzbereiten Tropfen hoch.

»Jedenfalls ist er ein Lügner«, sagte der Generalmajor. »Heute nachmittag werde ich in den Heereslisten nachsehen.«

Er sah nie mehr in den Heereslisten nach. Ein motorisierter Verkehrsteilnehmer, gereizt und zappelig unter dem Einfluß des Neujahrskaters, fuhr ihn um, als er die Nollekens Avenue überquerte. Schon lange vor dem Frühjahr wurde der Generalmajor zu den höchsten Ehren befördert.

4 Draußen an der möwenkralligen Luft unter dem neujahrsblauen Himmel, wo die Flut milchig herankroch, ging es Enderby besser. In diesem scharfen Licht war kein Platz für Gespenster. Aber die eingebildete Erscheinung hatte wie ein Gebot gewirkt: Ehret die Vergangenheit, bevor ihr, wie immer zum Jahresbeginn, in die Zukunft blicket!

Enderby dachte zuerst an seine Mutter, die bei seiner Geburt gestorben war. Anscheinend wußte man über sie nichts Genaues. Er stellte sich gern eine junge Frau vor, mattblond, von erlesener Liebenswürdigkeit und schlanker, doch fraulicher Schmiegsamkeit. In goldenen Gewändern saß sie in einem nach Bienenwachs duftenden Salon und sang »Passing By«, sich selbst auf dem Klavier begleitend. Die nachlassende Hitze eines Julitages summte traurig durch die weitoffenen Fenstertüren aus einem Garten herein, der von Zuchtrosen schimmerte: Crimson Glory, Mme L. Dieudonné, Ena Harkness und Golden Sceptre. Er sah seinen Vater, der ein Bücherwurm geworden war, mit Bücherwurmpantoffeln an den Füßen und den ovalen Rauch aus einer oval gebohrten Passing-Cloud-Pfeife ausstoßend, wie er beim Zuhören in stillem Vergnügen vor sich hin nickte. Aber ganz so war sein Vater nie gewesen. Er war Tabak-Großhändler, saß in Weste und schwarzer Melone im Büro hinter dem Laden und regierte mit dem Ebenholzszepter seines Lineals die Zahlenreihen im Hauptbuch. Er war immer froh, wenn die Geschäftszeit anfing. Warum? Um dem Drachen, mit dem er in zweiter Ehe verheiratet war, zu entkommen. Warum um Gottes Willen hatte er sie geheiratet? »Das Geld, mein Sohn. Ihr erster hat ihr einen Packen hinterlassen. Ihr Stiefsohn wird den Nutzen haben, wollen wir hoffen.« Und bis zu einem gewissen

Maß war es so gekommen. Daher die paar Hundert pro Jahr von I. C. I., British Motors und so weiter. Aber hatte es sich gelohnt?

Ach, was war sie plump und gemein gewesen! Anderthalb Zentner Speck mit Ringen und Broschen, zum Himmel anstinkend mit einem strengen Frauengeruch, wie zu lange abgehangener Hase oder angegangenes Rindfleisch, das Schlafzimmer voller befleckter Schlüpfer, zerknautschter Hemden und übelriechender Mieder. Sie hatte geschwollene Fingergelenke, die Handflächen wabblig, einen Fettwulst um die Handgelenke, käsebleiche Oberarme, die, wenn sie nackt waren, unzüchtig aussahen wie Schenkel. Sie hatte Hornhaut, Hühneraugen, entzündete Fußballen, Krampfadern, stöhnte über Schmerzen in allen Gelenken, ewige Migräne, ein Rückenleiden, Zahnschmerzen – und war gesund wie ein Schwein. »Die Schmerzen in die Beine«, sagte sie oft, »das bringt mir um.« Ihre Winde kamen laut, egal wo sie war. »Der Doktor sagt, immer rauslassen. Entschuldigung kann man immer sagen.« Sie hatte eklige Angewohnheiten. Sie stocherte sich mit alten Straßenbahnfahrkarten die Zähne; putzte sich die Ohren mit Haarklammern aus, in deren U-Biegung sie das Ohrenschmalz dunkel und fest werden ließ; kratzte sich durch die Kleider am Geschlechtsteil, mit einem raspelnden Geräusch wie auf einer Streichholzschachtel, das man zwei Zimmer weiter noch hörte; machte sich aus allen Mahlzeiten ein dickes Sandwich oder schnitt sich das Fleisch mit der Schere ab; spuckte ausgekaute Speckschwarte oder Bratenrinde auf den Teller zurück, extrahierte Rindfleischfasern aus ihren kavernösen Backenzähnen und hielt sie hoch, damit alle sie sehen konnten; hakte die dickeren Brocken mit einem schmierigen Wurstfinger heraus; rülpste so laut wie ein Schiff im Nebel; ließ sich samstagabends bis zum Erbrechen mit Stout vollaufen; trompetete schmetternd auf dem Abort; quasselte unbekümmert um Aussprache oder Grammatik und verschmähte alle Bücher bis auf den *Old Moore's Almanac*, dem sie wegen seiner apokalyptischen Bilder gerade noch folgen konnte. Obwohl sie ihr Leben lang buchstäblich analphabetisch war, konnte sie doch Schecks unterschreiben, mit Hilfe einer Vorlage auf einem fettfleckigen Zettel, von dem sie ihren Namen so gewissenhaft abmalte wie ein Chinese, der ein Ideogramm zeichnet. Zu den Mahlzeiten machte sie meistens Gebratenes, wobei vor allem das Fett immer lauwarm sein mußte. Aber sie konnte einen guten, potenten, tanninreichen Tee brauen, und darin unterwies sie den jungen Enderby, damit er ihr morgens ihre Tasse ans Bett bringen konnte: drei Löffel für jede Person und zwei für die Kanne, lieber Kondensmilch als frische, und nicht sparen mit Zucker! Enderby, damals Sechstkläßler, stand bei ihr am Bett und sah ihr zu, wie sie trank – zerzaust, faltig, aufgedunsen, übelriechend: ein Wrack. Aber eigentlich trank sie den Tee nicht, er schien in sie einzusickern wie in ausgedörrte Erde. Eines Tages würde er ihr Rattengift in die Tasse tun. Aber er tat es nie, obwohl sie Rattengift in der Küche hatten. Ob er sie haßte? Sie haben ja keine Ahnung!

Als Enderby siebzehn war, fuhr sein Vater einmal nach Nottingham, zur Besichtigung einer Tabakfabrik, und blieb über Nacht fort. Die Julihitze (darin machte die Stiefmutter keine gute Figur) löste sich in Monsunwetter auf, mit fürchterlichen Blitzen. Aber was ihr Angst machte, war nur der Donner. Um fünf Uhr morgens erwachte Enderby und fand sie neben sich im Bett, in schmuddligem Halbleinen, und sie klammerte sich an ihn vor Angst. Er stand auf, erbrach sich auf dem Abort, dann schloß er sich dort ein und las, bis es hell wurde, die Zeitungsfetzen, die auf dem Boden lagen.

Die Meldung von ihrem Tod erhielt er, als er bei der Armee war, bei den Landungstruppen in Catania. Sie war nach einer morgendlichen Tasse Tee gestorben, die ihr sein Vater gebracht hatte. Herzversagen. An dem Abend, als er die Neuigkeit erfuhr, ging er mit einer Frau aus Catania mit (Preis: eine Dose Corned Beef und ein Päckchen Biskuits) und brachte zu ihrer fast verhohlenen Erheiterung nichts zustande. Außerdem wurde ihm schlecht, als er wieder in sein Quartier kam.

Jedenfalls, seitdem waren die Frauen für ihn gestorben. Noch durch die eleganteste und appetitlichste Fassade schien die Stiefmutter durch, in einem damenhaften Rülpser oder einem Zähnestochern mit abgebrochenem Streichholz. Er war ganz gut allein zurechtgekommen. Eingeriegelt in sein Badezimmer und bei selbstgekochten Mahlzeiten (wobei vor allem das Fett immer lauwarm sein mußte), lebte er von seinen Dividenden und den ein, zwei Pfund im Jahr, die seine Gedichte ihm einbrachten. Aber je weiter er ins mittlere Alter vorrückte, desto mehr schien ihn seine Stiefmutter insgeheim zu durchdringen. Der Rücken schmerzte ihn, und die Füße taten weh, er hatte einen stattlichen Ranzen, keinen einzigen Zahn mehr, und er rülpste. Mit der Wäsche und der Reinigung der Pfannen hatte er es genau nehmen wollen, aber die Poesie kam dazwischen, die ihn solcher Bedenklichkeiten enthob. Und doch mischte sich mehr und mehr verstimmend die Dyspepsie ein, die wie auf einer Tuba durch das feinbemessene Violinsolo seiner zarten Schöpfungen blies.

Der Schöpfungsakt. Sex. Das war das Ärgerliche an der Kunst. Dringendes sexuelles Verlangen entstand zugleich mit der Erregung durch ein neues Bild oder einen Rhythmus. Aber es ging dabei nur um eine Schwellung, und die geläufigen Techniken der Adoleszenz ließen sich weiter verwenden – eine normale Badezimmerangelegenheit. Als er zum Freimaurerwappen ging, spürte er, wie der Wind in seinem Magen aufkam. Verdammt. Brörrrrp. Pfeif drauf. Insgesamt stand er jedoch, wenn man alles berücksichtigte und nichts zu eng sah, im großen und ganzen einigermaßen fest auf den eigenen Füßen. Brrrrrp. Verflucht und gepfiffen.

5

Arry, Chefkoch im Conway, stand im Freimaurerwappen an der Bar, mit einem Pint braunes Ale gemischt mit bittrem. »Da bist du ja«, sagte er zu Enderby. Er übergab ihm ein langes Paket in blutbeschmiertem Zeitungspapier; das Blut war geronnen an einer Schlagzeile mit irgendwas über das Blut einer Frau. »Ick hab gesagt, ick brings mit, und da hast du't.« Enderby sagte: »Danke, und ein gutes neues Jahr. Was trinkst du?« Er schob ein Stück von der Zeitung an dem einen blutbefleckten Ende, Rubrik »Vermißte Personen«, beiseite, und der Kopf eines ausgewachsenen Hasen starrte ihn glasig an. »Heute schmoren«, sagte Arry. Er trug einen braunen Sportcoat, der nach altem Fett roch, und eine Jockeymütze. Unter der Oberlippe hatte er nur noch zwei Eckzähne. Dies waren die Torpfosten einer Garage, zwischen denen seine Zunge manchmal vorsichtig aus- und einfuhr. Er stammte aus Oldham. »Mit Johannisbeergelee«, sagte Arry. »Wat ick meistens mach, ist, ick richte't an mit Johannisbeergelee auf ein Kroutonherz. Schneidest aus Brot mit eine Herzform ein Herz aus. Brätst in heißes Fett, nur kurz. Aber bist ja allein und wirst dir, glaub ick, soviel Mühe nicht machen.« Er trank sein braunbittres Ale aus und bekam, auf Enderbys Rechnung, noch eines. »Gut, daß du jetzt gekommen bist«, sagte er. »Ick muß weg. Extralunch Autohändlerverband Südküste.« Er ließ das Pint in einem Ansetzen hinunterlaufen, dann noch eins und noch eins, alles in exakt zwei Minuten. Wie die meisten Köche konnte er nicht viel essen. Seine heftigen gastrischen Beschwerden machten ihn Enderby sympathisch. »Ick seh dir noch«, sagte er, als er ging. Enderby verstaute seinen Hasen.

Die Freimaurerbar war der Treffpunkt aller ortsansässigen Lesbierinnen über fünfzig. Die meisten von ihnen erfüllten die Pflichten der Ehe, einige waren auch geschieden, verwitwet oder von ihrem Mann getrennt. Auf einem Hocker in der Ecke saß eine namens Gladys, eine oxydierte Jüdin, sechzig, mit Schildpattbrille und Leopardenjeans. Öfter und leidenschaftlicher, als nötig schien, küßte sie gerade eine andere Frau beim Neujahrsgruß. Die andere trug einen borstigen alten Pelzmantel und hatte einen feinen Silberblick. Eine dünne Frau mit entschlossener Miene, das Kleid schlicht und hären wie eine Mönchskutte, mit einem um die Schultern baumelnden Nutriamantel darüber, kam hereinmarschiert und begrüßte sie ebenso lange und schleimig. »Prudence, mein Täubchen«, sagte sie zu ihr. Diese Prudence schien sehr beliebt zu sein. Der eigentümliche Charme des Strabismus. Und dann kamen Enderby Bruchstücke eines neuen Gedichts so selbstverständlich wie alte Bekannte in den Kopf geschwommen. Er sah den Zeilenfall vor sich, hörte die Worte, spürte den Rhythmus. Drei Strophen, jede mit einer Vogelart anfangend. *Die Tauben gurrn, Statut, Statut!* Klar, so gurrten sie, so gurrten sie tatsächlich, schon immer. *Die Enten schrein, Fanal, Fanal!* Warum nicht? Was waren die anderen Vögel? Keine Möwen. Gladys, die chemischblonde Jüdin, ließ plötzlich ein kehliges Lachen hören. So ein Vogel war es. *Kaution, Kaution!* Krähen, das war's! Aber warum gurrten, schnarrten, schrien sie?

Er hatte einen Kugelschreiber bei sich, aber kein Papier. Nur die Zeitung, in die der Hase eingewickelt war. Eine lange Kolumne für die letzten Meldungen vor Redaktionsschluß war leer geblieben, nur zwei einsame Fußballresultate ganz oben. Er schrieb die Zeilen hin, die er gehört hatte. Auch noch andere Fragmente, die undeutlicher gewesen waren. Der Sinn? Der Sinn ging den Dichter nichts an. *Die Witwe war wichtig, die Witwe im Schatten.* Eine Stimme, sehr klar und dünn, sprach zu ihm, als ob sich der Mund an sein Ohr drängte: *Trinkt aus das Sakrament der Wahl.* Gladys begann zu singen, Popmüll, von irgendeinem Teenager komponiert und neuerdings oft in Plattensendungen im Rundfunk zu hören. Sie sang laut. Aufgeregt rief Enderby, »ach, um Christi Willen, hören Sie auf!« Gladys war empört. »Was zum Teufel denken Sie denn, wer Sie sind, daß Sie mir den Mund verbieten wollen?« rief sie drohend zu ihm herüber. »Ich will gerade ein Gedicht schreiben«, sagte Enderby. »Das hier«, sagte jemand, »soll ein anständiger Pub sein.« Enderby trank seinen Whisky aus und machte sich davon.

Als er, in Eile, heimging, versuchte er, den Rhythmus wiederzufinden, aber er war weg. Die Fragmente waren nun nicht mehr lebendige Glieder eines mystischen Leibes, der sich vollständig zu offenbaren versprach, sondern tot wie der Hase in der Zeitung, sinnlose Lautmalereien, ein albernes Wortgeklingel: wichtige Witwe, einäugige Insel. Wo waren die großen Rhythmen der nahenden Flut, der Winterseewind, die melancholischen Möwen? Eine Bö hatte die entstehende Form des Gedichtes zerfetzt und zerstreut. Ach ja! Von den Millionen Gedichten, die wie kokette Mädchen aus den Büschen winkten, ließen nur sehr wenige sich fangen.

Enderby zog dem Hasen das blutige Papier ab, als er sich der Fitzherbert Avenue 81 näherte. Fast unmittelbar gegenüber den Stufen, die zur Haustür führten, war an einem Laternenpfahl ein öffentlicher Abfallkorb. Er schmiß das Knäuel von Nachrichten, Blut und poetischen Keimen hinein und holte den Schlüssel hervor. Ein reinliches Städtchen! Unsere Maßstäbe erhalten wir aufrecht, auch wenn keine Urlauber da sind. Er trat in die Küche und begann dem Hasen das Fell abzuziehen. Gekocht mit Möhren, Kartoffeln und Zwiebeln, mit Pfeffer und Selleriesalz gewürzt und, vor dem Auftragen, einem Schuß von dem übriggebliebenen Weihnachtsrotwein, gäbe das, dachte er, Mahlzeiten fast für eine ganze Woche. Er klatschte die Eingeweide in eine Untertasse, schnitt den Rumpf in Stücke und drehte dann den Wasserhahn auf. Hände wie ein Henker, dachte er, als er sie betrachtete. In Blut gebadet bis zu den Ellbogen. Vor einem eingebildeten Spiegel über dem Ausguß probte er eine blutdurstige Grimasse, das blanke Opfermesser in der Hand.

Das Wasser, das aus dem Hahn rann, warf einen blassen Schatten auf das Spülblech, einen unbewegten Schatten. Die Zeile kam ihm, ein Refrain: *Dem Wasserhahn entrinnt ein steter Schatten.* Das war's, erkannte er mit neuer Erregung. Die Witwe, der Schatten. Eine ganze Strophe konnte nicht mehr an sich halten und platzte heraus:

Die Enten schrein, »Fanal, Fanal!
  Die Witwe will sich wichtig neu begatten.
Trinkt aus das Sakrament der Wahl.
  Dem Wasserhahn entrinnt ein steter Schatten.«

Was es zu bedeuten hatte, wußte der Teufel. Wo zum Teufel waren die andern Vögel? Welche waren's? Der Kuckuck? Die Möwe? Und wie hieß doch das schielende lesbische Luder in der Freimaurerbar? Das Messer in der Hand, die Arme bis zum Ellbogen blutig, rannte er aus seiner Wohnung, aus der Haustür, zu dem Abfalleimer am Laternenpfahl. Andere waren dagewesen, während er den Hasen gehäutet, ausgenommen und zerteilt hatte. Ein Black Magic-Karton, eine Senior-Service-Schachtel, Bananenschale. Wie ein Verrückter schmiß er alles in den Rinnstein. Er fand das verdreckte Papier, in das der Hase eingepackt gewesen war. Hektisch entknüllte er es Seite für Seite. POLIZEI WARNT: DIESER MANN TÖTET. SO SIEHT DER JUNGE AUS, DEN ALLE LIEBEN. *Gegen Magensäure: Rennies.* Pflichtlektüre. Er las: »Die schmerzerregende Säure wird neutralisiert, und Sie bekommen das wundervolle Gefühl, das Ihnen sagt, daß der Schmerz aufzuhören beginnt. Die Antazid-Wirkstoffe erreichen Ihren Magen allmählich und schonend, Tropfen für Tropfen...«

»Was soll das hier? Was ist los?« fragte eine amtliche Stimme.

»Eh?« Es war das Gesetz, unvermeidlich. »Ich suche diese verdammten Vögel«, sagte Enderby und blätterte weiter. »Ah, Gott sei Dank! Da sind sie. Statut, Tauben. Kaution, Krähen. Ist so gut wie geschrieben. Da!« Er schob die entfalteten Bögen dem Polizisten in die Arme.

»Nicht so eilig!« sagte der Polizist. Er war ein apfelbäckiger junger Mann aus dem agrarischen Hinterland, sehr groß. »Was wollen Sie mit diesem Messer, wo kommt das ganze Blut her?«

»Grad meine Stiefmutter geschlachtet«, sagte Enderby, tief in Gedanken über die Wortfügung. *Die Tauben gurrn, Statut, Statut!* Er rannte ins Haus. Die Frau von oben kam gerade die Treppe herunter. Sie sah das Messer und das Blut und kreischte auf. Enderby kam in seine Wohnung, rannte ins Bad, brachte mit einem Tritt die Heizung in Gang und setzte sich auf die Schüssel. Mechanisch stand er noch mal auf, um sich die Hose runterzulassen. Dann, immer noch ganz blutig, begann er zu schreiben. Jemand pochte – gebieterisch, Imperativ! – an die Wohnungstür. Er verriegelte die Badezimmertür und schrieb weiter. Das Pochen hörte bald auf. Nach einer halben Stunde hatte er das ganze Gedicht zu Papier gebracht:

Die Tauben gurrn, »Statut, Statut!
  Skorpione lauern in den güldenen Matten.
Einäugig blickt die Insel in die Flut.
  Dem Wasserhahn entrinnt ein steter Schatten.«

Die Krähen schnarrn, »Kaution, Kaution!
  Der teuren Witwe Tränen zu erstatten.
Sie wartet dein im Herd der Flammen schon.
  Dem Wasserhahn entrinnt ein steter Schatten.«

Die letzte Strophe war deutlich genug in dem, was sie ihm persönlich anbefahl. Ob es wirklich möglich sein würde, fragte er sich, sie zu befolgen? Dann würde dieses Jahr sehr verschieden von allen anderen.

Die Enten schrein, »Fanal, Fanal!
Die Witwe will sich wichtig neu begatten.
Trinkt aus das Sakrament der Wahl …«

In der Küche, konnte er nun hören, lief noch immer das Wasser. Er hatte vergessen es abzudrehen. Die ganze Zeit war der stete Schatten entronnen. Er stand auf von seinem Sitz und zog automatisch die Kette. Wer war bloß diese verfluchte wichtige Witwe, von der das Gedicht sprach?

Kapitel Zwei

1 Während Enderby frühstückte, mit aufgewärmtem Hasenpfeffer, eingelegten Walnüssen und Stiefmuttertee, kam der Postbote und brachte einen schicksalhaften Brief. Der Umschlag war seidig, dick gefüttert und elfenbeinfarben, die getippte Adresse in fettem Schwarz, als hätte man für seinen geweihten Namen eigens ein neues Farbband eingelegt. Das Briefpapier trug das Wappen einer berühmten Buchhandelskette. Der Brief gratulierte Enderby zu seinem letztjährigen Gedichtband, den *Revolutionären Sonetten*, und teilte ihm überglücklich mit, daß ihm der jährliche Lyrikpreis der Firma verliehen worden sei, eine Goldmedaille und fünfzig Guineen. Enderby wurde herzlich eingeladen zu einem feierlichen Lunch im Bankettsaal eines einschüchternden Londoner Hotels, wo er unter dem Beifall der literarischen Welt den Preis entgegennehmen sollte. Enderby ließ seinen Hasenpfeffer kalt werden. Am dritten Dienstag im Januar. Antwort erbeten. Er war ganz benommen. Und abermals Gratulationen. London. Schon der Name weckte die gleichen Reaktionen wie die Wörter *Lungenkrebs, Kontostand, Stiefmutter*.

Er würde nicht hinfahren, er konnte nicht, er hatte keinen Anzug. Was er im Augenblick auf dem Leibe trug, waren Brille, Tagesbart, Pyjama, Pullover mit Polokragen, Sportsakko und eine sehr alte Kordhose. Im Schrank hatte er eine Flanellhose und eine Weste aus moirierter Seide. Das reichte für einen Poeten, hatte er gedacht, als er sich nach der Entlassung aus dem Heeresdienst ausstaffierte, wobei die Seidenweste vielleicht sogar schon Luxus war, ein Stück Extravaganz, das eher zu einem Börsenmakler paßte. Er hatte sie aus Versehen für fünf Schilling bei einer Auktion zugeschlagen bekommen.

London. Bilder von Greueln überfluteten ihn, manche aus eigener Erfahrung, manche aus Büchern. Am Ende des Krieges, als er auf dem Friedhof in Soho nach William Hazlitts Grab suchte, war er von einem Konstabler beschimpft und wegen vorsätzlichen Herumlungerns mitgenommen worden auf die Wache in der Bow Street. Einmal war er auf dem schmierigen Pflaster vor Foyle's Buchhandlung ausgerutscht, und der Mann, der ihm wieder auf die Beine half – stämmig, älteren Jahrgangs, mit steifem grauem Haar –, hatte gefragt, ob er nicht mal fünf Mücken übrig habe, um ihm ein bißchen aus der Klemme zu helfen, weil sie nämlich Streik hatten die Woche. Kurz vorher hatte er sich die Seidenweste gekauft: zehn Schilling futsch! Im Pissoir eines sehr eigenartigen Pubs hatte ihn, unglaublich, aber wahr, ein gut aussehender Fremder in schickem City-Anzug zu einer Lutschparty eingeladen. Auf Enderbys höfliche Ablehnung hin war der Mann frech geworden; er drohte zu schreien, Enderby habe ihn angegriffen. Sehr unangenehm. Zusammen mit anderen Erinnerungen, die wie Ohrfeigen waren (darunter eine sehr peinliche an einen Zehnschillingschein im Café Royal), kamen Fetzen aus *Oliver Twist*, dem *Wüsten Land* und *Neunzehnhundertvierundachtzig*. London war unnötig groß, grundlos gehässig, ein Ort, wo man Geld los wurde und sich ansteckende Krankheiten holte. Enderby erschauerte im Gedanken an Defoes Tagebuch des Londoner Pestjahres. Und schon war er wieder – als er den kaltgewordenen Teller in die Pfanne ausleerte – bei seiner Stiefmutter. Mit fünfzehn hatte er sich an einem Zweipennystand auf dem Markt einen Duodezband mit Kochrezepten, Klatsch und Erbauungspredigten gekauft, gedruckt 1605. Seine Stiefmutter, die immerhin Zahlen lesen konnte, hatte einen Schrei ausgestoßen, als er das Buch stolz nach Hause brachte. 1605, das waren »die alten Tage«, nämlich Heinrich VIII., die Axt des Scharfrichters und die Große Pest. Sie steckte das Buch mit der Feuerzange in den Küchenherd und schrie, es müsse nur so wimmeln von tödlichen Bakterien. Sie hatte einen beschränkten, aber lebhaften Sinn für Geschichte.

Und die Geschichte war auch der Grund, warum sie nie nach London wollte. Für sie herrschten dort der blutige Tower und die Fleet Street, die Stadt war voller Halsabschneider und gefährlicher Fahrstühle. Als Enderby nun den Warmwasserhahn aufdrehte, sah er, daß der Durchlauferhitzer nicht erwartungsgemäß aufflammte wie ein Schmerzensbett. Das Gasometer brauchte einen Schilling, und er war zu faul, einen suchen zu gehn. Er wusch den Suppenteller und die Tasse mit kaltem Wasser. Seine Stiefmutter war darin groß gewesen; Messer und Gabeln waren mit einer Fettschicht überzogen wie Schußwaffen. Sehr faul, sehr dumm, sehr abergläubisch. Als er das Geschirr abtrocknete, beschloß er, doch nach London zu fahren. Es war ja nicht weit, nur eine Stunde mit der elektrischen Bahn; in einem Hotel zu übernachten, wäre nicht nötig. Und eigentlich war es ja eine Ehre, vermutlich. Einen Anzug würde er sich von jemand leihen müssen. Arry hatte sicher einen. Sie hatten so ziemlich dieselbe Größe.

Seufzend ging er ins Bad, um sich an die Arbeit zu machen. Zweifelnd betrachtete er die Badewanne, die voll war mit Notizen, Entwürfen, Reinschriften, die noch nicht für den Band, in den sie kommen sollten, abgeheftet waren, Büchern, Tintenfläschchen, Zigarettenschachteln, Resten improvisierter Imbisse beim Schreiben. Außerdem lebten unter all dem Schotter noch ein paar Mäuse, sehr nützliche Tiere, weil sie fleißig Abfälle vertilgten. Manchmal kam eine an die Oberfläche, setzte sich auf den Badewannenrand und sah zu dem Dichter hoch, der mit dem Kugelschreiber in der Hand zur Decke hochsah. Gegen ihn waren sie weder kriecherisch noch furchtsam (die Bedeutung von »mausig« hatte er vergessen). Der bevorstehende festliche Anlaß würde ein Bad erfordern, die Reinigung vor dem geweihten Mahl. In einer Frauenzeitschrift hatte er einmal ein grimmiges Apophthegma gelesen und nie wieder vergessen: »Bade zweimal am Tag, wenn du wirklich sauber, einmal am Tag, wenn du leidlich sauber, und einmal die Woche, wenn du kein öffentliches Ärgernis sein willst.« Andererseits, Friedrich der Große hatte in seinem ganzen Leben nie gebadet; sein Leichnam war von einer kräftigen Mahagonifarbe gewesen. Aber Enderbys Einstellung zum Baden war weder zwangsneurotisch noch friderizianisch; in diesen Dingen war er Empiriker. Obwohl er einsah, daß ein Bad in ein oder zwei Wochen nötig erscheinen würde, schreckte ihn die Aussicht, die Wanne benutzbar machen und die Mäuse vertreiben zu müssen. Ein Kompromiß: Er würde über dem Waschbecken eine sehr gründliche Gesamtwaschung vornehmen. Und mehr noch, er würde sich mit besonderer Sorgfalt rasieren und sich mit der Nagelschere die Haare stutzen.

Mürrisch bedachte er, daß die meisten modernen Lyriker nicht nur einigermaßen sauber, sondern geradezu geschleckt aussahen. T. S. Eliot, seit seinem Unfug bei der Lloyd's Bank, hatte damit angefangen, ein echter *trahison des clercs*. Vorher, so wollte Enderby glauben, waren Reinlichkeit und adrette Kleidung nur etwas für journalistische Balladendichter und Operettentexter gewesen. Trotzdem, denen würde er's zeigen, wenn er seine Goldmedaille abholen ging; mit ihren eigenen Waffen würde er sie schlagen. Er seufzte noch einmal, als er mit entblößten Beinen seinen Poetensitz einnahm. Zuerst mal mußte er jetzt einen Brief verfassen, in dem er sich bedankte und die Ehrung annahm. Prosa war nicht sein Fach.

Nach mehreren allzu feierlichen Entwürfen, die er zerknüllt in das papierschluckende Becken warf, auf dem er saß, schrieb er schließlich einen Brief in als Prosa verkleideten *In Memoriam*-Vierzeilern herunter.

»So sehr der Preis Bescheidenheit gebietet, scheint mir doch ein Dank von mir allein nicht von Belang, nicht musen- oder gottgeweiht...« Er hielt inne, als ein bizarres Analogon aus seinem Gedächtnis herbeischwamm. In den Tagen der bittersten Lebensmittelknappheit nach dem Krieg hatte er in einem Londoner Restaurant Kaninchenpastete bestellt. Als die Pastete dann kam, enthielt sie nichts als Hühnerbrust. Ein Geheimnis, das niemals aufzulösen wäre. Er zuckte die Achseln und fuhr fort, die Hühnerbrust der Poesie als Prosa zu verkleiden. Eine Maus kam herauf, ihm zusehen, die Vorderbeine hochgezogen wie ein Känguruh.

2 Enderby fand Arry ganz in Weiß in seiner unterirdischen Küche, wo er, ein schaumbedecktes braunes Ale neben sich, dabei war, Schweinefleisch in hauchdünne Scheiben zu schneiden. Ein schwachsinnig aussehender Küchenjunge schmiß Händevoll Kohl auf Teller. Wenn er nicht traf, las er die verstreute Portion sorgsam vom Boden auf und versuchte es noch mal. Massige Rinderhälften aus Smithfield wurden unter Späßen abgeladen – das Fett war ein goldenes Vlies, das Fleisch hatte den Farbton von verdünntem Empire-Burgunder. Enderby sagte:

»Ich muß nach London fahren, kriege dort eine Goldmedaille und fünfzig Guineen. Aber ich habe keinen Anzug.«

»Da kannst du dir einen schönen für kaufen«, sagte Arry, »für dat viele Geld.« Er sah nicht gerade glücklich aus, blickte finster auf seine Präzisionsarbeit hinab wie ein Chirurg, der einem bittren Feind das Leben rettet. »Da«, sagte er und hielt eine durchscheinende Scheibe gegen das Licht, »dünner geht et nicht.«

»Aber«, sagte Enderby, »ich seh nicht ein, warum ich mir bloß für die Gelegenheit einen Anzug kaufen soll. Ich trage ihn dann wahrscheinlich nie wieder. Oder jedenfalls lange nicht. Darum würde ich mir gern einen von deinen ausleihen.«

Arry sagte nichts. Er erforschte die aufgegabelte Scheibe und nickte, als ob er eine schwere Prüfung bestanden hätte. Dann machte er sich wieder ans Schneiden. »Liegst du richtig, wenn du denkst, ick hab mehr als einen. Ich tu allet für andre, oder? Aber kein Schwein tut wat für mir.« Er blickte einen Moment zu Enderby auf, und seine Zunge huschte zwischen den Torpfosten hinaus, wie um eine Träne abzufangen.

»Na«, sagte Enderby verlegen. »Du weißt, auf mich kannst du dich verlassen. Das heißt, in allem was ich *kann.* Aber ich hab eben nur ein Talent, und das nützt dir nicht viel. Auch sonst«, fügte er hinzu, weil das Selbstmitleid übermächtig wurde, »anscheinend niemandem. Bis auf hundert Leute vielleicht, hier und in Amerika. Und eine wahnsinnige Verehrerin in Kapstadt. Die schreibt mir einmal jedes Jahr und bietet mir die Ehe an.«

»Wahnsinnige Verehrerinnen«, sagte Arry, Fleisch aufschneidend, lokker in den Plural hinüberwechselnd. »Verehrerinnen, eh? Da hast du wat, wat ick nicht hab. *Ick* bin't, wo *ihr* verehrt. Dat ist der ganze verdammte Mist. Ist echt schlimm geworden, jetzt.« Er steigerte sich immer hitziger in seinen Dialekt hinein. »K'wer noch janz varrickt dervon.« Dann, als ein Gehilfe mit einem Schnupfen nach ihm schniefte, sagte er, »Vol-au-vent de dindon ist doch in dem Schrank da!«

»Wer denn?« sagte Enderby. »Wann denn?«

»Die da oben«, sagte Arry. »Thelma, die wo in die Cocktail-Bar serviert. Ick wußtet bestimmt Ende des Monats. Verflucht hübsch und so verflucht gemein!« sagte er, unentwegt schneidend. »Umwerfend!«

Enderby sagte, »na, warum gehst du nicht hin und holst sie dir? Steck dir aber erst ein paar Zähne ins Maul. Das Publikum hat nun mal seine Vorurteile, und die sprechen für Zähne.«

»Wat solln denn die Hauer damit zu tun haben?« sagte Arry. »Ick eß doch nichts. Zähne brauchst du zum Essen. Ick bin verliebt, dat ist der Jammer, und da haben die Hauer überhaupt nichts zu tun mit.«

»Aber die Frauen sehn sie nun mal gern«, sagte Enderby. »Es geht dabei mehr ums Ästhetische als um die Funktion. Also Liebe? Na ja. Liebe. Es ist lange her, daß ich von jemand gehört habe, der verliebt sein soll.«

»Jedet Schwein ist verliebt heutzutage«, sagte Arry und hörte mit dem Schneiden auf. Er trank einen Schluck braunes Ale. »Hörst du schon Lieder im Radio von. Früher hab ick die Flappe gezogen bei sowat. Und jetzt bin ick 'et, dem't erwischt hat. Liebe. Verdammter Mist allet, wo ick doch so viel zu tun hab um die Zeit. Die Firmen geben ein Lunch und Dinner nach't andre, fast bis Ende Februar. Zeit, wo't weniger paßt, gibt et gar nicht.«

»Wie ist das mit dem Anzug?« sagte Enderby. Er stand vor einem großen Glasbehälter mit eingelegten Zwiebeln, und seine Gedärme waren am Schmelzen. Er wollte fort.

»Kannst du auch mal wat für mich tun«, sagte Arry, »dann tu ick auch wat für dir.« Er schmeckte dieses letzte Pronomen ab und entschied dann, daß diese Enthüllung, dieser Wunsch, den er aussprechen wollte, die korrekte Duzform erforderte. »Wat für dich«, verbesserte er. »Ick leih dir den Anzug, wenn du ihr für mich schreibst. Ist doch dein Fach, Gedichte schreiben und all so Zeug. Ick schick ihr immer mal wat Speziellet rauf, wat ick speziell gekocht hab, aber dat ist nicht romantisch, irgendwie. Ein schönen Teller Kutteln in Milch, wat mir immer am liebsten war, als ick noch wat gegessen hab. Und sie, die schickt dat unangerührt wieder runter! So ein Biest! Wat der am besten runtergehn täte, dat wär so'n richtig netter Liebesbrief oder'n Häppchen Poesie. Wärst du doch mal der richtige Mann für«, sagte Arry und ließ seine Schlangenzunge vorschnellen. »Ick hab einen grauen, einen blauen, einen braunen, einen beigenen und einen Fischgräten-Tweed. Kannst haben, welchen du willst. Schreibst mir wat und schreibst Arry drunter und schickst et an mich und ick schick et ihr rauf.«

»Wie schreib ich denn Arry?« fragte Enderby.

»Mit H«, sagte Arry. »Zwei Stück die Woche müßte reichen. Brauchst du doch nur'n paar Minuten für, für sowat, wat den Frauen runtergeht. Du mit deine wahnsinnige Verehrerinnen!« sagte er noch.

Bevor er zu seiner Wohnung zurückkehrte, benutzte Enderby die Herrentoilette im Erdgeschoß des Hotels lange, ausgiebig und unter Krämpfen. Etwas angegriffen, ging er dann in die Cocktail-Bar, einen Whisky trinken und sich Thelma ansehen. Es durfte ja nicht passieren, daß in den Gedichten, die er hervorsuchte oder neu schrieb, die Pracht ihres Blondhaars oder ihre margeritenweißen Hauer gefeiert würden, wenn sie nun zufällig schwarz- oder grauhaarig und vielleicht zahnlückig wäre. Die Bar war voll, anscheinend alles Autoverkäufer, und die alberten und schäkerten mit viel Hahaha und in verjährtem Pilotenslang mit einer ganz ansehnlichen Bardame Ende dreißig herum. Sie hatte noch alle Schneidezähne, schwarzes Haar, freche Augen, Ohrringe – zwei Trauben winziger Münzen –, die blechern klimperten, Stupsnase und ein behaglich gerundetes Kinn. Der Busen war stattlich und gut befestigt. Sie schien ein wandelndes Schatzkästlein alter Thekenweisheiten, Bierepigramme und Radiokomikersprüche zu sein. Einer von den Autoverkäufern gab ihr ein Guinness aus, und sie trank ihm zu mit den Worten, »auf daß du ewig lebst und ich dich begrabe.« Und bevor sie ansetzte, sagte sie noch, »Übern Gaumen in den Schlund, warte Bauch, gleich bist du rund.« Sie hatte einen guten Schluck am Leib. Ihre kleine Bar war mit auf Brettchen eingebrannten Kaminsprüchen behangen: »Lache, und die Welt lacht mit dir; schnarche, und du schläfst allein.« – »Wasser kann man trinken, wenn ein guter Geist darinnen ist.« – »Wenn dir das Wasser bis zum Hals steht, mach's wie der Kessel und pfeif.« Über den Ginflaschen hing auch ein (dem Inhalt, nicht der Technik nach) browningeskes Reimpaar:

Und wenn dann der große Wirt kommt und die letzte
Rechnung schreibt,
Schreibt er nicht, wieviel du hattest, sondern nur,
daß nichts offen bleibt.

Enderby bezweifelte, daß er in dem, was er für sie schreiben würde, die gleiche gnomische Bündigkeit erreichen könnte. Aber das wäre ja auch nicht nötig, denn die Liebe ist ihrem Wesen nach ungenau und diffus. Er trank seinen Whisky aus und ging.

3

Enderbys Auffassung von Liebeslyrik war leidenschaftslos, unpersönlich, professionell. Die schlechtesten Liebesgedichte, hatte er immer behauptet, seien die ehrlichsten: die pochenden Gefühle des Liebenden, allzu privat und auf ein allzu partikuläres Objekt gerichtet, kamen allzu oft dem Idealen und Universellen in die Quere. Ein Liebesgedicht sollte an die Idee einer Geliebten gerichtet sein. Der Platonismus konnte mit idealen Brüsten, einem idealen Achselhöhlengeruch oder einem idealen unbefriedigenden Koitus ebenso fertigwerden wie mit dem marmornen Gespenst der alten Sonettdichter. Als er wieder in seinem Badezimmer war, wühlte er in Fragmenten und Entwürfen, die geeignet wären, seinen *Arry an Thelma*-Zyklus in Gang zu bringen. Er fand etwas von den Mäusen Angenagtes:

Ich suchte Duft und fand ihn in deinen Haaren.
Suchte Licht, und in deinen Augen saß es fest.
Auch die Sprache: die hielt deinen Atem in Ehren,
Und Bewegung war mir, was du tust und läßt.

Das hatte sowas wie der erste Vierzeiler eines Shakespeareschen Sonetts. Natürlich war das nicht das Richtige; der sprunghafte Rhythmus und die verwischten Reime würden in Thelmas Welt als technische Inkompetenz dastehen. Dann fand er:

Du warst da, und nichts wurde gesagt,
Denn Worte fielen herunter oder blieben hängen in der Luft.
Aber plötzlich, für den Splitter einer Sekunde, in einer Art
leidenschaftsloser Raserei, bemerkte ich die Konstante:
Wildes Flügelschlagen von Bewegung, schulbeispielhaft,
Bäume und Tische, Krieg, alles in festem Verhältnis
Und von dir bestimmt, ihrem primum movens.
Aber ich wußte nur eins: daß du wirklich da warst.

Er konnte sich nicht erinnern, das geschrieben zu haben. Die Erwähnung des Krieges grenzte die Datierung auf sechs Jahre ein. Der Ort? Wahrscheinlich irgendein Städtchen mit breiten Straßen und Café-Tischen im Freien. Angesprochen wurde wer? Sei nicht so erbärmlich blöd; natürlich niemand, das reine ideale Gefühl. Er grub weiter, mit den Armen tief in der Wanne. Die Mäuse kamen heraufgehastet und verschwanden in ihrer Urheimat, einem Loch. Er fand die Hälfte von einem unschätzbaren Jugendwerk:

Du bist all
Zartes Kristall,
Deine Hand
Silberseide auf Stahl.

Dein Haar die Ernte,
Garben des Sommers,
Dein Rücken fern aufblitzendes
Fleisch eines Flußdurchschwimmers…

Dann kam ein zackiger Abriß. Irgendwann mußte er mal kein Papier gehabt haben. Nichts von allem hier im Bad wäre für Thelma das Richtige, auch nicht für eine ideale Thelma. Er würde etwas Neues aufsetzen müssen. Seine untere Hälfte für poetische Geschäfte entblößend, nahm er seinen Platz ein und machte sich ans Werk. Das war ein echtes Problem, nämlich die Kluft zu überbrücken und etwas zu schaffen, das der Empfängerin nicht exzentrisch erschiene und zugleich den Autor nicht in die tiefste Verlegenheit stürzte. Nach einer Stunde hatte er etwas fertig:

Wie Mikrowellen strahlst du heiß und zart
  In meine mürbe Seele.
Im Fettdunst spür ich deine Gegenwart
  Wie Bierschaum in der Kehle.
Die Spelzen, Schalen und sogar der Strunk
Vom Kohl erfahren die Veredelung.

Geschlagne Eier schäumen juvenil,
  Im Ofen seufzt der Braten,
Und Frühlingsahnung birgt sich keusch und kühl
  Im Herzblatt von Salaten.
Und Fisch und Muschel, Schnecke, Krustentier
Sind voller Liebe, und so geht's auch mir.

Aber nach diesen ersten beiden etwas mühsamen Strophen konnte er kaum mehr aufhören. Ohne Skrupel reimte er weiter, entsetzt über die zunehmende Geläufigkeit, eine wahre Logorrhöe. Am Ende der Ode war alles, was Arrys Küche nur hergab, auf zehn engbeschriebenen Seiten untergebracht. Eines, dachte er, hätte er vollkommen klargemacht, nämlich daß Arry verliebt war.

4

Es war der Tag, an dem er zu dem Lunch nach London mußte. Zitternd fand Enderby früh aus dem Bett und sah durch die morgendliche Dunkelheit Schnee hereinstarren. Bibbernd knipste er sämtliche Heizapparate in der Wohnung an, dann machte er Tee. Der Schnee glotzte ihn stumpf durch die Fenster an, darum zog er die Vorhänge zu und verwandelte den harschen Morgen in einen gemütlichen Pantoffelabend. Dann rasierte er sich. Einigermaßen gründlich gewaschen hatte er sich schon vorvorgestern abend. Er hatte fast vergessen, wie es war, sich mit einer neuen Klinge zu rasieren, denn seit beinah einem Jahr nun hatte er die alten benutzt, die der vorige Inhaber der Wohnung auf dem Badezimmerschrank aufgestapelt hatte liegenlassen. An diesem Morgen holte er sich Schnitte auf den Wangen, an der Unterlippe und am Adamsapfel: Der Rasierseifenschaum wurde zu kindheitsbeschwörendem Eiskrem, mit ein paar Spritzern Himbeersirup. Er fand ein altes Gedicht mit der Anfangszeile *Und wenn er's, wie er sagte, dann auch täte*, und mit Schnipseln daraus stillte er das Blut. Er begann sich anzukleiden, zuerst ein neues Paar

Socken, beim Winterschlußverkauf erstanden, in denen er die Beine der Pyjamahose ordentlich verstaute. Er hatte sich ein weißes Hemd eigens für die Gelegenheit bügeln lassen, und in einem Koffer hatte er eine gestreifte Krawatte – lindgrün und senffarben – gefunden, mit dem Namen PADMORE in Wäschetinte auf einem weißen, am Futter befestigten Läppchen (wer, in Gegenwart, Vergangenheit oder noch nicht wahrgewordener Zukunft, war Padmore?). Sein eines Paar braune Schuhe hatte er sorgfältig geputzt. Außerdem hatte er zwei saubere Taschentücher zurückgelegt, eins fürs Revers, eins für den Rotz. Was diese Lackaffen in der Stadt können, können wir auch. Der Anzug von Arry war in sachlichem Grau, der eliotanischste in Arrys Garderobe.

Er war angenehm überrascht, als er die dezent feierliche Gestalt sah, die sich im Ankleidespiegel verneigte. Weltmännisch sah er aus, solide, ein Gelehrter, ein Dichter, der nebenbei eine Bank oder ein Verlagshaus regierte, die Zähne eine blitzende Doppeloktave in der Glut des Elektroofens, die Brille das Licht der Bettlampe sammelnd. Zufrieden ging er, sich das Frühstück machen – etwas Besonderes heute, denn wer weiß, was für einen garnierten Mist man ihm in dem großen Hotel kaltblütig vorsetzen würde. Er hatte sich eine Cornische Blätterteig-Pastete gekauft – allerdings war sie ein bißchen plattgedrückt, weil er beim Verlassen des Ladens auf einem Eisflecken ausgerutscht war, aber ihre Eßbarkeit war kaum beeinträchtigt. Dazu sollte es Eingelegtes von Branston geben, und weiter eine festliche Tasse Nescafé. Er spürte einen ungeahnten inneren Jubel, als er sich diese Reisemahlzeit zubereitete, so als hätte er es nun, nach Jahren des Ringens, endlich geschafft. Was sollte er sich von dem Preisgeld kaufen? Ihm fiel nichts ein. Bücher? Gelesen hatte er schon genug. Kleidung? Haha! Es gab nichts, was er wirklich brauchte, nur mehr Talent. Sonst nichts auf der Welt.

Der Kaffee war eine Enttäuschung – lauwarm und schwach. Vielleicht hatte er etwas falsch gemacht. Ob er darin Stunden nehmen konnte? Ob es für sowas Lehrer gab? Arry! Natürlich, den sollte er fragen. Viertel nach neun (der Zug ging fünf vor zehn, und zehn Minuten zu laufen bis zum Bahnhof) setzte er sich mit einer Zigarette hin und wartete, hypnotisiert von der vergoldeten Zinnoberglut des Elektroofens. Plötzlich fing er eine Erinnerung ein, wie man eine Fliege fängt. Ferne Kindheit, Weihnachten 1924. Am Nachmittag kam Schnee herunter und verwandelte die ärmliche Straße, wo der Laden war. Er hatte eine Laterna magica geschenkt bekommen, und nach dem Weihnachtsessen sollte er Bilder von wilden Tieren an die Wand des Wohnzimmers projizieren. Die Laterne funktionierte mit einer Kerze, und man hatte eine ganz neue hineingesteckt, deren Flamme für die Linse viel zu hoch brannte. Onkel Jimmy, der Klempner, hatte gesagt, »müssen wir eben warten, bis sie runtergebrannt ist. Spiel uns was vor, Fred!« Und Fred, das war Enderbys Vater, hatte sich ans Klavier gesetzt und gespielt. Alle andern in dieser abgeblaßten Versammlung – nur die Stiefmutter, wie sie vor sich hin rülpste, hatte er noch in heller Erinnerung – hatten abgewartet, daß die Kerze bis zur Höhe der Linse herunterbrannte und die bunten Tiere plötzlich an der Wand erschienen.

Warum, fragte Enderby sich jetzt, warum hatte niemand daran gedacht, die Kerze kürzer zu schneiden? Warum hatten sie alle, einer wie der andere, lieber abgewartet, bis die Kerze soweit war? Das war auch wieder ein Geheimnis, aber er fragte sich, ob es wirklich ein Geheimnis von anderer Art war als dieses Warten jetzt: warten, daß die shakespearische Kerze der Zeit herunterbrannte, und warten, bis es Zeit wurde, sich warm anzuziehen und zum Bahnhof zu gehen. Enderby hatte plötzlich den sehnlichen Wunsch, die ganze lange Kerze bis zum Ende stutzen zu können – Enderbys Gedichte alle schon geschrieben zu haben, und Schluß! Dann grinste er, weil sein Magen, nachdem er ihn heimlich in diese trübe Laune versetzt hatte, nun leise klagend bestätigte, daß er sie nur teilen könne.

Pfffrrrp. Und dann Brrrrrrr. Aber das, so begriff er nach dem ersten Erstaunen, daß sein Magen eine solche metallische Ektophonie zustande gebracht haben sollte, das war, sehr zu seinem Ärger, die Türklingel. In dieser Frühe, egal, wer es war, und zu so ungelegener Zeit! Er ging zur Wohnungstür und sah Mrs. Meldrum, seine Wirtin, durch den Hausflur watscheln. Na! Er bezahlte doch per Post. Je weniger er von ihr sah, desto besser. »Wenn ich Sie einen Moment stören darf, Mr. E.«, sagte sie. Sie war eine Frau von sechzig Jahren, mit verkniffenen Ostmittelengland-Vokalen. Ihr Gesicht war dem müden, aber gutgelaunten Halbmond einer Malzmilch-Schlaftrunk-Reklame nachgebildet, die sogar Enderby schon oft gesehen hatte: Kasperlesnase bis zum Spitzkinn heruntergezogen, aber keine Kasperlesbäckchen dazwischen. Sie hatte noch den vollen Satz Mausezähne, von der Farbe kleiner schmutziger Eissplitter, und die bleckte sie nun gegen Enderby wie gegen einen Spiegel. Enderby sagte:

»Ich muß gleich in die Stadt.« Es durchschauerte ihn leicht, als er das sagte: ein vielbeschäftigter Mann, der wichtige Termine hatte.

»Ich werd Sie nur eine Minute aufhalten«, sagte Mrs. Meldrum, »Mr. E.«

Sie watschelte an Enderby vorbei in die Wohnung hinein, als ob sie ihr gehörte, und sie gehörte ihr ja auch. »Eigentlich wollte ich die Schillinge aus dem Elektrometer holen«, sagte sie, »und das ist sozusagen der Grund, warum ich geläutet hab. Es ist auch, anders gesagt, wegen der Beschwerden.« Sie ging Enderby voraus ins Wohnzimmer. Sie betrachtete eingehend die Reste von Enderbys Frühstück auf dem Tisch und schüttelte humorvoll den Kopf, dann hob sie den Topf mit Eingelegtem auf und las murmelnd das Etikett vor, wie ein Priester, der die Messe liest: »Zucker, Blumenkohl, Zwiebeln, Malzessig, Tomaten, Möhren, Weinessig, Gurken, Datteln, Salz, Knochenmark …«

»Was für Beschwerden?« fragte Enderby, wie von ihm erwartet wurde.

»Silvester«, sagte Mrs. Meldrum, »ist zwar nun mal ein besonderer Anlaß zum Feiern, aber trotzdem hat Mrs. Bates unten im Kellergeschoß sich über lautes Singen beschwert, als sie nicht einschlafen konnte wegen ihrer Rückenschmerzen, und Ihr Name ist dabei gefallen, mehrfach, und besonders, als es sehr ordinär geworden ist. Und am Neujahrstag, da sind Sie gesehen worden, Sie, wie Sie mit einem Tranchiermesser auf der Straße rumgerannt sind, und ganz voll Blut sind Sie auch gewesen. Jedenfalls, Mr. E., Spaß muß sein, wie man so sagt, aber ich muß schon sagen, ich kann nur staunen, ein Mann in Ihrem Alter! Und die Polizei hat in aller Stille mal ein Wort mit Mr. Meldrum geredet, ohne mein Wissen, und ich hab erst gestern abend etwas aus ihm rausbekommen, denn er ist ja immer so scheu und zurückhaltend und will keinen Ärger machen. Jedenfalls, wir haben mal drüber geredet, und so geht das nicht weiter, Mr. E.«

»Ich kann's erklären«, sagte Enderby und sah auf seine Uhr. »Es ist wirklich alles ganz einfach.«

»Und weil wir schon mal beim Thema sind«, sagte Mrs. Meldrum, »das nette junge Paar eine Treppe höher. Die sagen, sie können Sie nachts manchmal hören.«

»Ich kann *sie* hören«, sagte Enderby, »und von wegen nettes junges Paar!«

»Na«, sagte Mrs. Meldrum, »kommt ganz drauf an, wie man's sehen will, nicht? Dem Reinen ist alles rein, könnte man sagen.«

»Worauf wollen Sie hinaus, Mrs. Meldrum?« Enderby sah abermals auf seine Uhr. In den letzten dreißig Sekunden waren fünf Minuten vergangen. Mrs. Meldrum sagte:

»Gibt genug Leute, die so eine hübsche kleine Wohnung gern nehmen würden, Mr. E. Wir haben eine anständige Nachbarschaft, hier. Pensionierte Studienräte und Industriekapitäne wohnen hier ganz in der Nähe. Und ich würde nicht sagen, daß Sie die Wohnung immer schön sauber halten.«

»Das ist meine Sache, Mrs. Meldrum.«

»Na ja, vielleicht ist das Ihre Sache, Mr. E., aber vielleicht auch wieder nicht. Und überall steigen die Mieten dies Jahr, wissen Sie ja wohl auch. Wo die Steuern doch auch steigen und wir alle im eigenen Interesse sehn müssen, wo wir bleiben.«

»Oh, ich verstehe«, sagte Enderby. »Darum geht's, nicht? Wieviel?«

»Sie haben die hier sehr vernünftig bekommen«, sagte Mrs. Meldrum, »das kann niemand bestreiten. Sie haben die hier für vier Guineen die Woche bekommen, über die ganze Saison. Da ist ein Herr, wo in London arbeitet und sehr hinterher ist nach einer anständigen Unterkunft. Sechs Guineen wäre für ihn eine sehr vernünftige Miete.«

»Also, für mich ist es keine vernünftige Miete, Mrs. Meldrum«, sagte Enderby wütend. Seine Hand mit der Uhr schoß vor, der Zeiger rannte. »Ich muß gehn«, sagte er. »Ich muß einen Zug kriegen. Aber wirklich«, sagte er, geschockt, »ist Ihnen klar, daß das acht Guineen mehr wären im Monat? Wo soll ich das hernehmen?«

»Ein Herr mit eigenem Vermögen«, sagte Mrs. Meldrum selbstzufrieden. »Wenn Sie nicht bleiben wollen, Mr. E., kündigen können Sie immer, eine Woche im voraus.«

Enderby graute es bei der Aussicht, die Badewanne voller Manuskripte sortieren und ausräumen zu müssen. »Ich muß gehn«, sagte er. »Ich werde Ihnen Bescheid geben. Aber ich finde, es ist eine Zumutung.«

Mrs. Meldrum rührte sich nicht. »Dann gehn Sie man, daß Sie Ihren Zug kriegen«, sagte sie, »und dann denken Sie in Ihrem Erster-Klasse-Abteil mal drüber nach. Und ich werde die Schillinge aus dem Elektrometer holen, muß ja auch mal jemand tun ab und zu. Und wenn ich Sie wär, dann würd' ich die Teller da noch ins Spülbecken stellen, ehe Sie gehn.«

»Rühren Sie meine Papiere nicht an!« sagte Enderby. »Dort im Bad liegen private und vertrauliche Papiere. Wenn Sie die anrühren, auf Ihre Gefahr!«

»Gefahr, müssen Sie sagen!« schnob Mrs. Meldrum. »Und das paßt mir überhaupt nicht, sowas, solche anzüglichen Sachen in *meinem* Badezimmer!« Inzwischen band Enderby seinen Schal um und zwängte sich – wie durch einen Schacht, der ans Licht führte – in seinen Mantel. »Das ist Tatsache, sowas hab ich noch nie gehört«, sagte Mrs. Meldrum, »und ich bin doch schon lange genug in diesem Geschäft. Ich hab schon gehört, daß manche Leute Kohlen in der Badewanne verstauen, solches Gesindel gibt es, aber Gott dem Allmächtigen sei Dank, solche hab ich noch nie an *meinem* Busen beherbergt. Wollen Sie so aus dem Haus gehn, Mr. E., mit lauter Papierschnipseln im Gesicht? Da kann ich ein Wort lesen, dicht neben der Nase: *epileptisch* oder sowas. Sie tun sich selbst und mir und auch allen andern Mietern keinen Gefallen, Mr. E., wenn Sie in dem Zustand aus dem Haus gehn. Gefahr, müssen *Sie* sagen!«

Enderby verdrückte sich, voller Zweifel. Er war nicht darauf gefaßt gewesen, sich eine neue Behausung suchen zu müssen, nicht jetzt, mitten in der Arbeit am *Schoßtier*. Dieses Städtchen wurde aber auch immer mehr zu einem Schlafsaal für kahlköpfige junge Männer aus London. In einem Pub hatte er neulich den Chef einer Wochenschau-Firma kennengelernt, einen spendablen Gintrinker mit einer hohen, schnellen Stimme. Und anderswo hatte sich auch schon ein Streichkäse-Direktor laut und ungeniert zu erkennen gegeben. London kroch südwärts zum Kanal hin.

Enderby kroch nordwärts zum Bahnhof, wobei er sich bizarre Wortfetzen von den Rasierwunden zupfte. Der Schnee war schon festgetreten, von den Leuten, die mit einem aufrichtigen Eifer schon früher loshasteten, um nach London zur Arbeit zu kommen. Enderby tappste in winzigen Gavotteschritten, aus Furcht, wieder auszurutschen, denn der Rumpf schmerzte ihn noch von dem Sturz gestern abend. Arbeiterzüge, Stenotypistinnenzüge, Direktorenzüge. Abschlüsse am Telefon, fünfzig Guineen waren nichts für die, Pinkelgroschen. Aber die Mieterhöhung für ein halbes Jahr, dachte Enderby, dafür würde es reichen.

Zum zinkgrauen Himmel hochblickend, sah er ein, zwei Möwen landeinwärts flattern. Er hatte nun schon seit zwei Tagen die Möwen zu füttern versäumt. Vielleicht, dachte er vage, könnte er's gutmachen, wenn er ihnen aus dem Heeres- und Marineladen irgendwas besonders Lekkeres mitbrachte. Er kam an einem Block mit leuchtenden Plakaten vorüber. Eines davon warb für Haushaltsgas: Eine lächelnde Muttergottes namens Mrs. Therme sprach für eine Art molligwarme heilige Familie. Pfingstliche Thermen, pfingstliche Spermen. Zwei Männer in gefärbten Armeemänteln marschierten, wie auf dem Rückzug, mit demoralisierten Totschlägergesichtern vom Bahnhof weg. Der eine sagte zum andern: »Daß sich das verdammt noch mal nicht entscheiden kann! Einen Tag Regen, einen Tag Schnee. Morgen wird's wieder pissen.« Enderby mußte stehenbleiben, die Luft blieb ihm weg, sein Herz klopfte, als ob er eben eine halbe Flasche Schnaps in sich hineingeschüttet hätte, mit der linken Hand suchte er Halt an einer schneebekappten Ligusterhecke. *Pfingstlicher Same kam herabgepißt.* Nein, nein, nein. *Herabgestürzt.* Der Vers wurde an ihn ausgegeben wie das Kärtchen aus einem Wiegeautomaten. Er sah plötzlich das ganze Gedicht vor sich wie eine bösartige, geduckte Maschine, die wägte und wartete. Die heilige Familie, die Jungfrau Maria, der pfingstliche Same. Er hörte einen Zug pfeifen und mußte sich beeilen.

Keuchend betrat er die kleine Schalterhalle und wühlte die Brieftasche aus der rechten Brusttasche hervor. Am Bücherkiosk stand immer noch ein Weihnachtsbaum. Das war nicht in Ordnung: die zwölfte Nacht war vorüber, St. Distaff, der Spinnrockentag, und seitdem drehten die Räder des Arbeitsjahres sich wieder. Enderby beugte sich zu den strengen Hemdsärmeln hinter dem Schalter hin. »Tagesrückfahrkarte nach London bitte«, flehte er. Mit der Karte nahm er das Wechselgeld, und dabei fiel ihm ein Schilling zu Boden. »Lassen Sie den bloß nicht entwischen, Mister«, sagte eine muntere Alte in Schwarz. »Brauchen Sie fürs Gas.« Sie kicherte, als Enderby dem glänzenden Einrad zur Schranke nachrannte. Der Fahrkartenknipser setzte einen schweren Stiefel drauf: gefangen! »Danke«, sagte Enderby. Als er nach dem Aufheben wieder hochkam, trübten sich seine Augen, und er sah ein ganz klares und blaues Bild der Jungfrau Maria am Spinnrad, eine silberne Königin auf babyblauem Grund. Dies hatte nichts mit dem *Schoßtier* und seiner Maria-Pasiphaë zu tun. Dies hatte etwas mit seiner Stiefmutter zu tun.

In diesem Spinnraum, auf ein Wort verkürzt,
Pfingstlicher Same kam herabgestürzt...

Nein, das war's nicht, der Rhythmus war falsch, keine Reimpaare. Die Paare hatte er von den Taubenflügeln in einer Rede der Königin im *Hamlet.* Tauben, Lauben, Lieben. Enderby stiefelte die Treppe hinunter und auf der anderen Seite wieder hinauf zum Bahnsteig. Der Zug fuhr eben ein. Es gab doch genug Reime auf -auben. Enderby stieg ein. Um diese Zeit fuhren nur wenige Leute mit – Frauen auf dem Weg ins Getümmel des Winterschlußverkaufs, ein gelehrt wirkender Polizei-Inspektor mit Aktentasche, zwei Männer, die, dachte Enderby zerstreut, ganz wie er selber aussahen – schick, normal, städtisch. Tauben kam von Taube, *der* Taube, nämlich dem Heiligen Geist. Eine Taube im Laube der Liebe. Diebe, Siebe, Rübe.

»Aber ich muß doch sehr bitten!« sagte eine Frau, die ihm schräg gegenüber saß. Sie waren die einzigen im Abteil. Die Frau war dünn, blond, ausgelaugt, um die vierzig, mit einer schicken Nerzcapestola und einem Hut wie ein Vogelnest. »Gebären«, sagte Enderby, der Weltmann. »Beschweren, nähren.« Der Zug begann nordostwärts zu stampfen, ein liebestoller Samenfaden, dem Riesenleib von London, von dem er verschlungen würde, entgegen eilend. »Verschlungen«, sagte Enderby, vor Aufregung die Stimme hebend, »von Evas riesigem Ähem verschlungen. Ich wußte doch, daß Eva irgendwas damit zu tun hat.« Die Frau nahm ihre foliantengroße Handtasche und das silbergraue Reimpaar ihrer Handschuhe und verließ das Abteil. »Ade Eva«, sagte Enderby. Wo gab es Papier? Er hatte keines, ein Arbeitstag war ja nicht vorgesehen. Einen Tintenstift hatte er. Er stand auf und folgte der Frau auf den Korridor. Aufkreischend wie ein getretenes Kätzchen flüchtete sie ins nächste Abteil, wo schon ein Trio redender und nickender Frauen in dunkler Gefechtskleidung für den Schlußverkauf saß. Enderby, eine heimkehrende Taube, ging schnurstracks zum Abort.

5

Pfingstlicher Same kam herabgestürzt,
Von Evas Riesenuterus verschlungen,
In diesem Spinnraum, auf ein Wort verkürzt.

Enderby saß vollständig bekleidet auf dem wogenden WC, geschaukelt wie ein kleiner Junge auf dem Knie seines Vaters, rittlings bis Charing Cross. Nein, zur London Bridge. Nein, Victoria. Elektrosperma im Ansturm auf Unsere Liebe Frau des Schlachtenruhms, Enderby im Sattel. Er hatte die Papierrolle aus dem Halter genommen und bekritzelte ein Blättchen nach dem andern mit seinem Tintenstift. Das Gedicht war eindeutig ein Lied für die Heilige Jungfrau.

Woher dieser Marienkult? Er wußte's. Er erinnerte sich an sein Schlafzimmer mit den Andachtsbildern, die von italienischen Künstlern kommerziell verfertigt wurden: Pius XI. mit der dreiteiligen Tiara und der Segensgeste; Jesus Christus mit dem entblößten radioaktiven Herzen und – damit man es auch nicht übersehen konnte – mit einem göttlichzarten Zeigefinger darauf deutend; Heilige (Antonius, Johannes der

Täufer, Bernadette); die Jungfrau Maria mit dem sanftmütigen Lächeln und dem charmanten Schleier;

> Und ich war nirgends, weil ich allen diene –
> Gunst und Musik, wie leicht errungen:
> Des fremden Sohns geduldige Maschine.

Vor der Tür war ein Weihwasserbecken gewesen, ausgetrocknet in der Dürre seines knabenhaften Unglaubens. Im ganzen Haus, bis dahin, wo der neutrale oder protestantische Boden des Ladens angrenzte, hatte es noch andere Weihwasserbecken gegeben, außerdem Kruzifixe, Gipsstatuen, verdorrte Palmzweige aus dem Heiligen Land, in Rom gesegnete Rosenkränze, hier und da ein Agnus Dei, dekorativ fromme Aussprüche (aus Dublin, in pseudokeltischer Schrift), kurz wie ein Zähnefletschen. Das war der Katholizismus seiner Stiefmutter, aus Liverpool importiert – Reliquien, Embleme und Hagiografen als Blitzableiter; die Religion war reine Gewitterfurcht.

Der Katholizismus der Enderbys dagegen stammte aus einem kleinen katholischen Widerstandsnest nicht weit von Shrewsbury, aus einem Dorf, das durch die Reformation nur seiner Kirche beraubt worden war. Beim tabakverkaufenden Vater schon schwach ausgebildet (der ging nur am Karsamstag zur Beichte, und Weihnachten, betrunken, in die Mitternachtsmesse – sonst nichts), war die Religion beim dichtenden Sohn dank jener Stiefmutter ganz abgestorben. Seit über zwanzig Jahren war es nun zu spät, einen unbefangenen Blick für sie zu gewinnen – ihre intellektuelle Würde, die kalte Kohärenz ihrer Theologie. Unter bitteren Tränen hatte er sich während der Adoleszenz mit Hilfe Nietzsches, Tolstois und Rousseaus da herausgearbeitet, und die Anstrengung, sich seine eigenen Mythen zu schaffen, hatte ihn zum Dichter gemacht. Da konnte er jetzt nicht mehr zurück, auch nicht, wenn er wollte. Sonst müßte er sich mit den Konvertiten verbrüdern, die das Gefühl des Verdammtseins zu Thrillern verarbeiteten oder aus den Konvertiten von Oxford einen exklusiven Klub bildeten, diesen zu einer Kirche erklärten und Enderby nicht hineinließen. Weil er erklärtermaßen Apostat war, würde man Enderby mit manchen wilden Männern aus Irland zusammenspannen. Darum wäre es am besten, über seinen Glauben oder dessen Verlust den Mund zu halten (als er bei der Einberufung zur Armee nach der Religion gefragt wurde, hatte er »Hedonist« gesagt, und deshalb mußte er zu Paraden der verschiedenen Sekten gehen); was störte, war offenbar nur, daß seine Kunst nicht bereit war, sich den Mund verbieten zu lassen.

Sein Lachen gor, er wurde drum beneidet;
  Dem Fisch, dem Wurm fast wäre sie gelungen,
Die Rose der Verkleidung, die ihn kleidet.

Auf den Glauben kam es letzten Endes nicht an; die Frage war nur, welche Mythen noch genug emotionales Gewicht hatten, um brauchbar zu bleiben. Also sprach die Jungfrau Maria nun ihr Schlußtripel, aus ihrem eleganten blauen Gewand verblasen zum Spinnrocken hinlächelnd:

Mag auch die Taube mir Dispens gewähren
  Und Fleisch darf Fleisch sein, bleiben Eiterungen
Unnützer Liebe, die im stillen schwären.

Da lag zu viel Liebe in der Luft, dachte er sich, als er sein Gedicht unzufrieden noch einmal durchlas. Er sah, daß etwas über die Genese des Poeten drinstand, ganz abgesehen von dem offensichtlichen Mythos. Auf ein letztes Blatt Toilettenpapier schrieb er: *Jede Frau ist eine Stiefmutter*, dann warf er es in die Abortschüssel. Und nun, nach dem lärmenden Dunkel draußen zu urteilen, vor den Fenstern der Zelle, wo sein Gedicht eine beneidete Stunde lang gegoren hatte, waren sie angekommen. Bellen von Seehunden in einem Zirkus, kollabierende Kistenstapel, Stöckelschuhe auf dem Bahnsteig, ein Zischen, dann Beben und Rückstoß, als der Zug, elisabethanisch gesprochen, erstarb.

Kapitel Drei

1 Ein paar Stunden später saß Enderby unter einem prachtvollen Deckengewölbe, benommen von Speise und Trank und unaufrichtigen Lobreden. Eine nicht allzu erlesene Zigarre wackelte zwischen seinen Fingern, die, wie er nun sah, eine Behandlung mit dem Bimsstein nötig gehabt hätten. In einem Winternachmittagstraum entgingen ihm viele schöne Worte aus Sir George Goodbys Oratio. Ihm gegenüber und rechts und links von ihm hingen über zwanzig Schriftstellerkollegen an Zigarettenwölkchen von der Decke herab; ihre Gesichter flatterten vor Enderbys Augen wie zwei Reihen zum Trocknen aufgehängter Unterhosen. Mit ziemlich soliden Tritten hufte und bäumte sich eine Art Reiterstandbild durch seinen Magen, das zugleich die Zeit und London symbolisierte. Er spürte den Wunsch, sich in der Nase zu bohren. Von all den Flüssigkeiten dieses Tages ging nun gerade ein Cocktail namens Henkersblut durch die tiefen Eingeweide eines Shakers und kam gleich darauf schäumend zum Kosten an seine Lippen. Es hatte eine fettige Pseudoschildkrötensuppe gegeben, mit echten frischen Brötchen und rosenknospenförmigen Butterklecksen. Gebratene Ente, von der man Enderby eines der fetteren Segmente vorgesetzt hatte, mit Erbsen und Pommes sautés, säuerlicher Orangensauce und einem dicken, laukalten Fonds. Preiselbeerpastete, das Gebäck durchgeweicht unter einer sumpfigen Schicht Schlagsahneersatz. Und Käse.

Käse! Als ob er fotografiert würde, lächelte Enderby über den Tisch zu einer Frau hinüber, die ihn ihrerseits angelächelt hatte. Ich habe Ihre Lyrik schon immer bewundert, aber Sie leibhaftig zu sehen, ist eine Offenbarung. Und ob! Pörrrrrp.

»Eine Offenbarung«, sagte Sir George, »von purster Schönheit. Der Zauberstab der Poesie verwandelt die Schlacke der alltäglichen Werktagswelt in lauterstes Gold.« Sir George Goodby war von ehrwürdigem Alter; seine sichtbaren Teile bestanden zumeist aus zusammengenähten Stückchen gut durchgebräunter Haut. Er war der Gründer der Firma, die seinen Namen trug. Die Firma war reich geworden durch den Verkauf von Büchern, die den ehrpusseligen Verlagen zu ordinär waren. Von Ramsay MacDonald für seine Verdienste um die Alphabetisierung der

Volksmassen zum Ritter geschlagen, hatte Sir George sich schon immer gewünscht, der Literatur auch einmal anders als durch Absatzstrategien unter die Arme zu greifen: Von Jugend an hatte er danach gestrebt, ein hungerleidender, erst nach seinem Tode anerkannter Poet zu werden. Und Hungerleiderpoesie hatte er immer noch geschrieben, als ihn das Schicksal schon längst zum Geldvermehren bestimmt hatte. Eine notleidende kleine Firma hatte er mit der Drohung eines Kettenboykotts gegen alle ihre Publikationen dazu bewogen, seine Werke herauszubringen. Alle Druck-, Werbe- und Vertriebskosten hatte er selbst getragen, aber der Ruf der Firma war ruiniert. Die berühmtesten Bände dieser Reimereien hießen *Gespinste aus dem Pfeifenkopf, Ein Traum vom fröhlichen England, Rosen des Angedenkens* und *Gesänge eines Optimisten.* Er konnte natürlich niemanden zwingen, diese entsetzlichen Sammlungen zu kaufen, geschweige denn, sie zu lesen, aber einmal im Jahr, wenn er einem Sangesbruder, wie er das vornehm nannte, einen Scheck und eine Medaille gewährte, hielt er eine Ansprache, die mit so vielen Rosinen aus seinen eigenen Werken gespickt war, daß sich dem Publikum ob der Peinlichkeit der Magen umdrehte.

»Die Giganten meiner Jugendtage«, sagte Sir George gerade, »waren Dobson, Watson, der Mystiker Sir Edwin Arnold, der Revolutionär Bridges, Calverley für die Stunden unbeschwerter Heiterkeit, Barry Pain für die profunderen Seufzer.« Enderby machte einen flachen Zug an seiner Zigarre und fühlte den rohen Biß. Wieder ein Bild aus der Kindheit: die Lehrerin in der Grundschule, wie sie ihnen die Seele erklärte, in der die Sünde eine Art Karies bewirkte. Sie hatte mit Kreide eine große weißliche Form wie einen Käse (die Seele) auf die Tafel gerieben und dann mit einem Spuckefinger Löcher (Sünden) hineingetupft. Aus irgendeinem Grund hatte Enderby immer den Geschmack dieser Kreideseele gekannt – wie nach scharfem Essig und rohen Kartoffeln –, und diesen Geschmack hatte er jetzt stark auf der Zunge. »Die Seele«, sagte Sir George, als ob er Enderbys Gedanken lesen könnte, »ist die blühende Au für die Wanderungen des Poeten, das Meer, auf das er mit der Barke des Reims hinausfährt, seine Geliebte, von der er singt. Die Seele, die den Pfarrer nur sonntags kümmert, ist des Poeten täglich Brot.« Seine tägliche rohe Kartoffel. Enderby spürte, wie ein Borborygmos aufkam.

Brrrfffp.

»Was ich Ihnen nun zumuten will«, sagte Sir George augenzwinkernd, »ist eines meiner eigenen Sonette zu einem dem heutigen Anlaß gemäßen Thema.« Mit hochgeschraubter und auf einer einzigen Stimmgabelnote verharrender Stimme las er ein Gedicht von vierzehn Zeilen vor, das mit Sicherheit kein Sonett war. Es war etwas mit frühlingsgrünen Wiesen und glänzenden Sonnenstrahlen, und aus irgendeinem Grund kam auch eine rosenbusige Erde drin vor. Ganz damit beschäftigt, seine Leibestöne zu unterdrücken, hörte Enderby nur Fragmente eines ausgesucht schlechten Gedichts und nickte beifällig, um zu zeigen, daß er der Ansicht sei, Sir George habe ein entsetzlich gut ausgewähltes Beispiel entsetzlicher Poesie vorgetragen. Als die letzte Zeile pfeifend herauskam, spürte Enderby, daß eine besonders laute Antwort aus ihm hervorbersten wollte; darum übertönte er sie mit einem Lachen.

Ha ha (pörrrpf) ha!

Sir George war eher überrascht als verärgert. Er starrte fünf Sekunden lang auf Enderby herab, dann überflog er zitternd sein Typoskript, als befürchte er, daß sich etwas zweideutig Skatologisches eingeschlichen haben könnte. Beruhigt zog er mit bebenden Hautflecken gegen Enderby die Stirn kraus, dann holte er wieder Luft für seine Ansprache. Grad als er den Mund aufmachte, zum unpassendsten Zeitpunkt, kam Enderbys Windstoß.

Brrrbrrrpkrrrk.

Shem Macnamara sagte, »noch nie so eine gute, bündige Kritik gehört.« Er hatte ein doppelkinniges, sturmerprobtes Irengesicht, das Haar zottig, das Hemd schwarz (um Wäsche zu sparen). Enderby, wenn er, anders als heute, seine alltägliche Poetenkluft trug, sah schon schäbig aus, aber dieser Mann war ein wetterfester Bettler, der in Hecken und Scheunen schlief. Die müden weißen Gesichter der anderen Gäste – die Enderby nur trübe erkennen konnte – zuckten vor unterdrücktem Kichern. Und plötzlich schien Sir George selbst müde zu werden. Er lächelte matt, guckte finster, machte wie in stillem Behagen den Mund auf, guckte noch einmal finster, schluckte und sagte ohne Überleitung:

»Und aus diesem Grunde ist es mir ein Vergnügen, unserem Mitsingvogel hier, äh äh Enderby, die Goodby-Goldmedaille zu verleihen.« Enderby erhob sich, und der Applaus war laut genug, um drei knallende Emissionen zu übertönen. »Und einen Scheck«, sagte Sir George, wehmütig der poetischen Armut gedenkend, »der zwar sehr, sehr klein ist, aber doch, so darf man hoffen, für einen Monat oder zwei die ärgsten Leibesnöte fernhalten wird.« Enderby nahm die Trophäen entgegen, schüttelte Sir George die Hand, lächelte strahlend und setzte sich wieder. »Redehalten!« sagte jemand. Enderby stand wieder auf, diesmal nur mit einer leisen Detonation, dann merkte er, daß ihm das Protokoll für das Exordium nicht klar war. Fing man mit »Herr Vorsitzender« an? Gab es einen Vorsitzenden? Und wenn nun Sir George der Vorsitzende war, sollte er vielleicht trotzdem etwas anderes sagen als »Herr Vorsitzender«? Sollte er einfach sagen, »Sir George, meine Damen und Herren«? Aber, hatte er bemerkt, irgendwo im dämmerigen Hintergrund schien jemand mit einer schimmernden Amtskette auf der Brust zu lauern, ein Bürgermeister oder Oberbürgermeister? Wie sollte er zu dem sagen, »Euer Ehrwürden«? Rechtzeitig sah er noch, daß dies eine Art Lakai war, der sich um den Wein kümmerte. Mit dem Wind an sich haltend, ein nervös lächelnder Äolus, sagte Enderby laut und deutlich:

»St. George.« Das Kichern flackte neu auf. »Und der Drache«, mußte Enderby nun hinzufügen. »Ein britisches Zymbel«, fuhr er fort und sah gleich darauf den Orthographiefehler in einer Art Neonbeleuchtung vor Augen. »Ein Becken, das einen blechernen Ton gibt, wenn uns die innere Klarheit fehlt.« Gesäße und Schultern entspannten sich im Verstehen seiner Absicht: Enderby würde es kurz und launig machen. In seiner Verzweiflung sagte er: »Was auf die meisten unter uns zutrifft oder auch nicht, je nachdem. Mich selbst mit eingeschlossen.« Sir George, sah er, schnitt Gesichter zu ihm hoch, die wie große Löcher waren, als ob er, Enderby, von einem Fenstersims über der Straße hinabblickte. »Klarheit«, sagte Enderby fast unter Tränen, »ist Rotwein für Jodler. Und darum«, sagte er und behielt vor Entgeisterung über sich selbst einen Augenblick den Mund offen, »ist es mir eine große Freude, St. George diesen Scheck zur mildtätigen Verwendung zurückzugeben. Und die Goldmedaille, da weiß er, was er mit machen kann.« Er hätte sterben mögen vor Scham und Entsetzen über das, was er sagte; aber mit tödlicher Wucht riß es ihn fort bis zum Ende. »Schlacke der werktäglichen Welt«, sagte er, »wie unser Sangesbruder Goodby so hinreichend widerlegt. Und darum«, sagte er und war wieder bei der Armee, wo er eine Rede über britische Denk- und Lebensart halten mußte, »blicken wir vorwärts in eine Zeit, wenn die Welt frei sein wird vom Schatten der Unterdrückung, der eiserne Stiefel mit dem Hakenkreuzsporn am Hakken nicht mehr der darniederliegenden Freiheit ins Gesicht trampelt, Demokratie eine Realität ist, fairer Tageslohn für ein faires Tagewerk, ausreichende Krankenversorgung und ein bißchen Frieden wie eine Taube über den kürzer werdenden Tagen der Alten. Und in diesem Glauben und diesem Ehrgeiz schreiten wir vorwärts.« Er merkte, daß er einfach nicht aufhören konnte. »Vorwärts«, bekräftigte er, »in eine Zeit, wenn die Welt frei sein wird vom Schatten der Unterdrückung.« Sir George war aufgestanden und torkelte hinaus. »Fairer Tageslohn«, sagte Enderby kleinlaut, »für ein faires Tagewerk. Faires Spiel für alle«, murmelte er voll Zweifel. Sir George war fort. »Und dessen will ich geloben«, kam er zum jämmerlichen Ende, »mit Herz und Hand.«

Sofort löste die Versammlung sich auf. Zwei Männer ereiferten sich gegen Enderby. »Wenn Sie schon«, sagte Shem Macnamara, »das Geld verdammt noch mal nicht brauchen, hätten Sie wenigstens dran denken können, daß es anderen nicht so geht. Mich selbst mit eingeschlossen«, lästerte er. Er roch aus dem Mund nach Zwiebeln, was Enderby verblüffte, denn zu keinem Teil der Mahlzeit hatte es Zwiebeln gegeben. »Ich hab's nicht so gemeint«, sagte Enderby, fast weinend. »Ich wußte gar nicht, was ich rede.« Enderbys Verleger sagte, »wollen uns wohl ruinieren, wie?« – in scharf ansteigendem Tonfall. Er war ein gescheiter junger Mann aus Newport. »Voll reingetappt, Mann, aber wie, können Sie glauben!« Ein kleiner Mann mit einem Schnurrbart wie Kipling, mit der gleichen vorspringenden Brille und einer schweren Uhrkette, trat dicht an Enderby heran und packte ihn fest an Arrys Revers. »Ich bin Rawcliffe«, sagte er. Er zog Enderby in kleinen Tanzschritten vom Tisch weg, die Revers immer noch festhaltend. Rawcliffe nickte vielmals, hielt inne, nickte, spitzte ein Ohr, nickte befriedigt, dann nickte er bloß noch allgemein und kaute. »Sehr faserige Ente«, sagte Rawcliffe. »Sie kennen mich. Ich steh in allen Anthologien. Nun, also, Enderby, sagen Sie, sagen Sie mir in aller Aufrichtigkeit, was Sie zur Zeit machen.«

»Bin halt am Schreiben, nicht«, sagte Enderby. Er überlegte, wer Rawcliffe war. Besorgt hörte er hinter sich Debatten in kleinen Gruppen über seine Rede und ihre Folgen für den Sortimentsbuchhandel.

»Das hätte man annehmen können«, sagte Rawcliffe und zupfte an Arrys Revers wie an einem Kuheuter, »halbwegs annehmen, nehme ich an, daß Sie am Schreiben sind.« Er schmunzelte, schluckte, nickte. »Also nun, Enderby, was denn? Was schreiben Sie? Was ulmt die Ulme? Sage von Stamm und Stein, eh? James Joyce, jaja. Mythenschöpfung, was?«

»Also«, sagte Enderby, und in nervöser Redseligkeit sprudelte er eine detaillierte Synopse des *Schoßtiers* heraus.

»Und das Tier ist im Grunde die Erbsünde, eh?« erfaßte Rawcliffe. »Ohne Erbsünde keine Zivilisation, so ist es doch? Gut, gut! Und der Titel, wie war der Titel noch mal?« Er ließ die Revers los, fand einen kurzen Bleistift in einer Westentasche, leckte die Spitze an, holte eine Zigarettenschachtel heraus, schüttelte sie reumütig, dann schrieb er in

Blockschrift Enderbys Titel auf das untere Stück. »Gut«, sagte er noch mal. »Sehr verfunden.« Und nickend machte er sich davon. Enderby beobachtete traurig, wie er sich zu einer Gruppe bedeutender Lyriker gesellte, die sich für die zynische Teilnahme an einer kostenlosen Mahlzeit nicht zu gut gewesen waren – P. S. Ffolliott, Peter Pitts, Albert Death-Stabbes, Rupert Tombs, oder wie die hießen. Die meisten hatten ihm vor Tisch beim Sherryschlürfen ein »gut gemacht!« zugetuschelt. Jetzt war er ganz allein mit seinem Wind, freundlos. Medaillenlos auch und schecklos. Ziemlich umsonst, dieser Ausflug, wirklich.

2

»Mr. Enderby?« Die Dame keuchte ein wenig, allerliebst. »Oh, was für ein Glück, ich bin noch pünktlich!«

»Ich hab's doch gewußt«, sagte Enderby, »daß Sir George begreifen würde, daß alles nur ein Scherz war. Bitte, sagen Sie ihm, daß ich mich entschuldige!«

»Sir George? Ach so, ich weiß, wen Sie meinen. Entschuldigen? Ich versteh Sie nicht.« Sie war vielleicht dreißig, mit modisch geweiteten Zuchthengstnüstern und einem Mannequin-Schwanenhals. Mit Anmut trug sie einen Zuckerlöffel-Hut von Cardin aus beigem Samt und, von demselben Meister, einen Anzug mit lose sitzender Jacke und einer nur angedeuteten Weitung zum Schoß. Darüber hing offen ein Ozelotmantel. Chic mit einem Firnis von Sprödigkeit. Welch eine Reinlichkeit, welch ein Wohlgeruch (Mademoiselle Dior), dachte Enderby mit tiefem Bedauern, welch ein schlanker und durchscheinend bestrumpfter Zauber! Ein Gesicht, befand er, dem alles Grobsinnliche fehlte – keine üppige Schwellung der Unterlippe, die katzengrünen Augen sehr kühl und intelligent, die unbewegte hohe Stirn überschattet vom Rand des Zukkerlöffels. Enderby zog sich die Krawatte fest und strich die Seitentaschen glatt, als er sagte: »Das tut mir leid.« Dann sagte er: »Ich dachte nur. Das heißt.« Sie sagte:

»Oh.« Sie standen unter den glühenden Glasplattenzeichen des Hotelflurs, die Füße tief eingesunken in den Burgunderteppich, und sahen sich an. »Also. Vor allem andern möchte ich Ihnen gern sagen, daß ich Ihr Werk aufrichtig bewundere.« Sie sprach mit einem Tonfall wie jemand, der ein ungläubiges Grinsen erwartet. Die Stimme war ruhig, die Konsonanten allerdings scharf wie bei einem Sprecher, der einem Mikrofon zu nahe kommt; man konnte einen fernen Nachklang von gepflegtem Schottisch heraushören. »Ich habe Ihnen schon mal über Ihren Verlag geschrieben, vor ewigen Zeiten. Ich glaube nicht, daß der Brief Sie je erreicht haben kann. Wenn er Sie erreicht hätte, dann hätten Sie doch sicher geantwortet.«

»Ja«, sagte Enderby, ganz durcheinander. »Klar hätte ich. Aber vielleicht hat der Verlag ihn an meine alte Adresse weitergeschickt, weil ich nämlich vergessen hatte, denen meine Adresse zu schreiben, und dem Postamt übrigens auch. Die Schecks«, sagte ein weltmännisch plaudernder Enderby, »werden normalerweise gleich bei meiner Bank eingezahlt. Ich weiß gar nicht, warum ich Ihnen das alles erzähle.« Sie stand da, als ob sie für ein Foto posierte, gelassen zuhörend, die Lippen leicht geöffnet, die Handtasche vom rechten Oberam hängenlassend, mit Daumen und Zeigefinger der behandschuhten Linken den Ringfinger der unbehandschuhten Rechten locker umringend. »Tut mir schrecklich leid«, sagte ein demütiger Enderby. »Das erklärt vielleicht, warum ich ihn nie bekommen hab.«

Sie gab das stille Zuhören auf und war plötzlich sehr lebhaft. »Sehn Sie«, sagte sie, »ich hatte auch eine Einladung zu diesem Lunch, aber ich hab's nicht geschafft. Könnten wir uns nicht, was meinen Sie«, schlug sie vor, mit einer Bewegung, die an Bewegungslosigkeit grenzte, einer Art Apotheose des Auf-der-Stelle-Tretens, mit dem ein Fabrikmädchen an einem Wintertag in einer Schlange auf den Bus wartet, ungemein feminin, »für ein paar Minuten irgendwo hinsetzen, das heißt, wenn Sie soviel Zeit haben? Oh«, sagte sie, »ich bin ja so blöd«, und führte die Handschuhhand selbstbezichtigend an die Lippen, »ich hab Ihnen gar nicht gesagt, wer ich bin. Ich bin Vesta Bainbridge. Von *Fem.*«

»Von was?«

»*Fem.*«

»Was«, fragte Enderby mit großer, mißtrauischer Bedächtigkeit, »ist denn das?« Er hatte, obgleich er es kaum für möglich hielt, etwas wie *Ähem* gehört und fragte sich nun, was eine Organisation (wenn es eine Organisation war), die so hieße, für einen Zweck verfolgen könnte.

»Ja, natürlich. Ich verstehe, natürlich wissen Sie wahrscheinlich gar nichts davon, nicht? Das ist eine Frauenzeitschrift. Und ich«, sagte Vesta Bainbridge, »bin die Feature-Redakteurin. Sollen wir also, was meinen Sie? Ich glaube, zum Tee ist es noch zu früh, oder?«

»Wenn Sie gern Tee möchten«, sagte der galante Enderby, »wäre ich nur zu glücklich, wäre ich nur zu selig.«

»Oh, nein«, sagte Vesta Bainbridge, »ich lade Sie ein, verstehn Sie, denn für mich geht es doch auf Spesen. Denn das ist doch Geschäft, nicht, weil es für *Fem* ist.«

Enderby hatte schon mal als armer Soldat einen Tee spendiert bekommen, mit Gebäck und verlorenen Eiern auf Schellfisch, von einer netten alten Dame in einem Edinburgher Restaurant. Aber von einer Frau mit soviel Reiz und Glitter – das hätte er nie gedacht, davon hätte er nicht zu träumen gewagt. Er war geschockt und eingeschüchtert zugleich. »Sind Sie zufällig aus Edinburgh?« fragte er. »Etwas in Ihrer Stimme –«

»Aus Eskbank«, sagte Vesta Bainbridge. »Wie können Sie das bloß wissen! Aber klar, Sie sind eben ein Dichter. Nur ein Dichter kann sowas rauskriegen, nicht?«

»Wenn«, sagte Enderby, »Sie meine Lyrik wirklich schätzen, wie Sie sagen, dann sollte eigentlich ich Sie zum Tee einladen, nicht Sie mich. Das mindeste, was ich tun könnte«, sagte der spendable Enderby und befühlte das Zweieinhalbschillingstück in Arrys Hosentasche.

»Kommen Sie«, sagte Vesta Bainbridge und machte die Andeutung einer Geste, die besagen konnte, daß sie sich bei Enderby einhaken wollte. »Ich *bewundere* Ihr Werk, und wie!« bekräftigte sie, und dann führte sie ihn sicheren, hochhackigen Schritts an den kleinen Boutiquen vorüber, die Blumen und Schmuck verkauften, an dem Flugreisen-Kiosk, wo man emsig wegen Flügen nach New York und Bermuda herumtelefonierte, vorüber an den Häßlichen und Reichen, die sich hier eingesponnen hatten in den verzauberten Kokon aus weinrotem Schnee unter den Füßen, parfümierter Luft ringsumher und einem Licht, das staubfein, aus unsichtbaren Quellen, in die zarten Goldspritzer von feinem weißem Bordeaux fiel. Jeder Atemzug, jeder Schritt, dachte der sparsame Enderby, mußte hier mindestens ein Sixpence-Stück kosten. Vesta Bainbridge und er betraten einen weiten Raum mit großen, schräg gegeneinander versetzten Würfeln von biskuitfarbener Plauschigkeit, in denen Leute zwischen weichen Polstern versanken. Leises Klirren von Gelächter und Teegeschirr. Mit Grauen merkte Enderby, daß seine Eingeweide sich anschickten, die Szene zu kommentieren. Er blickte zur Decke hinauf: barock, viele fettärschige Cherubim waren zu sehen. Das machte's nicht besser. Sie ließen sich in die Sessel fallen, wobei Vesta Bainbridge die gradlinige Erlesenheit ihres Schienbeins und einen fein durchgebildeten Knöchel nicht verbergen konnte. Ein hohlwangiger römischer Kellner nahm ihre Bestellung auf. Als echte Schottin verlangte sie, daß einiges auf den Tisch kam: Anchovis-Toast, Eier-Sandwiches, Pikelets,

Kuchen, chinesischer Tee mit Zitrone. »Und«, sagte Enderby, »kriegen Sie's fertig, nach so einem Tee noch mal zu Abend zu essen?«

»Oh, ja«, sagte Vesta Bainbridge. »Ich nehme einfach nicht zu, so sehr ich's versuche. Den Zitronentee trinke ich, weil ich Tee so mag, nicht zum Abnehmen. Liegt auf der Hand«, fügte sie hinzu.

»Aber«, sagte Enderby, hingerissen von dem matten Kompliment, das auf der Hand lag, »Sie sind doch sicher so, wie Sie sind, schon vollkommen.« Plötzlich sah er Enderby, den Ritter der Boulevards, vor sich, wie er geistreich mit den Damen scherzend, anmutige Schmeicheleien verbreitend, spitzbübisch augenzwinkernd beim Tee saß. Zugleich kämpfte er mit dem Wind wie mit einem strampelnden Kätzchen, das freikommen wollte. Frei wie ein Teewind. »Und«, sagte er, »wenn ich das fragen darf, um was geht es denn bei dieser Sache mit *Ähem*?«

»Oh!« sagte sie, »wenn das nicht komisch ist! So nennt Godfrey Wainwright es auch. Der macht die Covers, müssen Sie wissen. *Fem.* Vielleicht nicht sehr gut gewählt, der Name. Aber Sie wissen ja, der Markt ist gesättigt mit Frauenzeitschriften – die *Feminokratin, Chefin, Matrone, Chic & Charme, Glamour-Pussy.* Die einfacheren und ehrlicheren Namen mit Frauen drin sind schon lange besetzt. Es ist ganz schön schwer, sich was Neues auszudenken, müssen Sie zugeben. Aber *Fem* ist doch gar nicht so schlecht, oder? Es ist kurz und lieb, klingt französifiziert und ein bißchen rotzig, meinen Sie nicht auch?«

Enderby beäugte sie mißtrauisch. Französifiziert und ein bißchen rotzig, soso! »Ja«, sagte er. »Und was haben Sie mit mir vor, bei so einer Sache?« Nicht sehr gut, hatte sie gesagt, und auch nicht so schlecht – beides in einem Atemzug. Vielleicht keine sehr aufrichtige Frau. Bevor sie seine Frage beantworten konnte, kam der Tee. Der römische Kellner stellte das Tablett sacht auf die durchbrochene Platte des krallenfüßigen niedrigen Tischchens – dampfende silberne Topfdeckel, sahnetriefende Küchlein. Er richtete sich auf, machte eine hohlwangige Verbeugung und ging. Vesta Bainbridge goß den Tee ein. Sie sagte:

»Ich hab mir irgendwie gedacht, Sie würden den Tee *so* mögen – kein Zucker, keine Milch, aber Zitrone. Ihre Gedichte sind doch ein bißchen, wie soll man sagen, adstringent, ja, ich glaube, so heißt das.« Enderby blickte säuerlich in die säuerliche Tasse. Tatsächlich trank er Tee immer wie bei seiner Stiefmutter, aber Vesta Bainbridge hatte bestellt, ohne ihn zu fragen. »Sehr nett«, sagte er. »Grad richtig.« Vesta Bainbridge begann mit großem Appetit zu essen. Mit feinen kleinen Zähnen biß sie in ihren Anchovis-Toast. Enderby wurde es warm ums Herz: Er sah gern Frauen beim Essen zu, und daß sie mit soviel Gusto aß, war ein mildernder Umstand für ihre kahle Perfektion. Aber, dachte er, mit ihrer Figur hatte sie kein Recht auf einen solchen Appetit. Er hätte Lust gehabt, sie für denselben Abend noch zum Essen einzuladen, um zu sehen, ob sie auch bei Minestrone und Schweinekotelett so zuschlagen würde. Er hatte Angst vor ihr.

»Also«, sagte Vesta Bainbridge, und eine rosige Zungenspitze kam herausgeflitzt, fing einen Toastkrümel ein und verschwand wieder. »Ich möchte, daß Sie wissen, wie sehr ich Ihr Werk bewundere, und was ich Ihnen jetzt vorschlage, ist nur meine eigene Idee. Sie ist schon auf etwas Widerspruch gestoßen, wohlgemerkt, weil *Fem* prinzipiell eine populäre Zeitschrift ist. Und Ihre Lyrik, wie Sie selber mit Stolz zugeben werden, ist nicht gerade populär. Unpopulär natürlich auch nicht, sie ist einfach nicht bekannt. Pop-Sänger sind bekannt, Fernseh-Interviewer sind bekannt, Disc-Jockeys sind bekannt, aber Sie sind es nicht.«

»Was«, fragte Enderby, »ist denn das alles? Pop-Sänger und so weiter?« Sie guckte ihn schräg an und merkte, daß sein Unwissen echt war. »Tut mir leid«, sagte Enderby, »aber seit dem Krieg hab ich mich ein bißchen abgeschottet.«

»Haben Sie denn kein Radio oder einen Fernseher?« sagte Vesta Bainbridge und machte große grüne Augen. Er schüttelte den Kopf. »Lesen Sie keine Zeitung?«

»Früher habe ich immer bestimmte Sonntagszeitungen gelesen«, sagte Enderby, »wegen der Buchbesprechungen. Aber das hat mich so deprimiert, daß ich es lassen mußte. Die Rezensenten kamen mir so« – er schnitt ein finsteres Gesicht – »*riesig* vor, wenn Sie verstehn, was ich meine. Es scheint, die wissen alles über unsereinen, und unsereins weiß nichts über sie. Da stand mal eine sehr kenntnisreiche und sehr freundliche Besprechung eines Bandes von mir, ich weiß noch, von einem Mann, der wohl sehr gut sein muß, aber es war nicht zu übersehen, daß er meine Gedichte viel, viel besser geschrieben haben könnte, wenn er für sowas Zeit hätte. Da kommt man sich sehr unbedeutend vor. Ach, ich weiß, man *ist* ja auch unbedeutend, tatsächlich, aber das muß man ignorieren, sonst bringt man überhaupt nichts mehr zustande. Und darum habe ich mich ein bißchen abgekapselt, der Arbeit wegen. Alle Leute scheinen irgendwie so *gescheit* zu sein, wenn Sie mich verstehn.«

»Ich versteh Sie, und auch wieder nicht«, sagte Vesta Bainbridge pfiffig. Inzwischen hatte sie den ganzen Anchovis-Toast aufgegessen, fünf Ei-Sandwiches, zwei Pikelets und ein matschiges Törtchen, aber immer noch brachte sie es fertig, ätherisch und bergeskühl auszusehen. Enderby dagegen, der mit Rücksicht auf das Sodbrennen nur wie ein Mäuschen an einem Quadratzoll feuchtes Brot und einer Scheibe Ei genagt hatte, fühlte sich voll und fett, schwitzend, halitotisch, die Eingeweide schwer wie ein Abortkübel. »*Ich* komme mir nicht unbedeutend vor«, sagte Vesta Bainbridge, »und ich bin doch nichts im Vergleich zu Ihnen.«

»Aber Sie *brauchen* sich auch nicht unbedeutend zu fühlen, nicht?« sagte Enderby. »Ich meine, Sie brauchen sich doch nur selbst anzusehen, nicht?« Das sagte er ganz ruhig, mit einem Stirnrunzeln.

»Für einen Mann«, sagte Vesta Bainbridge, »der sich gegen die Welt abkapselt, machen Sie sich gar nicht so übel. Ich hätte meinen sollen«, sagte sie, Tee nachgießend, »daß so etwas sehr unklug wäre für einen Dichter. Sie brauchen doch Bilder, Themen und so weiter, nicht? Die bekommen Sie doch nur von der Außenwelt.«

»Bilder«, sagte Enderby mit der Stimme unerschütterlicher Autorität, »gibt es schon zur Genüge in einem halben Pfund neuseeländischem Cheddar. Oder im Abwaschwasser. Oder«, fügte er mit noch mehr Autorität hinzu, »in einer neuen Rolle Klopapier.«

»Sie armer Mensch!« sagte Vesta Bainbridge. »Und so leben Sie?«

»Alle Menschen«, sagte Enderby, vielleicht etwas weniger dogmatisch, »benutzen Klopapier.« Ein Mann mit Brille, sehr groß und mit offenem Mund, blickte aus seinem Sessel zu ihm herüber, als ob er diese Behauptung anfechten wollte, besann sich aber eines Besseren und nahm seine Abendzeitung wieder vor. DICHTER LEHNT MEDAILLE AB, stand in einer kleinen Überschrift, die Enderby ins Auge fiel. Irgendein anderer Trottel mußte sich da den Mund verbrannt, irgendeine andere Spielzeugtrompete mußte da zur Schlacht geblasen haben.

»Jedenfalls«, sagte Vesta Bainbridge, »denke ich, es wäre hervorragend für Sie, wenn Sie ein breiteres Publikum hätten. Möchten Sie's mal versuchen? Sagen wir, sechs Monate lang jede Woche ein Gedicht? Aber lieber wie Prosa gesetzt, damit niemand Anstoß nimmt.«

»Ich dachte nicht, daß die Leute Verse geradezu *anstößig* finden«, sagte Enderby. »Ich dachte, sie halten bloß nichts davon.«

»Wie dem auch sei«, sagte Vesta Bainbridge, »was sagen Sie zu dem Vorschlag?« Sie zertrümmerte mit der Gabel eine Art Makrone, und bevor sie aß, sagte sie, »die Gedichte müßten, wenn ich so sagen darf, und ich hoffe, das ist das richtige Wort, ephemer sein. Sie verstehn, so über was Alltägliches, was die Durchschnittsfrau interessiert.«

»Die Schlacke der werktäglichen Welt«, sagte Enderby, »in lauterstes Gold verwandeln! Ich denke, das könnte ich. Über alle Arbeiten im Haushalt, Geschirrtücher und so weiter weiß ich Bescheid. Auch über Klosettbürsten.«

»Meine Güte«, sagte Vesta Bainbridge, »Sie haben wohl eine Kloaken-Obsession, wie? Nein, nicht sowas, und auch von diesem lautersten Gold bitte nicht zuviel! Das weibliche Geschlecht verträgt nicht sehr viel Realität. Liebe ist gefragt, Träume, Babies auch, aber ohne Kloaken-Obsession. Das Geheimnis der Sterne würde sich auch gut machen, besonders vom Garten einer Sozialwohnung aus gesehen. Und die Ehe, vielleicht.«

»Sagen Sie mir«, fragte Enderby, »heißen Sie Miss oder Mrs. Cambridge?«

»Bainbridge, nicht Cambridge. Von *Fem*, nicht *Ähem*. Mrs. Warum wollen Sie das wissen?«

»Ich muß doch wissen, wie ich Sie anrede«, sagte Enderby, »oder nicht?« Sie schien nun endlich mit ihrer Mahlzeit fertig zu sein, darum hielt Enderby ihr seine zerdrückte Zigarettenschachtel hin.

»Ich rauche meine eigenen, wenn es Ihnen nichts ausmacht.« Sie nahm ein Päckchen Marine-Woodbines aus ihrer Handtasche, und bevor Enderby ein unabgebranntes Streichholz aus seiner Streichholzschachtel hervorgesucht hatte (er bewahrte die abgebrannten auf, eine lange, unergründliche Gewohnheit), hatte sie ihr perlmuttschimmerndes Feuerzeug an- und wieder ausgeschnippst. Aus ihren breiten Nasenlöchern stiegen zwei reizende blaue Fontänen.

»Ich sehe«, sagte Enderby, »Ihr Mann ist bei der Marine.«

»Mein Mann«, sagte sie, »ist tot. Da sieht man, wie abgekapselt Sie sind, aber wirklich! Von Pete Bainbridge scheint sonst jeder schon gehört zu haben.«

»Tut mir leid«, sagte Enderby. »Das tut mir sehr leid.«

»Was? Daß er tot ist, oder daß Sie noch nie von ihm gehört haben? Aber egal«, sagte die Witwe Bainbridge. »Er starb bei einem Rumms vor vier Jahren bei der Rallye von Monte Carlo. Ich hatte gedacht, jeder wüßte das. Es war ein großer Verlust, schrieben die Zeitungen, für die Welt des Motorsports. Er hinterließ eine schöne junge Witwe, mit der er erst seit zwei Jahren vermählt gewesen war«, sagte sie in halbspöttischem Ton.

»Und ob!« sagte Enderby feierlich. »Ganz gewiß hinterließ er. Schön, meine ich. Wieviel?«

»Was wieviel? Wieviel er hinterlassen hat, wieviel Jahre oder wieviel Liebe oder was?« Sie wirkte plötzlich müde, vielleicht vom vielen Essen.

»Wieviel kriege ich für diese Gedichte?«

»Und wieder weiß Mr. Dick, was zu tun ist«, sagte Vesta Bainbridge seufzend und sich gerader aufrichtend. Sie wischte sich minimale Krümel vom Schoß und sagte, »pro Gedicht zwei Guineen. Das ist nicht viel, aber mehr können wir nicht. Wo wir jetzt gerade die Memoiren von einem Pop-Sänger bringen. Es sind keine sehr langen Memoiren, natürlich, er ist ja auch erst neunzehn, aber die kosten uns eine Stange Geld, können Sie mir glauben. Außerdem müssen ihm die Memoiren auch noch geschrieben werden. Trotzdem, der Effekt auf die Verbreitung müßte, um nur das mindeste zu sagen, stimulierend sein. Wenn Sie für dieses fürstliche Honorar mitmachen, schick ich Ihnen einen Vertrag. Und ein paar ältere Nummern von *Fem*, damit Sie sehn, wie es ist. Bitte denken Sie dran, daß das Vokabular unserer Leserinnen nicht sehr weit reicht, darum vermeiden Sie Wörter wie ›Oriflamme‹ oder ›inhärent‹.«

»Danke!« sagte Enderby. »Ich bin Ihnen wirklich sehr dankbar, daß Sie in dieser Weise an mich gedacht haben. Sie sind wirklich sehr freundlich.« Er hatte mit einem Streichholz im Aschbecher gestochert und die Zigarettenkippen zerkrümelt; dies hatte eine Art hockende Sitzhaltung auf dem Rand des Sessels erforderlich gemacht, wobei sein kahler Scheitel sich Mrs. Bainbridge darbot. Jetzt schlug er ehrlich zu ihr die Augen auf, die hinter den Brillengläsern ein wenig feucht waren. Sie lächelte.

»Sehn Sie«, sagte sie, »Sie glauben ja doch nicht, daß mir Ihre Lyrik wirklich gefällt, stimmt's? Na, ich kann sogar ein oder zwei von Ihren Sachen auswendig.«

»Sagen Sie eine!« flehte Enderby. Sie holte Luft und rezitierte, ziemlich deutlich, aber mit wenig Modulation:

»Gedanken, dicht geknüpft im festen Rahmen
Des Absoluten über uns und euch:
Zwar träumten wir, doch alle träumten gleich,
Denn fiel ein Ton, so wußten wir den Namen.«

»Gut«, sagte Enderby. »Das ist das erste Mal, daß ich tatsächlich höre, wie –«

»– Und Dunkelheit ließ jeden Wunsch erlahmen,
Fluten zu zähmen, die, bei Tag ein Teich,

Sonst wilde Meere, frisch- und heldenreich
Und endlos waren, bis die Bagger kamen.«

»Ausgezeichnet«, sagte Enderby. »Und nun das Sextett!« Es erregte ihn, seine eigenen Verse zu hören. Gelassen rezitierte sie weiter:

»Vom Mist kräht *Wachet auf!* ein trister Hahn,
Signale sputend, die das Land durchfliegen;
Ein Schwalbennest hält eine Turmuhr an,
Doch Morgen ist's (wie sollten Vögel lügen?).
Ein Schlüssel bricht durch alten Rost sich Bahn.
Die Menschen frösteln in den Vorortzügen.

So«, sagte sie und holte wieder Luft. »Aber ich hab keine Ahnung, was es bedeutet.«

»Ach«, sagte Enderby, »auf die Bedeutung kommt es nicht so an. Ich bin überrascht, daß Ihnen *das* gefällt. Es ist nicht gerade, was ich mir unter einem Frauengedicht vorgestellt hätte.« Plötzlich schien das Gedicht seinen Platz in der realen Welt zu finden – zwischen Finanzpapiere lesenden Businessmen aus Übersee, der Duftnote von *Miss Dior* oder egal was, dem draußen vor dem Hotel lauernden Londoner Straßenlärm. Von ihr gesprochen, schien das Gedicht plötzlich zu etwas nütze zu sein.

»Was meinen Sie denn eigentlich mit einem Frauengedicht?« fragte Mrs. Bainbridge.

»Eines für Sie«, sagte Enderby mit entwaffnendem Freimut, »etwas Geschmeidigeres und auch Eleganteres, etwas mit nicht so viel Härten und Gedanken und Geschichte drin. Sehn Sie, in diesem geht es ums Mittelalter und wie die Reformation losgeht. Im Sextett, das ist Martin Luther und wie alles anfängt sich aufzulösen, wie allmählich jeder allein ist, weil's keine gemeinsame Tradition mehr gibt, die einem sagt, was hinten und vorn ist, denn die Tradition, die ist weggebaggert worden. Nichts ist mehr sicher, nichts ist geheimnisvoll.«

»Verstehe«, sagte Vesta Bainbridge. »Dann sind Sie also Katholik.«

»O nein, nein«, protestierte Enderby. »Das nicht, wirklich nicht!«

»Schon gut«, sagte Vesta Bainbridge mit einem Lächeln. »Ich bin ja nicht schwerhörig.«

Enderby, der Protestant, grinste verlegen und war still. Der römische Kellner, bedächtig, aber kummervoll kauend, kam mit einer Rechnung.

»Für mich«, sagte sie, und die Scheine knisterten in ihrer Handtasche wie frische Brötchen. Sie bezahlte, und nach Frauenart gab sie dem Kellner nur ein ausreichendes Trinkgeld. Enderby sagte:

»Ich würde Sie gern bitten, heute abend mit mir essen zu gehn, aber eben ist mir eingefallen, daß ich nicht sehr viel Geld dabei hab. Ich hatte vor, gleich nach dem Lunch wieder heimzufahren. Tut mir schrecklich leid.«

»Muß Ihnen nicht leid tun«, lächelte Vesta Bainbridge. »Ich bin schon eingeladen. Irgendwo in Hampstead. Aber nett, mich zu fragen. Nun«, sagte sie, auf ihre winzige Muscheluhr blickend, »meine Güte, die Zeit, wohin soll ich Ihnen denn schreiben?« Sie holte ein kleines Notizbuch hervor und zückte einen Bleistift. Irgendwie sah die Adresse ordinär und sogar komisch aus, wie sie da von dieser schlanken Hand penibel eingraviert wurde. 81 Fitzherbert Avenue. Er versuchte es so auszusprechen, daß sie das Geräusch der Klospülung, die ungespülten Milchflaschen vor der Tür und das Krabbeln der Mäuse zwischen den Manuskripten nicht heraushörte. »Gut«, sagte sie und klappte das Heft zu. »Jetzt muß ich gehen.« Sie hängte sich den Ozelot um die Schultern, knipste die Handtasche zu. Enderby stand auf. Sie stand auf. »War schrecklich nett«, sagte sie. »Oh, das reicht nicht aus. Aber es war mir ganz schön eine Ehre, wirklich. Jetzt muß ich aber machen.« Sie gab ihm die Hand, unerwartet, kurz aus dem Ellbogen heraus. »Sie brauchen mich nicht zur Tür bringen«, sagte sie. Dann war sie weg, mit raschen, geraden Schritten über den Teppich wie über ein Drahtseil. Zum ersten Mal bemerkte Enderby in ihrem Nacken, wo das Haar hochgesteckt war, einen Schimmer von einer Haarfarbe wie abgegriffene Kupferpennies. Mit einem Seufzer wandte er sich dem Kellner zu, der ihn ansah. Der Kellner machte eine kurze Geste – Schnute mit Achselzucken –, die besagte, daß sie a) gewiß elegant, aber viel zu dünn sei, b) nun jemanden treffen wolle, der besser aussähe als Enderby, c) daß die Frauen zutiefst knickrig seien, d) daß dies Leben ein Jammertal sei, aber man habe ja immer noch den Trost der Philosophie. Enderby nickte, ganz der weltoffene Dichter, der sich unter Menschen aus allen Schichten der Bevölkerung zurechtfindet, dann wurde ihm freudig klar, daß er wieder frei und allein war. Der Wind, der ihn durchblies, kam zur Feier dieser Tatsache.

3 An diesem Abend fuhr Enderby erst spät nach Hause. Obwohl seine pervers unabhängige Seele – ohne Rücksicht auf das schockierte Bewußtsein – die Freuden öffentlicher Anerkennung abgelehnt hatte, fühlte er, daß zwischen ihm und London eine Annäherung stattgefunden hatte, wie er sie noch gestern, als er das Papier auf den bloßen Beinen bekritzelte, nicht für möglich gehalten hätte. So eine weltläufige Schickse bewunderte sein Werk und hatte es ihm frei heraus gesagt! Lippen, die schon von einem prominenten Rennfahrer geküßt worden waren und, vermutete Enderby, auch schon von anderen, die gewohnheitsmäßig für die Kameras die Zähne bleckten, hatten Verse aus den *Revolutionären Sonetten* aufgesagt, und das in einem Lokal, das nach Geld nur so stank und dessen Gäste über das Bedürfnis nach dem Trost der Poesie hinaus waren. Rastlos streifte Enderby durch die Straßen, mit einem dunklen Drang zu Abenteuern. Der Schnee war hier längst verschwunden, aber ein Schneegeruch, der von den entfernteren Flußufern herkam, war noch in der Luft. London sehnte sich zurück nach den Gaslaternen und nach den am Ende des Markttages billig verkauften Gänsen inmitten rauher Cockney-Stimmen, mit Sherlock Holmes in der Baker Street, einer Witwe in Windsor – so war die Welt noch heil. Das war aus *Pappa Pisses.* Er grinste bekümmert in sich hinein, als er, vor einem Music-Shop stehend, an den katastrophalen Vortrag dachte, den er einmal vor einem Frauenverein gehalten hatte. Über viktorianische Literatur. Das war nur ein Häppchen gewesen, das sein Publikum nicht weiter beachtet hatte. Aber *A Sale of Two Titties* war von Lady Fennimore denn doch als etwas wie ein kalkulierter Affront aufgenommen worden. Nie wieder. Nie, nie wieder! Er war sicherer in seiner Zurückgezogenheit, eingeriegelt in sein Kreativklo. Aber trotzdem, an diesem Abend war der Wunsch nach Abenteuern stark. Nur, was verstand man heutzutage unter einem Abenteuer? Er musterte das Schaufenster, als ob er dort eine Antwort finden könnte. Mancherlei Bilder von jungen Lümmels grinsten ihn von Plakaten und Plattenhüllen an: Affenstirnen, die Greifwerkzeuge an den Gitarrensaiten, die Lippen zu einer jugendlichen Imponiergrimasse verzogen. Enderby hatte von den modernen Sekundarschulen gehört und nahm nun an, diese stumpfäugigen kleinen Monster seien deren Endprodukte. Nun ja, für zwei Guineen die Woche wollte auch er sich derselben Welt andienen wie diese großmäuligen Äffchen. Wie hieß doch noch mal diese Zeitschrift? *Flumm* oder *Flamm* oder so irgendwie, jedenfalls nicht *Ähem*, soviel war sicher. In diesem konsonantischen Rahmen probierte er

es noch mit verschiedenen Vokalen. Und da, gleich an der übernächsten Tür, vor einem von Sir George Goodbys Läden, hing ein Poster, das ihn berichtigte: »Exklusiv für *Fem*, FÜR SIE! Lenny Biggs erzählt seine Lebensgeschichte. Bestellen Sie Ihr Heft NOCH HEUTE!« Und da war auch ein Bild von Lenny Biggs – das Gesicht kaum zu unterscheiden von anderen aus dem Pantheon, das Enderby gerade besichtigt hatte, wenn auch vielleicht eher speziell schimpansenähnlich als allgemein äffisch, die Welt zuversichtlich angrinsend mit Zähnen, die ebenso unverkennbar künstlich waren wie Enderbys eigene.

Enderby sah einen Mann mit Schirmmütze zwei Pakete in einen Lieferwagen mit der Aufschrift GOODBYS GUTE BÜCHERSTUBEN schmeißen. Der Wagen startete voll Verachtung und bohrte sich herausfordernd durch den Verkehr. Ob Sir George seine Vergeltungsmaßnahmen schon gestartet hatte? Alle Exemplare von Enderbys Gedichten aus dem Verkehr gezogen, wie? Kleinlich, ein sehr kleinlicher Mensch! Enderby betrat den Laden und sah deprimiert, wie Leute Gartenbücher kauften. Große Studio-Porträts von adretten jungen Bestseller-Autoren hingen über Stapeln ihrer Produkte. Enderby wäre am liebsten geflüchtet; das war ja noch schlimmer als die Rezensionen in den Sonntagszeitungen. Und, wie um sein Elend vollzumachen, erkannte er, daß er Sir George Unrecht getan hatte: Zwei angestaubte Bände Enderby standen schmollend in dem vom Publikum unbedrängten Lyrikregal. Der reiche Rittersmann würdigte ihn keiner Vergeltung, er stand zu niedrig für die Niedrigkeiten, zu denen Sir George sich herabließ. Na schön. Der Name Rawcliffe prallte plötzlich gegen Enderbys Brustbein, gleichzeitig mit einem dyspeptischen Stechen. Hatte der nicht gesagt, in allen Anthologien? Mal sehen.

Enderby sah *Poesie heute* durch, ein *Kleiner Strauß moderner Lyrik*, *Große Lyriker der Gegenwart*, *Sie singen für dich*, *Soldatentrost* (eine Anthologie moderner Gedichte von Generalleutnant Phipps, V. C., D. S. O. etc., sechzigstes Tausend), *Stimmen von innen*, und noch einige andere Bände. In allen war Rawcliffe mit dem folgenden kunstlosen Poem vertreten:

»Ich bin wohl unerwünscht«, sagt er.
»Ich laß dich lieber allein.«
Sie rührt kein Glied, die Augen leer,
Und sagt nicht ja, nicht nein.

»Dann geh ich halt, laß meine Wut
An Feinden aus, fern oder nah.
Bei Feinden«, sagt er, »fließt noch Blut.«
Sie sagt nicht nein, nicht ja.

Die innre Hölle nach außen gekehrt,
Im Krieg mit Stank und Mord.
Sein Leib fault längst in fremder Erd.
Sie aber sagt kein Wort.

Erbittert blickte Enderby von der zehnten Anthologie seiner Auswahl auf, vom zehnten Lesen des Gedichts. Und in keinem dieser Bücher stand etwas von Enderby.

Enderby zog eine übervolle Handvoll Münzen aus Arrys rechter Hosentasche. Knurrend zählte er: zwölf Schilling, neun Pence. In der Brieftasche, das wußte er, steckte eine Pfundnote. Er murmelte etwas in sich hinein, als er zur Tür ging, mit gesenktem Kopf, noch mal nachzählend. Er stieß gegen einen jungen Verkäufer, der sagte, »hoppla, Sir! Nichts gefunden, was Ihnen gefällt, Sir?«

»Bücher!« sagte Enderby, mit schwerer Zunge den Rausch vorwegnehmend. »Schade um die Zeit und das Geld.« Er ging und ließ einen soldatischen Abschiedsgruß für Goodby's fahren, für die gute Bücherstube, nicht für einen von Goodbys guten Bücherjungen. Fast genau gegenüber war ein Pub, dessen altertümelnde Butzenscheibenfenster gemütliches buntes Weihnachtslicht verstreuten. Enderby trat in den Schankraum und bestellte einen Whisky.

4

Enderby trat in den Schankraum und bestellte einen Whisky. Das war ein paar Stunden später, ein anderer Pub. Nicht der zweite oder dritte, sondern einige Nummern weiter, der xte oder so ähnlich. Alles in allem, fand der mild und schwankend gestimmte Enderby, war es kein allzu übler Abend gewesen. Er hatte zwei sehr dicke Nigerianer mit breitem, listigem Grinsen und vielen Mitessern kennengelernt. Sie hatten ihn herzlich eingeladen, ihr Land zu besuchen und ein Epos zur Feier seiner Unabhängigkeit zu schreiben. Er hatte einen Guinness-Trinker mit einem Holzbein getroffen, das er gerne abschrauben wollte, um

Enderby eine Freude zu machen. Er hatte einen Oberbootsmann der Royal Navy kennengelernt, der ihm auf die freundlichste Art der Welt eine Schlägerei anbot; als Enderby nicht recht mochte, schenkte er ihm zwei Schachteln Marine-Woodbines und sagte, Enderby sei sein Kumpel. Er hatte einen siamesischen Osteopathen mit einer Kollektion Kampffische getroffen. Er hatte einen hirngeschädigten Boxer getroffen, der sagte, er habe Visionen, und wenn Enderby ihm einen Pint zahlte, wollte er eine sehen. Er hatte einen kleinen aggressiv gummikauenden Quassler getroffen, der Rawcliffe nicht unähnlich war und schwören wollte, daß Shakespeares Stücke von Sir William Knollys geschrieben worden seien, Rechnungsführer im Haushalt der Queen. Er hatte einen Schuster und Amateur-Exegeten getroffen, der das Alte Testament auf Hebräisch kannte und aller Bibelforschung nach 1890 nicht traute. Und noch viele andere hatte er kennengelernt, gesehen oder gehört: eine dünne Frau, die pausenlos auf einen hechelnden Schäferhund einredete; einen Mann mit Veitstanz, der sich immerzu räusperte (*Ähem*, aber so hieß das doch nicht, sondern *Fem*); ein händchenhaltendes lesbisches Paar; einen Mann mit Blumenklebebildern auf einem orthopädischen Schuh; unreife Soldaten, die puren Gin tranken... Nun ging es auf die Sperrstunde zu, und Enderby dachte, er sei ziemlich nahe am Charing Cross. Das bedeutete zwei Stationen mit der U-Bahn bis Victoria. Dort mußte es einen freundlichen Zug geben, der die Kneipenschluß-Heimkehrer zur Küste brachte.

Als Enderby mit unsicheren Fingern die Münzen für seinen Whisky zusammensuchte, sah er, daß nur noch sehr wenig Geld übrig war. Er schätzte, daß er am ganzen Abend ein gutes Dutzend Whiskys und vielleicht noch ein Glas Bier oder so bewältigt hatte. Seine Rückfahrkarte steckte sicher in der linken Brusttasche von Arrys Jackett. Zigaretten hatte er. Noch einen Whisky, und er wäre reif für den Heimweg. Lächelnd blickte er sich in der Bar um. Gute ehrliche britische Arbeiter, das Salz der Erde, mit wenigen, aber kot- und blutvollen Vokabeln, Schwielen an den Händen, aber mit Fingerspitzen für die Wurfpfeile. Und, auf einer hochrückigen Bank im rechten Winkel zur Theke, zwei britische Arbeiterfrauen, sanftmütig gestimmt von den Dünsten des Stout. Die eine sagte:

»Fängt nächste Woche an, in *Fem*. Bild gibt's dazu umsonst, voll in Farbe. Umwerfend ist der!« Enderby lauschte eifersüchtig.

»Nehm ich nie, ich. Irgendwie doof, der Name. Mußt du dich doch fragen, was die von denen denken, aber wirklich!«

»Wenn Sie«, sagte Enderby, »die Zeitschrift meinen, für die ich selbst Beiträge verfasse, dann würde ich sagen, daß der Name mit Absicht französifiziert und ein bißchen rotzig klingen soll.« Er grinste whiskyfiziert zu den beiden hinab, den rechten Ellbogen auf der Theke, die Finger der linken Hand am rechten Unterarm. Die zwei Frauen blickten argwöhnisch auf. Sie waren ungefähr im gleichen Alter wie Vesta Bainbridge, hatten aber die Aura von Hinterhausküchen um sich, mit hemdsärmeligen Männern, denen man Tee einschenken mußte, während sie ihre Wettscheine ausfüllten, und einem flackernden und röhrenden Fernseher in der Ecke.

»Wie bitte?« sagte die eine, sehr laut.

»Rotzig«, sagte Enderby klar und deutlich. »Französifiziert.«

»Was heißt hier Französisch?« sagte die andere. »Meine Freundin und ich, wir haben uns unterhalten, verstanden!«

»Poesie, sowas werd ich für die schreiben«, sagte Enderby, »jede Woche.« Er nickte mehrmals, ganz wie Rawcliffe.

»Können Sie behalten, Ihre Poesie, verstanden!« Sie nahm einen scharfen Zug Guinness. Ein Mann kam aus dem Teil des Raumes, wo Pfeilwerfen gespielt wurde, mit einem einzelnen Pfeil in der Hand, und sagte:

»Alles klar, Edie?« Er trug einen ordentlich geschnittenen Anzug aus billigem Serge, aber weder Kragen noch Schlips. Sein vergoldeter oberster Hemdknopf sammelte das Licht und blendete Enderby. Er hatte ein fixes, fahles Gesicht, wirkte klein und flink wie ein Bergmann. Er musterte Enderby, als ob er ein Gutachten über ihn abgeben müßte. »Sie eben was gesagt zu ihr, was wir man lieber nicht sagen wollen?« sagte er. »Kumpel!« fügte er provozierend hinzu.

»Er hat was von rotzige Poesie gesagt«, sagte Edie. »Auch noch Französisch.«

»Haben Sie zu meine Frau hier was von rotzige Poesie und von Französisch gesagt?« sagte der Mann. Wie der Miltonsche Tod schwenkte er einen schrecklichen Pfeil in der Hand.

»Ich hab nur gesagt«, sagte ein grinsender Enderby, »daß ich dafür schreiben werde. Für das Dings, was sie lesen, mein' ich. Das heißt, Edie hier, Ihre Frau, wenn ich recht versteh, die liest ja nichts, aber die andre, die liest, verstehn Sie?«

»Das von wegen liest nicht möcht ich nicht noch mal hören, verstanden!« sagte Edie. »Und von wegen mein Vorname auch nicht, verstanden!«

»Hörn Sie mal«, sagte Edies Gatte. »Erzählen Sie das mal alles in die Saloon-Bar! Da zahlen Sie ein Penny extra für und dann dürfen Sie, verstanden! Aber hier drin, hier wollen wir sowas wie Sie nicht haben.«

»Ich hab doch niemand was getan«, sagte Enderby ärgerlich. Dann versuchte er dem Ärger mit einem Schwenk in die Anbiederung zu entgehen. »Ich meine, ich hab doch nur geredet.« Er grinste. »Einfach nur so, um den Abend rumzubringen, wenn Sie verstehen, was ich meine.«

»Na«, sagte der Mann mit dem Pfeil, »mit meine Missis bringen Sie den Abend nicht rum, verstanden!«

»Verstanden!« sagte Edie, fast einstimmig mit ihm.

»Ich will gar nicht den Abend mit ihr rumbringen«, sagte Enderby hochnäsig. »Ich hab was anderes zu tun, danke bestens!«

»Und ich hab gleich was mit Ihnen zu tun«, sagte der Mann, und es klang glaubhaft. »Verdammt große Töne, so wie ich das sehe, Kumpel! Machen Sie lieber, daß Sie hier rauskommen, bevor ich echt unangenehm werd. Ihr Problem ist, Sie haben der Barmaid zuviel an der Schürze geschnuppert.«

Prrrfffp.

»Bitte«, sagte Enderby, »das war keine Absicht, ich hab es wirklich nicht gewollt, das sollte überhaupt nichts besagen, ich versichere Ihnen, sowas kann doch jedem mal passieren, jeder übrigens auch, sogar Edie hier, Ihrer Frau, will sagen, Sie selbst nicht ausgenommen.« Prrrfffp.

»Verstanden!« sagte Edie.

»Das hier ist meine Faust«, sagte der Mann und steckte den Pfeil in die Tasche. Die anderen Gäste wurden still und schauten interessiert zu. »Die kriegen Sie gleich in die Fresse, mitten voll rein, wenn Sie mir nicht verdammt noch mal augenblicklich aus den Augen gehn, aber verstanden?«

»Ich wollte sowieso gerade gehen«, sagte ein würdevoll schwankender Enderby. »Wenn Sie so gütig sein wollen, mich mein Glas hier austrinken zu lassen.«

»Sie haben schon eins zuviel, Kumpel«, sagte der Mann, nun freundlicher. Aus der Saloon-Bar hörte man die Ankündigung der letzten Bestellung. »Wenn Sie nächstesmal Ihren Kummer ersäufen, dann machen Sie das nicht da, wo ich mit meine Frau bin, weil ich nämlich mit so Sachen, was Sie reden, gar keinen Spaß versteh, klar?« Enderby stellte sein Glas ab, sah den Pfeilwerfer glasig, aber fest an und rülpste dann laut und aufrichtig. Er verbeugte sich, schob sich höflich zwischen den Biertrinkern durch, die in Sorge um das letzte Glas die Theke umdrängten, und machte seinen Abgang nicht ohne Würde. Draußen traf ihn die beduselnde Luft einer guinnesskalten Nacht, und er torkelte. Der Pfeilwerfer war ihm gefolgt und stand nun da, maßnehmend und zielsuchend. »Paß auf, Kumpel«, sagte er, »das liegt mir jetzt gar nicht, denn weiß Gott, so blau gewesen bin ich auch schon öfters, aber meine Frau, die will das, klar, verstanden, und das kriegst du jetzt mal sozusagen als Andenken.« Er verbeugte sich, schwenkte dabei den Rumpf plötzlich nach links, als ob er nach der Seite auf etwas lauschte, dann zog er die linke Faust und den Rumpf gerade hoch und traf Enderby genau, aber nicht zu hart, in den Magen. »So«, sagte er halbwegs freundlich, als ob der Schlag rein therapeutisch gemeint gewesen wäre, »das reicht wohl, klar?«

Enderby schnappte nach Luft. Alle Whiskies und Biere, die er an diesem Abend getrunken hatte, paradierten schmerzhaft schnell hintereinander durch ein neues Geschmacksorgan, das man ihm eigens für diese Gelegenheit eingesetzt hatte. Mit Schmerzensgrimassen und schmerzenskrummen Verbeugungen grüßten sie ihn im Vorübergehn. Gas und Feuer brausten auf wie aus einem Geysir und besudelten schamlos die kristallene Luft. Vorgefühle von Übelkeit erwachten und drängten sich zuckend zusammen. Enderby ging und lehnte sich an die Mauer. »Schon gut«, sagte der Mann, »wo wollen Sie hin, eh? Kennington ist das hier, wo Sie jetzt sind, klar, falls Sie's nicht wissen.«

»Victoria«, sagte Enderby, mit Zunge und Lippen aus dem Magengas ein Wort bildend. Luft bekam er im Augenblick nicht.

»Leicht«, sagte der nette Mann. »Erste rechts, dann zweite links und immer gerade bis zur U-Bahn Kennington, klar? Da nehmen Sie den Zug nach Charing Cross, das ist die zweite Station, Waterloo ist die erste. Umsteigen in Charing Cross, klar, auf die Circle Line, Westminster, St. James's Park, und dann sind Sie da. Viel Glück und nichts für ungut!« Er klopfte Enderby auf die linke Schulter und ging zurück in den Schankraum.

Enderby schnappte immer noch nach Luft. Sowas war ihm nicht mehr passiert seit seiner Studentenzeit, als ein Kneipen-Pianist mit seinem Freund ihn verdroschen hatte, wegen hämischer Sprüche über die Art Pseudomusik, die der Kneipen-Pianist gespielt hatte. Zug um Zug füllte Enderby seine keuchenden Lungen, dann überlegte er, ob er wirklich erbrechen müßte. Vorläufig nicht. Im Magen glühte und schwelte es noch, und der Name LONDON flackerte ihm in drohender Frakturflammenschrift vor Augen, wie in der Vorschau auf einen alten Film über Callgirls oder den Weltuntergang. Er sah sich schon wieder sicher in sein

Abortorium zurückgekehrt, bei der Arbeit an seinen Gedichten. Nie wieder. Nie nie wieder. Frauenvereine, Goldmedaillen, Londoner Pubs – alles nur Fallen, aufgestellt für den armen Enderby, Schlingen, die darauf warteten, daß er hineintappte.

Ohne viel Mühe erreichte er die U-Bahn Kennington und nahm eine Karte nach Victoria. Im Zug, als er einem schielenden Mann gegenübersaß, der schottisch zu einem behaglich auf seinem Schoß ausgestreckten Terrier sprach, spürte Enderby eine Bewegung wie auf einem Schiffsdeck und begriff, daß er nun bald den Kopf über die Gleise halten müßte. Ein Stück weiter, auf derselben Seite wie er, saß ein gummikauendes Teenager-Pärchen, von dem er die Illusion hatte, daß es über ein Stück von Calderon sprach. Er beugte sich hinüber, um besser zu hören, und wäre fast auf sein rechtes Ohr gefallen. Bei Waterloo war er sicher, gehört zu haben, daß der Schotte mit dem Strabismus zu seinem Hund »morne plaine« sagte. Eine Trommel polterte und ein Horn schmetterte in Enderbys Magen; hier sollte er vielleicht die Niederlage eingestehen, hinauswanken und sich in den Löscheimer übergeben. Zu spät. Zug und Zeit rückten weiter vor, von Waterloo unter dem Fluß durch, und, Gott sei Dank, da kam Charing Cross. Der Mann mit dem Terrier schlug die Augen überkreuz und stieg ebenfalls aus. »Schluck getan, was?« sagte er zutraulich zu Enderby, dann marschierte er ab zur Bakerloo-Linie, der Hund auf Trippelpfoten hinterdrein, mit fettem Rumpf und freudigem Schwanzstummel. Enderby war inzwischen ganz übel, und er wußte nicht mehr genau, wo er war. Er hatte eine vage Idee, daß er auf dem Bahnsteig, wo die Züge dieser Nordlinie nach Süden fuhren, dahin kommen würde, wohin er wollte. Er wankte zu einer Bank und setzte sich. Gegenüber, hinter den Gleisen, zeigte ein Plakat einen Freiluftmenschen, der ein Milchstout trank, den muskulösen, wohlgeformten Hals wie gemasert von der Kraft des echten Stouttrinkers. Daneben eine Farbskizze voll dynamischem Leben und Lachen, mit einem forschen jungen Mann, der mit einem beglückten Mädchen um eine Portion von einer Pastete mit einem Fleischextrakt kämpfte. Als nächstes kam ein makrozephales rotblondes Bübchen, das vor Wonne »Oooo!« machte, die Backe ausgebeult von einem Stück extra-sahnigem Toffee. Enderby würgte, aber sein Gedächtnis kam ihm zuhilfe mit vier Zeilen aus einem Trinklied, das er in trunkenen Jugendtagen geschrieben hatte:

Egal wohin, es ist nicht weit,
Dann Kopf herunter, Beine breit,
Starr auf den Rinnstein glotzen
Und würgen bis zum…

Das schob die jetzige Übelkeit in die Vergangenheit zurück und depersonalisierte sie zugleich. Tröstungen der Lyrik. Und nun weckte das ferne Minotaurus-Gebrüll des U-Bahnzuges die anderen, die auf diesem Bahnsteig warteten. Ein Mann faltete die Abendzeitung zusammen und steckte sie in die Seitentasche seines Mantels. *Dichter fordert Fair-Play*, las Enderby. Heute schlagen wir aber zu, wir Dichter! Der Zug rammte sich in die Lichtung und brachte einen stürmischen Schwall arktische Kaltluft mit, der Enderby guttat. Er stand auf und fühlte sich taumelig, stählte sich aber für die Reise zur Victoria Station, die ihm in seinem Dusel als sehr großer und reizender Abort voll Luftzug und Schwefelwasserstoff erschien. Er torkelte vor der noch ungeöffneten Doppeltür eines Wagens herum und versuchte den unruhigen Bahnsteig unter seinen Füßen zu beschwichtigen, während die zum Aussteigen bereiten Passagiere warteten, als ob ein Vorhang aufgehen sollte. Dann, als die Türen aufscherten und die Aussteigenden abflossen, befiel ihn panischer Zweifel. »Ist das hier richtig«, rief er, »nach Victoria?« Viele von den Herauskommenden sprachen nicht Englisch und machten Entschuldigungsgesten, aber eine kühle Frauenstimme sagte:

»Hier, Mr. Enderby, geht es ganz sicher nicht nach Victoria.« Enderby blinzelte die Erscheinung an, diese Mrs. Sowieso von *Fem*, die Superrennfahrerwitwe, in halbfestlichem apfelgrünem Taftkleid, vorn geschlossen, und dreiviertellanger Persianerlammjacke, mit einer Markasitbrosche als einzigem Kleiderschmuck, winzigen Reifenohrringen aus Markasit, markasitfarbenen Abendpumps aus Ziegenlederglacé und reinlich strahlendem pennyfarbenem Haar. Enderbys Mund ging weit auf. »Wenn Sie diesen Zug nehmen«, sagte sie, »kommen Sie nach Waterloo und Kennington, Tooting Bec, Endstation Morden. Danach zu urteilen, wie Sie aussehen, würde man Sie vermutlich in Morden erst wecken müssen. In Morden würde's Ihnen nicht gefallen.«

»Was«, fragte Enderby, »machen Sie denn hier? Ich denke, Sie sind irgendwo bei einem Dinner?«

»War ich«, sagte sie. »Ich komme gerade zurück aus Hampstead.« Die Türen scherten zu, und der Zug fuhr wieder ab in seinen Tunnel, einen Wind erzeugend, der ihr das Haar aufrührte und sie die Stimme heben ließ, so daß der schottische Tonfall deutlicher wurde. »Und ich«, sagte sie, »will nach Hause in die Gloucester Road. Das heißt, wir können denselben Zug nehmen, und ich sorge dafür, daß Sie in Victoria auch wirklich aussteigen. Von dort an mögen diejenigen Götter mit Ihnen sein, die sich um betrunkene Poeten kümmern.« Sie hatte etwas von schmallippigem Kalvinismus an sich; in ihrem Ton war nichts von amüsierter Nachsichtigkeit. »Kommen Sie«, sagte sie und nahm Enderby beim Arm.

»Wenn's Ihnen nichts ausmacht«, sagte Enderby. »Wenn Sie mich für einen Moment –« Grün sah er grün. Er konnte den kurzen Ausbruch eben noch in seinem Vorzeigetaschentuch ersticken. »Oh!« sagte sie, »mein Gott! Oh, Jesus, Maria und Joseph!«

»Kommen Sie!« sagte sie. »Gehen! Tief durchatmen!« Mit fester Hand führte sie ihn zur Circle Line. »Ihnen muß es schlecht gehen, wie?« All ihr Parfüm konnte Enderbys Schande nicht mildern.

5

Enderby kam zurück in die Fitzherbert Avenue 81, gründlich ernüchtert, denn auf dem vereisten Weg vom Bahnhof war er schließlich noch zweimal auf den Hintern gefallen. Auf diesem schmerzenden Hintern saß er nun auf der Treppe und weinte. Die Treppe nach oben begann neben Enderbys Wohnungstür, führte dann zu einem Zwischenabsatz mit einem Spiegel und einer Topfpalme und ging dann finster und ohne Teppich weiter bis zu der Wohnung über ihm, wo der Handelsvertreter und seine Gefährtin zu Hause waren. Enderby weinte, weil er seinen Schlüssel vergessen hatte. Vielleicht weil ihn Mrs. Meldrums Besuch nervös gemacht hatte, hatte er versäumt, den Schlüssel aus der Tasche seines Sportsakkos zu nehmen und in die entsprechende Tasche von Arrys Anzugjacke zu stecken. Es war ein Uhr nachts vorbei, zu spät, um bei Mrs. Meldrum zu klingeln, die ihm mit dem Hauptschlüssel öffnen konnte. Für ein Hotelzimmer hatte er kein Geld; um in einem Unterstand auf der Esplanade zu schlafen, war es zu kalt; und auf der Polizeiwache um eine Zelle zu betteln, hatte er keine Lust (die Schupos dort sahen wie Kriminelle aus, mit Schnurrbärtchen wie Kinogangster). Am besten, er blieb hier auf der dritten Stufe sitzen, in seinen Mantel eingemummelt, und konnte abwechselnd weinen und rauchen.

Allerdings, viel zu rauchen hatte er nicht mehr. Mrs. Sowieso von *Fem* hatte seine restliche Schachtel Marine-Woodbines mitgenommen (ihre waren grad alle, und sie rauchte nichts anderes), als Belohnung für ihre stoisch-schottische Toleranz gegen sein immer wieder nur knapp unterdrücktes Erbrechen im Zug auf dem ganzen Weg bis Victoria. Enderby hatte noch fünf Senior Service, die mußten reichen bis in den späten Wintermorgen. Er weinte. Er war müde, über jedes Schlafbedürfnis weit hinaus. Es war ein langer und ereignisreicher Tag gewesen, zermürbend. Sogar noch auf der Bahnfahrt heim an die Küste, denn der ganze Wagen schien voller bezechter, singender Iren zu sein. Und jetzt das lange Warten auf der kalten Treppe. Er heulte wie ein mondanbetender Jagdhund.

Die Tür der Wohnung über ihm öffnete sich knarrend. »Bist du da, Jack?« flüsterte die Stimme der Frau heiser. »Bist du wiedergekommen, Jack?« Ihre Vokale waren denen Arrys nicht unähnlich. »Tut mir so leid, Jack«, sagte sie. »Ich hab's nicht so gemeint, Süßer. Komm schon ins Bett, Jack!«

»Ich bin's«, sagte Enderby. »Nicht er, ich! Keinen Schlüssel«, ergänzte er.

»Wer sind Sie?« fragte die Frau. Die Birne auf dem Treppenabsatz war ausgebrannt, schon vor Monaten, und Mrs. Meldrum hatte sie nicht ersetzt. Sie konnten einander nicht sehen.

»Ick, der von eins tiefer«, sagte Enderby, bequemerweise in Dialekt verfallend. »Nicht der, wo sie mit leben.«

»Der 's abgehauen«, kam die Stimme die Treppe herunter. »Hat schon immer gesagt, das würd er, und jetzt ist er. Bißchen Zoff haben wir gehabt.«

»Schön«, sagte Enderby.

»Was soll das heißen, schön? Bißchen Zoff haben wir gehabt, und jetzt ist er weg. Ich wette, der ist zu dem Luder da unten bei den Ziergärten gegangen.«

»Macht nichts«, sagte Enderby. »Der kommt wieder. So einer kommt immer wieder.«

»Macht er nicht. Nicht heute nacht. Und ich hab so eine Angst ganz allein hier oben.«

»Vor was haben Sie Angst?«

»Vorm Alleinsein. Wie gesagt. Und auch noch im Dunkeln! Licht ist ausgegangen, als wir so Zoff hatten. Konnt' ihn gar nicht mehr sehn, als ich ihm eine scheuern wollte. Können Sie mir'n Schilling pumpen, bis morgen gleich ganz früh?«

»Total pleite«, sagte Enderby stolz. »Allet inne Stadt versoffen. Ick glaub, ick komm' mal lieber ruff«, setzte er hinzu, verwegen. »Ick kann doch auf die Couch schlafen oder irgendwo. Schlüssel vergessen, nicht! Verdammt ärgerlich.«

»Wenn Sie hier rauf kommen, passen Sie aber auf, daß Jack Sie nicht erwischt.«

»Jack ist doch abgehauen zu diesem Luder da unten bei den Ziergärten«, sagte Enderby.

»Aha! Haben Sie ihn also gesehn, wie? Dacht' ich mir. Der trau ich nicht übern kleinen Finger, so ein Luder ist das!«

»Ich komm jetzt mal rauf«, sagte Enderby. »Dann brauchen Sie keine Angst mehr haben vorm Alleinsein. Sie haben doch eine Couch da oben, oder?« sagte Enderby, unter Schmerzen aufstehend und sich die Treppe hochtastend.

»Wenn Sie denken, Sie können zu mir ins Bett, dann werden Sie sich wundern. Ich bin mit allen Männern fertig.«

»Ich habe nicht die Absicht, mit Ihnen ins Bett zu gehn«, sagte ein indignierter Enderby. »Ich möchte mich nur auf Ihre Couch legen. Mir geht es gar nicht so gut.«

»Sein Sie mal bloß nicht so verflucht hochnäsig. Ich bin schon mit ganz andern im Bett gewesen, denen können Sie nicht das Wasser reichen. Vorsicht!« sagte sie, als Enderby gegen den metallenen Palmentopf auf dem Treppenabsatz stieß. Er tapste blind das zweite Stück Treppe hinauf, mit beiden Händen am Geländer. Oben stieß er mit einer warmen, busigen Gestalt zusammen. »Da hören wir gleich mal auf mit«, sagte sie. »Bißchen zu forsch für den Anfang.« Sie schnüffelte aufmerksam. »Sehr teures Parfüm«, sagte sie. »Bei was für einer sind Sie denn gewesen, eh? Stille Wasser sind tief, wenn Sie wirklich der sind, wo Sie sagen, ich meine, der von eins tiefer.«

»Wo ist es denn?« fragte Enderby tastend. »Ich will mich bloß wo hinlegen.« Mit den Händen spürte er die Weichheit und Breite des Sofas, ein Kontinuum, das von Flaschenformen (klirrend) und einer halbvollen Pralinenschachtel (raschelnd) unterbrochen wurde. »Flachlegen«, verbesserte er sich, damit es kumpelhafter klang.

»Machen Sie es sich nur bequem!« sagte sie betont bissig. »Wenn Sie irgend etwas brauchen, zögern Sie nicht, zu läuten! Zu welcher Zeit wünschen der Herr seinen Morgentee?« sagte sie wie mit einer heißen Kartoffel im Mund. »Diese Männer!« Sie ging, anscheinend in ihr Schlafzimmer. Sie machte ein verächtliches Geräusch, wie Enderby selbst es nicht besser gekonnt hätte, und ließ ihn im Dunkeln allein.

Kapitel Vier

1 Er erwachte beim ersten Licht zum Xylophon der Milchflaschen und dem impotenten Röcheln der Anlasser. Er leckte sich die Lippen und schnalzte mit der Zunge an dem harten Gaumen. Im Mund hatte er einen Geschmack wie – das ordinäre Bild hatte er von der ordinären Kneipensause mitgebracht – von der Hose eines Freistilringers nach zehn Runden. Das ordinäre Bild legte die Finger an die Nase zu der Geste, die seine Stiefmutter »fetten Speck« genannt hatte, machte das altrömische Zeichen mit einer verächtlichen Grimasse und huschte wie eine Eidechse an der Wand herunter. Enderby in seinem Mantel fühlte sich dreckig und durchfroren, ganz wie das Zimmer, das nun auftauchte wie auf einem Bildschirm nach dem Warmwerden des Apparats. Mit dem Bild kam der Ton: das Schnarchen dieser Frau aus dem Nebenzimmer. Enderby hörte interessiert zu. Er hatte gar nicht gewußt, daß Frauen so laut schnarchen können. Seine Stiefmutter, natürlich, die hätte das Dach absägen können, aber die war ja auch einmalig. Einmalig? Allerlei abortoriale Apophthegmen fielen ihm ein, wonach alle Stiefmütter Frauen waren oder alle Frauen Stiefmütter oder so ähnlich, und dann kam die Erinnerung an den ganzen Tag ihm wieder, gewiß kein bedeutungsloser Tag, und der Name der Witwe, die ihn zum Tee eingeladen und ihn mit der U-Bahn bis Victoria gebracht hatte, stand ihm ganz deutlich vor Augen: Vesta Bainbridge. Das Schamgefühl durchwärmte seinen ganzen Körper, und dann meldete sich der Hunger, pochend wie an eine Tür. Der schändliche Tag marschierte flott vorüber, die Nüstern zu einem albernen Grinsen geweitet, und trug ein Sankt-Georgs-Banner, stapfte geräuschvoll beiseite und nahm bequem hinter der Anrichte mit dem Krimskrams Aufstellung. Enderby setzte die Brille auf, sah mit schmerzhafter Deutlichkeit Bierflaschen und alte Daily Mirrors und ging dann ächzend über den knarrenden Boden zu der Kochnische. Die war voller kleiner quadratischer Teller, von denen Fernsehmahlzeiten eingenommen worden waren, außerdem leere Milchflaschen mit verkrusteten Archipeln an den Glaswänden. Enderby trank Wasser aus der Leitung. Er machte den Schrank auf, wischte sich mit einem Geschirrhandtuch den Mund und fand Gurken. Er aß ein paar von diesen knackigen grünen Würsten, und

bald fühlte er sich besser. Bevor er ging, stattete er seiner Gastgeberin noch einen Besuch ab, doch sie lag quer über das Doppelbett gebreitet, unzugedeckt, und schien angestrengt zu schlafen. Ihre Brüste, wie nicht richtig festgewordener Geleepudding, wackelten leicht unter dem durchscheinenden Nachthemd, als draußen ein Lastwagen vorbeifuhr. Eine schwarze Rauchwolke von Haar über ihrem Gesicht hob und senkte sich im Takt ihres Schnarchens. Enderby breitete die Daunendecke über sie, machte eine Verbeugung und ging. Sie war noch gar nicht so alt, fand er. Ein dickes Dummchen, eigentlich zu nichts Bösem imstande. Sie hatte Enderby Obdach gegeben: Enderby würde es ihr nicht vergessen. Als er die Treppe hinunterkam, traf er seinen Milchmann: ein Pint vor Enderbys Tür, ein halbes Pint an den Fuß der Treppe. Der Milchmann griente und schnalzte zweimal mit der Zunge. Kein Morgen, an dem man nicht einen Treulosen ertappte! Enderby hatte eine Idee. »Mußte da oben schlafen«, sagte er. »Mich selbst ausgesperrt. Verstehen Sie was von Schlössern?«

»Liebe kennt nicht Schloß noch Riegel«, sagte der Milchmann sentenziös. »Mal sehn, ob ich ein Stück Draht hab.«

Eine Minute später kam der Briefträger, mit Littlewoods Coupons für eine Treppe höher, nichts für Enderby. »So geht das nicht«, sagte er kritisch. »Lassen Sie mich mal!« Er machte sich tief atmend über das Schloß her, stocherte und probierte. »Kommt«, keuchte er. »Noch ein halber Tick!« Das Schloß sprang zurück, Enderby drehte den Türknopf, die Tür ging auf.

»Bin Ihnen beiden sehr verbunden, meine Herren«, sagte er. Die Aussicht, mit Mrs. Meldrum sprechen zu müssen, hatte ihm gar nicht behagt. Er gab den beiden sein letztes Kleingeld und trat ein.

Ach, was für eine Erleichterung, wieder zurück zu sein! Enderby riß sich den Mantel herunter und hängte ihn mit der linken Schulter an den Haken in der winzigen Diele. Etwas vorsichtiger legte er dann den von Arry geliehenen Anzug ab und rollte ihn ordentlich wie einen Teppich zusammen. Den legte er, die baldige Rückgabe voraussehend, auf das ungemachte Bett und zog seinen Rollkragenpullover an. Jetzt war er in Arbeitskleidung. Mit bloßen Beinen kam er ins Wohnzimmer und roch sofort die Veränderung. Ein Brief lag auf dem Tisch, unfrankiert, und vom Tisch selbst war das schmutzige Geschirr von gestern morgen abgeräumt worden. Enderby trat auf den Schalter der Elektroheizung und setzte sich hin, um zu lesen, die Stirn in Falten. Der Brief war von Mrs. Meldrum.

Lieber Mr. Enderby,

Sie werden entschuldigen mich mal umzuschauen wie Sie fort waren, was ja auch mein gutes Recht ist wo ich ja schließlich immer noch die Wirtin bin. Also! Sie haben die Wohnung in ein Zustand gebracht da gibt es nichts dran zu deuten und die ganze Badewanne voll mit Zetteln voll Poesien, was sich ja die Leute, die Badewannen machen und sie einbauen lassen, nicht so vorgestellt haben. Und die Teppiche sind auch nicht gesaugt! müßte ich mich schämen, das jemand zu zeigen. Jedenfalls, was ich Ihnen sagte daran ändert sich nichts und die Miete geht von nächsten Monat an rauf und Sie können von Glück sagen, daß Sie sie so lange so billig gehabt haben wo doch jetzt überall die Preise auch raufgehen. Wenn es Ihnen nicht paßt, dann wissen Sie ja, was Sie zu tun haben, ich habe andere, die *die Wohnung sauber halten* werden und möchten am liebsten nächste Woche schon einziehen. Sie brauchen wen, der sich um Sie kümmert und verstehen Sie mich nicht falsch, es ist doch nicht natürlich für einen Mann in Ihrem Alter und ein gebildeter Mensch wie Sie sein wollen und alleine leben und niemand hält das Haus in Ordnung! Um es mal frei heraus zu sagen und nicht den Mund zu halten, wo mal was laut und deutlich gesagt werden muß, Sie sollten heiraten bevor Sie ganz auf den Hund kommen, und das meinen auch alle, mit denen ich gesprochen habe.
Hochachtngsvl.
Ihre
W. Meldrum (Mrs.)

Soso. Enderby kratzte sich erbittert am Knie. Das wollte man von ihm, was? Enderby bekocht und betuttelt, die Teller immer schön abgewaschen, das Badezimmer ein hygienischer Traum mit blaugrünen Vorhängen, einer Bürste für den Rücken und einer für die Fingernägel, aus Nylonborsten und mit einem Plastikfischchen als Griff, die Wanne immer in Bereitschaft für einen gesunden, appetitlichen Männe, der die Dampfwolken mit einem rosigen Lalala erfüllte. Und dann noch irgendwo eine Höhle, wo der Männe immer diese süßen Gedichte schreiben kann, ein Hobby für den Pappi! Nein. Vogelstimmen meldeten sich in seinem Kopf: mahnende Tauben, warnende Krähen: Hüte dich vor wichtigen Witwen! Fanal, Fanal! riefen die Enten: trinkt aus das Sakrament der Wahl. »Dies ist meine Wahl«, sagte Enderby entschlossen, als er in die Küche ging, um sich ein Frühstück zu holen (die Meldrum, dieses Aas, hatte sein Geschirr abgewaschen!) und einen Stiefmuttertee zu brauen. Er würde diesem Archetyp von einem Aas treu bleiben, der zweiten Frau seines Vaters. Die hat dir das Leben zur Qual gemacht; einer anderen erlauben wir das nicht mehr.

Und doch. Und doch. Er nahm das Frühstück ein, trocknes Brot mit

Erdbeermarmelade und Tee, dann ging er in seine Werkstatt. Seine Papiere hatte Mrs. Meldrum nicht angerührt; der Tisch mit den spezialverkürzten Beinen erwartete ihn vor dem Hohlsitz. Das Schoßtier wuchs langsam an; der für den Herbst vorgesehene Band mit fünfzig Gedichten war fast fertig. Das erste, was jetzt erst mal aus dem Weg geschafft sein wollte, war die Verfertigung eines neuen Liebesgedichts für die *Arry an Thelma*-Serie. Enderby hatte ein schlechtes Gewissen wegen des Zustands, in dem er Arry seinen Anzug zurückgeben würde. Das gute Stück hatte unerklärlicherweise um die Knie Schmutz abbekommen; ein Revers war mit irgend etwas bekleckert; die messerscharfe Bügelfalte war unglaublich schnell stumpf geworden. Arry mußte mit etwas richtig Gutem besänftigt werden. Er hatte sich schon mal über die Thematik von Enderbys Darreichungen beschwert: zu viele Küchengleichnisse, und der Appell an ihr hartes Herz war zu indirekt. Sie hatte, erzählte Arry fluchend, diese Gedichte den Autoverkäufern vorgelesen, und die hatten darüber Witze gemacht. Enderby mußte was sehr Direktes schreiben, nicht plump, wohlgemerkt, sondern direkt, etwas, das ihr sagte, was Arry gern mit ihr machen wollte, etwas, was sie erröten machte, wenn sie es (mit ihrem Parfüm durchtränkt) unterm Kopfkissen hervorzog. Da hatte er, dachte er, als er auf seinem Thron saß, vielleicht etwas Geeignetes parat. Er wühlte in der Wanne und fand bestimmte sehr frühe Werke. Hier war eines, das er mit siebzehn geschrieben hatte. »Musik der Sphären« hieß es.

Ich halte die Fiedel bereit
Und spiele, willst du's hören,
Musik der Vollkommenheit:
  Musik der Sphären.

Das konnte Purcell mich nicht
Und Arne weiß Gott nicht lehren.
Das schützt kein Urheberrecht:
  Musik der Sphären.

Die Schrecken der Sternendrift –
Nicht, daß sie zu weit uns führen!
Aus zierlicher Notenschrift
  Musik der Sphären.

Der Sphären, die Tempo und Takt
Und Melodie gewähren –
Dir, während sie dich packt:
 Meine Musik der Sphären.

Dies Befürchten und Verwehren
Deiner mädchenhaften Premieren.
Wann wirst du endlich hören?
Sieh die Blumen sich gewähren!
Das Land spricht in meinem Sinn:
Sei meine Begleiterin.

Das richtete sich an eine mutmaßliche Jungfrau, war also augenfällig absurd für Thelma. Und waren nicht diese sphärischen Metaphern vielleicht etwas zu derb für eine Bardame, die doch, vermutlich, eine ehrbare Kinderstube hatte? Unanständige Witze in einer Bar waren eines, unanständige Literatur, ja, schon die umschweifigsten Andeutungen, daß es sich um so etwas handeln könnte, waren etwas anderes. Sein Magen, der immer noch schmerzte, konnte es bezeugen.

Mit siebzehn. Das Datum der Abfassung stand unter dem Manuskript. An wen hatte er das geschrieben? Er überlegte, kratzte sich. An niemand, befand er mürrisch. Aber hatte er nicht in diesem romantischen Alter von irgendeiner gertenschlanken Kreatur geträumt, die, obgleich unermeßlich zartsinnig und maienduftend, dennoch an diesen nur allzu leicht entschlüsselbaren Symbolen der Zudringlichkeit keinen Anstoß nehmen würde? In seinem Herzen hatte er sich dieses Mädchen, so wie die Mystiker ihren Gott, aus allem, was sie *nicht* sein sollte, zurechtgemacht, nämlich nicht wie seine Stiefmutter; und das positive Bild war dann aus langem Brüten über deren negative Attribute entstanden. Sie war ihm also im Traum erschienen, schlank, lachend und vor allem *sauber*. Und auf keinen Fall eine Witwe: Er ließ nicht zu, daß diese Neuauflage seiner Vorstellung sich mit Geruchs- und Farbwerten auflud, die Mrs. Bainbridge betrafen.

Er seufzte und fing dann an, ganz kalt und berechnend, rein als poetische Gymnastik, ein höchst erotisches Gedicht von Arry an Thelma zu schreiben, voll von Brüsten und Schenkeln und sehnsüchtigem Stöhnen. Als es fertig war, legte er es zum Abkühlen beiseite und machte sich wieder an den Bau des Labyrinths, wo das Schoßtier zu Hause war.

2 So sah Enderbys normaler Tageslauf aus: Aufstehen, wenn es hell wurde, oder kurz danach, im Sommer wie im Winter; dann kamen Frühstück, Defäkation und schließlich der Beginn der Arbeit, wobei manchmal die beiden letzten Phasen ineinander übergingen. Viertel nach zehn rasierte er sich und machte sich ausgehfertig, um halb elf ging er, manchmal mit Einkaufsnetz. Zuerst zum Strand, wo er einen Laib Brot kaufte und die Möwen fütterte; gleich darauf zu den Alten oder Sterbenden, seinen Vormittags-Whisky trinken, oder, wenn Arry frei hatte, zu Arry im Freimaurerwappen. Manchmal besuchte er Arry auch in seiner großen Küche, und Arry gab ihm ein paar Reste für seine Speisekammer: das Gerippe eines Truthahns, ein paar Scheiben fettes Schweinefleisch, ein Stück Bug für die Sonntagsmahlzeit. Dann ging Enderby einkaufen, was er sonst noch brauchte: ein Brot für sich selbst, Kartoffeln, zehn Zigaretten, Eingelegtes, eine kleine Fleischpastete, einen Pudding für vier Pennies. Zu Hause machte er sich etwas zu essen, oder, wenn noch etwas Kaltes vom Tag vorher übrig war, aß er gleich und fing beim Essen schon an zu arbeiten. Anschließend rekelte er sich schläfrig in seinem Sessel oder kroch auch einmal angekleidet ins Bett, um ein wenig zu schlafen, bevor er sich wieder in sein Abortorium begab, um die letzte lange Schicht des Tages hinter sich zu bringen. Nachher gab es, was von der vorigen Mahlzeit übriggeblieben war, oder Brot mit irgendeiner billigen Leckerei, Stiefmuttertee als Schlaftrunk, und dann zu Bett. Ein Leben, gegen das niemand etwas haben konnte. Manchmal wurde dieser Tageslauf durch die Schrullen der Muse gestört, die Enderby ein Gedicht – fragmentarisch oder voll ausgeformt – an den Kopf warf, wenn er gerade beim Whisky, im Bett, beim Kochen oder bei anderen nichtlyrischen, aber trotzdem mühsamen Werken war, so daß er sogleich aufschreiben mußte, was sie ihm in hysterischer, in kalter prophetischer Manier oder im Telegrammstil diktierte. Er respektierte seine Muse, fürchtete aber ihre Launen: Bald war sie ein verspieltes Kätzchen, bald ein Tiger mit ausgefahrenen Krallen, bald ein daumenlutschendes schwachsinniges Kind, bald eine hochfahrende Göttin in großer Abendtoilette; ihre Stimmungen wie ihre Besuche waren unvoraussehbar. Besser voraussehbar waren seine anderen Heimsuchungen – Dyspepsie in ihren verschiedenen Formen, Winde, Schluckauf. Zwischen den Fügungen des Himmels und denen der Eingeweide lebte er still vor sich hin, ein Einzelgänger und harmlos. Selten kamen Briefe oder Besucher an seine Tür, Nachrichten von den Gefahren der Welt drangen nicht bis

zu ihm durch. Seine Dividenden und die winzigen Honorare gingen direkt an die Bank, und die Bank besuchte er nur einmal im Monat, wobei er mit seinem säuberlich ausgefüllten Scheck über zwanzig und noch ein paar Pfund hinter stiernackigen Gastwirten und asketisch aussehenden Metzgern warten mußte, die unerklärlicherweise immer ganze Berge von abgegriffenen Kupfermünzen einzahlten, und das dauerte seine Zeit. Er beneidete niemand außer den großen bewährten Toten.

Dieser Alltag, schon durch die unselige Fahrt nach London beunruhigt, wurde weiter durch eine Folge dieser Fahrt gestört, nämlich das Eintreffen eines großen Pakets. Auf der Adreß-Seite des Umschlags war *Fem* aufgedruckt, mit dem Bild einer gepflegt-schwachsinnigen jungen Frau, offenbar der typischen *Fem*-Leserin. Enderby, ganz mit seinem Gedicht beschäftigt, nahm das Paket unbehost und mit offenem Mund in Empfang, dann rannte er mit klopfendem Herzen ins Wohnzimmer, um es aufzumachen. Es enthielt einen Vertrag, den er unterzeichnen sollte, und einen kurzen Brief von Mrs. Bainbridge, in dem stand, daß sie ihm hier den Vertrag schicke, den er unterzeichnen sollte, und außerdem ein paar frühere Nummern von *Fem*. Sie hatte mit der Hand geschrieben, in langen, dicken Strichen, im übrigen aber förmlich und geschäftsmäßig; nur hatte sie die Ahnung von einem Hauch ihres Parfüms sich in dem Briefpapier verfangen lassen. Enderby hatte keine sehr feine Nase, aber ihr überaus feminines Geruchsbild erfaßte er ganz deutlich. Soso!

Von Illustrierten wußte Enderby wenig. Als Junge hatte er *Film Fun* und *Funny Wonder* gelesen, als junger Mann die Lyrik-Zeitschriften und die bissigen Rezensionen in den linken Wochenend-Blättern. Bei der Armee hatte er gesehen, was die Soldaten so lasen. In Wartezimmern hatte er mit steinerner Miene den *Punch* durchgeblättert. Er hatte bemerkt, daß nach dem Krieg überall billige Zeitschriften aufgeblüht waren wie ein Hautausschlag, und hatte sich über die Vielfältigkeit ihrer Spezialisierung und die Vielzahl der Kulte, denen sie sich anscheinend widmeten, gewundert. Er wußte, es gab zwei oder drei, die ganz darin aufgingen, irgendeinem toten Filmstar zu huldigen, der zu einer Art Schmachtgottheit verklärt wurde; und er hatte andere gesehen, mehrere, die noch lebende junge Lümmels mit Gitarren anbeteten – vermutlich diese Popsänger, wie Mrs. Bainbridge sie genannt hatte. Offenbar gab es unter jungen Mädchen einen starken Hunger nach Religion, den zu stillen diese armseligen Idole und ihre Pressepriester allein imstande waren. Und dieselben jungen Mädchen hatten auch Geld, das ausgegeben sein wollte, denn in diesem Zeitalter der Spezialisten schienen nur

Unfähigkeit und Hirnlosigkeit wirklich zu florieren. Aber auch die verträumten Ehefrauen hatten Geld. *Fem* schlug sich um jedes Sixpence-Stück: *Womanly* wurde mit den Ellbogen behandelt, *Lovely* bekam eins aufs Schnäuzchen, *Wifey* wollte man die Korsagen runterreißen und *Blondie* ein Büschel Haare an den schwarzen Wurzeln ausrupfen.

Er setzte sich hin und las begierig. Zeit verging und war verloren, unwiederbringlich, während die Inhalte von *Fem* ihm den Hals beengten. Auf dem Cover war ein Mädchengesicht, stereotyp und anödend hübsch. Auf jedem Cover, vergewisserte er sich, den ganzen Stapel auf seinen Knien durchblätternd, war ein solches Gesicht, wahrscheinlich jedesmal dasselbe, obwohl man da nicht sicher sein konnte. Die Covers der Männerzeitschriften, dachte er sich, hätten für die Frau vorzugsweise vom Hals abwärts Verwendung, eine harmonische Aufteilung der Interessen. Er las die Leserinnenbriefe: Irgend jemandes kleine Süße fragte, ob Gott in einem Flugzeug lebte; wie man aus einem alten Marmeladenglas mit vier verschiedenen Farbtönen von Nagellack eine elegante Blumenvase machen konnte (Kosten: 8 Schilling, 6 Pence); ob man als Lohn für eine mildtätige Handlung mehr erwarten konnte als ein liebes, dankbares Lächeln; daß der Wellensittich von Mrs. F. (Rotherham) »Dolly mag Mammi« sagen konnte; wie blöd doch die Männer sein konnten, stellen Sie sich vor, meiner will die Kartoffeln in einer Küchenschublade verwahren! (dieser Artikel bereitete Enderby echtes Kopfzerbrechen: warum sollte das blöd sein?). Es gab einen Fortsetzungsroman mit dem Titel »Auf ewig und einen Tag«, üppig illustriert mit einer hinreißenden, aber von Zweifeln umwölkten Braut. Ein Fünf-Seiten-Artikel bewies, daß es nicht *sehr* viel mehr kostete, sich seinen Plattenschrank selber zu machen (oder von seinem Mann oder Freund selber machen zu lassen), als ihn im Laden zu kaufen. Kurzgeschichten kamen auch, sie hießen »Herz in Flammen«, »Warum hast du mich verlassen?«, »Ich gelobe dir« und »Hallo, Romanze!« und waren meistens garniert mit Bildern von leidenschaftlich zusammengeklebten Paaren, stehend. Auf eine herzerwärmende religiöse Kolumne von einem populären und popsingenden jungen Pfarrer folgte ein Feature über »Unserer Königin Hunde«. Ungemütliches klinisches Geplauder über Tumore, Artikel über Stilett-Absätze, Marmeladekochen, wie werde ich eine strahlende Braut? Lange vertiefte sich Enderby in die Sonderbeilage Kochkunst, wo er endlich einen Weg sah, seinen Speiseplan zu verbessern. (Ein Gericht namens Orange Goody wollte er gleich morgen probieren.) Er war geschockt und gerührt von den Briefen an Millicent Goodheart, eine

Dame mit blauschwarzem Haar, scharfen roten Krallen und einem milden Lächeln: »Er hat gesagt, es wäre künstliche Beatmung, aber jetzt kriege ich ein Kind«; »ich bin erst seit drei Monaten verheiratet und habe mich in den Vater meines Mannes verliebt«. Enderby nickte beifällig zu Millicent Goodhearts lebensklugen Antworten. Sie hätten das eben nicht tun sollen; tut mir schrecklich leid für Sie, aber die Ehe ist nun mal für immer.

Als es dunkel wurde, las er immer noch und hatte immer noch viel mehr zu lesen vor sich. Mit schlechtem Gewissen schlich er zum Lichtschalter, er hatte das Gefühl, sich für diese lange Ausschweifung entschuldigen zu müssen: Schließlich sollte er doch für die Leute schreiben, also mußte er ihren Geschmack kennenlernen. Sein Magen meldete sich knurrend. Enderby hatte nichts im Hause als Brot, Marmelade und Pickles; er mußte gehen und etwas einkaufen. Eigentlich hatte er Appetit auf ein Gericht, das Gillian Frobisher zubereitete, die Chefin der Kochkunstredaktion bei *Fem*: Spaghetti Formaggio Surprise.

Enderby ging und nahm das Einkaufsnetz mit. Er kam wieder mit einem Pfund Spaghetti, einem Viertelpfund Käse und einer großen Knoblauchzwiebel für vier Pence. (Das Rezept hatte als Alternative zwei große Zwiebeln vorgeschlagen, aber Enderby hatte eine dunkle Abneigung dagegen, in einen Gemüseladen zu gehen und zwei Zwiebeln zu verlangen; mit dem Knoblauch war das etwas anderes, denn der war exotisch.) Keuchend vor Erregung nahm er die einschlägige Nummer von *Fem* mit in die Küche und begann die Anweisungen sklavisch auszuführen. »Für 4 Personen« las er. Er war aber nur eine, er allein, 1 hungriger Enderby. Also mußte er alles erst mal durch 4 teilen. Er nahm das Pfund Spaghetti und zerbrach die spröden Stäbe in kleine Stücke. Er nahm seine Bratpfanne (nach dem Rezept hätte es eine Schmorpfanne sein sollen – schade, mußte auch so gehn) und goß 1 Teelöffel voll Olivenöl hinein. (Davon hatte er etwa 1 Tassevoll im Schrank, abgegossen aus Sardinenbüchsen.) Er schüttete etwa 1/4 der Spaghettitrümmer darauf, zündete das Gas an und ließ sie unter Wenden und Umrühren langsam schmoren. Dann gab er 2 Tassen Wasser hinzu, erinnerte sich, daß er ja durch 4 teilen mußte, und goß etwas von dem Wasser wieder ab. Tief atmend zog er *Fem* zu Rate, während die Pfanne vor sich hin köchelte. Geriebener Käse. Er zerrieb ein bißchen mit Mrs. Meldrums Muskatreibe und schüttete es in die Mixtur. Und nun diese Sache mit Zwiebeln oder Knoblauch. »2 große Zwiebeln kleingehackt« sagte Gillian Frobisher, oder »Knoblauch nach Geschmack«. Enderby besah sich seine Knoblauchzwiebel. Er wußte, das Zeug war stärker als Zwiebeln;

vielleicht wäre diese hier zweien von denen gleichwertig. Die Haut abziehen? Nein. Alles Gute war in der Schale, wie bei Kartoffeln. Er schnitt den Knoblauch erst längs, dann quer in Scheiben, dann warf er die Stückchen in die köchelnde Pfanne. Und nun? Eine eingefettete Schüssel. Auf dem Regal fand er eine aus Jenaer Glas; fettig war sie schon, aber er rieb sie von innen noch ausgiebig mit Margarine ein. Jetzt das Zeug aus der Pfanne in die Schüssel befördern. Er hatte etwas Mühe, es herauszubekommen: Aus irgendeinem Grund hatte es sich in der Pfanne angesetzt, und er mußte kräftig schaben, um zu lösen, was sich noch lösen ließ. Er ließ die Mixtur in die Schüssel schwappen. »Übergießen mit saurer Sahne«, schrieb Gillian. Saure Sahne hatte er nicht, aber saure Milch zur Genüge, oben schon etwas grünlich. Er krönte das Ganze mit großzügig bemessenen Klecksen, dann machte er den Backofen an. Darin auf kleiner Flamme etwa 20 Minuten kochen lassen. Ächzend stellte er die Schüssel auf den Rost, schloß die schwarze Tür mit einem leichten Fußtritt, wischte sich eine Hand an der andern ab. Das wär's.

Verdammt. Mit dem Durch-4-Teilen war er nicht einheitlich verfahren, fiel ihm ein. Egal. Und vielleicht war das auch so gemeint, daß die Spaghetti schwarz werden sollten. Er hatte von feinen Lokalen gehört, wo man Sachen absichtlich und vor den Augen der gelassen bei Tisch sitzenden gutgekleideten Gäste in Flammen aufgehen ließ. Er ging wieder zum Elektroofen, um seine Lektüre mit der nächsten Nummer von *Fem* fortzusetzen. Nachdem er wie gebannt eine Suppenreklame angeschaut hatte, die einen Becher kaltes Blut zeigte, und eine Eireklame mit einem bläßlichen Dotter, der über den Rand einer Scheibe Fisch herabhing, im Begriff, sich auf dem Boden der Pfanne in blassem Gelb zu verströmen, las er sich in einer Geschichte mit dem Titel »Ich bin nicht dein Schätzchen« fest. Sie handelte von einer Flug-Hostesse, die sich in den Kapitän ihrer Maschine verliebte, ein Thema, das für Enderby neu war. Er trödelte lange über Gillian Frobishers 20 Minuten hinaus, schreckte dann hoch bei einem Schluckauf und zog seine Spaghetti Formaggio Surprise aus dem Ofen. Der Name paßte jedenfalls. Er setzte sich vor die Schüssel und kostete die vermischten Geschmacksnoten von versengtem Mehl und schreiend brutalem Knoblauch, heiß und scharf wie ein Schweißbrenner; insgesamt ergab sich trotzdem ein Goût von müder Blasiertheit. Ganz so hatte er sich das nicht vorgestellt; aber Gillian Frobisher mußte ja wissen, was sie tat. Er aß pflichtschuldigst alles auf, mit vielen Schlucken kalten Wassers. Den Geschmack seiner künftigen Leserinnen mußte er kennenlernen.

3 Enderby erwachte mitten in der Nacht, wie von einem Feldwebel hochgescheucht, aus einem verrückten Traum von einem Feuerhaken. Der Schmerz war gräßlich, schien aber nicht gefährlich zu sein. Sein Kopf war einigermaßen klar, als er aus dem Bett kroch; sogar der Name des verfluchten Weibs fiel ihm ein. Gillian Frobisher. In einer der Kochkunst-Beilagen war ein Foto von ihr: eine hübsche, appetitliche Jüdin mit einer unmöglich sauberen Bratpfanne. Wenn er der je begegnete, das schwor er sich, würde ihre Pfanne nicht sauber bleiben. Man hatte ihn zum Narren gehalten.

Bikarbonat zerkleinerte den Schmerz und blies die Teilchen mit dem Wind weg. Enderby setzte sich im Wohnzimmer hin und knipste den Elektroofen an. Es war drei Uhr zehn, sagte seine Uhr. Verrückte Zeit. Von einer Treppe höher kam Lärm, eine Frauenstimme, schreiend, aber wie durch ein Musselintuch gefiltert. »Raus, hast du nicht gehört? Raus hier, du Schwein!« Dann Gepolter einer Männerstimme und Tritte von schweren Schuhen. Anscheinend war Jack wieder da. Bald wurde das Geschimpfe der Frau schwächer und kam in einer merkwürdigen Artikulation, stoßweise und wie aus dem Mundwinkel. Später begannen die Sprungfedern zu knarren. Enderby nahm den Vertrag, der auf dem Sofa lag, und fragte sich, ob er unterschreiben sollte oder nicht. Jede Woche eine Ladung gereimte Klischees abliefern, mit schleimigen Ergüssen über die Ferne der Sterne, die molligen Babyärmchen um Mammis Hals oder das echt gute Gefühl bei einer Nettigkeit gegen Leute, die in Schwierigkeiten sind – war das nicht Prostitution? Die Gedichte, die er für Arry an Thelma schrieb, waren das nicht, was immer sie sonst sein mochten. Wo sie nicht unverblümt sinnlich waren, waren sie zart ironisch: Dafür brauchte er sich nicht zu schämen. Aber diese Mrs. Bainbridge mit ihrem Angebot – war das nicht der Teufel, der ihn vom rechten Weg der Kunst abbringen wollte und mit Guineen klimperte, die ohnehin alle für Mrs. Meldrum draufgehen würden? Enderby schritt ins Bad, um all die in der Wanne aufgehäuften Jahreserträge seines Schaffens zu betrachten. Er war in den letzten fünfzehn Jahren oft umgezogen, von einer Stadt zur andern und von Wohnung zu Wohnung, aber hier, hatte er gedacht, könnte er bleiben. Es war nicht gut, mitten in einer großen Schöpfung die Werkstatt zu wechseln. Unter dem unmerklichen Einfluß des neuen Ortes änderte sich die Gestimmtheit, die Kontinuität zerbrach. Und dann dachte er, wie es wäre, dieses ganze Badezimmervoll in Koffer verpacken zu müssen – mitsamt Mäusen, Brotkrusten und allem. Dabei kamen

Sachen abhanden, man ließ sich verleiten, Dinge wegzuwerfen. Aber während er so barfüßig dastand und angestrengt nachdachte, fragte er sich, ob er nicht doch das Opfer bringen sollte und wegziehen, irgendwo anders hin an der Küste, fort von Mrs. Meldrum und von dieser noch viel gefährlicheren Person – der neu zu begattenden wichtigen Witwe, der coolen, eleganten Mrs. Bainbridge, die von sich behauptete, sie bewundere seine Gedichte.

Er sah wohl, daß er in gewissem Maße seine Angst vor der Beziehung zu einer Frau rationalisierte, vor der Möglichkeit, daß eine Geschichte, wie sie jetzt eine Treppe höher zu Ende ging, bald eine Treppe tiefer anfangen könnte. Und doch quälte ihn eine Sorge, die ihm schon oft zugesetzt hatte – besonders nachdem er sich vor anderen, sich anbahnenden Beziehungen aus dem Staub gemacht hatte –, nämlich daß eben dieser Wunsch, ungebunden zu bleiben, sein Werk beeinträchtigen könnte. Frauenliebe hatte immer, traditionell, im Leben der Dichter eine große Rolle gespielt. Denk an Goethe zum Beispiel, der erst eine neue Liebschaft haben mußte, ehe er ein neues Gedicht beginnen konnte. Nun hatte Enderby, soweit die deutsche Kultur mit seiner Entwicklung etwas zu tun gehabt hatte, es vorgezogen, einer viel herberen Persönlichkeit Einfluß zu gewähren – Schopenhauer. Auch Spengler mit seinem Versprechen, daß das Abendland untergehn werde, hatte ihm etwas zu sagen gehabt. Diese beiden Philosophen hatte er erst zu Rate ziehen müssen, ehe er ein Gedicht über die Sexualität und die anderen Menschen schrieb. Er erinnerte sich an den typischen Abend während des Krieges mit Verdunkelung in einem Garnisonsstädtchen und schwieligen Händen, die im Dunkeln nach kichernden Mädchen grabschen.

Nymphen, Satyrn, rührt euch schon!
  Faun am Hügel tanzt,
Reißt die Tageshüllen von
  Willis dickem Wanst.

Der Projektor fällt in Schritt,
  Schnüffelt blind durchs Bild,
Bis sich Willis Leinwand mit
  Vorstellungen füllt.

Flittchen färbt sich silberweiß,
  Schmilzt und schmiegt sich matt,

Gibt den Fingerspitzen preis
Alles, was sie hat.

Da, Raketen steigen hoch,
Daß der Schirm erglüht,
Bis der Sinn zurück ins Loch
Tragisch surrend flieht.

Das war keine romantische Einstellung zum Sex. Liebe, hatte Schopenhauer anscheinend gesagt, war eine von den Non-stop-Kino-Vorstellungen, die der böse Wille als Vorführer und Geschäftsführer zugleich veranstaltete, und diese trägen Leiber der gummikauenden Kicherfrätzchen wurden zu steifen, leuchtenden Schirmen für die Projektion von etwas, das wie Realität, wie ein Wert aussah. Aber die Deflation, das In-sich-zusammensacken auf den Boden nach dem Koitus, war beängstigend, und diese geschwellten Worte des Begehrens, eben erst ausgesprochen – man erkannte nun, was sie wirklich taugten. Den lässigen Phantasiegestalten der Onanie konnte man nicht wehtun, und man konnte sie nicht belügen.

Enderby ging wieder ins Wohnzimmer. Das Sodbrennen – Wehen mußten ähnlich sein – hatte von neuem eingesetzt. Im Glas war noch genug Bikarbonatlösung, und es dauerte keine halbe Minute, da konnte er den Schmerz verbrodeln lassen:

Grörrrbrogharrrgawwwwwpfffffh.

Sofort kam eine Reaktion von einer Treppe höher: Ein Schuh hämmerte dreimal mahnend auf den Boden. Enderby blickte ergeben zur Decke auf wie zu einer polternden Gottheit. Es wurde Zeit, daß er hier wegzog. Er hörte etwas, das sich anhörte wie »Ruhe, Enderby!«, und dann schien die Frauenstimme zu sagen, »nu laß ihn doch in Frieden, der kann nichts dafür!« Dann begann ein Gerangel von nicht unterscheidbaren Wörtern, das damit endete, daß Jack brüllte, »ach so, hat er, was? Und wessen Idee ist das gewesen, du falsches kleines Aas, du?« Na ja, die postkoitale Traurigkeit. Enderby schüttelte traurig den Kopf und ging wieder zu Bett. Er würde Mrs. Meldrum auf nächste Woche kündigen; er würde Mrs. Bainbridges Vertrag nicht unterschreiben. Mrs. Meldrum sollte ihren lächelnden, glatzköpfigen, jeden Tag badenden jungen Mann mit Spesen bekommen; und die Leserinnen von *Fem* mit den robusten Mägen, die würden's überleben, wenn sie auf das Gedicht von Enderby jede Woche verzichten müßten.

4 Damit war das entschieden. Der Morgen brachte einen Brief:

Lieber Mr. Enderby,

also, Sie scheinen ganz schön zugeschlagen zu haben bei Ihrem Besuch in London. Ich habe jetzt erst eine Abendzeitung von dem denkwürdigen Tag auftreiben können, und die macht, wenn auch kurz, einigermaßen klar, daß Sie sich alle Mühe gegeben haben, sich einen gewissen ritterlichen Schirmherrn Ihrer Kunst zum Feinde zu machen. Ich muß gestehen, daß ich in mancher Hinsicht Ihre unabhängige Haltung bewundere, aber Gott mag wissen, wie ein Dichter sich heutzutage diesen byronesken Luxus leisten kann. Sir George, habe ich gehört, ist sehr wütend und gekränkt. Was ist bloß in Sie gefahren? Ich versteh's einfach nicht, aber ich bin ja auch nur eine ganz gewöhnliche Person ohne viel intellektuellen Anspruch und würde mir nie anmaßen zu glauben, ich könnte das Hirn eines Dichters ausloten. Tatsache ist, und vermutlich werden Sie das bald auch von Ihrem eigenen Verleger zu hören bekommen, daß Ihr Name in Goodbys guten Bücherstuben zum Himmel stinkt, darum seien Sie auf der Hut.

Angesichts dieser Umstände denke ich, daß es ratsam wäre, Ihre wöchentlichen Auslassungen unter oder über einem Pseudonym zu drucken. Das würde uns auch die Möglichkeit geben, die Aufmachung mit dem Foto irgendeines langhaarigen Jünglings zu verschönern, mit Gänsekiel in der Hand und verträumt zum Himmel aufblickend – Sie verstehen mich: *der Dichter*, so wie jede Hausfrau meint, daß er aussehen müßte. Können Sie mir ein Pseudonym vorschlagen? Bitte unterschreiben Sie den Vertrag und schicken Sie ihn mir zurück. Es war wirklich ein Vergnügen, mit Ihnen Tee zu trinken.

Ihre
Vesta Bainbridge

Enderby zitterte vor Wut, als er das qualitätvolle Briefpapier zerknüllte. Sein Herz pochte lauter als das Pochen eine Treppe höher, anscheinend der gewöhnliche Morgenzank. Er schmiß den Brief in die Kloschüssel und zog die Kette, aber das Ding war zu dick zum Wegspülen. Er mußte es wieder herausnehmen, naß, wie es war, und es in den alten Abfallkarton in der Küche bringen, in dem schon Kondensmilchdosen, Fischgräten, Kartoffelschalen und Teeblätter lagen. Nachdem er eine Stunde vor sich hin gebrütet und versucht hatte, mit seiner Arbeit weiterzukommen, spürte er einen Drang, den Brief noch mal zu lesen, und holte ihn zwischen den Teeblättern wieder hervor. Ganz schön zugeschlagen London denkwürdigen Tag wenn auch kurz unabhängige Haltung heutzutage diesen byronesken wie jede Hausfrau Vesta Bainbridge. Er stand finster in der kleinen Diele und las, die Worte anschielend, weil es so finster war. Plötzlich tat es einen Doppelschlag gegen die Wohnungstür, wie wenn ein Gorilla sich an die Brust klopfte, und Enderby blickte überrascht auf. »Kommen Sie raus, Enderby«, rief Jacks Stimme, »ich hab ein Wörtchen mit Ihnen zu reden, Enderby, Sie verfluchter Poet!«

»Was husten!« knurrte Enderby, ganz im Geiste und im Ton seiner Stiefmutter.

»Kommen Sie da raus, Enderby! Kommen Sie raus und stehn Sie Ihren Mann! Machen Sie auf, damit ich Sie in die Fresse haun kann!«

»Nein«, sagte Enderby. »Mach ich nicht. Wenn ich die Tür aufmache, dann tut mir das nachher leid. Ich kenn das doch. Ich will Ihr Blut nicht an den Fingern haben.«

»Enderby«, brüllte Jack. »Ich warne Sie, wie sich's gehört. Machen Sie auf, damit ich's dir besorgen kann, du verhurter Poet! Ich werd dir's zeigen. Mit meiner Frau schlafen, du falsche Sau!«

»Sie ist nicht Ihre Frau«, sagte Enderby. »Und ich hab auf der Couch geschlafen. Jemand muß Ihnen Lügen über mich erzählt haben. Und jetzt verschwinden Sie, bevor ich böse werde!«

»Machen Sie die Tür auf, Enderby, bitte!« flehte Jacks Stimme. »Ich will's dir besorgen, wie sich's gehört, ist nur recht und billig, du Bastard, und zur Arbeit komm' ich auch schon zu spät. Mach auf, daß wir's hinter uns bringen!« Und er wummerte mit beiden Händen gegen die Tür. Von oben war die Stimme der Frau zu hören, und etwas darin erweckte die deutliche Vorstellung einer Frau im Nachthemd und mit Lockenwicklern. »Hör doch auf, Jack!« rief sie. »Du machst dich nur lächerlich.«

»Ich mich lächerlich, eh? Wolln wir mal sehn. Jetzt halt du den Mund! Du hast dein Teil schon gekriegt, und jetzt kriegt Enderby seins.« Und er fing von neuem an zu wummern. Enderby ging in die Küche und kam zurück mit seinem Hasenzerkleinerungsmesser. »Mach auf, Enderby! Ich hab nicht soviel Zeit, du Bastard.« Enderby machte auf.

Jack war ein kräftiger jüngerer Mann mit faltigen Wangen und urinfarbenen Augen. Wenn Haare Drähte sein können, dann wuchsen ihm schwarze Drähte aus dem Kopf. Er hielt beide Fäuste in Bereitschaft, törichterweise mit den Daumen innen. Enderby hatte in London einen Schlag abgekriegt; hier würde er keinen abkriegen. Er hob das Messer. »Was husten!« sagte er.

»Das ist unfair«, sagte Jack. »Ich meinte anständig verhauen. Das ist nicht richtig, wenn Sie gleich mit dem Ding da ankommen. Ich sag doch bloß, du sollst sie da oben in Ruhe lassen, klar, und dann kriegst du anständig eins in die Fresse, und dann lassen wir's gut sein. Sie haben gar kein Recht zu verlangen, daß sie Sie ranläßt, müssen Sie zugeben, denn die gehört mir. Jetzt legen Sie das Messer weg, und sei ein Mann und steck ein, was dir zusteht!«

»Was husten!« sagte Enderby in mordbereiter Haltung. »Ich hatte keinen Schlüssel, das war alles, und sie hat mich auf dem Sofa schlafen lassen. Wenn Sie das nicht glauben, werden Sie nie wieder was glauben.«

»Ich glaube nur, was ich glauben will«, sagte Jack mit schöner Offenheit. »Wir sprechen uns noch, ich komme wieder. Denken Sie nicht, damit sind Sie durchgekommen, denn da irren Sie sich, Enderby, Dichter hin, Dichter her. Ich sag Ihnen, wie's ist. Ich muß jetzt los zur Arbeit, und zu spät komm ich auch, was Ihre Schuld ist und alles noch schlimmer macht.« Mit einem plötzlichen Zupacken und einer eleganten, ruckhaften Wendung hatte er das Messer aus Enderbys Griff gelöst. »Da«, sagte er stolz, »das haben Sie gehabt!« Enderby knallte rasch die Tür zu. »Ich komme wieder, Enderby«, rief Jack, »kannst du mir glauben. Dir besorg ich's, kommst du nicht drum rum!« Er gab Enderbys Tür noch einen Tritt, dann trampelte er aus dem Haus und ließ die große Tür zur Straße zuknallen.

Zitternd schloß Enderby sich im Badezimmer ein, Kanaille, *canaglia*, dieses hundsföttische Pack mit seinem verdammten Sex und seiner verfluchten Eifersucht! Ja, es wurde Zeit, alles sprach nun dafür: raus hier, raus, raus! Und wohin nun? Er setzte sich auf seinen Sitz und begann zu kritzeln: a) Geld von der Bank abheben; b) Karte der Südküste besorgen; c) Scheck und Kündigung an Mrs. M. schicken; d) Mrs. B. schreiben; e) mit Arry reden. Vor soviel Planung, wie hier nötig war, und dem Albtraum des Packens, das ihm bevorstand, wurde er ganz konfus. Er versuchte sich mit der Abfassung eines letzten Vollzugsgedichtes für Arry zu beruhigen, dem Finale des ganzen Zyklus'. Es dampfte nur so vor hitzigen Händen, weißem Fleisch, derbem Verlangen und Liebe, Liebe, Liebe. Auf Enderby hatte es einen gewissen kathartischen Effekt, wie das Herausschreien lästerlicher Obszönitäten.

> ... In diesem letzten Lustdelir
> Erglüht dein Bild. Liebe: ein ätzender Strahl
> Wasser ins Auge; Liebe: ein durstiges Tier;
> Staub in der Kehle, die da schluchzt in Qual.

Er schrieb einen Scheck für Mrs. Meldrum aus und dazu den kürzestmöglichen Abschiedsgruß: »Danke für Ihre unerbetene Anteilnahme, ich kündige auf nächste Woche. Hochachtungsvoll Ihr« usw. Mrs. Bainbridge bestätigte er höflich den Eingang ihrer Nachricht und bedauerte, ihr mitteilen zu müssen, daß er sich nach reiflicher Überlegung doch nicht imstande sehe, die dürftigen, sofern irgend vorhandenen poetischen Bedürfnisse der Leserinnen von *Fem* zu befriedigen. Schöne Grüße, wenn Mrs. Bainbridge so gut sein wolle, sie weiterzugeben, an Miss oder Mrs. Frobisher, der er besonders zu den unverwüstlichen Mägen ihrer kulinarischen Fans gratulieren wolle. Er, Enderby, wenn es jemanden interessiere, könne von ihren Spaghetti Formaggio Surprise ein Lied singen. Den Vertrag gedenke er zu vernichten, die Nummern von *Fem* an die Armen zu verteilen. Ihr sehr ergebener. P. S. Er sei im Begriff umzuziehen und unter der obigen Anschrift fürderhin nicht zu erreichen, eine neue noch nicht bekannt. Keinen Sinn, ihm zu antworten. Inzwischen ruhiger geworden, rasierte er sich und machte sich ausgehfertig. Solange dieser Schreihals von Jack noch bei der Arbeit war, wäre er sicher.

5

Arry, in fettigem Küchenweiß, mitsamt weißer Halsbinde und weißer Pilzhaube, stand an der Bar im Freimaurerwappen, nur auf einen Sprung aus seiner Küche herübergekommen. Er empfing Enderby ohne Begeisterung, bestellte ihm aber, ohne zu fragen oder eine Frage abzuwarten, einen doppelten Whisky. »Anzug«, sagte er, »war versaut. Ick mußte ihm in die Reinigung geben.« Er trank gut drei Viertel von einem Pint Ale, halb Braun, halb Bitter, hinunter.

»Tut mir leid«, sagte Enderby. »Wird nicht wieder vorkommen. Werd mir keinen mehr von dir leihen brauchen. Ich hau ab.«

»Haust ab? Weg? Kommst nicht mehr her, hier?«

»Richtig.«

Arry schaute feierlich drein, aber unter der festen Kruste dieses Ausdrucks schien sich ein winziges Gefühl der Erleichterung zu verbergen; ein Wölkchen davon entwich wie durch ein Abzugsloch in der Kruste. Er sagte:

»Wohin?«

»Weiß nicht«, sagte Enderby. »Irgend woanders hin an der Küste. Kommt nicht drauf an, wo.«

»Geh bloß weiiiiit weg«, riet ihm Arry, den Vokal dehnend wie in einer urtümlichen Sprache, »so weiiiiit«, wie um die Entfernung onomatopoetisch deutlich zu machen, »wie du bloß kannst. Dat ist nichts hier, für kein

Menschen. Komm bloß nie wieder zurück!« Er blickte finster zu den Lesbierinnen in der Ecke – Gladys mit Brille und in Leoparden-Jeans, verstohlen die schielende Prudence tätschelnd – und dann voll Teilnahme zu Enderby hin.

»Ich wollte eigentlich nur auf Wiedersehn sagen«, sagte Enderby. »Hoffentlich geht alles gut.«

»Wird schon gehn, wenn ick ihm erst aus die Reinigung hab.«

»Ich meinte die Sache mit Arry an Thelma«, sagte Enderby. »Ich hab dir noch ein Gedicht mitgebracht, das letzte des ganzen Zyklus. Wenn das nichts nützt, dann geht gar nichts.« Er zog das zusammengefaltete Blatt aus der Tasche.

Arry schüttelte den Kopf. »Nichts läuft«, sagte er. »Läuft überhaupt nichts. Allet Verschwendung von meine Zeit!«

»Meine auch«, sagte Enderby.

»Eine Hand in die Kasse«, sagte Arry, »und die andere zwischen die Beine. Nicht gut für Mensch oder Tier, diese Thelma. Hat sich überhaupt nicht drum gekümmert, wat ick allet für ihr getan hab.«

»So's das Leben«, seufzte Enderby. »Kein Mensch will mehr Gedichte heutzutage. Alles umsonst.« Er schickte sich an, seine letzte feurige Auftragsarbeit zu zerreißen.

»Nicht umsonst«, sagte Arry. »Heiße Ware, ein oder zwei von. *Mir* hat's gefallen. Aber ick, ick bin nicht von die Intelligenz.« Er streckte eine saubere Küchenhand aus, um Enderbys Werk zu retten. Er nahm das Blatt und entfaltete es mit müdem Interesse. Er tat so, als lese er's, dann steckte er es in die Hosentasche. Enderby gab ihm ein Pint braunes Ale mit Bitter aus. Enderby sagte:

»Seit ich hier wohne, bist du der einzige, mit dem ich mich irgendwie angefreundet habe. Deshalb wollte ich tschüs sagen, bevor ich abhaue.«

»Dann sag ick dir auch tschüs«, sagte Arry und schüttelte ihm die Hand. »Wann haust du denn ab?«

»Ich muß noch packen«, sagte Enderby. »Und dann muß ich mich entschließen, wo ich hin will. Ich denke, morgen. Während Jack bei der Arbeit ist.«

»Wer's Jack?«

»Ach so, entschuldige! Der Kerl von eine Treppe höher. Der denkt, ich hätte was mit der Frau, mit der er zusammenlebt.«

»Ah«, sagte Arry, schüttelte den Kopf und betrachtete Enderby dann mit erneuerter Teilnahme. »Hau ab, so früh du kannst«, sagte er. »Stopf dein Zeug allet in ein Sack, und denn ab zum Victoria-Bahnhof. Am

Victoria-Bahnhof, da ist eine Anzeigetafel mit die Namen von die Orte, jede Menge von, und da suchst du dir einen von aus, und da fährst du denn gleich hin. Ist überall datselbe heutzutage«, sagte er. »Woraufs ankommt, ist in Bewegung bleiben. Und wat wirst du denn machen«, fragte er, »wenn du da bist, wo du hin willst? Immer so weiter?«

»Ist doch alles, was ich kann«, sagte Enderby. »Gedichte schreiben ist doch alles, wozu ich gut bin.«

Arry nickte und trank sein Pint aus, das vierte, seit Enderby gekommen war. »Aber schreib bloß nicht mehr so viel über Spaghetti«, sagte er, den Bierschaum am Mund. »Überlaß Spaghetti andern, die wat verstehn von!« Er gab Enderby noch einmal die Hand. »Muß zurück«, sagte er, »zu mein blöden Job. Speziallunch für die Töchter der Tempramenz.« Er breitete die Wörter aus wie auf einem Plakat. »Paß auf dir auf«, sagte er. An der Tür schwenkte er noch mal einen weißen Küchenarm, dann ging er hinaus. Spaghetti ringelten und verknoteten sich in Enderbys Hirn. Dann traf ihn ein gräßlicher Gedanke. Mit Herzklopfen trank er seinen Whisky aus, aber dann beruhigte er sich. Vielleicht hatte er es doch an Mrs. Meldrum geschickt. Aber nein, er entsann sich deutlich, einen Scheck an einen Viertelbogen Briefpapier geklammert zu haben. Aber was machte das schon? Vielleicht hatte er's dann doch wieder in den falschen Umschlag getan. Am besten war wohl, hier ganz schnell zu verschwinden.

Als er keuchend zum Packen über die Esplanade lief, kurvten und klagten die Möwen und krallten sich in die blaue Wand des Seewintertags. Seit zwei Tagen hatte er nun vergessen sie zu füttern. Sie durchquerten seinen Weg, beschwerten sich. Aggressiv bettelnde Knopfaugen. Die undankbaren Vögel! Sie krächzten Enderby kein Lebwohl zu; sie würden dasein und auf seine Brotspenden schon warten, irgendwo ein Stück weiter die Küste rauf oder runter.

Kapitel Fünf

1 An Dingen, die der Welt lebenswichtig erschienen wären, hatte Enderby nicht viel einzupacken. Das Problem war die Badewanne voller Gedichte. Davor kniend, als wollte er – und hier lachte er ingrimmig – sein eigenes Werk anbeten, begann er alles in den größeren seiner beiden Koffer zu stopfen, wobei er achtsam, aber ohne Pedanterie die Manuskripte von den Brotkrusten, Zigarettenschachteln und den Pappzylindern längst verbrauchter Klopapierrollen sonderte. Aber er fand so viele alte Gedichte, die er ganz vergessen hatte, daß er nicht widerstehen konnte und sie mit offenem Mund durchlas, während der Nachmittag auf den Abend zu tickte. Seinen ersten Abreiseplan hatte er drastisch verändert; jetzt gedachte er mit einem Abendzug (wenn Jack nichts dagegen hätte) zum Victoria-Bahnhof zu fahren, dort die Nacht in einem Hotel zu verbringen und morgen, etwa gegen Mittag, irgendeiner neuen Spur an die Südküste zu folgen. Er mußte, meinte er, an der See leben – der großen, nassen, trieligen Stiefmutter oder der grünen alleinseligmachenden Kirche, die er im Auge behalten könnte. Jedenfalls hatte die See nichts Tückisches an sich.

Es war erstaunlich, was er so alles geschrieben hatte, besonders in seiner Jugend: Pastiches nach Whitman und Charles Doughty, eine versuchte Übersetzung der *Duineser Elegien*, Limericks, sogar den Anfang eines Versdramas über Kopernikus. Ein Sonett in unregelmäßig-daktylischen Rhythmen und Alexandrinern datierte aus den Tagen, als er das Proletariat liebte und beneidete. Mit Schaudern und Verwunderung las er das Sextett:

Endlich wird er gekrönt zum König der übrigen Stunden,
  Wischt den Tag von der Hand, und die Luft erblüht violett;
Breit sitzt er am Küchentisch, läßt sich die Sportseite munden
  In der Wärme des Herdes, Pfeifenrauch, Dünsten von Fett.
Später ein Sprung in den »Löwen«, zu Fritten und ein paar Runden,
  Und dann ab nach Hause, in sein traumloses Bett.

Als hätte er nur auf das Stichwort gewartet, kam Jack heim, König der übrigen Stunden vom Tag eines Verkäufers und bereit für Enderby. Der beidfäustige Gorillatakt an der Wohnungstür rief Enderby in die Gegenwart zurück.

»Los, Enderby, raus mit dir! Zur Sache, Enderby! Komm und hol dir deine Prügel ab, du widerlicher Poet!«

»Haben Sie mein Messer?« fragte Enderby, hinter der Tür, die nun für ihn die Strafe empfing.

»Ihr Messer, wie? Das liegt jetzt in einer Mülltonne, Sie Dreckskerl Sie! Jetzt gibt's nur saubere ehrliche Hiebe, du hinterlistiges Miststück! Ich warne Sie, Enderby. Wenn Sie nicht aufmachen, hol ich mir den Schlüssel von Mutter Meldrum. Ich sag einfach, Sie hätten Ihren verloren. Lügen wie Sie kann ich auch, Sie schamloser Lügner! Dann komm ich rein und besorg's Ihnen. Also machen Sie auf, so ist's sportlich und nach den Regeln, und dann kriegst du deine Senge, du Arschloch!«

Enderby bebte vor Wut und begann sofort in der Wohnung herumzulaufen, zitternd, auf der Suche nach irgendeiner Waffe. Jack, der doch von Rechts wegen nach seiner Arbeit hätte müde sein müssen, hämmerte unterdessen gegen die Tür und spie Unflat. Enderby schaute im Badezimmer um sich, und seine Blicke wurden augenblicklich milder, als sie auf einen alten Freund, die Klosettbrille, trafen. Sie war schon immer ein wenig locker gewesen; es war nicht schwer, den Bolzen herauszuziehen, der sie an dem Piedestal festhielt. »Ich komme«, rief Enderby. »Augenblick noch!« Er entschuldigte sich bei dem hölzernen O, als er es grob aus seiner Befestigung riß, und versprach eine kleine Wiedergutmachungsode zu schreiben. Damit bewaffnet, ging er zur Tür, riß die Tür auf und sah Jacks daumenbrecherische Fäuste bereit, ein tiefes Doppelloch in die Luft zu schlagen.

»Das ist unfair«, sagte er, zurückweichend. »Sie spielen gegen die Regeln, Enderby. Alles, was ich will, ist eine anständige Entschuldigung für Ihre Mißachtung meines Eigentums.« (»Bist du wieder zurück, Jack?« kam die Stimme von oben. »Tu ihm nicht zu weh, Schatz!«)

»Ich hab mich für nichts zu entschuldigen«, sagte Enderby. »Wenn Sie nicht glauben, was ich Ihnen gesagt habe, müssen Sie die Folgen Ihres Unglaubens tragen. Ich werde Sie mit diesem Objekt hier aufs Haupt schlagen.«

»Nicht damit«, sagte Jack und versuchte tänzelnden Fußes, ein paar verstohlene Schläge ins Ziel zu bringen. »Das ist doch komisch, das Ding, das gehört sich nicht! Sie machen ja eine Posse aus der ganzen

Geschichte.« Enderby parierte die harmlosen Schläge mit kräftigen Hieben seiner hölzernen Waffe auf Jacks Handgelenke. Er trieb ihn durch den Flur zur Haustür hin, an den zwei fleckigen Bildern an der Wand vorüber, die beide Hochland-Szenerien bei miserablem Wetter zeigten. Enderby hob das Ringholz hoch, in der Absicht, Jacks drahtbürstigen Kopf mit der harten Kante zu treffen. Ein wenig verschätzte er sich und traf nur mit dem Loch in der Mitte, so daß Jacks Gesicht nun als lebendes Porträt von einem den Formen des Gesäßes angepaßten Ring eingerahmt wurde. Er krallte die Hände daran fest, statt Enderby auf die Finger zu schlagen, der abwärts und immer weiter abwärts zerrte, mit dem dunklen Plan, Jack zu Boden zu bringen und dann auf ihm herumzutrampeln. »Du Bastard du«, schrie Jack, »das find ich nicht komisch, du Sau!« Er versuchte die glattgesessene hölzerne Schlinge von sich abzuheben, aber Enderby zog ihn mit seinem ganzen Gewicht nach unten. »Ich verlange doch nur«, keuchte Jack, »eine Entschuldigung für das, was Sie tun, getan haben. Entschuldigen Sie sich, und ich lasse Sie gehn!« Enderby drehte sich um, immer noch an Jacks rundem Schandmal festhaltend, und sah Jacks Gefährtin am Fuß der Treppe. Sie trug schwarze Trikothosen, wie Hamlet, oben einen schwarzen Sweater, unter dem ihre Brüste von der Bewegung des Herabsteigens noch wippten.

»Sie«, schluchzte Enderby, der kaum noch Luft bekam nach all der Anstrengung, »haben das alles angefangen. Sagen Sie ihm die Wahrheit!«

»Er hat mich verdroschen«, sagte sie, »wo ich doch gar nichts Schlimmes gemacht hab. Nur richtig, daß Sie auch was abkriegen.«

»Sagen Sie ihm die Wahrheit!« rief Enderby mit ersterbender Stimme.

»Das würde für Jack keinen Unterschied machen«, sagte sie. »Sie müssen verdroschen werden. Jack ist nun mal so.«

»Ich verlange, daß er sich entschuldigt«, rief Jack, immer noch in seinem Rahmen.

»Gibt nichts, wofür«, röchelte Enderby mit dem letzten Luftvorrat.

»Dann entschuldigen Sie sich für das, was Sie jetzt tun!«

»Ich hör damit auf«, sagte Enderby. Er ließ los, und Jack, der immer noch zog, aber nun plötzlich keinen Widerstand mehr hatte, prallte rückwärts gegen die Flurgarderobe und stieß sie um, mit dem Hals immer noch wie ein Pferd im Kummet. Der kleine Garderobenspiegel klirrte, aus dem Handschuhfach, das sich plötzlich öffnete, fielen nicht nachgeschickte Briefe an Leute, die schon lange in verdächtiger Eile weggezogen waren, außerdem hochglanzfarbige Koupons, von denen jeder einen Fünfpencerabatt auf ein Paket Seifenpulver darstellte.

»Lassen«, versuchte Enderby zu sagen, wobei er sich herabbog, als ob er die Luft aus dem Fußboden zu saugen hoffte, »lassen wir's«, und da sah er Jack, immer noch mit dem Holzkragen, Seite an Seite mit dem umgestürzten Schränkchen auf dem Boden liegen, »gut sein!«

»Komm doch rauf, Schatz«, sagte die Frau zu Jack. »Du mußt doch jetzt müde sein nach der schweren Arbeit. Ich mach dir ein schönes Täßchen Tee.«

Jack stand auf, nahm immer noch japsend den Kragen ab und gab ihn Enderby. »Das haben Sie jetzt davon!« sagte er. »Ich bin nicht so ein nachtragendes Arschloch, Enderby. Fair ist fair, dazu steh oder fall ich.« Er staubte sich mit der Garderobenbürste den Mantel ab, den er immer noch anhatte, von trüb pflaumenblauer Farbe. »Machen Sie das nicht noch mal, mehr will ich jetzt nicht sagen, und lassen Sie sich das eine Warnung sein!« Die Frau legte beschwichtigend die Arme um ihn und begann ihn treppauf zu führen. Erschöpft kam Enderby wieder in seine Wohnung, den Abortoriumssitz hochhaltend wie einen Siegerkranz. Soviel sportliche Anstrengung hatte er sich schon lange nicht mehr zugemutet. Mindestens eine Stunde lang lag er auf dem Fußboden im Wohnzimmer und sah, wie schmutzig der Teppich war. Unter der Couch lagen Walnüsse und Papierfetzen. Er blieb liegen, bis die Rathausuhr in der Ferne durch die kalte Abendluft des späten Januars sieben schlug. Nun bestand keine Hoffnung mehr, heute abend noch wegzukommen.

Als er sich besser fühlte, stand er vom Boden auf und ging in die Küche, um zu sehen, was noch im Speiseschrank war. Es hätte wenig Sinn und würde nur Platz vergeuden, wenn er all diese halbleeren Krüge und Dosen mitnehmen wollte, die Schmalzreste in Papier, Kartoffeln, zerbrochene Spaghetti und Senf. Er holte Mrs. Meldrums größte Saucenpfanne herunter und machte sich einen Stew aus Fleischpaste, Brühwürfeln, Spaghetti, Olivenöl, Kartoffeln in Schale mit Lehm und allem, eingelegten Zwiebeln, Käseresten, Brotrinden (eingeweicht), einer halben Fleischpaste, Branston Sweet Pickle, Selleriesalz und Wasser. Ganz hinten in dem rasch geleerten Schrank fand er noch ein vergessenes Hühnergerippe, geschenkt von Arry, das gut zu dem übrigen paßte. Dies alles ließ er in der Pfanne vor sich hin schmoren, der umsichtige Enderby, und machte sich wieder ans Ordnen und Einpacken seiner Papiere.

2 Ganz kaputt von dem Kampf, vom Einpacken und dem dünnen und allzu pikanten Gericht schlief Enderby am nächsten Morgen länger, als er vorgehabt hatte. Mit dem Einpacken und Aufräumen war er noch nicht fertig. Beide Koffer waren vollgestopft, aber immer noch mußten viele Manuskripte gebündelt und irgendwo untergebracht werden. Gähnend, zerknautscht, das Haar in Schlafborsten, machte Enderby Tee mit dem restlichen halben Päckchen Typhoo und Pulverkaffee mit den letzten paar Löffeln. Er nahm die Milch herein und ließ für den Milchmann einen Zettel mit einem Abschiedsgruß da, mehrere leere Flaschen und einen Barscheck über fünf Schilling, vier Pence. Dann trank er eine Tasse von dem Tee und schüttete den Rest in den Abort, mit der tugendhaften Befriedigung, die er immer spürte, wenn er wußte, er hatte etwas verwendet, was andere wohl weggeworfen hätten. Dann wärmte er den Stew von gestern abend auf und erlebte die gleiche Befriedigung, als auf halbem Wege das Gas ausging. Auch da wurde nichts verschwendet. Er knipste alle elektrischen Öfen in der Wohnung an, aß sein Frühstück, trank Kaffee und rauchte. Dann, in Hemd und Unterhosen (die er auch über Nacht angehabt hatte, weil der Pyjama schon eingepackt war), leerte er den Karton mit den Abfällen in die kleine Mülltonne draußen vor der Hintertür. (Sonnig, schneidend kalt, von hoch oben herabkreischende Möwen.) Mit einer Nummer von *Fem* säuberte er den Karton, was nicht so einfach war, weil eine Schicht von vergammelten Kartoffelschalen, beschriftet mit sonderbaren Teeblatthieroglyphen, sich in den Ecken festgesetzt hatte, legte ihn dann mit zwei oder drei Nummern der gleichen Zeitschrift aus, holte handvollweise Gedichte aus dem Bad und packte sie dicht an dicht hinein, deckte weitere *Fem*-Nummern drüber und band dann alles mit einem alten Paar Hosenträger und einem langen, knotigen Verbindungsstück aus mancherlei herumliegenden Schnurenden zusammen. Er spülte alles Geschirr in (notwendigerweise) kaltem Wasser und stellte es in die Regale. Dann rasierte er sich kalt und selbstquälerisch, wusch sich auf die schnelle und zog die alltägliche Arbeitskluft mit Kordhosen und Schlips an. Es war halb zwölf. Nun könnte er bald losgehen. Natürlich, die Schlüssel! Er ging hinaus in den Hausflur, sah, daß jemand, vermutlich Jack, das umgestürzte Garderobenschränkchen wieder aufgestellt hatte, und legte die Schlüssel ins Handschuhfach. Auf einen Brief an eine längst ausgezogene Mrs. Arthur Porceroy (Poststempel 8. VI. 51) schrieb er mit Tintenstift SCHLÜSSEL ENDERBY und lehnte den Hinweis aufrecht auf das Tischchen. Während-

dessen wurde die Haustür geöffnet. Ein Mann sah herein. Er schien es sich zur Pflicht zu machen, jemanden zuerst mal überall, nur nicht dort, wo er war, zu suchen; seine traurigen Augen schweiften durch den ganzen Flur und schienen dann endlich Enderby zu finden. Er nickte und lächelte matt, wie in maßvollem Stolz auf seinen Erfolg, und sagte, »spreche ich mit jemand namens Enderby?« Enderby verneigte sich. »Darf ich Sie um das Vergnügen bitten, ein paar Worte mit Ihnen zu reden?« fragte der Mann. »Über eine poetische Angelegenheit«, fügte er hinzu. Er hatte eine dünne Uriah-Heep-Stimme. Er war nicht ganz mittelgroß, hatte ein langes Gesicht und einen Flaum von weißlichem Haar, trug einen Regenmantel und war ungefähr im gleichen Alter wie Enderby.

»Von wem kommen Sie?« fragte Enderby scharf.

»Von wem?« wiederholte der Mann. »Von niemand außer mir. Mein Name ist Walpole. Und ich möchte mit Ihnen über eine poetische Angelegenheit reden. Es ist kalt hier im Flur«, sagte er. Enderby ging ihm voraus in die Wohnung.

Walpole schnüffelte die warme, trockene Luft, den säuerlichen Geruch des aufgewärmten Stews, den aufgewirbelten Staub, und dann bemerkte er Enderbys gepackte Koffer. »Ziehen aus, eh?« sagte er. »Na, da hab ich Sie ja gerade noch rechtzeitig erwischt, wie?«

»Ich muß einen Zug kriegen«, sagte Enderby, »muß jede Minute los. Würden Sie –?«

»Oh, das wird schnell gehn«, sagte Walpole, »sehr schnell. Was ich sagen will, ist, ich dulde nicht, daß Sie meiner Frau Gedichte schreiben.«

Enderby sah eine ganz ausgefallene Möglichkeit auf sich zu stürzen und dann wieder in der Ferne verschwinden. Dann lächelte er. »Ich schreibe an niemandes Frau Gedichte.«

Walpole zog aus der Tasche seines Regenmantels einen glatt und sorgfältig zusammengelegten Stoß Papiere. »Diese Gedichte hier«, sagte er. »Sehen Sie sich das genau an, und dann sagen Sie mir, ob Sie die geschrieben haben oder nicht.«

Enderby schaute sie schnell an. Seine Handschrift. Die Thelma-Gedichte. »Die hab ich geschrieben, ja«, sagte er, »aber nicht für mich. Ich habe sie im Auftrag eines andern geschrieben. Ich glaube, man könnte sagen, für einen Kunden. Gedichte schreiben, müssen Sie wissen, ist mein Beruf.«

»Wenn es ein Beruf ist«, sagte Walpole tiefernst, »hat er dann, wie man das wohl nennt, Regeln und Berufsetikette? Und, sozusagen noch wichtiger, gibt es dafür eine Gewerkschaft?«

Enderby sah sich plötzlich in ein Scheidungsverfahren wegen Ehebruchs mit hineingezogen. Er sagte, er verstünde, ohne Walpoles Fragen zu beachten, »ich verstehe, ich verstehe, das tut mir wirklich sehr leid, ich wußte überhaupt nichts davon, ich bin noch unschuldiger als Arry, ich bin gar nicht auf die Idee gekommen – und Arry, soviel ich weiß, auch nicht –, daß Thelma verheiratet sein könnte.«

»Mrs. Walpole«, sagte Walpole tautologisch, »ist meine Frau. Thelma heißt sie vielleicht auch, vielleicht auch nicht, je nachdem ob sie im Dienst ist. Im Moment ist sie nicht im Dienst. Und das mit diesem *Harry*« – er betonte pedantisch das H – »ist eine Sache, in der Sie als Heuchler und Lügner dastehen, wenn Sie die Ausdrücke gestatten wollen.« Walpole hob die Hand, als ob er einen Eid ablegen wollte. »Ich gebrauche diese Ausdrücke«, sagte er, »nur in Anknüpfung an die Konventionen, denen Sie als literarischer Schmutzfink sich wahrscheinlich verpflichtet fühlen. Für mich selbst besitzen sie als Relikte der Schmutzfinkenmoral sozusagen keine echte Relevanz.«

»Ich muß mich«, sagte Enderby beherzt, »energisch dagegen verwahren, in meinem eigenen Hause ein Heuchler und Lügner genannt zu werden.«

»Schlagen Sie sich die Phrasen aus dem Kopf!« sagte Walpole, der offenbar nicht wenig belesen war. Er machte es sich rittlings auf einem Stuhl vor dem Elektroofen bequem, die Mantelschöße hinter sich gebreitet. »Sie ziehen hier gerade aus, und dies ist weder ein Haus noch, vermutlich, Ihr Eigentum, und was sollte es übrigens auch für die Wirkung bestimmter Worte auf das Hirn des einzelnen für einen Unterschied machen, ob diese Worte nun in einer Kirche oder auf einem Klo, wenn Sie den Ausdruck verzeihen wollen, oder meinetwegen hier ausgesprochen werden?« Er bog die Knie gerade, um eine Falte des Hosenbodens aus einer Einklemmung durch das Gesäß zu befreien.

Die Erwähnung von Klo und Kirche ging Enderby zu Herzen, ebenso die Berufung auf die Logik. »Na schön«, sagte er, »inwiefern bin ich ein Heuchler und Lügner?«

»Eine berechtigte Frage«, gab Walpole zu. »Sie sind ein Heuchler und Lügner« – er richtete mit forensischer Plötzlichkeit den J'accuse-Finger auf ihn – »weil Sie Ihre eigenen Wünsche unter dem Mantel eines anderen versteckt haben. Ah, ja! Mit diesem Harry habe ich gesprochen. Er gibt zu, Mrs. Walpole Teller mit gekochten Kutteln hinaufgeschickt zu haben und bei einer Gelegenheit auch Aal – beides keine Gerichte, die sie schätzt –, aber es war klar, daß dies nur kollegiale Freundlichkeit war, denn sie arbeiten beide im gleichen Haus. Beide sind Arbeiter, auch wenn ihr Arbeitsplatz ein Ort für Schmutzfinken ist. Können Sie dasselbe auch für sich sagen?«

»Ja«, sagte Enderby, »nein.«

»Na also«, fuhr Walpole fort, »Harry, der ja ein Arbeiter ist, hat mir sein Wort darauf gegeben, daß er keine ehebrecherische Absicht gehabt hat. Für ihn ist es ein Schock gewesen, und ich war dabei und habe gesehen, wie schockiert er war, daß ein anderer Mann einer verheirateten Frau Gedichte schicken und sie mit dem Namen eines anderen unterzeichnen könnte, dem Namen eines Mannes, der, weil wir immer noch in einer kapitalistischen Gesellschaft leben, nicht ebenso in der Lage ist, zurückzuschlagen, wie *Sie* es sind.« Wieder kam der anklägerische Finger hervorgeschossen wie die Zunge eines Chamäleons.

»Warum«, sagte der verdutzte Enderby, entgeistert über eine solche Verräterei von seiten Arrys, »warum soll nicht *er* der Lügner und Heuchler sein? Warum wollen Sie mir nicht glauben? Verdammt noch mal, ich habe diese Frau doch nur einmal gesehen, und das nur um einen einfachen Whisky zu bestellen.«

»Ob einfach oder doppelt, macht keinen Unterschied«, sagte Walpole wissend. »Und es hat schon Fälle gegeben, in denen Männer, insbesondere Poeten, eine Frau (ich wäre Ihnen dankbar, wenn Sie diesen Ausdruck im Zusammenhang mit Mrs. Walpole nicht gebrauchen würden) nur einmal oder noch gar nicht gesehen und ihr trotzdem Seiten über Seiten voller Gedichte geschrieben haben. Es gab mal einen italienischen Dichter, von dem Sie vielleicht schon gehört haben, der, der über die Hölle geschrieben hat, und auch da war es wieder eine verheiratete Frau. Ja, der schrieb über die Hölle, Mr. Enderby, und nicht so etwas wie Sie in diesen schändlichen Versen, die Sie da haben und die ich Sie bitten darf, mir zurückzugeben. Sie haben dort über Brüste und Gesäße geschrieben, und das gehört sich nicht. Ich habe einige Zeit dafür aufgewendet, diese Gedichte zu lesen, und habe meine anderen Lesepflichten deshalb aufgeschoben.« Hinter dem dünnen, verhungerten Ost-Midlands-Akzent erkannte Enderby nun die stärkeren anglo-walisischen Töne. »Ungehörigkeiten«, sagte Walpole, »deren jeder Mann sich gegenüber einer verheirateten Frau zutiefst schämen und für die er das Urteil sollte zu fürchten haben.«

»Das ist absurd«, sagte Enderby. »Das ist reiner Quatsch. Ich habe diese Gedichte in Arrys Auftrag geschrieben. Das war meine Gegenleistung für das Ausleihen eines Anzugs und ein paar geschenkte Hühner- und Truthahngerippe. Klingt das für Sie nicht vernünftig?«

»Nein«, sagte Walpole vernünftig. »Ganz und gar nicht. Sie haben diese Gedichte geschrieben. Sie haben von Brüsten und Gesäßen und sogar Nabeln geschrieben, im Zusammenhang mit Mrs. Walpole und niemand anderem. Und darin liegt die Sünde.«

»Aber verdammt noch mal«, sagte ein wütender Enderby, »das hat sie doch alles, nicht? Sie ist in der Hinsicht wie jede andere Frau, oder nicht?«

»Ich weiß es nicht«, sagte Walpole und beschwichtigte Enderbys Zorn mit Chordirigentenhand. »Ich bin kein Weiberheld. Ich habe zu arbeiten gehabt. Ich hatte keine Zeit für literarisches Getändel und Getue. Ich habe zu arbeiten gehabt. Ich hatte keine Zeit für die Frauen mit ihrer Leichtfertigkeit und Unaufrichtigkeit. Ich habe zu arbeiten gehabt, Nacht für Nacht, nach des Tages Mühen Marx und Lenin zu lesen und durchzuarbeiten, und die anderen Schriftsteller, die mich in eine Position bringen sollten, von der aus ich meinen arbeitenden Mitmenschen helfen konnte. Können Sie das von sich auch sagen? Wohin hat Sie Ihre Poesie gebracht? Zu dem hier.« Er machte mit der Hand eine ausfegende Bewegung über Enderbys staubiges Wohnzimmer hin. »Wohin haben mich meine Studien gebracht?« Die Frage an sich selbst beantwortete er nicht. Enderby wartete, aber schließlich wurde deutlich, daß es eine rhetorische Frage war.

»Also«, sagte Enderby, »ich muß einen Zug kriegen. Es tut mir leid, daß dies passiert ist, aber Sie sehen, daß alles ein Mißverständnis war. Und Sie müssen mir glauben, daß ich mit Mrs. Walpole in geselliger Hinsicht gar nichts zu tun hatte und in professioneller Hinsicht auch nicht viel mehr. Mit ›professionell‹«, fügte er, um eine mögliche Fehldeutung auszuräumen, hinzu, »meine ich natürlich, in Zusammenhang mit ihrem Beruf als Bardame.«

»Dafür«, sagte Walpole kopfschüttelnd, »gibt es kein Gehalt. Es ist kein Beruf. Jedenfalls«, sagte er, »stellt sich nun die Frage nach der Strafe. Ich denke, bis zu einem gewissen Grad müssen Sie das mit Ihrem Schöpfer abmachen.«

»Ja, aber ja«, sagte Enderby allzu geflissentlich und allzu erleichtert, »da stimme ich Ihnen zu.«

»So, da stimmen Sie mir zu? Ein intelligenterer und belesenerer Mensch, der sich an den politischen Theorien orientierte, wäre hier doch versucht, eine bestimmte einfache Frage zu stellen! Und welches wäre diese einfache Frage, Genosse Enderby?«

Diese frostige Anrede mit der leisen Erinnerung an Salzminen und

Gehirnwäsche zeitigte eine starke Reaktion in Enderbys Eingeweiden; sie schienen zu schmelzen, während zugleich ein solider Windstoß sich zur Ausblasung sammelte. Trotzdem sagte er tapfer, »Menschen, die den dialektischen Materialismus bejahen, lehnen im allgemeinen die Annahme einer göttlichen ersten Ursache ab.«

»Schön gesagt«, sagte Walpole, »wenn auch ein bißchen altmodisch in seiner Umschweifigkeit. Gott ist, was Sie meinen, Genosse Enderby, Gott, Gott, Gott.« Er hob die Blicke zur Decke, sein Mund öffnete und schloß sich über dem göttlichen Namen, als ob er darauf herumkaute. »Gott, Gott, Gott«, sagte Walpole. Wie zur Antwort klopfte es an die Wohnungstür. »Nicht beachten!« sagte Walpole scharf. »Wir haben jetzt Wichtigeres zu tun, als mit Besuchern Faxen zu machen. Ich habe es geschafft«, sagte Walpole plötzlich auftrumpfend. »Ich habe es fertiggebracht«, sagte er leiser, die Augen leuchtend vor intelligentem Wahnsinn. »Ich habe die Sündenthese entdeckt.« Es klopfte noch einmal. »Nicht beachten!« sagte Walpole. »Nun, Genosse Enderby, sollten Sie von Rechts wegen fragen, ›was für eine Sündenthese?‹ Los!« sagte er mit verhaltenem Ingrimm, »*fragen* Sie!«

»Warum sind Sie nicht bei der Arbeit?« fragte Enderby. Wieder klopfte es.

»Weil«, sagte Walpole, »heute Sonnabend ist. Fünf Tage sollst du dich mühen, wie die Bibel sagt. Der siebente Tag ist der Tag des Herrn, deines Gottes. Der sechste ist der Tag des Fußballs, der Ausbreitung des Wortes, der Tag für Bestrafungen und dergleichen. Los. *Fragen* Sie!«

»Was für eine Sündenthese?« fragte Enderby.

»Eine Sündenthese für *alles*«, sagte Walpole. »Die andern haben Gott aus dem Spiel gelassen, aber ich habe ihn hineingebracht. Ich habe im Universum einen Platz für IHN gefunden.«

»Was für einen Platz?« fragte Enderby. Trotz Blähungen, trotz der Angst und dem Klopfen an der Tür war er fasziniert.

»Was für ein Platz kann es denn schon sein«, sagte Walpole, »wenn nicht SEIN eigener? Gottes Platz ist Gottes, und besser kann man das nicht sagen. Und jetzt«, sagte er, »auf die Knie, Genosse Enderby! Wir werden gemeinsam zu diesem selben Gott beten, und Sie werden um Vergebung für alle Sünden der Unkeuschheit bitten.« Es klopfte abermals, diesmal lauter. »RUHE!« brüllte Walpole.

»Ich werde nicht beten«, sagte Enderby. »Ich habe keine Unkeuschheit begangen.«

»Wer hätte das nicht«, sagte Walpole, »im Herzen?« Und er deutete auf sein eigenes, so wie es Enderby als kleiner Junge auf einem Bild vom Erlöser gesehen hatte. »Auf die Knie!« sagte er, »und ich werde mit Ihnen beten.«

»Nein«, sagte Enderby. »Ich gehe nicht von demselben Gott aus wie Sie. Ich bin katholisch.«

»Ein Grund mehr«, sagte Walpole. »Es GIBT NUR EINEN GOTT, GENOSSE!« brüllte er plötzlich. »Auf die Knie und beten Sie, und dann werden Sie vor mir Ruhe haben, wenn auch vielleicht nicht vor unserem allmächtigen Genossen! Wenn Sie nicht beten, bin ich der Himmelhund und lasse ein paar Jungs aus dem Werk anrücken, und zwar verflucht schnell, falls Sie denken, Sie könnten heute vormittag noch verschwinden. AUF DIE KNIE!«, befahl er.

Enderby seufzte und gehorchte. Seine Knie waren steif. Walpole hatte wohl mehr Übung, er machte einen Kniefall wie auf der Bühne. Er machte die Augen nicht zu, sondern hielt sie unverwandt auf Enderby gerichtet. Enderby sah das Tabernakel-Gold des Elektroofens an. Walpole sprach das Gebet:

»Genosse Gott, vergib diesem literarischen Schmutzfinken, dem Genossen Enderby, seine Sünden. Die Gelüste des Fleisches haben ihn verführt, pornokratische Gedichte an Mrs. Walpole zu schreiben, die DU kennst, ob sie gleich halsstarrig und keine von DEINEN Auserwählten ist. Lasse DEIN Licht leuchten über ihm, damit er ein anständiger Arbeiter und ein gutes Mitglied seiner Gewerkschaft wird, wenn eine solche, da er ja ein Dichter ist, eines Tages organisiert werden sollte. Besser noch, laß ihn ganz aufhören mit seinem schmutzigen Gewerbe und laß ihn einen anständigen Beruf ergreifen, so daß er mit korrekten Tariflöhnen ein gottgefälliges Leben führen kann, zusammen, wenn dies DEIN heiliger Wille ist, mit einer anständigen Frau DEINER Wahl und im heiligen Stand der Ehe, bis zu einer Zeit, wenn diese Schmutzfinken-Institution durch etwas Besseres ersetzt wird, das den Bedürfnissen des Proletariats gemäßer ist.« Enderby sah Walpole nun gewinnend eine Erscheinung zu seiner Linken, hinter Enderbys Rücken, anlächeln, etwa in Höhe eines Bilderrahmens, vermutlich Gott. Enderby spürte keine neue Angst. »Sekunde noch«, sagte Walpole. »Prima, was man mit Gebeten nicht alles ausrichten kann, was? Echt ein Wunder ist das. Um zum Ende zu kommen, also«, betete er weiter, die Augen wieder auf Enderby gerichtet, »laß diesen DEINEN Genossen Diener aufhören mit der Schürzenjägerei und dem Herumtrödeln und führe ihn wieder auf DEINE heiligen Wege im Dienst der klassenlosen Gesellschaft, die da kommen wird, wie DU versprochen hast, wenn es für die Arbeiter Zeit wird. Danke, Genosse Gott«, sagte er abschließend. »Amen.«

Unter lautem Stöhnen, mit knackenden Gelenken und ein oder zwei Darmtönen kam Enderby auf die Beine. Der Elektroofen, wie eine zoroastrische Gottheit, die nun von der Anbetung genug hatte, ging in diesem Augenblick aus. Enderby, der nun stand, drehte sich Blasen ausstoßend um und sah Mrs. Bainbridge. Sie schwenkte Enderbys Schlüssel am Finger, zur Erklärung dafür, daß sie ohne Enderbys direktere Einflußnahme hereingekommen war, und sagte, »na, ich hab in meinem ganzen Leben noch keinen Mann gekannt, der für so viele Überraschungen gut ist.« Sie war ein Traum von bourgeoiser winterlicher Eleganz: kleines schwarzes Stadtkostüm mit winzigem Spitzenjabot, Bleistiftrock, dreiviertellanger Mantel mit Luchskragen, lange grüne Wildlederhandschuhe, Wildlederschuhe stumpfgrün, zwei Grüntöne in ihrem blattförmigen Samthut, schlank, frisch, geschmeidig wirkend, dezent geschminkt. Walpole, Gottes Genosse, war sichtlich beeindruckt. Er reichte ihr ein kleines gelbes Wegwerf-Plakat, dann, einmal auf die Idee gekommen, gab er Enderby auch eines. »GOTT ODER KAPITALISMUS?« stand darauf. »Beides könnt ihr nicht haben. H. Walpole spricht über dieses WICHTIGE Thema in der Lord-Geldon-Gedenkhalle am Donnerstag, den 11. Februar. Jeder ist willkommen.«

»Kommen Sie nur da hin, Madam«, sagte Walpole, »und bringen Sie ihn mit. Es steckt Gutes in ihm, man muß nur drankommen, wie Sie selbst sicher auch wissen. Bearbeiten Sie ihn, machen Sie einen anständigen Menschen aus ihm, der keine Gedichte mehr an Frauen schreibt, das ist eine Aufgabe für Sie, würde ich sagen, und Sie sehen mir ganz so aus, als ob Sie das können.«

»Gedichte an Frauen schreiben?« sagte Vesta Bainbridge. »Das läßt er sich wohl zur Gewohnheit werden, wie?« Sie bedachte Enderby mit einem streng verzeihenden, grünen und fraulichen Blick, ihre große Handtasche vor sich haltend, die Beine wie in einer Mannequin-Pose leicht gespreizt.

H. Walpole war bei all seinem theophanischen Sozialismus doch ein anständiger Kerl von bourgeoisen Tugenden, der Enderby, nachdem man nun gründlich für ihn gebetet hatte, vor seiner Verlobten hier nicht schlechtmachen wollte. »Das war so eine Redensart, könnte man sagen«, sagte er. »Ein sehr sinnlicher Mensch, könnte man sagen, ist Mr. Enderby, mit starken Begierden, die man kurzhalten muß, und Sie«, sagte er, »Sie sehen mir ganz so aus, als ob Sie dazu fähig sind.«

»Vielen Dank«, sagte Vesta Bainbridge.

»Hören Sie mal«, sagte Enderby. Die beiden anderen warteten. Aber Enderby hatte gar nichts zu sagen. Walpole sagte:

»Klar. In seinen Gedichten, wenn schon nicht in seinem Privatleben, wenn Sie mich verstehn. Und da sind Sie nun nötig, Genossin Madam, da können Sie ihm einen größeren Sinn für die Realität geben. Möge der Gott aller Arbeiter Ihre Vereinigung segnen, bis die Zeit kommt, wenn die Gesellschaft etwas Besseres mit Ihnen vorhat!«

»Vielen Dank«, sagte Vesta Bainbridge.

»Und jetzt«, sagte Walpole aufgeräumt, »muß ich mich verabschieden. Unsere kleine dialektische Unterhaltung war mir eine Freude, und ich hoffe, wir werden sie noch oft fortsetzen können. Nicht nötig, daß Sie mich hinausbringen, ich finde den Weg. Gott nehme Sie in SEINE Hut«, sagte er zu Enderby. »Sie haben nichts zu verlieren als Ihre Ketten.« Er spendete Enderby und seiner mutmaßlichen Verlobten einen Segen mit der erhobenen Arbeiterfaust, lächelte noch mal und ging hinaus. Enderby und seine mutmaßliche Verlobte blieben allein zurück und lauschten auf Walpoles Marschschritte und sein munteres Pfeifen, die sich entfernten.

»Hier ist es«, sagte Enderby, »wo ich wohne.«

»Das seh ich. Aber wenn Sie hier wohnen, warum ziehn Sie dann aus?«

»Das versteh ich nicht recht«, sagte Enderby. »Könnten Sie das noch mal sagen?«

»Ich versteh *Sie* nicht recht«, sagte Vesta Bainbridge. »Sie schreiben mir ein Brief-Gedicht, wie Sie das vermutlich nennen, zum Bersten voll mit höchst unzweideutigen Anträgen, und dann bekommen Sie's mit der Angst und beschließen wegzulaufen. Aber ist es vielleicht gar nicht so einfach? Offenbar haben Sie gedacht, ich würde den Brief erst Montagmorgen kriegen; das hieße dann, Sie haben Attacke und Rückzug gleichzeitig geplant. Nun gehe ich aber immer sonnabendvormittags ins Büro, um zu sehen, ob Post da ist, und mein Briefregal fing schon beinah an zu schmoren von Ihrer kleinen Übung. Ich bin gleich in den nächsten Zug gestiegen. Ich war verwirrt, befremdet. Und besorgt.«

»Besorgt?«

»Ja. Ihretwegen.« Sie schnüffelte die Luft im Wohnzimmer und ließ mit einem Fältchen ihren Abscheu erkennen. »Ich sehe, daß man zur Besorgnis auch Grund hätte. Diese Wohnung ist ja total verdreckt. Kommt denn niemand zum Reinemachen?«

»Das mach' ich selbst«, sagte Enderby und erkannte plötzlich und voll

Scham den ganzen Schmutz seines Daseins, im Kontrast zu ihrer entsetzlichen Wohlgeratenheit. »Mehr oder weniger.« Er ließ den Kopf hängen wie ein gescholtener Schuljunge.

»*Eben!* Und was, Harry, wenn ich dich so nennen darf – ich *muß* dich ja nun wohl so nennen, oder? –, was gedachtest du zu tun? Wo gedachtest du hinzuziehen?«

»Harry heiß' ich doch nicht«, sagte Nicht-Harry Enderby. »Das ist nur der Name, der unter dem Gedicht steht.«

»Ich weiß, natürlich, es kann nicht wirklich dein Name sein, weil unter deinen Initialen kein H ist. Trotzdem, du hast mit Harry unterschrieben, und Harry scheint zu dir zu passen.« Sie musterte ihn mit zur Seite geneigtem Kopf, als wäre Harry ein Hut, den er anprobierte. »Ich wiederhole, *Harry*, was wirst du tun?«

»Ich weiß nicht«, sagte Pseudoharry Enderby und fühlte sich erbärmlich. »Das mußte doch alles noch überlegt werden, nicht. Wohin und was nicht noch alles. Was ich tun soll und so weiter und so fort.«

»Na«, sagte Vesta Bainbridge, »vor ein paar Tagen hab ich dich zum Tee eingeladen, und du wolltest mit mir zum Abendessen gehn, was ich nicht annehmen konnte. Ich finde, es wäre eine gute Idee, wenn du mich jetzt irgendwohin zum Lunch einlädst. Und nachher –«

»Eins weiß ich, wo ich nicht mit Ihnen hingeh«, sagte Enderby wütend; er war verraten und verkauft. »Soviel ist sicher. Da würde ich mich vergiften. Ich müßte ersticken. An jedem Mundvoll.«

»Schön«, beschwichtige Vesta Bainbridge. »Geh mit mir, wohin du willst. Und nachher nehm ich dich mit heim.«

»Heim?« sagte Enderby, plötzlich voll Angst.

»Ja, heim. Heim, heim, heim. Du weißt, dahin, wo das Herz ist. Dahin, wo es so ist wie nirgendwo sonst. Um dich muß jemand sich kümmern. Ich nehm dich mit heim, Harry.«

Zweiter Teil

Kapitel Eins

1 Örrrrrrrp.
Enderby war in einem sehr kleinen Abortorium, er übergab sich. Außerdem war er verheiratet, seit kurzem. Ein kotzender Jungvermählter.

Als seine Stirn kühler wurde, setzte er sich seufzend auf den kleinen Sitz. Unter den Fenstern war Juniwetter – Juni, der Hochzeitsmonat. Jetzt, wo er in diesem brummenden und winzigvollen Abörtchen allein war, hatte er zum ersten Mal Muße, sich zu freuen und zu ängstigen. Die Braut, wenn auch nur in dem strengen Kostüm, das sich fürs Standesamt schickte, hatte reizend ausgesehn. Sir George hatte es gesagt. Sir George war versöhnt, alles verziehen.

Beinahe das erste, was sie verlangt hatte, war ein Entschuldigungsbrief an Sir George. Enderby hatte geschrieben: »Wie furchtbar mir das leid tut, daß es schien, als triebe ich mit Eurer Lordschaft Spott! Sie, dacht' ich, würden den Protest verstehn, so schwach die Geste war – Sie, der weiß Gott schon selber oft genug die Kunst des Worts bemüht hat, manchen Vers sich abgequält, wenn darin auch der kleinste Musenfurz des allerletzten Poetasters fehlt – Sie, dacht' ich, hätten immerhin Verstand genug zu wissen, was der Dichter haßt: ein warmer Druck von einer goldnen Hand und von den Lippen eisiger Bombast.« Das ginge nicht wirklich, hatte sie gesagt, und also hatte er es noch einmal kürzer in echter Prosa versucht, und Sir George hatte mit dem größten Vergnügen die förmliche zähneknirschende Entschuldigung angenommen.

Ach, was hatte diese Frau in seinem Leben nicht jetzt schon alles umgemodelt! Vom ersten Frühstück an, das sie zusammen in dem großen Wohnzimmer ihrer großen Wohnung einnahmen, bei schlechtgelauntem Februarwetter draußen in der Gloucester Road, war klar gewesen, welchen Gang alles gehen mußte. Denn welche andere Beziehung zwischen ihnen konnte vor den Augen der Welt Gnade finden als die eine, die jetzt begann? Die zwischen einer Wirtin und ihrem Untermieter hatte Enderby gezwungenermaßen verwerfen müssen, denn er hatte keine Miete gezahlt. Die Stiefbeziehung war Frauen gegenüber praktisch die einzige, die er kannte. Diese Frau war, das wußte und dafür schätzte er sie, das Antipodeal einer Stiefmutter, weil sie so rein und schön war.

Die Wiederverheiratung seines Vaters hatte zu kurzen Auftritten einiger Stieftanten geführt und zu der Mär von einer musterhaften Stiefschwester, die zu gut war für diese Welt und darum schon früh an einer Wurstvergiftung gestorben – Enderby hatte sie sich immer als eine püppchenhafte Parodie seiner Stiefmutter vorgestellt. Vesta, so empfand er, war keine Stiefschwester. Aber was war sie, eine »Freundin«? Er hatte sich das Wort mehreremal mitsamt den Anführungszeichen auf der Zunge zergehen lassen, und es schmeckte nach einem melancholisch umdämmerten Aquarell mit Shelley und Byron in Ballettrikots, wie von Blake gezeichnet, auf festgemachten Booten Leseabende abhaltend, mit hochtaillierten und recht blöden Damen, die für Schauerromane schwärmten, und Zwergen, die die wehmutsvolle Luft mit Fiedeln erfüllten. Epipsychidion. Epithalamion. Ach Gott, nun hatte dieses Wort wahrhaftig Dinge in Gang gebracht, ein Gedicht nämlich:

Der Schrei in den Wolken, der Schwarm der Wandervögel,
Des fremden Planeten Himmel mit sieben Monden
Von Jaspis, Achat, Karfunkel, Onyx, Amethyst, Heliotrop und Rubin.
Oder aber Zwillingssonnen,
Wie Löwen raufend, damit die Glut für uns zahm wird,
Umklammert, verschränkt und vereint
In wirbelloser Liebe, wo das Selbst einschmilzt
In den ersten freudigen Erguß eines Schöpfers
Vor Erschaffung der Materie,
Zwei Sphären in derselben Umlaufbahn...

Zum Frühstück hatten sie Orange Pekoe getrunken, und eben war sie zur Arbeit gegangen, in einem rostroten Kostüm mit einer schweren Brosche aus gehämmertem Zinn am linken Revers. Enderby, in der kleinen Küche, deren pastellene Schönheit ihm das Gefühl gab, noch dreckiger und plumper als gewöhnlich zu sein, hatte den Kessel aufgesetzt, um Stiefmuttertee zu machen, und das Wort »Epithalamion« hatte wie das Geräusch eines nahenden Zuges die Bodendielen erschüttert. In heller Aufregung hatte er am Eßtisch die ersten Worte hingeschrieben. Dieses sich ankündigende Gedicht erschien ihm als ein Festgesang, den Vollzug der Leidenschaft zwischen reifen Menschen feiernd – wie Gertrude und Claudius im *Hamlet*, die rotbärtigen Lippen auf dem weißen Hals einer Witwe. Der blättrige Tee war neben ihm kalt geworden. Mrs. Opisso, die Zugehfrau, war hereingekommen, dunkel, breithüftig, vollbusig, knoblauchduftend, schnurrbärtig, mit glänzendem Silberblick, seit dem Krieg aus Gibraltar evakuiert, mit einem Gewimmel von Genueser, portugiesischen, jüdischen, sarazenischen, irischen und andalusischen Korpuskeln im Blut; sie unterbrach das Ausfegen, um zu sagen, »was du sein in diese Haus, du nicht rausgehn, du nix Arbeit, stimmt's? Was du sein für sie, eh? Du sagen!« Es war nicht so leicht zu sagen gewesen; es genügte nicht zu sagen, daß es sie nichts anging.

... Geschwellt von Rahm oder Honig,
Der genesende Abend. Raketen läßt er steigen
Hoch über des reichen Manns Festtag,
In den tausend Gärten des Königreichs,
In deren Mitte dies Bett steht...

Vesta würde nicht unbedingt annehmen, daß dieses Epithalamion für sie und ihren Gast, Freund und/oder Schützling bestimmt sei, denn sie hatte schon sarkastisch bemerkt, »wenn du heute vormittag irgendwelche Liebeslyrik zu schreiben gedenkst, dann paß auf, daß du sie nicht aus Versehen an Sir George schickst. Deine Schusseligkeit wird dich eines Tages noch in große Schwierigkeiten bringen, denk an meine Worte!« Enderby hatte den Kopf eingezogen. Sie war gereizt gewesen an diesem Morgen, müde, rieb sich müde die Stirn wie in einem Werbespot für ein analgetisches Wundermittel, unter den grünen Augen zarte blaue Ringe der Müdigkeit. Sie hatte an der Tür gestanden, in ihrem schicken Rostrot, ein Chiffontuch in zwei Grautönen um den Hals, eine kleine braune Baskenmütze schräg aufgesetzt, braune Wildlederhandschuhe, passend zu den Schuhen, schlank, elegant und (hatte Enderby erraten) still leidend unter der Menstruation. Enderby hatte gesagt:

»Die Menstruation macht manchen Frauen sehr zu schaffen, nicht? Versuch's mal mit Gin und heißem Wasser, das soll Wunder wirken.«

Sie war leicht errötet. »Wo hast du denn das her?«

»Aus *Fem.*«

Seufzend hatte sie gesagt, »das ist alles sehr verwirrend. Ich muß mir noch überlegen, wenn ich Zeit habe, welcher Art, genaugenommen, unsere Beziehung ist.«

Und weiht das Schiff mit Wein! Auf weiten Wassern,
Die diesen Ring stets tragen, landbeschämend,
Nur fern den Städten tanze es und gleite...

Und dann wieder, ein andermal, als sie sich die Beziehung, genaugenommen, noch immer nicht überlegt hatte: »Die Frage ist, was kann man mit dir anfangen?«

»Mit mir anfangen?«

»Ja, das ist die Frage.«

»Nichts kann man mit mir anfangen.« Er hatte sie ängstlich angesehen, über die zerkrümelten Toastfragmente hinweg, die er, wie einem Vögelchen, seinem Mund eingegeben hatte. »Ich bin nun mal ein Dichter.« Die Fehlzündung eines Lastwagens hatte ihm die weltläufige Antwort vorgesagt.

»Ich möchte wissen«, sagte Vesta, die morgenkalten Hände um die Frühstückstasse gelegt, »wieviel Geld du, genaugenommen, hast.«

»Warum willst du denn das wissen?« hatte der listige Enderby gefragt.

»Oh, bitte! Ich hab einen anstrengenden Tag vor mir. Reden wir jetzt keinen Quatsch! Bitte.« Enderby hatte angefangen, ihr den Inhalt seiner linken Hosentasche vorzuzählen. »Das mein' ich nicht mit Geld«, warf sie dazwischen. Enderby hatte bedächtig gesagt:

»Zehntausend Pfund in Kommunalobligationen zu fünfeinhalb Prozent, auf Dividende. Zweitausend Pfund in Aktien von I. C. I., B. M. C. und Butlins, auf Kapitalertrag.«

»Aha. Und wieviel Einkommen bringt das alles?«

»Rund sechshundert. Nicht viel, oder?«

»Das ist nichts. Und deine Gedichte, nehme ich an, bringen weniger als nichts.«

»Zwei Guineen die Woche. Von *Fem*, Gott segne das Blatt!« Denn er hatte den Vertrag nun doch unterschrieben und auch schon etwas gedruckt gesehen, mit dem Namen Faith Fortitude darunter, eine Schweinerei, die anfing, »Babys Bäckchen, Babys Glieder sind vor Gott wie Kirchenlieder; und von Englein wird's umfächelt, wenn es süß und zahnlos lächelt...«

»Dein Einkommen lohnt eigentlich nicht das Abholen. Also müssen wir uns überlegen, was wir mit dir anfangen.«

»Mit mir anfangen?« war der schlagfertige Enderby aufgebraust.

»Jetzt hör mir mal zu!« hatte sie gesagt. »Ich weiß, du bist ein Dichter. Aber wir müssen uns hier kein poetisches Theater im Stil des frühen Eliot vormachen, nicht? Jedenfalls nicht beim Frühstück.«

»Stichomythie«, hatte der gelehrte Enderby dazu bemerkt. »Aber wer immer wieder davon anfängt, das bist du.«

Aber das war etwas, wovon sie noch gar nicht angefangen hatte: eine nützlichere Tätigkeit, das deuxième métier für einen Dichter. Vom Valentinstag bis Pfingsten hatte sie ihn in Ruhe am *Schoßtier* arbeiten lassen, allerdings nicht auf dem Abort. Aber nach den Flitterwochen müßte alles anders werden.

Und du, dessen Angst vor Karten
Die langsamen Räder der Macht zum Rotieren brachte,
Ergib dich mit allen Gliedern den Elementen.
Den befreundeten oder zumindest neutralen
Spiegeln des Feindes...

Sein bißchen Geld hatte nicht weit gereicht, nicht mal bevor sie an die größeren Kapitalanlagen gingen. (»Geh doch mal beim Lion vorbei, ja, und kauf ein paar Flaschen Gin. Bezahle Mrs. Opisso, ich hab grade kein Bargeld.«) Und die gierigen Klauen von Fortnum and Mason und des Heeres- und Marine-Warenhauses. Und neue Garderobe für ihn selbst, weil doch die lässige Ruheständlerkluft der Küstenstädte für London nicht ganz das Richtige war. Sie, eine leichtsinnige Schottin, machte sich gar nichts aus Geld, nur aus Dingen. Daher das Siebentausend-Pfund-Haus in Sussex auf ihren Namen, eine Zuwendung nach ihrem Ehevertrag, außerdem Möbel und ein funkelnagelneues Velox, mit dem Vesta fahren sollte, denn Enderby konnte auch in sinnlos nüchternem Zustand nur wie ein sinnlos Betrunkener fahren. Und ein Nerzmantel, als Hochzeitsgeschenk.

Wer hatte wem zuerst die Ehe angetragen, und wann? Wer, wenn überhaupt einer, liebte wen, und warum? Enderby, in umdüsterter Denkerpose auf dem Abortstuhl, erinnerte sich an einen Abend, als er in ihrem geschniegelten Wohnzimmer sein Epithalamion beendet hatte. Er hatte vor einem Möbel gesessen, das er bewunderte – einer Kommode, massiv und gerundet, mit dem Datum (1685) zwischen geschnitzten Rhomben und anderen Zierformen, Schnörkeln, mit denen der Tischler seine Liebe zu der großen, negroiden Schiffseiche bekundete, die er geformt und geglättet hatte. Über der Kommode hing ein Bild von Vesta, ein Gemälde von Gideon Dalgleish: sie perlschultrig erhaben im Ballkleid, anscheinend im Begriff, zentrifugal vom Boden abzuheben und in die unsichtbar wartenden Farbtuben zurückzufliegen. Über offenen Bücherregalen hing ein Foto des verstorbenen Pete Bainbridge. Er grinste appetitlich unter einem Sturzhelm hervor, am Steuer des Anselm 2.493 Liter (Sechszylinder; 250 Brems-PS – Girling-Scheibenbremsen; Weber 58 DCO-Vergaser usw.), in dem er sein unappetitliches Ende gefunden hatte. Enderby hatte die letzte Strophe begonnen:

Und selbst die Toten, blaulippig, seien willkommen,
Piepsend wie Mäuse und Vögel durch ihre Flure,
Die voll unentzifferbarer Inschriften hängen...

Er hatte eine ungewohnte Aufwallung von Kraft verspürt, von persönlicher, diesmal nicht poetischer Kraft: Er, häßlich und zu nichts zu gebrauchen, war immerhin am Leben, während dieser gescheite und talentierte und ansehnliche Mann in Stücke gerissen worden war. Er hatte gegrinst, ein Grinsen, das von dem Toten entlehnt war, ein wenig triumphierend. Vesta, die einen brillanten neuen Roman von einem talentierten jungen Mann las, hatte aufgeblickt und das Grinsen bemerkt. »Was grinst du denn?« hatte sie gesagt. »Hast du was Lustiges geschrieben?«

»Ich? Was Lustiges? O nein.« Enderby hatte linkisch sein Manuskript mit den Pfoten verdeckt, so wie man seinen Teller vor einer unerwünschten zweiten Portion Kartoffelbrei schützt. »Gar nichts Lustiges.«

Sie war aufgestanden, so geschmeidig, um zu sehn, was er da schrieb, mit der Frage, »was schreibst du denn da?«

»Das hier? Ach, ich glaub nicht, daß dir das gefallen würde. Das ist – na, ja, so eine Art –«

Sie hatte das Blatt mit den gekritzelten Zeilen genommen und vorgelesen:

»... Denn diese zwei zumindest können bestreiten,
Daß die Vergangenheit einen Geruch hat. Sie können bezeugen,
Daß Leidenschaft und Geduld demselben Urbild entspringen;
anerkennen in dieser Musik,
Daß aller Welt Schuld aufruhen kann wie Luft
Auf den Leibern dieses Lebenden.«

»Also«, hatte Enderby übereifrig erklärt, »das ist ein Epithalamion, ein Gedicht zur Hochzeit von zwei Personen in reifem Alter.« Und unerklärlicherweise hatte sie nun den Kopf mit ihrem wohlriechenden pennyblonden Haar herabgeneigt und ihn geküßt. Geküßt, ihn, Enderby!

»Dein Atem«, hatte sie gesagt, »riecht jetzt nicht mehr so ungesund. Manchmal werden Leib und Seele sich nicht so leicht einig. Du siehst schon besser aus, viel besser.« Was hätte er anders sagen können als »das verdank ich nur dir«?

Luftkrank, auf diesem Luftfahrer-Abort sitzend, mußte er zugeben, daß er aus dem Frühjahr als ein neuer Mensch hervorgegangen war, ein neuer Enderby – jünger, mit weniger Fett und weniger Blähungen, mit neuen Zähnen, die unregelmäßig genug waren, um echt auszusehen, mehreren schicken Anzügen, das Haar mit einem raffinierten Schnitt von Trumper's in Mayfair und zart nach Eucris duftend, in Gesellschaft nicht mehr so linkisch, mit gesünderem Appetit und ohne die verdauungsstörende Gier nach fetten, teigigen und überwürzten Sachen, sorgfältiger rasiert, mit reinerer Haut, die Augäpfel mit Kontaktlinsen verglast. Wenn nur Mrs. Meldrum ihn so sehen könnte!

Wer hatte von Liebe gesprochen? Hatte überhaupt einer davon gesprochen? Sie hatten keusch, priesterlich, unter einem Dach gewohnt, Phönix und Taube, während Pete Bainbridge aus irgendeinem Elysium der Rennfahrer auf dieses sonderbare Freundschaftsidyll herabgrinste. Aber man brauchte diese abgegriffene Münze nur einmal über den blanken Fußboden kullern zu lassen, dann hörte man immer lauter, was das Ende vom Lied sein würde. War es Jacke oder war es Hose gewesen? Enderby konnte sich nicht erinnern, aber wußte sicher, daß einer von ihnen eines Abends das Wort in dem einen oder andern Zusammenhang gebraucht hatte, vielleicht um seine inflationäre Verwendung in den Schlagern oder seine grobsinnliche Bedeutung in der Sprache der unmittelbaren Bedürfnisse zu beklagen, vielleicht auch, um seine personifizierende Gleichsetzung, in der religiösen Dichtung des siebzehnten Jahrhunderts, mit dem Herrn zu erläutern. Dann, und dies ging zu schnell, ein unmerklicher und vernunftferner Vorgang, nicht zu analysieren, hatte der eine oder andere von ihnen den sanften Raubvogel aus den sicheren Höhen der Spekulation herabgepfiffen, und da saß er nun blinzelnd auf einem Paar ineinandergelegter Hände.

»Ich bin so allein gewesen«, hatte sie gesagt. »Nachts hab ich so gefroren.«

Enderby, der potentielle Bettwärmer, immer noch potentiell auf diesem kurzen Flug in die Flitterwochen, denn bis jetzt waren sie keusch geblieben. Bis heute abend. Heute abend im Albergo Tritone an der Via Nazionale. Etwas, dachte Enderby und schluckte, worauf er sich freuen sollte.

»Schaun Sie!« sagte eine Stimme, aber es sollte heißen, »hören Sie!« Enderby sprang von dem kleinen Sitz hoch und hörte. »Ihr Ticket garantiert Ihnen kein Monopol auf das Klo.« Gut formuliert, fand Enderby. Die Stimme klang amerikanisch und gebieterisch; Enderby beeilte sich, seinen Platz freizumachen; er war sich einigermaßen sicher, es ging ihm nun besser. Draußen vor der Falttür atmete er tief durch, sah einen großen Touristenmenschen vor sich, der ihm zunickte, zwängte sich vorbei. Der Mann hatte ein Steak-Gesicht und zwei Kameras, eine für Fotos, eine für Filme, vor dem Bauch in Bereitschaft. Ob er den Abort fotografieren wollte? Durch ein Fenster schimmerte sommerliche Bewölkung herein. Enderby ging zwischen den Sitzreihen durch bis zu seiner Braut, die kühl und reizend auf ihrem Platz saß und auf die Sommerwolken hinabsah. Sie blickte auf und fragte ihn lächelnd, ob es ihm besser gehe. Sie legte ihre Hand in seine Hand, als er sich gesetzt hatte. Es schien der Anfang eines neuen Lebens zu sein.

2

Als ob er in einem komfortablen Bad säße, wurde Enderby von allerlei flüssigen Empfindungen überspült, als sie auf Rom hinabsanken. (Niedergehen. Ewige Stadt: Pasta, altes Gerümpel, feigenblättrige steinerne Muskelmänner, Vatikan, Kalbfleisch, Treppen zu Kellern und Märtyrerknochen. Das Ganze überdacht von silbernem Geläut und erfrischt von Brunnen. Und viel Glück!) Er spürte, wie ihm der kalte Schweiß ausbrach, als sein Magen, der beim Landen nicht ganz mitkam, seinem Herrn nahelegte, Rom in so etwas wie einem Stiefmutter-Kontext zu sehen (Papst auf einem Bild an der Schlafzimmerwand, die sieben Hügel segnend; durchscheinendes Bild von Sankt Peter, eingebettet in ein Kreuz von milchigweißen Rosenkranzperlen; Meßbuch-Lesezeichen mit heiliger Familie von mittelständischen Spaghettifressern, printed in Rome). Dann wurde er von einem prickelnden Schwall erwärmt, und die Gänsehaut auf der Hand, mit der er die Hand der Braut hielt, glättete sich wieder, als aus den *News of the World* das Bild eines vollbusigen Starlets heraufschwamm, das neckisch im Trevi-Brunnen plantschte. Da sah man auch schöne, blasierte Prinzen in skandalösen Scheidungsaffären, und Cinecittà, das größer war als der Vatikan. War schon in Ordnung, würde schon alles klappen, so sinnlich alles, so aufregend. Mit Stolz blickte er auf seine Braut, und wie ein Gerücht von einem fernen Krieg kam ein Gelüst auf, ein legitimes Gelüst; und für einen blitzenden Sekundenbruchteil wurde Vesta identisch mit dieser neuen Stadt, die es nun zu plündern und zu verwüsten galt, und alles ganz legitim! Er sagte zu ihr ein paar Worte, die ihm aus der Soldatenzeit noch einfielen: »Io ti amo.« Sie lächelte und drückte seine Hand. Enderby als südländischer Liebhaber!

Die Wärme, die Erregung, das Gefühl, verjüngt worden zu sein, überdauerten die Landung (die Stewardess strahlte beim Ausstieg, als hätte sie selbst nach der Schwangerschaft im Bauch der Maschine nun den Flughafen zur Welt gebracht; der Amerikaner, der Enderby vom Klo vertrieben hatte, knipste wie verrückt). In der rissigen Prozession zu den Flughafengebäuden, bei denen sich Ciampino in der heißen Flitterwochensonne streckte, kam Enderby das kahle, platte Flugfeld wie eine leere Seite vor, die seine neue Freiheit ausdrückte, denn das war eine Freiheit von seiner alten Freiheit. Ein römischer Zollbeamter, hager wie Cassius und mürrisch wie Casca, öffnete roh den Reißverschluß von Vestas Übernacht-Beutel und hielt ihr neues Nachthemd hoch, daß die ganze Baracke es sehen konnte. Er blinzelte Enderby mürrisch zu – ein gutes Omen, obwohl der Mann hungerwangig und darum nicht vertrauenswürdig war. Der dicke Busfahrer sang eine dröhnend schmalzige Arie mit etwas von *amore*, während er die Via Appia hinaufklapperte, und damit flößte er Vertrauen ein. Und dann, hwwwuh, kam wieder die kalte Dusche, als die Sonne sich in Wolken hüllte über einem bemoosten Aquädukt, dessen Trümmer aus dem trockenen Gras wuchsen, über einer alten Plinthe, die wie ein Kuhfladen unter einem comicstripfarbenen Benzinplakat lag. Der Amerikaner, Enderbys Klobekanntschaft, fütterte seine Kameras wie Schoßhündchen. Inzwischen bekam Enderby das bedrückende Gefühl, durch einen Abdeckerladen der Geschichte zu fahren, zwischen den Rippen von Kadavern, und jetzt schon mit Fetzen vom Aas des Imperiums zwangsgefüttert zu werden. Rostra wurden in aller Stille dicht hinter seinem Horizont aufgerichtet, und darauf ließ sich eine Art Seneca-Chor von nasenlos grinsenden alten Römern nieder, fettgeworden von sizilianischen Kornlieferungen und Gladiatorenblut. Die wollten bei seinen Flitterwochen dabei sein; war ja ihre Stadt.

Die Sonne explodierte wie Feuer in einer Sirupfabrik, als sie am Fluglinien-Terminal an der Via Nazionale ankamen. Ein zwergenhafter Dienstmann von großer Körperkraft trug ihnen die Koffer die paar Häuser weit bis zu ihrem Hotel, und Enderby gab ihm ein Trinkgeld in verdächtig leichten Münzen. In der Lobby wurden sie mit Verbeugungen und vergoldetem Lächeln empfangen. »Signor Enderby«, sagte Signor Enderby, »und Signora Bainbridge.« – »Nein, nein, nein«, sagte Signora

Enderby. Enderby lächelte. »Noch nicht dran gewöhnt, da sehn Sie's. Unsere Flitterwochen«, erklärte er dem Mann an der Rezeption. Der, ein glatter römischer Elf, sagte:

»Flitterwochen, eh? Ich sorgen füre Flitterwochen alles wirde ruhiger. Schone lange here seit ich haben eine Flitterwochen«, sagte er bedauernd. Vesta sagte:

»Hören Sie, ich fühl mich nicht ganz auf dem Posten. Meinen Sie, daß wir in unser –?« Es kamen dringende Anrufe, Leute flitzten herum, Koffer wurden gestapelt.

»Liebling«, sagte der besorgte Gatte. »Was ist dir, Liebling?«

»Müde bin ich, nichts weiter. Ich möchte mich hinlegen.«

»Liebling«, sagte Enderby. Sie stiegen in einen Lift, der ganz aus Rokoko-Filigran bestand, ein luftiger, gebrechlicher Käfig, der sie zu einem mit geädertem Marmor gepflasterten Flur hinauftrug. Enderby sah einen offenen römischen Abort, interessant aber er winkte ab. Die Zeiten waren vorüber. Zu ihrem Zimmer führte sie ein junger Mann in weinroter Jacke, mit plattgedrückter Nase, wie in heftigem Widerspruch gegen den Mythos vom römischen Profil. Enderby gab ihm mehrere wertlose Metallscheibchen und verlangte *vino.* (Enderby in Rom, *vino* bestellend.) Der junge Mann schüttelte sich selbst heftig die Hände, dann hob er angespannt und mit zusammengebissenen Zähnen, als ob er ein Mordsgewicht stemmte, die obere von den beiden und zeigte Enderby den Zwischenraum zu der unteren – eine Flasche Luft mit einer Hand als Boden und einer Hand auf dem Korken. »Frascati«, nickte er gewichtig und ging nickend hinaus. Enderby wandte sich seiner Gattin zu. Sie saß auf der Fensterseite des Doppelbetts und blickte hinunter auf die Via Nazionale. Das kleine Zimmer war voller Straßenlärm – Quietschen von Straßenbahnen, Pferdegetrappel, Fiats und Lambrettas. »Müde, müde, müde«, sagte Vesta; sie hatte blaue Ringe unter den Augen, und ihr Gesicht wirkte erschöpft von dem scharfen römischen Licht. »Ich spür' überhaupt nichts von allem.«

»Du hast doch nicht –?« fragte Enderby.

»Nein, natürlich nicht das! Das ist doch unser Hochzeitstag, nicht? Es wird mir schon wieder besser gehn, wenn ich mich ein bißchen ausgeruht habe.« Sie trat sich die Schuhe von den Füßen, und dann, Enderby schluckte, löste sie rasch ihre Strumpfbänder. Er wandte sich dem zu, was es auf der Straße zu sehen gab: Sprödigkeit einer Hauptstadt, keine strahlenden Südländergebisse, keine Musik. Ein Laden gegenüber, als ob man auf Enderby nur gewartet habe, stellte ein Sonderangebot verbilligter Heiligenbilder aus, schlechtgemalte Hagiografen, umrahmt mit Girlanden von Rosenkranzperlen. Als er sich wieder zum Bett umdrehte, lag Vesta schon darin, die dünnen Arme und Schultern unbedeckt. Keine üppige Frau; der Körper gestutzt auf ein schickliches feminines Minimum. Das war gut und richtig so. Enderby hatte einmal seine Stiefmutter in entkleidetem Zustand im Badezimmer ertappt, keuchend vor Anstrengung bei einer ihrer seltenen Gesamtwaschungen; wabbelndes Fleisch, fette, wie Glocken baumelnde Titten. Ihn schauderte bei der Erinnerung, seine bibbernden Lippen wurden für einen Augenblick die Lippen seiner Stiefmutter, verschreckt von dem kalten Schwamm. Es klopfte. Enderby hatte Dante gelesen, mit Hilfe einer englischen Übersetzung; er wußte noch, da gab es einen Vers mit dem Wort für »eintreten« drin. Er suchte danach und fand es, gerade als die Tür aufging. »Laßt alle Hoffnung fahren«, rief er in feinem Toskanisch, »ihr, die –« Ein langgesichtiger Kellner lugte unschlüssig herein, dann trat er ein mit seinem Tablett und ging wieder, ohne auf ein Trinkgeld zu warten. Enderby, der spleenige Englishman, der erwartet hatte, daß er wartete, seufzte und schenkte Wein ein. Das hätte er nicht sagen dürfen. Es war ein böses Omen. Es war wie bei Byron, der in seiner Hochzeitsnacht erwacht war mit dem Gedanken, das Kaminfeuer im Schlafzimmer sei die Hölle. Er sagte:

»Liebling! Möchtest du ein Glas hiervon, Liebling?« Er nahm durstig selbst einen Schluck. Ein sehr netter kleiner Wein. »Hilft dir einschlafen, wenn du schlafen willst.« Sie nickte müd. Enderby schenkte noch ein Glas voll; es blitzte wie goldener Urin in dem klaren Licht und gluckste beim Austritt aus der Flasche. Er gab ihr das Glas, und sie setzte sich auf, um zu trinken. Ließ ganz schön den Kopf hängen, bemerkte Enderby voll Liebe und Mitleid, während er den Arm um ihre Schultern legte, um sie zu stützen. Sie trank das Glas halb aus, und sofort, zu Enderbys Entsetzen, reagierte sie aufs heftigste. Ihn und das Glas wegschiebend, kämpfte sie sich aus dem Bett hoch, die Backen aufgebläht. Sie rannte barfuß zum Waschbecken, packte den Rand, stöhnte und begann zu erbrechen. Schlank und wehrlos stand sie da in ihrer minimalen, wenig verführerischen Sommerunterwäsche. Enderby, sehr besorgt, folgte ihr und trat neben sie. »Das ist das Mittagessen, was dir hochkommt«, sagte er zuschauend. »War ein bißchen fettig, nicht?« Mit einem röhrenden Geräusch kam noch mehr. Enderby goß aus der Wasserflasche Wasser ein.

»Oh, Gott!« stöhnte sie. »Oh, Jesus!« Sie drehte beide Wasserhähne auf und begann wieder zu würgen.

»Trink das hier!« sagte Enderby. »Wasser.« Sie nahm einen Schluck aus dem Glas, das er ihr hinhielt, und erbrach von neuem, diesmal zumeist Wasser, zwischen den Zuckungen gotteslästerlich stöhnend. »So«, sagte Enderby, »nun wirds dir besser gehn. Das war aber auch ein gräßlicher Pudding, den sie uns vorgesetzt haben. So ein klebriges Gemantsch!«

»Oh, Herr im Himmel!« würgte Vesta (Gemantsch). Enderby sah ihr freundlich zu, wie sie alles hochbrachte. Er wußte alles über Verdauungsstörungen, von früher. Schwach, schlaff, naß und erledigt tappste sie dann zurück zum Bett. »Fängt ja gut an«, keuchte sie. »Oh, Gott!«

»Das ist das schlimmste an den Mahlzeiten im Flugzeug«, sagte Enderby, durch seinen ersten Flug sachverständig geworden, »daß sie die Sachen aufwärmen müssen, weißt du? Trink noch etwas Wein. Das belastet deinen Magen nicht.« Fasziniert von dem Reimanklang begann er leise zu wiederholen, »dasbel astet, astel lasdet«, wobei er leise im Zimmer auf und ab ging, die eine Hand in der Tasche, in der andern das Weinglas.

»Oh, sei doch still!« ächzte Vesta. »Laß mich in Ruh!«

»Ja doch, Liebling«, sagte Enderby beschwichtigend. »Aber gewiß doch, Liebling. Schlaf nur ein bißchen, Liebling.« Er hörte sich gurren wie eine exotische Hure, darum nahm er Haltung an und sagte, etwas knurriger, »ich geh mal, mich um die Reiseschecks kümmern.« Als er das sagte, stand er hochaufgerichtet vor der Zimmertür, als ob er sie zum Kampf herausfordern oder seine Größe an ihr messen wollte. Als es klopfte, konnte er sofort aufmachen. Der langgesichtige Kellner sah erschrocken aus. Er hatte die Arme voller Rosen, roten und weißen. »Fiori«, sagte er, »per la signora.«

»Von wem denn?« sagte Enderby stirnrunzelnd und tastete nach einem Begleitkärtchen. »Großer Gott!« sagte er, als er es gefunden hatte. »Rawcliffe. Und Rawcliffe ist in der Bar. Liebling!« rief er und drehte sich zu ihr um. Aber sie schlief.

3

»Ah«, sagte Rawcliffe. »Haben Sie die Nachricht gekriegt, die Blumen auch? Gut. Wo«, sagte er, »ist denn Mrs. Enderby?« Er sah aus wie bei ihrer letzten Begegnung, in einem schweren, altmodischen Anzug, mit goldener Uhrkette, Kipling-Schnauzbart und Froschbrille. Er war betrunken.

»Mrs. Enderby«, sagte Enderby, »ist tot.«

»Wie bitte?« sagte Rawcliffe. »So schnell? Das römische Fieber? Wie bei James!«

»Ach so, jetzt versteh ich«, sagte Enderby. »Entschuldigung. Sie ist erst seit heute Mrs. Enderby, müssen Sie wissen. Muß man sich erst ein bißchen dran gewöhnen. Ich dachte, Sie meinen meine Stiefmutter.«

»Verstehe, verstehe! Und Ihre Stiefmutter, die ist tot, ja? Wie interessant!« Enderby musterte verstohlen die Bar, die dicht bestückten Regale mit den Schnäpsen aus aller Herren Länder, die silberne Tee- und die Espresso-Maschine. Ein kleiner Dicker hinter der Theke machte immerfort Verbeugungen. »Probieren Sie mal diese Strega«, sagte Rawcliffe. »Dante«, sagte er, und der kleine undanteske Dicke nahm Haltung an. Dann sagte Rawcliffe etwas in sehr verwickeltem Italienisch, soweit Enderby erkennen konnte, voller Konjunktive, aber mit überaus englischem Akzent. »Strega«, sagte Dante. »Stehen Sie auch in allen italienischen Anthologien?« fragte Enderby tückisch. Unter Verbeugungen gab man ihm ein Glas Strega.

»Ha ha«, sagte Rawcliffe, nicht sehr erheitert. »Aber Tatsache ist, es gibt eine sehr gute italienische Übersetzung von diesem kleinen Gedicht von mir, Sie wissen schon. Geht sehr gut ins Italienische rüber. Nun sagen Sie, sagen Sie mir mal, Enderby! Was schreiben Sie gerade?«

»Nichts«, sagte Enderby. »Mit dem langen Gedicht, dem *Schoßtier*, bin ich fertig. Ich hab Ihnen davon erzählt.«

»Und ob Sie mir davon erzählt haben«, sagte Rawcliffe und machte eine Verbeugung. Dante machte auch eine. »Eine sehr gute Idee war das. Ich freue mich darauf, es zu lesen.«

»Was ich gern wüßte«, sagte Enderby, »ist, was machen Sie denn hier? Sie sehn nicht aus wie auf einer Ferienreise, so wie Sie angezogen sind.«

Rawcliffe tat etwas, wovon Enderby schon gelesen, was er aber noch nie gesehen hatte: Er legte einen Finger an seine Nase. »Sie haben recht«, sagte er. »Alles andre als Ferien. Arbeit. Immerzu Arbeit. Noch eine Strega?«

»Auf mich«, sagte Enderby. Dante machte eine Verbeugung nach der andern und schenkte nach. »Und für Sie auch einen«, sagte Enderby – spendabel, es waren ja seine Flitterwochen. Dante machte eine Verbeugung und sagte zu Rawcliffe, »Americano?«

»Inglese«, sagte Rawcliffe.

»Americani«, sagte Dante, sich vertraulich vorbeugend, »fack you. Mezzo mezzo.«

»Un poeta«, sagte Rawcliffe, »das ist er. Feminine Form, maskulines Genus.«

»Wie bitte?« sagte Enderby. »Sollte das irgendwas Bestimmtes bedeuten?«

»Tatsache ist«, sagte Rawcliffe, »ich glaube, daß wir Dichter eigentlich alle so eine Art verflixte Hermaphroditen sind. Wie Teiresias, nicht? Und Sie machen Flitterwochen, eh? Trinken Sie noch eine Strega.«

»Was sollte das genaugenommen bedeuten?« sagte Enderby mißtrauisch.

»Bedeuten? Sie haben's immer mit der Bedeutung, was? Die Bedeutung der Bedeutung. I. A. Richards und die Cambridge-Schule. Ein Riesenstuß, wenn Sie mich fragen. Schön, wenn Sie keine Strega mehr mit mir trinken wollen, trinke ich eben noch eine Strega mit Ihnen.«

»Strega«, sagte Enderby.

»Ihr Italienisch hört sich sehr nett an«, sagte Rawcliffe. »Zwei sehr nette Vokale waren das. Zwei sehr nette Stregas«, sagte er, als diese dastanden. »Gott segne alles!« Er trank. Er sang »wer will ein Ender sein, der komm hierher«.

»Woher haben Sie gewußt, daß wir hier sind?« fragte Enderby.

»Air-Terminal«, sagte Rawcliffe. »Ankünfte aus London, heute. Immer interessant. Hier haben sie mir das mit den Flitterwochen gesagt. Erstaunlich, Enderby, in Ihrem Alter!«

»Was wollen Sie damit sagen?« fragte Enderby.

»Sie Erren aben Strega auf das Aus«, sagte Dante, einschenkend.

»Tante grazie«, sagte Rawcliffe. »Fangen Sie schon wieder an, Enderby, mit Ihren Fragen nach der Bedeutung?« Er sang und nahm Haltung an, »wer will ein Spender sein, wer will ein Blender sein, God save the Queen. Null Bedeutung, nicht? Wer will ein Wender sein. Klingt noch besser. Zuviel Bedeutung in Ihren Gedichten, Enderby. Schon immer.« Seine Worte stolperten über ein paar Hickser hinweg. »Pardon, wie man so sagt.« Er trank.

»Strega«, sagte Enderby. »E uno per Lei, Dante.«

»So sagt man das nicht«, sagte Rawcliffe, hicksend. »Was für ein gräßliches Italienisch Sie sprechen, Enderby! So schlecht wie Ihre Gedichte. Pardon! Faire Kritik. Aber ich will sagen, diese Idee von Ihnen, mit dem Ungeheuer, die war verflucht gut. Zu gut für ein Gedicht. Ah, Rom!« sagte er lyrisch, »das schöne, schöne Rom! Eine beachtliche Stadt, Enderby, sowas gibt's nicht noch mal. Hören Sie mal, Enderby. Ich geh heut abend zu einer Party. Im Haus der Principessa Sowieso. Möchten Sie mitkommen? Sie und Ihre Angetraute? Oder finden Sie's geziemend, sich in dieser schönen Brautnacht früh zurückzuziehen?« Er schüttelte den Kopf. »La Rochefoucauld oder irgend so ein verdammter Halunke hat gesagt, in der ersten Nacht darf man's nicht machen. Was wußte denn der, eh? Homosexuell, das ganze Gesindel. Alle Schriftsteller sind homosexuell. Ist doch klar. Zum Teufel mit der Literatur!« Er schüttete die letzten paar Tropfen von seiner Strega auf den Fußboden. »Das«, sagte er, »ist für die Laren und Penaten, die kommen und lecken das auf. Eine Potation, das heißt eine Libation. Die kommen und lecken das auf, wie große Köter. Noch eine Strega!«

»Meinen Sie nicht«, sagte Enderby weitblickend, »ich meine, wenn Sie noch zu einer Party –«

»Ist noch Stunden hin«, sagte Rawcliffe. »Stunden, Stunden, Stunden! Noch viel Zeit, um das hinter sich zu bringen, mehrere Mal. Wenn Sie können, heißt das. Schellfisch ist verflucht gut, müssen Sie wissen. Prachtvolle Steigerung der Manneskraft. Scampi! Dante«, rief er, »laß für diesen Signore hier einmal Scampi holen. Er's frisch verheiratet, Gott segne ihn!« Rawcliffe schwankte auf seinem Hocker. Dante sagte:

»Sie eute vereiratet? Sehr gut! Sie aben Strega auf das Aus.« Er schenkte ein. »Salute«, sagte er. »Molti bambini!« Er zwinkerte.

»Guten Stoß!« sagte Rawcliffe und trank. Enderby trank und sagte:

»Was Sie eben gesagt haben, war sehr ungehörig. Von Rechts wegen haben Sie dafür Prügel verdient.«

»O du meine Güte, nicht doch!« sagte Rawcliffe, mit geschlossenen Augen den Kopf schüttelnd. »Doch nicht an einem Tag wie heute. Ist viel zu heiß. Pace, pace, dies ist eine Stadt des Friedens.« Er begann einzunicken.

»Troppo«, sagte Dante vertraulich. »Tu masch. Sie eimbringen ihn.«

»Nein«, sagte Enderby, »ich denk nicht dran, ich bin hier in den Flitterwochen. Ich halte nichts von ihm. Scheußlich, sein eines Gedicht.«

»Neidisch«, brummte Rawcliffe, die Augen immer noch zu, der Kopf auf die Theke hinabpendelnd. »Ich steh in allen Anthologien. Er nicht. Volkstümlicher Lyriker, ich. Jeder kennt und mag und achtet mich.« Dann kollabierte er, gekonnt wie in einer Zirkusnummer, mitsamt Barhocker auf den dicken Teppich, in einer, wie es aussah, ziemlich langsamen Kreisbewegung. Der Lärm war gedämpft, aber doch laut genug, um Männer in knappsitzenden Anzügen aus der Hotel-Lobby herbeieilen zu lassen. Sie sprachen ein sehr schnelles Italienisch und sahen Enderby gehässig an. Enderby sagte:

»Hat nichts mit mir zu tun. Er war schon betrunken, als ich ihn hier traf. Verdammt noch mal, ich mache hier Flitterwochen.« Zwei Männer beugten sich über Rawcliffe, und Enderby bekam einen inoffiziellen, nichttouristischen Einblick ins Leben der Stadt, denn der eine hatte Kopfschuppen im Nacken, der andere Verbrennungsnarben. Rawcliffe machte ein Auge auf und sagte sehr deutlich:

»Traun Sie dem nicht! Der's ein Spion, angeblich in den Flitterwochen. Hat mich betrunken gemacht, um Amschgeheimnische schu schtehlen. Umschturtschplan gegen italienische Regierung angeblich entdeckt. Bomben platschiert im Foro Traiano und Tempio di Vesta.«

»Lassen Sie meine Frau aus dem Spiel!« drohte Enderby.

»Ah, Frau«, sagte einer von den Männern. »Capito.« Alles klar. Enderby hatte Rawcliffe in gerechtem beleidigtem Gattenzorn vom Stuhl gehauen. Ehrensache. Rawcliffe schnarchte. Die beiden Männer gingen zurück in die Lobby, um ein Taxi für ihn zur Stelle zu schaffen. Dante sagte fragend zu Enderby: »Strega?«

»Si«, sagte Enderby. Er unterschrieb den Bon und zählte die anderen, die er unterschrieben hatte, alle für Strega. Allerhand. Er würde kürzer treten müssen, soviel Geld hatte er nun auch wieder nicht. Aber klar, überlegte er, nach diesen Flitterwochen würde er ja erst anfangen, Geld zu *verdienen.* Das Kapital war zum Ausgeben da; Vesta hatte's gesagt.

Rawcliffe hörte zu schnarchen auf, leckte sich die Lippen und sagte: »O Enderby, übel habt Ihr an mir gehandelt.« Seine Augen gingen nicht auf. »Ich führte nichts Böses im Schilde. Wünschte nur, Eure Hochzeitsnacht auf würdige Art zu krönen.« Dann kam ein lauter Schnarcher. Ein Taxifahrer mit einem quadratischen Schnurrbart dicht unter der Nase schüttelte tolerant den Kopf und begann Rawcliffe an den Schultern hochzuziehen. Leute vom Hotelpersonal tauchten auf, darunter auch Küchengehilfen in schmutzigweißen Jacken, und Dante erstarrte hinter der Bar in einer Pose. Alle warteten darauf, daß Enderby an Rawcliffes Füßen Hand anlegte.

Enderby sagte: »Ich weiß, er ist Inglese und ich bin Inglese, aber das ist verdammt noch mal alles. Ich kann ihn doch nicht ausstehn. Io«, stückelte er den Satz zusammen, »non voglio aiutare.« Alle verneigten sich lächelnd, um zu zeigen, daß sie diesen Versuch eines Englishman, ihre schöne Sprache zu benutzen, zu würdigen wüßten, aber leider die Bedeutung nicht erraten könnten, vielleicht wegen der vorzüglichen Schulung durch diesen schnarchenden Rawcliffe. »Ich helfe nicht«, wiederholte Enderby und hob Rawcliffes Füße hoch. (In der linken

Schuhsohle war ein Loch.) »Das ist doch verdammt noch mal keine Art, seine Flitterwochen zu verbringen«, sagte Enderby, während er, überaus ungeschickt, Rawcliffe hinaustragen half. »Und das auch noch in Rom!« Als er, inzwischen keuchend, zwischen den aufgereihten Hotelangestellten hindurchging, machten sie alle lächelnd eine tiefe oder nur angedeutete Verbeugung.

Die Via Nazionale glühte in der Sonne und strahlte vor Publikum. Das Taxi brummte wartend am Rinnstein. Enderby und der Fahrer schwitzten, als sie sich durchdrängten, Rawcliffe schnarchte noch immer. Eine Art Bettelmönch hielt Enderby seine klappernde Büchse hin. »Was husten«, sagte Enderby. Ein Amerikaner, nicht der Abortfotograf, zückte seine Kamera. »Was husten!« fauchte Enderby mit letzter Kraft. Der Fahrer hob ein Knie, um den schnarchenden Körper darauf zu stützen, machte eine Hand frei und öffnete die hintere Tür. Wie ein Sechsmonatsbündel schmutzige Wäsche wurde Rawcliffe hineingestopft. »Da haben Sie ihn«, sagte Enderby. »Ganz für sich.«

»Dove?« fragte der Fahrer.

»Ach Gott, ja, wohin?« Enderby schüttelte, immer noch keuchend, den lauten, stillen Rawcliffe und versuchte zu brüllen, »wo wohnen Sie, Sie Bastard? Los, sagen Sie's uns!«

Rawcliffe kam mit verblüffender Plötzlichkeit zu sich, als hätte er die Bewußtlosigkeit nur gespielt, damit er getragen würde. Seine blauen Augen, ziemlich klar, blitzten Enderby Flecken römischen Himmels entgegen. »Tiber, Vater Tiber«, sagte er, »von dem die Römer zehren. Die Via Mancini am Ponte Matteotti.«

Der Fahrer nahm dies begierig auf. »O Welt, o Leben, o Zeiten!« stimmte Rawcliffe an. »Hier liegt einer, des Name *nicht* ins Wasser geschrieben ward. Sondern in alle Anthologien.« Er fiel in tiefen Schlaf zurück, mit lauterem Schnarchen als vorher. Enderby zögerte, dann, weil die ganze Welt darauf zu warten schien, schaffte er sich unsanft Platz neben Rawcliffe. Sie fuhren los. Der Fahrer hupte sich die Via Nazionale entlang und bog abrupt in die Via IV Novembre ab. Dann, als sie über die Via del Corso nordwärts fuhren, wurde Rawcliffe wieder ganz lebendig, setzte sich gelassen auf und sagte:

»Haben Sie sowas wie eine Zigarette bei sich, mein lieber Enderby? Eine englische Zigarette, wenn möglich?«

»Geht's Ihnen jetzt besser?« fragte Enderby. »Kann ich hier aussteigen und Sie allein heimfahren lassen?«

»Da drüben links«, zeigte Rawcliffe, »finden Sie das Pantheon, wenn

Sie genau hingucken. Und dort« – seine Hand wischte nach rechts und traf Enderby – »die Straße der Demut runter, ganz am Ende, ist die Fontana di Trevi. Da schmeißen Sie eine Münze rein und lassen sich von den Bauernfängern in Baskenmützen fotografieren. Nun geben Sie mir schon eine Zigarette, sein Sie so lieb!« Enderby gab ihm eine einzelne zerdrückte Senior Service. Rawcliffe nahm sie mit ruhiger Hand, ohne danke zu sagen, und steckte sie sich gelassen an. »Jetzt kommen wir zur Piazza Colonna, Enderby. Da ist sie, die Säule selbst, und oben Mark Aurel, sehen Sie!«

»Ich könnte hier aussteigen«, meinte Enderby, »und zurückgehen ins Hotel. Meiner Frau ist nicht ganz wohl, müssen Sie wissen.«

»So?« sagte Rawcliffe. »Nicht ganz wohl bei was? Aber sie ist eine große Verehrerin der Dichter. Soviel kann ich über sie sagen. Mein kleines Gedicht in den Anthologien hat ihr immer gefallen. Ziemlich wahrscheinlich, Enderby, daß Sie mal ein großer Mann werden. Sie setzt gern auf die Gewinner. Sie hat schon mal auf einen, der sehr gut war, gesetzt, aber das war auf dem Gebiet des Sports. Dichter kommen nicht so leicht um wie Rennfahrer, nicht? Schaun Sie, die Piazza del Popolo! Und jetzt kommen wir zur Via Flaminia rauf, und da, Sie sehn's gerade, da ist der Vater Tiber selbst, in den die Römer spucken.«

»Was wissen Sie über meine Frau?« fragte Enderby. »Wer hat Ihnen erzählt, daß ich Vesta Bainbridge geheiratet habe?«

»Stand in allen volkstümlichen Gazetten«, sagte Rawcliffe. »Haben Sie das nicht gesehn? Vielleicht hat Sie's Ihnen nicht gezeigt. Pete Bainbridges Witwe heiratet wieder, hieß es. Diese Blätter schienen über Sie nicht viel zu wissen. Aber wenn Sie mal tot sind, dann setzt es Biografien. Pete Bainbridge hat keine Biografie gekriegt, also hat es doch einen Vorteil, wenn man den Lesern des *Daily Mirror* unbekannt bleibt. Ah, da ist die Via Mancini.« Er hämmerte gegen die Trennscheibe und deutete groteske Boxhiebe gegen den Fahrer an. Der Fahrer nickte, schwenkte wie verrückt herum und kam vor einer kleinen Kneipe zum Stehen. »Hier steht meine bescheidene Hütte«, sagte Rawcliffe. »Hier drüber.«

»Glauben Sie das wirklich?« fragte Enderby. »Ich dachte, ich hätte vielleicht sowas wie einen Beschützerinnen-Instinkt in ihr angesprochen. Und ich habe sie sehr gern. Sehr, sehr gern. Ich bin verliebt«, sagte Enderby. Rawcliffe nickte und nickte, während er den Fahrer bezahlte. Er schien sich nun von seinem Strega-Besäufnis vollständig wieder erholt zu haben. Die beiden Dichter standen auf der warmen Straße, mit etwas kühler Luft vom Fluß her. Enderby ließ das Taxi wegfahren und sagte,

»verdammt, jetzt hab ich das Taxi wegfahren lassen. Ich muß zurück zu meiner Frau.« Er erinnerte sich, daß er Rawcliffe verabscheute, weil er in allen Anthologien stand. »Mir wird klar«, sagte er, »daß Sie mich ganz übel verschaukelt haben. Ich hätte überhaupt nicht mit Ihnen mitfahren müssen.«

»Strega«, sagte Rawcliffe und nickte, »läuft bei mir ganz schnell durchs System. Ich denke, jetzt, wo wir hier sind, können wir noch ein paar trinken. Oder vielleicht so einen Liter Frascati.«

»Ich muß zurück. Vielleicht geht's ihr jetzt wieder gut. Vielleicht wundert sie sich, wo ich bleibe.«

»Keine Eile! Die Braut soll ein bißchen warten müssen, nicht? Sie soll in den kühlen Laken liegen, die nach Lavendel duften, während der Bräutigam sich um die Potenz säuft. Die Tobiasnacht. So nannte man das früher. Nach dem Tobias in den Apokryphen. Los, Enderby, ich bin so einsam! Ein dichtender Bruder ist einsam. Und ich habe Ihnen einiges zu sagen.«

»Über Vesta?«

»Oh, nein! Viel interessanter. Über Sie und Ihr Poetenschicksal.«

Sie betraten die kleine Kneipe. Drinnen war es dunkel und warm. An den Wänden hingen ordinäre Mosaiken, pseudo-etruskisch, von posierenden Männern und Frauen im Profil. Man sah Karaffen mit Wein und umwölkte Gläser. Ein alter Mann aus Viktor Emanuels Zeiten lutschte an seinem riesigen Schnurrbart; zwei ehrlich dreinblickende, rundgesichtige Spitzbuben, trotz der Hitze in Mänteln, tuschelten Spitzbübereien. Eine kauende Alte, mühsamen Schritts, brachte unseren beiden englischen Dichtern einen Liter Urin. »Salute«, sagte Rawcliffe. Beim ersten Schluck schauderte's ihn, den zweiten fand er verträglicher. »Nun sagen Sie mal, Enderby«, sagte er, »für wie alt würden Sie mich halten?«

»Wie alt? Ach, um die fünfzig.«

»Zweiundfünfzig. Und wann, denken Sie, hab ich aufgehört zu schreiben?«

»Ich wußte gar nicht, daß Sie aufgehört haben.«

»O ja, lange her, vor langer, langer Zeit! Mit siebenundzwanzig, Enderby, und seither hab ich keine Verszeile mehr geschrieben. Ja, da staunen Sie, was? Aber Verse schreiben ist ja so schwierig, Enderby, so elend schwierig! Die einzigen, die noch Verse schreiben können, wenn sie über dreißig sind, das sind die Leute, die auch die Rätselwettbewerbe in den Zeitschriften zum Wochenende machen. Natürlich könnten Sie auch noch die Burschen mit den Affenhoden nennen, von denen Yeats einer war, aber bei Gott, das wäre nicht fair. Der größte senile Dichter unserer Zeit, bei Gott, von Gnaden dieses verdammten Steinach! Aber wir andern? Dramatische Dichter gibt es keine mehr, Enderby, und haha! schon gar keine epischen. Also sind wir alle Lyriker, und wie lange soll der lyrische Impetus vorhalten? Verflucht kurze Zeit, mein Junge, zehn Jahre höchstens. Ist doch kein Zufall, nicht, daß die alle jung gestorben sind, meistens, aus irgendeinem Grund, in einem mittelmeerischen Land. Dylan natürlich, der ist in Amerika gestorben, aber der Atlantik ist ja auch eine Art Mittelmeer, wenn Sie's mal so sehen. Ich meine, Amerikas Zivilisation ist eine Art Küstenzivilisation, wenn Sie's mal so sehen, und gar keine Flußniederungs-Zivilisation.« Rawcliffe schüttelte beduselt den Kopf; der Frascati hatte die schlummernde Strega wieder geweckt. »Ich meine, Enderby, daß Sie verflucht viel Glück haben, daß Sie immer noch Gedichte schreiben können in einem Alter – wie alt sind Sie?«

»Fünfundvierzig.«

»Im Alter von fünfundvierzig Jahren, Enderby! Ich meine, was haben Sie denn jetzt vor, eh?« Er ließ noch mehr Frascati in sein Glas gluckern. Von draußen kam das römische Tageslicht in Wellenlinien und Funken. »Machen Sie sich bloß nichts vor, mein Junge, von wegen langen, erzählenden Gedichten oder Versdramen oder irgendsolchem Blödsinn. Sie sind ein Lyriker, und es kommt die Zeit, wo die lyrische Begabung abstirbt. Wer weiß, vielleicht ist sie schon tot.« Er sah Enderby aus schmalen Augen über die Karaffe hinweg an, in der der Frascati unter seinem Griff schwappte und tanzte. »Erwarten Sie keine Epiphanien mehr, keine verrückte Morgenröte der Inspiration, Enderby. Dieses Gedicht von mir, das eine in den Anthologien, das eine, durch das ich am Leben bleiben werde, wenn ich es überhaupt bleibe, diesen Scheiß, Enderby, müssen Sie wissen, hab ich mit einundzwanzig geschrieben. Die Jugend! Das einzige, was sich lohnt.« Er nickte traurig. Wie im Kino wurden seine Worte von einem billigen Symbol der Jugend orchestriert, das draußen vorbeiging, eine junge Römerin, den Kopf sehr hoch tragend, schwarzhaarig mit rauchig getönten Koteletten, vorgewölbten Brüsten, fließender Taille und animalischen Hüften. »Ja ja«, sagte Rawcliffe, »die Jugend!« Er trank von dem Frascati und seufzte. »Haben Sie's nicht gespürt, Enderby, daß Ihre Begabung abstirbt? Es ist eine Begabung, die der Jugend zukommt, wissen Sie, Erfahrung und Bildung haben keinen Anteil an ihr. Eine athletische Begabung im Grunde, eine sportive Begabung!« Er ließ den Kiefer herunterfallen, und Enderby sah krumme Zähne in verschiedenen Farben. »Was werden Sie machen,

Enderby, was werden Sie machen? Für die Welt, natürlich, ist das alles ein Nichts. Wenn die Welt jetzt hier reinkäme und hörte, wie wir über den Tod von Enderbys lyrischer Begabung trauern – die Welt, Enderby, würde uns nicht bloß für verrückt halten. Man würde denken, Enderby« – er lehnte sich zischelnd vor – »wir redeten unter einer harmlosen Tarnung in Wirklichkeit über etwas anderes. Man würde vielleicht denken, wir sind *Kommunisten.*«

»Und«, fragte Enderby, beängstigt durch diese Vision der nahenden, der vielleicht schon eingetretenen Impotenz, »was machen *Sie* denn?«

»Ich?« Rawcliffe war schon wieder betrunken. Seine Schultern zuckten krampfhaft, und er zog die Luft ein wie Spaghetti. »Ich, Enderby, ich bin der große Verdünner. Nichts geht mehr pur. Die Frage ist: leben wir weiter, oder leben wir teilweise weiter? Oder«, sagte er, »werden wir«, und stand plötzlich im mörderischen Licht der kurbelnden Kameras, schoß hoch, um sich gegen die Wand zu lehnen, mit ausgebreiteten dünnen Armen, wie gegen eine Rohklippe, eine Felsfratze, »sterben?« Dann kollabierte er auf den Tisch wie ein Absinthtrinker aus Hollywood, aber keiner von den Römern beachtete es.

4

»Und«, sagte Vesta, »was hast du dir eigentlich dabei gedacht? Wo hast du eigentlich gedacht, wo du bist?« Mit einer Art stiefkindlichem Schuldbewußtsein, dem einzigen, das er ja kannte, schaute Enderby sie an und ließ den Kopf hängen. Sie sah blendend aus in einem narzißgelben Kleid mit weitem Rock, das pennyblonde Haar glatt und schimmernd, die Haut von einer sommerlichen Honigbräune, wieder gesund, die Augen groß, grün und giftig, eine beängstigende und begehrenswerte Person. Enderby brummte, »Rawcliffe war's, nicht?«

Sie faltete die bloßen Arme über der Brust. »Du kennst doch Rawcliffe«, beschwichtigte Enderby, und in einem demütigen und aussichtsreichen Versuch, seine Sünde oder seine Sünden in milderem Licht erscheinen zu lassen, fügte er hinzu, »der, der in allen Anthologien steht.«

»In allen Bars, meinst du wahrscheinlich, wenn ich irgend über diesen Rawcliffe Bescheid weiß. Und mit dem bist du zusammen gewesen! Ich warne dich beizeiten, Harry: halt dich fern von Leuten wie Rawcliffe! Was macht der überhaupt in Rom? Das klingt mir alles sehr verdächtig. Was hat er gesagt? Was hat er dir erzählt?«

»Er hat gesagt, ein Lyriker, das wäre eigentlich ganz sowas Ähnliches wie ein Rennfahrer und du hättest dich nur dazu herabgelassen, mich zu heiraten, weil du dann in alle Biografien kommst und von meinem ewigen Ruhm was abkriegst, und er hat gesagt, meine poetische Begabung wäre am Absterben, und was ich dann machen wollte? Dann ist er umgefallen, und ich mußte ihn die Treppe rauftragen helfen, und das machte mich sehr durstig. Dann fand ich lange kein Taxi und konnte mich nicht mehr erinnern, wie das Hotel hieß. Darum komm ich so spät. Aber«, sagte Enderby, »du hast ja auch nichts davon gesagt, wann ich zurück sein soll, oder? Du hast überhaupt nichts gesagt.«

»Du hast gesagt, du würdest Reiseschecks einlösen gehen«, sagte Vesta. »Es war deine Pflicht, hier bei mir zu bleiben. Die fangen ja schön an, unsere Flitterwochen! Ziehst los mit Leuten wie Rawcliffe, betrinkst dich und hörst dir Lügen über deine Frau an!«

»Was denn für Lügen?«

»Der Mann ist der geborene Lügner. Hat immer versucht, sich an mich ranzumachen.«

»Wann? Woher kennst du ihn denn?«

»Oh, er ist so eine Art Journalist gewesen«, sagte Vesta. »Hat überall am Rande seine Finger mit drin. Hier ist er wahrscheinlich wegen Filmen, würd' ich meinen, pfuscht überall rein. Paß auf!« sagte sie sehr streng, »in Zukunft gehst du ohne mich nirgends mehr hin, verstehst du? Du kennst einfach das Leben nicht, du bist zu naiv für diese Welt. Meine Sache ist es, auf dich aufzupassen, Dinge für dich in die Hand zu nehmen.«

»Und *meine* Sache?« sagte Enderby.

Sie lächelte schwach. Enderby bemerkte, daß die Flasche Frascati, dreiviertelvoll, als er das Zimmer verlassen hatte, nun leer war. Erholt hatte sie sich jedenfalls. Draußen begann allmählich der milde römische Abend. »Was machen wir jetzt?« fragte Enderby.

»Essen gehn.«

»Ist noch ein bißchen früh, nicht? Meinst du nicht, wir sollten vor dem Essen erst noch was trinken?«

»Du hast genug getrunken.«

»Na«, sagte Enderby und sah noch mal nach der leeren Frascati-Flasche, »du hast dich aber auch nicht schlecht rangehalten. Und das auf leeren Magen!«

»Oh, ich hab mir eine Pizza kommen lassen und dann noch zwei Club-Sandwiches«, sagte Vesta. »Ich hatte so einen Hunger. Hab ich immer noch.« Sie nahm eine Stola aus dem Schrank, narzißgelb, um sich die bloßen Schultern damit gegen die Abendkühle oder die italienische Geilheit zu bedecken. Sie hatte ausgepackt, sah Enderby; sehr lange konnte ihr nicht schlecht gewesen sein. Sie gingen aus dem Zimmer und die Treppe hinab, aus Mißtrauen gegen den zerbrechlichen Filigranzauber des Lifts. Auf den Korridoren und in der Lobby schauten die Männer Vesta mit unverhohlener Bewunderung an. Arschkneifer, wurde Enderby plötzlich klar, alle Italiener waren ja elende Arschkneifer; das gab ein Problem. Und sicherlich wurden in diesem rückständigen Land auch noch Ehrenduelle ausgetragen? Draußen auf der Via Nazionale ging Enderby einen Schritt hinter Vesta her, säuerlich zu den SPQR-Schildern an den Laternenpfählen hinauflächelnd. Er wollte keinen Ärger. Er hatte vorher gar nicht recht begriffen gehabt, was eine Ehefrau für eine Verantwortung darstellte. »Man hat mir gesagt«, sagte Vesta, »in der Via Torino soll ein kleines Lokal sein. Harry, warum gehst du denn hinter mir? Sei nicht albern, die Leute gucken schon nach dir!«

Enderby kam an ihre Seite, aber ohne daß sie es sehen konnte, hielt er eine Hand gespreizt, als ob er sie an einem Feuer wärmte, sechs Zoll hinter ihrem schreitenden Hintern. »Wer hat dir das Lokal empfohlen?«

»Gillian Frobisher.«

»Das ist«, sagte Enderby, »die Frau, die mich mit ihren Spaghetti Surprise beinah umgebracht hätte.«

»Du warst selber schuld. Hier geht's nach rechts.«

Das Restaurant war voller schmieriger Spiegel und roch stark nach Kellerfeuchte und sehr alten Brotrinden. Böses ahnend las Enderby das Menü. Der Kellner war blauwangig, mit feistem Kinn, nicht vertrauenswürdig, versuchte klammheimlich in Vestas Décolletage zu lugen. Enderby fragte sich, warum man um die italienische Küche so ein Getue machte. Schließlich bestand sie doch nur aus einigen Allomorphien von Teigwaren und der einen oder anderen Sauce; das einzige italienische Fleisch war Kalb. Trotzdem, da las er »bifstek«, und mit einer blassen Hoffnung bestellte er's. Vesta, mit einem gewaltigen Hunger, hatte sich schon durch Minestrone, ein Ravioli-Gericht, den einen oder andern Spaghetti-Matsch durchgearbeitet und tauchte nun Artischockenblätter in öligen Essig, und Enderby war über einem halben Liter Frascati allmählich in Hitze geraten, als das sogenannte Steak kam. Es war dünn, weiß und lag auf einem kalten Teller. Enderby sagte zum Kellner:

»Questo è vitello.« Als hätte er sich niemals, vor seiner Zeit mit Vesta, von entsetzlichen Stews ernährt und sein Brot ohne viel Umstände ins

Marmeladenglas getunkt, machte er nun ein Steakgesicht, mit dem Zorn des beleidigten Feinschmeckers.

»Si, è vitello, signore.«

»Ich habe Beefsteak bestellt«, rief der wütende Enderby, der ungehobelte Englishman im Ausland, »nicht sowas von einem blutjungen Kalb. Von Blut allerdings kann keine Rede sein«, fügte er aus literarischer Rücksicht auf die akkurate Wortwahl hinzu. »Holen Sie den Geschäftsführer!«

»Aber Harry«, wies ihn Vesta zurecht, »für heute haben wir doch schon genug Unverschämtheiten erlebt, meinst du nicht? Siehst du, die Leute gucken schon nach dir.« Die römischen Esser ringsum schaufelten mit glasigen Augen, offenherzig miteinander schwatzend. Sie schenkten Enderby keine Beachtung; so einen Typ hatten sie schon öfter gesehen. Der Geschäftsführer kam, klein, dick und mit unsteten schwarzen Augen, er keuchte vor unterdrückter Entrüstung über Enderby.

»Ich habe ein Beefsteak bestellt«, sagte Enderby. »Das hier ist Kalb.«

»Iste selbe Sache«, sagte der Geschäftsführer. »Kalb iste Kuh. Beef iste Kuh. Ergo, Beef iste Kalb.«

»Wollen Sie«, sagte Enderby, »mir sagen, was ein Beefsteak ist und was nicht? Belehren Sie mich verdammt noch mal über meine eigene Sprache?«

»Deine Sprache, Harry, Sprache!« mahnte Vesta unpassenderweise.

»Ja, verdammt noch mal, meine eigene Sprache!« rief Enderby. »Er denkt, er kennt sie besser als ich. Hältst du auch noch zu ihm?«

»Iste wahr«, sagte der Geschäftsführer. »Sie nichte essen, Sie zahlene selbe. Was Sie bestellen, Sie zahlen.«

Enderby stand auf. »O nein! O verdammt noch mal auf keinen Fall!« Er blickte zu Vesta hinunter, vor der sich ein Zabaglione kräuselte. »Ich denk nicht dran«, sagte er, »etwas zu bezahlen, das ich nicht bestellt hab, und wenn ich eines nicht bestellt hab, dann dieses blasse Ersatzfleisch da! Ich geh irgendwo anders essen.«

»Harry«, befahl sie, »setz dich hin! Iß, was man dir vorsetzt!« Sie klimperte ärgerlich mit dem Löffel gegen ihr Zabaglione-Glas. »Mach hier keine Szene wegen nichts!«

»Ich schmeiß nicht gern Geld weg«, sagte Enderby, »und ich laß mich nicht gern von Ausländern beleidigen.«

»Du«, sagte Vesta, »bist der Ausländer. Nun *setz* dich schon hin!«

Enderby setzte sich mürrisch. Der Geschäftsführer grinste, der triumphierende Ausländer, wollte weggehen, nachdem der alberne Streit entschieden war: Fleisch war nun einmal Kalb, gar nichts drüber zu diskutieren. Enderby sah ihn grinsen und stand wieder auf, noch wütender. »Ich bleib hier verdammt noch mal doch nicht sitzen«, sagte er, »und sein blutloses Zeugs hier kann er sich sonstwohin stecken. Wenn du bleiben willst, ich nicht.«

Vestas Augen schalteten rasch von Ausdruck zu Ausdruck, wie das Linienschild eines Busses, wenn es vom Fahrer umgestellt wird. »Wie du willst«, sagte sie, »mein Lieber. Laß mir etwas Geld da für mein Essen. Wir treffen uns in einer Viertelstunde in diesem Straßencafé.«

»Wo?«

»Auf der Piazza di – weiß nicht mehr«, sagte sie und zeigte in die Richtung.

»Repubblica«, sagte der Kellner, hilfsbereit.

»Halt du die Fresse!« sagte Enderby. »Na schön, also dort.« Er ließ ihr einen großen Schein über mehrere Tausend oder Millionen Lire da. Von der Vorderseite blickte eine allegorische Dame in stummem Protest zu Enderby auf.

Eine Viertelstunde später schaute Enderby verdrossen auf den farbig beleuchteten Brunnen, auf die Vespas und die Fiats und die nüchternen Menschenmengen. Der Flasche Frascati, vor der er saß, war er schon fast auf den Grund gekommen. Sie war ihm warm serviert worden, und er hatte zu dem Terrassen-Kellner gesagt, »non freddo.« Ja, hatte der Kellner ihm beigepflichtet, die Flasche sei non freddo, und war lächelnd weitergegangen. Inzwischen war die Flasche weniger freddo denn je. Es war ein warmer Abend. Enderby verspürte plötzlich Sehnsucht nach seinem alten Leben: der selbstgebraute Tee, Dichten auf dem Abort, selbstbefriedigter Geschlechtstrieb. Dann, als er am liebsten losgeheult hätte, begriff er, wie kindisch er war. Es gehörte sich doch so, daß man heiratete und zwischen den römischen Brunnen seine Flitterwochen verbrachte; es gehörte sich doch so, daß man reif werden wollte. Aber Rawcliffe hatte sowas gesagt, daß die Poesie eine Jugendbegabung wäre, also unreif, verwandt mit den Begabungen für Wachheit und Schnelligkeit, durch die man ein Rennfahrer wurde. War es möglich, daß seine Begabung schon im Schwinden wäre, daß sie vielleicht schon länger vorgehalten hätte, als sich gehörte? Wenn ja, was war er für einer, was für einer würde aus ihm werden?

Vesta kam, wie eine Schönheitsvision aus *Vogue* vor dem flutfarbig schäumenden Brunnen. Nervös und plötzlich ganz stolz stand Enderby auf. Sie setzte sich und sagte, »ich hab mich vielleicht geschämt für dich, da drinnen! Du hast dich absolut widerlich benommen. Natürlich hab ich das Essen bezahlt, das du bestellt hattest. Ich hasse solch ein kleinliches Gezänk um Geld.«

»Es war mein Geld«, sagte Enderby. »Das hättest du nicht tun dürfen.«

»Na schön, dein Geld. Aber *mein* Schamgefühl, bitte denk dran! Ich laß mich nicht veralbern, von dir nicht und von niemand.« Sie wurde milder. »Oh, Harry, wie konntest du dich nur so benehmen? Und das am ersten Tag unserer Flitterwochen. Oh, Harry, du hast mich schrecklich aufgeregt!«

»Trink ein Glas Wein«, sagte Enderby. Der Kellner machte eine Verbeugung, mit einem Römergrinsen und frechen Verehrerblicken für die Signora. »Dies letzte Zeugs«, sagte Enderby, »war verflucht caldo. Jetzt noch so eins, aber freddo, klar? Verflucht freddo!« Der Kellner ging, grinsend und schielend. »Wie ich diese verfluchte Stadt hasse!« sagte Enderby, und ihn fröstelte plötzlich. Vesta begann still in sich hinein zu schniefen. »Was ist denn los?« fragte Enderby.

»Oh, ich hatte mir alles so anders vorgestellt. Ich dachte, du würdest anders sein.« Plötzlich wurde sie steif, starrte vor sich hin, als wartete sie auf eine okkulte Erscheinung. Enderby schaute sie an, mit offenem Mund. Auch ihr Mund öffnete sich, und wie aus dem Mund eines spiritistischen Mediums kam eine Lautfolge heraus, die wie ein Indianergruß klang:

Haaaaooooo.

Enderby lauschte in stummer Verwunderung, den Mund noch weiter offen. Es war ein Rülpser.

»Oh«, sagte sie, »tut mir leid. Ich konnte gar nichts dagegen machen, ich konnte's wirklich nicht!«

»Nur rauslassen!« sagte Enderby freundlich. »Entschuldigung kann man immer sagen.«

Barrrrrp.

»Jetzt entschuldige aber wirklich«, sagte Vesta. »Weißt du, ich glaube, mir geht's gar nicht so gut. Ich glaube, dieser Wechsel in der Ernährung bekommt mir nicht.« Rorrrrp. Ahuuuu.

»Möchtest du lieber zurück ins Hotel?« fragte Enderby geflissentlich.

»Ich glaube, es muß sein.« Borrrrphhh. »Wir haben einen sehr unglücklichen Tag, nicht?«

»Die Tobiasnacht«, sagte Enderby mit Erleichterung. »Wie der Tobias in den Apokryphen.« Er nahm ihren Arm.

Kapitel Zwei

1 »Piazza San Pietro«, sagte der Führer. »St. Peter's Square.« Er war ein junger Römer, mit Bürstenschnitt, arrogant und mit frechen Augen für die Damen. »Place Saint Pierre. Sankt Petersplatz.« Ordinär, fand Enderby. Ein Angeber. Der Führer sah Enderbys Verdrossenheit, sah, daß er keinen Eindruck gemacht hatte. »Plaza San Pedro«, sagte er, als ob er nun erst die Trumpfkarte ausspielte.

Es war eine Gluthitze, und Vesta war auch dafür angezogen, in beigem Leinen, etwas Strenges und Teures von Berhanyer. Sie hatte eine erstaunliche Erholungsfähigkeit. Letzte Nacht hatte ihr verstimmter Magen getobt und gesabbert wie ein schwachsinniges Kind, auch noch, als sie schließlich eingeschlafen war. Enderby hatte in sauberem Pyjama tolerant zuhörend neben ihr gelegen. Ihr schmaler Rücken und die Hüften waren unter dem durchscheinenden Nachtgewand sichtbar: hübsch, aber alles andere als verführerisch, so wie sie manchmal, wenn neue Winde aufkamen, bebten. Die Bettdecke hatte Enderby wegen der Wärme der Nacht weggestoßen. Als er die Nachttischlampe ausgeknipst hatte, war Vesta nur noch ein Bündel Geräusche, das Enderby mit einer schwachen Nostalgie nach den Tagen des Alleinseins erfüllte, so daß er über Träumen von Schmorpfannen eingeschlafen war, vom Verseschmieden und vom Meer. Um halb vier, nach seiner Leuchtzifferuhr (Hochzeitsgeschenk), war er aufgewacht, weil sein Herz nach der Strega und dem Frascati wie ein Punchingball hämmerte, und hatte sie immer noch tüchtig gluckern und pupsen gehört. Aber als er um neun von dem launischen Verkehr auf der Via Nazionale erwacht war, da hatte er sie am Fenster sitzen und essen gesehen.

Eine wichtige Aufgabe war noch nicht erfüllt. Blinzelnd und sich die Augen reibend merkte Enderby, daß er über Nacht die Zähne drinbehalten hatte, wußte nicht mehr, wo er seine Kontaktlinsen hingelegt hatte, fühlte sich durch die Morgen-Erektion ermutigt zu der Frage, »willst du nicht noch mal ein bißchen ins Bett kommen? Na ja, muß ja nicht sein.« Improvisierte Verschen, witzig und derb, fielen ihm ein, wie um Rawcliffe mit seinem prophetisch erhobenen Zeigefinger Lügen zu strafen; die Muse war immer noch ganz regsam:

Gar nichts vermag der hüstelnde Notar,
Weil meine Ehe unbesiegelt bleibt,
Bis auf des weißen Lakens Formular
Mein eigner Stift in deine Spalte schreibt.

Enderby zögerte, die Verse laut auszusprechen. Vesta redete auch gerade, sie sagte:

»Ich bin schon seit Stunden auf. Ich habe im Restaurant ein Schinken-Omelett gegessen, und jetzt esse ich das Frühstück, das ich für dich bestellt hatte. Aber das sind nur Croissants, Marmelade und so Zeugs. Paß auf, wir machen einen kleinen Ausflug. Ich dachte, es könnte nett werden. Wir schaun uns Rom an. Der Bus kommt um halb zehn hier vorbei, also beeil dich!« Sie schwenkte die Ausflugs-Tickets in einem römischen Sonnenstrahl, zerknackte eine Art sehr hartes Brot und sagte: »Du scheinst nicht sehr begeistert zu sein. Willst du denn Rom nicht sehen?«

»Nein.« Klare Frage, klare Antwort.

»Und du sagst, du bist ein Dichter? Dichter sollen doch voller Neugier sein? Ich versteh dich überhaupt nicht.«

Jedenfalls, da waren sie nun, stiegen am hohen Mittag aus dem Bus, um den Obelisken von Neros Circus zu besichtigen. Der Führer, für den es ausgemachte Sache war, daß Enderby ein Spanier sein mußte, sagte einschmeichelnd, »Obelisco del Circo de Néron.« – »Si«, sagte Enderby uninteressiert. »Hör mal«, sagte er zu Vesta, »ich bin ausgedörrt. Ich muß etwas trinken.« Alles feste Nahrung, was sie hatten schlucken müssen – die Porta Pinciana, die Borghese-Galerie, die Pincio-Terrasse, das Mausoleum des Cäsar Augustus, das Pantheon, das Senatsgebäude, den Justizpalast, die Engelsburg und die Via della Conciliazione. Enderby fiel ein, was der große Dichter Clough einmal über Rom gesagt hatte. »Rubbishy«, hatte der es genannt, Plunder. »Plunder«, zitierte er.

»Weißt du«, sagte Vesta, »ich glaube, du bist eigentlich ein richtiger Philister.«

»Ein durstiger Philister.«

»Na schön. Die Tour ist sowieso fast zu Ende.« Enderby, der in weniger als einem Tag einen Instinkt entwickelt hatte, mit dem er die römischen Kneipen blind hätte auffinden können, führte Vesta die Straße der Versöhnung entlang. Bald saßen sie irgendwo, wo es sehr kühl war, und tranken Frascati. Vesta seufzte und sagte:

»Frieden.«

Enderby verschluckte sich. »Wie bitte?«

»Das wollen wir doch alle, nicht? Frieden. Frieden und Ordnung. Gewißheit. Verläßlichkeit. Ruhe und Frieden des Geistes in Gegenwart der Ordnung.« Ihre Haut war so rein, so jugendlich unter dem breitgerandeten Hut (ebenfalls aus dem Madrider Atelier des tüchtigen jungen Berhanyer), ihr Körper so elegant verpackt, die Nüstern geweitet wie die eines Hengstes von edelster Rasse, die grünen Augen so ehrlich und trotzdem intelligent. »Frieden«, sagte sie noch einmal, und dann seufzte sie wieder. »Och.«

»Wie hieß das Wort?« fragte Enderby.

»Frieden.«

»Nein, nein, das danach?«

»Danach hab ich nichts mehr gesagt. Harry, mein Junge, jetzt hörst du schon Stimmen!«

»Wie hast du mich dann genannt?«

»Hör mal, was *ist* denn nur mit dir los? Der Zauber Roms scheint einen sonderbaren Einfluß zu haben... Und du trinkst hier viel mehr als in England.«

»Du hast meinen Magen geheilt«, sagte Enderby ohne jeden Groll. »Ich finde, ich kann jede Menge von diesem Zeug vertragen, ohne nachteilige Wirkung. Diese Diät, die du mir verordnet hast, hat jedenfalls Wunder gewirkt.« Er nickte ihr gutgelaunt zu und schenkte aus der Karaffe nach.

Vesta schaute leicht angewidert drein; sie blähte die Nüstern noch weiter auf und sagte, »ich rede von Frieden und du von Mägen.«

»Nur von einem Magen«, sagte Enderby. »Dichter reden von Magenleiden, und *Fem*-Redakteurinnen reden von Frieden. Das scheint mir eine gute Aufteilung zu sein.«

»Wir können uns auf soviel Frieden freuen«, sagte Vesta, »wir beide. Das schöne Haus in Sussex, mit dem Blick über die Hügel. Das atmet doch Frieden, nicht?«

»Du bist zu jung, um Frieden zu wollen«, sagte Enderby. »Friede ist etwas für alte Leute.«

»Och, wir wollen ihn alle«, sagte Vesta heftig. »Und ich spüre ihn hier, weißt du, hier in Rom. Einen großen großen Frieden!«

»Einen großen Fladen Frieden«, sagte Enderby. »*Pax Romana.* Wo sie eine Wüste hinterließen, nannten sie's Frieden. Welch ein totaler Blödsinn! Es war eine gemeine, vulgäre Art von Zivilisation, vornehm war daran nur, daß sie sich hinter so vielen Deklinationen versteckte. Friede? Die wußten gar nicht, was das war. Sich erleichtern im Vomitorium nach den Krammetsvögeln in Sirup und Wachtelhirnen in Aspik, zwischendurch eine Nummer mit einem kleinen Sklavenjungen. Das kannten sie. Sie wußten, was das für eine Katharsis gibt, wenn man zusieht, wie Frauen in einer Arena von räudigen, ausgehungerten Löwen zerrissen werden. Wären sie auch nur dreißig Sekunden still und ruhig geblieben, hätten sie zu viele Stimmen gehört, die ihnen sagten, daß das Imperium ein einziger blutiger Schwindel war. Erzähl mir nichts von dieser verdammten *pax Romana*!« Enderby schnob vor Wut, ohne recht zu wissen, was ihn so aufregte.

Vesta lächelte duldsam. »Das ist nicht das echte Rom. Das ist das Hollywood-Rom.«

»Das echte Rom *war* das Hollywood-Rom, nur schlimmer«, sagte Enderby. »Und was ist davon echt noch übrig? Verrottende Filmkulissen, dicke, protzige abgebrochene Säulen. Die imperiale Publicity des P. Virgilius Maro, Jasager des Augustus mit all seinen Triumphbögen, nun fallengelassen. Hin- und Hergestiefel, marsch, marsch, marsch! Das ist Rom.« Passender-, aber ordinärerweise machte Enderby das alte römische Zeichen. »Ein großer madenzerfressener Käse, mit zu vielen unregelmäßigen Verben.«

Vesta lächelte immer noch, ein wenig wie Unsere Liebe Frau in der Vision, die Enderby an jenem rutschigen Tag gehabt hatte, als er mit einem unterwegs zu gebärenden Gedicht nach London gefahren war. »Du hörst einfach nicht zu! Du gibst mir einfach keine Chance zu sagen, was ich sagen will.«

»Verdammter römischer Friede!« schnob Enderby.

»Aber dieses Reich meinte ich gar nicht. Ich meinte das andere, das in den Katakomben herangewachsen ist.«

»O Gott, nein!« murmelte Enderby.

Vesta trank einen Schluck Wein und dann, ganz sachte, rülpste sie. Sie sagte nicht, Entschuldigung; sie schien es nicht zu bemerken. Enderby glotzte. Sie sagte, »ist es nicht ein bißchen so, wie wenn du heimkommst? Du weißt doch – die Wiederkehr des verlorenen Sohnes? Du hast dich aus dem Reich davongemacht, und seither tut es dir leid. Hat keinen Sinn, es zu leugnen; es steht überall in deinen Gedichten.«

Enderby atmete tief ein. »In gewisser Hinsicht«, sagte er, »betrauern wir alle den Tod der universalen Ordnung. Das große Lächeln. Aber die Zähne, die in diesem Lächeln gebleckt werden, sind tote Zähne. Nein, nicht nur tote, sondern falsche. Zahnersatz. Überhaupt nie lebendig geworden. Nicht für mich jedenfalls.«

»Du Lügner!«

»Was weißt denn du davon?« sagte Enderby unwirsch.

»Oh, mehr als du denkst.« Sie schlürfte an ihrem Frascati wie an sehr heißem Tee. »Du hast dich nie sehr für mich interessiert, nicht? Nicht wirklich. Du hast dir nie die Mühe gemacht, etwas über mich in Erfahrung zu bringen.«

»Wir kennen uns eben noch nicht sehr lange«, sagte Enderby, ein wenig schuldbewußt.

»Lange genug, um zu heiraten. Nein, sei ehrlich! Für Enderby kommt es immer nur auf Enderby an.«

»Das stimmt nun nicht ganz«, sagte Enderby, voll Zweifel. »Ich glaube, ich habe mein Werk wichtig genommen. Aber nicht mich selbst. An Bequemlichkeit, Ruhm oder Ehre für mich selbst war mir nicht sehr viel gelegen.«

»Eben. Du interessierst dich zu sehr für dich selbst, um dich für diese Dinge auch noch zu interessieren. Enderby in einem Vakuum. Enderby kreist und kreist um sich selbst im Abort der Ewigkeit.«

»Das ist nicht fair. Das stimmt überhaupt nicht.«

»Siehst du? Jetzt fängt es an, dich wirklich zu interessieren. Du bist gefaßt auf ein gutes, langes Gespräch über Enderby. Angenommen, wir sprächen statt dessen mal über mich?«

»Mit Vergnügen«, sagte Enderby und setzte sich resigniert dafür zurecht. Vesta schob ihr Weinglas weg, faltete die schmalen Hände auf dem Tisch und sagte:

»Wie, glaubst du, bin ich aufgewachsen?«

»Oh«, sagte Enderby, »darüber wissen wir doch wohl Bescheid, nicht? In einer guten schottischen Familie. Kalvinistisch. Auch so ein autoritärer Traum, aus dem man sich davonmacht.«

»Oh, nein«, sagte Vesta, »keineswegs. Nicht kalvinistisch. Katholisch. Genau wie du.« Sie lächelte allerliebst.

»Was?« krächzte Enderby, entgeistert.

»Ja«, sagte Vesta, »katholisch. Weißt du, in Schottland gibt es Katholiken, und zwar jede Menge. Ich sollte mal Nonne werden. So, das ist eine Überraschung für dich, oder nicht?

»Eigentlich nicht«, sagte Enderby. »Abgesehen von dieser ersten Vorbemerkung, an der ich immer noch zu schlucken habe, überrascht es mich gar nicht. Du trägst deine Kleider wie eine Nonne.«

»Was redest du da für ein verrücktes Zeug!« sagte Vesta. »Was, frage ich mich, willst du damit sagen?«

»Warum hast du mir das nicht früher gesagt?« fragte Enderby, aufgeregt. »Ich meine, wir leben doch schon seit, äh, Monaten unter einem Dach, und du hast nie eine Silbe davon gesagt.«

»Warum hätte ich's tun sollen? Es schien mir nie für irgend etwas, worüber wir gesprochen haben, relevant zu sein. Und du hast nie irgendeine Neugier meinetwegen gezeigt. Wie schon gesagt, für einen Poeten hast du erstaunlich wenig Neugier.«

Enderby schaute sie an. Nun jedenfalls war er neugierig: Diese Enthüllung hätte eigentlich ihr Äußeres sofort verändern müssen, aber noch immer kam sie ihm wie eine schmale protestantische Schönheit vor, ein Engel der Erleichterung, wie in seiner juvenilen Vision.

Sie sagte, »es macht ja auch keinen Unterschied. Als ich aus der Kirche rausgegangen bin, da war ich, oh, das war, als ich Pete geheiratet hab. Er war, wie außer dir jeder weiß, schon einmal verheiratet und geschieden. Ich ließ mich damals ohnehin treiben; ich hatte keinen Glauben mehr. Pete glaubte an Motoren, immerhin, und meistens betete er vor einem Rennen, zu was, kann ich allerdings nicht sagen, vielleicht zum Archetyp des Verbrennungsmotors. Pete war ein netter Kerl.« Sie leerte ihr Glas.

»Trink noch ein Glas«, sagte Enderby.

»Ja, ein kleines. Rom hat eine eigenartige Atmosphäre, nicht? Spürst du nichts davon? Irgendwie bekomme ich hier das Gefühl, ich bin leer, leer von Glauben und so weiter.«

»Vorsicht«, sagte Enderby, sehr deutlich, und lehnte sich zu ihr hinüber. »Vorsicht mit solchen Gefühlen! Rom ist eine Stadt wie jede andere, eine mächtig überschätzte Stadt, würd' ich sagen. Sie macht ein Geschäft aus dem Glauben, so wie Stratford aus Shakespeare ein Geschäft macht. Aber fang bloß nicht an zu denken, es wäre eine große, reine Mutter, die dich heimruft! Heimgehen kannst du sowieso nicht, du lebst in Sünde. Vergiß nicht, geheiratet haben wir nur auf einem Standesamt.«

»Und leben wir wirklich in Sünde?« fragte Vesta kühl. »Mir ist das nicht besonders aufgefallen.«

»Na ja«, sagte Enderby, verwirrt, »jedenfalls würde die Welt das denken, wenn die Welt Bescheid wüßte und katholisch wäre. Natürlich leben wir, wie du sagst, in Wirklichkeit überhaupt nicht in Sünde.«

»Du bist seinerzeit aus allem ausgestiegen, nicht wahr? Aus der Kirche, aus der Gesellschaft, aus der Familie –«

»Verdammt noch mal, ja, ich bin doch schließlich ein Dichter.«

»Alles wird im Klo runtergespült, alles! Sogar der Liebesakt.«

Enderby wurde flohbraun im Gesicht. »Was willst du damit sagen? Was weißt du denn davon? Ich bin genau wie andre auch, nur bin ich's eben nicht gewöhnt, nur ist es eben schon so lange her, nur bin ich eben häßlich und schüchtern und –«

»Alles wird schon werden. Warte nur ab! Wirst sehn.« Sie gab ihm, verzeihend, eine kühle, freundliche Hand. Was er dann vielleicht noch hätte sagen wollen, wurde ihm aus der Brust gerissen von den herabstoßenden massiv-silbernen Klauen, wurde mit allen mittäglichen Geräuschen der Angeluszeit verschlungen von der plötzlich losbrechenden lärmenden Orgie der Glocken, riesigen Kehlen von weißem Metall, gen Himmel brüllend, fauchend, dröhnend und schäumend, bis die Himmel von Rom erfüllt waren vom glühenden Nickel und Aluminium der Glocken.

2

Nach der Soßenpasta und dem strohgepanzerten Chianti-Globus wirkte Vestas Vorschlag ganz vernünftig. Denn sie sprach mehr vom Hergang als vom Zweck der Handlung: die kühlen Lüftchen, die der Ventilator des fahrenden Busses bewirkte; Zwischenhalt, um die Weine aus den Gärten von Frascati zu kosten; die weite Wasserlache und der Albergo am Ufer. Und dann die Rückfahrt nach Rom am frühen Abend. Es war auch nicht nur ein Vorschlag. Als Enderby ja sagte, zog sie prompt die Tickets aus der Handtasche. »Aber«, sagte Enderby, »sollen wir die ganze Zeit in Rom denn mit Herumfahren in Bussen zubringen?«

»Es gibt eben so viel zu sehen, nicht? Und du solltest dir alles lieber gut ansehen, damit du auch wirklich weißt, daß es Plunder ist.«

»Und ob es Plunder ist!« Und in seiner Schläfrigkeit nach dem Mittagessen dachte Enderby besonders an den abscheulichen Arco di Constantino, wie eine für alle Ewigkeit in Stein gehauene Seite des *Daily Mirror*, nichts als Cartoons und lapidare Schlagzeilen. Aber ein See, besonders in dieser grausam zunehmenden Hitze, wäre etwas ganz anderes. Das Beste an Rom war wirklich, was man in flüssiger Form zu sich nehmen konnte – der Wein, die Brunnen und das Aqua Sacra. Mit dem letzteren war Enderby sehr einverstanden. Da es eine weitgefächerte Auswahl windiger Chemikalien enthielt, fächerte es die Winde wundervoll heraus und bewirkte eine zivilisierte Entleerung der Gedärme. In diesen Worten empfahl er es Vesta mit ernstem Nachdruck.

Enderby war überrascht, daß so viele Leute diesen See besuchen wollten. Als sie beim Hotel in den Bus stiegen, hatte er sich sofort zu einem Schläfchen bereitgemacht; fast gleich darauf wurden sie ebenso wie die polyglott brabbelnden anderen wieder zum Aussteigen aufgefordert. Sie waren auf einer namenlosen Piazza, glühendheiß und zum Hohn mit einem knochentrockenen Brunnen. Dort, in der Sonne schwärendes Metall, stand ein Rudel Busse. Männer mit großen, an Stöcken erhobenen Nummernschildern brüllten nach ihren Trupps, und die Leute marschierten folgsam, mit eingezogenen Köpfen blinzelnd durch das grelle Licht zu ihren Feldzeichen. »Wir sind Nummer sechs«, sagte Vesta. Sie marschierten hin.

Im Bus war es wie in einem Backofen bei kleiner Flamme. Sogar Vesta glühte. Aus Enderby wurde eine Art Schweißbrunnen, fast hörbar rieselnd. Und ein besorgter Mann trat an den Bus heran und rief in vielen Sprachen, »wo ist Dr. Buchwald?«, bis ein nervöses Verantwortungsgefühl für die eine fehlende Person den Wagen durchdrang und Gereiztheit erzeugte. Auf dem Sitz vor Enderby schnarchte ein Portugiese, den Kopf an der Schulter eines ihm fremden Franzosen; Amerikaner nahmen jede Einzelheit mit ihren Kameras auf, wie am Tatort eines Verbrechens; zwei Neger gluckten; eine deutsche Großfamilie, schweinsrosa, besprach Rom im Ton ernstlichen Bedauerns, bis alles, was es zu sehen und zu hören gab, kleingemahlen und zu langen Wortwürsten zusammengestopft war. Enderby machte die Augen zu.

Unbestimmt spürte er durch den Dunst seiner Dösigkeit, wie die Fahrt des Busses einen fächelnden Wind hereinwehte. »Ein sehr beliebter See«, sagte er gähnend zu Vesta, »muß das sein. All diese Leute.« Der Konvoi rollte gen Süden. Über den Lautsprecher kam die Stimme des Leiters in Italienisch, Französisch, Deutsch und Amerikanisch, und das Gebrabbel zwischendurch verwackelte dem finneganswachen Enderby zu einer parachronen Schlummerchronik, wo der Kronkotz Konstantin drin vorkam und ein Krims und Quer von Hosenträgern, die am Ufer einer großen Lache Lagerbier zur Kasse krochen. Lachend wachte er auf, sah Villen und Weinberge und verdorrtes Land, dann nickte er wieder ein und nahm in die Tiefen des Schlafes ein Münzporträt von Vesta mit, die ihn beschützend ansah, mit der Beschützermiene einer Bauersfrau, die ein Schweinchen zum Markt trägt.

Er wurde geweckt, leckte sich die trockenen Lippen, als sie in ein Städtchen voll Anmut und Reinlichkeit kamen, wo serviettentragende Kellner auf einer weiten Terrasse mit vielen Tischen warteten. Steife, sich streckende Busladungen stiegen aus, um etwas zu trinken. Hier, so hörte

Enderby, war man ganz nahe bei Frascati, und dieser transportscheue Wein hatte nur die kleinstmögliche Entfernung zurücklegen müssen. Weißer Staub, die Hitze und der schimmernde Flakon auf dem Tisch. Plötzlich fühlte Enderby sich froh und zufrieden. Er lächelte Vesta an, nahm ihre Hand und sagte:

»Verrückt, daß wir beide abtrünnige Katholiken sind, nicht? Du hattest recht, als du sagtest, es wäre ein bißchen wie Heimkommen. Wir, meine ich, verstehn ein Land wie dieses besser als die Protestanten. Wir gehören mit zu seinen Traditionen.« Er deutete mit etwas wie einem Lächeln auf zwei hungrig dreinblickende Kinder am Fuß der Terrassenstufen, von denen das ältere feierlich in der Nase bohrte. »Auch wenn man nicht mehr glaubt«, sagte er, »wird man England ein bißchen fremd, ein bißchen feindlich finden. Ich meine, denk mal an all die Kirchen, die sie uns gestohlen haben. Sie können sie behalten, von mir aus, aber man sollte sie ab und zu dran erinnern, daß sie eigentlich immer noch uns gehören.« Er blickte ringsum über die volle, getränkebeladene Terrasse, mild gestimmt durch das Gequassel fremdländischer Phoneme.

Vesta lächelte ein wenig sauer und sagte: »Ich wünschte, du würdest im Schlaf nicht reden. Wenigstens nicht öffentlich.«

»Warum, was hab ich gesagt?«

»Du hast gesagt, ›nieder mit dem Papst‹, oder etwas dergleichen. Nur gut, daß viele Leute auf dieser Tour kein Englisch verstehn.«

»Komisch«, sagte Enderby. »An den Papst hab ich überhaupt nicht gedacht. Das ist sehr merkwürdig. Erstaunlich, was das Unbewußte alles zustandebringt!«

»Vielleicht bleibst du für den Rest der Fahrt lieber wach«, befahl Vesta. »Es ist das letzte Stück.«

»Ich meine, dabei hat doch niemand den Papst erwähnt oder sowas, nicht?« wunderte sich Enderby. »Schau, die Leute steigen wieder ein.«

Sie folgten dem Geschnatter, lächelten vag die Mitreisenden an, als sie zwischen den Sitzreihen des Busses durchgingen. Manche hatten die Plätze gewechselt, aber es machte nichts: nirgendwo war man weiter als einen Platz vom Fenster entfernt. Ein frecher kleiner pummliger Franzose jedoch, in Leinenanzug und mit Panamahut, als ob er aus den Kolonien käme, pfiff einen Deutschen an, der sich, behauptete er, seinen Platz angeeignet habe. Der Deutsche schnauzte und schluchzte empörte Ableugnungen. Ein beschwipster, dünner Portugiese, durch den lateinischen Stammesgenossen ermutigt, legte gegen einen unschuldigen Rotkäse von einem Holländer los: Sein Anspruch auf den Sitz nächst dem

Fahrer sei von Anfang an markiert gewesen und bei diesem Halt erneuert worden – da sehn Sie, Sie sitzen drauf mit Ihrem fetten holländischen Arsch, auf meiner Karte von Rom und Umgebung! Nun bekriegten sich die Europäer, bis ein Texaner mit stechenden Augen sich einmischte und ein »Aw, Maul halten!« dazwischenrief. Der Tourenleiter kam an Bord und sagte auf Französisch, als kleiner Junge in der Schule schon habe er gelernt, daß man den ersten Platz, der einem zugeteilt sei, behalten müsse. Enderby nickte, auf Französisch klang das zivilisiert und vernünftig. Dann übersetzte der Mann das ins Amerikanische: »Bleibt schön jeder auf seinem Platz, wie in der Schule, und versucht nicht, jemand anders seinen wegzunehmen. Okay?«

Enderby spürte, wie er augenblicklich rot wurde vor Wut. Er rief: »Was zum Teufel denken Sie denn, wer Sie sind, der Papst?« Es war der Nie-und-Nimmer-Protest des Englishman gegen ausländische Arroganz. Vesta sagte, »warum hältst du nicht lieber deine große Klappe –« Enderbys Worte wurden rasch in vieler Länder Zungen übersetzt, und Gesichter wandten sich zu ihm hin, manche verwundert, andere zweifelnd und wieder andere ängstlich. Aber ein älterer Herr, ein grauköpfiger, gewandter Raisonneur-Typ, stand auf und sagte auf Englisch, »wir werden zur Ordnung gerufen. Er hat uns an den Zweck unserer Fahrt erinnert. Das katholische Europa darf nicht zerstritten sein.« Er setzte sich wieder, und die Leute begannen Enderby nun mit milderen Augen anzusehen; eine weißhaarige, bräunliche Frau bot ihm ein Stück belgische Schokolade an. »Was hat er damit gemeint?« wollte Enderby von Vesta wissen. »Der Zweck unserer Fahrt, hat er gesagt. Wir wollen uns doch diesen See anschaun, nicht? Was hat so ein See mit dem katholischen Europa zu tun?« – »Wirst schon sehn«, sagte Vesta beschwichtigend, und dann: »Ich denke, schließlich wäre es vielleicht besser, wenn du jetzt doch noch ein bißchen schläfst.«

Aber jetzt konnte Enderby nicht mehr schlafen. Die Landschaft glitt vorüber, glänzende kleine Ortschaften in der Ferne auf besonnten Hochplateaus, Oliven, Wein, Zypressen, Villen, braungedörrte Felder, endloser blauer Himmel. Und endlich kam der See, eine weite, weiße Wasserfläche unter der Gewässerluft, die die Hitze des Tages milderte; und ganz in der Nähe war ein kleines Gasthaus. Der Leiter, der seit Enderbys grimmig-britischem Anpfiff still vor sich hin geschmollt hatte, stand auf und sagte, »wir bleiben hier zwei Stunden. Der Bus wird auf dem Bus-Parkplatz geparkt.« Er zeigte mit einer Verrenkung seiner Römerfinger in die Richtung, wo das ungefähr sein würde. Er zog eine

Flappe, als die Enderbys durch den Gang kamen, eine blauschwarze, schmale Römerflappe, trotz Enderbys »nichts für ungut, ja?« Er versteinerte noch mehr, als Enderby sagte, »ma è vero che Lei ha parlato un poco pontificalmente.« – »Komm schon!« sagte Vesta.

Das weite, silbrige Wasser hauchte Kühle aus. Aber zu Enderbys neuer Überraschung schien niemand begierig, sie zu genießen. Die Leute stiegen aus den Bussen und bemühten sich scharenweise einen Hügel hinauf, zu einer Mauer hin, die eine Ortschaft zu umgeben schien. Ein Bus nach dem andern fuhr heran und spie unlustige Menschen aus, manche feierlich, manche frömmelnd mit Rosenkränzen. Man sah Afrikaner, wie aus Holz geschnitzt, eine schnatternde Herde Chinesen, ein Fischnetz voll Finnen, ein Kaugummipaket amerikanische Rotarier, schulternhaussierende Franzosen, hier und da ein blonder Wikinger mit seiner Göttin – und alle stiegen sie den Hügel hinauf. »Wir«, sagte Vesta, »gehn auch da rauf.«

»Was«, fragte Enderby bedachtsam, »liegt denn da auf dem Hügel?«

»Komm schon!« Vesta nahm seinen Arm. »Ein bißchen poetische Neugier bitte! Komm und du wirst sehen.«

Enderby wußte nun schon halbwegs, was oben an der Hügelstraße lag, die sie nun hinaufzusteigen begannen. Quietschend kamen neue Busse an, denen sie ausweichen mußten. Er ließ es zu, daß sie ihn hinaufführte, vorbei an lächelnden Verkäufern von Obst und Heiligenbildchen. Entgeistert blieb er einen Augenblick stehen, als er ein mehr als zweiundfünfzigmal wiederholtes spielkartengroßes Porträt sah: Auf den ersten Blick schien es seine Stiefmutter zu sein, verkleidet als ein den Porträtmaler segnender Gottesmann. Aber dann sah er, daß es nicht sie war.

Keuchend wurde er durch die massiven Tore geführt, in einen Hof voller Gedränge und Elektrizität. Hinter ihm und Vesta marschierten immer noch Scharen von Leuten zielstrebig herauf. Eine Falle, eine Falle: hier käme er nicht wieder heraus. Aber nun begann ein frommes Gebrüll, donnernd und den Hügel erschütternd, und eine Lautsprecherstimme begann in sehr schnellem Italienisch zu reden. Die Stimme hatte keinen Eigentümer. Die ekstatisch geöffneten Münder tranken die Luft, die schwarzen Augen suchten die Stimme über dem sandfarbenen Stuck der hohen Mauern, über den wegen der Hitze aufgerissenen Fensterläden, über den Bäumen und dem Himmel. Freude überflutete die stoppeligen Gesichter bei den lauten, undeutlichen Worten. Das Rufen begann – »viva, viva, viva« – und breitete sich aus. »So«, sagte Enderby zu Vesta, »der ist das, wie?« Sie nickte. Und nun gerieten die Franzosen in

Erregung, spitzten die Ohren und öffneten die Lippen, als die Stimme, wie der Ansager auf einem Flughafen, himmlische Abflüge anzukündigen schien: Toulon, Marseille, Bordeaux, Avignon. Bravo! Die Täler stemmten sich zu den Hügeln und die reckten sich zum Himmel auf. »Bravo, bravo!« Enderby war verblüfft und entsetzt. »Was ist hier eigentlich los?« rief er. Nun begann die Stimme amerikanisch zu reden, begrüßte Kontingente von Pilgern aus Illinois, Ohio, New Jersey, Massachusetts, Delaware. Und Enderby fühlte sich an seinem ganzen erhitzten Körper wie von kalten Händen gepackt, als er den Jubeldirigenten sah, einen jungen Mann in einem neuen Jersey-Anzug mit einem großen, in Blau aufgestickten P.

»Rhode Island«, sagte die Stimme. »Kentucky, Texas.«

»Rah, rah, rah!« kamen die Sprechchöre. »Der Papst, der Papst, der Papst!«

»Oh, Gott, nein!« stöhnte Enderby. »Um Himmels willen, laßt mich hier raus!« Er versuchte sich durchzudrängen, mit schwachen Entschuldigungssilben, aber hinter ihm stand eine dichte Menge, die Augen zu den Hügeln hinauf gerichtet. Er trat einem kleinen französischen Mädchen auf die Füße, daß es weinte. »Harry«, sagte Vesta scharf, »du bleibst, wo du bist!«

»Mississippi, California, Oklahoma.« Es hörte sich an wie von einem heiligen Walt Whitman.

»Rah, rah, rah! Der Papst, der Papst, der Papst!«

»Lieber Gott«, schluchzte Enderby, »bitte laß mich hier raus, bitte! Mir ist nicht gut, mir ist schlecht, ich muß zur Toilette.«

»Hier ist die kämpfende Kirche«, sagte Vesta giftig, »und du willst nichts weiter als eine Toilette.«

»Und ob, und ob!« Mit Tränen in den Augen rangelte Enderby inzwischen mit einem wohlriechenden Spanier, der ihn nicht vorbeilassen wollte. Das französische Kind weinte immer noch und zeigte auf Enderby. Plötzlich kam eine Art Exordium zum Gebet, und alle begannen im Staub des Hofes niederzuknien. Enderby sah nun aus wie ein tobender Schulmeister in einem Meer von behinderten Kindern. Auch sie kniete nieder, Vesta kniete sich hin, sie ließ sich wie alle andern auf die Knie nieder. »Aufstehn!« brüllte Enderby wie ein Feldwebel, »komm verdammt noch mal von den Knien hoch!«

»Hinknien!« befahl sie, die Augen wie starke grüne Giftstrahler. »Hinknien! Alle Leute kucken nach dir.«

»O mein Gott!« weinte Enderby, gegen den Strich betend, und versuchte von neuem herauszukommen, die Beine anhebend, wie wenn er durch einen Sumpf watete. Er trat auf Knie, Röcke, sogar auf Schultern und wurde ringsum verflucht, sogar von manchen, die mit einer beängstigenden Aufrichtigkeit beteten, die Augen ganz beschlagen vor Inbrunst. Stolpernd und seinerseits fluchend, in einem ungekonnten Stechschritt, die Hände bischöflich auf Köpfe legend, durchpflügte er die weite Lache der Knienden und erreichte, beinah kotzend und blind vom herablaufenden Schweiß, das Tor und die Hügelstraße. Während er den Hügel hinabtaumelte, an den lächelnden Verkäufern vorüber, murmelte er vor sich hin, »ich verdammter Idiot, was muß ich hierher kommen!« Vom Gipfel des Hügels kam das Geräusch eines großen Amen.

3 »Cefil Uensdi«, sagte der Mann. »Totnam Otispar. Cardiff Siti.« Er hatte ein Gesicht wie ein verdutzter Löwe, wenn auch haarlos, mit nur wenigen über die ansonsten bloße Kopfhaut hinkriechenden Strähnen. Er starrte Enderby die ganze Zeit ins Gesicht, als sei er überzeugt, Enderby wolle ihn hypnotisieren; aber er war zu höflich, a) dagegen Einwände zu erheben und b) anzuzeigen, daß die Hypnose unwirksam sei. Dann und wann führte er mit einer weit ausholenden Armbewegung einen Zigarettenstummel an die Lippen und sog daran mit einem verzweifelten Aufstöhnen, als ob dies seine einzige Sauerstoffquelle wäre und er im Sterben läge.

»Tutti buoni«, sagte Enderby, über seinem Weinglas nickend. »All football very good.«

Der Mann packte Enderbys linken Unterarm und setzte ein trübes Grinsen tiefen, tiefen blutsbrüderlichen Einverständnisses auf. Sie saßen an groben Plattentischen im Freien. Hier war der Frascati beim letzten Seufzer der Wohlfeilheit angelangt – ganze goldene Gallonen für ein paar klimprige Metallstückchen. »Ues Bromic«, setzte der Mann seine Litanei fort. »Mancesita Iunaiti. Uolveramiton Uanarar.« Dies war zwar erfreulicher als die geographischen Manifeste oben auf dem Hügel, begann aber doch Enderby zu ermüden. Vage überlegte er, ob so nicht vielleicht das Etruskische geklungen habe. Oben auf der Hauptstraße, hinter den dunklen und namenlosen Bäumen, welche die eine Wand dieser vom Himmel überdachten Taverne bildeten, hörte man die Pilger zu ihren Bussen zurückkommen, nach der komischen Leichtigkeit des Abstiegs vom Hügel nun gemessenen Schritts und mit Würde. Wenn Vesta noch ein bißchen Verstand hätte, würde sie wissen, wo er zu finden war. In seiner augenblicklichen Stimmung allerdings kümmerte es ihn nicht sonderlich, ob sie ihn nun fand oder nicht. Neben dem Löwengesicht mit der Fußball-Litanei rekelte sich ein Patriot, der nicht glaubte, daß Mussolini wirklich tot war: Wie König Artus würde er mit gezogenem Schwert auferstehen, um die neuen Gemeinheiten, die man seinem Land angetan hatte, zu rächen. Die Engländer, sagte der Mann, waren schon immer Mussolinis Freunde gewesen; der Italiener und der Brite hätten Seite an Seite gekämpft, um den widerlichen Tedesco zu verjagen. Oft schob er die eine Seite seines Gesichts nah zu Enderby hin, reckte den Daumen hoch wie ein Kaiser im Circus und zwinkerte verschwörerisch. An der Peripherie saßen noch andere Gäste, manche davon mit schlechten, unsüdländischen Zähnen, einer mit einem verwahrlosten Papagei auf der Schulter, der ein Stück einer Bellini-Arie krächzte. Ein sehr dralles Mädchen namens Bice, eine ländliche Schönheit, brachte den Wein. An Gesellschaft fehlte es Enderby nicht und würde es nicht fehlen. Er wünschte nur, sein Italienisch wäre besser. Aber den Fußball-Litanisten konnte er mit »Blackburn Rovers« zufriedenstellen und mit »Newcastle United«, den Patrioten mit »Addis Abeba« und »La Fanciulla del Golden West«. Inzwischen flatterte überaus sanfter Donner vom anderen Ufer des Sees herüber. »Garibaldi«, sagte er. »Lang lebe das italienische Afrika!«

Als Vesta schließlich kam, wurde die freundlich schmuddelige Freiluft-Kneipe sogleich zum Hintergrund für eine *Vogue*-Modeaufnahme desinfiziert. Sie sah müd aus, aber ihre Kühle und Eleganz machten alle Gäste nervös, und selbst die Ungehobeltsten dachten dran, ihre Mützen abzunehmen. Manche, die sich daran erinnerten, was sie ihrem Ruf als Italiener schuldig waren, sagten »molto bella« und machten Kneifbewegungen in die Luft, wie wenn sie ein Huhn rupfen wollten. Ohne Einleitung sagte sie zu Enderby, »ich wußte ja, daß ich dich in irgend so einem Ding wie dem hier finden würde. Ich hab es satt, sterbenssatt. Du gibst dir anscheinend die größte Mühe, aus unseren Flitterwochen eine Posse zu machen und mich zu veralbern.«

»Setz dich«, sagte Enderby einladend. »Setz dich doch. Trink ein Glas von dem guten Frascati.« Mit einer Verbeugung wollte er sie zu einem trockenen und einigermaßen sauberen Teil der Bank hinlenken, auf der er gesessen hatte. Der Litanist, der kapierte, daß sie auch Inglese war, und demgemäß eine Leidenschaft für Fußball bei ihr voraussetzte, sagte einschmeichelnd, »Arse an all«. Vesta wollte sich nicht setzen. Sie sagte:

»Nein. Du kommst jetzt mit, diesen Bus suchen. Was ich dir zu sagen habe, muß warten, bis wir wieder in Rom sind. Ich möchte nicht riskieren, daß ich in der Öffentlichkeit zusammenklappe.«

»Frieden!« lästerte Enderby. »Frieden und Ordnung! Du hast mir einen ganz gemeinen Streich gespielt, und das werd' ich so schnell nicht vergessen. Einen wirklich üblen Streich.«

»Komm schon! Manche Busse fahren schon ab. Laß den Wein stehen und komm!« Enderby sah, daß noch ein halber Liter von dem köstlichen goldenen Urin übrig war. Er goß sein Glas voll und sagte, »Salute!« Als er das Glas mit einem Zug leerte, kamen ebenso begeisterte Bravo-Rufe, wie man sie oben auf dem heiligen Hügel gehört hatte, dort allerdings nicht für Enderby. »Schön«, sagte Enderby und winkte ringsum zum Abschied.

»Wir sind spät dran«, sagte Vesta. »Spät für diesen Bus. Es wäre nicht so spät geworden, wenn ich dich nicht hätte suchen müssen.«

»Es war ein gemeiner Streich«, wiederholte Enderby. »Warum hast du mir nicht gesagt, daß es zum Vatikan geht?«

»Oh, sei nicht so blöd! Das ist hier nicht der Vatikan, das ist seine Sommer-Residenz. Wo ist nun bloß unser Bus?«

Eine verwirrende Anzahl Busse stand da, und einer sah wie der andere aus. Die Pilger hatten es sich darin gemütlich gemacht; manche röhrten schon ungeduldig davon. Die Busse hielten überall, an der Landstraße, am Fuß der kleinen Hügelstraßen, wie große Wanzen in den Ritzen eines Bettes. Vesta und Enderby begannen die Busse rasch und absichtsvoll durchzumustern, als ob sie einen davon kaufen wollten, mitsamt Passagieren. Keiner kam ihnen bekannt vor, und Vesta stieß Wehlaute aus. Als er ihr durch den dichten Vorhang von Wein zuhörte, war es Enderby, als hörte er den Lack und die Verzierungen der feinen englischen Aussprache von ihr abfallen, so daß manche rauhen Hochlandtöne vernehmlich wurden, würzig wie selbsteingemachte Zwiebeln, mit Knack- und Kehllauten. Sie war wirklich besorgt. Enderby sagte:

»Verdammt noch mal, wenn sie uns hier zurücklassen, ist das nicht weiter schlimm. Es muß doch eine Buslinie oder Züge oder Taxis geben oder irgendwas. Es ist ja nicht so, als wären wir im Dschungel.«

»Du hast ihn beleidigt«, klagte Vesta. »Und Lästerung war es auch. Diese Leute nehmen ihre Religion sehr ernst, weißt du?«

»Quatsch!« sagte Enderby. In aller Stille hatte der Himmel über ihren spähenden Köpfen sich mit Wolken bedeckt. Etwas Grünliches war in der Atmosphäre, als ob die Atmosphäre sich früher oder später würde übergeben müssen. Vom andern Ufer des Sees kam von neuem leises

Getrommel, wie von Fingerspitzen auf Kesselpauken. »Jetzt wird es auch noch regnen«, jammerte Vesta. »Och, das wird uns erwischen. Wir werden naß bis auf die Knochen.« Aber Enderby in seinem Regenumhang von Wein sagte, keine Sorge, sie würden den verwünschten Bus schon noch kriegen.

Aber sie kriegten ihn nicht. Sobald sie sich einem Wagen näherten, begann der seine Reifen gereizt in Bewegung zu setzen, und die Gänge schalteten auf einen mahlenden Expletivlaut, nur für Enderby. Gesichter blickten auf sie herab, grinsende Pilger, und manche Hände winkten ihnen. Vesta und Enderby hätten das Gastgeberpaar einer riesigen Party sein können, bei der Verabschiedung von Busladungen voller undankbarer Gäste. »Der hat das mit Absicht gemacht«, schluchzte Vesta. »Er zahlt es uns heim. Oh, ist das alles schwer mit dir!« Sie eilten zu einem anderen Bus hin, und der, wie ein Kätzchen, mit dem man Fangen spielt, fuhr sofort los. Nur wenige Wagen waren jetzt noch übrig, aber Enderby hatte wenig Zweifel, daß aus einem davon ein Römergesicht, die schändliche Visage eines römischen Tourenleiters, grinste und daß Römerfinger ein kompliziertes Zeichen schäbigen Triumphes machten.

Die Paukenschläger jenseits des Sees nahmen ihre Filzstäbe und ließen sie ein paar Takte rollen, während die Busse, als ob sie damit dem schlechten Wetter entkommen könnten, zur Stadt hin abschwirrten. Der See machte verwickelte metallurgische Wandlungen durch, und der Himmel, heiße und furchterweckende Lichter um sich hüllend, begann zu schwitzen, dann zu weinen. »Oh, Jesus«, rief Vesta, »da haben wir's!« Und in der Tat, da hatten sie's, und immer noch eine halbe Meile weit von jedem anderen Schutz entfernt als dem der Bäume: Der Himmel brach knackend auf wie eine Wassertonne, und die Luft wurde zu einem vertikalen Glas, in das ein Eimer nach dem andern geschüttet wurde. Sie rannten blindlings auf das Gasthaus am Ufer zu, Vesta mit sehr wackeligen Schritten in ihren eleganten Spikes: Enderby hielt sie am Ellbogen, als ob ihr Arm ein großer Tafelzirkel wäre, und eigentlich waren sie schon viel zu naß, als daß sie es noch so eilig hätten haben müssen, unter ein Dach zu kommen. Die Schuppen auf Enderbys Kopf juckten unter den Wassergüssen, und sein rehbrauner Sommeranzug war völlig durchweicht. Aber sie, die arme Kleine, war schon ein Wrack: ihr Hut schlappte ihr grotesk um die Ohren, das Haar in Rattenschwänzen, Mascara lief herunter, und ihr Gesicht wurde das einer jammernden alten Schnepfe, als ob sie die Verflüchtigung ihres Schicks beweinte. »Hier rein!« japste Enderby und steuerte sie geradewegs in einen Raum, der nach Leim und frischer Farbe roch, mit leeren Tischen und Stühlen und einem wohlgenährten Jungen als Kellner, der die Gratisvorstellung des Regens bestaunte. »Ich denke«, sagte Enderby keuchend, »wir werden hier ein Zimmer nehmen müssen, wenn sie eins haben. Jetzt erst mal wieder trocken werden. Vielleicht werden sie –« Der junge Kellner rief einen Namen, dann wandte er sein leeres trocknes Gesicht den beiden nassen zu. »Una camera. Si é possibile«, sagte Enderby. Der Junge rief noch einmal, ein langgezogenes kindliches Bellen unter dem Getrommel des Regens. Eine Frau, milchig fett in geblümtem Kleid, kam, gluckste mitleidig, registrierte mit einem hurtigen Blick den Ring an Vestas Finger und sagte, sie hätten eine Camera mit einem Letto. Neben ihrer lächelnden Massigkeit sah Vesta aus wie eine verrotzte Göre. »Grazie«, sagte Enderby. Der Blitz spaltete für einen Moment den Himmel über dem See, die Paukenschläger zählten einen halben Takt und fielen dann ein mit einem prächtigen Wirbel, rollenden kosmischen Berlioz-Akkorden. Vesta bekreuzigte sich. Sie bibberte.

»Wozu«, fragte Enderby, »hast du das gemacht?«

»Oh, Gott«, sagte sie, »es macht mir Angst! Ich kann den Donner nicht ausstehn.« Enderby spürte, wie sich ihm der Magen umdrehte, als sie das sagte.

4 In dem Schlafzimmer oben standen sie nackt voreinander. Irgendwie, aus irgendeinem Grund hatte Enderby nicht erwartet, daß sie, nachdem sie die durchnäßten Kleider abgestreift und draußen vor die Tür gelegt hätten, nackt voreinander stehn würden. Daß man nackt voreinander stand, sollte sich anders ergeben, freiwillig, aus Verlangen oder in Pflichterfüllung. Enderby war mit zu vielen anderen Dingen beschäftigt gewesen, um dieses paradiesische Bild vorauszusehen (und dort oben auf dem Hügel, was so schön ins Bild paßte, war ein großer postparadiesischer Zeuge), denn das Zimmer war ganz so wie das, worin er als Junge gewohnt hatte – mit Bildern von Johannes dem Täufer, dem Heiligen Herzen, der HJM und einem melodramatischen Golgatha; dazu der Geruch von unreinen Bettlaken, Staub, Stiefeln und schalem Weihwasser; ein fransiger, ungeklopfter Teppich; ein schmales Bett. Diese Reproduktion des gängigsten Bühnenbildes für so viele adoleszente Monodramen, hier in Italien, bei Regenwetter, deprimierte ihn nicht: im Stiefmutterland war dieses Schlafzimmer schon immer eine Enklave der

Revolte gewesen. Sehr deutlich fielen ihm Zeilen aus einem unveröffentlichten Gedicht wieder ein:

... Es kam vor, doch die Familie verstand's nicht,
Daß du, mit fünfzehn, am Sommerabend auf deinem Bett lagst,
Glaubtest, in alter Zeit alte Städte besuchen zu können,
Vielleicht von einem vergessenen Bahnsteig, wo
Du eine Karte lösen könntest, wenn die Uhr mal nicht aufpaßt.
Ach, wer kann das Einst zerstückeln? Der Junge auf dem freundlichen Bett
Lag bei der unbesessenen Mutter, am Busen der Geschichte,
Und wird am Ende zu ihr versammelt. Und mit Tränen, glaub ich,
Verlangt er noch immer nach diesem stinkenden, unreinen Kissen,
Dem Bett, das mit allem Dreck der Frühe durchtränkt ist –
Kot und Läuse und des Goldenen Zeitalters Dummheit,
Aber eine Mutter, voll Liebe, und endlich Eden...

Er nickte mehrmals, wie er da stand im regnerischen Italien, in dem Gedanken, daß es schon immer eine Mutter gewesen war, die er sich wünschte, keine Stiefmutter, und in seinem Schlafzimmer hatte er sich diese Mutter geschaffen, aus der Vergangenheit, der Geschichte und den Mythen, mit dem Handwerkszeug des Versmachers. Als sie fertig war, wurde sie schlanker, jünger, mehr wie eine Geliebte; sie wurde die Muse.

Wieder schüttelte ein Blitz das Firmament durch, und dann, nach sorgfältiger Zählung, droschen die lachenden Trommler auf ihre hallenden Membranen, was das Zeug hielt. Vesta schrie leise auf, legte die Arme um Enderbys Rumpf und schien sich dann in ihn hineinschieben zu wollen, so als wäre er ein sehr großes ausgenommenes Kaninchen und sie ein Haufen pochende Füllung. »Ist ja gut«, sagte Enderby freundlich, aber doch belästigt: Sie hatte kein Recht, diese stiefmütterlichen Greuel in sein Jünglingsschlafzimmer zu bringen. Trotzdem, er drückte sie an sich. Was doch diese nackten Kontakte für einen ganz und gar unverfänglichen Kern von *Herzhaftigkeit* hatten: der Klaps mit der Hand auf den Hintern, das wabbelnde Geräusch zweier sich voneinander lösender feuchter Fleischsegmente. Sie zitterte; die Luft hatte sich erheblich abgekühlt.

»Du solltest lieber ins Bett gehn«, sagte Enderby.

»Ja«, bibberte sie, »ja! Ins Bett!« Und ohne ihn aus ihrem Griff loszulassen, zog sie ihn zum Bett hin, so daß sie beide wie in einem unbeholfenen Tanz darauf zu wankten. Sobald sie darin waren, zeichnete sich für einen Augenblick eine Blitzader gegen den Horizont ab wie ein erstarrter Mensch auf einer Klippe, und dann rummsten die Trommeln aus allen Hi-fi-Lautsprechern des Himmels. Sie schien sich wiederum vor Angst in ihn wie in einen eher weichen Felsen verkriechen zu wollen, und er roch ihr Entsetzen, ein ebenso vertrauter Geruch wie der leicht fettige der Bettdecke.

»Ist ja gut«, sagte er wieder, hielt sie im Arm, streichelte und tröstete. Das Bett war sehr schmal. Das, mußte er sich immer wieder in Erinnerung rufen, war nun seine Braut, eine intelligente und begehrenswerte junge Frau; und es wurde Zeit, daß er unter dem Donner und dem Regen allmählich mal an seine Pflicht dachte, sozusagen an den Vollzug, sozusagen. Verstohlen tastete er an sich herunter, um zu erkunden, was sein Körper zu dieser Feststellung meinte, aber da war alles so ruhig, als ob er gelassen in einem Roman von Jane Austen läse.

Der Regen ließ nach, und der Donner humpelte grummelnd vorüber. Enderby spürte, wie ihr Körper sich entspannte und dabei irgendwie noch feuchter und erwartungsvoller wurde. Sie klammerte sich immer noch an ihn, obwohl nun kein Donner mehr zu fürchten war. Enderbys träge, eingerostete Maschinen versuchten in Gang zu kommen und auf mancherlei ziemlich unoriginelle Stimulierungen der Ganglien zu reagieren, aber es gab gewisse Schwierigkeiten, die geheim und beschämend waren. Enderby war verwöhnt von zu vielen Bildern; daß er, so wie jetzt, eine leibhaftige Frau in den Armen gehalten hatte, war schon lange her. In der Phantasie hatte er eine Huri nach der anderen besessen, jede von einer Schönheit, Passivität und Wollüstigkeit, an die keine wirkliche Frau je heranreichen konnte. Wenn vielleicht, so meinte er, dieser Körper hier, mit dem er es jetzt zu tun hatte, sich nur für zwanzig oder dreißig Sekunden in einen dieser Haremsträume verwandeln ließe – verdorben, schmollmündig, parfümiert, steatopygisch –, dann könnte er, dessen war er sicher, vollbringen, was ganz abgesehen von allen Fragen der Befriedigung seine Pflicht und Schuldigkeit war. Aber der Körper seiner Braut war karg und kaum gepolstert. Mit einer heftigen Anstrengung beschwor er ein plumpes Bild von wogenden Titten herauf, aber gleich sah er, wessen Bild es war, und dann, mit den würgenden Geräuschen eines Kindes, das Abscheu erregen möchte, schwang er sich ungewöhnlich agil aus dem Bett und stand zitternd auf dem verschlissenen Läufer. »Was ist denn los?« rief sie. »Was ist? Ist dir nicht gut?« Ohne dran zu denken, daß er nackt war, stürzte Enderby wortlos aus dem Zimmer. Zwei Türen weiter auf dem Korridor war das Schild *Gabinetto*, und wie in der Vergangenheit, die er nun neu durchlebte, trat er ein und verriegelte die Tür. Zu seinem Entsetzen sah er, daß der Abort kein vernünftiges, bequemes englisches WC enthielt, sondern ein kontinentales Hockloch, mit Handgriff zur Rechten und Papierrolle auf der gleichen Seite. Vor vielen Jahren war er einmal in so ein Loch hineingefallen. Fast kamen ihm die Tränen, als er an die Geborgenheit seines alten meeresnahen Aborts dachte, aber als er die Tür entriegelte, um zu gehen, wären die Tränen fast angefroren, weil er nun zwei weibliche italienische Stimmen auf dem Korridor hörte. Die eine Stimme, die der anderen im Vorübergehen laute Grüße entrichtete, war nun direkt vor der Tür des Gabinetto und versuchte die Tür aufzuklinken. Schnell riegelte Enderby sich wieder ein. Die Stimme sprach mahnend und sagte, soweit Enderby verstehen konnte, daß ihre Besitzerin dringend müßte, eilig, und nicht lange warten könne. Enderby setzte sich auf den Rand der niedrigen Erhöhung um das Hockloch und sagte, »go away! go away!« Im Nachhinein fügte er hinzu, »Io sono nudo, completamente nudo«, und fragte sich, ob das wohl korrektes Italienisch sei. Korrekt oder nicht korrekt, die Stimme wurde zum Schweigen gebracht und anscheinend den Korridor entlang davongetragen. Enderby, der vollkommen Nackte, blieb in Denkerpose sitzen und fühlte sich zutiefst elend.

5

Wie ein arabischer Dieb, nur nicht so flink, huschte Enderby zurück in das Schlafzimmer. Vesta saß im Bett, rauchte durch eine Zigarettenspitze eine Marine- (oder Export-)Woodbine und sah deshalb noch nackter als nackt aus, obwohl dies, überlegte Enderby, eigentlich nicht möglich war. »Also«, sagte sie, »jetzt stellen wir die ganze Sache mal klar.«

»Nein«, brummte Enderby. »Nicht so.« Er setzte sich schamhaft auf den Rohrstuhl in der Ecke, zuckend und hin und her rückend, als die hier und da vorstehenden Rohrstacheln sein Gesäß attackierten. »Nicht ohne was an«, sagte er. »Das geht doch nicht.« Er faltete die Hände wie zum Gebet, und mit diesem zarten Fingerkäfig versteckte er seine Genitalien vor der rauchenden Frau im Bett. »Ich meine«, sagte er, »man kann doch über nichts richtig reden, wenn man nackt ist.«

»Wer gibt dir das Recht, das zu sagen?« sagte sie heftig. »Was weißt denn du von der Welt? Mein erster Gatte und ich, wir haben mal einem

Nudistenverein angehört« – Enderby fuhr zusammen bei der Förmlichkeit, mit der sie plötzlich von ihrem »ersten Gatten« sprach – »und da traf man oft *wirklich* prominente Männer und Frauen, und die hatten überhaupt keine Hemmungen beim Reden. Und das waren Leute, könnte ich dir sagen«, fügte sie schneidend hinzu, »die konnten über einiges mehr reden als über Aborte und Magenbeschwerden und wie mies das römische Imperium gewesen sein muß.« Enderby starrte trübsinnig aus dem Fenster. Der Regen hatte aufgehört, und die Juniwärme kroch mit neuem Mut wieder in den italienischen Abend. Dann wurde ihm kurz ein Bild vergönnt, eine dicke, hängebäuchige Professorin in mittleren Jahren, mit Brüsten wie Kuheuter, im Nudistenverein über ästhetische Werte referierend. Das munterte ihn etwas auf, darum wandte er sich entschlossen zu Vesta hin und sagte:

»Na schön, dann wollen wir's klarstellen, die ganze verdammte Geschichte. Was denkst du eigentlich, was du für ein Spiel treibst?«

»Ich versteh dich nicht«, sagte sie. »Das ist kein Spiel, sondern Arbeit. Ich gebe mir alle Mühe, und zwar ohne eine Spur von Kooperation deinerseits, eine Ehe aufzubauen.«

»Und dieses Aufbauen einer Ehe stellst du dir so vor, daß du versuchen mußt, mich in die Kirche zurückzuschleifen, meinst du das?« sagte Enderby und entblößte zur Hälfte seine Genitalien, um mit der einen Hand zu gestikulieren. »Und das auch noch auf so eine gemeine, heimliche Art. Sagst kein Wort davon, daß du selber katholisch bist, und gibst dich sogar ganz bereitwillig mit einer standesamtlichen Trauung zufrieden, obwohl du doch weißt, daß so eine Trauung überhaupt nichts zu bedeuten hat.«

»Oh«, sagte sie, »das gibst du also zu, ja? Du gibst zu, daß sie überhaupt nichts zu bedeuten hat? Mit andern Worten, du gibst zu, daß eine katholische Trauung die einzig gültige ist?«

»Gar nichts geb ich zu«, rief Enderby. »Ich sage nur, ich bin ratlos, vollkommen ratlos, was zwischen uns los sein soll. Ich meine, wir sind erst zwei Tage verheiratet, und schon ist anscheinend alles ganz anders. Du warst doch vorher nicht so, oder? Du warst doch nicht so, als wir zusammen in deiner Wohnung in London gelebt haben, oder? Da war doch alles in Ordnung. Du warst auf meiner Seite und machtest deine Arbeit, und ich machte meine, und alles war nett und angenehm, und nichts auf der Welt stand dagegen. Aber wie sieht das jetzt aus? Seit wir verheiratet sind, und das sind wir erst seit zwei Tagen, wohlgemerkt, seit zwei Tagen –« (zwei Finger hielt er hoch, fünf auf den Genitalien) »– tust du verdammt noch mal alles, was in deiner Kraft steht, um dich in meine Stiefmutter zu verwandeln.«

Vestas Mund öffnete sich, und Rauch wanderte langsam heraus. »In was, hast du gesagt? In was verwandeln?«

»In meine Stiefmutter, dieses Aas! Du bist zwar noch nicht so fett, aber ich nehme an, das wirst du auch bald. Du rülpst schon die ganze Zeit vor dich hin, sagst ›och‹, nörgelst und meckerst an mir herum – und jetzt hast du auch noch Angst vor dem blöden Donner und willst mich wieder in die Kirche schleppen. Warum? Das möcht ich bloß wissen. Warum? Was ist dein Motiv? Worauf willst du hinaus? Was hast du vor?«

»Das ist«, sagte sie gewichtig, »phantastisch. Das ist die unglaublichste – das ist die unglaublichste phantastische –« Sie machte Anstalten, aus dem Bett zu steigen. Enderby, als er das sah, fand, das gäbe zu viel an sichtbarer Nacktheit im Zimmer; darum stand er von seinem Rohrstuhl auf, ging mit pendelnden Genitalien zu ihr hinüber, schob sie zurück ins Bett und deckte sie mit dem Laken zu. Er sagte:

»Jetzt sind wir mal nicht so frivol, wenn's dir nichts ausmacht, und reden nicht so viel Quatsch. Bevor wir geheiratet haben – hör zu, jetzt rede ich –, bevor wir geheiratet haben, warst du, wovon ich immer geträumt habe, seit ich ein Junge war. Du warst alles, was sie nicht war; du warst eine Erleichterung; du warst ein Ausweg. Du warst diejenige, die ihr ein für allemal den Rest geben würde. Und jetzt, schau dich an!« Er deutete auf sie, grimmig. Sie, als ob er ein Fremder und eben bei ihr eingebrochen wäre, zog sich das graue Laken über den Busen und schaute verängstigt drein. »Du versuchst mich in diese alte Welt zurückzuzerren, nicht wahr? Zurück in diese verfluchte Kirche, und mit weiblichen Gerüchen überall –«

»Du bist besoffen«, sagte sie. »Du bist wahnsinnig.« Es klopfte an die Tür, und Enderby, gestikulierend, ging hin, um aufzumachen; inzwischen trug er seine Nacktheit so unbefangen, als wäre sie ein Anzug. »Besoffen, eh?« sagte er. »Wahnsinnig, eh? Du hast mich besoffen gemacht, so ist das!« Er machte die Tür auf, und die Dame des Hauses hielt ihm einen Stapel trockengebügelte Kleidungsstücke hin. »Tante grazie«, sagte Enderby. Dann, sich zu seiner Frau zurückwendend, bot er der Signora seine Rückseite dar; sie knallte die Tür zu und ging mit lauten italienischen Worten davon. »Jetzt schon«, sagte Enderby, »ist alles«, und er warf die Kleider aufs Bett, »nicht so gekommen, wie ich's erwartet hatte. Ein verflucht großer Fehler, das ist es alles gewesen.«

Sie langte nach ihren Kleidern, vor Wut und Aufregung zitternd, und sagte, »ein Fehler, sagst du? Das nenn ich Dankbarkeit, ich muß schon sagen, Dankbarkeit!« Sie hielt inne, die eine Hand auf den Kleidern, tief durchatmend, wie wenn ein Stethoskop begonnen hätte, ihr den Rücken hinabzuwandern, die Augen gesenkt im Ringen um Selbstbeherrschung. Dann sagte sie mit ruhiger Stimme, »du merkst, ich versuche die Nerven zu behalten. Einer muß ja vernünftig bleiben.« Enderby begann in einer Art Hüpftanz seine Unterhosen anzuziehen. »Hör mir zu«, sagte sie, »hör zu! Du bist wie ein Kind, du weißt so wenig vom Leben. Als ich dich kennenlernte, kam es mir grauenhaft vor, daß ein Mensch mit solchem Talent so leben sollte wie du. Nein, laß mich reden, laß mich die Nerven behalten!« Enderby brummte etwas aus dem Innern seines Hemdes hervor. »Du hattest nichts mit Frauen«, redete sie weiter, »du hast an nichts geglaubt, du hattest kein Bewußtsein deiner Verantwortung gegen die Gesellschaft. Oh, ich weiß, für alle diese Dinge hattest du Ersatz«, sagte sie bitter. »Obszöne Fotos statt Fleisch und Blut.« Enderby, finster errötend, wiederholte den Hüpftanz, diesmal mit der Hose. »Die Gesellschaft«, sagte sie mit eloquentem Anheben der Stimme, »ist zusammengeschrumpft auf das kleinste Örtchen im Hause. Ist das ein Leben für einen Mann?« fragte sie wuchtig. »Ist das ein Leben für einen Dichter? Glaubst du auf diese Weise große Gedichte machen zu können?«

»Gedichte!« sagte Enderby. »Fang du bloß nicht an, mir was über Gedichte zu erzählen. Über Gedichte weiß ich Bescheid, danke bestens!« schnauzte er. »Aber eins kann ich dir sagen: Niemand ist verpflichtet, mit der Gesellschaft oder den Frauen oder der Religion oder irgendwas sonst einverstanden zu sein, mit nichts! Und was Gedichte angeht, das ist etwas für Anarchen. Gedichte werden von Rebellen gemacht und von Exilanten und Außenseitern, von Leuten, die sich auf sich selbst verlassen, und nicht von Schafen, die dem Papst ein Bravo zublöken. Die Poeten brauchen keine Religion, und sie brauchen auch nicht dieses blöde Cocktail-Party-Geschwätz; sie sind es, die die Sprache machen und die Mythen. Die Poeten brauchen niemanden als sich selbst.«

Vesta nahm ihren Büstenhalter und hängte sich müde hinein, als ob dies ein notwendiges Werkzeug der Buße wäre. »Du schienst«, sagte sie, »gerne zu Partys zu gehen. Du schienst zu denken, daß es eine gute Sache ist, einen anständigen Anzug zu tragen und mit Leuten zu reden. Du hast gesagt, das sei gesittet. Du hast mir an einem Abend, den du vielleicht vergessen hast, einen langen und langweiligen Vortrag über den Dichter und die Gesellschaft gehalten. Du hast dir sogar schon die Mühe gemacht, mir dafür zu danken, daß ich dich aus deinem alten Leben gerettet habe. Eines Tages«, seufzte sie, »wirst du's den Leuten mal vollkommen klarmachen, *was* du nun eigentlich willst.«

»Oh«, sagte Enderby, »es war ganz schön, denke ich. Eine nette Abwechslung. Es war nett, weißt du, mal so sauber und adrett zu sein und gebildete Leute reden zu hören. Es war so ganz anders, weißt du, als meine Stiefmutter.« Vollständig angekleidet, saß er nun selbstsicherer auf der rohrgeflochtenen Sitzfläche des Stuhls in der Ecke. »Aber«, sagte er, »wenn Gesellschaft bedeutet, wieder in die Kirche gehn, dann will ich mit der Gesellschaft nichts zu tun haben. Für mich ist die Kirche dicht verschworen mit diesem Aas – abergläubisch und gemein und unsauber.«

»Oh, du bist ja so blöd!« sagte Vesta, nachdem sie schnell und glatt in ihr Kleid geschlüpft war. »Du bist ja so *ungebildet.* Einige der besten Köpfe von heute sind in der Kirche – Dichter, Romanciers, Philosophen. Bloß daß eine dumme, illiterate Frau für dich einen Unfug draus gemacht hat, heißt noch nicht, daß die Kirche ein Unfug *ist.* Du bist zwar ein Idiot, aber so einer, daß du darauf reinfallen müßtest, bist du denn doch nicht. Ohnehin«, sagte sie, knipste ihre Handtasche auf und suchte nach einem Kamm, »verlangt ja auch niemand von dir, daß du wieder in die Kirche gehst. Die Kirche kann vermutlich sehr gut ohne dich auskommen. Aber wenn ich wieder in die Kirche gehe, könntest du wenigstens soviel Höflichkeit und Anstand aufbringen, der Form halber mitzugehen.«

»Du meinst«, sagte Enderby, »daß wir uns noch richtig trauen lassen müssen? Von einem Priester in einer Kirche? Hör mal«, sagte er, die Arme vor der Brust kreuzend und die Beine übereinanderschlagend, »warum hast du dir all dies nicht vorher überlegt? Warum mußt du erst unsere Flitterwochen abwarten, um dich zu entschließen, daß du wieder mit den andern Schäfchen blöken willst? Antworte mir nicht, ich kenne die Antwort. Es ist, weil du vor der Nachwelt als die Frau dastehen möchtest, die Enderbys Leben, seinen Glauben und seine Werke umgekrempelt hat. Es ist so, wie Rawcliffe gesagt hat, und ich habe vorher nicht daran gedacht, weil ich wirklich geglaubt habe, du hättest etwas für mich übrig; aber wenn ich's jetzt nüchterner betrachte, dann seh ich, daß das eine Unmöglichkeit war, häßlich und nicht mehr jung und, wie du so freundlich sagst, blöd, wie ich bin. Na schön, jetzt wissen wir, wie wir zueinander stehen.«

Sie kämmte sich ihr Haar, unter Zähneknirschen, wenn sie an die Verfilzungen kam, und das Pennyblond schien wieder durch, knisternd, wie neu nach der stumpfen Rattenschwänzigkeit. »Du Idiot!« sagte sie.

»Meine Idee war, daß wir aus unserer Ehe etwas machen könnten. Wir können es immer noch. Natürlich, wenn du denkst, daß Rawcliffe vertrauenswürdiger ist als ich (und vergiß nicht, daß Rawcliffe höllisch eifersüchtig auf dich ist), dann ist das deine Sache, und du kannst so weitermachen. Tatsache ist, daß ich dich trotz all deiner Blödheit sehr gern habe und zugleich auch denke, ich kann dich glücklich machen, wenn ich dafür sorge, daß du normaler, vernünftiger wirst.«

»Na siehst du, sag ich ja!« sagte Enderby triumphierend.

»Oh, Blödsinn! Was ich meine, ist: der Künstler muß einen Platz in der Welt haben, er muß sich für etwas engagieren, und er muß die Hand am Puls des Lebens haben. Das Problem mit deinem ganzen Werk ist doch, daß es sich so liest, als ob es davon ausgeschlossen ist.«

»Sehr interessant«, sagte Enderby, immer noch mit gekreuzten Armen. »Sehr, sehr faszinierend.«

»Och«, sagte sie, abschlaffend, als ob sie plötzlich sehr müde wäre. »Was soll's? Wen wird das schon kümmern, ob du nun großartige Lyrik schreibst oder nicht? Noch der schwächste halbwüchsige Popsänger zählt eine Million mal so viel wie du. Von jedem Buch, das du schreibst, verkaufst du nur eine Handvoll Exemplare. Es kommt ein Atomkrieg, und die Bibliotheken werden vernichtet. Was nützte es dann? Wozu kann alles denn irgend gut sein, wenn man nicht an Gott glaubt?« Sie setzte sich aufs Bett, ganz entmutigt, und fing an leise zu weinen. Enderby kam leise zu ihr und sagte:

»Es tut mir leid, tut mir ganz furchtbar leid. Aber ich glaube, ich bin zu alt, um wirklich noch etwas zu lernen, zu alt, um mich zu ändern. Vielleicht sollten wir lieber zugeben, daß es ein Fehler war, und wieder zurückfinden zu allem, wie es vorher war. Wirklich geschadet hat es doch nichts, noch nicht, oder? Ich meine, wir sind noch nicht mal richtig verheiratet, oder?«

Sie blickte streng zu ihm auf und sagte, »du bist wie ein Kind. Wie ein Kind, dem der erste Tag in der Schule nicht gefällt; darum sagt es, morgen kommt es nicht wieder.« Sie wischte sich die Augen und wurde wieder hart und selbstbeherrscht. »Ich laß mich von niemand veralbern«, sagte sie. »Ich laß mich von niemand umschmeißen.«

»Du könntest die Ehe für nichtig erklären lassen«, sagte Enderby. »Wegen Nicht-Vollzugs. Denn, weißt du, vollzogen werden wird sie niemals.«

»Du denkst«, sagte Vesta, »du kannst zurück zu deinem alten Leben, mit einem winzigen, aber ausreichenden Einkommen, und kannst weiter auf dem Abort deine Gedichte schreiben. Aber daraus wird nichts. Das letzte bißchen Kapital, das du noch übrig hast, werde ich bekommen. Dafür werd ich sorgen. Und die Sachen, die du gekauft hast, sind auf meinen Namen. Ich laß mich von niemand veralbern.«

»Ich finde schon einen Job«, sagte Enderby, der nun wütend wurde. »Ich bin auf niemand angewiesen. Ich kann unabhängig sein.« Dann spürte er, wie die Tränen des Selbstmitleids kamen. »Der Poet«, sagte er wimmernd, »den läßt man am besten für sich allein leben.« Durch seine Tränen sah er verworrene Bilder von dantesken Adlern, die um blitzumtobte Gipfel kreisten. Er trat vom Bettrand weg und stellte sich in eine Ecke. »Der Poet«, sagte er und schluchzte wie jener siebenjährige elisabethanische Bräutigam, der mit seinem Vater hatte heimgehen wollen.

Kapitel Drei

1 »Was ich hauptsächlich wollte«, sagte der schwankende Rawcliffe, »war, Ihnen etwas schenken, nämlich –« Er wühlte schwankend in verschiedenen Taschen, zog schmutzige, alte, an den Falträndern zerfallene Papiere heraus, zwei halbleere Röhrchen mit Magentabletten, die schon voller Staubflusen waren, eine Schiedsrichterpfeife, ein sprödes Gerassel von Kugelschreibern und zuletzt ein ziemlich sauberes Kuvert. »– dies hier. Karten für eine Premiere. Ich denke, mein lieber guter Enderby, Sie werden sich ganz schön amüsieren. Ich habe an dem Film, um den es hier geht, weiter kein Interesse mehr, weil ich so unmittelbar beteiligt war. Und lassen Sie sich sagen, Enderby, es ist ein billiger Film, Kosten so gut wie keine, sehr schnell abgedreht, mit Teilen, die aus andern Filmen – ganz ohne Genehmigung, müssen Sie wissen – entlehnt sind. Strega«, sagte er plötzlich zu Dante, der hinter der Bar stand. Die Bar war, wie bei ihrer ersten Begegnung hier, bis auf sie beide leer. Enderby fühlte sich alt und verschlissen, mit einem Geschmack im Mund, der von Autofahrer-Schokolade mit Cascara-Überzug zu kommen schien. Es war der Vormittag nach dem Tag ihrer Rückkehr aus dem päpstlichen Städtchen am See, und Vesta war zu einer Frau namens Prinzessin Irene Galitzin gegangen, einer Römerin, die für ihre Boutiquen-Modelle oder Couture-Designs oder irgend sowas berühmt war. Vesta gab sehr schnell das Geld aus. »Und«, sagte Rawcliffe, »natürlich, denn das erwartet die Welt nun mal von Italien, sind mehrere *sfacciate donne Fiorentine* dabei, nur daß sie keine Florentinerinnen sind, sondern Römerinnen, *mostrando con le poppe il petto.* Unverschämte Huren, die Brüste samt Warzen vorzeigend – da haben Sie's, Enderby. Dante war ein großer Prophet, er hat die italienische Filmindustrie vorausgesehen. Dante.«

Der Dante hinter der Bar verneigte sich. »Selbe Name«, sagte er vertraulich zu Enderby.

»Trifft sich verflucht gut, eh?« lallte Rawcliffe. »Bei Dante finden Sie alles, Enderby, wenn sie nur lange genug suchen. Sogar der Film, den Sie sehn werden, hat seinen Titel aus dem *Purgatorio.* Den Titel hab ich gefunden, Enderby, ich, ein englischer Dichter, denn von diesen gottlosen Römern hat ja keiner mehr einen Blick für Dante übrig gehabt, seit sie von der Schule sind, wenn einer von denen überhaupt je auf eine Schule gegangen ist.« Enderby nahm die Einladungskarten aus dem Kuvert und sah, daß der Film *L'Animal Binato* hieß. Das bedeutete ihm nichts. Er wandte sich der Flasche Frascati auf der Theke zu und schenkte sich ein Glasvoll ein. »Ganz schön am Saufen, Enderby«, sagte Rawcliffe. »Kommt davon, wenn ich mal so eine intime Vermutung riskieren darf, daß Sie jetzt Muskeln gebrauchen, die Sie früher nicht betätigt haben. Venus kriegt einen Schnupfen ohne Bacchus und Ceres – ohne die Frühstücksgöttin allerdings geht es meinetwegen auch. Strega«, rief er schon wieder, energisch nickend.

»Hören Sie«, sagte Enderby, »ich bring Sie diesmal nicht heim. Sie sind mir verdammt auf den Wecker gegangen letztes Mal und haben mich echt veralbert. Vielleicht fallen Sie heute wieder hier um – dann bleiben Sie liegen, mir ist das zu dumm. Ich habe meine eigenen Sorgen und muß mich nicht auch noch –«

»Er spricht in Reimen«, sagte Rawcliffe mit übertriebenem Erstaunen. »Immer noch durch und durch Poet, wie? Aber wie lange noch?« sagte er finster und kniff die Augen zusammen. »Die Muse, o Enderby! Ist die Muse noch nicht dagewesen, um Ihnen zu sagen, daß sie ihren Rückflug zum Parnaß oder wo das ist, wo die Musen herkommen, schon gebucht hat? Lange genug hat sie's nun bei Enderby ausgehalten, und nun wird es Zeit, daß Enderby dem faulen Zauber abschwört. Er kann einpacken, denn die Muse ist kein luftiger Sklave von unbestimmtem Geschlecht wie Ariel, sondern ein Weib, durch und durch Weib.« Rawcliffe gab sich nun ein verschrumpeltes Aussehen, er schien auf einmal sehr alt zu sein. »Vielleicht war es mir beschieden, Enderby, bei dieser Frau im besonderen nie viel Erfolg zu haben, wegen – Sie wissen schon, wegen – soll heißen, einer gewissen, wie soll ich sagen, unbestimmten Haltung zum Geschlecht.« Seufzend inhalierte er etwa einen Liter römische Barluft. Dann trank er einen Zentiliter oder weniger von seiner Strega. »Und nun, Enderby, sehn Sie, geht's wieder weiter. Heute nachmittag, genau gesagt. Also, sehn Sie, werden Sie mich nicht heim oder irgendwohin schleppen müssen. Die Männer von der BEA werden mich abholen, prima Kerle. Die schaffen mich in die Maschine. Wo ich hinfliege, Enderby?« Er grinste spitzbübisch und schüttelte einen hochgestreckten Finger. »Ach, das sag ich Ihnen lieber nicht. Jedenfalls weiter nach Süden. Hier hab ich mein kleines Päckchen abgeholt.« Er klopfte sich augenzwinkernd auf die linke Brusttasche seiner Jacke. »Und Klein-Marco und Mario und dieser verfluchte Piemonteser, um es mit Milton zu sagen, die können mich jetzt mal. Ich bin fertig, Enderby, mit der ganzen Bande. Fertig, Enderby«, sagte er laut und gab mit den Fäusten auf der Theke Nachdruck, »mit der ganzen Bande! Mit Ihnen, mein' ich. Erkenne dich selbst, wie man sagt. Aufwachen! Ein Poet muß allein sein.«

Enderby zog den Mund schief, goß sich den Rest aus seiner Flasche ein. Das brauchte nicht Rawcliffe ihm zu sagen, daß er allein sein mußte. Aus der Innentasche seiner Jacke zog er ein Stück Papier, auf dem er gerechnet hatte. »Wußten Sie«, sagte er, »was Nerz kostet? Nerz?«, wiederholte er. »Hier habe ich's«, sagte er bedachtsam. »Ein Black-Diamond-Nerzmantel: tausendvierhundertfünfundneunzig Pfund. Eine Jacke, hüftlang: fünfhundertfünfundneunzig Pfund. Ein Nerz-Bolero, pastell: dreihundertfünfundneunzig Pfund. Gar nicht mitgerechnet, weil zu billig, als daß man es lange bedenken müßte, eine Stola, pastell, für zweihundert Pfund. Das ist ein Nichts, eine Belanglosigkeit.« Er lächelte einfältig. »Was«, fragte er, »kann ein Poet ohne Geld machen, eh? Wie lebt ein Poet?«

»Na ja«, sagte Rawcliffe, beide Hände um seine Strega, als ob er sie erdrosseln wollte, »es gibt schon Jobs, wissen Sie. Alle Arten Jobs. Nur die allerglücklichsten Poeten können professionelle Poeten sein. Sie könnten Unterricht geben oder für die Zeitungen schreiben, Drehbücher oder Werbeslogans machen, für den British Council Vorträge halten oder als Ungelernter in eine Fabrik gehn. Gibt so viel, was man machen kann.«

»Aber«, hielt Enderby dagegen, »angenommen, man ist zu nichts zu gebrauchen als zum Gedichteschreiben? Angenommen, man macht sich bei allem andern vollkommen lächerlich?«

»Oh«, sagte Rawcliffe abgeklärt, »ich glaube nicht, daß sich jemand so vollkommen lächerlich machen kann, daß es wirklich viel schaden könnte. Also, wenn ich Sie wär, ich würde das alles der lieben Tante Vesta überlassen. Die wird Ihnen schon irgendwas Nettes und Leichtes andienen.«

»Aber«, protestierte Enderby, »vor einer Minute haben Sie mir noch gesagt, ich muß allein sein.«

»Soso«, sagte Rawcliffe und schaute in seine Strega. »Na, in dem Fall ist ja alles ein bißchen ein Schlamassel, nicht, Enderby? Aber verschonen Sie mich mit Ihren Sorgen, Enderby, denn ich hab meine eigenen. Werden Sie sich mal selbst über alles klar!« Er schien plötzlich nüchtern zu sein und trotz der Junihitze zu frösteln. Er kippte seine Strega hinunter und schüttelte sich übertrieben, als ob er eine gesunde, aber bittere Medizin geschluckt hätte. »Vielleicht«, sagte er, »hätte ich mit dieser Angewohnheit, dem Saufen, doch schon früher anfangen sollen. Ich wäre womöglich schon tot, statt mir die mutmaßliche Vaterschaft oder Pflegevaterschaft oder Beihilfe zur illegitimen Zeugung des *Animal Binato* zuschulden kommen zu lassen und dabei gesund und munter zu sein, fast unantastbar für die gefährlicheren Wirkungen des Alkohols. Ich hätte, von Rechts wegen, Enderby, dran denken sollen, mich um die Ecke zu bringen, als ich merkte, daß die lyrische Begabung geschwunden war. Ein bißchen Unachtsamkeit beim Überqueren der Straße hätte sich doch wenigstens machen lassen, nicht? Und statt für diesen Propaganda-Job während des Krieges hätte ich mich vielleicht auch für etwas melden können, wo eine echtere Chance für letale Folgen bestand.«

»Was«, fragte Enderby mit morbidem Interesse, »war es denn für ein Gefühl? Ich meine, als die lyrische Begabung geschwunden ist?« Rawcliffe blickte so finster auf und fixierte Enderby mit einem so gehässigen Blick, daß Enderby nervös zu lächeln begann. Rawcliffe sagte:

»Zum Teufel mit Ihrer miesen kleinen Seele, es ist kein Spaß, nicht mal im Rückblick.« Dann trat er näher an Enderby heran und verschaffte ihm einen überlebensgroßen Eindruck von seinen schlechten Zähnen und dem noch schlechteren Mundgeruch. »Es war, als ob alles auf einmal absterben würde«, sagte Rawcliffe. »Es war, als hätte ich die Sprache verloren. Ich konnte ziemlich klar sehen, was zu sagen war, konnte es aber nicht sagen. Ich konnte erkennen, daß eine bildhafte Beziehung zwischen disparaten Objekten bestand, konnte aber nicht sagen, was für eine Beziehung das war. Ich saß damals oft stundenlang vor dem Papier, Stunden um Stunden, und dann endlich bekam ich etwas zustande. Aber was ich zustande bekam, das hatte irgendwie – lachen Sie mich nicht aus – einen fauligen Geruch an sich. Was ich zustandebrachte, war *böse*, und es schauderte mich immer, wenn ich es zerknüllte und ins Feuer warf. Und dann wachte ich oft nachts im Bett auf und hörte spöttisches Lachen. Und dann«, sagte Rawcliffe mit zittriger Stimme, »hörte ich eines Nachts ein fürchterliches *Klick*, und dann schien alles im Schlafzimmer kalt geworden zu sein, irgendwie kalt und obszön. Ich wußte, Enderby, alles war vorbei. Von da an müßte ich draußen bleiben, außerhalb des Gartens, unnütz für jedermann, ein Dreck und obendrein, Enderby, auf eine undefinierbare Weise *böse*. Wie ein abtrünniger Priester, Enderby. Der abtrünnige Priester wird nicht einfach ein neutraler, harmloser Mensch; er wird *böse*. Irgend etwas muß für ihn Verwendung haben, denn die Übernatur duldet kein Übervakuum, und darum wird er *böse*, Enderby.« Er kippte noch mehr Strega und taumelte, hing sozusagen in den Seilen und sagte: »Und alles, was dem Poeten bleibt, Enderby, wenn die Inspiration geschwunden ist, sind die Travestie, das Plagiat, die Popularisierung, die Verfälschung, der Fluch. Er hat die Milch des Paradieses getrunken, aber längst hat er sie wieder ausgeschieden, Enderby, und zu seinem Unglück erinnert er sich immer noch an ihren Geschmack.« Rawcliffe schloß die müden Augen und sagte, *»Ara vos prec«*, und dann, »zu eurer Zeit gedenket meines Leides. Ich übersetze, Enderby, denn den provenzalischen Originaltext würden Sie nicht verstehen. Das ist der Dichter Arnaut Daniel im Fegefeuer. Er hatte Glück, der Scheißer, oder hat Glück, Enderby, daß er im Fegefeuer ist. So ein Glück haben wir nicht alle.« Hier schlief Rawcliffe ganz sachte im Stehen ein; sein Kopf ruhte auf den Armen, die er auf der Theke gefaltet hatte. Dante sagte: »Besser schlafen.« An der Wand stand ein pflaumenblaues Plüschsofa; dorthin wurde Rawcliffe von Dante und Enderby getragen, geführt, geschoben und gezogen. »Zu viel Scheißstrega«, diagnostizierte Dante. Seufzend setzte Enderby sich nahe zu Rawcliffe, mit einer neuen Flasche Frascati und einem Glas vor sich auf dem Tisch, und er setzte seine Rechnungen auf kleinen Zetteln fort. In gewissen Abständen gab Rawcliffe gnomische, oftmals dunkle Äußerungen aus dem Schlafe von sich, Berichte eines ersten Irren im Weltraum:

»Kein Atemaufwand beim Sturz treppab.«

»Mario, leg dieses Brotmesser weg!«

»Du bist ein böser Bub, aber nicht ungenießbar.«

»In allen Anthologien.«

»Davon wird Enderby ganz schlecht werden.«

Tatsächlich wurde es Enderby ganz schlecht, als er seine Summen durchgerechnet und festgestellt hatte, daß sein Guthaben bei der Bank sich bei großzügigster Berechnung auf kaum mehr als vierhundertneunzig Pfund belief. Es hatte keinen Sinn, daß er sich fragte, wo das Geld geblieben war, denn das wußte er nur zu gut: Es war zur Quelle zurückgeflossen. Seine Stiefmutter hatte's gegeben, und seine Stiefmutter, in einer jugendfrischen, wohlredenden, turtelsanften, frühlingsduftigen und jedenfalls höchst unwahrscheinlichen Verkleidung, hatte's wieder genommen. Rawcliffe rief aus dem Schlaf:

»Aha! Die Boote nicht bemannen, sondern befrauen und bekindern! Ich erschieße alle andern. Zurück, du Viech, zurück! Diese fixen, kalten, schleimigen Hopkinsschen Zähren! Enderby war ein ganz unbedeutender Poet. Sehr klug von ihm, daß er kapiert hat, er kann einpacken.«

Enderby fuhr diese dunkle Stimme scharf an. »Ich denke nicht ans

Einpacken«, sagte er. Das brachte Rawcliffes Schlaf-Persona vorläufig zum Schweigen. Zu sich selbst sagte Enderby, »wenn ich die Beziehung auf der oberflächlichsten Ebene halten kann, denn oberflächlich hab ich sie ja ganz gern, dann sollte es möglich sein, irgendeine Art erträglicher Koexistenz zu finden. Aber ich laß mich nicht herumkommandieren. Und schließlich hat sie doch einen guten Job, und ich könnte mich notfalls weigern, mir auch einen Job zu suchen oder suchen zu lassen. Das Haus in Sussex hat viele Zimmer. Meinem Magen geht's besser.« Nun sprach Rawcliffes Schlafstimme wieder aus dem Weltall:

»Du tust, was ich dir sag, Vincent! Ich dulde nicht, daß du zu Reggie alte Tunte sagst. Er ist nicht alt.« Und dann: »Gott kann sich sehr geschmeichelt fühlen, daß wir IHN erfunden haben.« Und zuletzt, bevor er in seriösen, sprachlosen Schlaf fiel, mit der Stimme von Yeats, der mit der Stimme von Swift, der mit der Stimme Hiobs sprach: *»Verflucht sei der Tag, da ich geboren.«* Enderby schauderte es, der Wein schien doch schärfer zu sein als gewöhnlich.

2

Zu der Filmpremiere kamen sie spät. Das Kino war in einer obskuren Straße irgendwo am Viale Aventino, und der Taxifahrer hatte Mühe, es zu finden. Zuerst hatte er, wie es Taxifahrer gern tun, geleugnet, daß etwas, von dessen Existenz er nichts wußte, existieren könne, bis Enderby ihm eine der Einladungskarten vor sein Schnurrbartgesicht hielt. Die Fassade des Kinos war für den Rest von Rom eine Enttäuschung, dachte Enderby, als er Vesta aus dem Wagen half.

Plastisch und architektonisch war der Rest von Rom zwar Plunder, aber doch Plunder in einem barocken, hypnotischen Maßstab, wie die größenwahnsinnigen Tiraden eines Paralytikers. Aber dies hier war eine echte Fliegenfalle, ein Muster aller Flohkinos, vor denen Enderby als Kind an Samstagnachmittagen Schlange gestanden hatte, Twopence in der klebrigen Pfote, mit anderen Kindern, die sich in schmutzigen Trikots aromatisch an ihn hielten, um ihn im Gedränge des Eingangs nicht zu verlieren, denn Enderby konnte als einziger von ihnen lesen. Der alte Stummfilm, überlegte sich Enderby, war in einer Hinsicht eine Erweiterung der Literatur gewesen. Jetzt sagte er zu Vesta, »das ist eins von den Dingern, wo du mit einer Bluse reingehst und mit einer anderen wieder rauskommst«, und kniff sie scherzhaft in den Ellbogen, aber sie schien den Witz entweder nicht zu kapieren oder darüber erhaben zu sein. »Bluse?« sagte sie. »Ich trag keine Bluse.« Und tatsächlich, sie trug etwas Schwarzseidenes von ihrer römischen *Couturière*, ärmellos, der Rücken dekolletiert, schmaler Rock, mit von den Schultern herabtröpfelnden Nerzschwänzen gegen die Abendkühle. Enderby war in weißem Smoking, mit schwarzseidenem Brusttaschentuch, passend zur Krawatte. Aber es sah nicht so aus, als ob der Aufwand sich lohnte: keine Verehrerscharen waren zu sehen, keine elfenbein- und korallenschimmernden Starmünder in manischer Preisgabe vor den Blitzlichtern, kein Geschiebe von Cadillacs und Bentleys. Nur ein paar ordentliche Fiats kamen an, unbeachtet, augenscheinlich von den Besitzern eigenhändig gefahren. Ein gemaltes Plakat vor der kläglichen Rokoko-Fassade kündigte zwischen billigbunten Glühbirnen L'ANIMAL BINATO an. Der Mann, der ihre Einladungskarten entgegennahm, kaute mürrisch auf etwas herum, und sein Taschenlampengesicht war schlecht rasiert. Für Vesta war es ebenso eine Enttäuschung wie für den Rest von Rom. Aber für Enderby, dachte Enderby, gab es nicht viel, was ihn enttäuschen konnte.

Die Taschenlampe brachte sie zu ihren Plätzen. Enderby fühlte zerrissenen, billigen Plüsch unter sich, und aus der Dunkelheit kam ein scharfer Zitrusgeruch. Und orange, blutlos orange war auch das Licht, das die verschlissenen Bühnenvorhänge erwärmte. Diese, als ob sie nur auf Mr. und Mrs. Enderby gewartet hätten, öffneten sich nun zum Getöse banaler, konventionelles Unheil verkündender Kinomusik. Enderby spähte in die Dunkelheit: So wie sich das alles anhörte und anfühlte, schien das Publikum nicht sehr zahlreich zu sein. Auf der Leinwand stand L'ANIMAL BINATO, und dann kam ein fetzig aufgelöster Vorspann mit den Namen der Mitverschworenen: Alberto Formica; Giorgio Farfalla; Maria Vacca; A. F. Corvo; P. Ranocchio; Giacomo Capra; Beatrice Pappagallo; R. Coniglio; Giovanni Chiocciola; Gina Gatto. Rawcliffes Name kam gegen Ende, obendrein italienisiert, soweit Enderby erkennen konnte, zu etwas wie Raucliffo. »Geschieht ihm recht«, dachte Enderby und sagte es Vesta. Sie sagte schhhh. Der Film fing an.

Nacht, mehr als Nacht, mit gemarterten Zypressen in Blitzbeleuchtung. Donner (Vesta preßte ihre Fingernägel in Enderbys Hand). Unwetterwind. Kamera schwenkt zu Terrassenstufen; hübsche Frau darauf stehend, exponiert den Blitzen ein großes Stück Italobusen. Hebt die Arme sehnsüchtig zum donnerwetternden Himmel. Kamera schwingt sich himmelan. Noch eine Archivaufnahme: Wolke, vom Blitz geknackt wie eine Teetasse. Donner (Fingernägel). Neue Kameraeinstellung zeigt ein weißes, blitzendes Etwas, vom Firmament herabsausend. Schnitt: hölzernes Ebenbild einer Kuh, blitzbeleuchtet. Hübsche Busenfrau, stattlich, durchs Gewitter zu der Holzkuh hingehend. Blitz zeigt sie bei obskuren Verrichtungen, Umlegen eines Hebels oder so ähnlich, dann Holzkuh in Totale, teilt sich zu knarrender Musik in zwei hohle Halbkühe, Frau klettert in aufrechtstehende Hälfte, Kuh geht zu, Frau in Kuh gefangen. Schnitt: weißer Stier, gegen den Donner schnaubend, Wolken runterreißend, stiergeil vom Himmel gestiegen.

»Weißt du«, sagte Enderby mit Verwunderung, »das ist aber wirklich eine erstaunliche Koinzidenz.«

»Schhhh«, sagte Vesta. Enderby, dessen Augen sich nun an das Dunkel gewöhnt hatten, schaute sich im Kino um und fand es halbleer, aber neben ihm saß ein großer Mann, im Geblitze von der Leinwand waren Wabbelkinn und Tränensäcke zu erkennen, mit einer langsam auf die Finger zubrennenden Zigarre, schon eingedöst und leise schnarchend.

Tag. Ruritanischer Palast, ansehnlicher graumelierter schnurrbärtiger König in Konferenz mit ehrerbietigen bärtigen (falschbärtigen) Beratern. Fanfare, Palaver beendet. Ein Berater bleibt zurück, einschmeichelnder Jago-Typ, um mit König zu reden. Königs Augen verfinstern sich vor Verdacht. Hier und da springt aus der Tonspur ein für Enderby verständliches italienisches Wort vor: Königin, Kuh, Dedalo. Dedalo herbeordert. Schnitt zu Dedalos Werkstatt. Dedalo und sein krausköpfiger Sohn Icaro bauen Flugzeuge. Dedalo sehr alt und knochig. Krempelt, als der Bote die Aufforderung bringt, die Ärmel runter, zieht Jacke von 1860 über, wird durch labyrinthische Korridore geführt, netter alter Herr mit klugen Augen und Sorgenfaltengesicht. Tritt vor den König. Langes unverständliches italienisches Kolloquium mit viel eloquentem Gefuchtel. Dedalo von erzürntem König ins Altherrengesicht geschlagen. Jago-Typ, ölig, geht unter Verbeugungen ab; zurück bleibt Königsgesicht in Königshänden. Dedalo weggeschleppt zur Folter.

Über Enderby kam nun eine andere Emotion als Verwunderung; im Magen stach und rumorte es vor Beklemmung. Das konnte nicht nur eine Koinzidenz sein. »Findest du nicht auch«, sagte er zu Vesta, »das ist meinem Gedicht einfach ein bißchen zu ähnlich? Findest du nicht –«

»Schhhh«, sagte sie. Der Schnarcher neben Enderby sagte im Schlaf »tace!« Enderby, sich an den im Schlaf redenden Raucliffo erinnernd, sagte, »ah Marsch mit deinem tace!« Und zu Vesta: »Das ist genau wie das *Schoßtier.*« Dann fiel ihm ein, daß sie das Gedicht ja noch nicht gelesen und im Grunde auch kein Verlangen, es je zu lesen, gezeigt hatte.

Grimmig verfolgte er auf der Leinwand die weitere Abspulung von Raucliffos Infamie.

Tag. Schwangere Königin im Exil, sitzt in schäbiger Hütte mit einer alten Vettel. Kolloquium. Wehen. Gehen über in Aufnahme des von fern herbeigaloppierenden Doktors. Doktor betritt die Hütte. Brüllende Geräusche aus der Schlafzimmertür. Doktor betritt Schlafzimmer. Großaufnahme seines Gesichts. Grauen, Nichtfassenkönnen, Ekel, Synkope. Großaufnahme, zu übler Dissonanz, von dem, was der Doktor sieht: Kopf von Bullenkalb auf Kinderkörper.

»Das gehört mir«, sagte Enderby. »Das gehört mir, sag ich dir. Wenn ich diesen verfluchten Rawcliffe finde –«

»Das gehört niemand«, sagte Vesta. »Ist doch bloß ein Mythos. Sogar ich weiß das.«

»Tace!« schnarchte Enderbys Nachbar.

Kalbkind, in Montagefolge, erwächst zum Stiermann, abscheulich, muskelstrotzend, feuerschnaubend, gigantisch. Stiermann stiehlt ein Stück rohes Fleisch aus der Küche und entdeckt seine karnivore Natur. Tötet alte Vettel und frißt sie. Versucht auch Mutter zu töten, aber Mutter entkommt, fällt schreiend, aber ungefressen von Klippe. Gute harmlose Späße. Stiermann trottet, zehn Häuser hoch, in die Hauptstadt, Knochenspur hinterlassend. Schnitt: Palastgärten, wo Prinzessin Ariadne, stattlichen Busen zeigend, mit kichernden, ebenfalls Busen zeigenden angeblichen Jungfrauen Ball spielt. Großaufnahme des Biests, wie es durchs Dickicht heransabbert. Geschrei, Auseinanderrennen, Ariadne von dem Biest auf dem Rücken weggeschleppt. Biest, sabbernd, schleppt Ariadne, schreiend, in die Keller des Staatsmuseums. Aufnahmen von unbezahlbaren Bildern, seltenen Büchern, prächtigen Skulpturen, Klänge erhabener Musik, wenn sich der Stiermann zu seinem Versteck unter den ewigen Kulturdenkmälern durchbrüllt. Ariadne zeigt noch mehr Busen, schreit noch lauter. Stiermann will sie aber nicht fressen, jedenfalls vorläufig nicht.

Enderby ballte ganz fest die Fäuste, daß die Knöchel im Licht, das momentweise von der Leinwand blitzte, schimmerten.

Showdown. Held, alpin-italienischer Typ, mussoliniköpfig, stapft in die tiefen Keller runter, wandert durch die Dunkelheit, hört Stiergebrüll und Prinzessinnenschrei, findet Stier und Opfer, schießt, merkt, Kugeln nützen nichts, weil Stiermann von Vaters Seite weltallgebürtig. Ariadne entkommt schreiend, zulässiges Maß römischen Busen zeigend, während Biest heulend und brusttrommelnd auf Helden losgeht. Held hat einen

Pfefferbeutel, wie Graf Belisarius. Schmeißt mit Inhalt; Biest zeitweilig geblendet, brüllt, tobt und niest. Held entkommt. Siehe da, ein Wunder: Dedalo und Icaro, in etliche Jahrzehnte vorausweisender Flugmaschine, schmeißen Bombe aufs Staatsmuseum. Sterbegeheul vom Stiermann, Krachen von Statuen, Rascheln und Knistern entflammter Bücher, Mona Lisa mit ausgebranntem Lächeln, Klimpertöne zerreißender Harfensaiten. Tod der Kultur, Tod der Vergangenheit, Zukunft gehört der Vernunft, Liebende umarmen sich. Dedalo und Icaro haben Maschinenschaden, krachen ins Meer bei herrlichem Sonnenaufgang. Himmlische Stimmen, Ende.

»Wenn«, bebte Enderby, »ich den in die Finger kriege, diesen verdammten Rawcliffe –«

»Hör auf damit, verstanden?« sagte Vesta, nun schon sehr scharf. »Nirgendwo kann ich mit dir hingehn. Mit nichts bist du zufrieden, aber auch mit nichts. Ich fand, es war ein ganz netter kleiner Horrorfilm, und dir fällt nichts Besseres dazu ein, als zu behaupten, man hätt' ihn dir gestohlen. Bist du größenwahnsinnig oder was?«

»Ich sag dir doch«, sagte Enderby, kochend vor Geduld, »daß dieser Bastard Rawcliffe –« Die Saalbeleuchtung, in kränklichsüßem Orange, ging langsam an und enthüllte applaudierende Leute, die *bravo, brava* und *bravi* schrien, wie für den Papst und seine ganze Familie. Der dicke Mann neben Enderby, nun strahlend munter, zündete sich die längst erloschene Zigarre an und lachte dann offen über Enderbys geballte Fäuste. Enderby legte sich zwölf obszöne englische Wörter zurecht, als Grundstock, der zu variieren und auszuschmücken wäre, aber dann, wie ein Schlag auf den Scheitel, traf ihn plötzlich die Einsicht, daß er von Wörtern, obszön oder nicht, genug hatte. Mit grimmiger Süßlichkeit lächelte er Vesta an und sagte in einem Ton, der sie sein ganzes Gesicht nach Spuren von Sarkasmus absuchen ließ, »sollen wir nun gehen, Liebling?«

3

Spät in der Nacht, dachte Enderby, bedeutete in England nach Schließung der Pubs. Hier gab es keine Pubs zu schließen, und darum war es noch nicht spät. Mit Vesta hielt er eine Pferdedroschke oder *carrozza* oder egal, wie man das nannte, auf der Via Marmorata an, und die trappelte nun den Tiber entlang, während Enderby seiner Gattin

Sedativwörter eingab: »Ich mach jetzt mal eine echte Anstrengung, ehrlich! Die Reife ist bei mir stark retardiert, ist dir doch klar. Ich bin dir ehrlich ganz schrecklich dankbar für alles, was du für mich getan hast. Ich versprech dir, ich will sehn, daß ich erwachsen werde, und ich weiß, du wirst mir dabei helfen, wie du mir schon in allem andern geholfen hast. Der Film heute abend hat mich überzeugt, daß ich eine echte Anstrengung machen muß, in der Gesellschaft zu leben.« Vesta, wunderschön in der aromatischen römischen Juninacht, das Haar leicht angeweht von dem linden Fahrtwind, schaute ihn argwöhnisch an, sagte aber nichts. »Ich meine«, sagte Enderby, »das hat doch keinen Zweck, auf dem Abort von einem winzigen Einkommen zu leben. Du hast völlig zu Recht darauf bestanden, mein ganzes Kapital auszugeben. Ich muß mir meinen Platz in der Welt *verdienen*; ich muß mit dem Publikum klarkommen und, bis zu einem gewissen Grad, dem Publikum geben, was das Publikum will. Ich meine, wie viele Leute würden denn wohl das *Schoßtier* lesen wollen? Zweihundert, wenn's hochkommt, während diesen Film Millionen sehn werden. Ja, ja, ich seh das alles ein.« Er kam sich vor wie der Protagonist einer Trinker-Kur-Reklame im *Old Moore's Almanac*. Die Medizin, dem Trinker listig in den Tee gerührt, läßt ihn mit Sofortwirkung eine Hand dankbar gen Himmel erheben, während seine Frau ihm schluchzend vor Erleichterung um den Hals fällt. Alles ein bißchen dick aufgetragen. Vesta, die immer noch argwöhnlich dreinsah, sagte:

»Hoffentlich meinst du, was du sagst. Ich meine, nicht das über den Film; ich meine, daß du versuchen willst, ein bißchen *normaler* zu werden. Es gibt eben vieles im Leben, was du versäumt hast, nicht?« Sie gab ihm ihre Hand als eine kühle Bestätigung. »Oh, ich weiß, es muß ein bißchen anmaßend klingen, aber ich glaube, daß ich eine Pflicht gegen dich habe; nicht die gewöhnliche Pflicht einer Frau gegen ihren Mann, sondern eine größere. Mir ist die Fürsorge für einen großen Dichter anvertraut.« Der Gaul hätte hier eigentlich wiehern müssen; ein Trompetenorchester von der Isola Tiberina hätte einen Tusch blasen sollen.

»Und du hattest auch ganz recht«, sagte Enderby, »mit mir nach Rom zu kommen. Das seh ich auch ein. Die Ewige Stadt!« Es machte ihm beinahe Spaß. »Symbol des öffentlichen Lebens, Symbol der geistigen Erneuerung. Aber«, sagte er gerissen, wie er war, »wann fliegen wir denn wieder zurück? Ich brenne darauf«, sagte er, »wieder nach England zu kommen, damit wir mit unserem Zusammenleben *wirklich* anfangen können. Ich sehne mich«, sagte er, »danach, mit dir in unserem Eigenheim zusammen zu sein, nur wir beide! Laß uns doch«, sagte er, vor

Schuljungeneifer fast hüpfend, »gleich morgen zurückfliegen! Es wird doch möglich sein, in irgendeiner Maschine zwei Plätze zu kriegen, oder nicht? Oh, laß uns zurückfliegen!«

Sie entzog ihm ihre Hand, und Enderby spürte eine stechende Furcht, nicht unähnlich einem Sodbrennen, daß sie diese Nummer vielleicht durchschaute. Aber sie sagte:

»Also, nein, das geht nicht. Noch nicht. Eine Woche oder so müssen wir jedenfalls noch hierbleiben. Weißt du, ich hab etwas arrangiert. Es sollte eigentlich eine Überraschung werden, aber jetzt sag ich's dir lieber. Ich dachte mir, es wäre eine gute Idee zu heiraten, hier in Rom, richtig zu heiraten. Ich meine, nicht mit Hochzeitsmesse oder sowas, sondern nur ganz schlicht die Zeremonie.«

»Oh!« strahlte Enderby, Wut und Ekel in dicken Klößen herunterschluckend, »was für eine glänzende Idee!«

»Und wir haben einen sehr guten Priester, Pater Agnello heißt er, glaub ich, der wird morgen kommen, um mit dir zu reden. Ich habe ihn gestern bei der Prinzessin Vittoria Corombona kennengelernt.« Sie ließ sich den Namen genüßlich über die Zunge rollen; Titel waren ihr lieb und wert.

Der falsche Enderby atmete schwer bei der Anstrengung, den wahren Enderby zurück in die Schublade zu stoßen. »Was«, fragte er, »hatte denn ein Priester in einem Kleiderladen zu tun?«

»Oh, Dummchen!« lächelte Vesta. »Prinzessin Vittoria Corombona hat doch keinen Kleiderladen. Sie schreibt Film-Klatsch für *Fem.* Pater Agnello ist sehr intellektuell. Er ist lange in den Vereinigten Staaten gewesen und spricht perfekt Englisch. Und, einigermaßen seltsam, er hat eins von deinen Gedichten gelesen – das blasphemische über die Jungfrau Maria – und brennt darauf, ein paar gute, ausführliche Gespräche mit dir zu führen. Natürlich wird er dir dann auch die Beichte abnehmen.«

»Na«, lächelte Enderby, »das ist aber schön zu wissen, wie du dich um alles kümmerst. Ich bin ja so erleichtert. Weißt du, ich bin dir wirklich sehr dankbar.« Er drückte ihre Hand, als sie in die Via Nazionale einbogen: Lichter, Lichter; die Snack Bar Americano; die Bank des Heiligen Geistes; Laden um Laden um Laden; der Air-Terminal, erleuchtet und voll Betrieb; das Hotel. Der dicke Gaul kam trampelnd zu einem jähen Halt und schnob, aber nicht gegen Enderby im besonderen. Der Kutscher fluchte, sein Taxameter gehe falsch, mechanischer Fehler, schwer zu reparieren, es zeige zu wenig. Enderby mochte nicht streiten.

Er gab ihm fünfhundert Lire mehr als den angezeigten Betrag und sagte auf Englisch, »da, du Sau!« Rom, wie liebte er dieses Rom!

In der Hotelbar blieb Enderby aufmerksam abwartend. Späte Kaffeetrinker saßen an den kleinen Tischen, redeten wortreich in schnellfließenden fremdländischen Zungen, zehn oder ein Dutzend Leute alles in allem, und Enderby hätte auf sie alle gern verzichtet, wenn er dafür Rawcliffe hätte haben können. Wenn man bloß für fünf Minuten den gestrigen Vormittag noch mal einblenden könnte! Er mit Rawcliffe und Dante allein in der Bar, und dann ein einziger guter, sauberer Hieb auf die schon proleptisch blutige Nase. *L'Animal Binato*, sowas! Die Muse würde nun sehr übler Laune sein und toben wie eine Harpyie – all die Mühe umsonst! Enderby beobachtete Vesta, die allerliebst bei ihrem Pernod saß, wartete bis zu seinem dritten Glas Frascati und wand sich dann in simulierten Magenschmerzen. »Uggggch«, sagte er, »verflucht! Arrrrch!« Vesta sagte:

»Du hast zuviel getrunken, das ist das Problem. Komm, wir gehn zu Bett.« Enderby, Künstler vom Scheitel bis zum Hintern, entließ einen quälenden langgedehnten Borborygmos, wie in alten Zeiten. Grerrrrchrapschhhhh. Vesta stand besorgt auf. Enderby sagte:

»Nein, warte hier! Im Erdgeschoß ist auch ein Abort. Wirklich, es ist nichts weiter.« Er lächelte, der Lügner, unter Qualen und bedeutete ihr, sich wieder zu setzen. Er blies die Backen auf wie ein Wasserspeier, nickte energisch, um zu zeigen, daß dies zeigte, was es zu zeigen schien, und ging dann klugerweise, örrrpend und aarrrchend zur Überraschung der Kaffeetrinker, aus der Bar in die Lobby. Zu dem unaufrichtig goldzahngrinsenden gewandten Rezeptionsmenschen, der von Lichtröhren eingerahmt an seinem Pult saß, sagte er drängend, »ich muß zurück nach London. Nur für ein paar Tage. Geschäfte. Meine Frau bleibt noch hier. Sie müssen nicht denken«, fügte er schuldbewußt hinzu, »daß ich weglaufen will oder irgend sowas. Wenn Sie wollen, bezahle ich die Rechnung bis heute. Aber das Gepäck laß ich da. Alles, bis auf einen kleinen Übernacht-Koffer. Ich nehme an, das geht doch in Ordnung, oder?« Beinah hätte er sich angeschickt, dem Empfangsmenschen einen Tausendlireschein Schweigegeld zu geben, überlegte es sich aber noch rechtzeitig anders. Mit einer anmutigen Neigung des Kopfes, wie wenn er auf das Ticken einer Uhr in der Westentasche eines unsichtbaren Mannes lauschte, sagte der Empfangsmensch, das gehe alles in Ordnung, nur müsse Signor Enderby verstehen, daß es für die Zeit, in der Signor Enderby fort wäre, keinen Rabatt geben könne. Signor Enderby verstand mit Vergnügen. »Ich möchte«, sagte er, »den Air-Terminal anrufen, den in dieser Straße hier. Könnten Sie mir die Nummer geben?« Der Empfangsmensch wollte mit Vergnügen für ihn anrufen, er könne das Gespräch in einer der Kabinen da drüben entgegennehmen.

Aus der Kabine konnte er Vesta noch sehen, wie sie ein Schinken-Sandwich aß. Es mußte Schinken sein, weil sie jede Scheibe mit etwas bestrich, das, der Form des Behälters nach, Senf sein mußte. Enderby versuchte, was nicht schwer war, sehr leidend auszusehen, für den Fall, daß sie aufblicken und ihn sehen sollte. Wenn sie herüberkäme, würde er behaupten müssen, er sei blindlings hier hereingestürmt, weil es von außen wie ein Abort ausgesehen habe; wenn sie ihn dringlich ins Telefon tuscheln sähe, würde er sagen, er habe einen Arzt angerufen. Eine neue Stimme sprach nun zu Enderby auf Englisch, und Enderby sagte verschwörerisch, »hier Enderby.« Der verbindlichen Kundendienststimme am andern Ende sagte der Name begreiflicherweise nichts. Enderby sagte, »ich möchte mit der nächstmöglichen Maschine nach London fliegen. Sehr dringend. Ich habe schon ein Erster-Klasse-Ticket, aber gebucht hab ich erst für den fünfundzwanzigsten oder sechsundzwanzigsten oder so – ich weiß nicht mehr genau, welcher Tag. Dies ist sehr, sehr dringend. Geschäfte. Außerdem liegt meine Mutter im Sterben.« Kein Mucks von Beileid, hartgesottene Schufte, diese Römer! Die Stimme sagte, untermalt von Papiergeraschel, sie denke, es könnten noch Plätze in der BOAC-Maschine aus Kapstadt frei sein, Ankunft in Rom um fünf Uhr dreißig am Morgen. Die Stimme würde zurückrufen und zu- oder absagen. »Geht um Leben und Tod«, sagte Enderby. Die Stimme schien jedoch zu wissen, daß Enderby seiner Frau weglaufen wollte.

Vesta war mit ihren Sandwiches fertig und stocherte sich nun mit einem dreckigen Londoner Bus-Ticket, das sie aus ihrer Handtasche genommen hatte, zwischen den Schneidezähnen. Die Handtasche war offen, sehr unordentlich, aber darin sah Enderby einen Schlüsselbund. Den würde er mitnehmen müssen: in der Gloucester Road lagen noch ein paar Dinge, die er brauchte. Enderby nickte beim Anblick der Zahnstocherei: wieder etwas, das ihn in die Richtung wies, in die er gehen wollte. »Wie geht's dir denn jetzt?« fragte sie.

»Viel besser«, lächelte Enderby. »Das meiste hab ich rausgebracht.« Mit dem, was noch auf der Bank war, und dem, was er Vesta legitimerweise zu mopsen gedachte (hauptsächlich Nerz), wäre es möglich, für ein, zwei Jahre sein altes Leben oder ein ähnliches wieder aufzunehmen: der einsame Poet in irgendeiner schäbigen Dachkammer bei dünner Suppe und Brot, und dann versuchen, der Muse Wiedergutmachung zu leisten. Den Verlust seines Kapitals bedauerte er nicht. Jetzt nicht mehr. Es war nun mal das Geld seiner Stiefmutter, und hier saß seine Stiefmutter und zog sich eine Schinkenfaser aus den Zähnen, wenn auch mit Anstand und ohne mit ihrem Fund zu protzen, und für das Geld hatte sie nur allzu viel Verwendung. Die Zinsen allerdings waren etwas anderes. Die Kirche hatte das Verleihen von Geld gegen Zinsen immer verdammt, und darum hatte kein guter Katholik ein Anrecht auf den Zuwachs, den sein Kapital getragen hatte, wenn das Entliehene zurückgegeben wurde. Enderby, obwohl entschieden für die Gerechtigkeit, war in diesem Punkt doch auch entschieden für den Protestantismus. Während er noch in sich hineinlächelte, wurde er aufgeschreckt durch die Nennung seines Namens über einen Lautsprecher.

»Wer kann denn das bloß sein«, sagte Vesta, »der dich so spät abends noch anruft? Bleib du hier, ich geh ran. Du siehst immer noch ein bißchen blaß aus.« Und sie stand auf.

»Nein, nein, nein!« protestierte Enderby und schob sie wieder grob in ihren Rohrsessel. »Das ist etwas, wovon du nichts wissen sollst. Eine Überraschung.« Er versuchte zu lächeln. Sie schnitt eine Grimasse, nahm eine Haarnadel aus der Handtasche und begann sich damit das linke Ohr auszuputzen. Enderby sah es mit Vergnügen.

Die Kundendienststimme freute sich, ihm eine Buchung für die Maschine aus Kapstadt bestätigen zu können. Enderby sollte sich um vier am Terminal melden; der dann diensthabende Kollege würde ihm das Ticket umschreiben. »Deo gratias«, hauchte Enderby. Es sollte *grazie* heißen, aber nur die liturgische Danksagung, überlegte er, konnte seiner Erleichterung Ausdruck geben, Rom mit allem, was es bedeutete oder woran es von fern erinnerte, nun bald den Rücken zu kehren.

»Alles abgemacht«, sagte er zwinkernd zu Vesta. »Frag mich nicht, was, aber es ist abgemacht.« Als sie aufstanden, um auf ihr Zimmer zu gehen, sah er auf dem Tisch eine Haarnadel, in der Biegung voll Ohrenschmalz. Er nahm Vestas Arm mit so etwas wie Liebe.

4

Bis halb vier wachzubleiben, war nicht wirklich schwierig. Wirklich schwierig war das Kofferpacken in einer Nacht, in der Vesta, die normalerweise einen festen Schottenschlaf schlief, sich offenbar für Rastlosigkeit und Somniloquenz entschieden hatte. Enderby beobachtete sie aufmerksam. Sie lag auf dem Bauch, hatte die Bettücher weggestoßen; ihre *nates* wurden vom römischen Mondlicht zu einer Art Meringue versilbert. Entzückend, ja, aber von nun an mochten sie jemand andern entzücken. Enderby schlich auf Strümpfen in dem versilberten Raum umher, erstarrte jäh wie eine tanzende Statue jedesmal, wenn sie im Schlaf etwas gluckste, huschte in die dunkle Ecke neben dem Fenster und stand still, wie um seine Größe messen zu lassen, als sie sich mit einer gereizten Bewegung vom Bauch auf den Rücken herumwarf. Aus der Rückenlage ließ sie seltsame Worte zur Decke hochsteigen und kicherte dann, aber Enderby wollte sich nicht einschüchtern lassen. Als er seinen Paß und das Flugticket aus der obersten Schublade des Schränkchens nahm, beschloß er, nach ein paar Sekunden ethischen Bedenkens, auch ihre Papiere mitzunehmen. Sollte sie also erwachen und sich über Enderbys Desertion klarwerden, so würde sie ihm nicht sofort folgen können. Aber er legte mehrere Tausend oder Millionen Lire auf das Kaminsims; außerdem wußte er, daß sie ihre eigenen Reiseschecks hatte. Obwohl Vesta und Rom so schön zusammenpaßten, konnte er sie doch anständigerweise nicht zu einem allzu langen Zwangsaufenthalt hier verdammen; er hoffte, er sei noch menschlich genug, dies seinem ärgsten Feind nicht zu wünschen.

Für Enderbys Kleidung und Rasierzeug reichte ein Koffer. Die Lotions, Creams und Sprays, die sie ihn hatte kaufen lassen, ließ er zurück; niemand würde mehr an ihm schnuppern wollen. Nun kam die Sache mit dem Wohnungsschlüssel; er hatte zwei Kartons dort gelassen, vollgestopft mit Entwürfen und Notizen. Das Typoskript des *Schoßtiers* war eingeschlossen in einer Schublade in Vestas Escritoire, und da mochte es bleiben. Interessant war daran, gab er verdrossen zu, mehr der Inhalt als die Form, und der Inhalt war geklaut und entstellt worden. Soll dir eine Lehre sein! Im Mondlicht spähte er nun nach Vestas Handtasche, einem flachen silbernen Kuvert, in das sie an diesem Abend den ganzen Schrott gekippt hatte, der davor in einer schwarzen Tasche und davor in einer grauen und davor in einer weißen und davor in einer blauen gewesen war – eine Frau, die es, aus einem Rest von schottischem Geiz, nicht fertigbrachte, etwas wegzuwerfen. Diese silberne Handtasche, zusätzlich versilbert durch das Licht, sah Enderby auf ihrem Nachttisch liegen. Wie eine unbeholfene Ballerina stelzte er auf Zehenspitzen hin, und gerade als er die Tasche nehmen wollte, wechselte Vesta, quer übers Bett, schnell in die Bauchlage hinüber, und ein bloßer, schlanker Arm fiel über das Tischchen und hielt die Tasche fest wie einen Silberbarren. Enderby zögerte, stand da mit angehaltenem Atem und fragte sich, ob er es wagen sollte. Aber dann, mit der gleichen Schnelligkeit, rollte sie wieder auf den Rücken, wobei aber der linke Arm noch über dem Nachttisch blieb, und begann aus einem profunden Traum heraus zu sprechen. Sie sagte:

»Pete. Mach's noch mal, Pete! Och, Pete, dat war vaflucht schön!« Es war ein derber Akzent, der eher nach den Gorbals als nach Eskbank klang, und, dazu passend, begann die schlafende Vesta nun derbe Ausdrücke zu gebrauchen, die ein Äußerstes an Hingabe verrieten. Enderby lauschte voll Entsetzen, beruhigte seine Nerven aber schließlich mit dem Gedanken, daß dem Träumer alles, sogar die Nekrophilie, erlaubt sei. Er versuchte nun nicht mehr, die Handtasche unter dem silbernen Arm hervorzuholen; vielleicht käme er auch ohne Schlüssel in die Wohnung hinein. Sich Einlaß verschaffen nannte man das. Jetzt wollte er sich nur einen Abgang verschaffen, und zwar schnell.

Als er an der Türklinke herumfummelte, die unter dem von einem Kleiderhaken hängenden Nerzmantel verborgen war, hatte er den Eindruck, daß sie im Begriff war, sich aus dem Schlaf hochzustemmen; vielleicht hatte eine Warnglocke irgendwo am Ende eines der langen Korridore des Kortex gebimmelt. Er beruhigte sie mit Worten und einem Geräusch:

»Brarrrch. Muß nur mal aufs Klo.« Das waren seine letzten Worte zu ihr, als er behutsam den Nerz über seinem Arm zusammenlegte. Sie grunzte, leckte sich die Lippen und begann, anscheinend zufrieden, sich wieder in die tieferen Schichten des Schlafs niederzulassen. Enderby machte die Tür auf und ging hinaus. Als er einen Augenblick stehenblieb, damit sein klopfendes Herz sich beruhigen konnte, spürte er ein verhaltenes Hochgefühl, weil er nun bald, im Flugzeug, imstande sein würde, sich ganz und ungehemmt seinem Hochgefühl zu überlassen.

Ein Gedicht begann ihn zu jucken, als er seinen Koffer wiegen ließ, die Flughafengebühr und die Busfahrkarte bezahlte:

Stiefmutter des Westens …

Aufgeregt wartete Enderby, daß die Bilder klar würden – Kaiser und Papst ein und dieselbe Possenreißerin, kein blutiges Fleisch mehr, weil es in der fauchenden Arena davon allzu viel gab, die alte läufige Wölfin mit hängenden Zitzen, ein großer Hinterhof voll kaputter Säulen für die

Müllabfuhr. Ungeduldig wartete er, daß die Reime sich aufreihten. City, titty. Danach kam nichts mehr.

Stiefmutter des Westens, unter den feilen Städten
  Du die feilste dingsda wölfisches Luder
Romulus Remus ähem an den Titten
  Dingsda dingsda ähem und Puder Ruder Bruder Fuder

Im Bus nach Ciampino rief Enderby mit zerfurchter Stirn seine Muse zu Hilfe. Was tun mit solchen abgerissenen Geschenken? Im Flugzeug, wo er neben einem schwarzen Geistlichen saß, murmelte er und grimassierte, bis die Stewardess kam, um ihn zu fragen, ob alles all right sei. Ein verdächtiger Typ, stirnrunzelnd und vor sich hin murmelnd und mit einem Nerzmantel im Gepäckfach über den Sitzen, schaute Enderby auf Rom hinab. Vesta war schon ganz vergessen. Er hatte erwartet, daß er zum Abschied wenigstens schon eine Strophe dieses Gedichts flüsternd würde hersagen können. Enttäuscht und ein wenig besorgt, wenn er an die Prophezeiung des Verräters Rawcliffe dachte, brachte er nur einen Gruß zustande, der über Worte hinausging, den aber der schwarze Geistliche augenscheinlich als eine abfällige Äußerung über seine Hautfarbe verstand.

Ffffrrrrrerrrrrpschhhhhh.

Dritter Teil

Kapitel Eins

1 »Sie haben absolut keinen Grund, sich Sorgen zu machen«, sagte Dr. Preston Hawkes. »Die Platten sind negativ: keine Tb, kein Karzinom, nichts!« Er hielt ein paar wolkige Porträts des inneren Enderby hoch. »Das ist alles, dann.« Er hatte eine laute nordbritische Stimme, mit manchen Vokalen, die hausgemachte Annäherungen an die der Hochsprache waren. »Sie können zufrieden fortgehen.« Er war jung, starkzähnig, gebräunt und wuschelköpfig, als ob er im Nebenberuf für die gesundheitsfördernden Eigenschaften des Badeorts, wo er praktizierte, Reklame machte. »Wenn Bikarb gegen diese Verdauungsstörung hilft, na dann nehmen Sie weiter Bikarb. Aber im Grunde sind Magen und Gedärme bei Ihnen vollkommen gesund.«

»Würden Sie sagen – was meinen Sie«, sagte Enderby, »daß ich mit einiger Wahrscheinlichkeit in naher Zukunft nicht sterben werde?«

»O mein lieber Mann«, sagte Dr. Preston Hawkes, »das kann keiner von uns so genau wissen. Ganz abgesehen von den normalen Risiken des Alltags – man kann überfahren werden, einen elektrischen Schlag bekommen oder im Badezimmer ausrutschen –, gibt es immer auch noch einen unbekannten Faktor, an den man bei der Untersuchung nicht rankommt. Wir wissen viel«, gestand er, »aber wir wissen nicht alles. Aber soweit ich sehe, sind Sie körperlich gesund und haben wahrscheinlich noch viele Jahre zu leben.« Er sah appetitlich aus wie eine Scheibe Bratkartoffel in der Pfanne. »Allerdings«, sagte er, »Ihr Tonus könnte besser sein. Machen Sie sich ein bißchen Bewegung: Tennis, Golf, Spazierengehn. Es könnte nicht schaden, wenn Sie etwas abspecken. Nichts Gebratenes, nicht zuviel Stärke. Sie arbeiten im Sitzen, nicht? Am Schreibtisch oder wie?«

»Früher machte man das vielleicht an einem Schreibtisch«, sagte Enderby. »Ich bin«, erklärte er traurig, »ein Dichter.«

»Sie meinen«, sagte Dr. Preston Hawkes ungläubig, »das ist Ihr Beruf?«

»War es«, sagte Enderby. »Deswegen bin ich eigentlich zu Ihnen gekommen. Sehn Sie, jetzt schreibe ich keine Gedichte mehr.«

»Oh!« Dr. Preston Hawkes geriet in Erregung; er trommelte gegenläufige Fünffingerübungen auf die Tischplatte, mit fixiertem, nervösem

Lächeln. Er sprach nun undeutlich, sprudelnd. »Na, ich glaube kaum – ich meine, das hat doch mit mir nichts zu tun, oder? Ich meine, ich würde denken – das heißt, wenn Sie nicht vorhaben, weiterhin Gedichte zu schreiben, na dann viel Glück! Viel, viel Glück und, na ja, Sie wissen schon! Aber das ist doch nur Ihre Angelegenheit, nicht? Jedenfalls, so würde ich sagen.« Er begann nun, obgleich ungeschickt, das Ritual eines Mannes vorzuführen, dessen Zeit kostbar ist: ein Syndrom aus nervösem Wühlen zwischen Papieren, Auf-die-Uhr-Sehen, ein augenverdrehender Blick über Enderbys Kopf hinweg, als ob der nächste Patient dort schon in der Tür stünde.

»Nein«, sagte Enderby, »das haben Sie falsch verstanden. Ich wollte sagen, ich *kann* keine Gedichte mehr schreiben. Ich versuch's und versuch's, aber nichts ist, nichts kommt. Verstehn Sie, was ich meine?«

»O ja«, sagte der Arzt, vorsichtig lächelnd. »Das versteh ich schon. Na, an Ihrer Stelle würd ich mich darüber nicht allzu sehr grämen. Ich meine, es gibt doch noch andre Dinge im Leben, nicht? Die Sonne scheint, und die Kinder spielen.« Das war nun buchstäblich wahr; Dr. Preston hob eine Hand, als habe er selbst den warmen Abendsonnenstrahl, der durchs Fenster hereinfiel, beschworen und den Lärm von Kinderzank auf der Straße zum Strand. »Ich meine, Gedichte schreiben ist nicht das ganze Leben, oder? Sie werden noch was anderes zu tun finden. Das Leben liegt noch vor Ihnen. Das Beste kommt erst noch.«

»Was«, fragte Enderby, »ist der Sinn des Lebens?«

Die Miene des Arztes hellte sich auf. Er war noch jung genug, auf diese Frage Antworten zu wissen, Antworten aus pfeifenrauchigen Disputen seiner Studentenzeit, an die er sich klar erinnerte. »Der Sinn des Lebens«, sagte er prompt, »ist, es zu leben. Das Leben selbst ist der Zweck des Lebens. Das Leben ist hier und jetzt und was man herausholen kann. Das wird in Quadratzoll und runden Minuten gelebt. Zweck ist der Prozeß. Das Leben ist, was Sie draus machen. Ich weiß, wovon ich rede, glauben Sie mir! Schließlich bin ich ja Arzt.« Er lächelte zu etwas hin, das eingerahmt an der Wand hing, seinem ordentlich bezeugten Doppelbakkalaureat.

Enderby schüttelte in robustem Trübsinn den Kopf. »Ich glaube nicht, daß Keats Ihnen diese Antwort gegeben hätte. Oder Shelley. Oder Byron. Oder Chatterton. Der Mensch«, sagte Enderby, »ist ein Baum. Er trägt Früchte. Wenn er keine Früchte mehr trägt, wird er vom Leben gefällt. Darum wollte ich wissen, ob ich bald sterben werde.«

»Passen Sie mal auf!« sagte der Arzt mit Schärfe, »das ist alles ein morbider Quatsch. Jeder hat die Pflicht zu leben. Darum gibt es die Nationale Gesundheitsbehörde. Um den Menschen leben zu helfen. Sie sind gesund und haben noch viele Jahre vor sich, und darüber können Sie froh und dankbar sein. Andernfalls, das muß mal gesagt sein, lästern Sie das Leben, Sie lästern Gott und, jawohl, Sie lästern die Demokratie und die Nationale Gesundheitsbehörde. Und das ist doch nicht fair, oder?«

»Aber wofür lebe ich?« fragte Enderby.

»Ich hab Ihnen doch gesagt, wofür Sie leben«, sagte der Arzt noch schärfer. »Sie haben nicht zugehört, wie? Sie leben um des Lebens willen. Und, jawohl, Sie leben natürlich auch für andere. Sie leben für Ihre Frau und Ihre Kinder.« Er gönnte sich zwei Sekunden liebevolles Grinsen zu dem Foto auf seinem Tisch hin: Mrs. Preston Hawkes, mit Preston Hawkes junior spielend; Preston Hawkes junior, mit seinem Teddybären spielend.

»Eine Frau«, sagte Enderby, »hatte ich nur für sehr kurze Zeit. Vor fast einem Jahr hab ich sie verlassen. In Rom war das. Wir kamen einfach nicht miteinander aus. Ich bin ziemlich sicher, daß ich keine Kinder habe. Ich glaube, ich kann sagen, darin bin ich vollkommen sicher.«

»Also, na schön«, sagte der Arzt. »Aber es gibt doch Scharen von Leuten, mit Sicherheit, die Sie brauchen. Freunde und so. Soviel ich weiß«, sagte er vorsichtigerweise, »gibt es auch immer noch Leute, die gern Gedichte lesen.«

»Die«, sagte Enderby, »sind schon geschrieben. Die Leute haben das. Mehr gibt's nicht. Und«, sagte er, »ich bin kein Mensch von der Sorte, die Freunde hat. Der Dichter muß allein sein.« Diese Platitüde, rhetorisch und wider Willen vorgebracht, ließ einen glasigen Blick in seine Augen treten; er stand steif von seinem Stuhl auf. Der Arzt, der schon allerhand Fernsehspiele gesehn hatte, glaubte die Anbahnung eines drohenden Suizids ausmachen zu können. Er war gar kein schlechter Arzt. Er sagte:

»Sie werden doch keine Dummheiten machen, nicht? Ich meine, damit wäre doch niemandem geholfen, mit sowas, oder? Ich meine, besonders jetzt, nachdem Sie bei mir gewesen sind, und so. Das Leben«, sagte er, nun weniger sicher als vorher, »muß gelebt werden. Wir haben alle unsere Pflichten. Ich werde die Polizei auf Sie aufmerksam machen, wissen Sie? Fangen Sie bloß nichts an, was Sie lieber nicht tun sollten! Passen Sie auf, ich melde Sie mal bei einem Psychiater an, wenn Sie wollen.« Er machte die Geste des sofortigen Griffs nach dem Telefon, bereit, alle Schätze der Nationalen Gesundheitsbehörde auf der Stelle zu Enderbys Wohl anzuzapfen.

»Machen Sie sich keine Sorgen«, sagte Enderby beschwichtigend. »Ich werde nichts tun, was ich für eine Dummheit halte. Ich versprech's Ihnen.«

»Sehen Sie zu, daß Sie ein bißchen herumkommen«, sagte der Arzt verzweifelt. »Unter Menschen. Schaun Sie sich das Fernsehen an. Gehn Sie ab und zu in den Pub – ist in Ordnung, wenn mit Maßen. Gehn Sie ins Kino. Sehn Sie sich diesen Horrorfilm an, hier gleich um die Ecke! Der wird Sie von sich selbst ablenken.«

»Den hab ich in Rom gesehen«, sagte Enderby. »Bei der Welturaufführung.« Hier in England war aus dem *Animal Binato*, dem *Zwitter*, ein *Son of the Beast from Outer Space* geworden. »Tatsache ist«, sagte Enderby, »ich habe das geschrieben. Das heißt, es ist mir geklaut worden.«

»Hören Sie«, sagte Dr. Preston Hawkes, der nun aufstand. »Es wäre überhaupt keine Mühe für mich, einen Termin für Sie festzumachen. Ich denke, Sie werden sich viel, viel besser fühlen, wenn Sie erst mit Dr. Greenslade gesprochen haben. Das ist ein sehr guter Mann, wissen Sie, sehr gut, hat sehr viel Verständnis. Ich könnte ihn gleich im Krankenhaus anrufen. Gar keine Mühe. Wahrscheinlich könnte er Sie morgen früh gleich als ersten drannehmen.«

»Schon gut«, sagte Enderby, »keine Sorge! Nehmen Sie das Leben, wie's kommt. In Quadratfuß, oder wie Sie gesagt haben.«

»Es gefällt mir gar nicht, wenn ich dran denke, was Sie machen könnten«, sagte Dr. Preston Hawkes. »Das wär doch nicht fair, wenn Sie nach Hause gehn und tun sich was an, kurz nachdem Sie bei mir gewesen sind. Mir wäre wohler, wenn Sie zu Dr. Greenslade gehn würden. Ich könnte gleich anrufen. Ich könnte gleich jetzt ein Bett für Sie bekommen. Ich bin mir gar nicht sicher, ob das gut ist, wenn Sie jetzt allein fortgehn. Nicht in Ihrem augenblicklichen Geisteszustand, mein' ich.« Er stand da, verwirrt und jugendlich, und murmelte, »ich meine, wir haben doch alle Pflichten gegeneinander –«

»Ich bin völlig normal«, beschwichtigte Enderby, »wenn Sie sich deswegen Sorgen machen. Und ich versprech Ihnen noch mal, ich mache keine Dummheit. Ich schreib Ihnen einen Brief. Ich schreib ihn gleich, wenn ich wieder in meiner Bude bin.« Dr. Preston Hawkes biß sich auf die Lippe, vom einen Ende bis zum andern, als ob er ihre Haltbarkeit prüfen wollte. Er schaute Enderby umdüstert und unschlüssig an; das Wort »Brief« in diesem Zusammenhang gefiel ihm gar nicht. »Wird schon«, sagte Enderby mit einem breiten Beruhigungslächeln, »alles wieder werden.« Sie hatten die Rollen getauscht. Mit ärztlicher Burschikosität sagte Enderby, »überhaupt kein Grund, sich Sorgen zu machen.« Dann ging er rasch.

Er kam durch ein Wartezimmer voller Leute, denen anzusehen war, daß auch sie keine Gedichte schreiben konnten. Manche, in Sportkluft, als ob sie erwarteten, von Dr. Preston Hawkes auf dem Tennisplatz getestet zu werden, trugen ihre Leiden leicht wie eine Anstecknadel; andere, förmlicher gekleidet, schienen den Arztbesuch für eine Art Gottesdienst zu halten. Enderby mußte blinzelnd hinausfinden. Irgendwo hatte er seine Kontaktlinsen verloren; die Brille, die er früher getragen hatte, lag vermutlich noch in der Wohnung in der Gloucester Road. Es sei denn, natürlich, sie hatte alles, was ihm gehörte, weggeworfen. Als er durch das volle Meeresabendlicht ging, käute er das Wort »Polizei« wieder. Wenn dieser Arzt vorhatte, die Polizei auf ihn anzusetzen, dann wäre es nötig, sich zu beeilen. In Gedanken hörte er die Normalität, wie die Welt das nannte, in schweren Dienststiefeln hinter sich her trampeln. Er erinnerte sich an die Stiefel, die hinter ihm hergewesen waren, als er, eben aus Rom zurück, versucht hatte, durchs Fenster in die Wohnung einzusteigen und plötzlich durchbohrt worden war von dem Strahl aus der Taschenlampe eines Wachtmeisters. Natürlich hätte er alles erklären können, aber mit ihrer professionellen Neigung, Verdacht zu schöpfen, hätten die Polizisten ihn womöglich bis zu Vestas Ankunft dabehalten. Der Nerzmantel, den er bei der eiligen Entfernung dann zurückgelassen hatte, wäre auch schwer wegzuerklären gewesen. Also hatte er dem Polizisten seinen Koffer in die Rippen gehauen und war zwischen einem von Trillerpfeifen markierten Start und dem Ziel herumgekurvt, bis er – zur eigenen Überraschung, denn er hatte gedacht, sowas wäre nur im Film möglich – es fertiggebracht hatte, zu entwischen, indem er in eine Seitenstraße hineingeflutscht war und von da in ein Gäßchen, wo er abgewartet hatte, bis die Trillerpfeifen wie verirrte tropische Vögel sich piepsend in der Ferne verloren.

Die Maisonne surrte über dem Meer, und über das Meer gebreitet lag eine Art blendender silbergesprenkelter Marmelade. Es war nicht das Meer, an dessen tosendem Gestade er mit so kläglichem Ergebnis am *Schoßtier* gearbeitet hatte, sondern dessen nordwestlicher Bruder. Und es ernährte einen gewöhnlicheren und lauteren Badeort, als Enderbys frühere Heimat am Kanal es gewesen war. In den Pubs ging es lebhafter zu, die Vokale waren breiter, Kannen voll Tee konnte man kaufen und mit an den Strand nehmen, ein Vergnügungsstrand brodelte von gewalttätigen Vergnügungsmaschinen, eine Freiluft-Konzerttruppe trat auf, mit einem Komiker, der zu seinem Stichwortgeber sagte, »wenn dein Gehirn elastisch wäre, hättest du nicht genug davon, um ein Paar Strumpfbänder für einen Kanarienvogel draus zu machen.« – »Ich hab blaues Blut in den Adern«, sagte der Partner. »Und was denkst du, was ich in meinen hab?« sagte der Komiker. »Bratensoße mit saurer Sahne?« Es war ein merkwürdiger Ort, würde die Nachwelt vielleicht denken, den er sich zum Sterben ausgesucht hatte.

An diesem schönen Abend standen Schlangen, wie Enderby interessiert bemerkte, nach dem *Son of the Beast from Outer Space* an. Zwei Häuser weiter als das Kino war eine kühle Höhle von Drogerie, eine Stätte der Medizin voller Seifendüfte und Urlaubsgelächter, wo Leute mit sonnenverbrannten Armen und Hälsen die Abzüge ihrer Strandfotos abholten. Enderby mußte warten, bis eine Urlauberin mit Haarspangen, Hautkrem, Wasserstoffsuperoxid und anderen lebensverschönernden Dingen bedient worden war, ehe er das Todesmittel verlangen konnte. Schließlich legte das weißbekittelte Mädchen doch für ihn den Kopf schief:

»Ja bitte, Sir?«

Er war so verlegen, als ob er Kondome kaufen wollte. »Aspirin bitte!«

»Welche Größe, Sir?« Offenbar gab es verschiedene Größen. Enderby sagte:

»Ziemlich kleine, bitte! Ich muß eine ganze Menge davon nehmen.« Sie sperrte den Mund auf, darum sagte er, »keine tödliche Dosis, natürlich.« Er lächelte gewinnend.

»Haha, Sir! Das wollen wir nicht hoffen. Nicht an so einem schönen Abend wie heute.« Er war schon einer!

Enderby ging mit einem Hundertstück-Fläschchen hinaus. Genau zwei Pence hatte er auf dieser Welt noch übrig. Er fand, das war gutes Timing.

2

Ein Leerjahr, überlegte Enderby, als er, das Todespotential in der Tasche, von der warmen, fröhlichen, bierigen und zuckerwattigen Promenade in die Boggard Road abbog. Ein verqueres Leerjahr oder Ungefährjahr war es gewesen.

Juni war der Monat der Hochzeit, der Flitterwochen und des Abhauens gewesen. Von seiner Londoner Bank hatte er sich neunzig Löwenscheine geholt. Dann hatte er sich einen Kulturbeutel gekauft und die Löwen hineingestopft, die Schnur des Beutels an einem Hosenknopf festgebunden und den Beutel innen in die Hose gehängt. So hatte ihn der Beutel auf Schritt und Tritt und auch im Sitzen begleitet, ein dicker, beruhigender Hodensack. Der Hosenschlitz als allgemeine Volksbank; Bargeld zu jeder Tageszeit; keine Zinsen (allerdings natürlich auch keine Überziehung); umstandslose Befriedigung frugaler Bedürfnisse. Zu diesem nördlichen Badeort war er gereist, weil Arry ihn einmal vorteilhaft erwähnt hatte (und er lag fern vom Süden, von London, von Vesta). Er hatte eine heimelige Dachkammer mit Gaskocher (Abort und Bad mit anderen gemeinsam) bei Mrs. Bamber in der Butterworth Avenue gefunden, ein permanent bewohnter Gipfel über dem Durchgangsverkehr der Urlaubsgäste.

Im Juli und August hatte er mühsam einen Band mit fünfzig lyrischen Gedichten zusammengestellt (die Reinschriften und späten Fassungen waren zum Glück in dem Koffer gewesen, mit dem er nach Rom und zurück gereist war; eine Masse anderen, roheren Materials befand sich noch in der Gloucester Road oder war dort weggeworfen worden und vermutlich nicht mehr wiederzuerlangen). Der Titel des Bandes war *Pavane im Kreis.* Das Typoskript, das ihm eine kleine Frau in einem Schreibbüro in Manchester angefertigt hatte, war seinem Verleger zugestellt worden, der es mit wenig Begeisterung empfing. In öffentlichen Abortkabinen, wo man die Ungestörtheit für einen Penny kaufen konnte, hatte er ein langes autobiografisches Gedicht in Blankversen geplant, eine Art *Präludium.* Weil der Kulturbeutel in seiner Hose noch dick war, konnte er es sich leisten, darauf zu warten, daß die träge oder schmollende Muse endlich erwachte oder Verstand annahm. Die wenigen autobiografischen Zeilen, die er zustande brachte, waren vernichtet, neu geschrieben, vernichtet, neu geschrieben, vernichtet, neu geschrieben, überschlafen, gelesen, noch mal gelesen, umgeschrieben und vernichtet worden. Den August und September hindurch kam der Ort nicht mehr zur Ruhe vor lärmenden Feriengästen, die Ulkmützen mit Sprüchen trugen (Probier's mit mir, ich bin von der leichten Sorte; Jetzt darfst du's John, Mutter weiß nichts davon), klebrig von Küssen, Salzwasser, Ale, Bonbons und Lutschern. Weder von Vesta noch irgendwem sonst hatte er etwas gehört. Als er eines sonnigen Morgens auf einem öffentlichen Abort saß und draußen die munteren Kinder mit Eimern und Schippen klappernd zum Strand gehen hörte, hatte ihn die wiederhergestellte Einsamkeit berauscht wie Frascati. Nur schade, daß er nichts mehr schreiben konnte. Die Idee des langen autobiografischen Gedichts hatte er aufgegeben; aber wie wär's mit einem Epos über den König Artus, über Lord Rutherford oder Alcock und Brown? Ein Versdrama vielleicht? Er hatte viele Stunden lang in der öffentlichen Bibliothek gestöbert, so getan, als ob er wirklich arbeitete, Grundrisse entworfen, Material gesammelt. Geschrieben hatte er nichts.

Oktober, November, die kalte Brise eine Vorahnung. Das war nun kein Spaß mehr. Geld hatte er noch genug, natürlich, wußte aber immer weniger mit seiner Zeit anzufangen. Er ging durch die brandungsbetäubten verlassenen Straßen, bis an die Ohren im Mantelkragen, und versuchte ein Gedicht anzukurbeln. Dann kehrte er zurück in seine Hoffnungslosigkeit, zu Eintopf und Mrs. Bamber, die sich nicht abweisen ließ und zu ihm hinaufkam in seine Kammer, von ihrer Vergangenheit erzählte, die erfüllt war vom Duft der Austernbars und von Yate's Wine Lodge.

Wenn, so gelobte er sich zu Weihnachten, wenn er irgendein Zeichen erhielte, das ihm die Versicherung gäbe, er könne wieder anfangen zu schreiben, dann würde er, wenn sein Geld ausging, bereitwillig die eine oder andere gleichgültige Beschäftigung annehmen und zu einem Teilzeit-Poeten werden, der sich für die Muse am Leben hielt.

Gegen Ende Januar erwachte er eines Morgens fast steif vor Kälte, aber ein Gedicht klang ihm in den Ohren. Gott sei Dank, welche Erleichterung! Er notierte sich das gnomische Telegramm und verbrachte den Vormittag damit, ihm eine endgültige Form zu geben:

> Du, als das Tor,
> Wo das Herr hindurchging,
> Hast du wieder dasselbe Dekor
> Vor den Stein und Bogen gestellt?
> Gewiß sind jene Blumen verdorrt, das Heer
> Fort auf einem anderen Feld.

Als er es durchlas, sah er, mit Haarsträuben, daß es eine private Mitteilung war, eine Botschaft von ihr an ihn selbst.

> Aber eines Morgens, halb wach,
> Oder eines Nachmittags, nach
> Dem Tee, womöglich wirst du sehn,
> Wie die Himmel aufgehn und das Licht anbricht,
> Die Heiligen singen und die Glocken klingen.
> Doch, womöglich, auch wieder nicht.

Ihm war gewesen, als setzte ein klebrigkalter Film von Schweiß sich auf ihm ab, als finge sein Zwerchfell an, flüssig zu werden. Ein Abschiedsgedicht.

Im März kam *Pavane im Kreis* heraus. Es folgten Besprechungen: »... erfreuliche und luzide Gedichte in der Tradition des ...«; »Mr. Enderby hat von seiner alten Fertigkeit nichts eingebüßt; doch ist zu beklagen, daß wir nirgends neue Akzente, neue Richtungen sehen. Es ist eine kunstvoll abgeschmeckte Mixtur, aber das Rezept ist dasselbe wie schon früher...«; »Mit einem Seufzer gedenkt man der alten lyrischen Perfektion. Mit einer gewissen Erleichterung wendet man sich dem Werk zweier junger Oxforder Dichter zu...« Und die eine Besprechung war sicherlich von Rawcliffe: »Mr. Enderby ist zweifellos Realist genug, um das Schwinden der lyrischen Begabung nicht zu bedauern. Sie kann nicht ewig vorhalten, und bei Mr. Enderby hat sie länger vorgehalten als bei den meisten anderen. Viele seiner Zeitgenossen haben sich bereits für das vornehme Schweigen in der Erinnerung an das einmal Gelungene entschieden, und man darf voraussagen, daß Mr. Enderby, nach diesem nicht unerwarteterweise enttäuschenden Bande, sich ihnen in ihrer klösterlichen Abgeschiedenheit zugesellen wird...« In *Fem*, natürlich, gab es keine Besprechung.

Den April hatte Enderby mit sorgenvollen Gedanken über einen Schmerz in seiner Brust zugebracht. Im Mai, nun, in diesem Monat, vor drei Tagen hatte er beschlossen, einen Arzt aufzusuchen. Nach der Palpation und Auskultation war der Arzt mehr oder weniger überzeugt gewesen, daß ihm nicht ernsthaft etwas fehle; um aber auf Nummer Sicher zu gehen, hatte er Enderby zur Radiografie ins Krankenhaus geschickt. Aber bevor er dort hinging, mit dem »Ihnen fehlt nichts« im Ohr, hatte Enderby sich in seiner warmen Kammer hingesetzt, um eine Liste der möglichen Arten, zu sterben, niederzuschreiben:

> Puls aufschneiden in warmem Bad
> Überdosis Sedativum
> Sich aufhängen an der Bilderschiene im Wohnzimmer
> Von der Mole ins Meer springen

Jetzt war Frühsommer, und Mrs. Bamber hatte eine ganze Menge frühsommerliche Gäste im Haus, zumeist, soweit Enderby aus dem Lärm erkennen konnte, Gespanne von galoppierenden Kindern, ungeschickt am Zügel geführt von jugendlichen Eltern, die gelegentlich Brrr! machten, aber nicht beachtet wurden. Es wäre nicht gut, dachte Enderby, mit einem Selbstmord Aufsehen zu erregen. Damit dürfte ein Ferientag doch nicht anfangen, daß man vor dem Frühstück einem baumelnden Leichnam begegnete, der den am Vorabend aufgetanen Cornflakes die Zunge rausstreckte oder in kalten Träumen in einer Badewanne voll kalter roter Tinte lag. Allzu öffentlich, um jemanden aufzuregen, wäre natürlich der Sprung ins Wasser am Ende des Central Pier, und da könnte irgendein Schwimmer, den der Urlaub schon langweilte, vielleicht allzu schnell zur Rettung hinterher springen. Die Überdosis war das Beste: rein und still, am dingsda dingsda und träumend dingsda. Kingsley, ein gespäßiger Christ.

Enderby, der nicht-christliche Stoiker, stieg die vanillefarbenen Stufen der Butterworth Avenue 17 hinauf. Die Haustür stand offen, und am Hutständer hingen Buddeleimer mit Schippen; in der ganzen dunklen, seetangigen Diele roch es nach Füßen und Sand. Alle Gäste waren ausgegangen, vielleicht um den *Son of the Beast from Outer Space* anzusehen, aber aus der Küche hörte man Mrs. Bamber singen, die lustige Witwe eines Straßenbahnfahrers, und ihr Lied roch nach Austern und Portwein. Auf der Treppe wurde Enderby plötzlich durchbohrt von einer Zeile, dachte er, aus dem *Ulysses*, die ihm, mit der letalen Dosis in der Tasche, als die spitzeste Zeile (aber es war nicht wirklich eine Zeile, nur ein Splitter, soweit er sich erinnerte, aus Blooms innerem Monolog), als die eindringlichste Klagezeile, die er je gehört hatte, erschien:

...Und nie mehr bei ihr im warmen Bett zu liegen.

Er schüttelte den Kopf, als sich darum Bilder ansetzten, Bilder, die er nicht mehr in Worte und Rhythmen zu übersetzen vermochte: die Pferde vor dem Startkommando, das Champagner-Zelt, die Sonne im Nacken, das Omelett aus hundert Eiern und eine Flasche Napoleon-Cognac, das Leben.

...Und nie mehr bei ihr ihm warmen Bett zu liegen.

Enderby stieg immer höher, bis ganz oben, wo zwischen ihm und der Sonne nur noch ein Dach war. Diese seine Dachkammer, wie das Meer, erwärmte sich nun für den Sommer. Er trat ein und setzte sich aufs Bett, außer Atem vom Treppensteigen. Dann signalisierte sein Magen, der seinen eigenen Willen hatte, daß er hungrig sei, darum stellte Enderby die Reste eines schlichten Stew zum Aufwärmen auf den Gasring.

Während der Stew brodelte, drehte Enderby immer wieder das ansehnliche Fläschchen mit Aspirin in den Händen um, das er gekauft hatte: Er hatte gelesen oder gehört, daß hundert reichten. Mrs. Bamber, dessen war er sicher, würde mit der unerwarteten Leiche schon fertigwerden: Sie war aus Lancashire, und in Lancashire behandelte man Todesfälle eher als freudiges Ereignis. Es wäre jedenfalls eine saubere Leiche, die da mit offenem Mund, wie vor Erstaunen darüber, daß sie tot war, zwischen den Leintüchern läge. (Er wollte nicht vergessen, für eine, soweit möglich, totale Entleerung seines Körpers zu sorgen, bevor er ihn zur Leiche machte.) Die Urlaubsgäste würden nicht gestört werden; der Polizeidirektor und der Stadtsekretär würden nichts publik machen wollen; alles würde in der Stille der Nacht abgewickelt, und dann würden die Cornflakes für das Frühstück auf die Teller geschüttet. Mit sowas wie Appetit setzte sich Enderby nun zu seinem letzten Abendessen nieder, einer dünnen, aber schmackhaften Wegzehrung. Er fühlte sich erregt, als wollte er sich nach dem Essen einen Film anschauen gehn, von dem alle redeten und der von den Kritikern hoch gelobt worden war.

3 Enderby war im Pyjama. Es war noch hell, ein Maiabend, und er hatte den flüchtigen Eindruck, wieder ein Kind zu sein, das zu Bett geschickt wurde, während draußen der Tag noch lebhaft weiterging. Er hatte sich die Füße gewaschen und sein Gebiß saubergebürstet, seine paar Töpfe und Pfannen geschrubbt, ein Stück Schokolade gegessen, das seit einigen Wochen übrig geblieben war, und sich Wasser aus dem Krug auf dem Waschständer in eine saubere Milchflasche gegossen. (Ein Glas hatte er nicht, und um das Aspirin herunterzuspülen, würde er einen guten, tiefen Zug tun müssen.) Jetzt, wo er den Baumwollstöpsel abgenommen hatte und die Tabletten leise klimpern ließ, begann das Fläschchen sich dramatisch aufzuspielen, zog von allen Seiten das Abendlicht auf sich, wurde fast so ein Ding wie der Gral, so daß die Hand, die es hielt, erzitterte. Enderby brachte es zum Bett hinüber, und auf dem ganzen Weg machte es ein zartes, trockenes Kastagnetten-Geräusch. Vom Bett, auf dem er sich nun niederließ, konnte er in Mrs. Bambers Hinterhof hinabsehen. Hungrig suchte er ihn ab, strengte seine Augen an, um Symbole des Lebens zu finden, aber er sah nur eine Mülltonne, einen Karton voller Asche, Löwenzahn zwischen den Fliesen, ein altes Fahrrad,

das Tom, Mrs. Bambers Sohn, nicht mehr benutzte. Dahinter kamen dreistöckige Häuser, wo Badeanzüge zum Trocknen auf den Fensterbrettern lagen, dahinter wieder das Meer, alles unter einem primelfarbenen Himmel. »Jetzt«, sagte Enderby laut.

Mit der einen zitternden Hand schüttete er die andere zitternde Hand voll Aspirin. Er steckte sich die weißen Pillen in den Mund, wie ein Sparbüchsen-Mohr sich Pfennige einschiebt. Er trank Wasser aus der Milchflasche, immer noch zitternd. Espe, Aspe, Aspirin. War da ein Zusammenhang?

Die Espenhand, dem Tod entgegenzitternd

Es wurden noch sechs oder sieben Händevoll, bis er das Fläschchen leer hatte. Er spülte alles sorgfältig hinunter. Dann, seufzend, legte er sich zurück. Nun konnte er nur noch warten. Er hatte Selbstmord begangen. Er hatte sich umgebracht. Selbsttötung war von allen Sünden die verwerflichste, weil sie die feigste war. Welche Strafe wartete auf den Selbstmörder? Wenn Rawcliffe jetzt da wäre, könnte er aus dem *Inferno* zitieren, und wie, der Mann hatte ja selbst zur italienischen Kunst beigetragen! Enderby konnte sich vag erinnern, daß die Selbstmörder zur niederen Hölle gehörten, dem zweiten Kreis, zwischen denen, die Gewalt gegen ihre Nachbarn, und denen, die Gewalt gegen Gott, die Kunst und die Natur verübt hatten. Dorthin, in jenen dritten Kreis gehörte Rawcliffe von Rechts wegen, war vielleicht schon dort. All dies, dachte Enderby, waren Sünden des Löwen. Er schloß die Augen und sah ganz deutlich die blutenden Sträucher, welche die Selbstmörder waren, umflattert von Harpyien mit Gerassel von trockenen Flügeln, das sich anhörte wie das verstärkte Geräusch eines geschüttelten Aspirin-Fläschchens. Er zog die Stirn kraus. All dies kam ihm höchst unfair vor. Schließlich hatte er doch den Weg des zweiten Kreises gewählt, um den des dritten zu vermeiden, und trotzdem wurden nun die beiden Sünden zusammen in dieselbe runde Scheibe der niederen Hölle gesteckt.

Unendlich zart und behutsam kroch der Tag durch ein Kontinuum von dunkler und dunkler werdendem Grau. Die Uhr an seinem Handgelenk tickte gesund weiter, ein allzu tüchtiger Diener, der ebenso kalt den Tod vermelden würde wie den Tag und das Frühstück. Enderby begann eine große Müdigkeit zu fühlen und ein lautes Brummen in den Ohren zu hören.

Eine Fanfare von lauten Fürzen, kosmisches Rauschen von Abortspülungen. Die Dunkelheit vor seinen Augen wurde wie Schwarzbrot weggesäbelt, in dicken Scheiben, eine nach der andern bis zum Kanten des Laibes. Dieser begann sich nun langsam zu drehen, mit jeder Umdrehung heller werdend, endlich blendend wie die Sonne. Die Decken oder die Hände oder die Lider davorzuschieben, ging über Enderbys Kräfte. Der Kreis schien bersten zu wollen vor unerträglicher Leuchtkraft, und dann war es, als werde Enderby mit derbem, aber dennoch irgendwie erzengelhaftem Hau-Ruck-Geschrei zu einem unnennbaren verborgenen Wesen hingezerrt. Plötzlich brach dieses Wesen, das SICH zuerst humorvoll als bloßes Phänomen der Wahrnehmung vorstellte, in einen dröhnenden Vernichtungsschlag gegen alle Sinne aus, und Enderby taumelte zurück.

Da war sie und begrüßte ihn und bat ihn hinein, prrrrrp furzend wie zehntausend Erdbeben, arrrp und och rülpsend wie eine Million Vulkane, während das ganze Universum brüllte vor zustimmendem Lachen. Die Titten schwang sie ihm entgegen wie zwei versackte Monde, extrahierte eine endlose Schlange Speckschwarte aus ihren schwarzen Zähnen, bewarf ihn mit Bällen von Ohrenschmalz und blies grünen Rotz in seine Richtung. Die Throne wackelten, und die Gewalten konnten nicht mehr. Enderby erstickte unter Gerüchen: Schwefelwasserstoff, ungewaschene Achselhöhlen, Halitose, Faeces, abgestandener Urin, faules Fleisch – alles wurde ihm in würgenden Klößen in Mund und Nasenlöcher geschoben. »Hilfe«, versuchte er zu rufen. »Hilfe, Hilfe, Hilfe!« Er stürzte, kroch, schrie »Hilfe, Hilfe!« Die Schwärze, die aus festgewordenem Dreck und Gelächter bestand, schloß sich über ihm. Noch einen letzten Schrei stieß er aus, ehe er sich ergab.

Kapitel Zwei

1 »Und«, sagte der Psychiater Dr. Greenslade, »sowas machen wir nicht noch mal, nein? Denn nun sehen wir ja, damit bereiten wir anderen Menschen nur jede Menge Ärger und Arbeit.« Er strahlte, ein dicker jüngerer Mann in einem nicht allzu sauberen weißen Kittel und mit der ungesunden Gesichtsfarbe eines Freundes von Süßigkeiten. »Zum Beispiel für das Herz unserer armen alten Wirtin war das gar nicht gut. Stellen Sie sich vor, sie mußte die Treppen rauf und dann wieder runter rennen« – er illustrierte dies mit durch die Luft auf und nieder wackelnden Fingern – »und sie war in höchster Aufregung, als die Ambulanz endlich ankam. Wir müssen jeder auf die andern Rücksicht nehmen, nicht? Die Welt ist nun mal nicht für uns allein und für niemand sonst geschaffen.«

Enderby wand sich unter der kindgemäßen Substitution der ersten Person Plural für die zweite Singular. »Alle Menschen bereiten Arbeit, wenn sie sterben«, murmelte er. »Das läßt sich nicht vermeiden.«

»Ah«, legte Dr. Greenslade los, »aber Sie sind nicht gestorben. Wenn jemand auf anständige, normale Weise stirbt, dann bereitet er anderen auf eine anständige, normale Weise eine *ruhige* Arbeit, die niemandem schadet. Aber Sie wurden mehr oder weniger ertappt, als Sie gerade abdampfen wollten. Das bedeutete Ärger und Herumgerenne für alle, besonders für Ihre arme alte Wirtin. Außerdem« – er beugte sich vor, um die Stimme zu dämpfen – »handelte es sich ja bei Ihnen nicht um ehrliches Sterben, nicht? Es war« – die obszönen Worte sprach er flüsternd aus – »versuchter Selbstmord.«

Enderby senkte den Kopf, denn dies war die erwartete normale Reaktion. Dann sagte er, »es tut mir leid, daß ich's verpfuscht hab. Ich weiß nicht, was über mich kam. Oder doch, in gewisser Weise natürlich, aber wenn ich mutiger gewesen wäre, wenn ich's ausgehalten hätte, dann, glaub ich, wäre ich glatt durchgedampft, wenn Sie verstehn, was ich meine. Ich meine, da war so eine Höllenvision, die mir Angst machen sollte. Mit Schreckgespenstern und so. Es war nicht wirklich.«

Dr. Greenslade rieb sich unauffällig die Hände. »Ich seh schon«, sagte er, »das gibt noch viel Spaß. Allerdings nicht für mich, leider. Immerhin, ich kriege ja Wapenshaws Berichte. Es ist ein schönes Fleckchen«, sagte er träumerisch, »besonders schön zu dieser Jahreszeit. Es wird Ihnen gefallen.«

»Wo?« sagte Enderby mit Argwohn. »Was?« Dr. Greenslade hatte sich angehört wie jemand aus einem Roman von Dickens, der über das Grab seines geliebten schwachsinnigen Kindes sprach. »Ich dachte, ich werde entlassen.«

»Oh, meine Güte, nein!« sagte Dr. Greenslade schockiert. »Ein gesunder Mensch versucht doch nicht, Selbstmord zu begehen. Jedenfalls nicht vorsätzlich und kaltblütig. Und Sie hatten es ja geplant, nicht? Preston Hawkes hat mir gesagt, Sie hatten es geplant. Es war nicht bloß ein verrückter Impuls.«

»Nein, das war es nicht«, sagte Enderby trotzig. »Es war logisch. Ich wußte vollkommen klar, was ich tat, und ich habe Ihnen vollkommen logische Gründe genannt, warum ich es tat.« Ein säuerlicher Rülpser stieß ihm auf: Griiiiikch. »Diese Krankenhauskost ist verflucht mies«, sagte er.

»In Flitchley ist die Kost ausgezeichnet«, träumte Dr. Greenslade. »Alles ist dort ganz ausgezeichnet. Schönes Gelände zum Spazierengehen. Tischtennis. Fernsehen. Eine Bibliothek mit beruhigenden Büchern. Menschen, die Sie verstehen. Sie werden gar nicht wieder fort wollen.«

»Hören Sie«, sagte Enderby ruhig, »ich geh dort nicht hin, verstehen Sie? Sie haben kein Recht, mich hier zu behalten oder mich irgendwo hinzuschicken. Ich bin vollkommen in Ordnung, verstehn Sie? Ich verlange meine Freiheit.«

»Also«, sagte Dr. Greenslade scharf, vom kindgemäßen zum schulmeisterlichen Ton überwechselnd, »nun wollen wir mal ein oder zwei Dinge absolut klarmachen, ja? Es gibt in diesem Land gewisse Gesetze betreffs Geistesgestörtheit, Gesetze betreffs Anstaltsgewahrsam, Atteste und so weiter. Eine Anrufung dieser Gesetze ist in Ihrem Fall bereits erfolgt. Wir können nicht zulassen, daß im ganzen Land Leute herumlaufen, die sich umzubringen versuchen.« Enderby schloß die Augen und stellte sich England vor, wimmelnd von peripatetischen Selbstmördern wie ein Zweig von Blattläusen. »Sie sind eine Gefahr für sich selbst«, sagte Dr. Greenslade, »und eine Gefahr für die Gemeinschaft. Wer sein eigenes Leben nicht achtet, wird wahrscheinlich auch das anderer Menschen nicht achten. Ist doch logisch, nicht?«

»Nein«, sagte Enderby prompt.

»Ah so!« sagte Dr. Greenslade sarkastisch, »der große Experte für Logik sind natürlich Sie.«

»Ich behaupte nicht, irgendwas zu sein«, sagte Enderby laut, »außer ein Dichter, den die Inspiration verlassen hat. Ich bin eine leere Eierschale.«

»Sie sind«, sagte Dr. Greenslade streng, »ein Mann von Bildung und Kultur, der für die Gemeinschaft von großem Wert sein kann. Wenn Sie wiederhergestellt sind, heißt das. Leere Eierschalen, soso«, sagte er abfällig. »Dichter!« – das klang nun beinah höhnisch. »Die Zeiten sind vorbei, diese glotzäugige Romantik. Jetzt leben wir in einer realistischen Zeit«, sagte er. »Die Wissenschaft macht Riesenschritte. Und die Dichter, na ja«, sagte er plötzlich mit aufgeräumter Mitteilsamkeit, »ich hab mal so einen gekannt. Das war ein netter, anständiger Kerl ohne große Rosinen im Kopf. Er schrieb auch sehr nette Gedichte, und die waren nicht allzu schwer zu verstehen.« Er schaute Enderby an, als ob Enderbys Gedichte weder nett noch verständlich seien. »Und dieser Mann hatte nicht Ihre Vorteile. Der hatte kein privates Einkommen und keine gemütliche kleine Wohnung in einem Badeort. Er hatte Frau und Kinder und schämte sich nicht, für sie zu arbeiten. Seine Gedichte hat er an den Wochenenden geschrieben.« Er nickte Enderby zu, dem Werktagsdichter. »Und an dem war nichts Abnormes, überhaupt nichts. Er führte keinen Hummer an der Leine, wollte nicht seine Schwester heiraten oder vor dem Rotwein Pfeffer fressen. Er war ein anständiger Familienvater, den niemand überhaupt für einen Dichter gehalten hätte.« Enderby stöhnte angewidert. »Und«, fügte Dr. Greenslade hinzu, »dabei hatte er ein Gedicht in allen Anthologien.« Enderby unterdrückte ein lautes Aufheulen. Dann sagte er:

»Wenn er so normal war, warum hatten Sie dann etwas mit ihm zu tun?«

»Das«, lächelte Dr. Greenslade in weit ausgreifendem Triumph, »war eine rein private Bekanntschaft. Nun«, sagte er, auf die Uhr über Enderbys Kopf blickend, »gehen Sie besser wieder auf Ihre Station.« Enderby stand auf. Er trug einen Krankenhaus-Pyjama, Bademantel, Pantoffeln und fühlte sich grau und verschrumpelt, ein Sozialfall. Er schlurfte aus dem Elektrokardiogramm-Raum auf den Korridor, zögerte an der Treppe mit dem Hinweisschild AUSGANG, erinnerte sich, daß man seine Kleider ja weggeschlossen hatte, und dackelte resigniert in die innere Station. Dort hatte man ihn nach dem Magenauspumpen in der Notaufnahme zum Ausschlafen hingebracht; er hatte zwei Tage lang in einer Art großem Feldbett mit Eisenstäben an den Seiten liegen und hungern müssen, und nun durfte er im Bademantel auf der Station herumlungern. Wenn einer der andern Patienten ihn fragte, »was fehlt dir denn, Kumpel?« antwortete er, nach Anweisung der Stationsschwester, »Acetylsalizyl-Vergiftung.« Aber alle diese rauhen Männer, alle mit eindrucksvoll sichtbaren Krankheiten, wußten es besser. Der hier, der hat versucht, sich hinzumachen. Als Enderby, die Hände in den Bademanteltaschen, sich zu seinem Bett hin beugte (links davon einer mit scherender Flechte, rechts ein Oberschenkelhalsbruch), kam ein Zwerg von einem Werktätigen auf Krücken zu ihm hergehumpelt. »Na«, sagte der Zwerg.

»Ja?« sagte Enderby. Der Zwerg machte über den Ösophagus seine Nasopharynx frei und sagte mit Verschwörermiene:

»Der hat dir vorgenommen, eh? Hab ihm reinkommen sehn. Mal richtig allet durchgestrampelt, eh?«

»Stimmt«, sagte Enderby.

»Müßte's ein Gesetz geben gegen, wenn du mich fragst. Ziehn dir deine Geheimnisse aus dem Hinterkopf, sozusagen. Ist nicht richtig, so seh ick dat. Hat er bei mir auch mal probiert. Weißte, weswegen?«

»Nein«, sagte Enderby. Der Zwerg humpelte noch näher heran, mit leuchtenden Augen. Er sagte leise:

»Meine Frau war mit die Kinder int Kino, weißte. Ick hatte nüscht zu tun, war nicht viel int Fernsehn, und ick hatte gegessen und abgewaschen und die Küche gemacht. Ick les die Zeitung, und da steht auch nicht viel drin, nur Morde und so'n Zeugs und diese Gipfelkonferenzen. Jedenfalls, und weißte, wat ick inne Tasche von mein Blaumann hab?«

»Nein«, sagte Enderby.

»So eine von diese große Muttern«, sagte der Zwerg. »Weiß nicht, wie die da hinkam, jedenfalls, da hatt' ick die. Eine große«, beteuerte er und machte zur Verdeutlichung einen Ring aus Daumen und Finger. »Eine Mutter, weißte, so eine, wo man Schrauben reindreht.« Mit dem Zeigefinger der andern Hand zeigte er, wie man das machte. »Verstehste, wat ick meine?« fragte er.

»Ja«, sagte Enderby.

»Na«, sagte der Zwerg, »ick seh mir dat an und denk drüber nach, und da kommt mir eine Idee. Und weißte, welche?«

»Nein«, sagte Enderby.

Der Zwerg kam nun ganz dicht heran, was schwierig war auf seinen Krücken, bis es schien, als ob er Enderby ins Ohr beißen wollte. »Mal reinstecken«, sagte er. »Frau war nicht da, verstehste, und ick hatte doch nüscht weiter zu tun. Er paßte auch ganz prima rein, tätste staunen. Jedenfalls, da steckt er nu drin, und weißte, wat dann passiert ist?«

»Nein«, sagte Enderby.

»Kam nicht wieder raus«, sagte der Zwerg, und in seinen Augen durchlebte er das Entsetzliche noch einmal. »Da hatt' ick's. Er steckt drin und will nicht wieder raus. Ganz schön blöd muß ick ausgesehn haben, als die Katze durchs Fenster reingekommen ist. War'n heißer Abend, nicht, unt' Fenster war auf. Und da steh ick, mit mein Ding inne Mutter und will nicht wieder raus. Ick versuch allet – halte't untern Kaltwasserhahn, geh mit eine Feile dran: bringt's nicht. Dann kommt meine Frau von't Kino zurück und sieht, wat ick gemacht hab, und schickt die Kinder die Treppe rauf. Schlimm genug, dasset die Katze gesehn hat, aber die Kinder brauchten't nicht wissen. Also, weißte, wat sie gemacht hat?«

»Nein«, sagte Enderby.

»Ambulanz hat sie gerufen, und die, die bringen mir int Krankenhaus. Aber nicht in dat hier. Damals haben wir woanders gewohnt. Na, und die probiern und probiern – bringt's nicht. Allet Mögliche haben die probiert. Und weißte, wat sie zum Schluß machen?«

»Nein«, sagte Enderby.

»Holen die Feuerwehr. Ehrlich, ick erzähl dir kein Wort, wat nicht stimmt, aber die können nicht mehr anders, und ick schwör dir's beim Pfarrer inne Kirche, die holen die Feuerwehr! Und weißte, wat die Feuerwehr hat machen müssen?«

»Nein«, sagte Enderby.

»Die lassen eine von ihren Spezialsägen kommen, wo sie Metall mit durchsägen, und da halten sie die ganze Zeit mittem Schlauch drauf. Weißte, warum sie dat machen?«

»Zum Kühlen«, sagte Enderby.

»Genau!« sagte der Zwerg. »Da hätten nicht viele die richtige Antwort drauf gewußt wie du. Zum Kühlen. Jedenfalls, die haben dat abgekriegt, und dann haben sie mir gesagt, ick soll zu dem Typ hier gehn, wo du auch warst. Hat mir aber nüscht gebracht, der.« Er schaute finster drein.

»Und deshalb bist du jetzt wieder hier drin?« fragte Enderby.

»Nö«, sagte der werktätige Zwerg verächtlich. »Bei die Arbeit's Bein gebrochen, diesmal. Irgendwat hat man immer, nicht?«

Von diesem Moment an dachte Enderby, daß es, bei einem gewissen Maß an Hilfe und Ermutigung, für ihn vielleicht vorstellbar sein könnte, daß er beschließen würde, er wolle – mit gewissen unvermeidlichen Vorbehalten – weiterleben. Mitten in der Nacht wurde er wach, weil er im Traum über einen Witz lachen mußte. Die Schwester gab ihm ein Sedativum.

2 Flitchley im rosa Schnee der Apfelblüte, Widerhall von Kuckucksrufen (passenderweise), grün, still auf eine Art, die durch das Klack und Klock der Tischtennisbälle noch stiller wurde, Flitchley war genau so, wie Dr. Greenslade gesagt hatte. Mehrere Wochen später saß Enderby auf einer vogellärmigen Terrasse und las ein Jugendbuch voll harmloser Gewalttätigkeit. (»... Der Chinese, mit einem drohenden orientalischen Lächeln in seiner undurchdringlichen gelben Miene, riß das Messer aus dem Rücken seines toten Kumpans und warf es blitzschnell nach Colonel Bill. Bill duckte sich und hörte die tückische Waffe in der Türfüllung summen. Gerade noch rechtzeitig hatte er sich geduckt. ›Nun‹, sagte er mit einem kalten Lächeln in seinen klar geschnittenen Zügen, ›ich denke, ich habe für heute mehr als genug von Ihrer Verräterei, Mr. John Chinaman.‹ Er schritt auf den Chinesen zu, der nun in seinem heimischen Kauderwelsch etwas stammelte, das offenbar ein Gebettel um Gnade war ...«) Aus dem Tagesraum kam die fröhliche Musik des Tischdeckens vor dem Mittagessen. Hinter dem Geklapper bückte sich ein Gärtner bei seiner Arbeit. Enderbys Mit-Patienten gingen im Gelände spazieren oder saßen wie er selbst ruhig da und lasen beruhigende Literatur. Dann und wann ließ Enderby das Buch auf den Schoß sinken, machte die Augen zu und sagte viele Male zu sich selbst, »mein Name ist Enderby-Hogg, mein Name ist Enderby-Hogg.« Das war ein Teil des Heilungsprozesses: ein behutsam eingefädelter Wechsel der Identität. Hogg war der Mädchenname seiner Mutter gewesen, und bald, wenn erst der Enderby zum Schweigen gebracht wäre, würde dies sein einziger Name sein.

Es klingelte zum Essen, und vom Radio im Tagesraum kam das gepflegte Dröhnen der Nachrichten. Enderby-Hogg setzte sich auf seinen Platz an einem Sechsertisch, nachdem er zuerst Mr. Barnaby die Hand gedrückt hatte. Mr. Barnaby wollte wie ein Hund jedermann Pfötchen geben, zu jeder Tageszeit, und manchmal weckte er einen zu diesem Zweck behutsam auch nachts. Er hatte ein liebes, runzliges Gesicht und war wie dieser Enderby, der nun kurz vor dem Verschwinden stand, eine Art Dichter. Er hatte ein Gedicht auf den medizinischen Direktor geschrieben, das so anfing:

So wenig wie der Pförtnerhund, der so elend winselt,
So wenig wie die Krähe, die auf dem Baum sitzt,
So wenig wie die leere Dose Backbohnen Marke Heinz,
So wenig liebt dich deine Frau, Mann mit dem stechenden Blick.

Am selben Tisch saß Mr. Trill, der unter den Symptomen seiner Störung auch die Fähigkeit hatte, den Sieger jedes größeren Pferderennens aus den letzten sechzig Jahren zu nennen. Er war ein Mann von ehrwürdiger Erscheinung und schwor, er hasse die Rennen. »Tausend Guineen, 1910«, sagte Enderby-Hogg nun zu ihm, als automatische Begrüßungsformel. Mr. Trill blickte traurig von seiner Suppe auf und sagte, »Winkipop, Besitzer Astor, Trainer W. Waugh, Jockei Lynham. Startwette fünf zu zwo.« Dann war da noch Mr. Beecham, Klempnermeister, der auf psychiatrische Anordnung den ganzen Tag mit dem Malen von Bildern verbrachte: schwarze Schlangen, rotes Gemetzel, seine Frau mit drei Köpfen. Mr. Shap, Versicherungsvertreter, mit dunkler Brille und einem schwarzen Loch anstelle des Mundes, sagte nichts und tat nichts, schrie aber manchmal ein einziges Wort heraus: PASTE! Und schließlich noch Mr. Killick, der mit schwacher Stimme Predigten an die Vögel hielt. Er sah aus wie ein tüchtiger Metzger.

Die sechs in der Runde schlürften ihre Suppe und bekamen dann von zwei aufgeräumten Schwestern Fleischpasteten-Scheiben mit Kartoffelbrei vorgesetzt. Es gab Löffel und Gabeln, aber keine Messer. Die Mahlzeit kaute sich von selbst behaglich und ruhig dahin, nur daß einmal an einem der anderen Tische ein Mann im Bademantel zur Decke hinaufrief:

»Versenken, Nummer eins!«

Aber schnell wurde er von einer der Schwestern beruhigt, einem bodenständigen Lancashire-Mädel mit einem gesunden Sinn für Humor. Sie sagte, »nun versenk mal erst die Pastete, mein Junge! Pudding kommt gleich längsseits.« Enderby lachte mit allen andern über diese typische Probe des Mutterwitzes von Lancashire. Der Pudding, mit Sirup und reichlich Eierkrem zubereitet, wurde dann hereingekarrt, und Mr. Killick, der nach einer langen Morgenpredigt an die Vögel besonders hungrig war, aß drei Portionen. Nach dem Essen gingen manche noch mal zu Bett, während Enderby-Hogg und einige andere sich ins Solarium setzten. Enderby-Hogg hatte kein Geld, aber irgendeine obskure Stiftung, die der Fürsorger seinetwegen bemüht hatte, versorgte ihn hinlänglich mit Zigaretten. Eine Schwester kam mit Streichhölzern, um den Rauchern Feuer zu geben: Kein Patient durfte mehr selber Streichhölzer haben, seit einmal ein jehovabegeisterter Paralytiker die Anstalt ein Sodom genannt und in Brand gesteckt hatte.

Nach einer ruhigen Zigarette, bei trägem, langsamem Geplauder über alles und nichts, ging Enderby-Hogg auf den Abort. Die kleinen Kabinen hatten keine Türen und konnten vom Korridor durch eine dicke gläserne Wand eingesehen werden: Sogar hier fühlte man sich niemals allein. Nach einer ausgiebigen gesunden Entleerung ging Enderby-Hogg auf die Station, die er mit elf anderen teilte, um sich dort auf sein Bett zu legen, bis er zur Nachmittagssitzung bei Dr. Wapenshaw gerufen würde. Er las sein Jugendbuch zu Ende. (»... ›Und‹, grinste Colonel Bill, ›trotz all der Zwischenfälle und Gefahren war es doch ein famoses Abenteuer, das ich gern noch einmal erleben würde.‹ Aber als er nun seine Pfeife anzündete und der Rauch würzig und stark verströmte, da hätte er nicht gedacht, daß ein Abenteuer mit noch mehr Aufregungen ihn erwartete. Und über dieses Abenteuer, Freunde, hören wir alles in unserer nächsten Geschichte – der siebenundneunzigsten! – von Colonel Bill und dem getreuen Spike.«) Enderby freute sich schon darauf – doch ohne schädliche Erregung –, diese Geschichte bald zu lesen.

Um drei Uhr kam eine lächelnde Schwester und rief ihn zu Dr. Wapenshaw. Dr. Wapenshaw sagte, »Ah, hallo, da sind wir ja wieder, mein Alter! Alles klar, eh? Famos, famos« – ganz wie der Colonel Bill oder sein Schöpfer. Dr. Wapenshaw war ein Hüne, dessen überschüssiges Fett wie Medaillen an seine früheren Triumphe im Rugby erinnerte. Er hatte große Füße, einen Schnurrbart, und seine Stimme klang wie ein Plumpudding. Aber er war ein kluger und origineller Psychiater. »Setzen Sie sich«, forderte er auf. »Rauchen Sie, wenn Sie wollen.« Enderby-Hogg setzte sich, mit schüchternem Lächeln. Er verehrte Dr. Wapenshaw.

»Enderby-Hogg, Enderby-Hogg«, sagte Dr. Wapenshaw, als ob es der Anfang eines Kinderreims wäre. Eine dicke Akte lag vor ihm auf dem Tisch, aufgeschlagen. »Enderby-Hogg. Bißchen schwer auf der Zunge, was? Ich glaub, den Enderby können wir weglassen, meinen Sie nicht? Na klar, behalten Sie ihn im Ärmel für besondere Gelegenheiten, wenn Sie wollen. Wie finden Sie den Hogg?«

»Oh, prima«, sagte Hogg. »Vollkommen in Ordnung.«

»Hogg, *hog*, Sie alter Eber! Denken Sie da nicht an sowas? An Schweine? Mist?« Er lächelte. »Gefräßigkeit?« Humorvoll machte Dr. Wapenshaw ein Schweinegrunzen.

»Natürlich nicht«, sagte Hogg und lächelte ebenfalls. »An etwas mit Rosen. Einen Rasen im Sommer. Eine lieblich duftende Frau am Klavier. Eine silberne Stimme. An den Rauch einer oval gebohrten Passing Cloud.«

»Ausgezeichnet«, sagte Dr. Wapenshaw. »Das wird schon reichen, und wie!« Er lehnte sich in seinem Drehstuhl zurück und drehte sich ausgelassen hin und her, während er Hogg mit gütiger Miene betrachtete. »Der Bart kommt ja schon wunderbar«, sagte er. »Noch zwei Wochen, und dann haben Sie einen sehr schönen. Ach ja, ich hab mir das notiert, wegen der Brille. Am Donnerstag schicken wir Sie zum Augenarzt.«

»Recht herzlichen Dank«, sagte Hogg.

»Lieber Mann, dafür brauchen Sie mir nicht zu danken«, sagte Dr. Wapenshaw. »Dazu sind wir doch schließlich da, nicht? Um zu helfen.« Hogg kamen die Tränen. »Nun«, sagte Dr. Wapenshaw, »ich hab Ihnen ja schon erklärt, was das ist, was wir machen wollen, und warum wir's machen wollen. Können Sie's noch mal kurz« – er lächelte – »in Ihren eigenen Worten wiederholen?«

»Enderby«, sagte Hogg, »war der Name einer prolongierten Adoleszenz. Die Merkmale der Adoleszenz waren stark ausgeprägt und wären wahrscheinlich permanent geblieben. Da war zum Beispiel diese Obsession mit der Poesie. Neigung zu Masturbation, Sicheinschließen auf dem Abort, Aufsässigkeit gegen die Religion und die Gesellschaft.«

»Ausgezeichnet«, sagte Dr. Wapenshaw.

»Die Lyrik war eine Blüte dieser Adoleszenz«, sagte Hogg. »Es ist trotzdem gute Lyrik, manches davon, aber sie war Produkt eines adoleszenten Charakters. Ich werde mit etwas Stolz auf Enderbys Leistung zurückblicken. Aber dem Leben kann man nicht ausweichen.«

»Klar kann man ihm nicht ausweichen«, sagte Dr. Wapenshaw, »und Sie werden ihm nicht ausweichen. Und mehr noch, Sie werden am Leben Freude haben. Nun will ich Ihnen sagen, was mit Ihnen passieren wird. In einem Monat – vielleicht schon früher, wenn Sie weiter so schöne Fortschritte machen wie bis jetzt – schicken wir Sie auf unsere landwirtschaftliche Station in Snorthorpe. Das ist eigentlich ein Genesungsheim, wissen Sie, wo Sie ein bißchen leichte Arbeit leisten – nicht zu viel natürlich, nur so viel, wie Sie meinen, das schaffen Sie, und nicht mehr – und dabei haben Sie ein sehr angenehmes und einfaches Sozialleben in wunderschöner Umgebung. Snorthorpe«, sagte Dr. Wapenshaw, »ist ein kleines Städtchen an einem Fluß, mit Sommerfrischlern, Schwänen, Kahnfahren, nette kleine Kneipen. Sie werden es herrlich finden. In einer Gruppe – unter Aufsicht natürlich, wenn man das Aufsicht nennen kann – dürfen Sie in die Kneipen gehen, zum Tanzen und ins Kino. Im Heim selbst gibt es Schachturniere und Sängerrunden. Einmal die Woche« – Dr. Wapenshaw lächelte – »komme ich selbst gern hin und leite einen Singabend. Das wird Ihnen gefallen, wie?«

»O ja!« hauchte Hogg.

»Auf diese Weise«, sagte Dr. Wapenshaw, »passen Sie sich allmählich dem Leben in der Gesellschaft an. Sie werden sogar Frauen kennenlernen, wissen Sie.« Er lächelte. »Eines Tages, wissen Sie, ich seh's voraus, da finden Sie noch eine, mit der die Ehe so richtig klappt. Enderby hat da ja ziemlichen Mist gebaut, nicht? Aber jetzt ist das alles vorbei. Mit der Anullierung geht alles glatt, hab ich gehört.«

»Ich weiß nicht mal mehr, wie sie heißt«, sagte Hogg finster.

»Machen Sie sich darum keine Sorgen«, sagte Dr. Wapenshaw, »das war Enderbys Sache, nicht? Sie werden sich später mal dran erinnern. Und obendrein werden Sie es lustig finden, sich dran zu erinnern.« Hogg lächelte versuchsweise, die Belustigung vorwegnehmend. »Also, was Ihre Zukunft allgemein anbelangt, darüber sollten Sie einstweilen nicht nachdenken. Es wird nicht schwer sein, einen Job für Sie zu finden, der Ihnen wirklich liegt – wir haben unsere eigene Abteilung für sowas, die sich um alles kümmert, und die Leute da sind sehr tüchtig. Was Sie im Moment machen sollten, ist, sich zu *freuen* über den neuen Menschen, den wir zu schaffen versuchen. Ist doch ein Riesenspaß, schließlich, nicht? Ich jedenfalls finde das alles riesig, und ich möchte, daß Sie's auch riesig finden. Schließlich« – er lächelte – »sind wir uns doch sehr nahe gekommen, nicht, in den letzten Wochen? Das ist doch ein echtes Abenteuer, auf das wir uns da zusammen eingelassen haben, und ich hab echt meine Freude dran.«

»Oh, ich auch«, sagte Hogg beflissen. »Und ich bin Ihnen echt unheimlich dankbar.«

»Na, das ist aber unheimlich nett von Ihnen, daß Sie das sagen«, sagte Dr. Wapenshaw. »Aber Sie haben selbst mächtig mitgeholfen, wissen Sie.« Er lächelte noch einmal und dann wurde er freundlich-barsch und geschäftsmäßig. »Ich seh Sie dann«, sagte er, in seinen Kalender blikkend, »am Freitagmorgen. Also nun los mit Ihnen, zu Ihrem Tee oder was Sie vorhaben, damit ich mir mein nächstes Opfer vorknöpfen kann.« Er seufzte humorvoll. »Arbeit, Arbeit!« Er schüttelte den Kopf. »Nichts als Arbeit! Nun verschwinden Sie endlich!« Er grinste. Hogg grinste zurück und verschwand.

Zum Tee gab es Sandwiches mit Rindfleischextrakt und solche mit Fischpaste (Mr. Shap rief wieder PASTE, und weil es diesmal so herrlich paßte, mußten sie alle lachen), Törtchen und einen kleinen Pflaumenkuchen für jeden Sechsertisch. Nach dem Tee ging Hogg im Gelände spazieren und überraschte Mr. Killick, wie er einigen Staren, die außerhalb des Grenzzaunes Brot pickten, Worte zuflüsterte: »Na kommt schon, ihr Vögelchen, seid lieb und gut zueinander und ehret Gott, der euch alle geschaffen hat. Er war ein Vogel, genau wie ihr.« Hogg kehrte um und ging zu dem sonnigen Solarium, wo Mr. Barnaby gerade triumphierend eine weitere Strophe seiner Ode auf den medizinischen Direktor vollendete. Mit viel Gefühl las er sie vor, nachdem er Hogg zuerst herzlich die Hand gedrückt hatte:

Und ich sah dich nachts auf dem Feld
Mit einem Stock ins Gras dreschen, das nicht hören wollte.
Und darum wird dir die Vase vom Bord fallen
Auf dein übelriechendes Hirn.

Zum Abendessen gab es Fisch und nachher einen Reispudding mit Sultaninen drin. Mr. Beecham, mit zinnoberroten Händen von seinem Tagewerk an einer großen symbolischen Leinwand, pickte langsam alle Sultaninen aus seiner Portion und ordnete sie auf seinem Brotteller in einer schlichten Gestalt an. Nach dem Essen gab es im Fernsehen Amateurboxen, wobei zwei Patienten sich so aufregten, daß eine Schwester auf das andere Programm umschalten mußte. Im anderen Programm gab es eine schlichte moralische Geschichte von Gut und Böse im nordamerikanischen Westen während der sechziger Jahre des vorigen Jahrhunderts. Sie wurde in gewissen Abständen von asthenischen Frauen unterbrochen, die Waschmaschinen vorführten; allerdings schienen manche Patienten darin keine Einblendungen zu sehen, sondern nur etwas abgehobene Bestandteile der Handlung. Integration war das Thema: der Aufbau einer neuen menschlichen Gesellschaft unter dem unerschütterlich leuchtenden Sheriffsstern. Hogg nickte oftmals; er sah in all dem (Eroberung neuen Territoriums, Tod dem antisozialen Bösen) eine Allegorie seiner eigenen Umerziehung.

3

Hochsommer in Snorthorpe. An der Brücke ein Bootsverleih, an der Brücke ein Hotel namens White Hart, sehr beliebt bei den Sommerurlaubern. Gäste auf der Terrasse, zufrieden ins Mittagslicht blinzelnd. Freudig kläffende Hunde, gejagt von Kindern. Enten und Schwäne, wohlgenährt, verwöhnt. Weiden. Eine alte Burg auf einem Hügel hoch über dem Fluß.

Ein Knäuel Männer kam in lockerer Formation, aber augenscheinlich als beaufsichtigte Gruppe, von den sonnengebräunten Feldern der landwirtschaftlichen Station auf das Städtchen zugegangen. Es waren Männer, die ebenso braun und handfest aussahen wie die bootfahrenden Urlauber, jeder mit einer Hacke, Schaufel oder irgend so einem Werkzeug. An der Brücke machten sie auf einen gutgelaunten Befehl ihres Anführers halt. »All right«, rief er, »fünf Minuten Pause. Old Charlie hier sagt, er hat einen Stein im Schuh.« Mr. Peacock war ein netter brauner Mann, aufrecht und stämmig, der seine Schützlinge wie jüngere Brüder behandelte. Old Charlie setzte sich aufs Brückengeländer, und Mr. Peacock half ihm aus seinem straßenstaubigen Stiefel heraus.

»Zigarette?« sagte Schweinchen Hogg (wie er im Scherz genannt wurde) zu seinem Gefährten. Bob Curran nahm eine und nickte dankend. Er zog ein billiges zylindrisches Feuerzeug aus der Tasche und knipste es an. In der flammendhellen Mittagsluft blieb die Flamme unsichtbar. Schweinchen Hogg beugte sich über seine Hand und zog, bis seine Zigarette brannte.

»Hast nicht mehr lang vor dir jetzt«, sagte Bob Curran.

»Nicht mehr lange«, sagte Schweinchen Hogg und schaute zu dem langen, zurückweichenden Weidenufer hinüber. »Nächste Woche, meinen sie.« Er streifte eine Tabakfaser von der Unterlippe. Die Lippen wurden von einem braunen, mit Grau durchwachsenen Bart eingerahmt; seine Haut war gebräunt; er trug eine Stahlbrille. Er sah ein bißchen wie Hemingway aus, aber das war alles, was ihn mit der Literatur noch verband. Ein Mann mittleren Alters, mit einigermaßen gepflegter Redeweise, an manuelle Arbeit offenbar nicht gewöhnt, aber ohne Scheu mit zupackend, geachtet bei den anderen auf der Station, hilfreich beim Briefschreiben. Manche hatten gesagt, es sei doch schade um seine Bildung, wo man ihn jetzt, wie es hieß, als Barmann zur Ausbildung in einem Londoner Hotel unterbringen wollte. Aber Schweinchen Hogg wußte, darum war es nicht schade.

Vor ein paar Tagen hatte er abends, nach dem Schlafengehen, seine Nachttisch-Kopfhörer aufgesetzt. Nachdem er an dem Plastikschalter an der Wand zuerst die leichte Welle, dann die gute Nachtmusik weggeknipst hatte, war er ins Dritte Programm geraten. Ein blasierter junger Mann hatte über moderne Lyrik gesprochen: »... Enderby, der sich vor seinem unerklärlichen Verschwinden ... als ein guter zweitrangiger Lyriker durchgesetzt hat, in der Tradition des ... vielleicht unserer Generation nicht viel zu sagen ... die signifikanteren Arbeiten von Jarvis, Sime und Cazalet...« Er hatte ohne jedes Interesse zugehört. Man wurde benutzt und dann weggeworfen; Enderby war es noch besser ergangen als vielen anderen; Hogg freute sich darauf, Barmann zu werden. Ein Barmann obendrein, der anders wäre als die meisten, sowas wie ein Original, wenn er hier und da mal ein paar Verszeilen über die Schaumkronen der Pints streute. Hinter den Worten und Rhythmen lagen die Empfindungen. Für die wurde es jetzt Zeit.

»Was hatte der alte Himmelspilot dir denn zu sagen?« fragte Bob Curran.

»Der?« sagte Schweinchen Hogg vage. »Ach, ich fand, er hat ganz vernünftige Sachen für die Kirche von England gesagt. Sie ist doch so eine Art Gemeinschaft. Sie verlangt nicht allzu viel. Er hat mir ein paar Bücher zum Lesen geliehen, aber ich hab ihm gesagt, ich bin kein großer Leser. Wenn's ihm Spaß macht, tret ich bei.«

»Ich hab mir auch noch nie viel aus der Religion gemacht«, sagte Bob Curran. »Mein Papa ist mal ein fahrender Kesselflicker gewesen, und die Fahrenden, das sind alles Atheisten. Was hatten wir für einen Spaß, weiß ich noch, immer donnerstagabends in alten Zeiten! So mit Schweinebauch, weißt du, Apfelwein, und dann hielt irgendwer eine Rede über die kausale Notwendigkeit, und hinterher eine Mordsdiskussion! Alles in unserm Vorderzimmer, weißt du, mit Nelsons Tod überm Klavier.« Bob Curran war ein sehr dünner Mann von siebenundfünfzig, Radioverkäufer, in Genesung von der Schizophrenie. »Mir kommt es so vor«, sagte er, »daß die Leute damals mehr *Glauben* hatten. Sie glaubten *fester*. Doch, ich glaube, daß mein Alter, der nur ein ungebildeter alter Kesselflicker war, fester daran glaubte, daß es keinen Gott gibt, als manche von diesen frommen Säcken heute dran glauben, daß es einen gibt. Eine komische alte Welt«, sagte er, wie immer, wenn er ein Fazit ziehen wollte.

»O ja«, stimmte Schweinchen Hogg zu, »aber nicht uninteressant.« Nach dem Mittagessen sollte ein Kricket-Match stattfinden, zwischen dem Heim und der örtlichen Johanniter-Ambulanz. Hogg hatte sich überreden lassen, Schiedsrichter zu spielen. Die Bein-vorm-Mal-Regel hatte er nie begriffen, aber er hatte sich dafür entschieden, immer, außer bei einem ganz klaren Fang oder Treffer, »nicht aus« zu sagen. Am Abend sollte es eine Gesangsrunde, angeführt von Dr. Wapenshaw, geben, mit Bier aus der Kantine – zwei Flaschen pro Mann. Schweinchen Hogg war der Kapitän des siegreichen Quiz-Teams. Im Schach hatte er Alfred Breasley geschlagen.

»Los, meine Tiger!« rief Mr. Peacock. »Old Charlies Schuh ist entsteint.« (Old Charlie grinste zahnlos.) »So wahr Gott im Himmel ist, so wahr ist alles in Butter mit dem etcetera etcetera. Frisch auf, ihr Männer! Sagt mal, was haben wir denn heute? Sonnabend, nicht? Das heißt Corned Beef und Quetsch, Rote Beete und danach Melassetorte. Klar, Schweinchen, mein Alter, kuck nicht so sehnsüchtig nach den Freßschuppen! Los geht's.«

Schweinchen Hogg schaute hinauf zu den winzigen Wölkchen (Wattestöpsel aus himmlischen Aspirin-Fläschchen) und dann hinab zu den sonnendurchwärmten Booten am Ufer, die wie Hühnergerippe aussahen. Ein Schwan öffnete einen Erzengelsflügel. Die Hacke schulternd und den Zigarettenstummel wegschnipsend ging er los.

Die Muse

Deutsch von Joachim Kalka

Für Deborah

Esperad todavía.
El bestial elemento se solaza
En el odio a la sacra poesía
Y se arroja baldón de raza a raza.

Rubén Darío

Erster Teil

Kapitel Eins

1 »Das«, sagte der Gast an der Bar, »würde ich persönlich bezeichnen als – und wem es nicht paßt, der kann es von mir aus bezeichnen, wie er will –« Hogg hörte respektvoll zu, halb vorgebeugt; er trocknete ein Glas ab, aus dem eine schrille Frau, Schauspielerin oder was, Pimm's Number One gelutscht und getrunken hatte. »Aber ich ganz persönlich würde es bezeichnen als –« Hogg polierte am unauslöschlichen Abdruck eines Lippenstiftmundes und wartete auf eine eigenwillige Pointe, nicht nur *le mot juste* allgemein, sondern das rechte Wort, das im Sinne eben dieses einen Kunden Recht sprach. »Eine infame Unverschämtheit.« Hogg neigte sich tiefer, ein wenig unzufrieden. Er war einst selber ein Mann des Worts gewesen. (Nein, immer noch – aber daran war nicht zu denken, sie hatten ihm gesagt, das wäre alles vorbei, die leeren Flaschen jener Jahre vom lustigen Milchmann Zeit längst abgeholt und eingetauscht in fromme Denkungsart. Und sie wußten alles am besten oder behaupteten es wenigstens. Und doch –) »Der Name eines Mannes ist schließlich und endlich immer noch sein Name.« So konnte man nicht sagen, wie der Mann gerade gesagt hatte. Eine Unverschämtheit war immer blank, infam waren Lügen. Hogg hatte viel gelernt in seiner Zeit unter Barkeepern und so weiter, dem Salz der Erde. Doch er sagte milde:

»Sehr liebenswürdig von Ihnen, Sir, daß Sie das so sehen.«

»Geht schon in Ordnung«, sagte der Gast und schob mit großer Geste Hogg diesen Satz hin wie ein Trinkgeld.

»Aber man hat es nicht nach mir benannt, Sir, wenn Sie verstehen, was ich meine.« Das war hervorragend: echt Barkeeper. »Sie haben mich hier eingesetzt, sozusagen, weil das Lokal schon so hieß, wie es eben heißt.«

»Hogg! Es hat schon viele mit Namen Hogg gegeben«, sagte der Gast streng. »Da war der eine, ein Heiliger war das, der diese Schulen begründet hat, wo die Kinder alle zerlumpt waren. Zerlumpt mußten sie sein, oder er hat sie nicht reingelassen. Wie eine Schuluniform. Und dann dieser Hogg, der ein Lord war und es aufgegeben hat, damit er Premierminister wird, aber es hat nicht geklappt, und er klingelt bloß immer mit der Glocke und fährt allen übers Maul.«

»Und dann noch James Hogg, der Dichter«, sagte Hogg unvorsichtigerweise.

»Von Dichtern will ich hier nichts hören.«

»Der Schäfer von Ettrick genannt, wenn Sie verstehen, was ich meine. Ja, der ettrische Schäfer... Der gute Hirte als Barde.«

»Und von Religion auch nicht!« Der Gast, der außer Whisky kein Mittagessen zu sich genommen hatte, wurde lauter. »Was wissen denn Sie, vielleicht glaub ich was! Man respektiere Glaube und Hautfarbe eines Mannes, und es kann nicht viel passieren. Ich nehme jeden, wie er kommt.« Er breitete sein Jackett flügelartig aus und zeigte seine grünen Hosenträger. Hogg sah unruhig zur anderen Wand der beinahe leeren Bar hinüber. Die Uhr stand auf fünf vor drei. John, der große, sardonisch dreinsehende spanische Kellner, der Spitzel des Geschäftsführers, ließ sich nichts von dem Auftritt entgehen. Hogg schwitzte zart.

»Ich meine bloß«, sagte Hogg, aus dem Konzept, »daß diese Bar damals Piggy's Sty genannt wurde, wegen des Mannes, der vor mir da war.« John der Spanier grinste höhnisch herüber. »Sir«, fügte Hogg hinzu.

»Und es kann nicht viel passieren, das ist meine Meinung.«

»Das hatte mit den Leuten zu tun, die die Hotelkette gegründet haben«, sagte Hogg rasch. »Die hatten einen Hogg drüben, als sie anfingen. Er hat ihnen Glück gebracht und ist gestorben. Amerikaner waren das.«

»Ich kann sie nicht leiden, aber ich hab nichts gegen sie. Wir haben beide Male Schulter an Schulter gekämpft, und wenn's nichts genützt hat, hat's auch nichts geschadet. Ich hoffe bloß, Sie können das auch von sich sagen.« Er ließ sein leeres Glas zu Hogg hinüberrutschen wie ein Kind sein Spielzeugauto: einen Zehntonner von Matchbox.

»Nochmal dasselbe, Sir?« fragte Hogg, in all seiner Unruhe am Berufsstolz festhaltend.

»Nein, ich nehm einen von ihren. Wenn die Amis hier den Laden schmeißen, dann wissen sie wohl auch am besten Bescheid.« Hogg kam nicht mit. »Was die Bourbon nennen. Die Flasche da mit dem Nigger drauf.« Hogg schenkte einen doppelten Old Rastus ein. »Mit Wasser, normalem«, sagte dieser Gast. Hogg füllte einen kleinen schweinchenförmigen Krug am Wasserhahn. Er ließ die Kasse klingeln und sagte:

»Sie wollten keine falschen Vorspiegelungen, das war gegen ihre Geschäftsprinzipien, könnte man sagen. Sie haben gesagt, die Kunden in den Staaten möchten echte Sachen, und hier muß es genauso sein. Also wieder ein Hogg.«

Der Gast drehte langsam seinen Kopf hin und her, wie jemand, der vorsichtig prüft, ob er sich etwas gebrochen hat; er nahm Piggy's Sty in sich auf. Dies war eine von vielen Bars mit neckischen Namen in dem hohen, aber dünnen Hotelgebäude, Londons neuem Stolz. Diese Bar und das Wessex Saddleback, wo soeben eine Horde specknackiger Rotarier schwitzend ihr verkohltes Knorpelfleisch verzehrte, nahmen fast den ganzen zehnten Stock ein. Man konnte einen großen Teil des herbstlichen London aus den Fenstern der Bar sehen (die, wie eine Warnung, mit künstlichen Schweinsfußspuren übersät waren). Man sah eine Primatenarchitektur von Büroblocks, den zinnglitzernden Strom, Bäume, die ihre Blätter wie Schnitzel aus alten Sitzungsprotokollen über Westminster verstreut hatten, Christopher Wren und seinen Gott unter der ohnmächtig aufragenden Kuppel, den Staub zerbröckelnder Stadthäuser einstiger Whig-Größen im Winde. Der Gast besah nur den Wandfries lachender, kollernder Ferkel, die Sparschweinchen mit den ausgebrochenen Rücken als Aschenbecher, kleine Schweinetröge aus Plastik mit Plastikchrysanthemen. Er drehte sich wieder zu Hogg und nickte mit widerwilliger Bewunderung, als hätte er, Hogg, all dies geschaffen.

»Wir schließen jetzt, Sir«, sagte Hogg. »Noch einen auf den Weg?«

»Das werden Sie nicht erleben, daß jemand sich traut, mit *meinem* Namen Witzchen zu machen«, sagte der Gast. Er blinzelte Hogg jetzt freundlich zu. »Nicht, daß ich einem die Chance geben würde. Jedem Mann sein Name gehört ihm.« Er legte listig einen Finger an die Nase, als wollte er die Rötung dort kühlen, litt anscheinend unter Erysipelas (oder, wie Hoggs Stiefmutter immer sagte, Harry Syphilis). Er blinzelte noch immer. »Niemals.« Er grinste selbstgefällig, als wäre sein Name etwas, das er gewonnen hatte, das er gierig an sich drücken würde, bis er zu Hause war. »Jetzt möcht ich was von unserem eigenen Stoff nach dem Niggerzeug. Schlückchen Schottischen. Och aye. Mein Hochlandweibi wartet schon auf mich.« Hogg goß – gewagt – Scotch in das Glas, in dem der Bourbon gewesen war. John schaute zwei Gästen nach, die gerade gingen.

»Elektrische Schäfer«, sagte einer der beiden, ein Mann, der ganz gut ein Schweinefarmer hätte sein können und sich doch nicht recht wohl gefühlt hatte in Piggy's Sty. »Paß auf, so weit kommt's tatsächlich noch.« Der andere war ein Mann in Angestelltengrau, ausgebleicht wie von einem langen Leben in der Versicherungsbranche. Sie nickten beide John dem Spanier zu und verließen die Bar. John zeigte ihnen einen barocken Schrein von Goldzähnen und sagte: »Schhentlemen...« Dann holte er ihre Gläser und brachte sie an die Bar, damit Hogg sie spülte. Hogg starrte ihn haßerfüllt an.

»Aber ich meine eben«, sagte der einzige übriggebliebene Gast, »es ist eine Beleidigung für den Namen Ihres Herrn Papa. So muß man das sehen.« Er stieg vorsichtig vom Barhocker. John verbeugte sich, verbeugte sich, die Fresse funkelnd von zerstückelten Piratendublonen. Der Kunde grunzte, fuhr mit der Hand in die Hosentasche und förderte eine Half-Crown zu Tage. Die gab er John; Hogg gab er nichts. John verbeugte sich, verbeugte sich, legte immer tiefere Goldreserven frei. Hogg sagte:

»Tatsächlich war's der meiner Mutter.«

»Wah?« Der Gast sah ihn mit zusammengekniffenen Augen an.

»Ich will damit sagen, Hogg war der Name meiner Mama, nicht der von meinem Papa.«

»Ich komm nicht hierher«, sagte der Gast, »um mich verscheißern zu lassen.« Eine gewisse Vulgarität begann sich bemerkbar zu machen. »Passen Sie bloß auf.«

Hogg schmollte mürrisch. Wieder war er zu weit gegangen. Und dieser entsetzliche John war, wie zuvor, Zeuge gewesen. Und doch hatte Hogg die Wahrheit gesagt. Hogg war der Mädchenname jener kaum mehr vorstellbaren lieben Frau gewesen, die »Passing By« sang und sich selbst begleitete, und Banksie und Macartney und Wichuriana sandten vergeblich ihren Duft durch die offene Terrassentür wider den ihren. Sein Vater blies Ringe aus seiner Passing Cloud, während er zuhörte, sein Vater hieß –

»Ich hab viel Sinn für Humor, aber jetzt passen Sie besser auf!« Und der Gast ging, sein Whiskymagen sagte aaaarkbrrock. Hogg und Spanierjohn sahen sich an.

»Puerco«, sagte John, denn so übersetzte er Hoggs Mutternamen. »Neulich du schon von Dichtung gesprochen, nicht gut! Mach mit deinem verdammten Job voran, besser so.«

»Klatschmaul«, knurrte Hogg. »Sag's doch Holden, wenn du magst. Ist mir doch egal.« Holden war der Geschäftsführer, ein breiter Typ, verborgen hinter Sekretärinnen und Blumenständern, ein Amerikaner, der manchmal so tat, als wäre er aus Kanada. Redete über Kricket. Das hatte was mit der amerikanischen Marktstrategie zu tun.

»Ich sag diesmal nix«, versprach John großzügig. »Diesmal nicht viel. Letztes Mal Scheiße.«

Nun, es war nicht wirklich Hoggs Schuld gewesen. Ein paar dickliche junge Fernsehproduzenten waren abends dagewesen, hatten sich zu ihren Martinis mit Erdnüssen vollgestopft, hatten immer »japp« gemacht, wenn sie »ja« sagen wollten. Sie waren laut über die sexuellen Eigenheiten bestimmter bekannter Schauspielerinnen hergezogen, und das hatte auf natürlichem Wege zu einer Diskussion über Lyrik geführt. Sie hatten ein Gedicht von T. S. Eliot falsch zitiert, und Hogg, der sich nicht unter Kontrolle hatte, hatte sie verbessert. Das erregte Interesse, und sie hatten ein paar andere Dichter an ihm ausprobiert, von denen allen – Wunn, Gain, Lamis, Harkin, irgendsolche Namen – Hogg nie gehört hatte. Das Fernsehvolk hatte, so schien es ihm, spöttisch gegrinst, als er etwas wußte; nun grinsten sie spöttisch, weil er etwas nicht wußte. Der Anführer der Jappsager fraß wie ein malaiischer Reisesser die Nüsse mit einer mechanisch schaufelnden Hand in sich hinein und grinste dazu. Undeutlich sagte er: »Enggrggy.«

»Wer?« fragte Hogg. Er fing an zu zittern. Ein Phantom, eine junge Frau schwebte dicht unter dem Schweinchenrosa (Schinkenscheibenrosa, um genau zu sein) der Decke, eine Pergamentrolle in der Hand, die Königinnenschultern perlmutterglänzend über einem Rokokoballkleid. Hogg kannte sie nur allzu gut. Hatte sie ihn nicht vor langer Zeit verlassen? Nun lächelte sie ihm ermunternd zu, doch entrollte sie ihr Pergament kokett, eine *allumeuse.* »Sagten Sie *Enderby*?« fragte Hogg, bebend unter seiner weißen Barkeeperjacke und die Stirn runzelnd. Die Frau stieß direkt hinter ihm nieder, gab ihm einen Streich in den Nacken und hielt ihm das geöffnete Pergament vor die Augen. Er hörte sich zuversichtlich, wie eine Drohung, rezitieren:

»Glocken am Sonntag, Morgenrockkomfort,
Das kinderlose Paar träumt süß zentralgeheizt.
Pünktlich die Zeitung! Sherrysattgebeizt
Schmurgelt der Braten, und im Teppichflor
Schnurrt, pantherschlank, bequem der Katzenchor –«

»Um Gotteswillen.«

»Auch noch ein *Sonett* –«

Hogg funkelte den da böse an, einen kleinen gestikulierenden Mann, und war schon fast dabei: »Ah Marsch!« zu sagen. Doch statt dessen fuhr er tapfer fort:

»Ihr reiner Mund von süßem Wein gereizt,
Agile Glieder mühelos gespreizt,
Liehn flötensummendem Konzert sie leicht ihr Ohr –«

In diesem Moment kam ein weiterer Mann vom Fernsehen rein, einer, auf den anscheinend alle gewartet hatten. Er ähnelte den anderen stark; käsiges Gesicht. Die anderen griffen erregt an ihm herum und schrien.

»In der Minetta-Taverne –«

»Bei Goody's auf der Sixth Avenue –«

Ein einsamer Gast stand an der Bar, einer, der bestellt hatte, indem er auf etwas deutete; er trug eine Sonnenbrille; sein Mund hatte sich zu Hogg hin geöffnet und ihm Zigarettenrauch entgegenquellen lassen. Die Gäste an den Tischen, die gehört hatten, wie sich der Rhythmus eines Gedichts in die Formlosigkeit der Unterhaltung geschoben hatte, sahen alle Hogg an. Spanierjohn stand da und schüttelte den Kopf, boshaft entzückt.

»Schluß mit der Versorgie«, sagte der Hauptnerdnußfresser zu Hogg. »Noch eine Runde Martinis.«

»Warten Sie«, sagte Hogg, »verdammtnochmal die letzten sechs Zeilen ab.«

»Ach, gehen wir gleich rüber«, sagte der Neue. »Ich bin am Verhungern.« Und so gingen sie alle unter Geschrei zum Wessex Saddleback, griffen einander ans Revers und machten Japp. Hogg wandte sich düster an den Mann mit der Sonnenbrille und sagte:

»Die hätten verdammtnochmal die letzten sechs Zeilen abwarten können. Keine Manieren heutzutage. Es ist ein Wunder, aber das ist denen nicht klar. Jahrelang hab ich versucht, das Ding hinzukriegen, und eben erst ist es mir gekommen.« Er war plötzlich schuldbewußt und fing an, sich zu entschuldigen. »Ein anderer Mann war das, meine ich. Nicht ich, im Grunde. Eine lange Geschichte. Rehabilitation nennen sie's.« Der Mann hatte gesagt:

»Nje ponimaj.« Deshalb hatte er wieder angefangen, zu deuten. Hogg hatte seufzend ein großes Kugelglas mit einem glyzerinriechenden Apéritif von hinter dem Eisernen Vorhang abgefüllt. Mußte besser aufpassen. Er war doch jetzt zufrieden. Oder? Nützliches Mitglied der Gesellschaft.

Es war nach diesem Zwischenfall gewesen, daß er zu Mr. Holden gerufen worden war, einem Mann, dem in höchster Eile die Haare ausgingen, als wollte er unbedingt aufs Titelblatt von TIME. Mr. Holden hatte gesagt:

»Das war ja nicht so ganz Kricket, mein Guter. Japp! Schlag geradeaus, Augen auf den Werfer. Dies ist ein anständiges Hotel, und Sie sind eine Art vorbegleitender Schatten in Weiß, das ist Ihr Image. Sie haben Glück gehabt, daß Sie mit so wenig Berufserfahrung hier zum Schlag gekommen sind. Früher selbständig, steht in der Personalakte. Nun, das interessiert die Geschäftsleitung nicht, was immer es war. Wenn man nachgerade auch denken könnte, daß es nicht ganz komm il foo war. Aber lässen wir das, lässen wir das. Vorbei ist vorbei. Die Crème des wohlsituierten Planeten gibt sich hier ein Stelldichein. Die wollen nicht von einem Barkeeper hören, daß sie mühelos was spreizen sollen. Und Sie haben etwas über unseren Weinkeller gesagt, das einer Verleumdung gleich kommt, aber vielleicht hat er das durcheinandergebracht, lässen wir's gut sein. Ihr Name ist Ihre Trumpfkarte, denken Sie immer dran. Sauberes Spiel, mein Lieber, oder Sie sehen sich plötzlich vom Platz gestellt.«

War es vergangen? Das Vergangene? Er tat kurz darauf etwas, das ihm niemand verbieten konnte. Wenn es herauskam, würde man ihn im Fernsehen zeigen, zwischen einen Müllkutscher, der Meißner Porzellan sammelte, und einen Bankbeamten mit einem pfeiferauchenden Hund geklemmt. Eine Kuriosität, bestenfalls. Im schlimmsten Falle ein Verräter. Verrat woran? Als Verräter an welcher Sache würde man ihn denn betrachten? Und jetzt, einen Monat später, runzelte er nervös die Stirn, während er seine Einnahmen mit dem Papierstreifen in der Kasse verglich, der jeden einzelnen eingegebenen Betrag aufzeichnete. Er mußte dann das Geld in einer kleinen Kassette in das große klickklackende Hoteldepot mit all seinen Zählwerken tragen, welche – so hatte Larry oben in der Harlequin-Bar behauptet – bei richtiger Programmierung einem direkt in die Seele schauen konnten. Und dann hatte er einen Termin. In der (seine Brust schwellte sich ein ganz klein wenig) Harley Street. Direkt in die Seele, hm? Er war unruhig. Aber, verdammt noch eins, er hatte doch sicherlich nichts wirklich Unrechtes getan? Wenn John Milton zur Arbeit kam, um seine tägliche Portion Cromwell ins Lateinische zu übersetzen, hatten sie da nicht manchmal zu ihm gesagt: »Gar nicht schlecht, das Ding über Fairfax und die Belagerung von Colchester, das Ihr da an die Wand gehängt habt! Weiter so!« –? Er, Hogg, hatte nichts an die Wand gehängt, obwohl, bei Gott, eines Tages – Er hatte nur –

»Mein Bruder«, sagte John gerade, »jetzt arbeiten in Tanger. Im *Big Fat White Doggy Wog*, verdammt doofer Name für Bar. Billy Gomez, alle kennen ihn. Gut mit Messer, wenn was ist los, jawohl, Mann.« Er stieß einen mordlüsternen quiiiiiiekenden Laut aus und stieß mit einem unsichtbaren Stilett nach Hoggs verborgenen Eingeweiden. »Er sagt Dichter ja, aber jetzt nicht. *Gute* Dichter. *Spanische* Dichter. Gonzalo de Berceo, Juan Ruiz, Ferrant Sanchez Calavera, Jorge Manrique, Góngora – *gute* Dichter. England zu scheißekalt für gute Dichter. Englischer Mann kein *fuego*. Wie gottverdammter Fisch, *hombre*.«

»Ich geb dir kein *fuego*«, sagte Hogg wütend. »Wir haben euch verdammt *mucho fuego* gegeben, im Jahre 1588, ihr Arschlöcher, und wir machen's jederzeit wieder. Knoblauchgesocks. Ich geb dir keine guten Dichter.« Eine Halskrause umschloß seinen Nacken. Er strich sich den Spitzbart, furios imaginierend. Der Himmel war rot vom Schein der Brander. Dann sah er sich in dem geschmacklos aufragenden Spiegelretabel, das mürrische Spiegelbild von fremdartigen Flaschen gerahmt, ein glattrasierter Barkeeper mit Brille, dem wie Mr. Holden rasch die Haare ausgingen.

»Wir gehen essen jetzt«, sagte John. Tief im Gedärm des Hotels dampfte eine Angestelltenkantine, voll vom Lärm der nach Pommes frites spießenden Gabeln, geschwängert vom Geruch der *Daddies Sauce*. Eine Schranze aus dem Personalbüro ging zwischen den Tischen auf und ab und versuchte, Tischtennisturniere zu organisieren. Johns leerer Magen gab dumpfe Kastagnettengeräusche von sich.

»Will nichts essen«, murrte Hogg. »Mir steht's schon bis hier. Hab den Kragen voll.«

2

Hogg schritt in Richtung Harley Street aus, schwer belästigt von Blättern und umhergewehtem Papier. Er kannte sich aus in diesen verdreckten Straßen, Hogg von London. Seine Stiefmutter im Fegefeuer oder wo immer würde sich nicht mehr einkriegen, wie gut er London kannte! Bruton Street, New Bond Street, über die Oxford Street, dann durch die Cavendish Street und über den Cavendish Square, dann in die Harley Street, im Bewußtsein, daß die nächste die Wimpole Street wäre, wo Robert Browning Partien von *Sordello*, einem so obskuren wie langen Gedicht, jener Frau vorgelesen hatte, die wie ein Spaniel aussah und tatsächlich auch einen hatte, und unter dem Bett saßen große Spinnen. Ihr Vater hatte sie gezwungen, dunkles Bier zu trinken. Hogg versuchte, so zu tun, als wüßte er all dies nicht, da es außerhalb seines Barkeeperhorizonts lag, aber er wußte, daß er es wußte. Er runzelte die Stirn und hielt sich trotzig gerade. Ein Mann, der Zeitungen und Pornomagazine verkaufte, sagte: »Wird schon besser, Chef.«

Hogg, angetan mit seiner Arbeitshose und einem anständigen kleinkarierten Sportjackett, saß bald in Dr. Wapenshaws Wartezimmer. Er hatte, vor drei Tagen, eine knappe Aufforderung von Dr. Wapenshaw erhalten, sich einzufinden – von dem Hauptverantwortlichen für seine Wandlung vom gescheiterten Suizidanten zum nützlichen Bürger. Er konnte sich nur einen Grund für die barsche Knappheit vorstellen, doch der war so unwahrscheinlich, daß er ihn eigentlich wieder verwerfen mußte. Immerhin, wenn man an all die Triumphe der Kybernetik dachte, an all das, was möglich war, und daran, daß ein so listenreicher Psychiater wie Dr. Wapenshaw sicherlich massive Computeranlagen für sich arbeiten lassen könnte (und alles über die Kasse) – dann war es gerade eben denkbar, daß Hogg herbeizitiert worden war wegen jener einen Heimlichkeit, die er begangen hatte, wegen eines einzigen Anzeichens von Rückfälligkeit. Ansonsten hatten er, Hogg, und Dr. Wapenshaw ein Verhältnis gegenseitiger Zuneigung und gegenseitigen Vertrauens zustande gebracht, das, obgleich offiziös und aus Steuermitteln gefördert, an jenem grünen Ort der Rekonvaleszenz wie ein Wunder gewirkt hatte. Und hatte Dr. Wapenshaw ihn, Hogg, nicht als exemplarisch geheilten Fall ausgestellt und Kollegen aller Nationen eingeladen, ihn abzutasten und zu befingern und anzulächeln, ihm zuzunicken und schlaue Fragen über Hoggs Beziehung zu seiner Muse und seiner Stiefmutter zu stellen, zu seiner Toilette und seiner Pseudo-Gattin, so daß all diese turbulente Vergangenheit sich zur blassen, abstrakten Würde eines rein klinisch interessanten Falles abkühlte, den man mit spitzen, antiseptisch riechenden Fingern anfassen konnte? Ja, so war es. Vielleicht war die barsche Aufforderung nur die offizielle Verpackung, die Wärme und Liebe umschloß und sie vor fremden Augen bewahrte. Und doch und trotz alledem.

Im Wartezimmer war ein Gasheizkörper an, und der einzige andere wartende Patient hatte sich darübergekauert wie ein Kricketspieler über das Mal. Die Herbsteskühle spiegelte sich auf den Titelseiten der Illustrierten wie *Vogue* und *Vanity Fair*, die auf dem polierten Tisch lagen, in dem die Vase mit echten Chrysanthemen – kein Plastik – sich wie ein antipodisches Schemen reflektierte. Diese Titelblätter zeigten dünne junge Frauen in Nerz vor dem Hintergrund fallender Blätter. Etwas wie Winterkälte schien Hogg anzuwehen, als er einen Stapel *Fem* bemerkte.

Jene Tage, noch gar nicht so lange vergangen, als er tatsächlich entsetzliche Verse für *Fem* geschrieben hatte, gesetzt als harmlose Prosa (»Sommerwind mein Söhnchen fächelt; stammelt fröhlich, Herrgott lächelt«) und pseudonym mit »Faith Fortitude« unterzeichnet; jene unglaublichen Tage, als er tatsächlich mit der Feature-Redakteurin von *Fem*, Vesta Bainbridge, verheiratet gewesen war – jene Tage sollten (offiziell) in ihm nichts anderes mehr auslösen als beiläufige, herablassende Neugier. Das war jemand anders, ein Mann aus einer Erzählung, die man gähnend durchblättert. Aber die Vergangenheit fing wieder an, sich an ihm festzusaugen, hatte es ständig getan seit dem Abend der Göttin, der Fernseh-Jappsager, der unvorhergesehenen goldenzüngigen Beredsamkeit. Hogg nickte, seufzte schwer. Dr. Wapenshaw wußte Bescheid; er wußte alles. Davon würde das bevorstehende Gespräch handeln.

»Wenn Sie mal einen unglaublichen Haufen blasphemischen Blödsinn sehen wollen«, sagte der Mann am Heizkörper, »dann müssen Sie das Ding hier lesen.« Er drehte sich zu Hogg und schwenkte ein schmales kleines Buch. Das hatte er demnach über die Gasheizung gehalten, hatte es – wie eine Scheibe Brot in einer Schulgeschichte aus präelektrischer Zeit, wo die Jungs sich zum Spachteln auf einem Zimmer versammeln – getoastet. Es war ein Mann mit wirrem grauem Haar, dessen wohlgebildete Aussprache seine volkstümliche Redeweise affektiert wirken ließ – was sie ja wohl, wenn er (was er wohl war) einer von Dr. Wapenshaws Patienten war, der auf dieselbe Weise wie Hogg rehabilitiert worden war (falls dieser das war), auch war. »Und da heißt es, daß *wir* spinnen«, sagte er. »Sie und ich«, erläuterte er, »sollen die Durchgeknallten sein.« Hogg wollte sich eigentlich von dieser Qualifikation ausschließen, aber er ließ es hingehen. Der Mann schleuderte ihm wild flatternde Papierflügel entgegen, und Hogg fing sie geschickt auf. Der Mann sagte nicht: »Gut gefangen!« – das war eher das Privileg des kricketsüchtigen Mr. Holden oder von Dr. Wapenshaw selbst, zumindest des Dr. Wapenshaw der grünen Tage mit seinem »Gut gemacht« und »Das sehen wir gern«. Hogg blätterte in dem kleinen Buch, stirnrunzelnd. Der Titel fiel ihm auf, die Stirn runzelte sich tiefer: *Kwadrats Kljutschi*. Er sagte, sorgfältig formulierend:

»Solln das heißen?«

»Ach«, sagte der Mann gereizt, »was soll denn *irgend etwas* heißen? Ist alles eine merde universelle, wie dieser französische Ire sagt. Lesen Sie's, das langt.« Hogg las eine zufällig aufgeschlagene Stelle:

Das Mirakel dieser unkomplizierten Monodie mit ihren minimalen Begleitakkorden wird nicht geringer durch unser im nachhinein erworbenes Wissen, daß es die ganze Zeit, die ganze uns bekannte Geschichte hindurch, auf seine Entdeckung gewartet hatte, doch von den langbärtigen arthritischen Vertretern der Komplexität nie bemerkt worden war. Sie bauten ihren mehrstimmigen Kontrapunkt, ihre massiven Orchestrierungen auf, die Fugen- und Sonatenformen, auf der Suche nach einer Perfektion, die – hätten sie sich nur einmal gründlich die Greisenaugen gerieben – natürlich nur im Schlichten und Direkten und niemals im Periphrastischen und Komplizierten liegen konnte. Und doch kann man in der irrigen herkömmlichen Gleichsetzung von Alter und Weisheit den Grund für ihre Blindheit oder, wenn wir generös sein wollen, Alterssichtigkeit erkennen. Die Antwort auf alle Probleme, ästhetischer wie sozialer, religiöser und ökonomischer, liegt, mit einem Wort, in der Jugend.

»Ich versteh nicht, was das alles soll«, sagte Hogg. Immer noch stirnrunzelnd blätterte er um und sah ein Foto von vier vulgären Lümmeln, die zu ihm aufgrinsten, einer mit einer Gitarre, aus der ein Elektrokabel wucherte, die anderen mit Sticks in den Händen vor grell bemaltem Schlagzeug.

»Ah!« knurrte der Mann. »Liegen Sie mir nicht in den Ohren damit. Halten Sie Ihr Wort, ich halt mich an meines.« Und dann rief er sehr laut: »Mutter, du hast deinen Sohn verlassen!« Hogg nickte ohne Angst. Hatte er nicht einen ganzen Sommer unter Männern verbracht, die zu plötzlichen, verzweifelten Aufschreien neigten – oder, noch schlimmer, zu ruhigen, selbstgewissen Äußerungen über das Wesen der Existenz, oft – und Hogg und andere Patienten wurden dazu wachgerüttelt – mitten in der Nacht mitgeteilt? Er las weiter:

Jack Cade and the Revolters setzten die fruchtbare Technik eines massiven Ictus auf dem vierten Takt mit ihrer Single *Like He Done That Time* durch, die im April 1964 gepreßt wurde. Im Mai desselben Jahres wurde dies von Nap and the Bonies weiterentwickelt, die mit ihrem *Knee Trembler* den Akzent auf die Verzerrung zwischen drittem und viertem Takt verlegten. Es braucht kaum betont zu werden, daß dies rein instinktiv erreicht wurde, da diese jugendlichen Musiker von jeglicher traditionellen technischen Kenntnis unbelastet waren. Im Juni wurden beide Gruppen von den Tumers überholt, die, intuitiv eine neue Verwandlung des Zeitgeists aufnehmend, in vielleicht weiser Rückkehr zu einer größeren Simplizität rhythmischer Textur und...

»Ah, Hogg!« rief eine gleichzeitig wilde und satte Stimme. Hogg schaute auf und erblickte einen anderen Dr. Wapenshaw als den aus seiner

Erinnerung – einen urbanen Dr. Wapenshaw in einem flotten anthrazitfarbenen Anzug mit diskreten Streifen, gewaltiger wirkend als jener, der damals auf dem Lande sich für die therapeutischen Gespräche gekleidet hatte wie für einen Rasensport. Das dicke Gesicht war streng. Gehorsam ging Hogg ins Sprechzimmer. »Setzen Sie sich, setzen Sie sich«, sagte Dr. Wapenshaw. Hogg nahm auf der schemelartigen Sitzgelegenheit Platz, die der Tür zunächst stand. »Hier!« sagte Dr. Wapenshaw und warf eine wütende Faustvoll Luft nach einem Stuhl direkt vor seinem Schreibtisch – einem Schreibtisch von so massiver Bauart, daß sich in ihm eine unvorstellbare Anzahl geheimer kleiner elektronischer Monitoren hätte befinden können. Er selbst ging um den Schreibtisch herum auf die Fensterseite und stellte sich hinter seinen Drehsessel, die graue Harley Street hinter sich vom Fenster umrahmt, und sah zu, wie Hogg (der immer noch *Kwadrats Kljutschi* in der Hand hatte) herbeitrottete. »Also dann«, sagte Dr. Wapenshaw, wie mit säuerlicher Großzügigkeit. Therapeut und Patient nahmen gleichzeitig Platz.

»Bald Winter jetzt«, machte Hogg ein wenig Konversation. »Die Nächte werden rasch länger. Könnte man wirklich ein schönes Feuer vertragen, wenn Sie verstehen, was ich meine.« Er bemerkte plötzlich, daß der Kamin in Dr. Wapenshaws Sprechzimmer auffällig leer war, und fügte hinzu: »Nicht daß ich das sozusagen irgendwie als Kritik gesagt haben möchte. Ich meine nur, daß es jetzt abends wieder ganz schön kalt wird.« Dr. Wapenshaw sah ihn stetig und angewidert an; Hogg wurde nervös. »Ich meine, der eine spürt die Kälte mehr als der andere, sozusagen. Aber –« (und er versuchte mit einem harten Schlag gegen Dr. Wapenshaws Granit verzweifelt einen Funken der alten Wärme freizusetzen) »niemand kann doch bestreiten, daß jetzt schon Spätherbst ist, und nach dem Herbst, wenn Sie mir die Bemerkung gestatten –«

»Mund halten!« rief Dr. Wapenshaw. (»Nein, nein, bitte nicht«, wimmerte der Patient im Wartezimmer.) »Das Reden besorge ich.« Doch alles, was er tat, war, ein dickes Buch mit grünem Papierumschlag zu Hogg hinüberzuwerfen. Hogg war es schon leid, daß man ihm immer Bücher entgegenschleuderte, doch fing er auch dieses ebenso geschickt auf wie das erste, das nun auf seinem Knie lag. »Sehen Sie sich das an«, befahl Dr. Wapenshaw. »Seite 179. Lesen Sie's, Mann.«

Hogg betastete das Buch beinahe zärtlich. Es war, wie er sah, ein Fahnenexemplar. Er hatte in jener fernen Vergangenheit, als er ein gänzlich anderer Mann gewesen war, Fahnen seiner eigenen Werke in Händen gehabt, sehr schlanke Leseexemplare, Gedichte. Er blätterte mit einem gewissen Neid in dem massiven Prosaband, dann bewunderte er den Titel. »Rehabilitationen«, las er laut. »Sowas hat's früher eine Menge gegeben. F. R. Leavis und solche Leute. Die Neue Schule der Kritik, hat das geheißen. Aber jetzt ist alles anders. Heutzutage haben sie neue Ideen und blumigere Titel. *Der romantische Orgasmus* ist einer, den hab ich in einem Laden gesehen. Und dann noch *Die Kerze im Schenkel*, sie holen sich eine Menge Titel vom armen alten Dylan, wissen Sie, der ist ja jetzt auch tot. Es ist schön, wieder so einen soliden altmodischen Titel zu sehen. Das«, sagte er schüchtern, aber mit einer Spur alter Autorität, »ist nicht das richtige Zeichen für: Streichen und Zusammenziehen, wenn Sie mir die Bemerkung erlauben. Es sollte aussehen wie ein kleiner Ballon oben auf einem Stäbchen –«

»Lesen Sie, Mann, lesen Sie!« Und Dr. Wapenshaw hieb dreimal auf seinen Schreibtisch. Hogg las die ihm befohlene Stelle und fragte sich, was das wohl bedeuten mochte. Dr. Wapenshaw trommelte sanft auf den Schreibtisch, als wären zumindest seine Finger nun milder gestimmt – Dreivierteltakt mit der Linken gegen einen Zweivierteltakt mit der Rechten, als spielte er bei irgendeinem Kinderorchesterblödsinn von Benjamin Britten mit, Musik für gestimmte Teetassen und Trillerpfeifen, aber auch Peter Pears als alter Mann. »Nun?« sagte er schließlich.

»Also«, sagte Hogg, »ich muß sagen, dieser Fall scheint mir allerhand Ähnlichkeit mit meinem eigenen damals zu haben. Dieser Typ hier, K., wie Sie ihn nennen, war ein Dichter, und das führte zu einer verlängerten Pubertät. Er verbrachte viel Zeit damit, auf der Toilette Gedichte zu schreiben – Rückkehr in eine Art Mutterschoß schreiben Sie hier, das ist natürlich Unsinn –, und diese Frau hat ihn gezwungen, sie zu heiraten, das Ganze war eine Katastrophe, und er ist fortgelaufen und hat dann versucht, sein altes Leben wiederaufzunehmen, Lyrik auf der Toilette und so weiter, und es ging nicht, und er wollte Selbstmord begehen, und dann haben Sie ihn geheilt, indem Sie seine Persönlichkeit reorientiert haben, wie es hier heißt, und dann wurde er zu einem nützlichen Mitglied der Gesellschaft und hat das Dichten vergessen und – Also!« sagte Hogg, »das, wenn ich so sagen darf, ist schon ein erstaunlicher Zufall, könnte man sagen.« Er versuchte, Dr. Wapenshaw anzulächeln, doch dessen grimmige Miene war nicht aufzuhellen. Dr. Wapenshaw lehnte sich über den Schreibtisch und sagte, mit entsetzlicher, beherrschter Ruhe:

»Sie einmaliger Idiot. Das *sind* Sie.«

Hogg verzog irritiert das Gesicht. »Aber«, sagte er, »das kann nicht sein. Hier steht, dieser K. hatte Wahnvorstellungen, daß andere Leute seine Arbeit stehlen und Horrorfilme aus seiner Lyrik machen. Das ist doch nicht ganz dasselbe, wie? Ich meine, dieser Hund von Rawcliffe hat tatsächlich die Handlung meines *Schoßtiers* geklaut und einen fürchterlichen italienischen Streifen draus gemacht. Ich erinnere mich sogar noch an den Titel. *L'Animal Binato* hieß er in Italien – das ist von Dante, wissen Sie: Das Tier mit der zwiefachen Natur oder was. Und in England hieß es dann *Son of the Beast from Outer Space.*« Er las mit größerer Konzentration weiter und runzelte noch stärker die Stirn. »Was soll das alles«, fragte er, »mit der sexuellen Fixierung auf K.'s Stiefmutter? Das kann nicht ich sein, dieser Typ hier. Ich habe sie gehaßt, Sie wissen doch wie sehr, ich hab's Ihnen gesagt. Und«, sagte er errötend, »das mit dem Onanieren auf der Toilette. Und das, daß die Frau sehr elegant war und versucht hat, einen richtigen Ehegatten aus ihm zu machen.« Er sah auf, sein strenger Blick ein ferner (vierter oder fünfter oder so) Durchschlag von Dr. Wapenshaws eigener Miene. »Diese Frau«, sagte er laut und deutlich, »war *nicht* elegant. Sie war eine Schlampe. Sie wollte mein bißchen Geld, was sie auch bekommen hat, und sie wollte ein Stück von meinem Ruhm, meiner Ehre. Nach meinem Tod, heißt das«, sagte er weniger bestimmt. »In meiner Biografie, wenn eine solche einst geschrieben werden sollte.« Das große exklusive Sprechzimmer schmeckte diese Äußerungen ab, zuckte die Achseln, schnitt ein angewidertes Gesicht, schluckte sie.

»Sehen Sie das so?« fragte Dr. Wapenshaw, die Oberlippe emporgezogen. »Können Sie im Ernst sagen, daß Sie das so sehen, Mann? Die e-leganteste Frau in Europa, kontrolliert die besten Popgruppen auf dem Markt?« Hogg starrte ihn verblüfft an, als er den Beweis hörte, daß dieser eminente Spezialist in einer höchst vulgären Welt Bescheid wußte (er selbst kannte sich ja aus, las den *Daily Mirror* unerschütterlich jeden Morgen). Er sagte:

»Ich habe ihren Namen nicht in der Zeitung gesehen –«

»Sie hat wieder geheiratet. Eine *richtige* Ehe. Ein Mann, der *wirklich* Geld hat, *wirklich* Talent, und dazu jünger als Sie und im übrigen gutaussehend.«

»– Aber das bestätigt doch, was ich immer gedacht habe, was Sie da gesagt haben, meine ich. Ich meine, eben *nicht* elegant. Eine Schlampe.« *Kwadrats Kljutschi* fiel von seinen Knien, als gäbe es entmutigt den Versuch auf, ihn zu bekehren. Dr. Wapenshaw sagte hart:

»Gut, und jetzt schauen Sie das an.« Und der dritte flatternde Papiervogel dieses Nachmittags wurde Hogg entgegengeworfen. Er fing ihn eher unbeholfen auf; er war schon müde; es war eine Zeitschrift, die er sofort erkannte; sie hieß *Confrontation*, eine cisatlantische Vierteljahresschrift, transatlantisch finanziert und, soweit er wußte, von geringem Reiz für das breite Publikum. Er nickte ohne Überraschung. Dr. Wapenshaw wußte wirklich alles. Hogg begriff; er wußte nun, was all das sollte. Da hatte er's. Er schlug die Seite auf, wo die letzten sechs Zeilen jenes Sonetts, das die Japprufer nicht hatten hören wollen, ihre Stimme erhoben – sie sprachen nicht zu den Besuchern teurer Bars, wie dies die ersten acht immerhin getan hatten:

Die Schlange auf dem Dach, gelangweilt, weich,
Kräht Montag her. Der Hals merkt: Kragenzeit.
Korrekt verhüllt. Ein Schmerz erleuchtet bleich
Den Zahn. Die Zeitung hält den Satz bereit:
»Sein Tod erschütterte ein ganzes Reich.«
Dies wie der Sonntag lagen maßlos weit.

Und darunter stand der einstige, der verbotene Name. Hogg sagte stotternd:

»Ich kann alles erklären. Das habe ich angefangen, ehe, Sie verstehen, Sie mich gefaßt haben. Geheilt haben, meine ich. Von meinen antisozialen Neigungen. Aber ich konnte es nicht zu Ende bringen. Und dann, eines Abends, als ich in der Bar gearbeitet habe, da kam es. Es hat sich sozusagen hinter meinem Rücken geordnet. Es war perfekt, wenn ich so sagen darf. Also hab ich's abgeschickt, und sie haben es gedruckt. Eine Art letztes Aufbäumen, Sie verstehen. Oder eine postume Veröffentlichung, könnte man beinahe sagen. Und dann keine Lyrik mehr, nie, gar nie mehr.« Das letzte war vielleicht zu schmeichlerisch, zu sehr im Stil des traditionellen Barkeepers. Dr. Wapenshaw fiel nicht drauf rein. Statt dessen erhob er sich zornig und schrie:

»Ganz recht, ganz recht, amüsieren Sie sich auf meine Kosten!« Er schritt hinüber zu einem Tischchen neben dem leeren Kamin, hob einen dort liegenden Menschenschädel auf und schwenkte ihn drohend in Richtung Hogg. »Was Sie sich offenbar nicht vorstellen können oder wollen, *Sie Verräter*, ist die Tatsache, daß dieser tückische Erguß gesehen worden ist, gesehen! Shorthouse hat's gesehen, für Sie Doktor Shorthouse. Sie wissen natürlich nicht, wer Dr. Shorthouse ist, in Ihrem verräterischen Eigensinn, aber Dr. Shorthouse ist der Verfasser von *Das poetische Syndrom* und *Die Kunst und die Spirochäte* und weiteren klinischen Standardwerken. Shorthouse hat's gesehen, und Shorthouse hat es mir gezeigt!« Er schlich auf Hogg zu, die Augen lötkolbengrell glühend vor Scham und Wut, den Schädel in beiden Händen haltend wie einen Plumpudding. »Und«, schrie er, »ich bin mir so *töricht* vorgekommen, weil ich Ihren Fall schon mit Shorthouse besprochen hatte!«

»Doktor Shorthouse«, verbesserte Hogg hilfsbereit.

»Verstehen Sie jetzt? *Verstehen Sie jetzt?* Ich rühme mich Ihrer erfolgreichen Heilung, und da sind Sie wieder mit Ihrer verdammten Dichterei!« Die Daumen in die Augenhöhlen des Schädels gehakt, zerrte er nach außen in seinem Zorn, doch der Schädel hielt stand.

»Wenn es die Fahnen von Ihrem Ding da sind, die Ihnen Sorgen machen«, sagte Hogg, immer noch hilfsbereit, »dann wäre es mir wirklich ein Vergnügen, Ihnen bei der Korrektur zu helfen. Ich meine, zu sagen, daß ich am Ende doch nicht geheilt bin und daß mein Fall medizinisch danebenging. Wenn das irgend etwas nützen könnte«, fügte er bescheiden hinzu. »Sehen Sie«, erläuterte er, »ich kenn mich aus mit Änderungen in den Fahnen. Ich war Schriftsteller von Beruf, verstehen Sie, wie Sie ja wissen (ich meine, davon haben Sie mich ja schließlich zu heilen versucht), und für Sie, Sie sind ja im Grunde ein Arzt, ist das Ganze ja am Ende nur eine Art Hobby.« Er versuchte, Dr. Wapenshaw anzulächeln und dann den Schädel, doch nur letzterer lächelte zurück. »Oder, wenn Sie möchten«, schlug Hogg vor, »dann sag ich allen, daß ich tatsächlich geheilt bin und daß das Sonett nur eine Art Überbleibsel der alten Tage war. Oder daß dieser K. nicht ich war, sondern irgend jemand anderer. Auf jeden Fall wird doch dieser Shorthouse nichts weitererzählen, oder? Ich meine, ihr Doktoren haltet doch zusammen, was? Ich könnte es in einer von euren Zeitschriften erklären«, Hogg ging ins Detail, »in *The Lancet* oder *The Scalpel* oder all diesen Blättern.«

Dr. Wapenshaws starke, angespannte Finger mit ihren Nägeln und Haaren rissen an dem Schädel, aber der – als ob er sich, schoß es durch Hoggs Hirn, an Housmans Zeile über den Knochenmann, der bleibt, erinnerte – grinste in ungerührter Ruhe. Dr. Wapenshaw schien nun in Tränen ausbrechen zu wollen, als wäre es Yoricks Schädel. Dann machte er eine Geste, als wollte er ihn auf Hogg schleudern, aber Hogg kniete sich auf den Boden, um *Kwadrats Kljutschi* aufzuheben. Dr. Wapenshaw stellte den Schädel wieder auf das Tischchen, holte tief Luft und schrie:

»Hinaus! Hinaus aus meinem Sprechzimmer, verdammt!«

»Ich«, sagte Hogg, immer noch auf den Knien, milde, »bin nur vorbeigekommen, weil Sie's gesagt haben.«

»Vorwärts, hinaus! Ich habe mein Können und meine Zeit und meine

Geduld und, ja, verdammt, meine Liebe auf Ihren Fall verschwendet, und das ist der Dank! Sie wollen meine Karriere ruinieren, so sieht's aus!«

Hogg, der vergessen hatte, daß er immer noch kniete, sagte mit anhaltender Milde: »Sie könnten doch einen sogenannten Erratazettel ins Buch legen, wissen Sie? Ich hab auch einmal einen gehabt. Da hatten die ›aromatisch‹ anstatt ›amoralisch‹ gedruckt. Und wenn es wirklich nicht anders geht, dann können Sie doch auf jeden Fall diesen ganzen Abschnitt aus dem Buch streichen und was anderes einsetzen. Obwohl Sie«, fügte er ernsthaft hinzu, »natürlich genau drauf achten müssen, daß es dieselbe Länge hat. Sie könnten sich heute abend hinsetzen und sich was ausdenken.«

Dr. Wapenshaw stampfte nun zu dem knienden Hogg hinüber und fing an, ihn am Kragen hochzuzerren. »Hinaus!« schrie er wieder. »Raus hier, Sie amoralischer Hundesohn!« Er stapfte zur Tür, öffnete sie und blieb dort stehen, die Tür offenhaltend. Der Patient an der Gasheizung weinte still. »Und Sie, Sie Drückeberger«, rief Dr. Wapenshaw ihm zu, »zu Ihnen komme ich gleich! Ich weiß Bescheid, Sie Simulant!« Hogg ging mit bekümmerter Würde (die sich, er wußte es schon, in brodelnde Wut verwandeln würde, wenn er an einen stillen Ort gelangen konnte) zur Tür und sagte:

»Sie laden sich zuviel auf, wenn ich das sagen darf.« Er winkte mahnend mit *Kwadrats Kljutschi.* »Ich würde sagen, Leute wie Sie müssen doch uns anderen mit gutem Beispiel vorangehen. *Sie* müßte man mal gründlich untersuchen, nicht diesen armen Kerl hier.«

»Hinaus!«

»Geh schon«, sagte Hogg, der schon ging. Er schritt hinaus und schüttelte langsam den Kopf. »Und«, sagte er und drehte sich, wenn auch aus sicherer Entfernung, noch einmal zu Dr. Wapenshaw um, »ich schreibe so viele Gedichte wie ich will, ist das klar, und Sie werden mich nicht davon abhalten und auch sonst niemand.« Er überlegte sich, ob er noch etwas wie »Äätsch« hinzufügen sollte, doch ehe er zu einem Entschluß gekommen war, knallte Dr. Wapenshaw die Sprechzimmertür zu; der Patient am Heizkörper machte »Ohh!«, als hätte ihm seine Mutter eins auf den Kopf gegeben. Doch kein so guter Mann, dachte Hogg, als er das Haus verließ. Diese Herzlichkeit hätte ihm von Anfang an verdächtig sein müssen. Sie war schon immer, spürte er nun, ein wenig unaufrichtig gewesen.

3 Kurze Zeit später saß Hogg zitternd in einer öffentlichen Toilette. Er konnte tatsächlich sehen, wie das Fleisch seiner Innenschenkel vor Zorn bebte. Hoch über ihm fuhren immer wieder Diesellokomotiven mit ihren Zügen gen Westen ab, denn er befand sich in der Paddington Station, die er auf dem Wege über Madame Tussaud's, das Planetarium, die Edgware Road und so fort erreicht hatte. Er hatte einen Penny eingeworfen, aber der Zorn, den er genoß, war ein Vermögen wert. Die gesamte poesieverschmähende Welt trug das Gesicht von Dr. Wapenshaw, aber (so empfand er, nachdem er in seiner Phantasie dieses Gesicht so gründlich wie legitim merdifiziert sowie einer Urination unterzogen hatte) die Welt ließ es beim Verschmähen bewenden, während Dr. Wapenshaw weitergehen mußte und gezielt den Dichter liquidierte. Oder es doch versuchte. Er, Hogg, tat der Welt Unrecht. Die Welt war überaus schlecht, doch so schlecht nicht wie Dr. Wapenshaw. Aber war andererseits nicht auch die verfluchte Muse voller Schlechtigkeit? Erst verweigerte sie dem Dichter ihre Gaben, dann tauchte sie im unpassendsten Moment mit einem Geschenk auf. Was war jetzt eigentlich los? Was genau, zum Teufel, wollte sie von ihm? Er hatte plötzlich einen Augenblick lang den quälenden, duftenden Gestank seiner eigenen Vergangenheit in der Nase, wie er – so wie jetzt – im Arbeitsraum seiner Küstenwohnung gesessen hatte, sich an den bloßen Beinen kratzend, die der Elektroofen mit flackernden Flecken überzog, und arbeitend, arbeitend an seinen Gedichten, die Muse und er selbst in einer festen, ruhigen und durch und durch professionellen Beziehung. Würde sie sich locken lassen (was unter anderem bedeutete, daß er sie nicht, wie soeben, beschimpfen oder verfluchen sollte), würde sie bereit sein, ihn wieder chronisch heimzusuchen? Eine bloß akute Aufwallung wie die, die ihm soeben diese ganzen Schwierigkeiten gemacht hatte, schadete am Ende nur.

Aber natürlich hatte er in jenen Tagen, ehe das elende Weibsstück ihn geheiratet und dafür gesorgt hatte, daß er sein Kapital zum Fenster hinauswarf, die Möglichkeit gehabt, als professioneller (d. h. nichts verdienender, oder nur sehr sehr wenig verdienender) Dichter zu leben. Jetzt brauchte er einen Monatslohn. Selbst wenn die Begabung tatsächlich wiederkehrte – er würde sie in der Form eines sogenannten netten Hobbys betätigen müssen. Natürlich, ein wenig hatte er schon sparen können. Er hatte sein kleines Zimmer im Hotel, sein Essen, ein paar Trinkgelder. Da er die Hosen heruntergelassen hatte, konnte er sofort feststellen, wieviel Geld er gespart hatte.

Er bewahrte es noch immer in einem Waschbeutel auf, dessen Schnur um einen Knopf des Hosenladens gewunden war. Er traute weder Banken noch seinen Kollegen im Hotel. Schlüssel waren dort ein Witz, wegen der Hauptschlüssel. Einmal war er in sein kleines Zimmer gekommen und hatte John den Spanier dort angetroffen, eines von Hoggs Hemden in einer Hand und eine von Hoggs Rasierklingen in der anderen, und Hogg war sich völlig sicher gewesen, daß er abgeschlossen hatte. John hatte ihn falsch angelächelt und gesagt, er hätte die Tür unverschlossen gefunden und wäre in das Zimmer gegangen, um sich eine Rasierklinge zu borgen, weil seine eigenen aus waren, und gleichzeitig wäre in ihm der Wunsch aufgestiegen, Hoggs Hemden zu bewundern, die ihm von sehr guter Qualität zu sein schienen. Hogg glaubte kein Wort. Jedenfalls verwahrte er sein Geld in einem Beutel in der Hose. Der war dazu noch eine Art Hodenschutz, denn unter den maltesischen und zypriotischen Aushilfskellnern gab es ein paar, die bei einem Kampf gemein wurden. Er zog jetzt sein Bündel Fünfpfundnoten aus dem Beutel und zählte sie eifrig. Eine grobe Zeichnung einer männlichen Gestalt, eine Art nackter Fruchtbarkeitsgott, sah neidlos auf ihn herab.

Fünfundzwanzig Drucke eines schlüsselgewaltigen Löwen, der eine ziemlich imbezille Teenage-Britannia bewacht. Nicht schlecht. Das waren hundertfünfundzwanzig Pfund. Und in seiner Hosentasche waren etwa dreißig Shilling in Silber, aus meist äußerst knickerigen Trinkgeldern zusammengekommen. Den Wert gewisser anderer milder Gaben, die in fremden Banknoten ausgeteilt worden waren, hatte er sich noch nicht die Mühe gemacht festzustellen. Die – Dirhams, Lire, Neue Francs, DM und so weiter – bewahrte er in seinem Paß auf, in der Innentasche seines Sportjacketts, das jetzt von dem Haken an der Tür baumelte. Es war ihm rasch klargeworden, daß jeder Hotelangestellte auf seinen Paß gut achtgeben mußte, wegen der Dieberei und des Schwarzhandels in Ausweisen, die sich unter dem dunkelhäutigen Küchenpersonal abspielten, Verdammten der Inseln, Kreaturen obskuren Ursprungs, listig, niederträchtig und skrupellos. Obwohl England neuerdings international einen eher verächtlichen Status innehatte, waren britische Pässe immer noch gesucht. Also. Genug, um die Zeit zum Schreiben zu erkaufen, die Zeit für, sagen wir, ein paar wirklich sorgfältig gearbeitete Sestinen oder weitschweifige Cantos à la Pound, wenn die Muse bereit sein sollte, mitzumachen. Er ließ einen sehr schwachen Wind ziehen. Das war nicht – teilte er ihr mit, falls sie sich albernerweise in der Nähe versteckt hielt –

irgendwie ärgerlich oder ungeduldig gemeint: Es war eine ganz genuine Efflation, im voraus bezahlt.

Er war jetzt ruhiger. Voll Sympathie betrachtete er die Graffiti an den Wänden und der Tür. Manche davon mußte man wohl, dachte er, als Kunst bezeichnen, da es offensichtlich Versuche waren, machtvolle Gefühlsbewegungen in stilisierter Form abzuführen. Auch standen da wilde Botschaften, Bitten um Treffen an bekannten Orten, wenn auch die Daten schon längst vorüber waren; Prahlereien, die zu extravagant waren, als daß jemand sie hätte einlösen können, sowie Anforderungen an Sexualpartner, denen eine auf dieser Welt nicht gegebene Großzügigkeit abverlangt wurde. Sex. Nun, er, Hogg, hatte in Durchführung des von Dr. (nunmehr:) Scheiß-Wapenshaw aufgestellten Rehabilitationsplanes versucht, sich wie alle anderen auch für Sex zu interessieren, aber ein großer Erfolg war es nicht gewesen. So oder so mußte man heutzutage jung sein, um es im Sex wirklich zu etwas zu bringen: das hatten ihm die jungen Leute – italienische Zimmermädchen und dergleichen – klargemacht, die er kennengelernt hatte, und zum selben Ergebnis war er auf Grund des widerwilligen Studiums (ebenfalls Teil von Wapenshaws verfluchtem Programm) von volkstümlichen Bildern und Texten gekommen. Also. Er mußte aufhören, das die ganze Zeit vor sich hin zu sagen.

An den Wänden standen auch kleine Gedichte, die meisten – wie die Werke von Faith Fortitude – als Prosa gesetzt. Sie waren alle traditionell, die meisten hatten Defäkatorisches zum Thema, aber es war doch irgendwie erhebend, daß man Lyrik noch ihres gnomischen oder mnemonischen Charakters wegen zu schätzen wußte. Unter einfachen Leuten, wohlgemerkt. Er konnte sich nicht vorstellen, wie Scheiß-Wapenshaw etwas an eine Toilettenwand schrieb oder malte. An seinem rechten Arm, bemerkte Hogg, gab es eine hübsche kleine Fläche nackter Wand. Er brauchte seine Muse nicht für das, wozu er nun seinen Kugelschreiber hervorholte. Er schrieb:

> Erdröhnen deines Darmes Chöre,
> Läßt du dem Wasser seinen Lauf:
> Es blickt ein Antlitz zu dir auf,
> Denn Wapenshaw haust in der Röhre.

Das würde vielleicht der eine oder andere auswendiglernen und an anderer unterirdischer Stelle wieder anschreiben; ungenaues Gedächtnis mochte die klare Eleganz verwischen, aber vielleicht würde der Name, in irgendeiner Nebenform, nicht ganz untergehen. Enderby, der Volksdichter. Enderby! Nicht Hogg. Und Wapenshaw hatte seine verdiente Unsterblichkeit.

Hoggerby verspürte Hunger. Er gürtete seine Lenden, zog die Kette, legte sein Jackett an und ging hinaus. Er nickte dem Toilettenwärter freundlich zu, der hinter seiner Mattglaswand den *Evening Standard* las, und stieg zum Licht empor. Er verließ den Bahnhof und suchte sich in einer Nebenstraße eine ausreichend dreckig aussehende kleine Freßhölle, fast vollbesetzt mit schmatzenden Männern. Er wußte, was er essen wollte: etwas Aufrührerisches. Bei dem bebrillten, an seinem hohlen Zahn zuzelnden Mann hinter der Theke bestellte er einen Becher ganz starken Tee, Spiegeleier mit fettem Speck, dicke Weißbrotscheiben mit Margarine. Er würde sich den Magen gründlich durcheinanderbringen. Dem Wapenshaw, dem elenden Wapenshaw würde er's zeigen.

Kapitel Zwei

1 »Eine große Ehre, japp«, sagte Mr. Holden hinter einem Massenaufgebot von Blumen der Jahreszeit. Im Büro nebenan klapperten Schreibmaschinen. Vor Mr. Holden standen Hogg und John der Spanier und zeigten strahlend Gold und Karies beziehungsweise schauten mürrisch drein zu der großen Ehre. »Kleine, äußerst erlesene Gesellschaft, und das Saddleback ist genau das richtige Spielfeld. Japp. Also Cocktails im Sty, und da können Sie, Bruder Hogg, zeigen, wie Sie in Form sind. Wir holen zusätzlich ein paar Kellner aus der Sweet-Thames-Run-Softly-Bar von der Reservebank. Sie müssen punkten mit den Cocktailrezepten, lesen am besten mal Ihre Handbücher nach. Horse's Necks, Sidecars, Manhattans, Snowballs, alles. Was glauben Sie, bringen Sie das?«

»Ich kenn sie alle«, sagte Hogg, »und dazu noch ein paar, die noch gar nicht erfunden sind.«

»Ich zeig ihm«, sagte John, »wenn nicht weiß.«

»Eine Popgruppe, sagen Sie?«

»Sie sollten Bescheid wissen bei diesen Sachen«, sagte Mr. Holden. »Sie haben doch Zeit genug, die Zeitungen zu studieren. Eine Art verspätete Feier, letzter Schwenk ins Off. Sie haben noch einen Film auf den Bahamas gedreht, wie Sie ja wohl wissen, und konnten erst jetzt diese Sache hier organisieren. Es gibt eine Menge zu feiern. Eine neue goldene Schallplatte, die Ordensverleihung zum Geburtstag der Königin, und jetzt kriegt Yod Crewsy noch diese F. L. R. S.-Geschichte. Japp – eine Menge zu feiern. *Mucho*«, fügte er zu Johns Unterrichtung hinzu.

»*Usted habla bien español.*«

»F. R. S. L.?« fragte Hogg. »Fellow of the Royal Society of Literature?«

»Nicht schlecht, nicht schlecht, mein Junge. So machen Sie weiter, immer schön alles im Auge behalten. Japp, er hat den Hangmanpreis für irgendwelche Gedichte gekriegt, und diese F. S.-Chose folgt sozusagen automatisch.«

»Den Heinemannpreis?« fragte Hogg stirnrunzelnd. »Und wie, sagen Sie, heißen die Burschen?«

»Ach Gott, Sie bleiben doch ewig auf der Reservebank«, sagte Mr. Holden. »The Crewsy Fixers. Wollen Sie im Ernst sagen, Sie haben noch nie von den Crewsy Fixers gehört? Englands beste Botschafter hat man sie genannt, ein zweites Weltmeisterteam, tun, was sie können, um unsere angeschlagene Wirtschaft auf dem Rasen zu halten. Devisen, heißt das, eine Exportoffensive, Erfolg weit über unsere Grenzen hinaus, und Ihre Majestät die Königin« (Mr. Holden neigte leicht das Haupt) »üst zweifellos öntsprächend dankbar. Daher, Mister, diese Orden. Jetzt wissen Sie Bescheid, aber eigentlich, schätze ich, hätten Sie schon vorher Bescheid wissen sollen.«

»Sí sí sí«, pflichtete John ihm bei. »Vorher hätte er wissen sollen.«

»Die Kreuziger? Das würde ich als einen sehr blasphemischen Namen bezeichnen«, sagte Hogg kalt. »Nicht«, fügte er hastig hinzu, »daß ich irgendwie religiös wäre, Sie verstehen. Ich meine nur, es erscheint mir sehr geschmacklos.«

»Dem Reinen«, sagte Mr. Holden, »ist alles rein. Da haben wir eben Yod Crewsy und dann seine Fixers, und daraus werden die Crewsy Fixers. Klar? Wenn Sie glauben, das klingt wie was anderes, dann spielen Sie selbst auf sehr rutschigem Rasen, Mister, was den guten Geschmack betrifft. Und die sind durch und durch religiös, die Jungs, was Sie auch hätten wissen müssen. *Molto religioso*«, sagte er zu John.

»Lei parla bene italiano.«

»Ich wette«, riet Hogg, »daß er sich bloß Crewsy genannt hat, um diesen blasphemischen Namen für die Gruppe basteln zu können. Und dieses Yod klingt mir nicht sehr christlich. Yod«, belehrte er Mr. Holden, »ist ein Buchstabe des hebräischen Alphabets.«

»Also jetzt passen Sie bloß auf«, sagte Mr. Holden sehr streng. »Denn das klingt mir sehr nach einem rassistischen Vorurteil. Und wenn es etwas gibt, wozu diese Hotelgruppe: Raus! Raus! Raus! sagt, dann sind das rassistische Vorurteile. Aufgepaßt.«

»Er auch sagt«, petzte John, »spanische Volk nicht gut.«

»Also gut!« sagte Mr. Holden. »Wir stehen grade für Harmonie, Effizienz und Mannschaftsgeist. Ein Essen vom Feinsten für Leute vom Feinsten. Die Konditoren arbeiten an einer Eisbombe vom Feinsten. Und wir werden ein sehr exotisches Gericht auftischen, das hier noch nie serviert worden ist. Es heißt –« er konsultierte einen handschriftlichen Menüentwurf auf seinem Schreibtisch – »Lapskauz. Etwas Arabisches wohl. Diese Jungs sind in Saudi-Arabien ganz groß rausgekommen.«

Hogg stand starr da, erleuchtet. »Eine Eisbombe«, sagte er. »In Saudi-Arabien. Die zerschmilzt, sowie man sie aufbaut. Wie die Zeit, wissen Sie.«

»Alles in Ordnung mit Ihnen, Hogg?« Während Mr. Holden ihn besorgt anstarrte, tippte Spanierjohn mit einem braunen Finger gegen seine rechte Schläfe und schüttelte mit trauriger Genugtuung den Kopf. »Sind Sie sicher, daß Sie der Sache gewachsen sind, Sie? Wenn nicht, dann können wir jederzeit Juanito hier einsetzen. Der kann bei diesem Spiel einspringen, wenn Sie ausfallen.«

»Es braucht einen Hogg«, sagte Hogg abwesend. »Er mag zwar ein Schwein sein, aber er ist kein Hogg. Es kommt«, fügte er hinzu. »Ja, da ist wirklich was. Meine Begabung kommt zurück. Etwas vom Feinsten. Ich muß gehen und alles aufschreiben.« Es schien noch jemand anderes im Raum. Sie?

»Aha, ein Cocktail«, nickte Mr. Holden erleichtert. »Dann ist ja alles gut. Was Spezielles, hm? Gehn Sie nur gleich und halten Sie alles fest. Und vergessen Sie nicht, die Rechte gehören uns. Eins noch. Perücken. Wir brauchen Perücken. Sie müssen nicht besonders gut passen, aber wir brauchen Perücken. Also gut! Geben Sie Ihr Bestes.«

Hogg ging, leicht betäubt. »Müßige Hoffnung«, murmelte er, »Unvermeidliches aufzuhalten.« Was zum Teufel hatte das alles zu bedeuten? Ja, sie war da, sie spielte Versteck, albern, den Finger im Mund, die Korridore rauf und runter. Sie trug ein sehr kurzes Kleid. Spanierjohn sagte:

»Was meinst du da, *hombre*? Du nennst mich Schwein.«

»Klein, ich hab gesagt: klein«, sagte Hogg unwirsch. »Paß auf, die Bar macht erst in einer Stunde auf. Ich muß nochmal auf mein Zimmer.«

»Kleines Schwein, sagst du? Ich höre gut. Bin nicht blöd, Mann.«

Hogg rannte zum Angestelltenfahrstuhl, der, wie er sah, gleich ankommen würde. Die Türen öffneten sich, und ein äußerst eleganter, wenn auch ungesund aufgeschwemmter junger Mann kam heraus; er trug etwas, das aussah wie von einem der Hotelcomputer ausgespien. Er schien Hogg düster anzusehen, als wäre dessen Charakter mit diesem Programm analysiert worden. Hogg betrat den Aufzug stirnrunzelnd, sein Hirn war voller Worte, die versuchten, sich zu einer geordneten, wenn auch kryptischen Aussage zusammenzuschließen. Spanierjohn versuchte ihm zu folgen, aber der aufgeschwemmte junge Mann war im Weg. Hogg drückte den richtigen Knopf und sah, wie die Tür den fäusteschüttelnden John vertikal abtrennte, bis nichts mehr von ihm da war außer dem leuchtenden Nachbild seiner Goldfüllungen. Die Fahrstuhlkabine schien sich nicht zu rühren, nur das Aufblinken der Stockwerkziffern bezeichnete den Aufstieg bis 34 A, ein Stockwerk, das den Hotelgästen nicht zugänglich war. Ein Wagen nimmt dich mit. Unversehens. Hogg wurde beinahe ohnmächtig.

Er tastete sich blindlings hinaus, als sich die Tür automatisch öffnete, kramte seinen Schlüssel hervor, fiel beinahe in seine freudlose Zelle. Papier! Er hatte einen linierten Notizblock, wie es seinem neuen Image entsprach. Keuchend ließ er sich auf sein Bett fallen und begann zu krakeln. Sie atmete ihm schwer ins linke Ohr; ihre Stimme war aus irgendeinem Grunde jetzt die lispelnde eines Kindes. Er schrieb:

Müßiges Hoffnungsschemen
Unvermeidliches aufzuhalten
Mit schwächlichen Barrikaden
Aus Woche, aus Tag, aus Stunde,
Die noch im Bau schon zerschmelzen,
Die Zeit läßt es sich nicht nehmen,
Sie nimmt dich mit auf die Runde,
Zerrt dich in ihren teuren Wagen,
Du wirst unversehens eingeladen.

Und dann plötzlich Stille. Was hatte es alles zu bedeuten? Was sollte es heißen? Zu viel Bedeutung in Ihrer Lyrik, Enderby. Das hatte einmal jemand gesagt. Mein lieber Enderby, Sie haben's immer mit der Bedeutung. Rawcliffe, einer aus der speziellen Trinität seiner Feinde. Und dann Wapenshaw, der seinen Schädel zu zermalmen versuchte. Er sah die starken haarigen Finger vor sich, aber der Schädel grinste nur. Der Trost des Knochens, der Knochen, der sich mit allem abgefunden hat. Aber was würde nun geschehen, mit dem er sich abfinden mußte? Ein Händeschütteln mit der Endlichkeit, das Willkommen weiter Felder leerer Zeit. Nein, nein, ganz so war es nicht. Mit einem Schwall schoß es ihm wie Blut in den Kopf:

Schütteln wir ihm also die Hand,
Dem unwiderlegten Beweis,
Dem Knochentrost hinter der Welt,
Finden wir uns damit ab,
Freunden wir uns mit ihm an,
Er belehnt uns hinter dem Trug,
Mit weitem kahlem Feld,
Hart und golden genug.

Das prophetische Prickeln, wie ein glückliches Erschauern, das willkommenhieß und dann verlor und sich um das Verlieren nicht bekümmerte. Er hätte weinen können. Die Muse stand neben seinem Waschbecken. Was also nun? Was sollte der Bund sein? Er mußte vielleicht auf einen Traum warten, um die ganze Enthüllung zu erfahren. Jemand trommelte gegen die Tür. Sie versteckte sich, glitt durch die Tür seines schmalen Kleiderschranks.

»Puerco, puerco!« rief John der Spanier. »Du Tonicwater holst für gottverdammte Bar, Mann!«

»Ah Marsch!« rief Hogg. »Hau ab, du Knoblauchbastard!« Und dann, hervorstrahlend aus dem Kleiderschrank, kündigte es sich als letzte Strophe an:

Und der letzte Rand, der Beschluß
Bleibt bewahrt vor dem Wind, verschont
Von seinem dreisten Gezerr

»*Du* bist Bastard! Holst dir drinnen ein runter, ich weiß genau!« Hogg schrieb wie einer, der letzte Worte aufs Papier wirft:

Steht der Abschied als Punkt in der Zeit,
Weiß er nichts von Ausdehnung mehr,
Und wirft also auch keinen Schatten
Auf den endgültigen

Johns Geboller verschüttete den endgültigen wen immer. Die Muse, im Schrank versteckt, schüttelte ihr trauriges Kinderköpfchen. Hogg-Enderby erhob sich in Rage und schloß die Tür auf. Dann öffnete er sie. John fiel fast ins Zimmer.

»Also gut«, sagte Hogg-Enderby mit zusammengebissenen Zähnen. »Du bist schon lange fällig, verdammter *hombre.* Du und der verdammte Franco, und wollt uns Gibraltar wegnehmen. Also gut.« Wapenshaw und die ganze Bande wollten doch, daß er am Leben der Welt teilnahm, oder? Normal, vulgär, ein gewöhnlicher Zeitgenosse ohne zivilisatorische Hemmungen? John grinste schmutziggolden und streckte tückisch gekrümmte Hände aus. Hogg, ein normaler und vulgärer Barkeeper, trat ihn sofort vors Schienbein. Während John wütend hüpfte, stieß ihn Hogg aufs Bett. John saß da und rieb sich die schmerzende Stelle, während er gleichzeitig zu treten versuchte und das dreckigste Provinzkaschemmenspanisch von sich gab, ohne das elegante Lispeln. Hogg sah sich nach etwas um, mit dem er ihm eins versetzen konnte, und hob den billigen Schlafzimmerstuhl auf, der neben dem Kleiderschrank stand. Als er ihn erhoben hatte, war John wieder auf den Beinen. Er sagte mit einem furchtbaren Hohngrinsen:

»Momento de verdad.« Hogg schien es, als erkenne er Bauernmuskeln unter den billigen Barkellnerkleidern; sein Mut sank; er war zu alt dafür; er hätte nicht damit anfangen sollen. Er stellte den Stuhl vorsichtig wieder auf den Boden. Er sagte:

»Schon gut. Da hast du meine Kehle.« Und er streckte sie ihm hin. Dies kam für John unerwartet. Er sagte:

»Du gibst mir Tritt gegen Bein, *hombre.* Scheiße, nicht gut.«

»Hör zu«, sagte Hogg, »hör zu!« Er, der in der Schule Latein gehabt hatte, der Soldatenitalienisch in Catania gesprochen hatte, aber auch Dante mit einem Schlauch gelesen hatte, fand sich nun aus irgendeinem Grund genötigt, mit Hilfe dieser romanischen Ausrüstung nicht nur eine Sprache, sondern geradezu eine Literatur für Spanien zu erschaffen, beinahe von Null angefangen. *»La consolación del osso«*, schlug er vor. John horchte kritisch und sagte:

»Hueso.«

»Ganz recht«, pflichtete Hogg ihm bei. *»La consolación del hueso* hinter dem *mundo… Somos resignado.«* Er wußte nicht, ob das stimmte oder nicht, aber er hatte das Gefühl, daß es irgendwo in die Logik kolonialer Deformation des Lateinischen passen müßte. Auf jeden Fall wurde John bleich. Es war »Orpheus mit seiner Leier«, bei Gott, der (so hatte Hogg als Enderby in der Schule geglaubt, weil er die erste Zeile des Liedes als semantische Einheit aufgefaßt hatte) »die Bäume machte«. »Und«, sagte Hogg, tollkühn geworden, *»adiós, no è que un punto temporal.«*

»Sí sí.«

»*Y un punto* kann nun mal keinen *ombra* haben.«

»No puede tener sombra, sí, claro.«

»Und deshalb gibt es keinen Schatten auf dem Dingsbums *final.«* (Das gab einen Reim, wie? Er reimte tatsächlich auf Spanisch.)

»Aah –«, und als wollten sich beide nur an ein spanisches Gedicht erinnern, das es tatsächlich gab: *»el beso.«*

Beso, baiser, bacio. Kuß.

Und so wirft er auch keinen Schatten
Auf den endgültigen Kuß.

Tränen traten Hogg in die Augen. Er fühlte sich unbeschreiblich elend. Weinend sagte er zu John: »Du kannst den Job haben, jederzeit. Ich will nicht mehr. Ich will wieder ein Dichter sein, sonst nichts.«

John nickte. Knoblauchpenner oder nicht, er begriff. »Dichten kein Geld«, sagte er. »Mußt Sozialhilfe, Mann.« Wie die meisten Immigranten wußte er bestens Bescheid über die Möglichkeiten des britischen Wohlfahrtsstaats. Und dann sagte er: »Nein, nicht gut. Warten ist am besten. Warten!« Er wußte auch bestens Bescheid über das Schicksal, als Ausländer. »Warten auf«, sagte er, *»el inevitable.«*

Hogg sah ihn staunend an. Auf das Unvermeidliche.

2

Sie verstanden sich danach wesentlich besser, wenn auch John nach Hoggs Schienbeintritt sein Humpeln übertrieb. Als der Tag des Galaessens kam, arbeiteten sie perfekt zusammen, und Mr. Holden war's zufrieden. »Japp!« sagte er. »Alles, was wir hier wollen, ist Harmonie. Wie eine wirklich gute Kombination zum Spielbeginn. Hobbs und P. G. Grace oder so zwei Kaliber.« Doch Mr. Holden rannte nervös umher, als der Mittag nahte. Alles mußte bis aufs I-Tüpfelchen stimmen! Aus Stereolautsprechern schiß es (Hogg fiel kein anderes Wort ein) Pseudomusik, von den Ehrengästen des Tages komponiert und gespielt, und Mr. Holden versuchte, die Lautstärke so einzustellen, daß die korrekte Balance zwischen dem sich subliminal Einschleichenden und dem ostentativ Daherdröhnenden gehalten wurde. »Musikalisches Mobiliar«, wie bei Erik Satie, aber raffiniert so angelegt, daß es einem die Ohren abschrammte, das war das Programm. Hogg dachte sich, daß er noch nie in seinem ganzen Leben etwas so gleichzeitig Obszönes, Geräuschvolles und Schlaffes gehört hatte. Er mixte Cocktails in großen Krügen aus erlesen zufälligen Ingredienzen. Schließlich verfuhr auch die Dichtung aleatorisch, und das Cocktailmixen war eine geringere Kunst. Er machte sich jetzt daran, seinen Spezialdrink zu komponieren, für jene Gäste, die ihm bereits jetzt mißfielen, wie diese blasphemische Gang, die kollektiv den Ehrengast abgab, und für jene, die ihm mißfallen würden, sobald er sie zu Gesicht bekam. Er schmiß Scotch und englischen Quasi-Portwein zusammen, tat abgestandenes dunkles Faßbier dazu, Grenadine, Angostura und überaus sauren Orangensaft aus der Dose, von dem die Geschäftsleitung vor einigen Monaten einen billigen Posten aufgekauft hatte. Die sich am Ende ergebende Farbe schien etwas düster für einen festiven Drink, also knallte er drei Eier rein und schlug mit dem Elektromix das Ganze zu pink-gelbem Schaum. Er probierte mit einer gewissen Vorsicht aus einem Schnapsglas. Es schmeckte nach nichts. Es hinterließ jedoch einen scharfen, widerlichen Nachgeschmack. So war es recht. Nickend stellte er den Krug in den Eisschrank zu den anderen.

»Sie setzen sich jetzt besser die Perücke auf, Mister«, sagte Mr. Holden. Hogg sah sich um: John der Spanier und die drei albanischen Kellner aus der Sweet-Thames-Run-Softly-Bar drunten gaben alle in grobsträhnigen Puppenstubenperücken ein entsetzliches Bild ab – eine Art Huldigung, soweit Hogg wußte, an jenen beneidenswerten Aspekt der Jugend, den diese obszönen Blasphemiker so überzeugend vertraten: ein ungebändigter und widerlicher Exzeß an Kopfbehaarung. Hogg nahm seine eigene Perücke und stülpte sie sich auf den Kopf. Was er in der Spiegelwand der Bar sah, gefiel ihm gar nicht. Es schien, als ähnelte er stark seiner Stiefmutter, wenn sie eben aus einem bierumnebelten Schläfchen erwacht war, Brille auf, Zähne drin, der Kopf ein höchst unangenehmes Medusengewirr.

Der erste, der nun eintraf, schien der Mann zu sein, den die verschiedenen bei dem Fest vertretenen Interessen mit der Organisation des Ganzen beauftragt hatten. Hogg runzelte die Stirn: Das Gesicht kam ihm irgendwie bekannt vor. Ein stürmisches irisches Gesicht, das gegen seine Londoner Glättung anzukämpfen schien. Das reverslose Jackett und die eng zulaufenden Hosen hatten eine gesunde Breifarbe.

»Sie werden alles zu Ihrer Zufriedenheit finden«, sagte Mr. Parkin, eine wesentlich wichtigere Figur als Mr. Holden. Er war Engländer, kein Amerikaner, und er trug gestreifte Hosen und ein kurzes schwarzes Jackett, wie ein Abgeordneter, der eine Delegation seines Wahlkreises im Foyer des Parlaments empfängt. Offensichtlich, dachte Hogg, hatte man mit ihm eher eine Rolle besetzt als einen Posten. Er war ein distinguierter, angegrauter, butlerbritisch redender Engländer, was wohl bedeutete, daß er ein reformierter Hochstapler war, der nicht noch einmal einfahren wollte. Er befaßte sich mit Banketten und Festessen für die Prominenz und dergleichen. Es war ihm nicht zuzumuten, daß er Hoggs Namen kennen sollte. »Barkeeper«, sagte er, »einen Drink für Mr. Macnamara.«

Der also war es. Shem Macnamara, einst selbst ein Dichter, aber jetzt – wie Mr. Parkin – reformiert. »Scatch on the racks«, sagte Shem Macnamara wie ein Amerikaner. Er erkannte Hogg nicht. Er atmete eine Wolke mundwasserähnlichen Geruch aus, als er seine fleischigen Lippen öffnete, um zu trinken. Hogg erinnerte sich an das Festessen, das man, vor langer Zeit, für ihn gegeben hatte, für ihn, Enderby, damals, als er die goldene Goodbymedaille für seine Lyrik bekommen hatte. Damals war Shem Macnamara sehr arm gewesen, war nur allzugern angerückt zu einer Gratismahlzeit und zu leisem Hohn für den Erfolg eines anderen Poeten. Damals roch sein Atem, der Hogg-Enderby entgegenschlug, statt nach teurem Mundwasser nach (rätselhafterweise, denn es gab bei keinem Bankett, wegen des bekannt penetranten Aromas von Zwiebeln, Zwiebeln) Zwiebeln.

»Zwiebeln«, sagte Hogg. Ein verblüfftes Stirnrunzeln antwortete ihm. »Cocktailzwiebeln«, schlug er vor. Unvorstellbar. Shem Macnamaras Stirnrunzeln vertiefte sich. Lag etwas in dieser Stimme, die da »Zwiebeln« sagte? Er nahm keine Zwiebeln.

Die Gäste trafen nach und nach ein. Häßliche hochgewachsene Mädchen, sehr dünn, zeigten ihre knochigen Knie; Hogg schloß, daß sie Fotomodelle oder dergleichen waren. Er stellte Tabletts mit seinem Spezialcocktail voll und sagte den Kellnern, sie sollten darauf hinweisen, daß der Drink »Crucifier« hieß. Er schien keinem dieser Mädchen zu schaden, keinem der blasphemischen Flittchen. Junge Männer kamen rein, die etwas mit Literatur zu tun zu haben schienen, und manche davon bestellten Drinks, die erst zubereitet werden mußten und sehr kompliziert waren. Hogg fluchte unter seiner Perücke, als ein junger Mann ihm an der Bar auf die Finger sah, während irgendein exotischer Blödsinn namens Papa Doc mühsam zusammengebaut wurde: Rum, Zitronensaft, Vermouth, Tabasco (zwei Tropfen), mit einer Hahnenfeder umgerührt. »Das hier«, murrte Hogg, »ist eine Hennenfeder, macht's nen Unterschied?« Mr. Holden schwebte mit finsterer Miene vorbei. Ein paar sehr wichtige New Yorker Juden kamen rein und streichelten an den Modellen herum, als wollten sie unter ihren Fingern Rundungen der Wollust heraufbeschwören. Ein überaus unverschämter Neger in den Gewändern seiner Heimat wurde schwer hofiert; Hogg hatte eine massive Portion seines Crucifier für ihn bereitstehen, aber er wollte ein Glas Milch, die man von unten holen lassen mußte, und als man sie ihm dann überreicht hatte, trug er sein Glas lediglich unberührt durch die Gegend, wie um zu demonstrieren, daß er nicht total gegen alles Weiße war. Fotografen feuerten aus einander gegenüberliegenden Ecken ihre Blitzlichtsalven ab, ein kleiner Krieg, und es befanden sich (wenn auch nicht in Ausübung ihrer Kunst) heute, wie Hogg von John hörte, einige sehr bedeutende Fotografen unter den Gästen.

Der Kreuzigungsdrink war, zu Hoggs Ärger, recht beliebt. Allgemeine Atrophie der Geschmacksnerven oder Anästhesie der Magenschleimhaut oder was. Er bereitete eine noch widerlichere Version zu: Whisky und Pseudo-Portwein, verdünnt mit warmem Wasser aus dem Spülwasserhahn; auch diese fand Beifall. Es war der Name, das mußte es sein: ein kleiner und unvorhergesehener Triumph für die dichterische Sprache. Plötzlich – während Hogg an der sauren Pastille zu kauen hatte, daß er nun hier unter einer Perücke aus gefärbter Wolle in die amerikanischen Martinis schwitzte, die er aus der Ginflasche eingoß – wurde es ehrfürchtig still. Der Premierminister war eingetreten. Das aufgeblasene kleine Männchen trug einen ausgebeulten Anzug, um zu demonstrieren, daß es gerade von der Arbeit kam; es war mit allen gut Freund und steckte voller kleiner Liebenswürdigkeiten. Hogg flehte Spanierjohn an, sicherzustellen, daß der Premierminister einen Crucifier bekam, aber der wollte einen Orangensaft. Hogg servierte liebend gerne einen von der billigsauren Sorte. Dann beschäftigte er sich mit einer Latte Champagnercocktails für eine Horde exquisit gestylter junger Männer, die seine Perücke belächelten, und sehnte sich nach einem Becher äußerst starken Stiefmuttertee. Es war eine Menge lautes Geplapper zu hören und gelegentlich schrilles Aufkichern, als ginge man sofort, ohne das Interim des Festessens, zum Aufreißen über; drunter schwoll die fürchterliche Ersatzmusik an, erreichte das Geräuschniveau der Unterhaltung, erhob sich darüber und löschte sie aus. Es war eine Fanfare. Jubelnde Rufe ertönten. Die Ehrengäste waren endlich eingetroffen, von der Schwelle an umarmt und angehimmelt. Hogg hörte auf, seine Drinks zu mixen, um sie sich genau anzusehen.

Sie sahen, dachte er, unüberbietbar schrecklich aus; es war unmöglich, sich vier abstoßendere junge Männer vorzustellen. Der, in dem Hogg den Anführer erkannte, Yod Crewsy, bekam wegen seines multiplen Erfolges die meisten Huldigungen ab, und er nahm diese als angemessen hin, süßlich grinsend mit einem schrägen Mund, der zu groß war, um unter vollständiger Muskelkontrolle zu bleiben, und tatsächlich ein surreales Eigenleben zu besitzen schien. Die anderen drei fühlten sich mit vulgärer guter Laune wie zu Hause, boxten fröhlich aufeinander ein und tanzten eine Art Ringelreihen um den Premierminister. Die Fotografen ließen ihre Lichter blitzen und blitzen, wie eine Epidemie rascher Nieser. Die vier, bemerkte Hogg jetzt, waren in Begleitung eines Priesters. Er war klein, alt und energisch, er nickte mit heftigen Kaubewegungen allen zu und deutete sogar, ehe er zu Hogg an die Bar kam, die Gebärde eines Segens an. Dann sagte er nickend:

»Wenn es unter dieser heidnischen Armee auf Ihren Regalen auch so etwas wie Power's Whiskey gibt, dann möchte ich einen doppelten Power's. Und ich darf Sie um ein Glas frisches Wasser bitten.«

Hogg betrachtete seine kleine irische Phalanx. »Wäre ein Mick Sullivan Ihnen auch recht?«

»Ach, gut denn, ich versuch ihn mal. Solch ein großes Hotel und kein Tropfen Power's, um sich damit zu benedeien.«

»Wenn Sie mal was zur Abwechslung möchten«, sagte Hogg, »ich habe hier einen Spezialcocktail gemixt, zu Ehren. Ein Crucifier, so heißt der.« Sofort wurde ihm klar, daß dies wie eine bewußte Beleidigung des geistlichen Habits wirken mußte. »Blasphemisch, ich weiß schon«, sagte er. »Ich bitte um Entschuldigung. Aber das, meine ich, gilt auch für den Namen selbst. Von den vieren, meine ich. Den Ehrengästen, heißt das. Hochwürden«, fügte er hinzu.

»Nun, nun, sollten wir uns nicht alle auf unseren eigenen Beruf konzentrieren und nicht über andere Angelegenheiten urteilen, die uns gar nichts angehen? Vielleicht würden Sie mir zugestehen, daß ich am besten hier Bescheid weiß, was blasphemisch ist und was nicht, da ich schließlich der Kaplan dieser Jungens bin?« Während er das sagte, irrten seine Augen irisch-neurotisch überall umher. In der Ecke hörte man jemand sich übergeben, eine Frau, nach der Klanghöhe des Würgens zu schließen. Hogg zeigte winzige Befriedigung, schaltete sie rasch ab. Der Kaplan sah es. »Und dann macht einem noch das Elend eines armen Menschen Freude, mit einem schwachen zarten Magen, und hat vielleicht seit der Morgenfrühe gefastet?« Man hörte den Premierminister sagen:

»Na, solange niemand die Regierung dafür verantwortlich macht.« Pflichtbewußtes Gelächter erklang, obwohl ein Mann, der allein an der Bar stand, ernst nickte. Er hatte wie die Crewsy Fixers sehr langes Haar, aber es schien so filzig wie Hoggs Perücke. Sein Anzug war nicht neu; die Seitentaschen waren vollgestopft. Der Kaplan schenkte sich noch einen Schlag aus der Whiskeyflasche ein. Yod Crewsy und einer aus seiner Gruppe, ein vor Lachen laut blökender Jüngling mit sehr weißem Gebiß, kamen zur Bar herüber, in den Händen Gläser (wie Hogg mit Genugtuung sah) mit der zweiten Variante des Crucifier. Yod Crewsy sagte zu Hogg:

»Na, Pappi, was trinken wir?« Ehe Hogg eine ausweichende Antwort geben konnte, mimte Yod Crewsy Überraschung und höchste Freude beim plötzlichen Anblick des filzmähnigen jungen Mannes mit den vollgepackten Taschen. Er setzte ein breites Plattencoverlächeln auf und umschlang ihn dann mit Ärmchen, deren Dünne der Schnitt seines Sergewamses nicht verhüllte, und mit den Worten: »Jed Foot. Der olle Jed, wie er leibt und lebt. Freut mich echt, daß du kommen konntest, mein Junge.« Jed Foot lächelte bei geschlossenem Mund mit den Wangenmuskeln. Hogg konnte sich nicht erinnern, ob Jed zum selben Alphabet gehörte wie Yod. Yod Crewsy sagte zu seinem Kaplan: »Schaun Sie mal, wer da ist, Hochwürden. Wie in alten Tagen. War ne schöne Zeit damals«, sagte er zu Jed Foot. »Schade, daß du dann abgesprungen bist. Fehlkalkulation, wie man so sagt. Man braucht halt eine Menschenkenntnis. Was?« sagte er dreist zu Hogg.

»Ein Memento Mori«, sagte Hogg mit poetischer Präzision. Der Kaplan dachte düster darüber nach, ehe er sich noch einen Whiskey nahm, als hätte Hogg sich als Verfechter der lateinischen Messe enttarnt.

»Du hast noch was aus den alten Tagen«, sagte Jed Foot zu Yod Crewsy. »Die Songs. Ist halt schade, daß ich nie gelernt hab, Noten zu schreiben.«

»Jedem seine eigene Meinung, was?« sagte Yod Crewsy. »Du hast gemeint, mit den Gruppen ist Sense. Was hast du jetzt so getrieben? Westaustralien, den Streifen? Furchtbare Sache, ich kenn's. Collie und Merredin und Bullfinch. Haben dich ganz schön rangenommen, mein Junge, man sieht dir's an.«

»Ich mach in den Klubs. Die Klubs sind schon in Ordnung.«

»Nehmen Sie noch einen davon«, sagte Hogg zu Yod Crewsy. »Einen *großen*. Einen Crucifier, so heißt der.«

»Was ich möchte«, sagte Yod Crewsy, »ist endlich was zu essen. Ist die Lady schon da?«

»Die wird als letzte hier eintreffen«, sagte sein Kaplan. »Das ist das Privileg der Lady. Sie«, sagte er zu Hogg, »sehen mir aus wie ein Mann, der schon lang nicht mehr vor dem Altar gestanden hat. Ein katholisches Gesicht, das hab ich mir gleich im ersten Moment gesagt, als ich Sie erblickt habe, und ein sehr schuldbewußtes, ein ausweichender Blick, mit dem Bewußtsein, daß Sie sich nun in Gegenwart eines Priesters der Kirche befinden, und dann kommen Sie mit der Tollkühnheit, mir von Blasphemie zu reden, und liegt doch manch ein langes Jahr zwischen Ihnen und dem heiligen Sakrament.«

»Hören Sie mal«, sagte Hogg. Um Yod Crewsy und seine Komplizen wirbelten zähnebleckende Anbeterinnen, aber dieser Jed Foot trank allein den bittren Gin. »Sie«, sagte Hogg, »mit Ihrem ökumenischen Blödsinn.«

»Wollen Sie wirklich die Scham und Schande Ihrer Apostasie einem Priester Ihrer Kirche ins Gesicht schleudern und Gift und Galle auf die gesegneten Verordnungen des Heiligen Vaters selbst versprühen?« Er trank noch einen Whiskey. »Ich darf Sie«, sagte er, »um ein weiteres Glas frisches Wasser bitten.«

Es hatte zu Hoggs Therapie gehört, daß er den Gottesdienst der anglikanischen Kirche besuchte, als Mittel, für immer seine Obsession hinsichtlich seiner toten Stiefmutter auszulöschen, die, wie Dr. Wapenshaw erklärt hatte, in Wirklichkeit die katholische Kirche war. Er wollte gerade dem Kaplan sagen, daß die traditionelle Liturgie der Kirche von England derjenigen der reformierten Papisterei überlegen sei, als der Kaplan sein Gesicht mit entzückt geöffnetem Mund dem Eingang zuwandte. Alle anderen drehten sich ebenfalls um. Eine Dame trat ein und mit ihr ein gut und intelligent aussehender jüdischer Mann in den Dreißigern. Hoggs Herz rotierte wie auf einem Bratspieß. Natürlich, natürlich, verdammt: Er hätte es wissen müssen. Hatte nicht der Scheißwapenshaw gesagt, daß sie die besten Popgruppen der Branche vermarktet? Das war zuviel. Er sagte zu Mr. Holden, der an der Bar stand und nichts trank:

»Ich muß hier raus. Ich muß.«

»Sie bleiben, wo Sie sind, Mister, ist das klar?«

»Aber ich muß auf eine Toilette.«

»Jetzt hören Sie mir mal zu«, sagte Mr. Holden; seine teefarbenen Augen blickten hart und streng. »Ich hab jetzt langsam genug von Ihnen, Mister, wirklich genug. Reine Obstruktion für nichts und wieder nichts, Verstoß gegen alle Regeln. Sie bleiben hier, bis man Sie vom Platz läßt, klar? Und noch was. Es ist hier viel zu vielen schlecht geworden, und zwar gestandenen Trinkern, wenn man sie anschaut. Sehen Sie, da tragen sie das arme Mädchen raus. Diese Drinks, die Sie da mixen, sollten vielleicht mal untersucht werden. Was ist denn nun in Dreiteufelsnamen – « Hogg hatte sich die Perücke wie eine Bärenfellmütze tief in die Augen gezogen. Selbst so konnte er sie noch deutlich genug durch die strähnigen Fransen erkennen.

»Vesta, meine Liebe«, sagte der Kaplan. »Fünf Vaterunser und fünf Gegrüßest seist Du Maria als Buße für die Verspätung.« Sie lächelte mit ihren klugen grünen Augen. Niemals hinter der Mode zurück, trug sie einen neuen Maxirock von blassestem Rosa und ein braunes Biki-

Jäckchen. Auf dem glänzenden pennyfarbenen Haar saß ein Heiligenschein aus Drosselfedern. Handtasche und Schuhe waren aus sanft geriffeltem Leder. Alle die anderen Frauen sahen sofort démodées aus in ihrem hellen Rot und Grün. Hogg stöhnte vor sich hin und spülte verzweifelt ein Champagnerglas hinter der Bartheke.

»Sie kennen meinen Mann, glaube ich«, sagte Vesta.

»Ach, kommt er denn nicht zu mir, um seine einführenden Unterweisungen zu empfangen? Nun, Gott sei es gedankt, wenn einer uns verläßt, so nahet der nächste.« Er drehte seinen langen irischen Hals zu Hogg und sah ihn verbittert an.

»Was für ein komischer kleiner Mann«, sagte Vesta. »Bedient er nur mit seinem Haarschopf, oder wie?« Und dann wandte sie sich um und begrüßte den Premierminister mit allen Anzeichen herzlicher Gelassenheit. Ihre wichtigste Popgruppe kam mit lautem Freudengeschrei herbeigerannt, um sie überschwenglich auf die Wangen zu küssen, wobei sie, allerdings offensichtlich scherzhaft, »Mutti« zu ihr sagten. Die Fotografen blitzten wieder aufeinander ein.

»O Gott, Gott, Gott«, stöhnte Hogg.

»Die Reue, wie?« sagte der scharfohrige Kaplan. »Nun, Sie haben eine lange Zeit der Buße vor sich, haben der Einzig Wahren Kirche genug gespottet.«

Ein Mann mit einer Brille, in Fuchsjagdrosa gekleidet, trat in die Tür und rief, es sei angerichtet. Ein chaotisch lärmender Exodus in Richtung Wessex Saddleback fand statt. Manche allerdings (wie Hogg, nunmehr mit geringer Befriedigung, sah, als sich die Bar leerte) würden wohl kaum etwas essen wollen. Ihn selbst eingeschlossen. Shem Macnamara war einer der letzten. Stirnrunzelnd drehte er sich nach Hogg um, und seine Lippen formten tonlos das Wort »Zwiebeln«. Er hatte, da war er sich sicher, diese Stimme schon irgendwo einmal gehört.

3

Hogg und Spanierjohn spülten friedlich zusammen die Gläser, Hogg allerdings wie betäubt, wenn er auch auf Johns aufgeregte Kommentare zu dem immer noch stattfindenden Ereignis mit seiner üblichen Höflichkeit antwortete. John hatte verschiedene Schlückchen aus halbleeren Gläsern genommen und war redseliger als sonst.

»Siehst du das verdammte Ding, *hombre*? Alles aus Eis und gemacht wie großes *monumento*.« Es kam Johns barockem Geschmack entgegen und ließ Erinnerungen an die Siegesgruppendenkmäler wach werden, die der Caudillo errichtet hatte: die Crewsy Fixers, mit Schlagzeug und Gitarre, in stark verdichteter gefrorener Konditorencrème – ob wirklich zum Verzehr bestimmt, war nicht ganz klar, obwohl man eben in diesem Moment Gelächter und meißelnde Geräusche von nebenan hörte.

»Ah ja?« sagte Hogg.

»Siehst dieses verdammte vaso? Ein párpado reingefallen. So blöd, hombre.« Es war weniger ein falsches Augenlid als ein Satz falscher Wimpern für ein Auge.

»Ach ja«, sagte Hogg. Manche Gläser waren unglaublich dreckig.

»Eins gut«, sagte John. »Wir nicht servieren coñac von hier. Flaschen schon auf der mesa. Vasos auch. Kein Job mehr für die Barbedienung, hombre.«

»Nein.«

John sang. Es war eine Art Flamenco ohne Worte. Bald hörte er wieder auf. Die Rhythmen, wenn nicht der Sinn, einer Nach-Tisch-Ansprache drangen herüber. Es war der Premierminister. »Er redet verdammt gut, Mann. Aber immer dasselbe. Ich gehört im Fernsehn.« Hogg konnte sich genau vorstellen, was der Premierminister soeben sagte: die Nation nicht im Stich lassen; Erblast der Mißwirtschaft; neue Blüte heraufführen trotz der niederträchtigen und frivolen Obstruktionspolitik der Opposition; beispielhaftes Teamwork unserer vier Jungs hier; leider nicht aus meinem Wahlkreis; würde es mir jedoch zur Ehre anrechnen; Vorbild für alle; Kunst fürs Volk; Kunst des Volkes; das Volk kann's; noch einen langen Weg; neue Blüte heraufführen; Erblast der Mißwirtschaft. Nach anhaltendem Applaus kam das Geräusch einer stehenden Ovation. Plötzlich brach die Tür zu Piggy's Sty auf. Jed Foot schwankte herein, kreideweiß. Er sagte:

»Gebt mir mal was Kräftiges. Ich halt's nicht aus. Echt nicht. Jetzt legt das Schwein auch noch los.« Mitfühlend goß ihm Hogg einen großen Brandy ein. Jed Foot stürzte ihn auf einmal hinunter. »Hab ihm alles beigebracht«, winselte er, »diesem undankbaren Verräter. Noch einen, sei so gut.« Hogg goß ihm einen noch größeren Brandy ein. Jed Foot ließ ihn in einem Zug in seinen Magen sinken. John schnalzte mißbilligend mit der Zunge. Er sagte:

»Wir jetzt hier fertig, hombre. Ich geh schauen.«

»Und ich hau ab«, sagte Hogg. »Aus, Schluß, ich hab's satt.«

»Du hast's satt, Sportsfreund?« sagte Jed Foot mit zuckendem Mund.

»Du hast keine Ahnung, was das heißt, wenn man's satt hat. Ich nehm noch einen.«

»Ich bin nicht mehr im Dienst«, sagte Hogg. Er hatte die beschämende Perücke schon abgelegt. Jetzt zog er das Barjackett aus. Seine eigene Ziviljacke hing in dem kleinen Lagerraum hinter der Bar. Er ging sie holen. John öffnete gerade die Tür zum Korridor; die zum Wessex Saddleback lag gegenüber. Als Hogg, anständig zugeknöpft, hinaustrat, sah er, daß jene Tür weit geöffnet worden war, damit die Hotelangestellten schauen und lauschen konnten. Ganz Europa war unter den Zimmermädchen und Küchenhelfern repräsentiert, die mit offenen Mündern diesen planetaren Mythos anstaunten. Jed Foot stand in der hintersten Reihe; John hatte sich nach vorne durchgedrängt. Hogg, der elendiglich zum Personalaufzug trottete, hörte plötzlich vertraute Laute.

»So fuhr man tiefer in das irre Grün,
Das sang: Kastanienexplosion und Eichendach,
Flammschwang, schnitt tausend Adern, träufte grünes Blut,
Welle auf Welle, grün obszönes Glühn,
Ein ungeheuer ungeschlachtes Meer erstach
Die Luft, erstickt die Sonne in der Flut.«

Fürchterlich gelesen, als müßte der Sprechende etwas aus halb gelerntem Kyrillisch dechiffrieren.

Yod Crewsy sagte nun:

»Mein Gebiß sitzt nicht so richtig.« Gelächter. »Ich kann's schreiben, aber ich kann's nicht so richtig sagen. Jedenfalls, so endet das:

Da nahte ein Emblem der Menschenmühn:
Der Dorfbriefkasten, wo der Bann zerbrach:
Er rief zur Ordnung, rot und resolut
Erschauernd stand der Riesenorgel grünes Blühn,
Ward Form und sprach.«

Man klatschte Beifall. Yod Crewsy sagte: »Fragt mich nicht, was es bedeutet, ich hab's bloß geschrieben.« Gelächter. »Nein, sagen wir jetzt mal im Ernst, ich fühl mich da sehr bescheiden. Aber ich hab diese Gedichte in meinem Buch einmal zusammengestellt, damit man sieht. Ich meine, klar? damit man sieht, daß wir uns auch so unsere Gedanken machen und daß die Spießer, die *Kwadrats*, die Squares, wie sich wohl manche von euch Squares hier gerne nennen würden, auch nicht alles gepachtet haben.« Lauter Jubel.

Hogg stand erstarrt da wie ein Eisbomben-Monumento. Er hatte, als er vor dieser Nutte da drin fortgelaufen war, verschiedene Gedichtmanuskripte in ihrer Wohnung in der Gloucester Road zurückgelassen. Niedergeschrieben, dann von ihm aufgegeben, abgeschrieben. Unter ihnen war *Das Schoßtier* gewesen. Er konnte sie aus dem Gedächtnis nicht rekonstruieren, konnte sich nicht absolut sicher sein – doch einen Augenblick! Ein Freund dieser Schlampe, ein Maler, mit Namen Gideon Dalgleish, der hatte bei irgendeinem gesellschaftlichen Anlaß irgend etwas erzählt, wie er mit einem Freund durch das grüne sommerliche England gefahren war und überwältigt war von diesem, meine Liebe, geradezu *obszönen* Grün, ein großes wucherndes grünes Karzinom, furchteinflößend, weil so formlos und riesenhaft. Und dann der plötzliche rote Fleck eines Briefkastens, der das Grün zähmte und ihm eine begreifliche Form verlieh. Die Natur *braucht* den Menschen, meine Liebe. Die Worte GESTUTZTES SONETT waren vor seinen, Hoggs, Enderbys Augen aufgeblitzt, die Reime hatten sich in Reih und Glied aufgestellt, um sich von ihm inspizieren zu lassen. Und dann – er stand da und starrte mit töricht geöffnetem Mund ins Nichts, konnte sich nicht bewegen. Er hörte wieder Yod Crewsys Stimme, die mikrofonisch durch den lauten Beifall rief:

»Also. Soviel zu der F. S. L. S.-Kiste oder wie's heißt. Und ich möchte gerne unserer Mutti hier ein herzliches Dankeschön sagen, weil sie mich – ja, wie soll ich sagen, ermutigt hat. Und jetzt bringen wir unsere neue Scheibe, und zwar nicht bloß vorgelesen! Ich sehe, die Jungs sind alle schon soweit da droben. Sie warten bloß noch auf mich.« Ekstase.

Hogg drehte sich unter körperlichen Schmerzen herum. Dann – während ein mit irgendeiner Science-fiction-Mechanik zwanzigfach verstärktes g ertönte – zwang er seine Beine, vorwärts zu schlurfen, auf die offene Tür des Wessex Saddleback zu. Jed Foot zitterte. Am anderen Ende des rauchgefüllten Bankettzimmers, das jetzt durch die vorgezogenen Vorhänge verdunkelt war, sah er, herrlich flutbelichtet, die Crewsy Fixers grinsend auf einem kleinen Podest aufgereiht. Yod Crewsy hielt eine flache Gitarre in der Hand, aus der ein Kabel sproß. Vor jedem der anderen stand eine hochbeinige kleine Trommel. Grinsend hielten sie weiße Sticks in die Höhe. Dann sprangen sie los, und eine Hölle aus Lärm rülpste vierfach aus den Lautsprechern, die unter den Ecken der Decke hingen.

»Sag, was ich darf (Japp!) und sag, was ich muß, (Japp!)
Sag, es bleibt bei einem einzigen Kuß. (Japp!)
Aber wo bleib ich dann, wo
Bleib ich dann,
(Japp!) Babaaaaaah?«

Wo war *sie* geblieben, darum ging es jetzt! Wo war sie, daß er hineingehen konnte und sie bloßstellen, sie und die ganze blasphemische Bande, vor dem Auge des Himmels, den es nicht gab? Hogg spähte mit zusammengekniffenen Augen durchs Dunkel und glaubte, diesen grausam gefiederten Hut zu erkennen. Dann schien sich in der kleinen Gruppe an der offenen Tür etwas Gewalttätiges zu ereignen, Lärm, der plötzliche Geruch eines streng durchgebratenen Frühstücks. Zwei Zimmermädchen schrien und klammerten sich aneinander. Die Trommeln auf dem Podium klirrten wahnsinnig; Yod Crewsy führte einen verrückten trunkenen Tanz auf, die Füße hochziehend wie einer, der durch den Kot eines Kuhstalls geht. Sein eigenwilliger Mund ließ einen hohen, kreischenden Schrei hören, während seine Augen slapstickmäßig schielten. Die Menge applaudierte.

»Da, nimm«, keuchte Jed Foot, und er gab Hogg etwas. Hogg nahm es automatisch an sich, ein Barkeeper, der es gewohnt ist, etwas entgegenzunehmen. Zu schwer für ein Cognacglas. Jed Foot rannte den Korridor hinunter davon.

»Licht! Licht!« rief jemand, der König im Hamlet. »Man hat auf ihn geschossen, er ist verletzt!« Yod Crewsy lag am Boden, die Füße zuckten. Der Doofste der Crewsy Fixers grinste immer noch suggestiv und sang unhörbar. Aber die Trommeln fingen an umzufallen. Man wich von Hogg zurück, John ungläubig, die Zimmermädchen mit den Fingern zeigend und kreischend; eine Küchenhilfe stand da wie ein von der Mähmaschine freigelegtes Kaninchen, das nicht weiß, wohin es wegrennen soll, und wimmerte. Hogg sah auf seine Hand hinab und erblickte in ihr eine rauchende Pistole. Shem Macnamara schrie: »Er! Haltet ihn! Ich kannte seine Stimme! Geschworener Feind des Pop! Mörder!« Spanierjohn reagierte rasch, vielleicht war ihm solch südlich-öffentliche Gewalt nicht fremd. Er hechelte wie ein Hund, höchst unspanisch, auf Hogg ein: »Raus raus raus raus raus!« Es war wie ein Mr. Holden-Alptraum: Vom Platz gestellt. Hogg richtete mit dem Instinkt, den er den wenigen ihm bekannten Filmen verdankte, staunend die Pistole auf Shem Macnamara. Einige der Gäste hielten den ganzen Auftritt immer noch für einen Teil der Unterhaltung. Andere riefen nach einem Arzt. Hogg, die Pistole in der Hand, rannte los. Er rannte den Korridor hinab zum Personalaufzug. Die Anzeige bedeutete ihm, daß dieser in einem anderen Stockwerk ausruhte. Er rief ihn, und der Aufzug teilte gemütlich mit, daß er dann käme. Er hielt die Pistole immer noch ausgestreckt. John war allen systematisch im Wege, aber ein paar schienen es sich zu überlegen, ob sie auf Hogg losgehen sollten. Vesta würde nun um ihren Lieblingsklienten weinen, die neutralen, opportunistischen Blitzlichter würden klicken. Der Aufzug kam, und Hogg stieg ein, noch immer staunend. Bewaffnet. Gefährlich. Die Aufzugstür trennte das Geräusch rennender Schritte abrupt ab. Betrunken, das war ihr Problem: alle betrunken. Hogg stand in imaginärer Aufhebung aller Bewegung reglos da, während die erleuchtete Stockwerkanzeige abwärts zählte. Er hatte aus irgendeinem Grund U gedrückt, den Keller. So tief hinab, wie's ging. Er landete auf einem Steinflur voller Männer, die Mülltonnen vor sich herrollten. Zwecklos, sich verteidigen zu wollen. Nur schnelles Fortrennen zählte, eine kleine dreckige Treppe hinaus zum Hintereingang im Erdgeschoß, wenn er das schaffte. Er dachte, halbtot vor Atemlosigkeit, immerhin daran, die Pistole oben auf der Treppe fallenzulassen. Sie klirrte zu Boden und brachte es, da sie immer noch entsichert war, fertig, sich selbst ohne Ziel abzufeuern. *El inevitable.* Die schwächliche Barrikade. Würde das gefrorene Monument droben nun zerschmelzen, würde Yod Crewsy sich als erster auflösen? Männer liefen auf den Knall der Pistole hin herbei. Er war draußen. Personalparkplatz, schäbig, schäbig. Die Zeit nimmt dich mit. In ihrem teuren Wagen. Da, ein Taxi. London lag in herbstlichem Frühnachmittagsdämmer, Autohupen röhrten und bellten. Zerrt dich weg. Luft. Luft. Hogg rang danach. »Taxi«, hauchte er und winkte wie verrückt, wenn auch nur schwach. Erstaunlicherweise hielt eines an. »Luft«, sagte er. »Flucht.«

»Wie? Flughafen?« Der Fahrer trug eine sinistre Sonnenbrille. »Air Terminal? Cromwell Road?« Hoggs Kopf sank ihm auf die Brust; der Fahrer nahm es als Nicken. »Is gut, Chef. Springen Se rein.« Hogg sprang rein. Fiel rein, müßte man sagen.

4 Also ging's langsam nach Westen, Richtung Gloucester Road, trotz der Obstruktionen (niederträchtig und frivol) verschiedenster Verkehrszeichen und roter Ampeln. Dort, dachte er, hatte wohl seine Elendszeit in Wahrheit begonnen, in der Wohnung dieser Frau. Und nun zerrte ihn

(aber davon konnte bei der Geschwindigkeit eigentlich keine Rede sein) das Unvermeidliche dieselbe lange Straße hinan, damit er nicht nur aus Vestas, sondern auch aus Wapenshaws Welt fliehen konnte. Nun, es war dieselbe, mußte dieselbe Welt sein. Keine war die Welt des Dichters. Gab es eine solche Welt überhaupt? Wo glaubte er eigentlich hinzufliehen? Er sollte sich besser etwas zurechtlegen. Er konnte nicht sagen: »Was für Flüge haben Sie denn bitte?« Jetzt ganz ruhig, zu eisiger Ruhe erstarrt nach den Untaten, die an ihm begangen worden waren, zog er seine Fünfpfundnoten aus ihrem Versteck. Sein Paß begleitete ihn, fest, beschützend, über der rechten Brustwarze. Insofern war die Dieberei ein Segen. Er hatte keinerlei Gepäck, schade. Fluglinien, dachte er, sind wohl wie Hotels, was das Gepäck angeht. Aber mußte man nicht ohnehin im voraus zahlen? Trotzdem, es durfte nichts Verdacht erregen. Bald würde man auf den Straßen die Abendzeitungen ausrufen. Ein Mann, auf den folgende Beschreibung zutrifft. Benutzt vielleicht einen falschen Namen. Folgte man ihm? Er schaute aus dem Rückfenster. Es fuhren eine Menge Autos dem seinen hinterher, aber aus keinem ragten Köpfe oder Hände, die Erregung signalisierten. Er würde es schaffen, er war sicher, daß er es schaffen würde. Er war unschuldig, oder etwa nicht? Aber er hatte sich nicht wie ein Unschuldiger verhalten. Wer würde für ihn sprechen? Niemand konnte das. Er hatte mit einer geladenen Pistole auf Shem Macnamara gezielt. Im übrigen, wenn dieser entsetzliche Flachkopf tot war, dann war er nur froh darüber. Wunsch, Motiv, Gelegenheit.

Das Taxi fuhr nun die Rampe zum Air Terminal hinauf, einem kahlbunten Gebäude, wie eine Halle einer sehr umfangreichen Industrieausstellung. Er bezahlte und gab dem Fahrer ein möglichst anonymes Trinkgeld. Dieser betrachtete es mit nur mäßiger Säuerlichkeit. Würde er sich erinnern, wenn er die Zeitungen sah? Jajaja, habn vorm Hotel eingeladen. Dachte mir gleich: da stimmt was nich. Geflohen isser. Geflogen. Hogg betrat den Terminal. Wo zum Teufel wollte er hin? Plötzlich erhaschte er den Klang von Spanierjohns Stimme, wie er von seinem Bruder Billy Gomez sprach. In irgendeiner Bar, sehr exotisch, ging mit dem Messer auf die Leute los. Wo war das noch gleich gewesen? Hogg hatte ein konfuses Bild des maurischen Reiches: schmutzige Männer in weiten Gewändern, Kasbahs ohne moderne sanitäre Einrichtungen, würzige Gerüche von Dingen, welche die Sonne bebrütet hatte, Muezzins, Hahnenkämpfe, zwielichtige Männer, unrasiert und untergetaucht, die Wellen, die spöttisch tadelnd an die Planken von Booten voll Schmuggelware klatschten. Hogg bemerkte einen Mann mit Regenmantel, der neben einem Versicherungsautomaten so tat, als lese er eine Abendzeitung. Die Nachricht war sicher noch nicht gedruckt, aber lang würde es nicht mehr dauern. Eine Schlange von Leuten wartete, um ihr Gepäck wiegen zu lassen. Ein Ehemann packte auf dem Boden einen Koffer aus, beinahe weinend. Seine Frau war zornig.

»Hättest du eben richtig durchlesen sollen. Sowas überlaß ich dir. Also, dann bleiben eben deine Sachen da, meine bestimmt nicht.«

»Woher soll ich wissen, daß man auf einen Charterflug nicht soviel mitnehmen kann wie auf einen normalen?« Er legte einen Anzug in einer Plastikhülle wie einen Leichnam auf den schmutzigen Boden. Hogg sah einen gähnenden Angestellten an einem Schalter. Über ihm erstreckte sich in kursiver Egyptienne-Neonschrift der Name PANMED AIRWAYS. Panmed. Pan, das Ganze, Med-? Mediterranean, das Mittelmeer. Wir fliegen übers ganze Mittelmeer. Er ging hinüber und sagte höflich:

»Einfach nach Marokko, bitte.« Marokko war doch nun gewiß irgendwo am Mittelmeer oder in der Nähe. Hogg sah, wie der zeitungslesende Regenmantel ihn anschaute. Kein Gepäck, kein Mantel über dem Arm, offenbar jemand, der panikartig abhaut.

»Häh?« Der Angestellte hörte auf zu gähnen. Er war jung und hatte ingwergelbes Haar; seine Augen standen wie die eines Hundes sehr weit auseinander. »Einfach nach –? Ach, Sie meinen eine Person.«

»So ist es. Nur ich. Ziemlich dringend übrigens.« Das hätte er nun nicht sagen sollen. Der junge Mann sagte:

»Sie meinen diesen Kreuzflug? Meinen Sie das? Entschluß in letzter Minute? Konnten es nicht mehr aushalten? Mußten einfach auf und davon?« Es war, als ginge er einen unsichtbaren Katechismus durch; außerdem legte er Hogg die Worte in den Mund. Hogg sagte:

»So ist es.« Und dann: »Ich *muß* natürlich nicht auf und davon. Ich dachte nur, es wäre eine gute Idee. Das ist alles.«

»Charlie!« rief der junge Angestellte. Zu Hogg sagte er: »Sieht so aus, als hätten Sie Glück. Ist in letzter Minute jemand gestorben.«

Hogg zeigte sich bei dem Gedanken daran, daß jemand plötzlich starb, schockiert. Der Mann, der Charlie hieß, kam herbei. Er war dünn und nervös, trug einen abgetragenen Anzug, hatte an seinem linken Revers ein Metallschildchen mit PANMED hängen. »Sie lernen's nicht«, sagte Charlie. »Ein Ehepaar, die haben ein Ding wie einen Kabinenkoffer dabei. Die können offenbar einfach nicht *lesen*.«

»Der springende Punkt ist«, sagte der junge Mann mit den Hundeaugen, »du hast diese Absage, und hier haben wir einen Herrn, der gerne noch mitmöchte. Will unbedingt rasch ins Warme. Kann nicht auf den BEA-Flug heut abend warten. So sieht es doch aus, was?« sagte er zu Hogg. Hogg nickte eifrig. Zu eifrig, überlegte er dann.

Charlie betrachtete Hogg von oben bis unten. Die Barkeeperhosen schienen ihm nicht sehr zuzusagen. »Also«, sagte er, »ich weiß auch nicht. Die Frage ist, kann er bar bezahlen?«

»Ich kann nur auf diese Weise bezahlen«, sagte Hogg mit einem gewissen Stolz. Er zog eine Handvoll Scheine zum Beweis hervor. »Ich will nur nach Marokko, das ist alles. Ich muß«, sagte er, rasch improvisierend, »meine Mutter da rausholen. Sie ist krank, verstehen Sie. Irgendwas, was sie gegessen hat. Ich habe eben nach dem Mittagessen ein Telegramm bekommen. Sehr dringend.« *Sehr* dringend; eben jetzt würde die Nachricht gerade gesetzt werden; der CID würde anfangen, die Flughäfen zu überwachen.

Charlie hatte eine Warze von respektablen Ausmaßen an der linken Wange. Er drehte daran, als schaltete er eine telegrafische Verbindung ein. Er wartete. Hogg schob das Geld wieder in die Hosentasche. Eine Nachricht schien einzulaufen. Charlie sagte: »Nun, es hängt ja ganz davon ab, wo in Marokko das sein soll, nicht wahr? Und wie rasch Sie da hinmüssen. Wir sind heut spät am Abend in Sevilla, verstehen Sie, und sind erst morgen zum Abendessen in Marrakesch. Ist ja ein Kreuzflug, nicht wahr? Wenn Sie zum Beispiel nach Tanger wollen, da sind wir erst in vierzehn Tagen. Wir gehen ja erst noch etwas über die Kanarischen Inseln, ja?«

»Marrakesch wäre vorzüglich«, sagte Hogg. »Ich will sagen, das ist genau da, wo meine Mutter ist.«

»Du findest niemand anderen mehr, Charlie«, sagte der junge Hund. »Der Platz steht leer, schon bezahlt von dem Typ, der den Löffel abgegeben hat. Er hier hat's in bar.« Er sprach zu offen; er schien zu wissen, daß Hogg einen nicht ganz einwandfreien Abgang vorhatte. »Der Bus« – er schaute auf die große Uhr – »fährt in zehn Minuten.«

»Sagen wir fünfzig?« Charlie leckte sich die Lippen; der junge Angestellte griff die Geste auf. »Bar, wie gesagt.«

»Gemacht«, sagte Hogg. Er zählte mit feuchtem Finger die Scheine her. Ein guter Teil von seinem Ersparten. Erspart... Das Wort, ein kleiner Ruf zur Ordnung (er war froh, daß Yod Crewsy tot war, *falls* er tot war), war nicht unangemessen. Er legte das Geld auf den Tisch.

»Paß ist in Ordnung, Sir?« fragte der junge Mann. Hogg zeigte ihn her. »Gepäck, Sir?«

»Moment«, sagte Hogg. »Ich hab's dort drüben.« Er durchschnitt die wartende Menge. Der Mann hatte seinen Koffer fertig ausgepackt. In dem großen Koffer lagen nun nur noch ein Paar Bermudashorts, Rasierzeug und zwei, drei Paperbacks trivialen Inhalts. Die ausgepackten Kleidungsstücke hingen über seinem Arm. »Haben gesagt, ich kann sie hier im Büro lassen. Auf dem Rückweg wieder abholen. Trotzdem ein verdammter Umstand. Ich hab praktisch nur noch, was ich am Leibe habe.« Hogg sagte:

»Ich hab vorher gesehen, daß Sie Probleme mit dem Gewicht haben.« Er lächelte das Paar an, als würden sie ihm gleich einen großen Gefallen tun, was auch zutraf. »Der Koffer könnte mit meinem mit, wenn Sie wollen. Ich nehm so gut wie gar nichts mit, verstehen Sie.«

Das Paar sah ihn mit dem korrekten Mißtrauen an. Es waren anständige dicke kurzgewachsene Leute fortgeschrittenen mittleren Alters; sie waren an Freundlichkeit ohne einen Haken nicht gewöhnt. Der Mann brummte: »Muß ich alles wieder einpacken.«

»So ist es«, sagte Hogg. »Packen Sie alles wieder ein.«

Der Mann ließ sich kopfschüttelnd wieder schwerfällig auf die Knie nieder.

»Das ist sehr freundlich, Mr. Äh«, sagte die Frau widerwillig.

Sie ließen Hogg nicht aus den Augen, als er den renormalisierten Koffer zur Gepäckabfertigung brachte. Charlie und der ingwergelbe Angestellte hatten nichts gesehen; sie waren damit beschäftigt, Hoggs Geld zu teilen. Der Zeitungsleser im Regenmantel, bemerkte Hogg, war fort. Vielleicht um eine spätere Ausgabe zu kaufen. Hogg ließ sich nur zu gerne in den Bus drängen.

5

Dieser Charlie schien das zu sein, was man einen Dragoman nennt. Er zählte seine Schäflein beim Einsteigen, und als sie dann an Bord waren, zählte er sie noch einmal. Er runzelte die Stirn, als stimmten die Zahlen nicht überein. Hogg saß neben einer ziemlich spießigen Frau, anscheinend gerade in die mittleren Jahre gekommen, also jünger als er selbst. Sie lächelte ihn als einen Gefährten des Abenteuers an. Sie trug so etwas wie vernünftigen provinziellen Sonntagsstaat à la Sozialhelferin, Hut und Kostüm von der Farbe halbgaren Pastetenteigs. Ihre Strümpfe aus einer Art Baumwollflor waren von matter Metallfarbe; man sah eben noch die Knie. Hogg lächelte vorsichtig zurück und betrachtete dann verstohlen die anderen Mitglieder der Reisegesellschaft. Es waren zumeist unauffällige Leute, maßvoll erregt von dem Gedanken, nun zu exotischen Orten aufzubrechen. Die Männer übten bereits verschiedene Rollen, als würde die Reise ihnen alle möglichen Entbehrungen abnötigen und sie müßten selbst für eine gewisse Unterhaltung sorgen. Ein stiernackiger Kneipenwirtstypus wies auf dem Weg zum Flughafen auf die Sehenswürdigkeiten hin und erfand historische Hinweise wie »Und da hat Königin Lizzy einst ein Glas Bier mit Milch bestellt«. Man kämpfte vorsichtig um den Part des Clowns, und ein Mann, der mit herausgenommenem Gebiß sein Gesicht gummiartig verformen konnte, schien der Favorit zu sein. Ein lauter, ernsthafter Mann, wahrscheinlich ein regelmäßiger Besucher öffentlicher Bibliotheken, hielt einen einleitenden Vortrag über die gefährlichere Fauna Nordafrikas. Ein anderer konnte Umtauschraten herunterrasseln. Hoggs Sitznachbarin lächelte ihn wieder an, wie um ihre Freude darüber zum Ausdruck zu bringen, daß alles sich so nett und gemütlich anließ. Hogg schloß die Augen mit gespielter (aber war sie gespielt?) Erschöpfung.

Als sie zum Flughafen kamen, war die Nachricht immer noch nicht da. Vielleicht hatte die Direktion auf Anordnung der Polizei alles abgeriegelt, und der Premierminister mochte noch so oft betonen, daß er jetzt zurück ins Parlament mußte. Noch zwanzig Minuten bis zum Start. Hogg verbrachte den größten Teil dieser Zeit auf einer der Toiletten, düster auf der Brille sitzend. Konnte er irgend etwas tun, um sich zu verkleiden? Wenn er seine Zähne herausnahm, könnte das wie eine Bewerbung um den Posten des Flugkomödianten wirken. Brille runter? Er probierte es aus; er konnte gerade noch etwas erkennen. Eine neue Frisur? Dazu hatte er im Grund zuwenig Haare, aber was er hatte, kämmte er sich cäsarisch in die Stirn. Hinken? Einfach genug, falls er es schaffte, sich dauernd daran zu erinnern. Er hörte damenhafte Satzmelodien aus einem Lautsprecher, so daß er die Kette zog und sich wieder seiner Gesellschaft anschloß. Der Mann mit dem übergewichtigen Gepäck war sich plötzlich über Hoggs Liebenswürdigkeit klargeworden; an Hoggs Erscheinung schien ihm keine Veränderung aufzufallen. Mit geröteten, leeren Augen, ohne den oberen Teil seines Gebisses (ein Kompromiß, den ihm ein plötzliches Gefühl der Übelkeit beim Verlassen der Toilette nahegelegt hatte) und mit spärlicher Cäsarencoiffure nickte und nickte Hogg, daß das alles wirklich nicht der Rede wert, nur zu gern geschehen war.

Sie gingen alle zum Flugzeug. Der Wind fegte körnigen Staub über den Asphalt. Lebwohl, englischer Herbst! Es schien Hogg kein sehr elegantes Flugzeug zu sein. An der Uniformjacke der Stewardess fehlte ein Knopf, und sie selbst war zwar auf eine fade blonde Weise hübsch, doch ihr weggetretener Gesichtsausdruck wirkte nicht sehr vertrauenerweckend. Billigtour, klar. Hogg setzte sich an ein Steuerbordfenster und schaute sich noch einmal England an. Es setzte sich jemand neben ihn, eine Frau. Sie sagte mit halbzivilisiertem Lancashireakzent:

»Wir kommen wohl nicht voneinander los.« Es war die Frau, die neben ihm im Bus gesessen hatte. Hogg knurrte etwas. Das Unvermeidliche. In der oben mit einem elastischen Band versehenen Tasche auf der Rückseite des Sitzes vor ihm fand Hogg traurige Lektüre, äußerst lustig und überaus bunt. Keine Angst, wenn wir wassern müssen. Wir verfügen über eine solide Tradition der Flugsicherheit. Behalten Sie die Ruhe, die Stewardess wird Ihnen sagen, was zu tun ist. Aber wer, fragte sich Hogg, würde es ihr sagen? Broschüren behandelten die verschiedenen Ziele des Kreuzflugs.

»Das ist mein erstes Mal«, sagte die Frau neben Hogg. »Ihres auch?« Ihre Zähne schienen alle die eigenen zu sein. Sie hatte den Hut abgenommen. Hübsches mausfarbenes Haar.

»Mein erstes Mal wobei?« fragte Hogg verdrossen.

»Ach, wissen Sie, mit einem von diesen Dingern. Es ist im Grunde komisch, aber ich weiß alles über den Mond und habe doch noch nie das Mondgebirge gesehen.«

»Ein stärkeres Teleskop«, sagte Hogg. Er blätterte eine Broschüre durch, die, voller wallender Gewänder, Himmel von unwahrscheinlichem Blau, Kamele, Palmen, den runzligen Gesichtern professioneller maurischer Bettler, ihn über die Reize von Tanger unterrichtete.

»Nein, nein, ich meine das Mondgebirge in Afrika«, sagte sie kichernd.

Hogg hörte die Tür des Flugzeugs zuschlagen. Sie schlug nicht richtig zu. Charlie der Dragoman, der jetzt ein kleines grellbuntes Wollmützchen trug, half der Stewardess, sie fest ins Schloß zu werfen, und diesmal schien sie zuzubleiben. Motoren und so weiter fingen an zu rattern und zu knattern. Der Start stand bevor. Hogg fühlte sich einen Augenblick lang sicher, aber dann wurde ihm klar, daß es kein Entrinnen gab. Die hatten doch Interpol und all so was. Spanische Polizei, die Zähne voller Gold wie John, würde ihn in Sevilla erwarten. Aber vielleicht auch nicht, sagte er sich mit einer kleinen, sich regenden Hoffnung. Vielleicht würde Spanien die Ermordung eines Popsängers als ein ganz unerhebliches Vergehen betrachten, was es natürlich auch war. Eigentlich überhaupt keines, wenn man es richtig betrachtete. Also gut, wenn er dann in

Spanien gelandet war, würde er einfach in Spanien bleiben, el señor inglés. Aber wie dort existieren? Mit seinem bißchen Geld konnte er selbst in diesem notorisch billigen (weil bitterarmen) Land kein Refugium, keine Toilette finden, wo man ihn lange genug beherbergen würde, daß er seine Verskunst, wie eine widerstrebende Verdauung, vorsichtig wieder ans Funktionieren gewöhnen konnte. Noch hatte ihm die Muse kein wirkliches Zeichen gegeben. Ein Gedicht mußte noch vollendet werden. Und außerdem herrschte in Spanien entsetzliche Repression, ein massiver Diktator hockte droben im Escorial oder wo das war und lenkte Falangen grausamer breitschultriger Schläger (nein, nicht breitschultrig; magere Sadisten eher) mit Stahlpeitschen. Keine Freiheit des Wortes, jeder Dichter suspekt, ausländische Dichter werden arretiert und schließlich an Interpol überstellt. Nein, besser in ein Land voller Schmuggler und Exilanten und (wie er gehört hatte) homosexueller Künstler, wo man Englisch, die internationale Sprache zwielichtiger Geschäfte, sprach und verstand und wo er sich zumindest verstecken konnte (vielleicht sogar im Freien; die Nächte dort waren doch warm?), um seine Zukunft zu planen. Eins nach dem anderen.

»Sie haben Ihren Sicherheitsgurt nicht angelegt«, sagte die Frau. Hogg brummte und tastete nach den schmutzigen Riemen mit ihren Metallzungen. Der Flugplatz, die letzte Ansicht von England, raste als verschwommenes Grau in die Vergangenheit. Schneller; sie hoben ab. In ihrem teuren Wagen. Vielleicht tatsächlich ein altmodisches Bild. Hogg blätterte abwesend in der Tangerbroschüre und las kleine Anzeigenkästchen, wo für Restaurants und Bars geworben wurde. Verwundert runzelte er bei einem die Stirn. Es lautete:

Al-Roklif
Man spricht Englisch / Berbertänze
Umfangreiches Angebot exotischer Genüsse
Ein Täßchen echt englischer Tee
»In allen Anthologien!«

Er überlegte, überlegte, überlegte. Homosexuelle Künstler, was Literaten einschloß. Der Name! Ins Pseudoarabische gedreht:

الروقليف

Der Slogan. Also so was. Das Atmen wurde ihm schwer. Wenn man ihn faßte, und er würde sicher ein wenig vorher wissen, wann sie ihn fassen würden, dann würde man ihn nicht umsonst bestrafen. Es gab da etwas höchst Gerechtes, doch äußerst Strafbares, was er tun würde, ehe Interpol ihn in Handschellen wegschleifte. Wenn man's bedachte, schien Tanger genau der richtige Ort, wo jemand wie Rawcliffe schließlich enden würde. Maurische Lustknaben. Sich zu Tode trinken. Nein, Trinken ging zu langsam.

Hogg kam zu sich, als die Frau ihm sanft den Sicherheitsgurt öffnete. »Sie waren meilenweit weg«, sagte sie lächelnd. »Und wir sind schon meilenweit in der Luft. Schauen Sie.« Hogg murmelte ein säuerliches Danke und betrachtete ohne großes Interesse eine Wolkenbank, die unter ihnen lag. Sowas hatte er schon gesehen, als er in den Flitterwochen nach Rom geflogen war. Er schenkte den Wolken einen Blick müder Kennerschaft. Die romantischen Dichter, die hätten alle fliegen sollen; Percy Shelley wäre begeistert gewesen, den ganzen Kram aus dieser Perspektive zu sehen. Wie ging das noch gleich? Er kaute ein, zwei Zeilen bei sich durch.

»Sagten Sie etwas?« fragte die Frau.

»Lyrik«, sagte Hogg. »Ein Gedicht. Über Wolken.« Und wie um seine Distanziertheit ihr gegenüber wiedergutzumachen, war sie doch freundlich und hilfsbereit, rezitierte er mit seiner nuschligen Stimme:

»Ich lache nur, traun! mein Grabmal zu schaun,
  Aus den Höhlen der Regenluft
Wie das Kind aus dem Schoße, aus der Knospe die Rose
  Steig ich auf und zerstöre die Gruft.«

»Ach, ich liebe Gedichte!« sagte diese Frau lächelnd durch den Motorenlärm. »Es war eine Zeitlang gar nicht sicher, ob ich Literatur mache oder Astronomie, wissen Sie? Aber der Mond hat gewonnen.«

»Wie meinen Sie das«, sagte Hogg vorsichtig, »der Mond hat gewonnen?«

»Das ist mein Beruf«, sagte sie. »Meine Dozentur. Der Mond. Selenografie, wissen Sie?«

»Selene«, sagte der gelehrte Hogg. »Eine Verschmelzung von Artemis und Hekate.«

»Ach, davon weiß ich nichts«, sagte sie. »Selenografie, so heißt das. Ich sollte mich wohl besser vorstellen. Ich heiße Miranda Boland.«

Miranda: ein Wunder für ihre Eltern: arme Frau, nun ganz allein. »Nun«, sagte Hogg bedenklich, »mein Name –«

Charlie der Dragoman sprach plötzlich dröhnend durch einen knisternden Lautsprecher. »Mein Name«, verkündete er, »ist Mr. Mercer.« Also keine Vertraulichkeiten; er war für sie nicht länger Charlie. »Ich habe«, sagte er, »die Aufgabe, mich auf diesem Kreuzflug um Sie zu kümmern, Sie herumzuführen und so fort.«

»Kohm miht mihr in die Kahsbah!« zitierte der Mann mit dem Gummigesicht. Er hatte es also geschafft. Das war sein Debüt als Bordkomiker. »Sei doch still, George«, sagte seine Frau entzückt. Die Reisenden grinsten und rückten ihre Hintern und Schultern zurecht. Jetzt begann der Urlaub wirklich.

»Ich hoffe, dieser Kreuzflug gefällt Ihnen«, knisterte Mr. Mercer. »Vielen Leuten haben diese Flüge schon gefallen. Manchmal kommen sie wieder. Und wenn Ihnen irgend etwas an diesem Kreuzflug nicht gefällt, dann sagen Sie es mir. Sagen Sie es *mir*. Machen Sie sich nicht die Mühe, an Panmed zu schreiben. Sagen Sie es sofort mir, von Mann zu Mann – oder Frau, je nachdem. Aber ich glaube, es wird Ihnen gefallen. Ich hoffe es jedenfalls. Und das gilt auch für Miss Kelly, Ihre charmante Hostess, und Kapitän O'Shaughnessy vorne. Als erstes lassen die uns in Sevilla ein bißchen auflaufen. Diese Gibraltargeschichte, Sie haben vielleicht davon gelesen. Die Spanier wollen es haben, und wir rücken es aber nicht heraus. Also stellen die sich ein wenig an, wenn es um Zoll und Einwanderung und dergleichen geht. Versuchen uns aufzuhalten, nicht sehr gastfreundlich. Deshalb geht es schneller, wenn ich Ihre Pässe alle auf einmal zeige, also komme ich jetzt vorbei und sammle sie ein. Und dann wird Miss Kelly hier den Tee servieren.«

Miranda Boland (Mrs.? Miss?) öffnete eine vollgepfropfte Handtasche, um ihren Paß hervorzuholen. Sie hatte eine Menge Sachen in ihrer Tasche, Tuben mit Antibiotika und Mittel gegen Diarrhöe und dergleichen. Auch ein kleines spanisches Wörterbuch. Das sollte ihr helfen, einen schönen Urlaub zu verleben. Auch ein kleines Schreibmäppchen. Dies brachte Hogg auf eine Idee, eine rettende vielleicht. Hogg zog ohne Angst seinen eigenen Paß hervor.

»Miss Boland?« sagte Mr. Mercer, der an ihren Plätzen angelangt war. Miss also. »Das ist aber ein hübsches Foto.« Und dann: »Mr. Enderby, richtig?«

»So ist es.« Mr. Mercer examinierte das grinsende Porträt eines Verlobten, Beruf noch ungewiß, aber damals als »Schriftsteller« angegeben; ein

Paar offizieller römischer Stempelhiebe, rein und dann, sehr viel schneller, wieder raus.

»Und was machen *Sie*, Mr. Enderby?« fragte Miss Boland.

»Ich«, sagte Enderby, »bin Dichter. Ich bin der Dichter Enderby.« Der Name bedeutete dieser lyrikliebenden Selenographin nichts. Die Wolken drunten, Shelleys Spezis, waren von keinem besonderen Licht durchleuchtet. »Der Dichter«, wiederholte Enderby mit schon geringerer Sicherheit. Sie setzten ihren Weg fort, auf die Sonne zu. Enderbys Magen bedeutete ihm leise, daß er bald, sehr bald auf all das Geschehene reagieren würde. Der verzögerte Schock ließ erkennen, daß das Ende der Verzögerung nahte. Enderby saß angespannt auf seinem Platz und wartete wie auf den Absturz des Flugzeugs.

Kapitel Drei

1 »Kopernikus!« sagte Miss Boland und deutete hinüber. »Und dann kommt etwas weiter westlich Eratosthenes. Und noch weiter im Westen haben wir die Apenninen.« Ihr Gesicht strahlte, als wäre sie (was sie in gewissem Sinne ja auch tatsächlich war) die Satellitin eines Satelliten. Enderby betrachtete mit großer Kühle den Mond, den er aus irgendeinem Grund im Zusammenhang mit den Wolken (Shelleys magdliche Scheibe und so fort) unter sich zu sehen erwartet hatte. Aber er stand so hoch droben wie gewöhnlich. »Und da, im Süden, liegt Anaxagoras. Gleich unter dem Mare Frigoris.«

»Sehr interessant«, sagte Enderby ohne großes Interesse. Er hatte selbst vom Monde als einem poetischen Gegenstand nie besonders viel Gebrauch gemacht, aber er glaubte trotzdem, ein größeres Anrecht auf ihn zu haben als sie. Sie ging schon sehr vertraulich mit ihm um.

»Und Plato, gleich darüber.«

»Warum Plato?« Sie hatten nicht nur Tee serviert bekommen, sondern auch das Abendessen, durch die Gegend geschleudert von dieser Miss Kelly (die Frisur war ihr übers rechte Auge gerutscht; ihre Zungenspitze war vor Konzentration zwischen die Zähne geklemmt). Das Essen war nicht besonders gewesen, aber Enderby hatte, um seinen Magen ruhigzustellen, seine Portion hinuntergeschlungen und dann noch einen Teil (lächelnd abgegeben; sie hatte keinen besonders großen Appetit) der Portion von Miss Boland. Es hatte sich jeweils um drei lauwarme Fischstäbchen gehandelt, mit ein paar unvollständig aufgewärmten patentscheiblonierten frischgefrorenen Kartoffelchips, dazu eine Art Fischsauce in einem Puppeneimerchen aus Plastik, dessen Deckel sich nur schwer entfernen ließ. Diese Sauce hatte einen Geschmack, der – unerwarteterweise in Anbetracht ihrer puppenhaften Rosafärbung und der delikaten Winzigkeit selbst der Doppelportion – an das Knirschen von Metall erinnerte. Und äußerst seltsam oder vielleicht doch nicht seltsam war es, daß der Quader aus trockenem Kuchen, der dann folgte, eine zähflüssige Füllung hatte, deren kaltes Hammelfettaroma wie mit kleinen Krallen aus rostigem Eisen am Gaumen hing. Enderby hatte vor dem Essen seine oberen Zähne wieder einsetzen müssen und hatte diese

Operation unter der Camouflage eines kleinen Hustenanfalls vollzogen, bei dem er die bunte Broschüre über die Freuden Tangers an die linke Wange gepreßt hatte. Jetzt, nach dem Essen, mußte er beide Gebißteile wieder entfernen, da sie morbide schmeckten und Teilchen kalter verkohlter Paniermasse sich über oder unter ihnen, je nach Kiefer, festgesetzt hatten. Er sollte wirklich auf die Toilette gehen, um das zu regeln, aber nachdem er zuerst Zweifel gehabt hatte, ob dieses Flugzeug überhaupt über eine verfügte, und diese sich durch den Anblick zerstreut hatten, wie der Gummiclown (ein Mann namens Guthkelch) mit theatralischer Erleichterung von dort zurückkehrte, hatte er jetzt die abergläubische fixe Idee, daß er seinen Sitz nur zwei Minuten verlassen brauchte, damit sogleich ein Zeitungsjunge (bis jetzt als blinder Passagier mitgereist) erscheinen und Ausgaben einer späten Abendzeitung verteilen würde, in der sein Bild zu sehen war – und dann würden sie ihn alle in Fesseln legen, Mr. Guthkelch plötzlich ganz ernst, und ihn schließlich der brutalen Polizei von Sevilla überantworten. Also blieb er, wo er war. Er würde warten, bis Miss Boland ein kleines Nickerchen machte oder bis sie das mondenbeschienene Sevilla erreichten. Der Mond war schön groß und voll und glühte im Rahmen des Flugzeugfensters, und Miss Boland bekitzelte ihn überall mit klassischen Örtlichkeitsnamen.

»Warum Plato, weiß ich nicht. So heißt der Krater eben. Eine Menge berühmter Leute sind auf der ganzen Mondoberfläche verewigt. Archimedes, sehen Sie, direkt über Plato, und Kepler, und ganz da drüben am Rand ist Grimaldi.«

»Der große Clown Grimaldi?«

»Ach Sie! Nein doch. Der Grimaldi, der ein Buch über die Diffraktion des Lichtes geschrieben hat. Er war Priester, glaube ich. Aber«, fuhr sie fort, »ich habe mir oft gedacht, daß es hübsch wäre, wenn man dort droben ein paar *neuere* Namen eintragen könnte.«

»Es gibt eine Menge neuer russischer Namen auf der Rückseite, oder?« sagte der gut informierte Enderby.

»Ach, Sie verstehen schon, was ich meine. Wer interessiert sich denn noch für Rabbi Levi und Endymion, wer immer das war? Namen großer Leute unserer Zeit. Eine gewagte Idee, ich weiß schon, und viele meiner Kollegen waren ganz entsetzt, wissen Sie.«

»Das Problem ist«, sagte Enderby, »daß niemand weiß, wer groß ist, bis die Leute lange tot sind. Die Großen, meine ich.« Mount Enderby. »Wie diese russischen Städte. Erst heißen sie so, eine halbe Stunde später so. Stalingrad, meine ich. Jetzt heißt es anders.«

»Wolgograd.«

»Ja, da ist's genauso. Man nennt was da oben nach einem Popstar beispielsweise, und nach zehn Jahren fragt sich alles, wer zum Teufel das denn war.« Popstar. Das hätte er nicht erwähnen sollen. Es war ihm sehr übel, metallisch übel. Es ging vorüber. »Tut mir leid, daß ich ›zum Teufel‹ gesagt habe.«

»Leute, die den Menschen Freude schenken«, sagte Miss Boland. Und dann: »Es gibt eine Hölle auf dem Mond, wußten Sie das? Ein bißchen altmodisch, aber das trifft auf einen großen Teil der lunaren Nomenklatur zu, wie gesagt.« Und dann: »Natürlich, Sie als Dichter mögen Popstars sicher nicht so sehr, nicht wahr? Das verstehe ich gut. Schlechte Kunst, würden Sie sagen. Ich weiß schon.«

Enderby wünschte, er könnte seine Zähne entfernen und wieder einsetzen. Aber er sagte rasch: »Nein, nein, nein, das würde ich niemals sagen. Manche davon sind sehr gut, da bin ich sicher. Bitte«, sagte er flehend, »betrachten Sie mich nicht als Feind des Pop.«

»Gut, gut«, sagte sie lächelnd, »ich werde es nicht tun. All diese langhaarigen jungen Sänger. Es ist wohl eine Frage des Alters. Ich habe einen Neffen und eine Nichte, die nach sowas ganz verrückt sind. Sie nennen mich Kwadrat.«

»Das bin ich nämlich wirklich nicht.«

»Aber ich konnte ihnen immerhin entgegnen, daß ihr spezielles Idol mir auch ein wenig kwadratisch vorkam, wenn das der richtige Ausdruck ist, weil er doch so einen Band mit ganz intellektueller Lyrik veröffentlicht hat. Nun, das sollte doch Ihre Meinung von den Popstars ein wenig ändern. Sie kennen das Buch sicher? Einer von unseren jüngeren Englischdozenten war ganz weg davon.«

»Ich muß jetzt raus«, sagte Enderby. Sie sah überrascht drein. Man befand sich schließlich nicht in einem Autobus. »Wenn Sie mich entschuldigen würden –« Es ging jetzt nicht mehr nur um die Zähne, er mußte jetzt wirklich. Eine dicke, strahlendlächelnde Frau kam gerade raus. »Eine recht dringliche Angelegenheit«, erklärte Enderby und war durchaus darauf vorbereit, detailliertere, plausible Erklärungen abzugeben. Aber Miss Boland erhob sich und ließ ihn vorbei.

Die Stewardess, Miss Kelly, saß neben Mr. Mercer auf einem der hintersten Sitze. Mr. Mercer hatte immer noch seine Wollmütze auf, doch schlief er mit offenem Mund. Miss Kelly schien vollkommen zufrieden, mit einem Ausdruck und einer Körperhaltung reinster Gedankenleere. Enderby nickte ihr grimmig zu und betrat die Toilette. Warum hatte er das alles nicht gewußt – Kwadrate und so weiter, und daß dieser Lümmel einen Gedichtband veröffentlicht hatte, und wen die verfluchte Vesta geheiratet hatte? Er hatte jeden Tag den *Daily Mirror* gelesen, mit geradezu kretinöser Konzentration. Sehr wenig schien er auch aufgenommen zu haben; seine Rehabilitation war wohl die ganze Zeit recht prekär geblieben. Er beruhigte seinen Bauch auf dem Weg über seine Gedärme und spülte derweil seine verklebten Zähne unter dem Wasserhahn sauber und schrubbte sie mit der Nagelbürste ab. Dann setzte er sie wieder ein, faltete die Hände still auf seinem entblößten Schoß und weinte ein, zwei Minuten lang bitterlich. Dann wischte er sich die Augen und den Hintern mit demselben rosa Papier und übergab beide Formen von Ausscheidung dem Luftstrom, Slipstream hieß das wohl. Er sah sich blinzelnd in dem kleinen Spiegel an, Hogg, deutlich erkennbar. Wenn er noch den Bart gehabt hätte, den er sich auf Anweisung von oben in der intensiven Phase seiner Persönlichkeitsumstrukturierung hatte wachsen lassen, dann hätte er ihn sich jetzt abrasieren können, hätte sich von jemand einen Rasierapparat geliehen, vielleicht sogar von Miss Boland, die in ihrer überfüllten Tasche sicher einen für die Beine und so bei sich hatte... Hahaha, Sie und dieser Urlaubsanfang, da fühle ich mich plötzlich wieder ganz jung, ich muß mir unbedingt dieses Gestrüpp abnehmen, hahaha. Aber der Bart mußte schon weg, als er Barkeeper wurde. Nichts stand mehr zwischen ihm und den dringend gedrahteten Fotografien (direkt aus Holdens Geheimpolizeidossier), die soeben die dunkelhäutigen Interpolspanier in den Händen drehten. Nichts außer dem Namen. Aber der verfluchte, tückische Wapenshaw würde ja schon alles ausplaudern und das, was eigentlich Beichtgeheimnisse waren, in die Welt brüllen. Und morgen früh würde der *Daily Mirror*, der bekanntlich vor allen anderen Zeitungen auf der Straße war, als ob er es nicht erwarten könnte, den Frühstückseiknackern die Greuel der Welt aufzutischen, schon unter den englischen Urlaubern an der Costa Brava oder wie das Ding hieß zirkulieren. Ein strenges Porträt von Hogg auf der Titelseite unter einer höchst beleidigenden Schlagzeile. Auf der letzten Seite würde man die großen Flugzeugunglücke finden, die Bomben in Vietnam, Lawinen, tutti quanti. Aber auf der ersten Seite gab's den Mörder Hogg. Er las, wie es schien, den *Daily Mirror* nicht genau genug, aber er kannte sich mit der Redaktionsstrategie hinreichend aus.

Er betrat wieder die lange, dösende Kabine, wo die kleinen Lichtkegel der Deckenlämpchen kahle und gefärbte Häupter segneten. Miss Boland schien mit einem erstaunten Finger Mondkrater zu zählen – vielleicht hatte sich dort droben seit ihrer letzten Teleskopkontrolle etwas ereignet. Enderby sagte mit wilder Abruptheit zu Miss Kelly:

»Diese Frau, die all die Popgruppen und so managet. Wen hat sie noch geheiratet?«

Die Frage schien Miss Kelly nicht zu überraschen. Es schien, als überwände der Stolz auf ihre Fähigkeit, die Frage zu beantworten, die Verblüffung, die sie eigentlich hätte zeigen sollen. »Vesta Wittgenstein? Ach, die hat diesen Des Wittgenstein geheiratet, der die Fakers und die Lean Two gemanaget hat, aber das macht jetzt sie, und noch eine Menge andere dazu. Sie war schon vorher verheiratet, mit dem Rennfahrer Pete Bainbridge, aber der ist gestorben, sehr tragisch, das war in allen Zeitungen. Und dann war irgendwas, daß sie einen älteren Mann geheiratet hat und das hat ihr nicht das wahre Glück gegeben und es hat auch kaum ein Jahr gedauert, stellen Sie sich vor. Aber jetzt hat sie das wahre Glück gefunden mit Des Wittgenstein und sie haben beide jede Menge Geld. Sie sollten mal ihre Garderobe sehen. Ich war mal auf einem Flug, wo sie an Bord war, auf der Rückreise von Rom. Da war sie ganz krank, weil sie so unglücklich war, aber sie war immer noch unheimlich gut gekleidet.«

Enderby nickte ihr ein beiläufiges Dankeschön zu, als hätte sie ihm eine Auskunft über die Ankunftszeit gegeben. Miss Kelly lächelte mechanisch und sank in ihre Leere zurück. Enderby beschloß, nun auf einem Blatt von Miss Bolands Briefpapier einen Brief zu schreiben, und steuerte zielbewußt seinen Sitzplatz an, wie ein Mann, der weiß Gott mehr zu tun hat, als sich bloß nach Sevilla fliegen zu lassen. Sie begrüßte ihn, als wäre er lange fort gewesen, und sagte sogar: »Fühlen Sie sich jetzt wieder besser?«

»Ich muß schreiben«, sagte Enderby sofort. »Eine recht dringliche Angelegenheit.« Er hatte das Gefühl, diese Formulierung vielleicht schon einmal gebraucht zu haben. »Wenn Sie so freundlich wären, mir das Nötige zur Verfügung zu stellen.«

»Ein Gedicht? Wie aufregend. Was meinen Sie mit dem Nötigen? Wollen Sie, daß ich dafür bezahle? Das tu ich, wenn Sie möchten. Es ist das erste Mal, daß jemand gesagt hat, er will ein Gedicht für mich schreiben.« Enderby sah sie streng an. Sie schien ihn necken zu wollen. Möglicherweise glaubte sie nicht, daß er ein Dichter war. Ihre Augen – er bemerkte es resigniert – hatten einen, man könnte sagen: lustigen Ausdruck.

»Papier brauche ich«, sagte er. »Und einen Briefumschlag, wenn Sie einen entbehren können. Zwei Briefumschläge«, verbesserte er sich.

»Liebe Zeit, Sie brauchen eine ganze Menge.« Fröhlich zog sie ihr Schreibzeug heraus. Enderby sagte:

»Ich schreibe Ihnen heute abend ein Gedicht. Wenn wir ankommen.«

»Ich werde Sie beim Wort nehmen.«

Enderby zog seinen Kugelschreiber hervor und schrieb an John den Spanier: »Du weißt, ich hab es nicht getan. Gib diesen Brief an X, du weißt schon, weiter. Ich gehe nach Y, du weißt schon. Dein Bruder. Der dicke Hund, den Du erwähnt hast. Laß von Dir hören. Viele Grüße –« Er wußte nicht, wie er unterschreiben sollte. Schließlich kritzelte er: PUERCO. Dann nahm er ein anderes Blatt Papier und schrieb neben das Datum: In der Luft. Er schrieb: »An die zuständigen Stellen. – Nicht ich habe diesen sogenannten Popsänger erschossen. Es war –« Er konnte sich, verdammt noch eins, nicht an den Namen erinnern. Wieder sagte er zu Miss Boland: »Ich muß hinaus. Ich habe etwas vergessen.« Sie ließ ihn hinaus, lächelnd und spielerisch seufzend. Er behielt Papier und Kugelschreiber in der Hand. Er ging nach hinten zu Miss Kelly, die immer noch leer vor sich hinstierte. Mr. Mercer schmatzte im Schlaf und schien langsam erwachen zu wollen. Ein innerer Monitor hatte ihm vielleicht mitgeteilt, daß man bald Sevilla anfliegen würde. Enderby sagte:

»Der eine, der früher bei Mrs. Einsteins Gruppe war –«

»Mrs. Wittgenstein.«

»So ist es. Der eine, der ausgestiegen ist und keinen Erfolg mehr hatte und jetzt durch die Klubs zieht.«

»Jed Foot, meinen Sie.«

»So ist es.« Er schrieb sich stehend den Namen auf. Wenn er wartete, bis er wieder saß, könnte er ihn vergessen. Könnte unterwegs runterfallen. Er nickte dankend und ging zurück, und Miss Boland sagte, als sie ihn wieder hereinließ:

»Sie sind wirklich ein fleißiges Bienchen. Summ herum!«

Enderby schrieb: »Er hat mir die Pistole gegeben, und ich habe sie ohne nachzudenken entgegengenommen. Ich geriet in Panik und rannte davon. Finden Sie ihn und bringen Sie ihn dazu, daß er gesteht. Ich bin unschuldig.« Dann unterschrieb er mit seinem aufgegebenen Pseudonym. Er adressierte einen Umschlag an die zuständige Dienststelle und den anderen an Mr. John Gomez, Piggy's Bar, Tyburn Towers Hotel, W. 1. Er leckte, kniffte, verteilte. Dann seufzte er. Erledigt. Mehr konnte er nicht tun. Am besten schloß er nun die Augen und bereitete sich innerlich auf

Sevilla vor. Das würde weiteres neckisches Verhalten seitens Miss Boland abwehren. Miss Boland schlug, wie er sah, etwas in ihrem kleinen spanischen Wörterbuch nach. Sie grinste froh. Das gefiel ihm nicht. Das Wörterbuch war nicht groß genug, als daß es etwas zum Grinsen enthalten könnte. Er erschlug ihr Grinsen mit seinen Augenlidern.

2

Enderby schlief, doch ohne zu träumen, als wäre das jüngste Erinnerungsmaterial viel zu schockierend, um in Phantasien umgesetzt zu werden. Er wurde von Miss Boland wachgerüttelt, die ihn anlächelte und aus irgendeinem Grund »Schmutzi!« oder so sagte. Er sagte:

»Wah?«

»Wir sind da«, sagte sie. »Das sonnige Spanien, obwohl es jetzt mitten in der Nacht ist und geregnet hat. Es grünt so grün«, sagte sie kichernd.

»Was meinen Sie mit ›schmutzig‹? Hab ich was getan, was ich nicht tun sollte? Im Schlaf, meine ich?« Er fragte sich, was für eine zügellose Handlung er begangen haben mochte.

»So heißt es. Kommen Sie, wir müssen aussteigen.« Die Leute marschierten den Mittelgang hinunter; manche gähnten wie nach einer langweiligen Predigt. Miss Boland lächelte wie eine weitläufige Verwandte des Pfarrers. »Und dann«, sagte sie über die Schulter, »steht da noch unanständig und übelriechend.« Enderby sah feuchtglänzenden Asphalt unter schwachleuchtenden Lampen. Es gab etwas, worüber er sich Sorgen machen mußte. Er sagte:

»Wo steht das?«

»Ach, kommen Sie.« Sie holte Regenmantel und Reisetasche aus dem Gepäckfach. Enderby hatte nichts. Er fühlte sich nackt und sagte:

»Ich trage das, wenn Sie wollen.« Und dann überfiel ihn die Angst und seine Hand zitterte.

»Das ist lieb von Ihnen. Bitte, hier.« Er konnte kaum seine Hand durch die Griffe der Tasche schieben, aber sie bemerkte es nicht: Sie war im nicht-sonnigen, nicht einmal mondigen Spanien gelandet. Mr. Mercer schien ebenso nervös wie Enderby, es war, als müßte er ihnen die Stadt Sevilla wie seine Gattin vorstellen, und sie – vielleicht in den Wechseljahren – könnte irgendeine Peinlichkeit begehen. Jetzt kommt's, dachte Enderby, jetzt kommt's. Er war kühl, nüchtern, bereit; er würde den Bluff bis zum Ende durchziehen. Kühl und nüchtern sah er Miss Boland an und entschied, daß sie ihm sozusagen behilflich sein mußte. Er würde lachend mit ihr zusammen die Stufen hinuntergehen, eingehängt, als wäre sie seine Frau. Man suchte nach einem einzelnen desperaten Flüchtling, nicht nach einem lachenden Ehegatten. Aber während alles lächelte und Enderby Miss Kelly zunickte, die am Ausgang des Flugzeugs stand, sah er, daß die herangerollte Treppe sehr schmal war und daß er allein hinuntergehen mußte. Miss Kelly strahlte alle an, als wären sie soeben auf ihrer Party eingetroffen, die im Keller stattfand. Weiter vorn hörte Enderby Mr. Guthkelch singen: »Auf in den Kampf! Die Schwiegermutter naht«, voll mit seiner Rolle beschäftigt.

»Sie-ges-gewiß klappert ihr Gebiß.«

Geschmacklos, dachte Enderby. Als er in die feuchtsamtene Wärme hinaustrat, sah er am Fuß der Treppe nur Mr. Mercer mit einem Armvoll Pässe, der ganz freundschaftlich – wenn auch in dem lauten und langsamen Englisch, das man bei Ausländern brauchte – mit einem Ausländer redete. Es war ein uniformierter Spanier mit Sonnenbrille. Er hatte beide Hände in den Hosentaschen und schien Enderby das einsame Spiel zu spielen, das als Taschenbillard bekannt ist. Er sah hinauf zu Miss Kelly und blies ihr Funken aus seiner Zigarette entgegen wie impotente Signale des Begehrens. Er war nicht, da war sich Enderby sicher, von Interpol.

Miss Boland stieg vor ihm hinunter. Sobald er den nassen Asphalt erreicht hatte, hüpfte Enderby zu ihr hin und nahm ihren Arm. Sie schien überrascht, doch nicht unangenehm; sie drückte Enderbys Arm gegen ihre warme Seite. Es schien, und Enderby wurden die Knie butterweich vor Erleichterung, als er sah, was schien: es schien, als warteten keine Männer in Regenmänteln am Weg über den Asphalt zum Flughafengebäude auf ihn. Es schienen nur höchst bescheidene Arbeitskräfte anwesend, dünn, in Blau, an den Wänden lehnend, kräftig rauchend, die Touristen mit dem hungrigen Blick der ganz Armen betrachtend. Der Flughafen selbst war trotz der späten Nachtstunde sehr belebt. Ein Flugzeug mit arabischer Beschriftung war gerade dabei zu starten, ein andres namens Iberia rollte gerade aus. Männer in Overalls zogen Gepäckkarren durch die Gegend und ratterten auf kleinen Traktoren umher. Enderby billigte all diese Bewegung, insbesondere die der Menge von Passagieren, die nun in dem Gebäude zu erkennen war, dem sie sich näherten. Falls er nun gejagt würde, könnte er sich hinter all diesen Leuten verstecken. Aber nein, für den Augenblick war er sicher. Miss Boland sagte:

»Keine luna. So heißt es doch, nicht wahr? Luna. Besser als ›Mond‹.

Lunar. Lunation. Endolunar... Ich dachte, die luna würde mich hier begrüßen. Nun ja.«

»Sie haben doch unterwegs schon genug mitgekriegt«, sagte Enderby leicht tadelnd. »Sie kriegen hier sicher genügend ab. Im Urlaub, meine ich. Aber ich hätte gedacht, Sie wollten vielleicht eher mal Ihre Ruhe haben.« Ein Mittourist, der in ihrer Nähe ging, schaute Enderby mißtrauisch an. »Von der luna, meine ich.«

»Die hat man nie«, sagte Miss Boland. »Nicht, wenn man einer Sache sein ganzes Leben gewidmet hat wie ich.« Und sie drückte mit ihrem Arm gegen Enderbys Arm. Sie war sehr warm. »Wo haben Sie Spanisch gelernt?« fragte sie.

»Nirgendwo. Ich kann kein Spanisch. Italienisch, ja, ein wenig. Aber kein Spanisch. Ist allerdings ziemlich ähnlich.«

»Sie sind sehr geheimnisvoll«, sagte Miss Boland geheimnisvoll. »Irgendwie faszinieren Sie mich. Sie scheinen so vieles nicht auszusprechen. Ach, Sie haben ja nicht einmal einen Mantel dabei! Aber das geht mich wohl nichts an. Und keine Reisetasche! Sie machen den Eindruck eines Mannes, der ganz rasch fortmußte.«

»Ja, das mußte ich«, sagte Enderby bebend. »Ich will damit sagen, ich bin ein Mann rascher Entschlüsse. Ich denke plötzlich an etwas, und dann tu ich's.« Sie drückte wieder seinen Arm und sagte:

»Sie können mich Miranda nennen, wenn Sie mögen.«

»Ein sehr poetischer Name«, sagte Enderby pflichtbewußt. Er konnte sich nicht genau erinnern, wer dieses Gedicht geschrieben hatte. Ein wuchtiger katholischer Weintrinker mit weitem Mantel. »Mit den Flöhen auf den Pyrenäenhöhen«, zitierte er. Und dann: »Nie mehr, Miranda, nie mehr. Nur noch der Dingens schwer.«

»Wie bitte?«

»Und dann noch dingens dingens drüberher.« Sie hatten nun das Flughafengebäude betreten. Es war klein, dunkel und roch nach Pissoir, nach ausländischem insbesondere, einem knoblauchdurchwirkten Effluvium. Ein großes Foto zeigte General Franco in Zivil, einen kahlköpfigen Mann mit Hängebacken und parvenuhaft emporgezogenen Augenbrauen. Ferner hingen vergilbte Anschlagzettel da, auf denen wahrscheinlich Verbote ausgesprochen wurden. Mr. Mercer war bereits da; vielleicht hatte er auf einem der Traktoren mitfahren dürfen. Die ganze Reisegesellschaft drängte sich schutzsuchend um ihn. Enderby merkte, daß er immer noch bei Miss Boland eingehakt war. Er löste seinen Arm mit dem Hinweis, daß er einen Brief aufgeben müsse.

»Wieder Geheimnisse«, sagte sie. »Kaum sind Sie hier, müssen Sie einen geheimnisvollen Brief aufgeben. Mit einem geheimnisvollen Namen unterschrieben.«

»Was?« krächzte Enderby.

»Es tut mir leid. Ich konnte nicht umhin, das zu sehen. Sie haben den Brief auf dem Sitz liegen lassen, entschuldigen Sie bitte. Er war bei all diesen Broschüren und Sachen, und ich hab sie aufgehoben, um sie durchzusehen, und da war Ihr Brief. Aber es hat jetzt wenig Sinn, wenn ich so tue, als kennte ich Ihren Namen nicht, nicht wahr? Oder wohl Ihren Spitznamen.«

»O *nein.*«

»So muß es doch sein. Ich habe den Namen Puerco noch nie gesehen.« Sie sprach es englisch *»pure co«* aus. »Und dann, weil es so ausländisch aussah, hab ich's in meinem Spanischwörterbuch nachgesehen, und siehe da, da stand's. Es heißt ›unanständig‹.«

»Tatsächlich«, improvisierte Enderby delirierend, »ist es ein alter Familienname von der Grenze. Der walisischen Grenze, meine ich. Meine Familie kommt aus der Nähe von Shrewsbury. Das ist reiner Zufall. Diese spanische Sache, meine ich. Hören Sie, ich *muß* diesen Brief aufgeben. Bin gleich wieder da.« Sobald er sich den Weg durch die Menge gebahnt hatte, die den bewollmützten Mr. Mercer umlagerte, wurde ihm klar, daß er töricht gehandelt hatte, sich freiwillig auch nur fünf Minuten von ihr zu entfernen. Sie würde die Geschichte mit dem alten Grenznamen nicht glauben; sie würde noch einmal in ihrem Spanischwörterbuch nachsehen und dort noch einen anderen Eintrag neben Schmutzig und Unanständig und so weiter finden. Zwangsläufig. Er zögerte vor einer Tür, die zu einem tristen nassen Garten führte, dahinter ein Restaurant, das ganz aus großen dreckigen Fenstern zu bestehen schien. Er mußte ihr das Wörterbuch abnehmen, die gefährliche Seite herausreißen oder das ganze Buch verschwinden lassen. Oder sollte er jetzt mit seinen Fünfpfundnoten und seiner Anthologie exotischer pourboires hinausgehen auf die große verregnete, winddurchwehte Halbinsel, sich in Korkeichenwäldern verlieren, zusammenschnurren wie eine Rosine beim endlosen Marschieren auf den heißen weißen Landstraßen? Wohl doch nicht. Ein magerer Armer stand neben der Tür und hielt mit seiner funkenspeienden Zigarette der dumpfen, feuchten Nacht stand. Es war möglich, dachte Enderby, daß die Hispanisierung des Mädchennamens seiner Mutter durch Spanierjohn eine historische Phase der Wortentwicklung darstellte, lang schon überholt. Aber wenn es natürlich dasselbe war wie im Italienischen und – Enderby sagte zu dem Mann:

»Amigo.«

Der Mann antwortete mit einem Segen von sprühenden Funken. Enderby sagte: »Auf español. L'animal. Wie sagt man auf español dazu?« Er grunzte und schnaubte in Brusthöhe in der Luft umher, als schnüffle er nach Trüffeln. Dann sah er einen Mann in properer Uniform, in geringer Entfernung hinter sich, der interessiert zuschaute. Der magere Arme sagte:

»Entiendo. Un puerco.«

Da haben wir's also, dachte Enderby grimmig. Unschlüssig stand er da mit dem Brief in der Hand. Der dünne arme Mann schien auf weitere Charaden zu warten. Der Uniformierte runzelte schwer verblüfft die Stirn. Der dünne Arme wieherte und sagte: »Un caballo.« Enderby sagte »Sí«, stolperte dann über den linken Stiefel des Uniformierten und ging wieder hinein, den Brief immer noch unerledigt mit sich tragend.

»Liebe Güte, das ging aber schnell«, sagte Miss Boland.

»Es ist wegen der Sprache«, sagte Enderby. »Ich verstehe die Sprache nicht, wie ich schon sagte. Vielleicht könnte ich mir Ihr kleines Wörterbuch ausleihen –«

»Also!« sagte Mr. Mercer jetzt. »Bitte alles hier aufstellen, wo das Gepäck steht.« Sie hatten das recht rasch ausgeladen, dachte Enderby konfus, nichts mit mañana. »Wie Sie wissen, gibt es hier wie überall die Zollkontrolle –«

»Ich dachte, hier gibt's nur Zentimeter!« rief Mr. Guthkelch.

»– Aber nur ein paar von Ihnen werden den Koffer öffnen müssen –«

»Solange niemand einen stehen läßt!« rief Mr. Guthkelch und ging damit vielleicht ein wenig zu weit.

»Es ist eine Stichprobe, verstehen Sie, eine Stichprobenkontrolle, könnte man sagen.«

»Ich nehme an«, sagte Miss Boland zu Enderby, »so etwas Bourgeoises wie Gepäck haben Sie gar nicht dabei, wie? Sie schlafen wahrscheinlich in Ihrem Hemd oder einfach so.« Ihre Augen glänzten, als sie das sagte, als erregte sie der Gedanke. Enderby war indigniert; er sagte:

»Sie werden bald sehen, was ich alles habe und was nicht. Da bin ich völlig normal.« Der Mann, der ihn schon auf dem Weg vom Flugzeug mißtrauisch angesehen hatte, tat nun dasselbe nochmals. »Im Sinne«, erläuterte Enderby, »persönlicher Habe und so weiter und so fort.«

»Das ist ein bißchen wie im Kino, wenn ein Zeuge den Verbrecher unter anderen Leuten identifizieren soll und alle sich in einer Reihe aufstellen«, kicherte Miss Boland. »Spannend.« Alle standen sie in der

Nähe des Gepäckgebirges, und ein Beamter mit einer Uniformmütze führte vor dieser Phalanx von Urlaubslustigen den im Käfig hin und her schreitenden Tiger auf, Hände auf dem Rücken. Enderby sah, wer das war: der Mann von draußen, der bei seinem Schweinegrunzen die Stirn gerunzelt hatte. Jetzt blieb er stehen und wandte sich den Touristen zu. Er hatte Hängebacken, die denen des Caudillo ähnelten, und sogar allelomorphe Augenbrauen – vielleicht ein entfernter bescheidener Verwandter, dem das Regime einen Job besorgen mußte. Streng deutete er auf verschiedene Leute. Er deutete auf Enderby. Enderby sah sich sofort suchend nach dem Mann mit dem übergewichtigen Gepäck um. Er fand ihn und sagte:

»Wo ist der Koffer?«

»Welcher? Meiner? Warum zeigen Sie ihm nicht Ihren?«

»Aus bestimmten Gründen«, sagte Enderby. »Sachen drin, die niemand sehen soll.«

»Dacht mir's doch, daß was nicht stimmt. Ziemliche Dreistigkeit, muß ich schon sagen. Aber was soll's, ich hab nichts zu verbergen.« Und er zeigte Enderby, wo der überzählige Koffer stand. Enderby schleifte ihn zum Tisch der Zollkontrolle. Der Beamte stocherte bereits zierlich im Gepäck, angetan mit einem Paar sehr sauberer weißer Baumwollhandschuhe. Bei den meisten Passagieren sah er nur oberflächlich nach, mit Enderbys Scheinkoffer machte er es gründlich. Auf dem Grunde des Koffers, unter den Bermudashorts dieses Mannes, fand er die drei grellen Taschenbücher, die im Air Terminal in London so harmlos ausgesehen hatten. Hier, in einem repressiven und reprimierten katholischen Land, das seine außereheliche Lust in Stierkämpfen entlud, schienen sie plötzlich mit dem Versprechen unerhörter Obszönität aufzuglühen. Miss Boland, die nicht zu den kontrollierten Erwählten gehörte, stand trotzdem an Enderbys Seite. Sie sah alles: »Unanständig«, sagte sie mit breitem Lächeln. Der Beamte hielt die drei Bücher beinahe bis zur Höhe des Caudilloporträts empor, als riefe er seinen Fluch auf sie herab. Mr. Guthkelch sagte: »Wir beginnen mit der Auktion!« Von den Umschlägen knallten drei unwesentlich abgewandelte Varianten des Typs Bewußtlose Blondine, angstvoll und spärlich bekleidet. Der Beamte bemerkte: »Pornográficos.« Alle nickten, erfreut, daß sie Spanisch verstanden. Und dann grunzte er direkt Enderby an und wiederholte dessen kleinen Mimus vom Trüffelschnüffeln, worauf er hinzufügte: »Puerco.«

»Ich verstehe, ich verstehe«, sagte Miss Boland und drückte sich still und zufrieden gegen Enderbys Flanke. »So spricht man das also aus. Und es bedeutet auch ›Schwein‹. Wie töricht von mir, das hätte ich mir denken können. Man kennt Sie also hier. Sie schwarzes Schaf. Schwein, meine ich, Sie schwarzes Schwein.«

Aus einem der in die Höhe gehaltenen Bücher fielen zwei flache viereckige Päckchen. Sie landeten auf der nüchternen weißen Unterwäsche eines Mitreisenden. Alle Männer wußten gleich Bescheid, doch eine ältere Frau, die offenbar ein behütetes Leben hinter sich hatte, sagte: »Solche Ringe. Wozu sind die denn gut?« Den Mann, der es ihr am besten hätte erklären können, hörte man stöhnen: diese Gegenstände gehörten offensichtlich zur Urlaubsplanung, nicht zur ehelichen Ausrüstung. Der Beamte wischte seine behandschuhten Finger aneinander ab, machte eine überschwengliche Geste der alle entlassenden Verachtung und drehte ihnen den Rücken zu. *»Ipocritico«*, murmelte Enderby. Der Beamte hörte ihn nicht, oder aber das Wort war im Spanischen anders als im Italienischen.

»Ehrlich währt am längsten«, winselte der übergewichtige Mann. »Ich schreib mir's hinter die Ohren.« Seine Frau schaute hinaus (als kennte sie ihn nicht, aber heute nacht würde in einem ausländischen Hotelschlafzimmer die Hölle los sein) ins feuchte dunkle Sevilla, Don Juans Stadt. »Sie sind mir in den Rücken gefallen«, sagte er unlogischerweise zu Enderby. Alles runzelte verwundert die Stirn, nicht besonders helle. Sogar Miss Boland. Miss Boland nahm Enderby am Arm und sagte: »Kommen Sie, Piggy.« Der befreiende Einfluß des Mondes, dachte Enderby erbittert. Mr. Mercer rief sie mit müder Stimme zum wartenden Bus.

3

Eine Stunde später lag Enderby erschöpft auf seinem Hotelbett. Er hatte den Brief in den Kasten in der Hotelhalle geworfen, nachdem er mit Peseten, die er in seinem kleinen Trinkgeldthesaurus gefunden hatte, Briefmarken von der würdig gähnenden schnurrbärtigen Duenna an der Rezeption hatte kaufen können. Niemand unter den Hotelangestellten – zugegebenermaßen müde und voll stolzer Verachtung für die spät ankommenden Gäste – schien auch nur im geringsten erregt durch die Nachricht vom Tode eines britischen Popsängers. Also war bis jetzt alles in Ordnung. Doch lange würde das nicht mehr so gehen. Vieles hing natürlich von dem Mann ab, der der eigentliche Bewahrer von Hoggs wirklicher Identität war, nämlich von diesem Scheißwapenshaw; vieles hing ab von der Hoggfotografie in den morgigen Zeitungen; ein wenig von Miss Bolands schematischen Nachforschungen zum Wort *puerco.*

Bald, wenn er sich ein wenig erholt hatte, würde er Miss Boland besuchen gehen. Sie wohnte auf demselben Stockwerk des Hotels, das sich Hotel Marruecos nannte, nur ein paar Türen weiter. Bald. Enderby hatte sich eine Flasche Fundador und ein Glas aufs Zimmer bringen lassen. Er kannte den Fundador aus Piggy's Sty: eine Art Parodie auf den Armagnac. Er trank ihn jetzt, um seine Nerven zu beruhigen. Er lag auf dem Bett, dessen Überwurf die Farbe gekochter Leber hatte. Die Tapete war purpurrot. Es hingen keine Bilder an den Wänden. Alles war sehr kahl, und er hatte nichts getan, diese Kahlheit zu mildern. Nichts im Schrank, kein Koffer auf dem Kofferständer am Fußende des Bettes. Das Fenster stand offen, und ein heißer Wind hatte sich erhoben, der zur Tapete zu passen schien. Dieser heiße Wind hatte die Wolken vertrieben und einen spanischen Mond wie aus dem Theaterfundus enthüllt, ein Don-Juan-Requisit. Miss Boland würde sich jetzt, in einen vernünftigen Morgenmantel gekleidet, Lockenwickler ins Haar drehen und den Mond betrachten. Luna. Vielleicht würde sie dieses Wort in ihrem Handtaschenwörterbuch nachschlagen.

Enderby stand auf, es tat ihm Verschiedenes weh; er ging ins Bad. Durch die Wand konnte er hören, wie im Bad nebenan der Mann mit dem übergewichtigen Gepäck von seiner Frau bittere Vorwürfe gemacht bekam. Alter Bock. Kondomverstecker. Hast du dir so gedacht, heimlich was mit den señoritas, den schlampinas abziehen! In dieser Art. Die besten Jahre ihres Lebens über dem heißen Herd. Enderby seufzte, urinierte kurz, zog die Kette, verließ seufzend und sich die Hose zuknöpfend das Zimmer. Wie er das Zimmer verließ, traf er auf Miss Boland, die zu seinem Zimmer ging. Was für ein Zufall.

»Ich komme«, sagte sie, »wegen meines Gedichts.« Sie sah in der Tat stark wie eine Frau aus, die ein Gedicht holen kommt, kein bißchen wie eine Selenografiedozentin. Ihr Morgenmantel war durchaus unvernünftig: schwarz und transparent blähte er sich im heißen Wind vom Fenster am Ende des Ganges, und darunter trug sie ein pfirsichfarbenes Nachthemd. Ihr hübsches Maushaar hatte sie gebürstet; es knisterte im heißen Wind; ein pfirsichfarbenes Band war in die Haare geschlungen. Sie hatte purpurnen Lippenstift aufgelegt, passend zum heißen Wind. Enderby schluckte. Schluckend bat er sie mit einer Verbeugung ins Zimmer. Er sagte: »Ich hab noch keine Zeit gehabt. Ein Gedicht zu schreiben, meine ich. Ich habe erst einmal ausgepackt, wie Sie sehen.«

»Sie haben *alles* ausgepackt? Liebe Zeit. Ein wenig sinnlos, oder? Wir sind nur die eine Nacht hier. Von der auch nicht mehr viel übrig ist. Ah«, sagte sie und ging mantelumweht im heißen Wind zum Fenster, »Sie haben auch die luna. Meine luna und Ihre.«

»Wir müssen«, sagte Enderby vernünftig, »auf derselben Seite des Ganges wohnen. Die gleiche Aussicht, Sie verstehen.« Und dann: »Darf ich Ihnen etwas zu trinken anbieten?«

»Nun«, sagte sie, »gewöhnlich trinke ich nichts. Besonders nicht zu dieser späten Stunde. Aber schließlich bin ich ja im Urlaub, nicht wahr?«

»Das sind Sie gewiß«, sagte Enderby ernst. »Ich hole ein Glas aus dem Badezimmer.« Er tat es. Nebenan tobte noch immer der Streit. Unkontrollierbare Lust in mittleren Jahren. Komisch, soweit es nicht ekelhaft war. Oder irgendwie. Er kam mit dem Glas zurück und fand Miss Boland auf seinem Bett sitzen. »Mare Imbrium«, sagte sie. »Seleukus, Aristarchus.« Er goß ihr eine sehr reichliche Portion ein. Er würde sie betrunken machen und ihr einen Kater aufhängen, dann wäre sie morgen abgelenkt von der *puerco*-Geschichte. Bald würde er sich in ihr Zimmer schleichen und ihr Wörterbuch stehlen. Alles würde sich aufs schönste regeln.

»Sie sind aber gründlich«, sagte sie und nahm ihm das Glas ab. »Sie haben sogar Ihren Koffer weggepackt.«

»Ah ja«, sagte er. »Das ist bei mir so etwas wie eine Manie. Die Ordnung, meine ich.« Dann erblickte er sich im Spiegel der Frisierkommode – unrasiert seit dem frühen Morgen in London (er hatte Londra auf den Umschlag geschrieben – war das richtig?), mit sehr zerknittertem Hemd, unverkennbar billigen Hosen und einem Jackett mit abgewetzten Ellbogen. Lächelnd zeigte er sich alle Zähne. Die sahen immerhin sauber aus. Er lenkte das Lächeln zu Miss Boland hinüber. »Sie armer Mann«, sagte sie. »Sie sind einsam, nicht wahr? Das habe ich gleich gesehen, als Sie in London in den Bus gestiegen sind. Aber jetzt brauchen Sie nicht mehr einsam zu sein. Nicht auf dieser Reise jedenfalls.« Sie nahm einen Schluck Fundador, ohne das Gesicht zu verziehen. »Hm. Feurig, aber angenehm.«

»Mucho fuego«, sagte Enderby. Englischer Mann kein *fuego*, daran erinnerte er sich.

Miss Boland lehnte sich zurück. Sie trug fiedrige Hausschuhe mit Absätzen. Sie lehnte sich zurück und stieß sie von den Füßen. Die waren lang und sauber, und die Zehennägel waren nicht lackiert. Sie schloß die Augen, runzelte konzentriert die Stirn und sagte: »Schauen wir mal, ob ich's noch zusammenbringe. A cada puerco irgend etwas su San Martin.

Das heißt im Englischen ›Jeder Hund hat seinen Tag‹, nur natürlich nicht ›Hund‹, sondern jedes Schwein. Jeder Eber eigentlich, nicht wahr? Im Wörterbuch steht Eber, nicht Schwein. *Hog*.«

Enderby setzte sich schwer auf die andere Seite des Betts. Dann sah er Miss Boland mit unguter Erwartung an. Sie schien seit der Abreise in London etwa zehn Kilo und fünfzehn Jahre verloren zu haben. Er versuchte sich auszumalen, wie er sie mit komplizierten, aber energischen Liebesspielen so überwältigen würde, daß sie, schläfrig und ihm verfallen, beispielsweise auf die Zeitungsmeldung morgen mit völliger Gleichgültigkeit reagieren würde. Dann dachte er sich, daß er wohl am besten hier verschwinden und sich selbst nach Nordafrika durchschlagen sollte: Es gab doch gewiß um diese Zeit irgendeinen Flug rüber. Doch nein. Trotz allem war er in Mr. Mercers Gesellschaft am sichersten – ein überzähliger Reisender, augenzwinkernd an Bord gemogelt, von Zollbeamten weitergewinkt, denen Mr. Guthkelch zurückwinkte. Außerdem hatte Mr. Mercer die Pässe alle wieder zurückgegeben, und der von Enderby steckte wieder bequem in seiner Innentasche. Er würde ihn nicht mehr aus der Hand geben, es sei denn, um ihn in einer letzten verzweifelten Identitätsaufkündigung ins Feuer irgendeines maurischen Kebabverkäufers zu werfen. Diesen Mann sah er deutlich vor sich, wie er seine Kebabs ausrief, gegen die Sonne, braun, runzlig, zahnlos, mit seinem Ruf gegen den des Muezzins streitend. Ja, das war dichterische Phantasie.

»Und«, sagte jetzt Miss Boland, die sich noch einen Fundador eingegossen hatte, »Mutter und Dad haben mich und Charles, das war mein Bruder, immer zu Onkel Herbert mitgenommen, als der in Wellington wohnte – Wellington in Shropshire, meine ich, warum sagt man da immer Wellington, Salop? Ach, wahrscheinlich der lateinische Name – und oft sind wir auf Bredon Hill hochgestiegen –«

»Die vielfarbigen Distrikte«, sagte Enderby und rechnete einen Kostenvoranschlag für eine Verführung durch, wobei ihm gleichzeitig klar war, wie vollkommen akademisch diese Idee war, »und die Lerchen singen im Blau. Junge Männer hängen sich auf und landen im Zuchthaus von Shrewsbury. Aus Liebe, wie man's nennt.«

»Wie zynisch Sie sind. Aber ich habe eigentlich auch ein gutes Recht dazu, zynisch zu sein. Toby hieß er – ein törichter Name für einen Mann, nicht wahr? –, und er hat gesagt, ich müßte mich zwischen ihm und meiner Karriere entscheiden – ich meine, das ist eher ein Name für einen Hund, oder? Nicht? – und natürlich kam das nicht in Frage, daß ich meinen Beruf für das, was er mir angeblich geben konnte, aufgeben würde. Und dann sagte er etwas, kluge Frauen, schlechte Gattinnen, und er wollte nicht den Mond zwischen uns beiden im Bett liegen haben.«

»Hatte was von einem Dichter«, sagte Enderby, der spürte, wie er schläfrig wurde. Der heiße Wind bewegte als Marionettenspieler die Fenstergardinen und klebte Miss Bolands Nachthemd gegen ihr Schienbein.

»Hatte was von einem Lügner«, sagte Miss Boland. »Er hat über seinen Vater gelogen. Das war kein Notar, nur ein Notariatsschreiber. Gelogen hat er über seinen Rang in der Fernmeldetruppe. Über seinen Wagen. Das war gar nicht seiner, der war von einem Freund geliehen. Nicht daß er viele Freunde gehabt hätte. Männer«, sagte sie, »neigen zur Lüge. Schauen Sie bloß sich selbst an zum Beispiel.«

»Mich?«

»Wenn Sie sagen, Sie seien ein Dichter. Und über Ihren alten Shropshirenamen reden.«

»Hören Sie!« sagte Enderby. Und er begann zu rezitieren.

»Shrewsbury, kauernd in Flussesschleifen,
Der Severn knurrt wie ein neidischer Hund,
Erwacht hie und da mit nem Lastkahnsteifen,
Öffnet sabbernd im Traum den Nebelschlund.«

»Das ist von Ihnen, ja?«

»Liebespaarungsdurchsetzt im Sommer-Immer,
Monströs aphrodisisches Sonnenentzücken,
Der Zenith zeugt im flimmernden Schimmer,
Jack schwitzt auf und ab, Joan liegt flach auf dem Rücken.«

»Man hat mir immer beigebracht, mit langen Wörtern kann man keine Gedichte machen.«

»Schlaff und sündlos im blaßkahlen Winter,
Die Nymphen tanzten ihr letztes Gefecht,
Die Boote stöhnen, des Stiefflusses Kinder,
Die Schule hackt Führungskräfte zurecht.«

»Ich verstehe. Shrewsbury School. Da ist Darwin gewesen, nicht wahr?«

»Die Kneipe verströmt ihre Absolutionen,
Unterm Rock wird der Wirtin die Rechnung gemacht,
Charles Darwin bebrütet die Evolutionen
Im klammen Mantel der kaltkalten Nacht.«

»Tut mir leid, ich hätte nicht unterbrechen sollen.«

»Doch sie sänftigt die Akne der Pubertät,
Und Gott erscheint milde im vierzehnten Glas,
Wenn der dringende Wunsch unerbittlich ersteht
Fällt man später ins plattgelegene Gras.«

»Eine Menge Sex drin, wie? Tut mir leid, jetzt unterbreche ich Sie wirklich nicht mehr.«

»Jetzt kommt die letzte Strophe«, sagte Enderby streng. »Achtung:

Rund wie der Fluß kreist die Zeit, kreist die Stadt,
Doch Darwin läßt alles geradeaus gehn.
Die Selektion findet ständig statt,
Doch keine neuen Arten entstehn.«

Sie schwiegen. Enderby spürte ein Aufzucken von Dichterstolz, dann Erschöpfung. Es war ein furchtbarer Tag gewesen. Miss Boland war beeindruckt. Sie sagte: »Ach, Sie *sind* tatsächlich ein Dichter. Wenn das von Ihnen ist jedenfalls.«

»Natürlich ist das von mir! Geben Sie mir was aus der Flasche.« Und sie ließ gerne etwas für ihn hervorgluckern, Dienerin des Poeten. »Das ist aus meinem frühen Band, *Fische und Helden*. Den Sie nicht gelesen haben. Den niemand gelesen hat. Aber, bei Gott«, sagte Enderby, »ich zeig's ihnen allen. Ich bin noch nicht fertig, beileibe noch nicht.«

»So ist es recht. Glauben Sie nicht, ohne Schuhe wäre es bequemer für Sie? Lassen Sie – ich mach's schon.« Enderby schloß die Augen. »Und Ihr Jackett?« Bald lag Enderby in Hemd und Hose auf seiner Seite des Bettes, sie hatte ihm auch die Socken abgenommen und die Krawatte (in den Hotelfarben: Rot, Weiß und Blau). Der heiße Wind war noch da, fühlte sich aber kühler an. Sie lag neben ihm. Sie rauchten beide eine Zigarette.

»Assoziationen!« hörte Enderby sich sagen. »Wenn schon, haben alle gemacht, von diesem spanischen Priester bis zu Camus, mit Kierkegaard irgendwo mittendrin.«

»Wer ist Kierke-wie war das?«

»Dieser Philosoph, der es so gedreht hat, als wär's im Grunde wie mit Gott und der Seele. Don Juan benutzt die Frauen und Gott den Menschen. Jedenfalls ist das seine Stadt. Und ich wollte ein Versdrama über Don Juan schreiben, der die Frauen besticht, damit sie so tun, als ob er's mit ihnen gebracht hat, wo er's in Wirklichkeit gar nicht bringen kann, mit niemand. Und dann ist das Versdrama plötzlich aus der Mode gewesen.« Seine Zehennägel, entschied er, müßten wirklich wieder einmal geschnitten werden. Die der großen Zehen jedoch mußten mit einem Meißel oder so attackiert werden. Schwierig. So sehr hatte er sich im Grunde nicht verändert. Eine Badewanne war schließlich nur ein Reservoir für poetische Entwürfe. Er fühlte ein neues Gedicht in sich kitzeln wie einen Niesreiz. Ein Gedicht über eine Statue. Er betrachtete Miss Boland mit einer gewissen Wärme... *den endgültigen Kuß.* War das richtig?... *endgültigen Kuß und*... Wenn er nur erst das ganz fertigmachen könnte.

»Und wer war dieser Barbier von Sevilla?«

»Ach, den hat ein Franzose erfunden. Nach dem hat man eine französische Zeitung genannt. Eine Art Faktotum, besorgt den Leuten dies und das und so weiter.« Enderby nickte ein.

»Wachen Sie auf.« Sie war richtig grob; das mußte der Fundador sein. »Sie könnten ein Stück schreiben, wo dieser Barbier in Wirklichkeit Don Juan ist und schreckliche Sachen mit seinem Rasiermesser macht. Aus Rache, verstehen Sie.«

»Was meinen Sie? Welche Rache?«

»Ich habe nichts von Rache gesagt. Sie sind wieder eingeschlafen. Wachen Sie auf! Ich verstehe nicht, weshalb der Mond nicht ein richtig *wissenschaftlicher* Gegenstand für ein Gedicht sein kann anstatt bloß wie für die meisten Dichter – Sie wissen schon, eine Art Lampe, oder ein, wie sagt man, Aphrodisiakum wie die Sonne in Ihrem Gedicht. Dann könnten Sie so viele schöne lange Wörter einsetzen, wie Sie nur wollen. Apogäum und Perigäum und der siderische Tag und die Ektokrater und die Ejectahypothese.«

»Wie war das mit Elektra?«

Sie hatte ihn nicht gehört. Oder vielleicht hatte er nichts gesagt. »Und die Monate«, hörte er sie nun sagen. »Synodisch und nodikal und siderisch und anomalistisch. Und Isostase. Und die Graben und die Horste. Und die lunaren Maria, keine Meere, riesige staubbedeckte

Lavaebenen. Dein Körper ist ein Horst und meiner ein Graben, weil Graben das Gegenteil von Horst ist. Komm, gehen wir hier weg und spazieren wir, so wie wir sind, durch die Straßen von Sevilla, in unserem Nachtzeug, meine ich. Aber deines ist gar nichts, oder? Trotzdem ist es eine wunderbare Nacht, wenn auch der Mond jetzt untergeht. Fühlst du den warmen Wind am Körper?« Das war nicht wahr mit dem Monduntergang. Als sie die *calle* vor dem Hotel hinabgingen – Enderby völlig bloß, daß seine kleinen Nüßchen schwangen –, war der Mond voll und riesengroß und sehr nahe. Er war so nahe, daß er einen Geruch verströmte – wie der Geruch von Veilchenpastillen in alten Balltäschchen, von vergilbten Theaterprogrammen, von längst zwischen Mottenkugeln ruhenden Fuchsstolen. Miss Boland sagte: »Mare Tranquillitatis. Fracastorius. Hipparchus. Mare Nectaris.« Sie hatte den Mond bis auf die Dächer von Sevilla heruntergeholt, damit sie sich in seine Maria hineinwühlen konnte. Sie verschwand kurz in einem, und dann stieß ihr Kopf – das mausfarbene Haar war zum Gold Berenikes geworden und flatterte umher – durch die Membran des Nordpols. Sie schien den hohlen Mond von innen anzutreiben, ihn auf Enderby zuzustoßen. Er rannte vor ihr davon, vor ihr und dem Mond, die *calle* hinunter, zurück ins Hotel. Der alte Nachtportier gähnte aus seinem Hidalgomaul Enderbys flimmernde Nacktheit an. Enderby keuchte die Treppen empor, blieb einmal mit dem Zeh in einem Teppichloch hängen, fluchte, als ein Nagel seine schwielige linke Ferse ritzte. Blind fand er sein Zimmer und ließ sich flach aufs Bett fallen, verzweifelt nach Luft ringend. Es kam nicht viel durch das offene Fenster. Was hereindrang, war der Mond, stark geschrumpft, doch offensichtlich von bedeutender Fülle, denn der Fensterrahmen ächzte, vier unfreiwillige Tangenten für die sich mühende Kugel, von der Bröckchen lunarer Substanz sich wie Gips an den vier Berührungspunkten abschürften. Miss Bolands Kopf trat nun an einem Pol hervor, der zum Nabel geworden war, ihr Haar immer noch flammenwehend. Enderby klebte am Bett. Mit einem Sprung waren sie und der Mond über ihm.

»Nein«, gurgelte er erwachend. »Nein, das können Sie nicht tun. Das ist nicht recht.« Aber sie und ihr schwerer lunarer Leib hielten ihn drunten. Diese linke Ferse war von einem ihrer Zehennägel geritzt. Das Loch im Teppich auf der Treppe stellte sich als die schmale Falte zwischen dem Stoff ihres Morgenmantels und dem Spitzenbesatz heraus. Es war also keine wahre Nacktheit: nur ein kurzes Sichtbarwerden, es schob sich etwas hoch, es wurde etwas nach unten gezogen.

»Dann zeig mir's, zeig mir's, wie es recht ist. Mach *du* es.«

Er rollte sie zur Seite, so daß sie nun erwartungsvoll auf dem Rücken lag, und dann schnellte er mit verzweifelter Agilität seinen Hintern von der schwergeprüften Matratze. Der Trampolineffekt war stärker, als er gedacht hatte, und er fand sich neben dem Bett stehen und streng auf sie hinabschauen. »Wenn Sie«, sagte er, »diese Art Urlaub wollen, dann gibt es viele Möglichkeiten. Gigolos und was weiß ich alles. Kleine dunkelhäutige Jungs und so fort. Warum grade ich?«

Sie fing an zu schniefen. »Ich dachte, wir würden Freunde sein. Sie sind ein unnatürlicher Mensch. Das sind Sie.«

»Ich bin *nicht* unnatürlich. Nur sehr sehr müde. Es war ein furchtbarer Tag.«

»Ja.« Sie zog den Morgenmantel um den Leib und schaute zu ihm hoch, mit harten Augen, aber mit Tränen darin. »Ja, das glaube ich. Irgend etwas stimmt nicht mit Ihnen. Sie haben etwas. Sie müssen etwas getan haben, was Sie nicht hätten tun sollen. Sie sind schnell irgendwo fortgelaufen, das sieht man genau.«

So ging's auf keinen Fall. »Darling«, krächzte Enderby, streckte die Arme aus und kam grienend auf sie zu.

»So kriegst du mich nicht rum.«

»Darling.« Enderby runzelte jetzt die Stirn, doch die Arme hatte er immer noch ausgestreckt.

»Ach, hol doch deinen unsichtbaren Pyjama aus deinem unsichtbaren Koffer und geh zu Bett, nach deinem furchtbaren furchtbaren Tag. Irgend etwas ist faul bei dir«, sagte Miss Boland. Und sie schickte sich an, vom Bett aufzustehen.

Enderby näherte sich und stieß sie ziemlich massiv wieder zurück, wobei er sagte: »Du hast recht. Ich *bin* davongelaufen. Vor ihr. Vor dieser Frau. Ich hab's nicht länger ausgehalten. Ich bin fort. Einfach so. Sie war schrecklich zu mir.« Ein fast schon kaltes Stück Schlacke in Enderbys leergekratztem Hirn flammte einen Augenblick lang auf, um zu fragen: Was ist Wahrheit? und ein wenig am Situationskontext und so weiter herumzunörgeln. Enderby mußte das anerkennen; er verbesserte: »Ich war davongelaufen.«

»Was für eine Frau? Welche Frau?« Frauenneugier hatte ihr die Tränen getrocknet.

»Es war im Grunde nie eine Ehe. Ach, laß mich ins Bett. Mach Platz da. Ich bin so elend müde.«

»Erzähl mir erst alles. Ich will wissen, was geschehen ist. Komm, wach auf. Trink noch was von diesem Cognac oder was das ist.«

»Nein, nein, nein, nein. Sag dir's morgen.« Er lag wieder flach auf dem Rücken, bereit, einzuschlafen. Elend müde!

»Ich will es jetzt wissen.« Sie zog so grob an ihm, wie er sie gestoßen hatte. »Wer hatte Schuld? Warum war es im Grunde nie eine Ehe? *Komm* schon.«

»Abrakadabra«, sagte Enderby in äußerster Bedrängnis. Und da steuerte er fröhlich den letzten Wagen von den dreien, ein rotes sportives Teil, und Arme winkten lustig aus dem Mercedes vor ihm. Es war noch ein gutes Stück bis zu dem exquisiten Restaurant an der Landstraße, zu dem man wollte, aber sie waren ja alle schon kräftig angefeuchtet, wenn auch die Männer mit eiserner Konzentration und arroganter Souveränität fuhren. Die Mädels waren schrecklich hübsch und lustig und vergnügt. Brenda hatte rotes Haar, und Lucy war dunkelhaarig und zierlich, und Bunty war hübsch mollig und trug ein türkisfarbenes Twinset. Von Enderbys Hals flatterte ein Collegeschal, und zwischen seinen kräftigen weißen Zähnen, die sein Lächeln blitzen ließen, steckte eine Pfeife. »Paß nur auf, Bunty, altes Mädel«, knirschte er undeutlich hervor, »du kriegst schon noch, was du verdienst.« Die Mädels schrien vor Vergnügen. Munter von ihnen angetrieben senkte er die Spitze seines hochglanzpolierten Schuhs immer tiefer auf das Gaspedal des dröhnenden roten Sportwagens, und mit Leichtigkeit überholte er die anderen beiden. Mit gespielter Wut, gespielter Verachtung wurden Fäuste geschüttelt, lautes Lachen klang durch den englischen Frühlingswind. Und so kam er als erster an dem Restaurant an. In einer hübschen kleinen Cocktailbar, die nach Möbelpolitur roch, präsidierte ein lächelnder glatzköpfiger Barkeeper. Er trug eine kurze weiße Jacke mit burgunderroten Aufschlägen. Enderby bestellte für alle und sagte dem Barkeeper, Jack genannt, er solle mal einen Zahn zulegen, damit die Drinks alle fertig aufgereiht dastanden, wenn die Nachzügler einliefen. Dunkles Bier in Krügen, Gin und Sonstwas, ein Advocaat für Bunty. »Da kriegst du Härchen auf die Brust, altes Mädchen«, sagte Enderby augenzwinkernd. Und dann von innen das wässrige Signal. Während Frank und Nigel und Betty und Ethel und die anderen in die Bar stürmten, mußte Enderby sofort sagen: »Entschuldigt. Muß mal für kleine Jungs.« Bunty kicherte: »Mach dir nicht die Schnürsenkel naß!« Plötzlich brüllte der Drang in seiner Blase, übertönte das Lachgeschrei seiner Freunde, aber er rannte nicht auf die Herrentoilette, er ging mit würdigen Schritten, obwohl er hier noch nie gewesen war. Aber als er sie am Ende des Ganges erblickte, mußte er rennen. Verdammt, er würde es gerade eben noch schaffen.

Er würde es gerade eben noch schaffen. Er sprang aus dem Bett und lief zur Toilette, tastete fluchend nach dem Lichtschalter. Während er seinen Strahl verspritzte, wunderte er sich knurrend über die verschwenderische Mechanik des Traums, der sich all diese Mühe machte – Figuren, Kulissen und sogar eine Bierwerbung für eine nicht existierende Marke (Jason's Golden Fleece) –, bloß damit er aufstand und am richtigen Ort urinierte. Er zog die Spülung, ging wieder ins Bett und sah beim Schein des Badezimmerlichts, das auszuknipsen er sich nicht die Mühe gemacht hatte, daß dort eine Frau lag. Er erinnerte sich undeutlich, wer sie war, diese lunare Frau, mit der er geflogen war (warum geflogen?), und auch daran, daß dies eine ferne Stadt war, und dann kam ihm alles wieder. Es erschreckte ihn ein wenig, daß er nicht so erschrak, wie es eigentlich sinnvoll war.

»Was, ah, wer?« sagte sie. Und dann: »Oh. Ich muß eingeschlafen sein. Komm. Ins Bett. Es ist jetzt ziemlich kühl.«

»Wie spät ist es?« wollte Enderby wissen. Seine Armbanduhr war stehengeblieben, sah er mit zusammengekniffenen Augen beim Licht der Badezimmerlampe. Irgendwo draußen bongte eine große Glocke einen einzigen Schlag. »Das hilft mir gar nichts«, sagte Enderby. Komisch, die Glocke war ihm vorher nicht aufgefallen. Sie mußten sich in der Nähe einer Kathedrale, eines Rathauses oder dergleichen befinden. Sevilla, da waren sie. Die Stadt Don Juans. Eine fremde Frau im Bett.

»Also«, sagte sie. »Bunty hat sie geheißen, ja? Und hat dich im Stich gelassen. Ach, das passiert allen von uns früher oder später. Mich hat Toby im Stich gelassen. Und das war auch ein dummer Name.«

»Wir waren in diesem Auto, weißt du. Ich bin gefahren.«

»Komm wieder ins Bett. *Ich* laß dich nicht im Stich. Komm, kuschel dich bißchen an. Es wird kühl. Die Bettdecke ist nicht sehr warm.«

Es war ganz angenehm, sich anzukuscheln. *Nachts hab ich so gefroren.* Wer hatte das gesagt? Diese verfluchte Vesta, dieses bösartige Weib. »Bösartiges Weib«, murmelte Enderby.

»Ja, ja, aber jetzt ist alles vorbei. Du bist ein wenig naß.«

»Entschuldigung«, sagte Enderby. »Hab ich nicht aufgepaßt.« Er wischte sich mit dem Laken ab. »Wie spät es wohl ist?«

»Warum? Warum möchtest du unbedingt wissen, wie spät es ist? Möchtest du so früh aufstehen? Eine Nacht in Sevilla. Wir sollten beide eine Erinnerung haben an eine Nacht in Sevilla.«

»Der Tag«, sagte Enderby. »Sie zündeten die Sonne an.«

»Was meinst du damit? Warum hast du das gesagt?«

»Es fiel mir einfach ein. Ganz plötzlich.« Es war, als würden sich die Reime formieren. An, Mann, Bann, Plan. Aber diese andere Angelegenheit mußte jetzt abgewickelt werden. Sie war überhaupt nicht wie diese verfluchte Vesta, kargfleischig im Bett, daß sie außerhalb elegant auftreten konnte. Hier gab es viel zum Anhalten. Er sah einen seiner Bargäste lüstern grinsen, hörte ihn das sagen. Sehr vulgär. Enderby fing an, alte Erinnerungen herbeizuzitieren, was nun zu tun wäre. Es war lange her. Der Don selbst schien um das Bett zu schweben, aus irgendeinem Grund sich in den Zähnen stochernd, nickend, deutend. Einigermaßen zufrieden, flog er auf einem chimärischen Höllenroß davon und winkte nicht weit vom Hotel mit frech gezogenem Federsombrero einem Denkmal zu, einem Mann.

»Da setzten sie ein Denkmal: einem Mann«, murmelte Enderby.

»Ja, ja, Darling, ich liebe dich auch.«

Enderby begann nun sanft, verlegen und nicht ohne Erröten, zu insinuieren, das heißt wabbelig einzudringen, das heißt – lange Zeit. Und nun. Ganz angenehm eigentlich. Auf fünf hielt er inne. Und wieder. Fünfhebig. Und nun kam eine Ejakulation von Worten.

Welche Mirakel sah der Blick des Lichts!
Verstaubte Bräuche stürzten ab ins Nichts,
Das helle Auge brach papiernen

Ein Sonett, ein Sonett, eins für eine neue Reihe mit dem Titel *Revolutionäre Sonette*, von denen das erste jenes war, über das Scheißwapenshaw getobt hatte. Die Wörter begannen zu fluten. Er zog das Ding heraus, erregt.

»Entschuldigung«, sagte er. »Ich muß das eben aufschreiben. Ich brauch Papier. Ein Sonett, darum geht's.« Da war doch, dachte er, ein baumelndes knolliges Schalterdingsbums über dem Kopfende des Bettes. Er tastete zitternd danach. Sevillas samtene Nacht wurde höhnisch gelöscht, es wurde Licht. Sie konnte es nicht glauben. Sie lag mit offenem Munde da, schockiert, mit aufgerissenen Augen. »Ich schreib das nur schnell auf«, versprach Enderby, »dann geht's gleich weiter. Ich meine –« Jetzt war er aus dem Bett, suchte. Barkeeperbleistift in der Jackentasche. Papier? Verdammt. Er riß Schubladen auf, auf der Suche nach diesem weißen Auslegezeug. Nur alte spanische Zeitungen, Stierkämpfe oder so. Verdammt.

Sie schrie klagend vom Bett her. Enderby rannte ins Bad, inspiriert, und kehrte teilweise in Toilettenpapier gehüllt zurück. »So geht's bestens«, sagte er lächelnd. »Dauert nicht lang. Darling«, fügte er hinzu. Dann setzte er sich an die Frisierkommode, unfrisiert und nackt, und fing an zu schreiben.

Verstaubte Bräuche stürzten ab ins Nichts,
Das helle Auge brach papiernen Bann.
Milchstraßen drehten sich nach ihrem Plan.
Mysterien des Bluts und des Gewichts.
Und in dem

»Du bist niederträchtig, du bist widerlich. In meinem ganzen Leben bin ich nicht so beleidigt worden. Kein Wunder hat sie –«

»Hör zu«, sagte Enderby, ohne sich umzudrehen, »das ist wichtig. Die Begabung ist jetzt definitiv wieder da, Gott sei Dank. Ich wußte es doch. Laß mir nur ein paar Minuten Zeit. Dann komm ich wieder rein.« Ins Bett, meinte er und hob seine Augen zum Spiegel der Kommode, wie um ihr, wenn sie auch im Spiegel wäre, genau das zu sagen. Er sah sie, ja. Er sollte eigentlich, er wußte es, von dem schockiert sein, was er sah, aber dazu war jetzt keine Zeit. Die Hölle kennt nicht größere Wut... Besser alle anderen Gedichte fernhalten. Außerdem stimmte dieses Zitat so nicht, alle benutzten es immer falsch.

Und in dem Garten, Schatten des Gerichts,
Da setzten sie ein Denkmal: einem Mann.

»Hab die ersten acht«, meldete er. »Bin sofort fertig.«

»Du Dreckskerl. Du geschlechtsloser Schuft.«

»Also wirklich. Was für Ausdrücke.« Spiegel? Riegel, Siegel. »Und du als Seleno – wie war's noch gleich?«

»Es wird dir noch leid tun. Wart nur ab.« Und schon war sie, den Morgenrock anständig um sich geschlagen, zu Enderbys leichter Überraschung durch die Tür, war fort, hatte sie zugeknallt.

»Hör doch«, sagte Enderby schwach. Und dann sagte ihm der Spiegel, der ihm seinen Namen bot, er solle mit dem Sonett fortfahren.

4 Die letzten sechs. Alles in Ordnung, dachte er. Er teilte der spanischen Morgendämmerung mit, er dächte, alles sei in Ordnung. Dann nahm er einen Schluck Fundador. Nicht mehr viel da. Die hatte hier kräftig zugeschlagen, Miss Soundso, die Mondfrau. Er trug seinem Spiegelbild den Schluß wie ein Rezitator vor:

»Der ganzen Menschheit. Vielen wie ein Spiegel.
Sie standen lang mit stolzem Hälserecken.
Steinerne Augen, schrecklos, Traumesriegel.
Stein ist nicht Glas, was sollte sie erschrecken?
Die Marmorzeit löst bald den letzten Riegel,
Und einer wird dort sein Gesicht entdecken.«

Und die Bedeutung? Das schien eigentlich ziemlich klar. So war der Ablauf in einer humanistischen Gesellschaft. Der Garten Eden (und das war in dem anderen Sonett, dem, das den Scheißwapenshaw zum Durchdrehn gebracht hatte) verwandelte sich in die Arbeitswoche. Die Menschen beteten sich selbst an, weil sie so schlau waren, aber dann wurden sie alle in einem autokratischen Führer personifiziert, wie dieser Franco droben in Madrid. Humanismus führte immer zum Totalitarismus. In dieser Art jedenfalls.

Enderby war mit dem Gedicht ganz zufrieden, mehr als zufrieden war er jedoch mit der Aussicht auf eine größere Struktur, einen Zyklus. Vor einigen Jahren hatte er den Band mit dem Titel *Revolutionäre Sonette* veröffentlicht. Das Buch hatte außer Sonetten noch anderes enthalten, aber der Titel war von dem zu Anfang stehenden Zwanzigerzyklus genommen, in dem jedes Gedicht versucht hatte, als Konzentrat – unter Verwendung des petrarkistischen Paradigmas von Thema und Gegenthema – eine Phase der Geschichte wiederzugeben, in der sich eine Revolution ereignet hatte. Er hatte nun das Gefühl, daß es möglich sein müßte, diese zwanzig Sonette aus dem Buch zu brechen und durch Hinzufügung von zwanzig neuen mit Hilfe der Muse einen substantiellen Zyklus aufzubauen, der ein eigenes Buch abgeben würde. Es bräuchte einen neuen Titel – etwas Phantasievolleres als der alte, etwas wie *Muschel und Hirn* oder sowas. Bis jetzt hatte er diese zwei Sonette – das über den Garten Eden und das neue, wie der Mensch seine eigene Welt außerhalb des Gartens aufbaute. Irgendwo im Hinterkopf plagte ihn die Erinnerung, daß er einmal ein anderes Sonett angefangen und dann liegengelassen hatte, in eher rohem Zustand – eines, das sauber überarbeitet und poliert das dritte abgeben könnte. Es war, dachte er, tatsächlich eines, das diesen beiden vorausging, ein Bild von der Urrevolution im Himmel – Satan und die fallenden Engel, in der Art. Luzifer, Adam, die Kinder Adams – das würden die ersten drei sein. Er hatte das Gefühl, daß er mit einem gewissen Maß an Betrunkenheit, gefolgt von Katermeditation, dieses Sonett wieder ins Leben kitzeln könnte. Er war sich ziemlich sicher, daß jedenfalls die Reime wieder anmarschiert kommen würden, in weichsohligen USArmy-Stiefeln, wenn er die Tür offenließ. Erste acht Zeilen: Luzifer hat die Schnauze voll von der toten Ordnung und Einheit des Himmels. Will action, muß also Idee der Dualität entwickeln. Letzte sechs Zeilen: Er stürzt sich hinunter, um die Hölle als Gegenbild des Himmels zu erschaffen. Enderby sah ihn fallen. Ein Adler, der im Sonnenlicht von einem Berggipfel stieß. Anleihe bei Tennyson. »Tief drunten, runzlig, kriecht das Meer.« Wehr, hehr, Begehr. War das schon einer der Reime?

Er fühlte sich angenehm aufgeregt. Er trank sich mit dem letzten Rest Fundador im Spiegel zu. Diese verfluchte Frau. Aber nun war es Zeit für Beschämung und für den Wunsch, alles wieder gut zu machen. Er ging wohl am besten auf ihr Zimmer und entschuldigte sich. Es wurde ihm klar, daß es vielleicht nicht besonders höflich war, bei einer Frau aus dem Bett und so weiter zu steigen, um ein Gedicht aufzuschreiben. Besonders nicht auf Toilettenpapier, in triumphalen Girlanden herbeigeschleppt. Frauen hatten ihre eigenen, eigenartigen Vorstellungen von dem, was wichtig war, und das war zu respektieren. Aber er zweifelte nicht daran, daß sie seinen Standpunkt verstehen würde, wenn er ihn ihr richtig erklärte. Nehmen wir einmal an – so könnte er sagen –, sie hätte eben einen neuen Mondkrater gesehen, während sie einschlägig beschäftigt war, wäre sie dann nicht auch wie er aus dem Bett gesprungen? Und dann konnte er ihr sein Sonett vorlesen. Er fragte sich, ob es wohl lohnte, sich für diesen Besuch richtig anzuziehen. Die Morgendämmerung zog herauf und bald würde sich das Hotel mit frechen Kellnern beleben, die mit völlig unzureichenden Frühstücken auf die Zimmer kommen würden. Aber sie mochte ihn, völlig erweicht durch das Sonett, wieder ins Bett kommen heißen, ihr Bett diesmal, um fortzusetzen, was er, sozusagen, um es so zu nennen. Er errötete. Er würde wie ein Kino-Don Juan, den er einmal gesehen hatte, in offenem Hemd und Hose aufbrechen.

Er ging hinaus auf den Korridor, das Sonett ums Handgelenk gewikkelt und an einem Ende mit dem Daumen gesichert. Ihr Zimmer war gleich dort hinten, auf derselben Seite wie seines. Als sie alle, Mr. Mercer voraus und Mr. Guthkelch mit dem Ruf »Schritt halten, Schritt halten, ihr Säcke!«, heraufmarschiert waren, hatte er auf jeden Fall gesehen, wie ihr dieses Zimmer zugeteilt wurde. Er ging nun hin und blieb davor stehen, machte ein paar tiefe Atemzüge und probte ein plenidentales Lächeln. Dann ergriff er die Klinke und trat kühn ein. Erstes Morgenlicht, die Vorhänge zurückgezogen, ein Zimmer ziemlich wie das seine, allerdings mit Gepäck. Sie lag im Bett, möglicherweise schlafend, möglicherweise – denn jede Frau wußte anscheinend sofort, wann jemand in ihr Zimmer eindrang, das hatte mit der Verteidigung ihrer Ehre zu tun – sich schlafend stellend. Enderby hustete laut und sagte:

»Ich bin gekommen, um dir zu sagen, daß es mir leid tut. Ich wollte das nicht. Es ist einfach über mich gekommen, wie gesagt.«

Sie erwachte sofort, eher überrascht, wie es schien, als ärgerlich. Sie hatte ihr Nachthemd gewechselt und trug jetzt züchtige Baumwolle, auch die Haarfarbe hatte sie ausgetauscht. Es war die Stewardeß. Miss Kelly war der Name. Enderby sah sie stirnrunzelnd an. Sie hatte kein Recht – aber vielleicht war er ins falsche Zimmer gegangen. Sie sagte:

»Wollten Sie etwas? Ich stehe eigentlich den Passagieren jetzt im Grunde nicht zur Verfügung, wissen Sie, nur während des Fluges.«

»Nein, nein«, sagte Enderby mit gerunzelter Stirn. »Tut mir leid. Ich wollte diese andere Frau. Die mit dem Mond. Miss Boolan.«

»Miss Boland. Ach, ich verstehe. Es ist wegen ihrem Handgelenk, nicht wahr? Sie haben das Ding da ums Handgelenk. Sie haben sich da am Handgelenk geschnitten, ja? Die ganzen Erste-Hilfe-Sachen sind an Bord. Vielleicht können Ihnen die Leute vom Hotel helfen.«

»Ach nein, nein, nein.« Enderby lachte jetzt. »Das ist ein Gedicht, keine Behelfsbandage. Ich mußte aufstehen und dieses Gedicht schreiben. Sie verstehen, und ich fürchte, ich habe Miss Boland verärgert, heißt sie so? Ich wollte mich bei ihr entschuldigen und vielleicht das Gedicht als eine Art Friedensangebot vorlesen. Es ist ein sogenanntes Sonett.«

»Es ist noch ziemlich früh, meinen Sie nicht?« Sie rutschte wieder in ihre Kissen, so daß nur noch ihr Kopf bis zu den Augen zu sehen war. »Ich meine, eigentlich sollten alle noch schlafen.«

»Oh«, sagte Enderby freundlich lächelnd, »diese Art Gedicht ist das nicht, wissen Sie. Sie denken an eine Aubade – ein Guten-Morgen-Lied. Die elisabethanischen Dichter haben sie sehr geschätzt. Horch, horch, die Lerche und so weiter. Wenn aller Vöglein Morgenmesse und so fort. Ein

Sonett ist ein Gedicht mit vierzehn Zeilen. Für jede Gelegenheit, müßte man wohl sagen.«

»Ich weiß, was ein Sonett ist«, sagte ihre Stimme, von der Bettdecke gedämpft, doch scharf. »Es gibt ein Sonett in dem Buch von Yod Crewsy.«

Enderby stand gelähmt da, sein eigenes Sonett wie einen Schlagring vorreckend. »Häh?« Gedanken begannen in der Ferne auszuschwärmen und rückten, in schweren britischen Tommystiefeln, in raschem Infanterietritt näher.

»Sie wissen doch. Sie haben im Flugzeug nach den Popsängern gefragt. Nach Vesta Wittgenstein auch, erinnern Sie sich? Yod Crewsy hat das Buch geschrieben, das den Preis bekommen hat. Da ist ein Gedicht drin, das nennt er ein Sonett. Ich konnte eigentlich nichts damit anfangen, aber eine von den BOAC-Flughafenhostessen, gebildet, wissen Sie, hat gesagt, das sei sehr geschickt gemacht.«

»Können Sie«, stotterte Enderby, »können Sie sich an irgend etwas daraus erinnern?« Wie Lady Macbeth begann ihm klar zu werden, daß man möglicherweise alle umbringen mußte.

»Ach, es ist noch so früh. Und«, sagte sie, ein langsam denkendes Mädchen, das sich nun wieder aufsetzte, dem aufging, was sich hier eigentlich abspielte, »Sie sollten nicht hier sein um diese Zeit. Oder zu irgendeiner Zeit. Niemand hat Sie hier hereingebeten. Ich rufe gleich Kapitän O'Shaughnessy.« Ihre Stimme wurde lauter.

»Eine Zeile nur, nur ein Wort«, bettelte Enderby. »Sagen Sie mir nur, worum es ging.«

»Sie haben hier nichts zu suchen. Sie glauben, Sie können sich das als Passagier erlauben. Weil ich zu Passagieren nicht unhöflich sein soll. Ach, warum gehen Sie nicht?«

»Über den Teufel und die Hölle und so weiter? War es das?«

»Mir reicht's jetzt. Ich rufe jetzt Kapitän O'Shaughnessy.«

»Ach, bemühen Sie sich nicht«, stöhnte Enderby. »Ich gehe schon. Aber das ist ja wieder eine ungeheure Dreistigkeit.«

»Sie wollen *mir* was von Dreistigkeit erzählen?«

»Erst das andere und jetzt das. Wenn er tot ist, soll's mich freuen. Aber da werden noch einige Köpfe rollen, das kann ich Ihnen sagen. Kam etwas mit einem Adler drin vor? Sie wissen schon, wie er aus großer Höhe herabstößt?«

Miss Kelly schien ganz tief Atem zu holen, wie als Vorbereitung zu einem Schrei. Enderby ging, drohend vor sich hin nickend, und schloß die Tür hinter sich. Unter den gegebenen Umständen war ihm nicht besonders danach zu Mute, Miss Boland aufzusuchen. Frauen waren sehr unberechenbare Wesen. Nein, das war Blödsinn. Man konnte sie durchaus vorausberechnen. Er hatte gedacht, er würde die verfluchte verräterische Vesta nie wieder sehen müssen, aber es war klar, daß er sie erst stellen mußte, ehe er sie erledigte. Die Zukunft füllte sich mit Schrecklichkeiten. Mit Dingen, die ungeheuerlich notwendig und gleichzeitig ekelhaft irrelevant waren. Er würde so gerne mit seinen Gedichten weitermachen.

Kapitel Vier

1 Ruhe, nur Ruhe. Enderby dachte nach: Es war Morgen, er war auf, nichts konnte ihn daran hindern, Sevilla gegenüberzutreten und zu tun, was getan werden mußte. Zunächst einmal die Pesetenfrage. Unrasiert, mit dreckigem Hemd, ansonsten respektabel, fragte er den Tagesportier des Hotels, der sich soeben in seine Pflichten hineingähnte, wo man Englische Pfund wechseln konnte. Er fragte auf Italienisch, was der Portier dank dem römischen Imperium offenbar verstand. Enderby hatte die vage Vorstellung, daß es von der britischen Regierung – im tückischen Bund mit ausländischen Bankiers, sogar mit Francos Fiskusganoven – verboten war, das nackte britische Pfund an irgendeinem Ort auf dem Kontinent, wo offizielle Finanztransaktionen stattfanden, anzubieten. Da fand man heraus, daß einer mehr Pfundnoten bei sich hatte, als es gesetzlich erlaubt war, und dann verrieten sie einen auf irgendwelchen fühllosen bürokratischen Wegen an den Finanzminister, einen unaufrichtig grinsenden Mann, den Enderby einmal in weiblicher Begleitung in Piggy's Sty gesehen hatte. In Italien, in jenen Tagen während seiner kurzen und scheinhaften Flitterwochen, da hatte es Reiseschecks gegeben, das war in Ordnung gewesen. Der Portier erklärte Enderby mimisch und auf Gemeinromanisch, daß ein Friseur um die Ecke einen guten Wechselkurs anbot. Enderby spürte ein kleines Eiswürfelchen ästhetischer Genugtuung, das in der Hitze seiner unbequemen Situation gleich zergehen würde – er mußte sich ohnehin rasieren lassen: Der Barbier von Sevilla, wie? »Figaro?« fragte er und vergaß einen Augenblick lang seine eigenen akuten Probleme ebenso wie die, welche er anderen bereiten wollte. Nicht Figaro, sagte der nicht literarisch, sondern buchstäblich denkende Portier. Pepe hieß er.

Der Barbier atmete schwer auf Enderby ein, während er ihn rasierte, ein säuerlicher junger Mann, der nach ganz frischem Knoblauch roch. Er schien nicht abgeneigt, fünfzig Pfund von Enderbys Geld zu wechseln, und Enderby fragte sich, ob die verdächtig sauberen Peseten, die ihm ausgehändigt wurden, wohl echt waren. Die Welt war wirklich furchtbar, voll Betrug und Zwielichtigkeit, in den niederen Zonen wie höheren Orts. Er probierte seine Peseten in einem schmutzigen Eßlokal aus, das von lauten Dialogen erfüllt war (die Teilnehmer waren dabei so weit wie möglich voneinander entfernt: einer stocherte sich beispielsweise unter der Tür in den Zähnen, der andere war in der Küche verborgen). Enderby bestellte *ovos*, die sich als *huevos* herausstellten, und *prosciutto*, mit *jamón* nicht verwandt. Er lernte nach und nach das entscheidende Vokabular: verhungern würde er nicht. Er wechselte ohne Schwierigkeiten eine hohe Banknote und bekam ein Bündel kleiner dreckiger Lappen zurück. Dann sah er auf der Theke eine Nummer einer Zeitung namens *Diario Pueblo* liegen.

Wie oft war er am Tag der Veröffentlichung eines Bandes seiner Gedichte (oder am Vortag, falls der Herausgabetermin auf einen Montag fiel) auf die Zeitungen mit den großen Feuilletons zugegangen wie auf die Tür der Todeszelle, der Magen unruhig, die Beine Pudding. Gewöhnlich gab es keine Rezension, da man Lyrik sich im Büro des Feuilletonredakteurs erst einmal ansammeln ließ, bis der Stapel groß genug war, daß ein Spezialist ihn auf einmal mit einem knurrigen kurzen Artikel abservieren konnte, alle – Enderby, Dichterinnen, Dichterlinge, Sir George Goodby – in eine Besprechung geknüllt. Einmal aber, überraschenderweise, hatte es eine prompte Solohinrichtung gegeben, für Enderby allein, in einer sehr reputierlichen Zeitung. Seit damals verursachte ihm der Geruch frisch gedruckter Zeitungen immer einen leichten Schwindel. Die Angst, die er nun empfand, war stark genug, da sie sich auf einen möglichen Zeitungsauftritt in sehr konkretem Zusammenhang bezog, doch wurde sie etwas gemildert, insofern die Zeitung eine ausländische war. Sie schien nur recht und schlecht zusammengebastelt, eine Menge Nachrichten erschienen in breiten schwarzen Rahmen, als wären es alles Todesanzeigen. *»Scusa«*, sagte er zu dem dunkellockigen jungen Mann, der sein Geld an sich nahm. Und dann suchte er nach Nachrichten von sich selbst.

Lange mußte er nicht suchen. Es stand auf der ersten Seite. Keine Fotografie, Gott sei Dank, aber schrecklich ausdrucksstarke Wörter, wie aus einem melodramatischen ausländischen Roman. *Chocante. Horroroso.* Also das ging doch wirklich zu weit. *Delante del Primer Ministro Británico.* Das mußte natürlich rein, damit das Ganze was Politisches bekam. *Banquete para celebrar* dies oder jenes. Und dann *Yod Crewsy, cuadrillero de los Fixers.* War er also tot? Was hieß »tot« – *morto*? Nein, schloß Enderby sowohl aus seinem spanischen Pseudonym wie aus der Bezeichnung für seine Eier, die nun gewaltig aufstießen, es mußte *muerto* heißen. Es ging noch um einen *revólver*, alles klar, und einen *tiro* und einen – was zum

Teufel war denn das? – *escopetazo*. Und dann hieß es: *La víctima, en grave estado, fué conducido* in irgendein *hospital*. Dessen englischer Name total verballhornt. Also noch nicht *muerto*. Entsetzt bemerkte Enderby, daß er sich betrogen fühlte. Die ganze Panik nur wegen *en grave estado!* Na ja, das mochte auch recht schlimm sein. Dann war noch die Rede von *Scotland Yard buscando* dingens dingens *un camarero*. Was das war, wußte er – Spanierjohn war ein-, zweimal von scherzhaften Gästen so gerufen wurden, die schon mal die Costa del Sol besucht hatten. John war immer gleich dabeigewesen und hatte fügsam sein reiches Zahngold gezeigt. Und jetzt war er, Enderby, der *camarero*. Man suchte ihn, meinte die Zeitung, damit er die *policía* bei ihrer *investigación ayudar* könne. Na, er hatte ihnen doch schon geholfen, oder? Er hatte ihnen den Namen des wahren *matador* oder wie immer geschickt. Und jetzt gab die Zeitung Enderbys eigenen aufgegebenen anderen Namen an, oder doch eine Variante. *Hagg*. Die alte Hex. Kaum fair jener schattenhaft vorstellbaren lieblichen Frau gegenüber.

Un camarero quien se llama Hagg. Er fühlte sich jetzt ein wenig besser, die Eier kamen langsam zur Ruhe, die Wirklichkeit des Vorfalls hatte sich bestätigt, es war kein böser Traum. So ging er auf die Straße, nickte verschiedenen walnußbraunen frühmorgendlichen Kaffeeschlürfern höflich zu und sah sich auf der calle nach einem Herrenausstatter um. Die Glocke der Kathedrale schlug einmal für ihn, wie um anzukündigen, daß das Match begonnen hatte. Also kaufte er sich eine bügelfreie grüne camisa, ein Paar billige graue pantalones und eine ganz leichte americana oder Jacke aus rehfarbenem Mohair. Dazu eine Krawatte beziehungsweise corbata von appetitlichem Limonengelb. Er zog sich in einem dunklen Verschlag hinten im Laden um, wo man auf Brotkrümel trat. Dazu kaufte er sich eine schwarze Baskenmütze (ach, da kamen Erinnerungen auf, die alten Tage am windigen Strand, als er jeden verdammten Morgen die undankbaren Möwen gefüttert hatte – glückliche Tage, ehe die furchtbare äußere Welt eindrang, drückend, überwältigend). Und eine kleine Reisetasche, um seine Hogg-Kleidung wegzupacken. *Hagg*, also wirklich. Er mußte unwillkürlich lachen. Und noch ein Rasierapparat mit Klingen. Und so eine Hilfskonstruktion mit einfachen dunklen Gläsern, die man sich auf die Brille klemmen kann. Dann saß er vor einem Café und trank einen spanischen Gin-tonic, während ein Schuhputzer ihm die Schuhe putzte. Er zählte, was er noch an Pfund und Peseten hatte. Nicht viel, obwohl der Schuhputzer dieser Ansicht schien; seine Hände waren eifrig bei der Arbeit, doch währenddessen sah er dem geldzählenden Enderby aufmerksam zu, als dirigiere dieser. Und dann sah Enderby sie, Miss Boland, wie sie die calle herunterkam, die Arme voll kleiner Puppen und Spielzeug, den Straßenhändlern abgekauft.

Natürlich hatte sie dasselbe Recht wie er, sich hier aufzuhalten, wenn nicht ein größeres. Das galt ebenso für verschiedene andere Mitglieder der Reisegesellschaft, die diese Hauptstraße entlanggingen (das Hotel lag eben um die Ecke), wahrscheinlich gerade vom Frühstückstisch entlassen. Sogar Mr. Guthkelch stand auf dem Gehsteig gegenüber und verzerrte sein Gesicht mit elastischer Lustigkeit, wenn er auch wegen des Verkehrslärms unhörbar blieb. Enderby stand auf, einen Fuß noch auf der Schuhputzkiste, und winkte ihr schüchtern mit beiden Armen zu. Sie erkannte ihn, trotz seiner neuen Schale, und schaute grimmig drein. Sie wirkte fünfzehn Jahre älter als letzte Nacht und sehr dünn, wie ausgezehrt. Ihr Sommerkleid war dem warmen südlichen Herbst angemessen, doch sah es beinahe schäbig aus – ein blauer geblümter Sack, um den herum eine Schnur ihre Taille markierte. Nachdem sie Enderby einen wütenden Blick zugeworfen hatte, war sie dabei, weiterzugehen, doch Enderby rief:

»Es war eine Inspiration, das war es, Inspiration! Begreifen Sie das nicht? Das ist mir seit Jahren nicht mehr passiert. Und ich bin dann zu Ihrem Zimmer gegangen, aber da war abgeschlossen, und ich –«

»Schreien Sie nicht so«, zischte sie. »Schreien Sie mich nicht an. Oder besser gesagt, sprechen Sie überhaupt nicht mit mir. Verstehen Sie? Ich will Sie nicht mehr sehen. Nie mehr. Das möchte ich hier und jetzt klarstellen. Ich kenne Sie nicht, und ich wünsche Sie nicht zu kennen.« Sie wollte weitergehen. Enderby legte Peseten auf den Cafétisch, deren Aufteilung Kellner und Schuhputzer überlassen blieb, und dann packte er ihren Arm. Er sagte:

»Ich weiß genau, was Sie empfinden müssen.« Er bemerkte, daß er seine Reisetasche auf dem Tisch hatte stehenlassen, also ging er zurück und holte sie. »Was Sie empfinden müssen«, keuchte er und versuchte, mit ihren langen Schritten mitzuhalten. »Sie waren es, die meine Begabung wiedergebracht haben. Sie. Die Aufregung. Ich konnte es einfach nicht riskieren, dieses Gedicht zu verlieren. Es hat mir so viel bedeutet. Das warst du. Das Gedicht warst du.« Er staunte über sich selbst. »Ich wußte, du würdest das verstehen.« Sie schüttelte sich ungeduldig, wie um ihn, Enderby, abzuschütteln, und eine kleine Blechente mit beweglichem Hals fiel von ihrem Arm aufs Pflaster. Enderby hob sie auf, und der Schnabel fiel ab. Er keuchte schlimmer denn je. Er sagte: »In meine

Tasche. Tu alles in meine Tasche. Siehst du, die Tasche hab ich heute morgen gekauft. Ich bin früh aufgestanden und hab verschiedene Sachen gekauft, darunter diese Tasche. Aber ich hol meine Sachen da raus, wenn du magst, und du kannst die Tasche nehmen und deine Sachen hineintun.«

Sie fing an zu weinen und ging die calle weiter hinunter. Ein dunkelhäutiger Mann sah ihre Tränen und blickte Enderby angewidert an. »Ach, Sie sind ein furchtbarer Mensch«, sagte sie.

»Ich kauf dir eine neue Gans«, versprach Enderby. »Obwohl das nicht meine Schuld war mit dem Schnabel«, fügte er gerechterweise hinzu. »Komm, gib mir all diese Spielsachen und Püppchen, das geht alles in meine Tasche.«

Sie wollte sich die Augen trocknen, konnte es aber nicht, da ihre Arme voll Spielzeug waren. Für wen? Vielleicht war plötzlich ein mütterliches Begehren in ihr aufgewallt, dachte Enderby ängstlich. Vielleicht plante sie für die Zukunft. Vielleicht war jeder Mann ihr recht. Er hatte schon von sowas gelesen. Sie kaufte Spielsachen für ungeborene Kinder. Enderby sagte eifrig:

»Ich wollte dir das Gedicht vorlesen, aber ich konnte nicht ins Zimmer.« Ihm wurde klar, daß jenes Gedicht mit seiner plakativen Geschichtsmythologie kaum das Richtige gewesen wäre. Nur langsam lernte er die Frauen kennen. Ausschließlich ein Liebesgedicht konnte sie besänftigen. Hatte er etwas parat? »Schau«, sagte er. »Sieh dort. So eine Art Kutsche.« Eine coche knarzte daher, gezogen von einer glänzend gestriegelten zuckergefütterten Stute. »Wir machen eine Kutschenfahrt, und du kannst mir sagen, was für ein furchtbarer Mensch ich bin.«

»Ach, laß mich in Ruhe, geh weg.« Doch sie wollte sich die Wangen abwischen. Der Kutscher, ein runzliger, wissender, sehr alter Mann, hatte auf Enderbys eifrigen Gesichtsausdruck hin angehalten.

»Steig ein«, sagte Enderby und schubste sie in die Kutsche. Eine kleine Blechschildkröte schickte sich an, von ihrem Arm abzuspringen. Enderby rettete sie und bereitete ihr ein Nest in seiner Tasche, mit dem Gänschen zusammen. Das Leben war im Grunde entsetzlich. »Los, steig ein«, sagte er in gröberem Tonfall. Und dann: »Ich hab doch gesagt, daß es mir leid tut. Aber du kannst dich nicht einem Gedicht in den Weg stellen wollen, niemand kann das.« Also stieg sie schniefend ein. »Die Logik eines Gedichts«, sagte Enderby, »ist höher denn alle Vernunft.« Die Kathedralenglocke klirrte eine Art Amen. Und so wurden sie in sanftem Trott davongetragen, und sie konnte sich die Augen trocknen.

»Es hätte doch warten können«, sagte sie. Sie sah wieder etwas fülliger aus; beinahe war sie schon versöhnt. Sie bogen nach rechts in eine schmale Straße aus hübschen gelben Häusern mit Balkonen, die zu dieser Stunde leer waren, keine koketten Señoritas, denen man Serenaden darbrachte.

»Eine Art gebrochener Rhythmus«, sagte Enderby. Er dankte jetzt Gott beziehungsweise Dios, wie er sich hier nannte, daß ein paar grobschlächtige Zeilen aus einem Anfängertext in sein Gedächtnis zurückgekrochen kamen. »Hör zu.« Er bot sie ihr an im Kontrapunkt zur fröhlich hüpfenden Kruppe des Pferdes mit seiner blauen Schleife im Schwanz:

»Ich suchte Duft, fand ihn in deinem Haar,
Ich suchte Licht – in deinen Augen stand es.
Als aller Klang in deinem Atem war,
War all dein Leib mir nur Sinnenverwandtes.«

»Ich verstehe, was du meinst.« Sie verzieh rasch, ein wenig zu rasch. Sie dachte an ihren Urlaub – Enderby war hauptsächlich zum Ferienverbrauch. Und im Urlaub, meine Liebe, da habe ich doch diesen Dichter getroffen. Tatsächlich? Einen Dichter, denk mal an. »Aber trotzdem.«

»Diese Zeit kommt wieder, kommt oft wieder.« O nein, die würde bestimmt nicht wiederkommen! Der Geist Juans ging durch die sonnenhellen Straßen und billigte seinen Plan, diese Frau zu verlassen. »Aber die Zeit der Verehrung – deiner Schönheit, will ich damit sagen –«

»Ach, du *bist* ein Schweinchen, hmm?« Sie lehnte sich dicht an ihn. »Ein kleines Dreckschweinchen, ein *puerco puerco!* Piggy.«

»Nenn mich nicht so.«

»Dann vielleicht Eberchen. Hoggy?« Enderby schwitzte. »Vielleicht«, sagte sie, »steigen wir bald mal aus und gehen etwas trinken. Ich bin schrecklich durstig.«

»Das kommt vom Weinen. Weinen macht arg durstig.« Er erinnerte sich daran, wie seine Stiefmutter ihn verspottet hatte, wenn sie ihm eins aufs Ohr gegeben hatte und er vor Schmerz schrie: So ist's recht, mehr geheult heißt weniger gepißt. »Verlust von Flüssigkeit, weißt du. Muß man ersetzen.«

2 Sie aßen in einem Café im Freien zu Mittag; natürlich mußte es Paella sein. Sie hatte in irgendeiner Magazinbeilage gelesen, daß das ein Höhepunkt der spanischen Küche sei, doch Enderby hielt dafür, daß man ihm noch nie im Leben eine solche Unverschämtheit aufgetischt hatte. Es handelte sich um warmen klebrigen Reispudding, durchsetzt mit gummiartigen Streifen und kleinen sandknirschenden Muscheln. Davor gab es kalte Tomatensuppe voller Knoblauch. Sie kicherte und sagte: »Wie gut, daß wir beide Knoblauch essen.« Hierbei verschluckte sich Enderby, doch nachher verschluckte er sich noch kräftiger an einer Muschelschale und ihrem Ausruf: »Ach sieh nur, da verkauft so ein kleiner Mann Zeitungen. Kaufen wir doch eine spanische Zeitung! Ich hab mein kleines Wörterbuch dabei.« Er verschluckte sich so entsetzlich prustend, daß der Zeitungsverkäufer befremdet weiterging.

»Ist dir was in den falschen Hals gekommen? Trink einen Schluck von dem guten Wein.« Es war *kein* guter Wein, er schmeckte nach Tinte und Alaun und Aalen und Katarrh. »Ach, jetzt hätt ich so gerne eine Zeitung gehabt.«

»Lügen«, fauchte Enderby, »alles verdammte spanische Lügen. Nichts wie Propaganda und Zensur. Keine Zeitung, ist das klar?«

»Mein lieber Hoggy. Du machst ja ganz schön auf herrischen Gatten, hm? Vielleicht wart ihr beide nicht ganz unschuldig dran.«

»Was soll das heißen?«

»Deine Frau.«

»Ach die.« Er tupfte mürrisch mit der Zunge Weinstein von seinem Gaumen. »Die hat einiges zu verantworten. Die ganzen Plagiate zunächst mal.« Sobald er in Marokko angekommen war, würde er sich dieses Buch besorgen. Irgendeine britische Schriftstellertunte würde es sicher haben.

»Plagiate?«

»Ach, schon gut.« Er war zu weit gegangen, oder beinahe zu weit. »Ich mag nicht darüber reden.«

»Vielleicht hat sie es nicht gemocht, wie und wann du deine Gedichte schreibst.« Miss Boland hatte zuviel von diesem katarrhtintigen Weinersatz getrunken. Enderby starrte sie grimmig an. »Keine Gedichte heute nacht, nicht waaahr?«

»Das«, sagte Enderby mit einer Art tadelnd-lüsternem Grinsen, »kann ich versprechen.«

»Ach du liebe Zeit, sieh nur, wie spät es ist. Es wird gar kein heute nacht geben, wenn wir nicht rasch ins Hotel zurückgehen. Der Bus fährt um halb zwei!«

Enderby zahlte die Rechnung, ohne Trinkgeld. Es war ein entsetzliches Essen gewesen, in einem entsetzlichen Lokal, nichts wie verstümmelte Statuen und verkümmerte Bäume. Sie drückte seinen Arm und hängte sich bei ihm ein, als er an den Rand des Bürgersteigs trat, um jedem Vehikel zu winken, das halbwegs aussah wie ein Taxi. In einem Taxi saßen bereits Miss Kelly und zwei uniformierte Männer, Pilot und Kopilot vermutlich. Miss Kelly erkannte Enderby ganz offensichtlich, doch winkte oder lächelte sie nicht. Blödes Weib! Enderby wollte Miss Boland die Geschichte mit dem falschen Zimmer erzählen, doch dann beschloß er, das lieber zu lassen. Das weibliche Temperament war so eigenartig.

Endlich brachte ein Taxi sie zum Hotel Marruecos, wo sich am Eingang schon Teile der Reisegesellschaft versammelten, von Gepäck umgeben. Miss Boland mußte aufs Zimmer eilen und nach dem ihren schauen; sie hatte noch nicht ganz fertiggepackt. Enderby sah wieder einen Zeitungsverkäufer in der Nähe lungern und gab ihm eine Fünfpesetennote, damit er wegging. Alles würde gut werden, aber um Gottes Willen ein wenig schneller. Mr. Guthkelch hatte ein Paar Kastagnetten gekauft und tanzte einen unbeholfenen Fandango, zu dem er unbeholfen klapperte. Der Mann mit den Kondomen im Gepäck sah sehr müde aus, doch seine Frau stand hochaufgerichtet da, Befinden bestens. Mr. Mercer zählte und zählte wieder und hörte auf zu zählen, als Miss Boland erschien, erhitzt und schweratmend, hinter ihr ein Träger mit dem Gepäck. Und dann fuhr der Bus vor, und sie brachen auf.

Am Flughafen standen überall mürrisch englische Reisende aus Gibraltar herum, die büßen mußten, indem man sie ewig warten ließ, ehe sie durch den Zoll durften. Das jedenfalls teilte ihr Reiseleiter nölend Mr. Mercer mit, den er als alten Kollegen zu begrüßen schien. Und dann marschierte Mr. Mercers Truppe über das Flugfeld, und Miss Boland war, Gott sei gelobt, nach all dem Wein ein wenig schläfrig. Miss Kelly stand bereit, um sie alle wieder an Bord willkommen zu heißen, doch für Enderby gab es keinen Willkommensgruß. Mr. Mercer tauchte mit Einreiseformularen auf, und sie hoben ab. Es war ein herrlicher goldener spanischer Nachmittag.

Höflich überließ Enderby Miss Boland den Fensterplatz, den er während des ersten Abschnitts der Reise gehabt hatte. Sie schlief. Enderby schlief. Enderby wurde geweckt. Ein Uniformierter, Pilot oder

Kopilot, stand über ihn gebeugt. Es war ein dicker Mann, noch nicht alt, das Gesicht vom guten Leben aufgedunsen, die Augen verkatert blutunterlaufen. »Heißen Sie«, fragte er mit seiner recht haarigen Hand auf Enderbys Schulter, »Enderby?«

Enderby brachte nur ein schwaches Nicken zustande. Das war's also. Radiobotschaften knisterten durch die Luft des ganzen Planeten. Wapenshaw hatte geplappert, hatte in kindischer Bosheit sein eigenes Geschöpf zerstört.

»Ich bin der Pilot dieses Flugzeugs. Sie müssen sehen, daß ich eine gewisse Verantwortung trage.« O'Shaughnessy also, wenn es auch keine irische Stimme war. Enderby sagte tonlos:

»Ich komme. Ohne Widerstand. Aber ich war's nicht, ich habe nur die Pistole genommen, ohne zu denken.«

»Nun, vielleicht wäre es besser, *wenn* Sie sich was dabei denken würden, ein Mann in Ihrem Alter. Ich bin für sie verantwortlich, sie ist ein Mitglied meiner Besatzung. Ich kann nicht zulassen, daß Passagiere die Situation ausnützen.«

»Ach das! Das meinen Sie.« Enderbys Erleichterung entlud sich in einem hustenden Lachen.

»Für Sie ist das vielleicht nur ein Urlaubsspaß, aber wir haben unsere Arbeit zu tun. Das ist unser Beruf. Den nehmen wir ernst, aber Sie helfen uns nicht besonders dabei, wenn Sie sich solche Freiheiten rausnehmen.«

»Ich habe mir nichts herausgenommen«, sagte Enderby hitzig. »Ich habe mich geirrt. Ich bin ins falsche Zimmer. Eigentlich wollte ich nur in das Zimmer der Dame hier.« Er wies mit einem Ruck seines Daumens und seiner Augen auf Miss Boland und stellte fest, daß sie wach war.

»Ach, Sie haben die Angewohnheit, nachts in die Zimmer von Damen zu gehen, ja? Nun, wenn es ein Irrtum war, dann haben Sie lange genug gebraucht, bis Sie sich dafür entschuldigt haben. Sie sagt, Sie hätten ständig von Gedichten geredet, wie man den Teufel in die Hölle tut und all so was. Also, ich mag ja nur ein ungebildeter Pilot sein, wie Sie wohl meinen, aber das hab ich gelesen, wie man den Teufel in die Hölle tut. Das Kamerun heißt das.« Eine ganze Reihe Passagiere versuchte angestrengt mitzuhören, aber die Motoren waren zu laut. Andererseits wurde Kapitän O'Shaughnessy jetzt auch laut.

»Das Dekameron«, sagte Enderby. »Hören Sie, die hat Ihnen Lügen erzählt.«

»Wir haben noch nie Beschwerden über das Benehmen von Passagieren gehabt. Ich will Sie jetzt hier nicht fertigmachen, aber es ist meine

Pflicht als Pilot dieses Flugzeugs, Sie zu verwarnen. Wenn Sie Miss Kelly noch einmal belästigen, müssen Sie die Reisegesellschaft verlassen. Tut mir leid, aber so sieht's aus.«

»Lügen über Lügen«, sagte Enderby, rot im Gesicht. »Ich verlange eine Entschuldigung.«

»So sieht's aus. Ich übernehme die volle Verantwortung. Also keine Übergriffe mehr, ist das klar?«

»Übergriffe, ich werd's Ihnen zeigen!« rief Enderby. »Wenn ich jetzt aussteigen könnte, würd ich's tun. Aber ich verlasse Sie so oder so in Marrakesch. Das Ganze ist eine Beleidigung, eine Ungerechtigkeit, *so* sieht's aus!« Kapitän O'Shaughnessy salutierte Miss Boland schneidig und ging zu seinen Armaturen zurück. »Immer und ständig hat man's mit solchen Geschichten zu tun«, sagte Enderby zu Miss Boland. »Es kann einem schlecht werden.«

»Immer und ständig«, sagte Miss Boland. »Ja, es kann einem schlecht werden.«

»Richtig. Es war, wie gesagt, das falsche Zimmer.«

»Wie gesagt. Und wären Sie jetzt so freundlich, sich woanders hinzusetzen? Sonst schreie ich. Ich schreie und schreie und schreie. Ich schreie, schreie, schreie, schreie und schreie.«

»Tu das nicht«, sagte Enderby äußerst beunruhigt. »Darling«, fügte er hinzu.

»Wie können Sie es wagen. Wie können Sie es wagen!« Sie drückte auf den kleinen Klingelknopf über dem Sitz.

»Wozu soll das gut sein?« fragte Enderby.

»Wenn Sie nicht von selbst gehen, muß man Sie dazu zwingen. Ich fühle mich beschmutzt, wenn ich bloß neben Ihnen sitzen muß.« Miss Kelly reagierte klugerweise nicht auf das Signal. Mr. Mercer kam, traurig und besorgt und mit seiner Wollmütze. »Sie!« sagte Miss Boland. »Sorgen Sie dafür, daß sich dieser Mann woanders hinsetzt. Ich mache diese Reise nicht, um mich ständig beleidigen zu lassen.«

»Hören Sie«, sagte Mr. Mercer zu Enderby. »Ich hab wegen der anderen Sache nichts gesagt. Das geht den Kapitän an, nicht mich. Aber diese Art Vorfall hier, das ist etwas, was ich eigentlich verhindern soll. Ich habe einen großen Fehler gemacht, als ich Sie mitgenommen habe, weiß Gott. Werden Sie sich jetzt anständig benehmen?«

»Wenn Sie nichts unternehmen«, sagte Miss Boland, »dann schreie ich.«

»Kein Sorge«, sagte Enderby, »ich gehe. Ich gehe auf die Toilette dort.« Er stand auf und nahm seine Tasche und seine Baskenmütze aus dem

Gepäcknetz. In der Tasche war noch Spielzeug. Enderby ließ es feierlich in Miss Bolands Schoß fallen – Schildkröte, schnabellose Gans, Flamencopüppchen, den braunen Bären, der mit seinem Uhrwerk die Becken schlagen konnte. Sie wurde sogleich dünn und böse und schien drauf und dran, Enderby mit diesen Dingen zu bewerfen; sie rief:

»Er ist so gemein! Keine Frau ist vor ihm sicher! Werfen Sie ihn hinaus!« Viele Passagiere sahen interessiert zu, obwohl sie kaum verstehen oder auch nur hören konnten, was vor sich ging. Hinter ihnen saßen der Kondommann mit dem Übergewicht und seine Gattin steif in ihren Sitzen, immer noch ohne miteinander zu reden. Sie weigerten sich, Interesse an der Boland-Enderby-Affäre zu zeigen, obwohl sie sich direkt vor ihnen abspielte, da ein solches Interesse etwas Gemeinsames gewesen wäre, fast so, als wenn sie wieder miteinander gesprochen hätten – es hätte auch dazu führen können. Enderby stand in steinerner Haltung im Mittelgang, schwankte mit dem Flugzeug in einer leichten atmosphärischen Unruhe (das Mondgebirge vielleicht, oder sowas) und wartete auf seine Instruktionen. Zur Kondomgattin, die den äußeren Sitz hatte, sagte Mr. Mercer:

»Vielleicht würde es Ihnen, Mrs. Äh, nichts ausmachen, mit diesem Ähm den Platz zu tauschen. Es geht wirklich nur um eine kurze Zeit. Wir sind jetzt gar nicht mehr weit von Marrakesch.«

»Männer im Urlaub. Tiere. *Ich weiß Bescheid.* Mir ist es recht, wenn sie nichts dagegen hat.« Und beim Aufstehen warf sie Enderby einen mörderischen Blick zu, was ihm unfair erschien, da sie ihm doch schließlich die Enthüllung des tierischen Wesens ihres Mannes verdankte, die Wahrheit. Als sie sich brummend neben Miss Boland setzte, sah Enderby, daß sie eine englische Zeitung hatte, so gefaltet, daß ein, wie es schien, einfaches Kreuzworträtsel zuoberst lag. Sie hatte einen Kugelschreiber in der Hand, doch hatte sie anscheinend noch nichts eingetragen. Er lehnte sich über ihren massiven Busen, um mit zusammengekniffenen Augen das Datum abzulesen; es war, soweit er erkennen konnte, das gestrige. Alles in Ordnung. Ehe all das geschehen war. Dann sah er, daß es sich um den *Evening Standard* handelte und daß keineswegs alles in Ordnung war. Er sagte zu der Frau, sich dichter über sie lehnend: »Wo haben Sie das her? Geben Sie mir rasch die Zeitung. Ich muß sie haben. Was nachsehen.«

»Gut«, sagte Mr. Mercer. »Jetzt setzen Sie sich ruhig und friedlich hier hinten neben den Ehemann dieser Dame. Wir wollen doch jetzt keinen Ärger mehr haben.«

»Frechheit«, sagte die Frau. »Die hat auf dem Flugplatz im Damenklo gelegen, stammt von diesen Gibraltarreisenden. Hab ich ebenso ein Recht drauf wie der.«

»Ach bitte, setzen Sie sich jetzt hin«, sagte Mr. Mercer aufgelöst. »Wenn Sie's nicht vertragen, sollten Sie vorsichtiger sein. Vieles von dem ausländischen Zeug ist stärker, als es die meisten gewohnt sind.«

»*Sie* ist vielleicht betrunken«, sagte Enderby und deutete mit einem Schulterzucken auf Miss Boland, »aber ich nicht, vielen Dank. Alles, was ich will, ist einen Blick in die Zeitung zu werfen. Steht was drin. Eine Buchbesprechung, äußerst wichtig. Und dann geh ich auf die Toilette und bleibe dort ganz ruhig sitzen.« Er sah, daß Miss Boland tief Luft holte, um ihn weiter zu beschimpfen, und griff nach der Zeitung. Die Kondomgattin hielt eisern fest.

»Menschenskind«, sagte Mr. Mercer, aus der Reiseleiterrolle fallend, »zeigen Sie ihm, was er sehen will, daß wir ihn endlich aus dem Weg schaffen.«

»Ich will's selber suchen«, sagte Enderby. »Ich brauch sie nicht, daß sie's mir zeigt.«

»Und wer ist *sie*, sagt man denn so?« sagte die Frau. Miss Boland blickte listig drein und sagte:

»Lassen Sie *mich* mal sehen. An der ganzen Sache ist irgend etwas faul. Läuft vor seiner Frau davon, hat er gesagt.«

»Tatsache? Das hat er Ihnen erzählt?«

»Lassen Sie *mich* sehen.« Und Miss Boland, die sich wie alle Frauen mit einer Zeitung ungeschickt anstellte, faltete den *Evening Standard* auseinander, und das sichere Refugium der Kleinanzeigen, Witze und Kreuzworträtsel wich nach einem raschelnden Ringen der furchtbaren Monumentalität der ersten Seite. Da hatte er's also. Enderby sog es alles wie Ozon in sich hinein.

»Oh«, sagte die Frau, »das hab ich gar nicht gesehen. O Gott, o wie furchtbar. O jemine.«

»Ja«, sagte Miss Boland. »Furchtbar.«

Eine brüllende Schlagzeile verkündete das Attentat auf Yod Crewsy. In der Stunde seines Triumphes! In Anwesenheit des Premierministers! Kellner vermutlich Täter. Eine große Fotografie zeigte Yod Crewsy mit weit aufgesperrter Raffel bzw. Schnauze, ob angeschossen oder schlicht singend, war nicht angegeben. Daneben ein Standfoto des Premierministers mit entsetztem Blick, wahrscheinlich ein Archivbild. Kein Foto, Gott sei Dank, vom Kellner (vermutlich Täter). Aber Miss Boland las begierig weiter. Jetzt galt's. Enderby lehnte sich weit über die Frau des Kondommannes und stieß zu. Die Zeitung zerriß nicht: Er hatte sie ganz erwischt. Er sagte:

»Sehr wichtige Rezension. Feuilleton, Feuilleton«, mit zitternden Fingern durch die Zeitungsblätter raschelnd. »Ach, töricht von mir. Falscher Tag für's Feuilleton.« Und dann, als sei eine Nummer ohne Feuilleton eine Beleidigung für den gebildeten Menschen, knüllte er den ganzen *Evening Standard* zu einer Kugel zusammen.

»Das geht jetzt aber zu weit«, sagte Mr. Mercer.

»Sie haben wohl keine Manieren«, sagte die Frau. »Und der arme Junge tot dabei.«

»Noch nicht«, sagte Enderby unklugerweise. »Noch nicht tot.«

»Hogg.« Das war Miss Boland.

»Häh?« Enderby sah sie mit bitterer Bewunderung an. Er hatte also recht gehabt – er hatte die ganze Zeit gewußt, daß dies geschehen würde.

»Hogg. *Puerco.* Deshalb sind Sie auf der Flucht.«

»Sie spinnt«, teilte Enderby Mr. Mercer mit. »Ich gehe jetzt auf die Toilette.« Er fing an, die Zeitung zu entknäulen und zu glätten. Sie hatte den Namen Hogg entdeckt; jetzt konnte er nur noch darauf bestehen, daß er nicht Hogg war. Es war sinnlos, die Tatsache verheimlichen zu wollen, daß Hogg von der Polizei gesucht wurde, um ihr »bei ihren Ermittlungen zu helfen«. Sinnlos, hieß das, wenn man selbst nicht Hogg war. Und daß man das nicht war, das sagte ja der Paß ganz deutlich. Enderby zog ihn beinahe aus der Tasche, aber das würde allzu verdächtigen Eifer zeigen, den Beweis zu führen, daß er nicht Hogg war. Eine Menge Leute waren nicht Hogg, und sie zeigten nicht ständig ihre Pässe vor, um es zu beweisen.

»Die Polizei«, sagte Miss Boland. »Schicken Sie einen Funkspruch an den Flughafen. Er war's. Deshalb ist er fortgelaufen.«

»Das muß ich mir doch nicht alles bieten lassen, oder?« sagte Enderby mit demonstrativer Müdigkeit.

»Ständig hat er gesagt, daß er alle Popsänger haßt.«

»Das ist nicht wahr«, sagte Enderby. »Ich habe lediglich gesagt, daß Sie mich keineswegs als unbedingten Feind der Popmusik betrachten dürfen.«

»Eifersucht«, sagte Miss Boland. »Ein schlechter Dichter, der auf einen guten eifersüchtig ist. Und was haben Sie da eben von einer Pistole gesagt? Ich bin ganz sicher, das hab ich nicht geträumt.« Sie schien jetzt ganz ruhig, mit glitzernden Augen, wenn auch ihr Atem schwer ging.

»Von wegen schlechter Dichter«, sagte Enderby und bereitete sich darauf vor, laut zu schreien. »Wenn in dem seinem Buch irgendwas steht, was etwas taugt, dann hat er das von mir geklaut! Diese Nutte! Plagiat! Ich hoffe, er stirbt, weil er's verdient hat.«

»Jetzt hören Sie«, sagte Mr. Mercer. »Wir wollen doch keinen Ärger, wie? Das soll doch eine Vergnügungsreise sein. Würden Sie beide aufhören, hier so laut rumzubrüllen? Wenn es irgend etwas zu erledigen gibt, dann erledige ich's, ist schon gut.«

»Wenn Sie's nicht tun«, sagte Miss Boland, »mach ich's. Ich mach's auf jeden Fall. Er hat ihn umgebracht, da gibt's keinen Zweifel. Er hat's ja so gut wie zugegeben.«

»Wer ist eine Nutte?« fragte die Kondomgattin verspätet. »Wer, hat er gesagt, ist eine Nutte? Weil, wenn er mich damit –«

»Ich gehe jetzt auf die Toilette«, sagte Enderby. Mr. Mercer versuchte nicht, ihn aufzuhalten; er folgte ihm sogar. Der zerknüllte *Evening Standard* war irgendwie zu Miss Kelly gelangt. Sie buchstabierte die ganze erste Seite durch und hob sich ihre Reaktion bis zum Schluß auf. An der Toilettentür sagte Mr. Mercer:

»Was läuft da eigentlich mit der da hinten? Ist die durchgedreht oder wie?«

»Ein Sexproblem«, sagte Enderby. »Ich habe ihre Avancen abgewiesen. Es ist geradezu unanständig, wie sie sich aufführt. Und meine Mutter stirbt in Marrakesch.«

»Hören Sie«, sagte Mr. Mercer ohne Mitgefühl. »Sie sollten eigentlich gar nicht auf diesem Flug mit dabeisein, wie Sie selber genau wissen, und es wäre mir verdammt lieber, wenn ich Sie nicht mitgenommen hätte. Das Ganze lief unter der Hand, und das soll mir nie wieder vorkommen. Jetzt erzählt sie da Geschichten, Sie wären ein gefährlicher Verbrecher, was sich für mich nach barem Quatsch anhört. Sie haben doch niemand umgebracht?«

»Ich habe«, sagte Enderby ernst, »mit einer sterbenden Mutter schon genug am Hals.«

»Also gut. Ich werd sie beruhigen und ihr sagen, daß ich alles Notwendige in die Wege geleitet habe. Polizei und so. Die Kunden müssen zufrieden sein, so steht's in den Regeln. Jetzt sind wir bald in Marrakesch, also sag ich Ihnen, was ich mit Ihnen mache. Sie hauen schon vor all den anderen ab, klar? Ich laß Sie vorgehen.«

»Vielen herzlichen Dank«, sagte Enderby.

»Ich halt sie alle zurück, bis Sie Zeit gehabt haben, zu verschwinden.

Ich will nicht, daß die noch mal loslegt, Mord und Totschlag schreit und die anderen Doofköpfe durcheinanderbringt«, sagte Mr. Mercer offenherzig. »Also, Sie finden dann drei Taxis, die speziell für die Tour angeheuert sind, die warten da. Die laden immer eine Gruppe ein, fahren sie ins Hotel Maroc und kommen zurück. Also, steigen Sie in eins von denen und sagen Sie dem Fahrer, er soll Sie rauslassen, da, wo immer Sie hinwollen, und dann schicken Sie ihn zum Flugplatz zurück, klar? Haben Sie's weit?«

»In der Nähe von dem Ding, wo Winston Churchill immer abgestiegen ist«, sagte Enderby mit einer plötzlichen Inspiration.

»Na, das ist ja nicht allzuweit weg. Und damit«, sagte Mr. Mercer, »ist dann zwischen Ihnen und mir und allen anderen alles endgültig erledigt, verstanden?«

»Das ist mir nur recht«, sagte Enderby.

»Dann gehn Sie jetzt mal besser hier rein. Schauen Sie, sie steht auf, sieht aus, als würde sie gleich nach Action schrein. Standgericht undsoweiter. Aus dem Flugzeug werfen. Sie sind sicher, daß Sie nichts Unrechtes getan haben?«

»Ich?« fragte Enderby. »Mit einer Mutter, die im Sterben liegt?«

»Sie sehen auch gar nicht so aus. Gehn Sie rein. Wenn jemand anderes will, muß ich denen halt einfach sagen, sie sollen sich's bis Marrakesch aufheben. Ich wünschte«, sagte Mr. Mercer mit großer Offenheit, »ich hätte Sie nie gesehen.« Enderby neigte sein Haupt. »Geheimnisvolle Wirkung auf Frauen, was? Jetzt schließen Sie sich mal da drin ein.«

Auf der Toilette war's besser, eine genußreiche Zwischenzeit des Friedens und der Ruhe. Alles, was Enderby hörte, war das Summen der Motoren, abgesehen von einer kurzen Phase schockierten Geheuls von Miss Kelly. Es tat ihr anscheinend leid, daß Yod Crewsy angeschossen worden war. Dann schien sie darüber hinweg.

3

Pfefferminze, Minze, Minze. Obwohl der Zollbeamte ihn durchgewinkt hatte, als er rief: »*Ma mère est mortellement malade*«, obwohl das Taxi am Kopf der Schlange servil seine Tür für ihn geöffnet hatte, als er Monsieur Mercer erwähnte, war es nur allzu leicht, immer wieder zu dem Gedanken zurückzukehren, daß er für den Schlachtklotz des Metzgers bestimmt war. Die Sonne war schon halbwegs den Himmel hinabgewandert, brannte aber immer noch beträchtlich, und dazu all die Pfefferminze. Die Erinnerung wölkte auf, wie er einmal versucht hatte, eine kleine fette neuseeländische Hammelkeule in Mrs. Meldrums Gasherd zuzubereiten. Sie war halbgar daraus hervorgegangen, und er hatte sich ein Stew draus gemacht. Bei einem Stew konnte man eigentlich nichts falsch machen. Allerdings hatte er eine Menge Fett abschöpfen müssen. Der Fahrer, ein maurischer Mohr, wie Enderby annahm, dampfte aus den Achselhöhlen – nein, es war doch eher wie eine Dose schottischer Hammelbrühe. Aber der Mann fumigierte sich selbst und sein Taxi immerhin mit einer Selbstgedrehten, die nach anständigen Kräutern roch, wenn auch vielleicht mit halluzinogenen Eigenschaften. Dazu rollte er die Augen. Bald, überlegte Enderby, mußte die Zeit kommen, da er am besten seinen Enderby-Paß verschwinden ließe. Miss Boland würde rasch sein Alias der Polizei melden. Er konnte nicht Hogg sein, nicht Enderby sein. Die böse Außenwelt hatte es fertiggebracht, ihm so ziemlich alles wegzunehmen. Außer seinem Talent, außer dem einen.

Eine sauber gebaute Straße mit Bäumen, wahrscheinlich Bougainvilleen, Eukalyptus und so fort. Und jede Menge Pfefferminze. Dazu Leute in Turbanen, Kaftanen, gestreiften Nachthemden und – wie? –: Dschelabas. Der Fahrer lenkte den Wagen mit dem Automatismus eines Ponys, das einen Karren zieht, wenn auch wesentlich schneller. Ihn brauchte es nicht bekümmern, weshalb Enderby vor allen anderen im Hotel der Reisegesellschaft sein mußte. Es war an der Zeit, ihm ein anderes Ziel zu nennen. Enderby sagte:

»Je veux aller à Tanger.«

»Demain?«

»Maintenant.«

»Impossible.«

»Regardez«, sagte Enderby. »Ich gehe nicht in dieses Scheißhotel. *Une femme. Une question d'une femme. Il faut que j'évite une certaine femme.«*

Sorgfältig steuerte der Fahrer seinen Wagen um die nächste Ecke und hielt am Rand des Bürgersteigs. Die Handbremse knirschte schmerzhaft. *»Une femme?«* Es war ein idyllisches kleines Wohnviertel, voll vom Minzengeruch. Doch die Straße hinab trieb ein Mann mit bloßen Beinen, einen Sancho-Pansa-Hut auf dem Kopf und in lose braune Fetzen gehüllt, einen beladenen Esel vor sich her. *»Tu veux une femme?«*

»Im Gegenteil«, sagte Enderby, stirnrunzelnd wegen des vertraulichen Tons. *»J'essaie à éviter une femme, comme j'ai déjà dit.«*

»Tu veux garçon?«

»Jetzt bringen Sie nicht alles durcheinander!« rief Enderby. »Ich will fort. *Comment puis-je* nach dem verdammten Tanger kommen?«

Der Fahrer dachte nach. *»Avion parti«*, sagte er. *»Chemin de fer –«* Er zuckte die Achseln. Dann sagte er: »Haste Geld, Charlie?«

»Ich dachte mir, daß es dadrauf hinausläuft«, sagte Enderby. Er zog sein kleines Bündel internationaler Trinkgelder hervor. Was hatten die hier für eine Währung? Ein paar Noten zeigten einen sphinxartig dreinschauenden Herrscher in weißem Gewand, weiß behütet. Banque du Maroc, und jede Menge Arabisch. Was war das? Dirhams. Er hatte, wie es schien, zehn Dirhams. Er wußte nicht, was das wert war. Immerhin, Enderby, der Mann mit den unerschöpflichen Reserven. Währungen für alle Lebenslagen. Der Fahrer schnappte sich rasch die zehn Dirhams. Er schob sie sich – wie eine Frau sich etwas in den Busen schiebt – in sein aufgeknöpftes Hemd, unter dem man die braune Brust mit ihren Haarwirbeln sah. Dann ließ er vergnügt sein Taxi wieder an. »Wohin fahren wir?« wollte Enderby wissen. Der Fahrer gab keine Antwort, er fuhr einfach zu.

Enderby aber war über alle Ängstlichkeit hinaus. Was versuchte er anderes zu tun, als sich ein wenig Zeit vor dem Eintreten des Unausweichlichen zu kaufen? Wenn Yod Crewsy starb, nun, dann konnten sie ihn, seinen vermeintlichen Mörder, auch nur eine lange Zeit ins Gefängnis stecken, die Todesstrafe war freundlicherweise abgeschafft. Und im Gefängnis konnte man dichten. Es würde fürchterlichen Eintopf geben, aber damit kannte er sich aus. Große Werke waren im Gefängnis verfaßt worden – Bunyans *Pilgerreise, De Profundis*, sogar der *Don Quijote.* Kein Grund zur Beunruhigung. Kübelappell! Da kommt die Wassersuppe, Mörder du. Große Klappe. Und du, Kumpel, wass machs du hier? Ich habe einen Verkäufer obszöner und unmoralischer Kunst ermordet. Hasse recht gehabt, prima. Aber ehe er sich lammfromm (ach, überall die Pfefferminze!) einbuchten ließ, war noch einiges zu erledigen. Erst mußten sie ihn fangen, und an ihm war es, die Spielregeln einzuhalten und es ihnen so schwer wie möglich zu machen. Sie fuhren eine breite glatte Hauptstraße hinunter, bogen dann nach rechts ab. Alles französischer Kolonialismus, anständige öffentliche Gebäude, grüner Rasen, Palmen. Kleine Marokkanerinnen kamen aus der Schule, fröhlich kreischend, manche davon wurden in arroganten, massiven Automobilen, die rasch davonfuhren, nach Hause zum Pfefferminztee (wie Enderby sich es vorstellte) abgeholt. Bald aber änderte die Straße ihren Charakter. Anstatt glatt eine Verkehrsader entlangzuschießen, drängte sich der

Wagen nun in eine Kapillare, die echt maurisch und entsprechend schmutzig war.

»Wo fahren wir hin?« fragte Enderby wieder.

»Dschemaa el Fna«, antwortete der Fahrer. Das sagte Enderby überhaupt nichts. Sie fuhren nun hupend zwischen Obstkarren und Eselpeitschern dahin, unter braunen und schwarzen Schreiern und Rufern mit spitzen Kapuzen, platten Turbanen und sogar kleinen Wollmützen wie der von Mr. Mercer. Die fäkalfarbenen Häuser und fensterlosen Läden (Brotlaibe, erwürgtes Geflügel, Schmuckperlen, Auberginen) neigten sich oben einander entgegen. In der Nähe jammerte jemand etwas über Allah. Das Ganze eine sogenannte malerische Szene, speziell für Winston Churchill den Sonntagsmaler ausstaffiert. Dann, angeschrien aus Mündern mit goldenen oder gar keinen Zähnen, die Flanken des Taxis mit hallenden Faustschlägen bearbeitet, fuhren sie auf einen großen Platz, der voller Menschen in langen Gewändern und sehr laut war. Verschiedene einheimische Darbietungen schienen im Gange – Enderby sah kurz einen Feuerfresser und einen Mann, der Schlangen überall auf seinem Körper herumkriechen ließ. Dann hob sich ein kleiner schwarzer Junge über die Köpfe der Menschen in die Luft, wackelte mit den Fingern der an die Ohren gelegten Hände, segelte wieder hinunter. Enderby mißfiel dies alles eher. Der Fahrer hielt an und deutete mit einem vulgären Daumenruck auf Enderbys Bestimmungsort. Es schien sich um einen Limonadenstand zu handeln, wie es viele um den ganzen Platz herum gab. Der Taxifahrer scheuchte Enderby aus dem Wagen. Enderby stieg stöhnend aus, die Tasche über dem Arm. Der Fahrer wendete hastig und frech, streifte mit seinen verformten Stoßstangen nackte Schienbeine, wurde von einigen verflucht, von anderen mit grinsend gefletschten Zähnen und, wie Enderby vermutete, scherzhaften Obszönitäten begrüßt, drängte sich in die barfuß wimmelnde Gasse, aus der sie gekommen waren. Er hupte langsam dahin zwischen Trommelschlag und schwachem Flötenpiepen, Geflügelgackern und Eselsgeschrei, verlor sich dann hinter Nachthemden und lebhaftest gemusterten Gewändern, schob sich in eine Welt zurück, wo ein Flughafen (mit einer wartenden Miss Boland) denkbar war. Enderby traf auf blinde Männer, die nach einem Bakschisch heulten. Er ignorierte sie brutal und ließ seine Schuhe ihren Weg zwischen großen braunen Spreizfüßen suchen, in Richtung des Limonadenstandes, den ihm der Daumen gezeigt hatte. Eine Limonade würde er auf jeden Fall trinken. Konnte nichts schaden. Und wenn er das einmal hinter sich gebracht hatte, würde er den nächsten Schritt vor sich sehen. Aber genau neben dem Stand, plötzlich freigegeben von einer kleinen Menschenmenge, die kauend abzog, wahrscheinlich dubioses Zeug im Mund, erblickte er eine Patriarchengestalt, die ein kleines Feuer bewachte. Ein Kind, den Kopf glattrasiert, als litte es an einer Flechte, piekte gummiartige Klumpen von etwas, das vermutlich Ziegenfleisch war, auf Spieße. Enderby nickte, ehrfürchtig und zufrieden. Seine Phantasie hatte ihn also nicht im Stich gelassen. Es war Zeit, sich des Passes zu entledigen.

Er stand neben dem Feuer, den Paß aufgeschlagen in den Händen; er murmelte die Liturgie seiner fragmentarischen Autobiografie vor sich hin. So viele leere Enderby-Seiten, die auf Reisen zu füllen gewesen wären und nun leer bleiben würden. Er mußte, dachte er, den ihn vorsichtig in Gewändern und Yaschmaks Umstreichenden wie ein zoroastrischer Missionar erscheinen, der dem Feuer ein leises Spätnachmittagsritual vorsummt. Und dann, als er eben das säuberlich gebundene Dokument hineinfallen lassen wollte, wurde seine Tat wie durch ein orientalisches Wunder angehalten. Eine knochige, tiefgebräunte Hand umfaßte fest seine weichere, hellere, zerrte, rettete. Enderby sah von der Hand auf zur Schulter, leicht überrascht. Dann zum Gesicht darüber. Ein Weißer, wenn auch gebräunt. Faltiges, schlaues Gesicht, die Augen blau, aber mitgenommen. Das glatte Haar wie gebleicht.

»Ich wollte«, sagte Enderby vorsichtig, »ihn eben wegwerfen. Keine weitere Verwendung dafür, wenn Sie wissen, was ich meine.«

»Sind Sie bescheuert? Sind Sie bestrampelt? Sind Sie mit der Muffe gebufft? Bei Christi Großmutter, das gibt's doch nicht.« Alt war der Mann nicht. Sein Akzent und sein Idiom waren schwer einzuordnen – eine Art britischer Kolonialakzent. Eine Hand hielt noch immer Enderbys Handgelenk umklammert; die andere schnappte nach dem Paß. Dann ließ der Mann Enderby los und seufzte beim Anblick des Passes wie über einem kleinen Erotikon. »Heiliger gebenedeiter Großvater Jesu Christi Amen«, sagte er. »Und das sind ja Sie auf dem Foto und alles kompletti und überhaupt nicht abgeluscht. Ein Original, und Sie wollen's abfackeln. Wenn Sie's nicht wollen, da gibt's andere. Ein echt primissima Passaporto. Kühlt ihm die Rübe, o ihr verhurten Töchter Jerusalems.«

Enderby lächelte fast, dann fühlte er die List durch seine Adern kriechen. »Wollte ihn eigentlich verkaufen«, sagte er. »Hab keine Interessenten gefunden. Ich wollte nur eine Fahrt nach Tanger. Kein Geld, verstehen Sie. Oder nicht sehr viel.«

»Sie kommen besser mal mit«, sagte der Mann. »Arif hat ein Kübelchen

Stoff hinten stehn.« Und er führte Enderby hinüber zu eben dem Limonadenstand, den ihm der Daumen des Taxifahrers gezeigt hatte.

»Komisch«, sagte Enderby. »Der Mann, der mich hierhergebracht hat, wollte, daß ich hier warte oder irgendwie sowas. Ich hab mich gefragt, weshalb.«

»Wer? Einer von den Taximurkeln, was? Achmed?«

»Kenn seinen Namen nicht«, sagte Enderby. »Aber ich hab ihm gesagt, ich muß weg.«

»Sind Sie also auf der Fliege? Wie hat er denn gewußt, daß es heute abend ist? Hat wieder so eine Wichsnase geplappert.« Er murmelte seltsame Verwünschungen vor sich hin, als er Enderby zu dem Getränkestand führte. Der war ein viereckiges Holzgestell, mit gestreiftem Segeltuch überzogen. Auf der Theke standen milchigtrübe Gläser und Flaschen mit grellfarbigen Flüssigkeiten. Die Öllampen waren noch blind, weil die Sonne noch nicht untergegangen war. Ein paar Mauren oder Berber oder was kippten irgend etwas klebriggelb Entsetzliches. Hinter der Theke stand ein sehniger brauner Mann im Unterhemd, die Arme von Adernschlangen überlaufen. Krauses Haar strahlte wie unter Schock nach allen Seiten von seinem runden Schädel ab. »Also«, sagte diese Kolonialgestalt, »mach uns mal zwei Näpfchen Ruckizucki.«

»Wo kommen Sie her?« fragte Enderby. »Ich kann Ihren Akzent nicht ganz zuordnen. Ich wollte Sie nicht kränken«, fügte er hastig hinzu.

»Bin ungekränkt. Heiße Easy Walker. Nennen Sie mich Easy. Ihren Namen kenn ich, aber ich werde ihn nicht in die Gegend blasen, man weiß nie, wer grade die Ohren stellt. Nun, Sie werden von West Rothgar in New Sunderland gehört haben. Fünfzig Meilen oder so von der Hauptstadt, miefiges kleines Rattenloch. Mußte raus, die weite Ferne sehen. Und dies. Und natürlich jenes.« Wie um dies und jenes zu symbolisieren, verzog er den linken Mundwinkel und spannte dazu die linke Nackensehne an; er hielt die Pose zitternd einen Augenblick lang. Das, so glaubte sich Enderby zu erinnern, war der sogenannte Ki-Yike. Easy Walker kratzte sich sodann mit Enderbys Paß am rechten Ohr und sagte: »Sie hören sich an wie von Mutti.« Enderby starrte ihn an. Easy Walker zeigte ungeduldig sein Gebiß. »Die gute dreckige Mutterscholle«, erklärte er. »Wie sollen wir dich rüüühmen?«

»Verzeihung?«

»Die wir deine Kinder SIND«, tanzte Easy Walker. »Da kommt's. Hinein ins obere Loch oder«, er sprach nun mit einem pedantischen britischen Akzent, »das Arschloch des Oberleibs.« Auf der Theke standen zwei große Gläser voll von, wie es aussah, öligem Wasser. Easy Walker schien seine Lippen um den Glasesrand zu schmiegen und schlug sich, mit einem Fingerknall gegen die Unterseite des Glases, den gesamten Inhalt in den Mund, als handelte es sich um schwer aus der Dose zu lösendes Corned Beef. Er schmatzte vor Entzücken. Enderby schmeckte etwas, was nach Anis schmeckte, nach Schmieröl, Methyl und der bitteren offizinellen Pflanzenwurzel, die seine Stiefmutter Ikey-pikey genannt hatte. Ipecac. Brechwurz. »Nochmal denselben«, sagte Easy Walker zum Barmann. »Und jetzt«, zu Enderby, »was spielt sich ab? Warum die Fliege, Latz?«

»Man kann eigentlich nicht ›denselben‹ bestellen, wenn man nur das gleiche haben möchte. ›Dasselbe‹ ist doch etwas anderes. Ach, was das angeht«, Enderby riß sich von seinen Pedanterien los, die ihn so sehnsüchtig an die guten alten Tage an der Küste unter den Alten und Gebrechlichen erinnerten, »da geht's zum Teil auch um eine Frau.«

»Humpf.« Easy Walker war nicht besonders beeindruckt.

»Und«, Enderby erhöhte sein Gebot, »die Polizei ist hinter mir her, weil sie mich wegen des Mordversuchs an einem Popstar im Verdacht haben.«

»Und waren Sie's?«

»Nun«, sagte Enderby, »ich hatte die Möglichkeit und das Motiv. Aber ich will nach Tanger, um einen alten Feind zu versorgen. Es ist entscheidend, daß alles rasch geht.«

Dies leuchtete Easy Walker ein. Er sagte: »Verstehe. Gut gut. Die Greifer warten am Flugplatz und am Hafen. Gewitztes Kerlchen der Taxistift. Muß schon Achmed gewesen sein. Also«, sagte er und fächelte Enderby mit Enderbys Paß Luft zu, »Sie geben mir den hier, und dann können Sie mit mir auf die lange Walz. Bring Sie schnucklig nach Tanger. Keine Fragen unterwegs. Die Greifer schaun diskret weg. Sie verstehen? Aber ohne Garantie. Kommt ganz auf Sie an. Wenn Sie wollen, hab ich Sie nie gesehen.«

»O ja«, sagte Enderby. »Danke, vielen Dank. Aber«, fügte er hinzu, »was treiben Sie denn so?«

»Nun«, sagte Easy Walker und drehte das von neuem gefüllte Glas in den Händen, »meistens Amicamps, Junkies, Aussteiger, Abgebrannte. Können Sie mir folgen?«

»Amerikanische Truppen in Marokko?« fragte Enderby.

»Alles voll«, sagte Easy Walker. »Aber alle am Arsch der Welt. Forts sozusagen. Hochgeheim. Moskaus Söldlinge in Nigerien, ich meine

Algerien. Küchenkram – Kühlschränke vor allem – für Casablanca und Tanger. Deshalb hab ich doch den Dreitonner.«

»Einen Laster? Wo?«

»Straße rauf. Tut nix zur Sache.«

»Aber«, sagte Enderby vorsichtig, »was machen Sie denn dann hier?«

»Na, hier geht's doch erst so richtig ab«, sagte Easy Walker. »Sehen Sie die Nigger da? Nicht die Marocker, die sind eher braun, die anderen, die aus dem echten schwarzen Afrika.«

»Dem Herzen der Finsternis«, sagte Enderby.

»Nennen Sie's, wie Sie mögen. Berber, Barbaren – schwarze Barbarenscheiße, aber nix für ungut, sag ich immer zu ihnen. Die bringen das Zeug mit, das Zeug für's große böse Geschäft.«

»Was für Zeug? Wovon reden wir überhaupt?«

»Von allem«, sagte Easy Walker mit plötzlicher Bedeutsamkeit, »was das Herz der Finsternis nur begehrt. Geschichten von Ali Baba und Sindbad dem Dingsbums, Schlangenbeschwörerinnen undsoweiter. Beim leidenden Arschloch von J. Collins, was meinen Sie, was die mit dem Stöffchen alles abziehen. Hören Sie die Trommeln?«

»Ich höre«, sagte Enderby.

Easy Walker mimte das Inhalieren gefährlichen Rauches und taumelte gegen die wacklige Theke. Der Barmann zündete die Lampen an. »Jede Menge Barcelona, alter Latz. Ihnen sag ich's, weil Sie nichts weiterflüstern werden. Es nicht wagen, besser gesagt, so wie Sie drinsitzen. Sie zermahlen die Samenkörner und die Nüsse, und es brennt kalt, echt kalt, wie wenn man Eis am Stiel zuzelt. Die Amis drehen total durch mit dem Zeug.«

»Drogensüchtige«, erkundigte sich Enderby, »in Armeecamps?«

»Drogen, Schwule, was Sie wollen«, sagte Easy Walker gelassen. »Menschen wie Sie und ich, oder? Liebende Tante Petunia unseres blutenden Heilands, haben Sie nix von der Welt gesehen? Was machen Sie normalerweise, Latz? Was sind Sie?«

»Ich«, sagte Enderby, »bin ein Dichter. Ich bin der Dichter Enderby.«

»Gedichte. Kennen Sie die Gedichte von Arthur Sugden, auch Ricker Sugden genannt, weil er so gut klappern konnte?«

»Ich glaube nicht«, sagte Enderby.

»Den kenn ich auswendig. Da kann ich Ihnen heut nacht auf der Straße den ganzen Klamüssel freihändig hinlegen.«

»Vielen Dank«, sagte Enderby. »Wann brechen wir auf?«

»Mondaufgang. Erst bißchen was verkasematuckeln. Machen Sie

gleich bei mir. Hab nen kleinen Schlupf in der Straße der tausend Arschlöcher. Über Hassans Laden des hundertfachen Entzückens. Wissen Sie, worin das so besteht? Glyzerin wie Rahmbonbons mit Mohn, Kaugummi spezial, Haschküchelchen und Marhum. Und wenn ich von tausend Arschlöchern rede, weiß ich, was ich sage. Nicht mein Stil. Ihrer?«

»Ich mag eigentlich gar nichts mehr so recht«, sagte Enderby. »Will nur meine Sache zu Ende bringen.«

»Ganz recht. Ah, da haben wir den Bimboni.« Ein listig blickender Schwarzer trat ein. Er grinste erst, dann sah er sich vorsichtig um, als befürchtete er, verfolgt zu werden. Er trug eine Wollkappe, einen knielangen Schurz, geschlungen wie eine Windel, eine steife, bestickte Jacke mit Essensflecken. Er hatte einen grauen, vielfach geflickten Sack dabei. Easy Walker versorgte Enderbys Paß in der Brusttasche seines Hemds, dann zog er aus der hinteren Tasche seiner langen bügelfaltenlosen Leinenhose eine Brieftasche hervor. »Dies«, sagte er zu Enderby, »ist sozusagen mein Agent, Abu.« Der schwarzhäutige Mann reagierte auf seinen Namen mit einem speichelnden Laut. »Masumme für Potzi, wie mein alter Herr zu sagen pflegte. Den hat's bei Gallipoli erwischt, armes altes Roß. Meine Tante Polly hat mir erzählt, das hat er immer gesagt. Hab ihn selbst ja nie zu Gesicht gekriegt. Abu schnappt sich, was er an Prozenten kriegen kann. Auf den muß man aufpassen.« Diesem Abu zählte Easy eine Summe von, wie es Enderby schien, nicht mehr als fünfzig Dirham hin. Dann nahm er den Sack an sich und scheuchte Abu wie eine Fliege davon. »Also!« sagte er, die Hand auf Enderbys Arm, ihn davonführend aus der grellen, öllampenbeleuchteten, etwas unheimlichen Heiterkeit des Abends. »Zeit für ein gutes Kuskus. Sie mögen Kuskus?«

»Nie gegessen«, sagte Enderby.

»Das beste von denen, die Ricker Sugden gemacht hat«, sagte Easy Walker, als sie im Dunst der Lichter zwischen Körben und mondleuchtenden Früchten dahingingen, »ist das Lied des Absalomschnaufers. Kennen Sie das nicht, Latz?«

»Was«, fragte Enderby, »ist ein Absalomschnaufer?« Eine junge Frau hob ihren Yaschmak und spuckte einen massiven Speichelklumpen zwischen Hühnereingeweide. Zwei Kinder, eins ohne linkes Bein, prügelten sich erbittert.

»Ein Absalomschnaufer ist ein Typ, der Absaloms ausräumt. Und der Bock aus einem Absalom ist derart waldeselmäßig, daß es einen voll aufs Kreuz legen würde, wenn man's normal inhalieren würde. Also muß er wie sozusagen unter Wasser den Wind anhalten und dann immer mal wieder an die Oberfläche. Leuchtet das ein?« Ein alter Mann mit einem eingedrückten Turban stolperte vorbei und rief irgendein Gebet an die im Himmel thronenden Erzengel des Islam. Easy Walker begann zu rezitieren:

»Nach Atem keuchend in der Schniefermutze
Träum ich vom Bullabusch, von Süden und Sonne,
Den Rufen der Schrake, der Merlenstutze,
Dem süßen Schmandbeer, o Zungenwonne.«

»Das ist nicht schlecht«, sagte Enderby. »Allerdings nicht viel Bedeutung.« Bedeutung? Zuviel Bedeutung in Ihrer Lyrik, Enderby. Erzschurke, verwurstet die Kunst zugunsten der Popart! Töte, töte, töte! Er konnte mit ruhiger Seele richten, was die Gerechtigkeit auch sagen mochte.

»Denn hier in der Stadt schiebt der Kunde quer
Um Bletz und Schlemm und den Sündenspeck,
Die Kotze dampft, kliert die Nutte schwer,
Und der Mund kratzt vom Grant und vom Rotz und vom Dreck.«

Ein schnurrbärtiger Mann, dessen Adern unter den dunklen Haarstoppeln seines Kopfes sichtbar waren, rief Enderby heiser etwas zu und wies mit wedelnden Händen auf kleine Jungs in kurzen Hemden, die hinter der Lampe in seinem Schaufenster aufgereiht standen. Eine Frau hockte auf einer Treppenstufe und schöpfte mit einem Holzspatel den Schaum von einem brodelnden Topf auf einem starkduftenden Holzfeuer.

»Der Drink«, rülpste Enderby, »was immer das war, war keine so gute Idee.«

»Werden sich wie zwanzig junge Hunde fühlen nach einem ordentlichen Schlag Kuskus.«

Graaarck, machte Enderby. Pörfffhitt.

»Gebt mir grünes Grasessausen statt dem Strampengegröle,
Den Surrawasee statt dem Brems und dem Schiff,
Den Eibvogelsang statt der Klantentöle,
Das junge Holz unter Bellareys Kliff.«

»Rawcliffe«, knurrte der grünliche Enderby. »Jetzt – urrrk – dauert's nicht mehr lange.«

Easy Walker hielt mitten im Schritt an. Ein Bettler tastete flehend an ihm herum, und er wischte den Bettler wie Zigarettenasche von seinem Hemd. »Rawcliffe, sagen Sie, Latz? Und Rawcliffe ist der alte Bekannte, dem Sie eins überbraten wollen?«

»Plagiator, Verräter (orrrrpf), Feind.«

»Hat einen kleinen Strandschuppen. Heißt das Acantilado undnochirgendwas. Nicht weit vom Rif. Ist aber gerade nicht da. Ziemlich tatterig. Läßt sich soeben von allen möglichen Quacksern auf dem Felsen befummeln.«

»In Gibraltar? Rawcliffe? Krank?«

»Tatterig, klapperig. Kommt aber wieder. Sagt, wenn er abschnieft, dann will er die eigene Scheiße schnüffeln.«

»Rawcliffe«, sagte Enderby, »ist (urrffff) für mich.«

»Wir sind da«, sagte Easy Walker. »Diese Wackelleiter hoch. Pfeifen Sie sich den Geruch von diesem Kuskus ein. Hammmm. Dann geht's los. Mond ist schon aufgegangen, schaun Sie.« Bitter sah Enderby den Mond an. Miss Boland schien aus der leuchtenden Scheibe herabzuwüten.

»Dieser Kunde Rawcliffe«, sagte Easy Walker, der die Leiter voran hinaufstieg, »ist kein ganz kleiner Kunde. Groß im Filmgeschäft und so. Sind Sie sicher, daß Sie wissen, was auf Sie zukommt, Latz?«

»Ich (arrrp) weiß es«, sagte Enderby und folgte ihm nach. Ein neuer Bettler, scheeläugig, umarmte leidenschaftlich sein linkes Bein und kreischte nach Almosen. Enderby vertrieb ihn mit einem Tritt.

Zweiter Teil

Kapitel Eins

1 Ali Fathi saß auf dem anderen Bett und schnitt sich die Hornhaut von den Fußsohlen, mit einem Tafelmesser, das am Fenstersims zu letaler Schärfe geschliffen worden war. Er war auf der Flucht aus Alexandria, das er Iskindiriyya nannte, und verachtete die Mauren, deren Sprache er als degeneriert ansah. Er selbst sprach eine Art von Radioansagerarabisch, voll nachdrücklicher Gräten-im-Schlund-Laute und Kehlkopfverschlußgeräusche, die sich wie Symptome einer Erkrankung anhörten. Er war sehr dünn, schien im Lauf der Zeit immer mehr Zähne zu bekommen und sprach immerfort vom Essen. »Bid madrub«, sagte er nun zu Enderby. Er schätzte Eier leidenschaftlich. »Bida maslugha.« Enderby sagte von seinem eigenen Bett herüber:

»Mumtaz.« Er lernte die Sprache, wenn auch nicht sehr schnell. Es war kaum der Mühe wert, noch irgend etwas Neues zu lernen. Bald, merkte er, würde er aufhören müssen, Wahab Geld zu geben, damit er die englischen Zeitungen kaufte, die auf dem Boulevard Pasteur feilgehalten wurden. Sie waren entsetzlich teuer, und sein Geld ging rasch zur Neige. Wann zum Teufel kam Rawcliffe endlich zurück, um sich töten zu lassen? Er las noch einmal die jüngsten Nachrichten von Yod Crewsy durch. Es konnte jetzt nach allgemeinem Dafürhalten nicht mehr lange dauern. Yod Crewsy lag im Koma. Tag und Nacht hielten Scharen weinender Fans Wache vor dem Hospital. Steine flogen gegen die Fenster von Downing Street Nr. 10. Wahrscheinlich würde ein nationaler Gebetstag angesetzt werden. Fürbittmesse in der Westminsterkathedrale. Auf dem Trafalgar Square Protestsongs, manche davon mit dem Vietnamkrieg befaßt. Verzweifelte Schulmädchen versuchten sich selbst zu verbrennen.

»Khanziir.« Das war nicht recht, da Ali Fathi doch ein Moslem war, aber Enderby selbst hätte nichts gegen einen schönen Teller kroß gebratenen Schinken gehabt. Seine Ernährung wie die von Ali Fathi und den zwei anderen Männern, Wahab und Souris, war sehr monoton: Suppe aus Küchenresten und Reis, vom dicken Napo in der Snackbar unten aufgekocht, gelegentlich ein Teller gebratene Sardinen, Brot von vorgestern. Enderby tat es nun leid, daß er seinen Paß bloß gegen die schütternde Fahrt von Marrakesch nach Tanger eingetauscht hatte. Er hatte entdeckt, daß britische Pässe einen sehr hohen Preis auf dem internationalen Markt brachten. Ali Fathi hatte Enderby angesehen wie einen Wahnsinnigen, als er, auf Französisch, erzählt bekommen hatte, welchen geringfügigen und unbequemen (und dazu noch für Enderby selbst nicht ungefährlichen) Dienst Enderby als Gegenleistung anstatt Geld für ein wertvolles Dokument angenommen hatte. Wenn er, Ali Fathi, ein solches hätte, dann wäre er jetzt nicht hier. Er wäre in Marseilles und würde sich als arabischsprechenden Engländer ausgeben.

»Bid maghli.« Er war wieder bei den Eiern. Nun, das wertvolle Dokument – die alte Identität mit der Rasierklinge herausgekratzt und weggebleicht, eine neue eingesetzt – tat jetzt sein wohltätiges Werk in der Welt des Verbrechens und der krummen Touren. Es bewahrte jemand vor der sogenannten Gerechtigkeit. Etwas Besseres konnte es sich gar nicht wünschen, und auch sein einstiger Inhaber (Eigentümer war die Regierung Ihrer Majestät, obwohl die nichts dafür bezahlt hatte) nicht. Enderby nickte ein paarmal vor sich hin. Ermutigt sagte Ali Fathi:

»Bataatis mahammara.« Das hieß, wie Enderby mittlerweile wußte, Kartoffelchips. Eine ungeschickte, aufgeweicht klingende Übersetzung. Es war, gestand sich Enderby ein, eine langweilige Fahrt unter dem Monde gewesen (Lunare Beratung: Miss – die tückische Verräterin – Boland); Easy Walker hatte die Gesammelten Werke von Arthur Sugden vorgetragen, Ricker Sugden genannt, weil er die Gewohnheit gehabt hatte, beim Dichten seiner Verse den Rhythmus mit den Kastagnettenknöchelchen zu klappern, die einst zu jeder traditionellen Niggershow im Vaudeville gehört hatten, Mister Bones. Easy Walker hatte Enderby nicht nur eine Wiederholung vom Lied des Absalomschnaufers geboten, sondern auch die Ballade von Red Mick mit dem langen Pego, Wie Tom Dodge hängen oder heiraten mußt, Willie Maugham amüsiert sich in Port Butters, Mit Pfeife, Schnuff und Kaffeepott sowie andere Beispiele der demotischen Literatur einer gewiß voll Energie steckenden, doch trotzdem höchst obskuren britischen Ansiedlung.

»Kurumba.« Irgendein Gemüse. Kohl wahrscheinlich. Und dann diese amerikanischen Camps, abseits der nord-südlichen Hauptstrecke, wo Taschenlampen in der maurischen Dunkelheit aufblinkten, wo es im Schatten raschelte und flüsterte wie bei der Liebe (Geld und Ware wechselten den Besitzer), wo man dann – Enderby ließ sich breitschlagen und faßte mit an – Eisschränke auf Easy Walkers Laster lud, riesige Dosen Butter, nitritverpesteten Fleischkäse, selbst Uniformen. Und dann wieder Ricker Sugden: Das Liedchen vom lustigen Rammelmann; Gebt für mich noch einen drauf, Jungs; Mamma Willis' alter Puff (Zweimal Zwinkern, dann kommt Alice) – bis zum nächsten Halt und, schließlich, der Ankunft im (Easy Walker:) guten alten Tanger. Nun, Easy Walker hatte ihm zumindest einen recht sicher wirkenden Unterschlupf hinter der Rue El Greco gezeigt (viele Straßen hier waren nach den großen Toten benannt, als sei Tanger eine Vorform des Elysiums) – kein Paß nötig, keine Fragen an die Gäste, keine Fragen von zufälligen Besuchern an der Bar drunten oder im Bordell droben geduldet, allerdings andererseits zuviel Bargeld im voraus verlangt, zu wenig zu essen, die Bettwäsche nie gewechselt, nicht genug Betten.

»Shurbit tamaatim«, sprach Ali Fathi, den Mund voll Wasser, wobei er immer noch dünne Späne wie von einem Räucherlachs im Restaurant von seiner Fußsohle schnitt. Sofort, als hätte er von der Bezugsquelle von Gingili oder Benneöl gesprochen, begann sich die Türklinke zu bewegen. Er hielt das Messer zum Wurf bereit. Die Tür ging auf, und Wahab trat ein. Lächelnde Zähne blinkten und klapperten, als die beiden Männer sich umschlangen, mit lauter kehliger gurrender Begrüßung, hmm hmm hmm! und dem Hervorräuspern von Schleim aus tiefem Schlund. Enderby besah dies angewidert; er hielt im Grunde mittlerweile gar nichts mehr von jederlei Erotik, für sich nicht, für andere auch nicht. Ali Fathi umschlang seinen Freund, das Messer immer noch in der Hand, deren Knöchel zärtlich über das Rückgrat des anderen fuhren, alle Zähne begeistert Enderby dargeboten. Enderby sagte kühl:

»Le patron de l'Acantilado Verde, est-il revenu?«

»Pas encore«, sagte Wahabs Rücken. Wahab war ein Maure, insofern verachtete Ali Fathi seine Intelligenz, doch seinen Körper schien er zu lieben. Er war nach irgendwelchen Schwierigkeiten aus Tetuan geflohen und hielt sich versteckt, bis die Aufregung nachließ. Den größten Teil des Tages verbrachte er mit dem Versuch, Sachen zu stehlen. Nun, da der Abend herniederplumpste, mit ermunternden Rufen vom pünktlichen Muezzin angespornt, schob er grinsend Ali Fathi kurz von sich und zog sein langes gestreiftes Nachthemd mit anhängender Kapuze aus. Drunter trug er Bluejeans und ein Khaki-(wahrscheinlich Army-)Hemd. Er hatte sich beuteltierartig einen kleinen Sack um die Hüfte gebunden, und aus dem zog er nun seine Beutestücke hervor, weder besonders zahlreich noch erlesen, und hielt sie hoch, damit Ali Fathi sie bewundern konnte. Er war kein guter Dieb; es war klar, daß er nicht wegen seiner Diebstähle hatte fliehen müssen; vielleicht hatte er bloß auf das Bild des Königs gespuckt. Er legte nun mit einem betont bescheidenen Lächeln eine

Anzahl sandiger Kekse aufs Bett, wie sie einem mit dem Kaffee zusammen an Cafétischchen im Freien hingeschoben werden, dazu eine einzige Pomeranze. Dann kam eine kleine runde Blechdose mit englischer Aufschrift. Enderby konnte lesen, daß es sich um braune Schuhcreme handelte, aber Ali Fathi ergriff sie mit einer Art gastronomischem Aufstöhnen, wahrscheinlich im Glauben, es handele sich (nach Maßgabe der winzigen Portion) um ein besonders seltenes Pâté.

»Pour les bottines«, sagte Enderby hilfsbereit. *»Ou pour les souliers. Pas pour manger, vous comprenez.«* Bald erkannten Ali Fathi und Wahab, daß dem so war, und es begann eine Art Ehekrach. Enderby seufzte. Er haßte diese homosexuellen Auftritte in der Öffentlichkeit. Bald würde Ali Fathi Wahab auf das Bett gezwungen haben, und dann würden sie sich vielleicht der erotischen Delikatesse hingeben, die sie als *soixante-neuf* bezeichneten und die Enderby an das Tierkreiszeichen der Fische in der Astrologiespalte von Zeitungen erinnerte. Oder aber es würde schlicht und einfach ein sogenannter widernatürlicher Geschlechtsverkehr stattfinden. Und Enderby war für sie dabei nur eine Art wahrnehmungsloses Möbelstück – das einzige in der Tat, das sich außer den beiden Betten im ganzen Zimmer befand. Souris, der andere Mann, würde erst sehr viel später zurückkommen, oft, wenn Ali Fathi und Wahab schon im Bett waren, und was dann stattfand, fand wenigstens im Dunkeln statt. Das Bett war nicht groß genug für alle drei, so daß viel Geschrei und Verrenkungen auf dem Fußboden stattfanden, und wenn eine synchrone dreifache Krisis eintrat, was gelegentlich vorkam, dann klapperte das Fenster, und die Betten, in deren einem der müde, doch seines Schlafs beraubte Enderby lag, bebten von den Füßen aufwärts. Souris war einer Maus durchaus unähnlich. Er war äußerst fett und schwitzte eine Flüssigkeit aus, die wie Rohöl aussah. Er hatte jemand am Stadtrand von Casablanca sehr schwer verletzt – vollkommen ohne Absicht, wie er häufig beschwor, eine unvermeidliche Nebenwirkung eines hauptsächlich der Lust dienenden Vorganges. Wenn die drei ihre Laokoonnummer beendet hatten, dann (Enderby sah dies im Mondlicht, und auch Miss Boland schien grimmig aus dem Satelliten herunterzuschauen) schüttelten sie sich gelegentlich die Hände, doch ohne große Herzlichkeit: Es war wie das Ende einer Runde in einem Ringkampf, was es ja in gewisser Weise auch war, wenn auch mit drei Teilnehmern und ohne Siegespreise. Ein-, zweimal hatte Souris versucht, zu Enderby ins Bett zu steigen, aber das hatte Enderby sich verbeten. So ließen sie Wahab, den jüngsten, oft in seinem Umhang auf dem Boden schlafen, als sei er in der Wüste.

Manchmal schrie er in unruhigem Schlaf auf, wie ein Kamel brüllend. Das war kein Leben.

»Moi«, sagte Enderby und steckte die braune Schuhcreme ein, *»j'essayerai à le vendre ou, au moins, à l'échanger pour quelquechose de comestible.«*

»Tu sors?« fragte Ali Fathi, dem Wahab schon die Arme um den Hals geschlungen hatte.

Enderby gefiel diese Vertraulichkeit nicht. Er nickte stirnrunzelnd. Ja, er ging aus. Es war jetzt an der Zeit, herauszufinden, was eigentlich im Hinblick auf den nahenden Tod von Yod Crewsy auf ihn zukam. Denn niemand da droben in Scotland Yard schien einen Finger zu rühren. Es gab gelegentlich die übliche Mitteilung, daß die Untersuchungen fortgeführt wurden, aber die Zeitungen schienen sich im wesentlichen auf das Thema: Yod Crewsy, der sterbende Gott, konzentriert zu haben – kein alltägliches Opfer alltäglicher Gewalt. Der Schlächter war irgendwie schattenhaft geworden, erhaben, ein vorherbestimmtes und unpersönliches Werkzeug der dunklen Mächte, stolz und stumm wie in einem heiligen Hain aus dem »Goldenen Zweig«. Aber die Polizei daheim in England, deren Tradition sich eher an der Verfolgung von Professor Moriarty als am Studium der Werke von Sir James Frazer orientierte, waren doch sicherlich mit irgendeiner listenreichen Strategie beschäftigt. Vielleicht verhörte man Jed Foot rund um die Uhr in Kellern unter der Themse. Oder sie waren hier, in Regenmänteln, hielten ihre Hüte im Seewind von Tanger fest. Es war Zeit, dieses Fat White Doggy Wog-Etablissement aufzusuchen und nachzusehen, ob Spanierjohn über seinen Bruder Billy Gomez, wenn Enderby sich an den Namen noch richtig erinnerte, einen Brief geschickt hatte.

Es gab noch zwei andere Zimmer auf diesem Stockwerk, und sie stellten die Bordellabteilung des Hauses dar, allerdings konnten an aufgeregten Abenden auch einzelne Tische in der Bar unten für die eiligeren und beiläufigeren Kunden mit einem Vorhang abgetrennt werden, und auch die Küche des dicken Napo war schon hie und da herangezogen worden, da sie einen soliden Tisch für Tischkantenspezialisten bot. Das Zimmer, das Enderby mit Ali Fathi, Wahab und Souris teilte, war, soweit Enderby wußte, noch nie von irgendwelchen heterosexuellen Handlungen entweiht worden, doch lautete die Regel, daß – normalerweise am frühen Morgen – ein gelegentlicher rascher Akt berufsmäßiger Päderastie dort durchgezogen wurde. Enderby und Ali Fathi – die das Anwesen nicht verlassen sollten, da Napo ihnen nicht zuzutrauen schien, sich draußen nicht erwischen zu lassen – gingen dann in den Hinterhof zu den struppigen Hennen und rauchten ein beruhigendes Marihuanazigarettchen oder zwei, eine kleine Belohnung, die ihnen Napo dafür aushändigte, daß sie zeitweilig und gratis einen Raum zur Verfügung stellten, für den sie im voraus bezahlt hatten.

Draußen auf dem Korridor, wo eine nackte Glühbirne und ein Porträt des marokkanischen Königs hingen, sah Enderby angeekelt, daß eines dieser anderen Zimmer die Tür offenstehen hatte. Ein Paar lachender Freunde, beide von mediterraner Färbung, machte sich gerade daran, mit ihren Huris – deren Gekicher die Yaschmaks flattern ließ – auf nebeneinander stehenden Betten handgemein zu werden. Enderby knallte ihnen zornig die Tür zu und ging dann vor sich hinmurrend die nackten Holzstufen der Treppe hinunter. Eine kratzige Schallplatte mit einem ägyptischen Schlager spielte in der Bar – dasselbe Thema wieder und wieder unisono von einem großen und überflüssigen Orchester. Durch ein Loch im schmutzigen moslemischen Rosa des abgewetzten Vorhangs spähend, sah Enderby Napo hinter der Theke. Noch fetter als Souris, hatte er sich den Winston Churchill zum Modell genommen, den er angeblich einmal in Marrakesch hatte malen sehen, aber die schmollende Babygrimasse stand seinen Jahrhunderten nordafrikanischer Unehrlichkeit obszön zu Gesicht. Er stritt sich gerade mit einem für Enderby unsichtbaren Gast über die magischen Eigenschaften bestimmter Zahlen – etwas mit einem Lotterielos.

Enderby ging geräuschvoll in die Toilette neben der Küche und lief dann auf Zehenspitzen durch die Küche zur Hintertür. Es war ein Abend mit blauem Himmel, doch recht windig. In dem kleinen Hof hatten sich die Hühner in die Zweige eines verkümmerten Baumes gesetzt, den Enderby nicht benennen konnte. Sie stimmten einen leise gurrenden Protestchor an, für Enderby ganz allein, und ihre Federn sträubten sich ein ganz klein wenig im Winde. Enderby sah stirnrunzelnd zum Mond empor und erstieg dann die niedrige Mauer mit Hilfe eines leeren Coca-Cola-Kastens und einiger abgebrochener Mauersteine, die dem Fuß Halt boten. Er landete leichtfüßig, wenn auch keuchend, auf der anderen Seite. Jetzt war er in einer Seitengasse, und die führte auf eine Straße. Die Straße führte abwärts zu anderen Straßen. Wenn man immer weiter ging, kam man schließlich zur *Avenue de l'Espagne*, die auf den Strand sah. Da war diese Dog-Bar, nicht weit vom Hotel Rif.

Die Straße war sehr steil und schlecht beleuchtet. Enderby stakte stolpernd an einem baufälligen Theater vorbei, dem »Miguel de Cervantes«, und entdeckte, daß die nächste Kurve ihn wieder ein Stück hügelan zu führen schien, so daß er einen dunklen umlaubten Nebenweg nahm, der unmißverständlich abwärts führte. Hier stieß ein kleines maurisches Mädchen einen Schrei aus, als sie ihn sah, und einige Haushunde fingen zu bellen an. Doch er schritt entschlossen aus und stützte sich tastend auf die verfallenen Zäune. Abschüssig, das war das richtige Wort. Endlich trat er wieder aus dem bellenden Dunkel hervor und fand sich auf einer Straße, wo ein Häuflein maurischer Jungs in flotten Anzügen ihm zuriefen:

»Du willst kleinen Jungen, Chef?«

»Du arg schwitzt, magst kaltes Bier.«

»Ah Marsch«, sagte Enderby, der nicht in der Stimmung war für irgendwelchen ausländischen Blödsinn, und ein Junge entgegnete:

»Selber Arsch, du englisches Arschloch.« Das gefiel ihm nicht. Er wußte, daß das Ganze hier mal den Engländern gehört hatte, Teil der Mitgift der portugiesischen Königin Karls II. Es schickte sich nicht, daß man ihn so anredete. Doch ein anderer Junge rief:

»Du deutsche Schwein. Kaputt Heilhitler.« Und wieder einer:

»Yankeesau, Motherfucker. Du steck dir Kaugummi in verdammten Arsch.« Das zeigte doch eine gewissen Phantasie der Beleidigung. Es waren sehr vulgäre junge Männer, aber ihre anscheinend unparteiische Verachtung aller Ausländer war vielleicht ein gesundes Zeichen; sie brachte eine schlaffe Saite in Enderby zum Klingen. Er nickte ihnen zu und sagte, freundlicher, noch einmal: »Ah Marsch.«

Sie schienen den veränderten Tonfall wahrzunehmen, denn sie stießen nur jeweils zwei Finger in die Luft, in seine Richtung, und einer oder zwei machten ein furzendes Geräusch mit den Lippen. Dann fingen sie spielerisch untereinander zu kämpfen an, mit schrillem Geschrei. Enderby setzte seinen Abstieg fort und kam bald zu seiner Linken an ein Hotel mit Bar namens Al-Djenina. Im Hof vor dem Gebäude standen Vogelkäfige, die Vögel saßen alle ordentlich-nächtlich auf den Stangen, und durch das lange Fenster der Bar konnte Enderby deutlich erkennen, wie betrunkene Männer mittleren Alters einander umarmten. Das waren wohl, dachte er, die Schriftsteller im Exil. So einer war er natürlich mittlerweile auch, doch er war den Pflichten und Freuden der Solidarität gegenüber vollkommen gleichgültig. Er war allein, er wartete. Er hatte allerdings geschrieben. Er arbeitete an bestimmten Sachen. Der Wind vom Meer stützte ihn, als er auf den ebenen Boden herabgestolpert kam. Da war es also: die Avenue d'Espagne, wie sie alle sagten.

Er wandte sich nach links. Ein Mann mit einem Fez vor einem Laden rief ihn an und wies auf Teppiche, Sättel und Feuerwaffen. Enderby schüttelte ernsthaft den Kopf und sagte wahrheitsgemäß: *»No tengo bastante dinero, hombre.«* Er wurde noch zum richtigen Linguisten. Ein töricht dreinsehender Junge, dünn und mit mehreren im Licht der Ladenlokale sichtbaren Zahnlücken bot Enderby englische Zeitungen an. Das war etwas anderes. Enderby zog Dirhams hervor. Er versuchte, sein schweres Atmen zu beruhigen, während er nach neuen Meldungen suchte. Noch schwerer atmete der Wind, der aus allen vier Himmelsrichtungen die Zeitung anzuspringen schien, als sei er selbst die einzige Nachricht, die Enderby etwas anginge. Enderby zog sich mit der Zeitung in den Eingang des Teppich-und-Sattel-Geschäfts zurück. Der Mann mit dem Fez sagte:

»Du Mann mag gute Waffe, ich kann sehen.« Das war nicht unbedingt eine diskrete Bemerkung, und Enderby sah ihn scharf an. »Peng, peng, peng«, fügte der Mann hinzu und deutete auf sein rostiges Rif-Arsenal von Flinten aus dem Krimkrieg und Wegelagererpistolen. Enderby las. *Alle Hoffnung aufgegeben* lautete eine danteske Schlagzeile. Das Ende war nun sehr nahe, höchstens noch ein paar Tage. Er lag im Koma. Wo zum Teufel, fragte sich Enderby, hatte ihn denn dann die Kugel getroffen? Die Polizei würden den Fall als Mord behandeln, meldete die Zeitung. Verdoppelte Anstrengungen, wertvolle Hinweise, Interpol eingeschaltet, Verhaftung sehr bald erwartet. Der Wind stieß mit einem plötzlichen Luftschwall die Wörter in Enderbys offenen Mund. Enderby hielt dagegen und sah nach dem Datum der Zeitung. Gestern. Er mochte schon tot sein, das Maul, endlos Geld heckend, wenn auch nicht golden, für immer geschlossen. Der Ladenbesitzer zeigte nun einen wirklich goldenen Mund wie den von Spanierjohn (und wie weit konnte man *dem* eigentlich trauen?), während er sanft auf die Zeitungsseite, die Enderby straffgespannt wie ein Kommuniontuch in Kinnhöhe hielt, eine ausgewählte Pistole legte, die Enderby nun prüfen und bewundern konnte. Enderby fuhr zusammen und ließ sie in den Ladeneingang fallen. Einer der Beschläge brach klappernd ab, und der Händler schickte sich an, Enderby zu beschimpfen. *»No quiero«*, sagte dieser. »Das hab ich schon mal gesagt, Sie Idiot.« Und dann trat er in den Wind und schaute unruhig die flackernden Lichter der Landzungen an. Er brauchte seine Zeitung nicht mehr, also warf er sie dem Wind an die Brust. Der Wind, wie eine Frau, ging ungeschickt damit um.

Die See. *La belle mer.* Warum war ihm nie aufgefallen, daß das dasselbe war wie *la belle-mère*, ein Wort, das – mit einer bestimmten Art französischer Ironie – gezwungen worden war, »Stiefmutter« zu bedeuten? Nun, er war für kurze Zeit zu ihr zurückgekehrt, rülpste und knurrte dort droben, kochte sich den ganzen Tag lang starken grünen Tee, stöhnte nachts in ihrem Bett. Sie hatte zugesehen, wie eine Frau ihn weggeschleppt hatte; bald würde ihn die Polizei wegschleppen, und sie würde zusehen. Welches war Rawcliffes Bar? Die Straßenlaternen zeigten das *Sun Trap* mit einer koscheren Aufschrift und das *Well Come*. Sie lagen im Dunkeln; nachts zogen die Menschen landeinwärts, zu den dicken Bauchtänzerinnen und den Flaschen voll Alaun-Valpierre. Da war es: *El Acantilado Verde*, ein schäbiges gelb-gestrichenes Gebäude. Rawcliffe hatte anscheinend schon einige Teehäuser und Bars hier in Tanger gehabt. Das würde die letzte sein.

Enderby brachte seinen Atem zur Ruhe, ehe er in die andere Bar ging, an deren Tür im papierzausenden Wind ein Schild schwankte, von einer schwachen Glühbirne erhellt, das einen haarigen Hund darstellte. Das Kreuzworträtsel, rührend ungelöst, schwirrte heran und ritt kurz wirbelnd vor Enderbys Augen in der Luft, als er auf die geschlossene Tür zuging. Verlassene Metalltische, mit Stühlen vollgestapelt, erstreckten sich in einer Reihe auf dem Gehsteig. Von drinnen kam Klaviermusik. Er drückte die Tür auf.

Das Klavier – im Ton leicht blechern, von narbigem Äußerem – stand auf einem Podium aus alten Bierkästen, und der Mann, der spielte, schien ein Nordeuropäer zu sein. Er spielte langsamen Jazz mit trauriger Autorität und kaute traurig an seiner Lippe. Er hatte gelitten, besagte sein ausdrucksloses Gesicht, aber nun war er jenseits allen Leidens. Ein Amerikaner, entschied Enderby. Alles Amerikaner, dachte er, als er sich schüchtern umsah: Es hing mit ihrer Sitzhaltung zusammen, mit der dreisten Entspanntheit. Es hing ein Kräutergeruch in der Luft; *herbae* – hieß es im Deutschen nicht *Herbst*? Ein Herbstgeruch. Ein Gedicht – wie die beiläufige Geilheit, die man empfindet, wenn man zwischen den Seiten eines interessanten Magazinartikels plötzlich eine zusammenhanglos eingeschaltete Fast-Nackte sieht – zuckte auf. Diese Amerikaner nannten den Herbst nicht *autumn*, sie sagten *fall*. Ein Fall, der Sündenfall, der Fall aus der Gnade. Die Kräuter... das Kraut der Gnade. Nein, es galt anderes zu denken und zu tun, und er hatte auch schon ein Gedicht auf dem Amboß. Trotzdem sog er schnüffelnd die Luft ein. Drogen; es überlief ihn – etwas Stärkeres als dieses harmlose Marihuana (Marie Johanna, hieß das, ein bloßes Küchenmädchen unter den Narkotika), das man ihm zum Rauchen gegeben hatte. Ein sehr dünner junger Mann mit einer Sonnenbrille formte immer wieder tonlose Worte, in einer Trance. Ein weißhaariger Mann mit Bürstenhaarschnitt, ebenfalls jung, saß da und las in einem dünnen beziehungsweise schmalen Bändchen. »Scheiße«, bemerkte er immer wieder. Niemand beachtete ihn; niemand beachtete Enderby. In einer Ecke schrieb ein Mann in einem hautengen Kostüm, als ginge er gleich zur Ballettprobe, mit unsicherer Hand Wörter auf eine Wandtafel. *Hirngans*, schrieb er, und darunter: *Erobert durch Läsion.* Enderby nickte mit einer gewissen Billigung. Literarische Exilanten einer anderen Art. Was ihn an etwas erinnerte: das verdammte Buch dieses sterbenden Flegels; ob sie hier davon wußten? »Scheiße«, sagte der Mann mit den weißen Haaren, blätterte um und lachte.

Es schien kein Kellner da zu sein. In der entfernteren Ecke war eine hölzerne Bartheke, deren Anstrich unten von vielen Füßen abgeschabt war, und davor standen drei leere Barhocker. Um die Bar zu erreichen, mußte Enderby an einem gefährlich aussehenden Literaten vorüber, der drei Tische um sich herum zu einer Art Kanzel aufgebaut hatte. Er hatte eine Schere, mit der er geschäftig Streifen aus Zeitungen auszuschneiden schien, und er schaute Enderby stirnrunzelnd an, während er einige davon, anscheinend zufällig, auf ein abgegriffenes und klebriges Blatt Papier preßte. Er sah aus wie ein Leichenbestatter, Firma Pietät & Takt; sein Anzug war schwarz, und seine Brille hatte fast viereckige schwarze Rahmen, wie die von alten Todesanzeigen in frühen Bänden des *Punch.* Enderby näherte sich verlegen und sagte: »Sie verzeihen –« (gute amerikanische Nuance, *pardon me* –) »– aber kann irgend jemand –«

»Wenn«, sagte dieser Mann, »Sie das Aleatorische meinen, das bezieht sich nur auf die Schmiere, in welche das Datum eingelegt wird.« Er hörte sich nicht unfreundlich an, aber die Stimme war müde und vollkommen ohne Nuancierung.

»Ich wollte eigentlich einen Drink bestellen.« Aber Enderby wollte nicht unhöflich scheinen; außerdem schien der Mann immerhin mit einer Art Literatur befaßt, korrigierte jetzt das Blatt mit einem Filzstift; eine Art Schriftstellerkollege. »Aber ich glaube, ich verstehe, was Sie meinen.«

»Da!« sagte der Mann, und murmelnd las er, was er aufgeklebt und aufgeschrieben hatte, etwas wie »Bilanz des schwachen Onanisten Außenhandels Nachfragen im Opal formt Samen und ging auf die Frage weiter ein Grün Esel penetrant Phantom vertagt.« Er schüttelte den Kopf. »Rhythmus verkorkst, schätze ich.«

»Ich bin eigentlich auf der Suche«, sagte Enderby, »nach dem Kellner, den Sie hier haben. Gomez heißt er, soviel ich weiß.« Ein Mann kam, etwas geziert auftretend, hinter einem Vorhang aus Plastikstreifen in den Primärfarben hervor. Er hatte ein grünliches Hemd an, das niemals oder wenigstens lange Zeit nicht ausgezogen worden war und entsprechend glänzte, und seine dünnen bloßen Beine waren mit winzigen Löchern übersät, wie vom Holzwurm befallen. Sein Gesicht war bis auf den Knochen abgeschmolzen, das Haar schmutzig und verfilzt. Zu dem Mann mit der Schere sagte er:

»Er meint, er hat jetzt Verbindung auf dem heißen Draht.«

»Und die Nachricht?«

»Fly schreibt's auf. Darf ich fragen, wer Sie sind?« sagte er zu Enderby.

»Geht um Gomez, schätze ich«, sagte der Leichenbestatter.

»Später.« Der andere schwenkte seine Finger in der Luft wie in Wasser. »Ist fort bis *un poco mas tarde.*« Der Pianist arbeitete nun an ein paar hohen altmodischen Disharmonien, Skrjabinschule. »Verrückt«, sagte Grünhemd.

»Ich möchte gerne einen Drink«, sagte Enderby, »wenn das ginge.«

»Engländer«, nickte der Leichenbestatter. »Hab's mir gedacht. Die gottverdammte Stadt wimmelt von Engländern. Kommen hierher, um zu schreiben – Tee bei Miss Mitford, Rosengärten hinter Pfarrhäusern, all diesen Scheiß.«

»Ich nicht.« Enderby gab ein Geräusch von sich, in welchem er sogleich das erkannte, was die billigeren Romane ein herzliches Lachen nannten. Anscheinend war ihm das alles sehr peinlich. »Ich hätte dann gern eine Bloody Mary, wenn Sie das haben, heißt das.« Er ließ ein paar Dirhams klimpern. Der Tomatensaft wäre was Nahrhaftes; er brauchte Nahrung.

»Sangre de María«, sagte der Mann mit dem dreckigen Hemd achselzuckend und ging hinter die Bar; der Laden schien ihm zu gehören. Enderby ging hinüber und erklomm einen Hocker.

»Eine sehr barocke Formulierung«, erklärte er. »Sie sagen alle so dazu, glaube ich. Sie haben natürlich keine Kenntnisse der englischen Geschichte, die Spanier, meine ich. Ich meine, dementsprechend machen sie aus dem Namen eine Art Concetto à la Crashaw, obwohl natürlich Crashaws Stil, wie ich höre, von spanischen Vorbildern geprägt ist. Oder diese Statue der Heiligen Teresa, glaube ich, vom Pfeil durchbohrt. Aber hier geht es natürlich um die Jungfrau Maria, und die blutet. Eine Jungfrau, Sie verstehen: Blut. Ganz genau dasselbe jedoch. Professor Empson hat sich sehr für diese Zeile von Crashaw interessiert – Sie wissen schon: Bekommt er bald die Brust? Die blut'ge schon. Dann muß die Mutter saugen bei dem Sohn. Zwei Zeilen, meine ich. Barock jedenfalls.« Alle, die nicht in einer Drogentrance schwebten, sahen Enderby an. Er fragte sich, warum ihn seine Nerven derart plappern ließen; er mußte vorsichtig sein; er würde sonst noch alles unversehens ausplaudern. »Und Ihr Gomez«, sagte er, »ist, wie ich aus glaubwürdiger Quelle weiß, so etwas wie ein Experte für spanische Lyrik.«

»Gomez«, sagte der Leichenbestatter, »ist lediglich ein Experte für die Windungen seines eigenen Afters.«

Der Mann mit der Tafel schrieb bebend *Schädelergüsse.* Der weißhaarige Leser sagte sehr ernst:

»Also das hier ist, wie ich meine, *keine* Scheiße. Hört zu.« Und er las vor:

»Gesellschaft einsam singulärer Kinder –
Stilyagi, Provo, Beat, Mafada,
Nadaista, Energumeno, Mod und Rocker –
Ihr lauscht den Slowos eurer psychedelischen Führer –
Swamis, Yogin und Yoginis,
Amerikanische Peyotehäuptlinge, Zen-Roshis.
Ihr verkündet den inneren Raum, rüttelt die Weichmaschine
Aus ihrer Hypnose, aus ihrem Programm
Mit den enthüllten Absichten der Sender –«

»Aber«, sagte Enderby unklugerweise und ließ den blutigen Drink lächelnd in seinen Händen tanzen, »es gibt gar keine Mods und Rocker mehr.« Er hatte schließlich doch den *Daily Mirror* mit Gewinn gelesen. »Das ist die Gefahr, verstehen Sie, wenn man das Ephemere zum Gedicht gestalten will. Wenn Sie mir die Bemerkung gestatten, mir hat sich das eben sehr altmodisch angehört. Natürlich ist es nicht ganz klar, ob es wirklich ein Gedicht *ist.* Zurück zu den alten Tagen«, er lächelte, »des *vers libre.* Viele Streiche sind da gespielt worden, wissen Sie? Gärtnereikataloge in Versen abgesetzt. Ach, viele von der sogenannten *avant-garde* haben's nicht gemerkt.«

Man hörte leises Zornesknurren von verschiedenen Seiten, anscheinend auch von einem Mann, der eigentlich in Trance schien. Der weißhaarige Leser schien durch eine Technik flachen Atmens die Herrschaft über sich zurückzugewinnen. Dann sagte er:

»Gut, also, Spezi. Jetzt lassen Sie mal was hören.«

»Wie? Ich? Sie meinen –?« Sie warteten alle.

»Sie wissen doch so wunderbar Bescheid«, meldete sich der Leichenbestatter. »Sie reden ununterbrochen, seit Sie durch die Tür gekommen sind. Wer hat Sie eigentlich hier rein gebeten?«

»Das ist doch eine Bar hier, oder?« sagte Enderby. »Nicht privat, meine ich. Außerdem ist da die Sache mit Gomez.«

»Zum Teufel mit Gomez. Hosen runter, die eigene Scheiße auf den Tisch.«

Es herrschte eine feindselige Atmosphäre. Der Besitzer wusch sich die Hände in der Luft hinter seiner Theke und grinste höhnisch. Der Pianist spielte etwas bewußt Albernes im Sechs-Achtel-Takt. Enderby sagte:

»Also, darauf bin ich ja nun eigentlich nicht vorbereitet. Aber ich arbeite an etwas in der Form einer horazischen Ode. Ich bin noch nicht weit, erst zwei, drei Strophen. Ich glaube nicht, daß Sie das interessieren würde.« Er fühlte den Zweifel wie Hämorrhoiden jucken. All dieser Kram über Swamis und den inneren Raum. Auch noch ein *Sonett.* Auch noch eine horazische Ode! Er war vielleicht nicht sehr modern. Ein Kritiker hatte einmal geschrieben: »Enderbys obsessive Abhängigkeit von der Sonettform weist darauf hin, daß seine eigentliche Heimat die dreißiger Jahre sind.« Er schätzte die jungen Leute nicht besonders, und er wollte keine Drogen nehmen. Er galt als der Mörder einer wesentlichen Stimme des Neuen Zeitalters. Aber diese Stimme war sich nicht zu gut dafür gewesen, Enderbys eigene Arbeit nachzustammeln und zum Lohn die Mitgliedschaft in der Royal Society of Literature abzustauben. Enderby rezitierte nun tapfer:

»Der stumme Furor, das Gesetz,
Knüpft unerbittlich eng sein Netz
  Für das, was wachsend droht:
  Was wuchert, ist der Tod.

Allein das Kind sieht ungeheuer
Das opulent vulgäre Feuer
  Das als Tyrann verheere
  Geduldig stille Leere

Wenn sich der Knospenwirbel rührt,
Wird erst dies Krebsgeschwür verführt:
  Sich fügen in die Norm
  Der ihm nicht nahen Form.«

Aus einer Trance heraus furzte jemand. »Die letzten Zeilen«, sagte Enderby bebend, »müssen noch bearbeitet werden, das sehe ich auch, aber ich glaube, Sie können den Grundgedanken erkennen.« Konfus leerte er seine Bloody Mary und streckte das fleckige Glas (Aufprallspuren eines kleinen Tieres an der Windschutzscheibe) hin: noch einen. Als Kind war Enderby auf dem Oberdeck der letzten Straßenbahn einer Nacht eingeschlafen und war im Depot erwacht. Beschämt hinausgehend, hatte er gemerkt, wie ihn uniformierte Männer mit dem stillen Erstaunen betrachteten, welches die Handlungen eines Kretins auslösen. Derselbe Blick schien ihm jetzt zuteil zu werden. Er sagte: »Ich stehe für Form und Dichte. Eine Modifikation der Tradition des siebzehnten Jahrhunderts. Wann kommt denn dieser Gomez wieder?« Der Leichenbestatter fing wieder an, zu schnippeln und zu kleben, schüttelte den Kopf, grinste wie ein Clown. Der weißhaarige Bürstenkopf verbarg sein Grinsen in einem neuen schmalen Bändchen. Der in der Trance äußerte die lauteste Kritik, laute Fürze donnerten kometenartig durch den inneren Raum. »Na«, sagte Enderby, der wütend wurde, »und was ist mit diesem unverschämten Plagiat dieses gottverdammten Yod Crewsy?«

Ein Mann kam hinter der Wandtafel hervorgehinkt (auf der nun, sehr unanständig, gekrakelt stand: *Ich bin ein Revoltzer geistiger Möse*) und sagte: »Das kann ich Ihnen sagen, Freund.« Er war vollkommen kahlköpfig, hatte aber einen üppigen Bart, und er sprach mit einem Akzent, den Enderby bisher nur mit Cowboyfilmen im Fernsehen in Verbindung gebracht hatte. »Das war reines *Camp*. Ist, muß man wohl sagen. Ein neuer Rahmen der Wahrnehmung. Es sind nicht so sehr die Gedichte selbst als die Art und Weise, wie er sie betrachtet. Wie es diese guten Bilder gibt mit irgendwelcher viktorianischer Kacke mittendrin, ein Rahmen im Rahmen. Mann, das heißt man den Prozeß.«

»Ich würde sehr gerne sehen –« Enderbys Übelkeitsempfinden war komplizierter Natur. Und wenn nun der Sonettentwurf dort drinstand, der mit Satan? Und ob dies nun drinstand oder nicht, würde er sich beherrschen können, wenn er frechen, reich belohnten, höhnisch grinsenden Raub in Händen hielt?

»Lernen kann man überall«, sagte der kahle bärtige Mann. »Sie finden das Buch in der Lokusbibliothek.« Er deutete hinter den Vorhang aus bunten Plastikstreifen, mit einem Finger, der halb abgenagt aussah, ein liebenswürdiger Mann im Grunde. »Und was das Plagiat betrifft, alles gehört allen. Mann, das heißt man die Lektion.« Er kehrte hinkend hinter die Wandtafel zurück. Auf dieser stand mittlerweile: *Essig streichelt durch mannigfache Talgdrüsen.* Enderby ging mit furchtsam pochendem Herzen zum Klo. Es ging durch einen dunklen Gang, in dem der Wind wisperte und die Füße auf knarzenden Abfall traten. In einer Art Alkoven lag ein Mann beim Schein einer von der Decke hängenden schwachleuchtenden Birne auf einem Feldbett, neben ihm ein anderer mit einem Notizbuch. Der Liegende auf seinem Drogentrip sandte Berichte aus dem Unbewußten nach oben. Dort unten arbeiteten stumme Scheren an den Zeitungen der Ewigkeit. Alles Blödsinn.

Die Toilette war klein und dreckig, aber erhellt von einem roten Licht, wie es für elektrische Kaminfeuer aus imitierten Holzscheiten verwendet wird. Es gab eine Menge Bücher, viele davon von Schimmel angefressen. Enderby setzte sich schwer auf den hohlen Sitz und fahndete keuchend mit einer rudernden Hand in den Büchern. Jenes sündhafte Werk lag nicht weit drunten. Der Titel lautete *Fixes*; dem Buch war ein kühn grinsendes Porträt des Pseudoautors beigegeben. Sechzehnte Auflage, bemerkte Enderby düster. Auch sah er, daß viele der Gedichte nicht von ihm stammten; es war vielleicht ein Fall vielfachen Diebstahls, falls nicht dieses Flittchen Vesta oder der Wittgenstein einige davon geschrieben hatten. Enderby fand sechs unveröffentlichte Gedichte von sich, und, ein kleiner Trost in einer Welt des Drecks, keines davon war jenes Sonett. Es gab zwar, wie Miss Kelly gesagt hatte, ein Gedicht mit der Überschrift »Sonett«, aber das bestand aus zwölf schlechten ungereimten Zeilen und konnte durchaus von Yod Crewsy selbst auf seiner modernen Sekundarschule verfaßt worden sein. Enderby las es erschauernd:

Mama knallt sie auf den Tisch für Susie und Dad und mich,
Kling Klang und Klirr die Saucenflaschen
Und Susie liest sich die Namen vor
Ihr Mund ist offen, aber das ist nicht nur wegen dem Lesen,
Tatsache ist daß ihre Nase verstopft ist wie diese Flaschen
Wie OK und HP und Al und FU und CK und O
Ich meine Oh! rote rote Tomate
Und ich träume davon während etwas auf dem Herd brät und
  Vati mit offenem Mund TV glotzt
Wie schön es wäre, wenn Ketchup über alle Wände
Spritzen würde und es käme alles aus diesen offenen Mündern
Und es wäre schön rot aber nach Tomate würde es nicht schmecken

»O Gott«, sagte Enderby zu seinen sich zusammenkrampfenden Eingeweiden, »Gott, Gott, Gott.« So weit war es also gekommen! Und seine eigenen sorgfältig gemeißelten kleinen Texte durch die Berührung mit diesem geschändet. Er ließ das Buch zu Boden fallen; es blieb offen liegen, aber ein scharfer Zug, der unter der schlecht schließenden Tür hereinfuhr, warf sich gegen den aufgerichteten Fächer der mittleren Seiten und legte ein kurzes Gedicht frei, bei dessen Anblick Enderby, der mit zusammengekniffenen Augen im schwachrötlichen Licht auf die Zeilen starrte, etwas wie einen unsichtbaren Schlag auf den Rücken verspürte. Jemand, etwas, hatte ihn mahnend geschlagen – vielleicht lebte ein hilfsbereiter Kobold feucht im Toilettenspülkasten. Er hatte dieses Gedicht zuvor nicht bemerkt, aber, bei Gott, er kannte es. Er spürte, wie eine verrückte Erregung in ihm wuchs. Er griff mit beiden Händen nach dem Buch.

Dann ging die Tür auf. Enderby sah hin, erwartete, den Wind zu erblicken, sah aber einen Mann. Trotz seiner Erregung fing er an, in Standardformulierungen gegen dieses Eindringen in seine Privatsphäre zu protestieren. Der Mann wischte seine Worte beiseite und sagte: »Gomez.«

»Und daß die Tür nicht abgeschlossen ist, hat damit gar nichts zu tun. Also gut, ich bin ohnehin fertig.« Etwas an dem wie auseinandergezogenen Klang seiner Sätze schien ihm zu sagen, daß er lächelte. Er befühlte überrascht seinen Mund. Es war die Aufregung, es war das erste Abschmecken seines Triumphs. Denn, bei Gott, jetzt hatte er sie. Am Wickel, wie es hieß. Aber war er sich sicher, konnte er sicher sein? Ja, sicherlich war er sicher. Oder war es nur eine Erinnerung daran, daß er es sich im Druck vorgestellt hatte? Er konnte nachsehen, er mußte das überprüfen können, das mußte selbst in dieser verdammten Heidenstadt möglich sein. Vielleicht war unter diesen Kraklern hier ein wirklich gebildeter Mann.

»Gomez. Billy Gomez.« Er sah ein wenig nagetierartig aus und könnte, so zuckte es in Enderby sofort zurück, gefährlich werden. Aber in welchem Zusammenhang? Gomez spreizte die Pfoten in einer Geste der höflichen Bescheidenheit, die an eine Zeichentrickmaus erinnerte. Er hatte ein schmutziges weißes Barkeeperjackett an, aber keine Krawatte. Auch schien er Tennisschuhe zu tragen.

»Ah!« Seine anderen Sorgen traten plötzlich wieder ins Licht. Ihr ganzer Riesenbau stürzte wie ein efeubewachsener Turm, enthauptet, zum Klang von Posaunen in der Dunkelheit zusammen, wie ein son-etlumière-Spektakel. »Sí«, sagte Enderby. »Su hermano. In London, meine ich. Mi amigo. Oder Kollege, sagen wir. Hat er etwas für mich geschickt?« Dieses Sonett von Wordsworth, das über das Sonett. Schlüssel wird Laute wird Trompete. Dieses Buch hier schob er nun in seine Jackentasche. Haufen gemeinen Verrats wird unwahrscheinlicherweise zu scharfer Waffe der Rache.

»Sie kommen.« Er führte Enderby aus der Toilette heraus und einen Gang hinunter, der zu aufgestapelten Kisten Leergut vordrang und dann zu einer Art knoblauchriechendem Anrichtezimmer, hell erleuchtet von einer nackten Glühbirne. Enderby konnte Gomez jetzt ganz deutlich sehen. Er hatte rotes Haar. Konnte er im Ernst der Bruder des dunklen John sein? Gomez war ein Gote oder vielleicht sogar ein Visigote – die waren in Spanien ziemlich aktiv gewesen und hatten den iberischen Teil des Imperium Romanum eingerissen. Einen Bischof hatten sie gehabt, der hatte Teile der Bibel übertragen, aber das war dann viel später – ein grobes Volk, aber sehr energisch und mit einer Sprache, die durchaus ebenso kompliziert war wie das Latein. Vielleicht waren sie nicht weniger zuverlässig als, sagen wir, die Mauren? Trotzdem nahm sich Enderby vor, sehr vorsichtig zu sein.

In diesem Raum schnitt ein kleiner brauner Junge in gestreiftem Nachthemd Brot. Gomez gab ihm ohne Bosheit eins auf den Kopf, dann nahm er sich ein Stück von dem Brot, ging zu einem mit verbrannten Fettflecken überzogenen Herd hinüber, wälzte das Brot in einer Pfanne mit, wie es aussah, Sardinenöl, klappte es zu einem triefenden Sandwich zusammen und aß es. Er nahm mit hin- und herhuschenden blassen Augen viel von Enderby in sich auf. Der Junge, immer noch beim Brotschneiden, formte irgendwie seine Augen zu zwei fixen Schlitzen, deren Blick unverrückbar glühend an Enderbys linkem Ohr hing. Verlegen suchte sich Enderby einen anderen Platz. Die Augen blieben, wo sie waren. Drogen oder was. Gomez sagte zu Enderby:

»Sie sagen Ihren Namen.« Enderby sagte ihm, wie er in seinem einstmals neuen Leben als Barkeeper geheißen hatte, aber nur die spanische Version. Enderby sagte:

»Er hat gesagt, er würde durch Sie einen Brief schicken. *Una carta.* Er hat es versprochen. Haben Sie den?« Gomez nickte. »Na«, sagte Enderby, »wie wär's, wenn Sie ihn mir geben würden, was? Dringende Informationen.«

»Nicht hier«, sagte Gomez' triefkauender Mund. »Sie sagen, wo sind. Ich komme mit Brief.«

»Ah«, sagte Enderby mit einer Art Befriedigung. »So läuft das also.« Er lächelte, wie es ihm schien, und zwar zu seinem Erstaunen strahlend: Der Triumph machte sich breit und breiter. »Vielleicht wäre es bequemer, wenn wir zu Ihrer Wohnung gehen und den Brief dort holen könnten. Das ginge doch schneller, nicht wahr?«

Gomez, der nun sein ganzes Ölbrot verzehrt und einige seiner Finger abgeleckt hatte, zog jetzt eine Zwiebel aus einem kleinen Sack. Er schaute den Jungen an, der immer noch Brot schnitt, dessen Augen aber nun mit einem Ruck wieder zu seiner Arbeit zurückgekehrt waren, und es schien ihn zu reuen, daß er ihn, wie freundlich auch immer, vorher geschlagen hatte. Er streichelte ihm die Rippen und grinste. Spanische Lyrik, dachte Enderby. Dieser Mann wußte damit angeblich genau Bescheid. War Kenntnis der Dichtung, und sei es eine bloß nominelle, so etwas wie die Einlaßkarte in die kleine Welt des Enderbyverrats? Gomez biß der Zwiebel Kopf und Schwänzchen ab (*tunthus*, fiel es Enderby plötzlich ein, war das gotische Wort für »Zahn«, aber dieser Mann würde nichts von der Sprache seiner Ahnen wissen), dann spuckte er die Pinsel auf den Boden, riß der Zwiebel die schalen Häute und auch einen Teil des subkutanen Fleisches ab und biß knirschend in das, was sich perlschimmernd enthüllte. Ein leichter Tröpfchenschauer seines Eifers ging nieder. Es roch delikat. Enderby wußte, daß er verschwinden müßte. Rasch. Gomez sagte:

»Heute nacht ich arbeiten. Sie sagen, wo wohnen.«

Der Junge hörte mit dem Brotschneiden auf (wer zum Teufel wollte überhaupt all das Brot hier essen?) und fuhr mit der Messerklinge über seinen braunen Daumen. Enderby sagte:

»Ist schon in Ordnung, ich hab mir's überlegt. Danke für Ihre Hilfe. Oder Ihre Nicht-Hilfe, wie man es nimmt. *Muchas gracias* jedenfalls.« Und er verließ den Raum; auf dem Boden des dunklen Korridors ließen seine Schritte Flaschen klirren. Gomez rief ihm irgend etwas nach, was mit *hombre* endete. Enderby kam an dem Mann auf dem Bett beziehungsweise in der anderen Welt vorüber und an seinem Sekretär, der neben ihm saß. Dann durchbrach er die Plastikstreifen und blinzelte in das Licht der Bar. Es war ein neuer Gast da, ein Schotte offensichtlich, denn er redete davon, *a wee bit* eines bestimmten Drinks bestellen zu wollen. Der Mann an der Tafel hatte eben den Text *Hot kitchens of his ass* beendet. Die heißen Küchen seines Arsches. Oder Esels. Salami, dachte Enderby in seiner Verwirrung, Salami machte man aus Eseln. Der Weißhaarige trug etwas vor:

»Erzengel gellen aus dem inneren Raum,
Pertofran, Tryptizol, Majeptil,
Parstelin und Librium,
Und eine Serenode für all seine verworrnen Saiten.«

Romantisch, dachte Enderby abwesend, besser als das andere Zeug. Es fiel ihm ein, daß er auf dem Klo hier ein Buch gestohlen hatte, und er fuhr mit der Hand in die Jackentasche. Ein aufgeregt flatternder junger Mann mit Sonnenbrille prallte vor ihm zurück und hielt ihm die Handflächen entgegen, um den erwarteten Schuß abzuwehren. Enderby lächelte in alle Richtungen und dachte, daß er ausgiebigen Grund zum Lächeln hatte, selbst wenn man ihn abführen sollte. Aber noch nicht, noch nicht ganz. Er sehnte sich nach der Einzelhaft wie nach einem Klo, aber die Pflicht, wie ein *Besetzt!*, bestand auf ihrer Botschaft. Der Leichenbestatter lächelte nicht zurück. Der aufgeregte junge Mann hatte sich erholt – alles nur Spaß, schien sein manisches Grinsen zu sagen. Enderby hielt das Buch in die Tasche gepreßt, als könnte es hinaushüpfen. Hinaus, hinaus. In die windige marokkanische Nacht.

Es war ein langsamer, keuchender Aufstieg, und Enderby mußte immer wieder plötzlich innehalten, wobei er sich in den Schatten der nächsten Mauer stellte und lauschte und spähte, ob ihm jemand nachkam. Schwer zu sagen. Es waren eine Menge kleiner maurischer Jungen unterwegs; jeder davon hätte der Brotschneider sein können, aber keiner machte einen verstohlenen Eindruck. Tatsächlich pißte einer ganz offen in die Gosse (das mochte eine List sein), und ein anderer rief einen gutgekleideten älteren Mauren an, der straßenabwärts schritt, um dann hinter ihm her zu rennen und, unbeachtet, mit lautem Geschrei das komplizierte Unrecht aufzuzählen, das man ihm angetan hatte. Enderby kam an schmutzigen Kaffeehäusern vorbei und dann an einer Straßenecke zu einer hitzig streitenden Gruppe von Bettlern, wie es schien. Sie hatten dünne, wenn auch kräftige nackte Beine unter ihren Windeltüchern und ausgefransten europäischen Jacketts, und alle trugen den Turban. Enderby stellte sich eine Weile zu ihnen und schaute, so gut er konnte, zwischen ihren machtvollen Gestikulationen hindurch. Es schien alles in Ordnung; niemand folgte ihm; er hatte diesen tückischen Gomez abgehängt. Die zwei tückischen Gomez! Dieser verdammte John in London war am Ende eben doch der Bastard, für den Enderby ihn immer gehalten hatte. Enderby, zuerst seine Lungen füllend wie ein Hund, der zur Tür rennt, um zu bellen, drehte sich nach links und begann, eine noch steilere Anhöhe hinaufzugehen. Halbwegs die Straße rauf kam ein sehr lautes Kino mit Plakaten eines anscheinend ägyptischen Films (ein falsch lächelnder Held wie Oberst Nasser). Irgendwie fühlte er sich von all dem Lärm, der hauptsächlich vom Publikum ausging, behütet. Ein junger Mann in dunklem Anzug, der sich an der Kasse in den Zähnen stocherte, sah Enderby an. Der Geschäftsführer vermutlich. *»Allons, ça marche, hein?«* keuchte Enderby. Wenn jetzt einer den Mann fragen würde, ob er einen Engländer hatte vorbeikommen sehen, würde er sagen: nein, nur einen Franzosen. Im Augenblick sagte er gar nichts, schaute nur her und stocherte weiter. Enderby stieg voran.

Als er, dem Tode nahe und ganz naß, die Rue El Greco erreichte, wurde ihm klar, daß er sich nicht ganz sicher war, welches die richtige Hofmauer war. Er hätte ein Kreidezeichen anmalen sollen – die ganze Sache war neu für ihn. Er mußte es riskieren und durch den vorderen Eingang reingehen. Schließlich waren um diese Zeit jede Menge Kunden da, und der dicke Napo würde viel zu beschäftigt sein, auf die defekte alte Kaffeemaschine einzuschlagen, als daß er etwas merken könnte. Enderby fing ein plötzliches Bild von El Greco selbst auf, verwandelt in den eigenen Salvador, mit leidendem astigmatischem Blick in die jämmerliche Straße herabschauend, die seinen Namen trug. Ein paar höchst übel aussehende Lokale nannten sich Snack-Bars; aus oberen Fenstern streckten kleine Jungs den Hintern heraus, ob nun als Einladung oder als Ausdruck der Verachtung. Auch hörte man grelles Frauenlachen – falsch, falsch; sollten die Töchter des Islam sich nicht züchtig verhalten? – aus dunklen Gängen hervor. Ein alter Mann saß neben einem verlassenen und zugenagelten Haus. Drinnen, wußte Enderby mit poetischer Einsicht, waren Ratten und die Erinnerung an Perversionen, und die letzten materiellen Überreste des Übels wurden benagt, benagt; der Mann rief seine Ware aus – winzige Spielzeugkamele, hier und dort ein Dromedar darunter.

Enderby wischte sich seine verschwitzte Brille gründlich mit der Krawatte ab, ehe er sich *El Snack Bar Albricias* näherte. Indem er sich den dicken Napo vorstellte, wie er ihn auf der Schwelle erwartete, ein tyrannischer Vater den frühreif verlotterten Sohn, gelang es ihm, der Realität in diesem Punkt zuvorzukommen. Tatsächlich drang kratzige Kairomusik sehr laut aus der Bar, noch lauter aber der Lärm der Kundschaft. Enderby spähte vorsichtig hinein, ehe er eintrat, und sah mit Befriedigung, daß Napo vor einer dichten und applaudierenden Zuschauerschar an der Theke mit der Kaffeemaschine kämpfte. »Pardon«, sagte ein stämmiger Mann mit einem Fez, der gerne durch die Tür wollte, zu Enderby, der ihm im Wege stand. *»Avec plaisir«*, sagte Enderby und freute sich, den Mann als Schutzschild seines eigenen Einmarsches benutzen zu können. Um ganz sicher zu gehen, versuchte er, sich ein maurisches Aussehen zu geben, machte seine Füße platt, stellte sich seine Nase größer vor, weitete seine Augen hinter der Brille. Mädchen saßen herum, kichernd, den Yaschmak eifrig hochgestülpt und das einheimische Flaschenbier mit echten maurischen Männern trinkend. Enderby schnalzte tadelnd mit der Zunge wie einer, in dem die Flamme des Glaubens glüht. Dann bemerkte er etwas, was ihm noch nie aufgefallen war – kleine Zweizeiler hingen an der Wand hinter der Theke. Er hatte nur Zeit, einen zu lesen, ehe er auf die Toilette ging, ehe er nach oben ging. Der hieß:

Si bebes para olvidar,
Paga antes de empezar.

Das, dachte Enderby, bedeutete: Wenn man trank, um zu vergessen, dann sollte man besser zahlen, ehe man anfing. Mit dem Trinken und Vergessen, hieß das. Enderby war es ein wenig kalt. Lyrik und Verrat gingen zusammen. Er hatte noch nicht daran gedacht, aber Napo mußte, es lag in der Natur der Sache, ein Verräter sein. Flüchtlinge mußten früher oder später aus dem Zimmer droben hinausgeworfen werden; kein Verbrecher konnte es sich leisten, ewig zu bleiben; am schnellsten wurde man denjenigen, der kein erwünschter Gast mehr war, los, indem man ihn – Aber nein, nein. Es mußte doch jemanden geben, dem man vertrauen konnte. War nicht Napo, insbesondere wenn ihm ein Gast eine Zigarre schenkte, ein Bewunderer Churchills? Aber wenn man an dessen politischen Opportunismus dachte, an die Kanonen, die sich in Singapur in die falsche Richtung gedreht hatten, an Gerüchte von irgendeiner ungeheuerlichen Perfidie in der Straße von Gibraltar – nein, nein, nein. Napo war in Ordnung. Gute Beziehungen zur Polizei hatte er auch. Enderby wurde es noch kälter.

2 Er wurde mitten in der Nacht hellwach; der Bolandmond schaute streng herein. Er war früh eingeschlafen, damit seine Augen den Anblick einer sehr komplizierten und mühsamen (vorher wurde in die Hände gespuckt) Tripel-Runde männlicher Unzucht auf dem Boden des Zimmers vermeiden konnten. Schlaf hatte er also genügend gehabt, aber seine Zimmergenossen lagen tief versunken und schnarchten. Wahab auf dem Rücken, den Mund den Spinnen an der Zimmerdecke geöffnet, in seinem Umhang auf den nackten Dielen. Was Enderby aber wirklich so abrupt geweckt hatte, war anscheinend die Muse, die ihm Verse aufdrängte. Es ging ein wenig weiter mit der Horazischen Ode:

Und dingens dingens dingens Bett
Partner im blinden Menuett
  Der Schäferstab im Schlaf
  Ein leiser Seismograph

Dies wurde begleitet von einem Glucksen unglücklichen Tomatensaftes, dazu in der Kehle der metallisch schmeckende Verdacht, daß er nicht besonders frisch gewesen war. Und dann – und dann – der Spott dieser verdammten fröhlichen Korona (ha!) in diesem Lokal über Verse, die ihm, Enderby, als recht achtbar erschienen waren und ihm auch jetzt noch so erschienen. War es denn möglich, daß Kunst, die zu einer Zeit gut war, zu einer anderen nichts taugte, war das Gelächter berechtigt, war er selbst veraltet? Ein kanadischer Professor war einmal in Piggy's Sty gewesen, umringt von devoten Gastgebern, und hatte mit rollendem Akzent über neue Formen der Kommunikation geredet, wie die Wörter alle überholt waren oder so und wie wir alle zu sehr im Banne Gutenbergs standen und uns über die elektronische Revolution noch nicht im klaren waren, was immer das war. Und dann diese Leute, die Drogen nahmen und denen Visionen des Noumenon zuteil wurden, und das machte sie zu Verächtern einer Kunst, die sich bloß phänomenale Gegenstände wählte. Aber wie war ein rein noumenales Medium vorzustellen, fragte sich Enderby und setzte seine Brille auf. Der Mond trat mit schärfer umrissenen Kratern und Gebirgen hervor, als seien die Brillengläser selbst im Bunde mit der blöden Miss Boland. Und da wir gerade bei unangenehmen Frauen waren, diese Bloody Mary tanzte durchaus obszön in seinem Inneren umher, und der Wodka war wahrscheinlich gar kein Wodka gewesen, sondern nur etwas, was man als Wodka verkauft hatte. Enderby verzog das Gesicht, als ihm ein säuerlich trübes Bild des Noumenon hinter dem Etikett aufstieg. Verdünnter Chirurgenalkohol, hausgemachtes Kartoffelfeuer, Methyl. Er stand besser auf und ging zur Toilette.

Er war vollständig bekleidet bis auf die Schuhe, die er nun mühsam anzog. Er schien ihm heute nacht kalt zu sein, und er erschauerte. Auch fühlte er sich, trotz des überwältigenden Beweismaterials, das ihm heute abend zugefallen war, deprimiert. War irgend etwas, das er noch als Dichter vermochte, von irgendeinem Wert für die Welt oder Gott, das letzte Noumenon? Graaarp, antwortete sein Magen, wie eine neue Form der Kommunikation. Hinter der Tür hing an einem Nagel das Nachthemdgewand mit der Kapuze, Dschelaba oder wie sie's nannten, welches Souris, der jetzt auf Ali Fathi schnarchte, beim Gang in die Stadt anlegte. Enderby nahm es und schlang es um sich, doch er erkannte, daß sein Frösteln von der Kalorienverschwendung an das ihn bedrückende Eingeweidegluckern herrührte. Er ging hinunter zur Toilette; aus den beiden Puffschlafzimmern war nichts zu hören, süße Braaaahgh Ruhe nach Aaaaarfpf verströmter Gockl Leidenschaft.

Doch von drunten hörte er leises, aber irgendwie dringliches Reden, und er sah, daß eine schwache Lampe, so recht zu heimlicher Unterredung geeignet, brannte. Auf Zehenspitzen ging er hinunter und unterdrückte die Geräusche seines Inneren durch gewisse Befehle an Kehldeckel und Zwerchfell. Als er am Fuß der Treppe angelangt war, sah er an den Schatten, daß Napo mit zwei Männern in der prätentiösen Uniform der lokalen Polizei zusammensaß. Diese Männer, mager, schnurrbärtig, mafios dunkelhäutig, verschlagen blickend, nahmen jeder ein Glas mit etwas Goldenem und Zähflüssigem von Napo im Lampenlicht entgegen. Alkohol, gegen die Glaubensvorschriften, man sollte sie anzeigen, es waren schließlich Polizisten und Wahrer des islamischen Gesetzes. Enderby lauschte, gegen seine dunkle Wand gepreßt, aber sie sprachen das Arabisch des Maghreb. Es war jedoch ein offenbar wichtiges Gespräch, und Napo insbesondere hörte sich ein wenig außer Atem an, beinahe winselnd. Enderby horchte auf bestimmte erhellende internationale oder offensichtlich lautmalerische Vokabeln, aber das einzige Wort, das immer wieder bedeutsam auftauchte, war etwas, was wie *khogh* klang. Das war, wie Enderbys Eingeweide leise bewiesen – das Wort papageienartig wiederholend, ihn schmerzhaft zwickend wie ein Papagei – ein wahrer Eingeweidelaut. *Khogh*, sagte Enderbys Inneres. Und dann, etwas lauter, *Genggergy*. Enderby begriff plötzlich und verfiel in Panik.

Die Polizei und Napo hatten ihn gehört. Enderby sah nun nicht nur, wer *Khogh* war, er sah auch geöffnete Münder und große Augen, die sich seinem Fleck im Dunkel zuwandten. Er glaubte, das Entsichern eines Revolvers zu hören. Sein erster Instinkt war es, auf die Toilette zu laufen, aber deren Tür, das war ihm klar, hätten sie bald aufgeschossen. Trotzdem beklagten sich seine Innereien – wie verwöhnte Katzen, die nach Milch maunzen, während schon die Lava die Stadt umschließt und die Katzen mit – und legten eine Art avantgardistisches Kammermusikstück für gestopfte Blechbläser auf. Enderby, den Umhang über die Schultern geworfen (wie ein zur Vorlesung verspäteter Student), rannte durch die Küche, ausreichend von Miss Boland, der alten Schnepfe, erleuchtet, und hinaus in den Hof. Die aufgebaumten Hühner gurrten ihn an, und der verkrüppelte Baum erhob, wie ein abgenutztes Maeterlinck-Requisit, eine knorrige Faust. Er ging mit einer Agilität, die ihn erstaunte, über die Mauer und blieb dann keuchend ein, zwei Sekunden auf der Gasse stehen. Sie waren in der Tat hinter ihm her, doch schienen sie zuerst – nach einem plötzlichen Aufwirbeln mondbeschienener Federn und einer Tonspur aus stereotypem Protestgegacker zu schließen – das Geflügel zu malträtieren, weil es ihn hatte entkommen lassen. Enderby rannte ein paar Yard abwärts und versuchte, eine Hintertür auf der Gegenseite der Gasse zu öffnen. Sie war verschlossen, und er tappte mit fürchterlichem Magengegrolle und außer Atem zur nächsten. Die war offen. Er ging hinein und fand sich allein mit einer angepflockten weißen wiederkäuenden Ziege, die Enderby ohne Erstaunen ansah; er schloß die sehr verzogene Tür sanft. Nützlicherweise bellte ein Hund nebenan nur einmal aus tiefer Brust auf, als hätte Enderby sich in ein, zwei Bilder seines Traumfilms geschlichen, und dies setzte einen kleinen energischen Kläffer weiter oben in Gang und dann, noch weiter droben, etwas, das – sehr unwahrscheinlich – eigentlich nur eine Haushyäne sein konnte. In Richtung dieser Geräusche, so hörte Enderby, waren nun vier Füße mit einer gewissen Hast unterwegs. Die Stimme Napos, im Hauptquartier zurückgeblieben, hielt eine kurze Rede mit Elementen gebändigten Churchillschen Zornes und erstarb dann in mürrischem Gehuste, das sich in die Küche zurückzog. Gut. So war es recht.

Enderby war es in gewisser Weise ganz zufrieden, daß eine neue Phase begonnen hatte, vielleicht die letzte der Flucht. Es hing jetzt alles nur noch davon ab, wie lang sich Rawcliffe noch weigern würde, dem Tode endlich zur Verfügung zu stehen. Und das war eigentlich absurd, wenn man's bedachte, daß er, Enderby, Rawcliffe töten sollte. Doch wenn man es akzeptierte, daß das Töten eine legitime und immerwährende menschliche Aktivität war, autorisiert von der Bibel, gab es dann ein besseres Motiv als Enderbys? Der Staat sah keine Strafen für die Pervertierung von Kunst vor – tatsächlich billigte er diese. Gott, dessen Namen man so oft im Namen schlechter Kunst angerufen hatte, war im Grunde bloß ein Philister. Also kam's auf ihn an, Enderby, er mußte den Streich für die Kunst führen. Ob ihn nicht einige bereits in dieser Rolle sahen? Die Massenpresse mochte gegen ihn sein, aber sicherlich waren doch einige Leserbriefe, von den Redaktionen unterdrückt, zu seiner Verteidigung eingegangen? Vielleicht gab es auch schon einen Fonds, Bertrand Russell mochte zu Spenden aufgerufen haben, um ihn im Gefängnis mit Kunst und dem Nötigsten zu versorgen und ihm bei seiner in weiter Ferne liegenden Entlassung wieder auf die Beine zu helfen. Er war, er wußte es, nicht allein. Sein Magen war etwas ruhiger.

Von der kauenden Ziege beobachtet, zog sich Enderby die Dschelaba, oder wie's auch hieß, richtig an, so daß er, mit der Kapuze, aussah wie eine Art Kapuziner. Er hatte wie gewöhnlich mit Gebiß geschlafen, da er den Diebstahl seiner Zähne fürchtete, aber nun nahm er sie heraus und verstaute sie. Als ihm die Schuhcremedose in seiner Tasche einfiel, gestattete er sich ein Gefühl ehrfürchtigen Erstaunens vor der Poesie, die gelegentlich das Leben selber zustande brachte – der Verschmelzung, zumindest dem bedeutsamen Zusammentreten von Disparatem: beispielsweise von einer Schuhcremedose und ihm selbst, Enderby. Er nahm die Brille ab und schob sie ins Nest zum Gebiß. Dann ordnete er die Kapuze in der akademischen Position an, schob alle verfügbaren Ärmel bis zu den Ellbogen hoch, holte Schuhcreme und Taschentuch heraus und fing an, alles von sich, was wahrscheinlich sichtbar sein würde, zu färben – er fuhr mit dem Taschentuch in das Döschen und verteilte die Schuhcreme dünn aufgetragen. Er vergaß den Nacken nicht und die Falten des Ohres. Der Geruch von dem Zeug war nicht unangenehm – adstringierend, irgendwie militärisch. Mensch, dieser Lawrence, Offizier und Gelehrter, der hatte sich doch auch so ausstaffiert. Die Türken hatten ihn niederträchtigerweise vergewaltigt, aber sein Heimatland hatte ihn geehrt. Auch er, wie Enderby, hatte seinen Namen wechseln müssen. Er war in bescheidenen Verhältnissen gestorben, auf einem Motorrad.

Wie er nun, als er fertig war, aussah, ließ sich nicht feststellen. Im Mondlicht schienen seine Hände von üppigerer Farbe, als die Natur selbst es zugelassen haben würde, ein tiefes Glänzen, das an Färbekräuter denken ließ oder vielleicht an dünn verteilte braune Schuhcreme. Doch es würde schon gehen, Ärmel heruntergezogen, Kapuze drüber. Die Ziege sah, mit der heiligen Gleichgültigkeit, die den Tieren verliehen ist, keinen Unterschied zwischen den beiden Enderbys. Sie nahm ohne Dankbarkeit die leere Dose entgegen und fing an, sie gründlich zu zerquetschen; ihr Ziegenbärtchen wackelte. Enderby verabschiedete sich nun, Ali bin Enderbi oder etwas in dieser Art.

Wohin? Der Bolandmond gab auf Befragen keine Antwort. Sein wahrer Ort wäre diese Kasbah, hoch oben am Rande der Stadt, wo die Bettler nachts in den Eingängen der Pfandleiher schliefen, die Läden voller Rif-Flinten, dank der metallverarbeitenden Industrie der englischen Midlands. Aber es war notwendig, daß er in der Nähe von Rawcliffes Bar am Strand blieb, daß ihm seine Beute nicht durch die schuhcremeglänzenden Finger glitt. Es war jetzt nicht windig, doch warm war es nicht. Herbstliches Marokko. Er konnte, zusammengekauert, im Schatten des *Acantilado Verde* dösen. Am Morgen konnte er einen Kaffee trinken und etwas Brot essen (er hatte noch ein, zwei Dirhams in der Tasche), und dann würde er, ständig nach Rawcliffe Ausschau haltend, mit dem Betteln anfangen. Es gab hier viele Bettler, es war keine Schande. In der Nähe des *Acantilado Verde* lagen ein paar reiche Hotels – das Rif und das Miramar, gute Bettlerpositionen.

Er tapste leise die steile Gasse hinab und übte innerlich den Korannamen Gottes. Richtig intoniert konnte er für vieles stehen – Ekel, Dankbarkeit, Ehrfurcht, Bewunderung, Schmerz. Enderby hatte den Namen mehreremal am Tag in seinem Versteck gehört; er glaubte, die entsprechende Artikulationsgymnastik zu beherrschen. Man mußte versuchen, die Zungenspitze zu verschlucken und dabei knurren und dann so tun, als müßte man den Versuch abbrechen, um ein in der Kehle steckendes Partikelchen auszuhusten. Ganz leicht: *Allah*. Er allahte leise zum Meer hinab, unter dem stirnrunzelnden Mond.

Kapitel Zwei

1 »Das Herz. Hat sich wegen irgendwas zu sehr gehen lassen. Total erregt. Gebrüllt und geschrien. Übergewicht natürlich auch. So geht's, wenn man in jungen Jahren zuviel Rugbymuskeln ansetzt.«

»Wo haben sie ihn hingebracht?«

»Diese Klinik von Otto Langsam. In der Wildnis. Von allem abgeschnitten. Nicht mal eine Tageszeitung.«

»Man sagt, er hätte wegen irgendeines Gedichts rumgetobt. Etwas Beleidigendes. Auf einer öffentlichen Toilette geschrieben. Brauchte offensichtlich mal eine Erholung. Gottseidank haben sie ihn noch rechtzeitig erwischt.«

»Ja. Gottseidank. He, also, *emschi emschi* oder wie auch immer. Na gut, hier. Jetzt hau ab und laß dich rasieren.«

»Allah.«

Präsident des abnehmenden Mondes. Allzukalt war es Enderby in den Nächten nicht. Er schlief jedoch unstet, im Windschatten der Sonnenterrasse des *Acantilado Verde*, eines Sandhofes, wo man sich den Oberkörper bronzieren lassen konnte, mit ein paar Tischchen und Sonnenschirmen. Das Tor zum Meer hinüber ließ sich leicht ersteigen. In eine Ecke gekauert, sah er beim ersten Morgenlicht zwei Wände, die aus Badekabinen gebildet waren, eine Ecke der Küche, die Hintertür von Bar und Restaurant. Gnädigerweise hatte es bis jetzt nachts nicht geregnet. Rawcliffe mochte seinetwegen den Regen mitbringen. Niemand schien im Gebäude zu übernachten, und Enderby brach in der Morgendämmerung auf. Die brachte das diamantklare Wetter eines schönen Herbstes. Sich mit gebräunter Hand über die rasch wachsenden grauen Gesichtsstoppeln kratzend, latschte Enderby dann, zahnlos mümmelnd, zu einem kleinen dreckigen Laden hinter der Esplanade, die andere Hand vorgereckt, wenn irgendwelche unzeitigen Europäer vorbeikamen (Allah), und frühstückte dort: Kaffee im Glas und ein fettiges maurisches Teilchen. Er stellte sich meist stumm, von dem heiligen Namen abgesehen. Ein Heiliger vielleicht, der über Schmutz und Zahnlosigkeit stand, dem einmal eine Vision des himmlischen Gartens zuteil geworden war (Huris, Nektarsorbet, ein kristallener Fluß) und der seitdem bis auf die Unterschrift des Autors die Sprache verloren hatte.

Die grobgepflasterte Straße hinan schwankten die frommäugigen Esel, aufs grausamste mit schweren Körben beladen, von barbeinigen Mauren in Lumpen, Ponchos und immensen Strohsombreros getrieben. Biblische Frauen mit alten harten Augen und ohne Yaschmaks trugen haschischträumendes Geflügel in umgekehrt baumelnden Bündeln, die schuppigen Füße wie Reisig aneinandergeschnürt. Sie stiegen, in einem Wirbel windverwehter Federn, hinauf zu den schmutzigen kleinen Hotels, um dort auf dem Gehsteig vor dem Haus lange zu feilschen; dann die gemächliche *halal*-Schlachtung, das träge bergab rinnende Blut, die in einer psychedelischen Vision verendenden Hühner. Und genau dort drüben war der verräterische White Doggy Wog. Hatten seine Insassen recht? War es richtig, daß die Kunst das Chaos spiegeln sollte? Welche Kunst sollte er angemessenerweise in der ihm bevorstehenden Zelle produzieren?

Sein Hirn, unabhängig von der drunten bettelnden Hand, arbeitete an dem einen oder anderen Gedicht. War es vielleicht eine Art Heiligkeit, welche das Disparate willkürlich zusammenbrachte und voraussetzte, daß Gott oder *allah* – auf dem Grunde des Bewußtseinsbrunnens, eine Kröte mit einem Edelstein in der Stirn – für die vereinheitlichende Struktur sorgen würde, daß es blasphemisch wäre, wenn der formende menschliche Geist selber Ordnung schaffen wollte? Zerbrich auch die Syntax, und mit ihr die Zeit und die räumlichen Beziehungen. Dieser kanadische Mandarin hatte noch etwas gesagt, daß man irgendwie die Erde selbst, den Planeten, in einem neuen Medium (das nichts anderes sein würde als erweitertes Bewußtsein) als Kunstwerk wahrnehmen würde, so daß jeder Aspekt davon für jeden anderen Aspekt relevant sein würde. Fisch, Speichel, Zehe, Antenne, Cognac, Spinne, Perspex, Klaviertaste, Gras, Helm. Vom Gras behelmt, speichelt die Perspexspinne mit Antennenzehn, ein Laut wie Fisch, auf den Cognactasten... Zu elegant, zu sehr wie Mallarmé oder so jemand. Altmodisch dazu, im Grunde. Surrealistisch.

Allah.

Dort droben die weiß hingekauerte Medina auf dem Hügel, einst wachsam nach Meeresfeinden Ausschau haltend. Blut und gewaltsamer Arschfick, der Koranschrei aus gefletschten Zähnen, wenn der Säbel ins Fleisch fuhr. Und nun eine hübsche Portion Stuck für den malenden Touristen. Esel, Palmen, gelegentlich ein unverschämter Cadillac mit einem sonnenbebrillten arrogant grinsenden reichen jungen Mauren. Dies gallengrüne Meer. Es gab, Allah sei Dank, nicht viele Polizisten hier, und meistens ließen sie die Bettler in Ruhe.

»Gib ihm doch was, George, komm. Armer Alter.«

Und der plebejische Tourist, mit offnem Hemd und städtischem Zweireiher, gab Enderby ein kleines Klirrhäufchen Centimes. Seine Frau, krebsrot, was an vulgäre Badeorte à la Blackpool gemahnte, lächelte mitleidig. Enderby verneigte sich und allahte. Es war wirklich erstaunlich, was man bei diesem Gewerbe absammeln konnte – Händevoll kleiner klirrender Münzen, die sich oft zu wesentlich mehr als einem Dirham addierten, dreckige zerfetzte Banknoten, von denen die Besitzer wohl vermuteten, sie brächten die Pest, die absurde Großzügigkeit von Urlaubssäufern. Er aß gut dabei, wenn er schon nicht gut schlief. Arabisches Brot mit Melonen/Ingwer-Konfitüre, Kuskus (Mmmm; besser als das von Easy Walker), Stücke Geflügel in Safran, dünne Kalbsschnitzel in Kümmelsoße – alles in einem ruhigen, fliegensummenden, neugierlosen Laden bei dem kleinen Souk oder Socco, einem, der im übrigen ein westliches WC anstatt des prekären Levantinerlochs zum Drüberhocken hatte. Auch trank er recht viel Pfefferminztee, gut für seinen Magen.

»Pauvre petit bonhomme, Georges, donne-lui quelquechose.«

Man konnte leben. Zur Beschäftigung hatte er die Arbeit – wenn auch nicht die Niederschrift; Papier gab's dann im Gefängnis – an einem Sonett, das sich mit dem Zusammenhang zwischen dem Zeitalter der Aufklärung und der sogenannten Frühromantik befaßte:

Augustus auf der Guinee, hochpoliert,
　Die Sonne zählt nicht viel, doch jeder Strahl
　Formt eine Säule, grad und rational.
Kein Bogen! Wenn das Denken zirkuliert
Wird es wie Blut durch grades Rohr geführt.
　Der Brotlaib glänzt bei Ceres' sauberem Mahl –

Eine schwierige Form, sehr anspruchsvoll. Diese Drogenfreaks im Doggy Wog hatten damit natürlich keine Probleme – mußten sich nicht um die Verschlingung der acht Zeilen, der sechs Zeilen bekümmern, das gab's im freien weit offenen Unbewußten nicht. Alles blühender Blödsinn natürlich, aber er konnte seinen neuen Selbstzweifel nicht ganz ersticken. Was Lektüre betraf, so betrachtete er schüchtern die ausländischen Zeitungen auf den Caféterrassen – es schien nichts über Yod Crewsy drinzustehen.

Und dann, vor dem Rif, hörte er diese beiden Männer sich laut unterhalten, und sie redeten von jemand, der nur Wapenshaw sein konnte. Der Türsteher vom *Turkish Delight* pfiff einem Taxi am Stand gegenüber dem Miramar, daß es herüberkam und sie abholte. Und einer der beiden Männer, den Bauch vorgereckt, damit er seine gürtellose halblange Hose hielt, hatte zu dem anderen gesagt (beide hatten spatelförmig auslaufende Finger, die geschrubbt und rasiert aussahen): »Das Herz. Hat sich wegen irgend etwas zu sehr gehen lassen.« Und als sie in ihr *petit taxi* oder *taxi chico* stiegen, hatte der andere, ältlich, aber schmal und kräftig wie ein chirurgisches Instrument, gesagt: »Jetzt hau ab und laß dich rasieren«, und hatte Enderby ein Fünfzig-Centimes-Stück gegeben.

»Allah.«

Vergeltung, Gerechtigkeit: das war es. Geschah Wapenshaw ganz recht. Er hatte gegrinst und hatte sein Grinsen in der gläsernen Tür des Rif gespiegelt gesehen, vor dem zeitweiligen Hintergrund des Rückens einer dicken Frau in schwarzen kurzen Höschen. Er hatte ziemlich entsetzlich ausgeschaut – ein Gesicht ohne Umriß, das zahnlos aus der Höhle seiner Kapuzinerkapuze hervorstarrte. Seine grauen Stoppeln konnte er nicht sehen, aber er fühlte sie: kratz kratz. Er grinste entsetzt.

In diesem Augenblick kam ein anderer Bettler, kräftig und echt, herbei, um laut auf ihn einzuschimpfen. Er hatte im Eingang der Hotelgarage gehockt, aber als er nun das Grinsen sah, war er aufgestanden, anscheinend um einen Kollegen zu tadeln, der den Beruf nicht ausreichend ernst nahm. Er war dunkler als Enderby, mehr ein Berber, und hatte eine Menge Zähne. Mit denen knirschte er ungehalten und fing an, Enderby vor die Brust zu stoßen. »He, Hände weg!« rief Enderby, und ein Gast in einem Palm-Beach-Anzug drehte sich verwundert nach dem britischen Akzent um. »Ah Marsch«, fügte Enderby hinzu und schickte sich an, seinerseits zu stoßen. Aber Vorsicht, Vorsicht – nur respektable Bettelei, sonst kam noch die Polizei daher. Er erkannte nun, was das Problem war: Er war auf fremdem Territorium. *»Iblis«*, verwünschte er milde seinen Kollegen oder Rivalen. *»Scheitan. Afrit.«* Diese Wörter hatte er von Ali Fahti gelernt. Und dann ging er – der echte Bettler rief ihm weniger theologische Vokabeln nach – recht rasch über die Straße. Vielleicht sollte er ohnehin mehr am Strand arbeiten, insbesondere in der Zone beim *Acantilado Verde*, auch wenn dort so viele Leute ihre Kleidung abgelegt und eingeschlossen hatten und mit gutem Gewissen grinsen konnten (freundlicher als Enderby gegrinst hatte) und leere Hände zeigten und Achselhöhlen, in denen sich nur – im Falle der Männer – Haar befand.

Das Restaurant in Rawcliffes Lokal war verglast wie ein Observatorium. Die seltenen Esser schwitzten in ihre Mahlzeit, welche ihnen ein liebenswürdig aussehender negroider Junge mit Schürze und Tarbusch servierte. Die Fenster standen offen, und Enderby schaute vorsichtig hinein, aber Rawcliffe schien noch nicht wieder da zu sein. Er motivierte seine neugierigen Blicke, indem er die bettelnde Hand durchs Fenster streckte, und am ersten Tag in diesem neuen Rayon hatte man ihm ein glitschiges Ei-mit-Salat-Sandwich in die Hand geklatscht. Hand. Sand, Strand. Formte sich ein Gedicht? Aber er bekam auch hie und da etwas Kleingeld, wenn die Gäste – meist Deutsche, die eine massive Stärkung zwischen den Mahlzeiten brauchten – die Rechnung bezahlten.

Diese letzten beiden Tage hatten gute Erträge gebracht, und das schöne Wetter hielt an. Er tappte über den Strand, wo die See – das kluge grüne Kind, doch klüger als ein Kind niemals – ihre Wellen in den Sand modelliert hatte, er atmete Salzluft und Jod ein, die kindliche Gabe des Meeres, ein zusätzliches Sauerstoffmolekül, und er dachte mit leiser Trauer an alte Tage – Eimerchen und Schäufelchen, Füße, die kreischend von den Quallen wegzuckten, Schwimmgürtel aus Seetang und auf der Brust als Orden einen Seestern (Bauch rausgedrückt wie der Mann, der von Wapenshaw erzählt hatte, Brust schräggehalten, daß er dranblieb). Und *El Acantilado Verde* erinnerte ihn an spätere Strandtage, verraten und ruiniert von so vielen. »Bakschisch«, schlug er nun einem freundlichen deutsch aussehenden Paar vor, das, bis auf die bloßen Füße warm angezogen, schlendernd den Wind in sich hineintrank. Sie schüttelten bedauernd die Köpfe. »Deutsches Pack«, sagte Enderby leise zu den wohlgenährten Rücken. Das Licht war dichter, es drang weniger Hitze heute durch die pastetenkrustige Wolke. Bald könnte es regnen.

Da kam eine Familie, die britisch aussah. Die Frau war dünn wie von einer langen Krankheit, der Mann trug eine strenge Brille, ein Junge und ein Mädchen im Badezeug jagten sich und versuchten aufeinander einzuschlagen.

»Blöde Jennifer!«

»Doofer alter Godfrey! Hast lauter Sand in deinem Nabel!«

Enderby wandte sich an den Vater und sagte mit bettelnder Hand: »Allah allah. Bakschisch, Effendi.«

»Da«, sagte der Mann zu seiner Frau, »haben wir ein gutes Beispiel für das, was ich eben gesagt hab. Man braucht ihn nur anschauen, und was sieht man? Einen faulen Kanaken im Vollbesitz seiner Kräfte. Könnte genausogut anständig arbeiten wie ich auch.«

»Allah«, mit geringerer Sicherheit.

»Die sollte man zur Arbeit zwingen. Wenn ich in dieser popligen kleinen Diktatur das Sagen hätte, würde ich schon dafür sorgen.« Er hatte eine billige Kamera mit Plastikgehäuse von einem Riemen baumeln. Sein starrer Blick war dreist und humorlos.

»Er ist nur ein armer alter Mann«, sagte seine Gattin. Sie war, wie Enderby sehen konnte, eine leidgeprüfte Frau; auch die Kinder würden frech zu ihr sein und ständig Warum? fragen.

»Alt? Der ist kaum älter als ich. Oder? Was? Sprichst Englisch? Alt.«

»Niffil Englis«, sagte Enderby.

»Na, das solltest du aber lernen, wie? Weiterbildung. Abendschule oder so. Auf jeden Fall was lernen. Wir leben in der modernen Welt, da ist kein Platz für die, die nicht arbeiten wollen, falls sie natürlich nicht ohne eigene Schuld bei ihrer Arbeit rausgeflogen sind. Verstehst nicht das geringste von dem, was ich hier sagen will, wie? Beruf. Lern einen Beruf. Wenn du Geld willst, tu was dafür.«

»Komm weiter, Jack«, sagte die Frau. »Da drüben schaut ein Mann die ganze Zeit unseren Godfrey an.«

Enderby hatte noch nie eine so hartherzige und utilitaristische Reaktion auf seine Bettelei erlebt. Er betrachtete grimmig diesen Mann der modernen Welt: Gewerkschaftler zweifellos, vielleicht ein Betriebsrat. Er trug einen dunklen Anzug mit einem (Zugeständnis an den Urlaub) offenen Hemd, dessen Kragen offenbar flügelartig festgebügelt war. »Beruf«, sagte Enderby. »Ich hab Beruf.« Der Himmel schien sich zu verdunkeln.

»Ach, verstehst mehr, als du sehen läßt, was? Na, was hast du denn für einen Beruf?«

»Bulbul«, sagte Enderby. Aber das war vielleicht nicht das richtige Wort. »Je suis«, sagte er, »poète.«

»Poet? Ein Poet, sagst du?« Der Mund des Mannes hatte sich zu einem Quadrat des Spotts geöffnet. Er nahm aus einer Seitentasche ein Zehn-Centimes-Stück. »Dann sag doch mal ein Gedicht. Hör dir das an, Alice.«

»Ach, laß ihn zufrieden, Jack.«

Vielleicht war es das Wort *bulbul*, das es auslöste. Plötzlich fand sich Enderby, voll Verachtung, eine Art Pseudo-ruba'iy rezitieren. Würden diese Wüstlinge im Doggy Wog hierüber weniger lachen als über seine horazische Ode?

»Kazwana ghishri fana kholamabu
Klötino wombon vurkelrada slabu,
Ga furzklem wopwop hergang aasi flies
Untera merb –«

Eine Stimme hinter ihm sagte: »Schon besser, Enderby. Viel besser. Nicht so besessen von Bedeutung wie früher.« Es war eine ausgezehrte, dyspnoische Stimme. Enderby wandte sich bestürzt um und sah, wie Rawcliffe mit Hilfe von zwei ihn stützenden jungen Mauren in neuen schwarzen Hosen und weißen Hemden die drei Stufen zur Tür seiner Bar erstieg. Rawcliffe hielt oben inne und wartete, bis die Tür geöffnet wurde. Er keuchte gespenstisch zu Enderby hinunter, der graue Kopf wackelte bebend. »Du bist verwandelt«, sagte seine Zitterstimme, »doch nicht so sehr, wie du wohl denken magst. Immerhin stecken Sie voller Überraschungen, das muß ich zugeben.« Die Tür ging auf, und ihre Glasfenster spiegelten kurz die sich ballenden Meereswolken. »Gracias«, sagte Rawcliffe zu den beiden Mauren und zog zitternd eine Zehn-Dirham-Note für sie aus der Hosentasche. Winkend und grinsend gingen sie davon. Dann, zu Enderby: »Kommen Sie und trinken Sie eins mit mir, ehe ich sterbe.«

»Also gut«, sagte der Gewerkschaftler. »Sie haben gewonnen. Da, für Sie!« Aber Enderby ignorierte ihn und folgte – selbst zitternd – Rawcliffes gebrochener Gestalt, von der ein edwardianischer Anzug viel zu weit herunterhing. Ehe ich sterbe… der Tod. Das Sterben. Dieser Easy Walker hatte etwas von tatterig, klapperig gesagt. Aber wußte Rawcliffe nicht vielleicht eher, mit der seherischen Kraft, die aus einer gescheiterten Dichterlaufbahn zurückgeblieben war, daß man ihn nun töten würde? Da fiel es Enderby ein, daß er trotz des langen Wartens nicht das geringste unternommen hatte, um sich eine Waffe zu besorgen. Die Händler hatten ihm weiß Gott oft genug eine aufzudrängen versucht. Vielleicht doch nicht zum Mörder tauglich. Doch nicht sein Beruf.

2

Enderby erstieg diese drei Stufen wie eine ganze Treppenflucht, zitternd und schwer atmend. Als er die Bar betrat, sah er, daß Rawcliffe – dem nun ein dunkelhäutiger, kraushaariger Pudding von einem jungen Mann half – noch nicht an dem Ziel angelangt war, auf das er sehnsüchtig stöhnend zukeuchte: eine Art Kaminsessel am Ende des Raumes, mit Blick auf den Eingang, nahe der Hintertür, die Luft einließ. Es war hier insgesamt zuviel Glas verbaut – es diente dazu, die Sommergäste zu braten und ihren Getränkekonsum zu steigern. Nun aber, mit naiver Melodramatik, wurde der Himmel rasch immer dunkler, Regen zog auf. Die Bartheke war rechts, dem türlosen Durchgang zum Restaurant-Treibhaus gegenüber. Der junge Pudding zog sich hinter die Theke zurück, ehe er sich anschickte, Enderby hinauszuscheuchen. Rawcliffe, der sich schwerfällig niedergelassen hatte, sagte: »Oqué, oqué, Manuel. Es un amigo.«

»So«, sagte Enderby, »würde ich mich nicht unbedingt bezeichnen.« Ein distanzierter innerer Betrachter registrierte dies alles interessiert, bemerkte Enderby mit einem Interesse, das ihm Unbehagen bereitete – registrierte alles als mögliches Material für ein künftiges Gedicht, das Bemerken des eigenen Interesses eingeschlossen. Das war nicht richtig: Es war jener innere Beobachter und dazu Schöpfer, welchen man vor allen geschädigt hatte. »Der Feind«, sagte Enderby. »Gekommen, um Sie fertigzumachen. Weshalb, das wissen Sie.« Der innere Beobachter schnalzte mißbilligend mit der Zunge.

»Ich wußte, Sie würden es aufgeben, Enderby«, sagte Rawcliffe. »Sie haben eigentlich verdammtes Glück gehabt. Die ganzen Jahre Verse geschrieben, da Sie von Rechts wegen schon längst zum schäbigen Olymp einstiger Potenz hätten emporgeflattert sein sollen.« Alles dies zitterte seine Stimme hervor wie die eines greisen Professors, im Kohlendioxyd seiner Collegewohnung präserviert. Dann hustete er bitterlich und fluchte mit schwachem Atem. Als er sich wieder erholte, seufzte er: »Brandy, Manuel. Großes Glas.«

»Doktor sagt –«

»Verflucht sei der elende Doktor und verflucht du und alle verfluchte Welt. Wer ist hier der Herr, Gott verdamm dich? Brandy. Ganz ganz großes Glas.« Manuel, den Blick auf Enderby gerichtet, ließ eine große Menge Cordon Bleu in ein Limonadenglas pladdern. »Bringen Sie's mir herüber, Enderby. Trinken Sie auch einen.«

»Wie haben Sie gewußt, daß ich es bin?« fragte Enderby mit viel zu starkem Interesse.

»Ich kann durch die Dinge sehen. Poetische Hellsicht. Bringen Sie den Brandy her.«

»Ich bin nicht hier –«

»Um den Kellner zu machen, verdammt noch mal. Ich weiß, ich weiß.

Bringen Sie's trotzdem rüber.« Enderby trottete unbeholfen zu Rawcliffe hin und stellte das überschwappende Glas auf ein Tischchen neben dem Sessel. Dieser kleine Tisch trug eine Menge persönliches, wertloses Zeug, wie, dachte Enderby, in dem Gedicht von Coventry Patmore: sein trauriges Herz zu trösten. Ein Stapel alter Zeitungen, eine Woolworth-Uhr, ein paar Steine (ha!), vom Meer glattgeschliffen, eine leere Flasche, keine Glockenblumen, Zigarettenschachteln. Hüte dich aber vor dem Mitleid. Das Mitleid schonet vieler böser Dinge. Rawcliffe nahm das Glas und führte es, in einem aromatisch duftenden Brandysturm, an seine Lippen. Er verblutete, sah Enderby; er war am Ende seines Blutes. Das Mitleid lässet die Wälder verderben.

»Schwein«, sagte Enderby, während Rawcliffe trank. »Gemeiner Verräter. Perverser Hund.«

Rawcliffe tauchte aus seinem Trunk auf. Auf seinem Gesicht begannen sich gerötete Flecke abzuzeichnen. Er sah hinter seiner Pennälerbrille zu Enderby empor, die Augen blutlos wie die Lippen, und sagte: »Letzteres gestehe ich gerne ein, Enderby«, sagte er, »wenn Sie die Suche nach einer reinen Liebe pervers nennen wollen.« Wie auf ein Stichwort hin erschien der negroide Kellner mit dem Tarbusch aus der Küche, lehnte sich dekorativ gegen den Türrahmen und blickte Rawcliffe mit einer Art liebendem Entsetzen an. »Ja, mein schwarzer Schöner«, summte Rawcliffes dürre Kehle. »Wirft da drinnen jemand was ein? *Quién está comiendo?*« Sein Kopf zuckte zum Restaurant hinüber.

»Nadie.«

»Dann schließ den verdammten Schuppen, Manuel«, hustete Rawcliffe. »Wir haben bis auf weiteres geschlossen. Die widerlichen baigneurs und baigneuses – eine fette und picklige Sippschaft, Enderby – können vergeblich an der Hintertür scharren.« Manuel begann zu weinen. »Laß das«, sagte Rawcliffe mit einer Spur alter Schärfe. »Und was«, er wandte sich wieder zu Enderby, »den gemeinen Verräter angeht, so habe ich nie etwas getan, das im Widerspruch zu den einschlägigen Gesetzen über Staatsgeheimnisse gestanden hätte. Die verrückte, stupide Ironie, ausgerechnet Sie als Spion oder was immer Sie vorstellen sollen hierherzuschicken! Diese Maquillage ist lächerlich. Sieht aus wie Schuhwichse. Wischen Sie's ab, Mann. Sie finden Terpentin in der Küche.«

»An mir«, sagte Enderby. »Verräter an mir, Bastard. Sie sind am Raub und an der Travestie meiner Kunst fett geworden.« Das Mitleid mordet mir meine Nymphen. »Fett meine ich metaphorisch.«

»Natürlich, mein lieber Enderby.« Rawcliffe trank seinen Brandy aus, wollte husten und schaffte es nicht. »Besser. Aber nur eine kleine Dämpfung. Und deshalb haben Sie sich so verkleidet? Mein Hirn ist etwas verwirrt, sofern es mir der nahende Engel nicht ohnehin schon weggefressen hat. Ich begreife nicht, weshalb Sie sich als was immer Sie vorstellen möchten verkleiden mußten, um mir mitzuteilen, daß ich metaphorisch fett geworden bin an Ihrer wie Sie's nun auch nennen wollen.« Er wurde plötzlich schläfrig und schüttelte sich dann wieder wach. »Hast du schon die verdammten Türen abgeschlossen, Manuel?« versuchte er zu rufen.

»Pronto, pronto.«

»Das ist eine ziemlich lange Geschichte.« Enderby sah keine Möglichkeit, ohne eine zumindest scheinbare Entschuldigung davonzukommen. »Ich muß mich vor der Polizei verbergen, verstehen Sie. Interpol und so.« Er setzte sich auf einen Stapelstuhl.

»Machen Sie es sich bequem, mein guter alter Enderby. Bedienen Sie sich, holen Sie sich etwas zu trinken. Sie sehen eingefallen und hungrig aus. Antonio schläft in der Küche, ein wirklich passabler Meister des Schnellgerichts. Wir werden rufen, bis er aufwacht, und dann wird er Ihnen, während er sich das nicht völlig vertrauenswürdige andalusische Herz aus dem Leibe singt, seine eigene, eigenartige Variante einer Bratenplatte zubereiten.« Er tastete nach einem Husten in seiner Kehle, doch es kam nichts. »Besser. Ich fühle mich besser. Das muß Ihre Gegenwart ausmachen, mein bester Enderby.«

»Mord«, sagte Enderby. »Wegen Mordes gesucht. Ich, meine ich.« Er konnte ein winziges stolzes Grinsen nicht unterdrücken. Die Woolworthuhr tickte laut. Wie mit einem letzten verzweifelten Aufschrei fiel die Sonne über das Flaschenregal hinter der Bar mit Feuer und Kristall her, dann zog sie sich zurück. Die Wolken drängten sich näher. Badegäste rannten in Rawcliffes Sandhof, wollten Kabinenschlüssel und Kleider. Manuel empfing sie und schrie, mit Schlüsseln klappernd: »Cerrado. Fermé. Geschlossen. Wir schließen den verdammten Laden.«

»Vielsprachig wie etwas von dem armen guten toten Tom Eliot«, sagte Rawcliffe. »Ihm hat mein kleines Gedicht immer gut gefallen. Das, Sie erinnern sich, das in all den Anthologien steht. Und nun stillt der Regen unseren Staub. Kein Schutz mehr unter den Kolonnaden, keine Sonne im Hofgarten.« Er schien losschniefen zu wollen.

»Von Mord«, sagte Enderby, »ist jetzt die Rede. Ich meine, davon, daß ich wegen Mordes gesucht werde.«

»Sei absolut, für's Leben, für den Tod«, sagte Rawcliffe und fummelte ein schmutziges Taschentuch aus einer der vielen Außentaschen seines Jacketts hervor. Er reichte es mit beiden Händen seinem Mund, hustete locker, dann zeigte er Enderby ein Klümpchen Blut. »Besser rauf als runter, raus als rein. Also, Enderby«, sagte er und faltete das Blut wie einen Rubin in das Tuch, welches er sorgfältig wegsteckte, »Sie haben sich demnach für eine phantasierte Existenz entschieden. Verteidigung durch Einbildung. Ich kann es Ihnen nicht übelnehmen. Die wahre Welt ist ziemlich fürchterlich, wenn die Begabung weg ist. Ich muß es wissen, Gott steh mir bei.«

»Sie war weg, dann war sie wieder da. Die Begabung, meine ich. Und jetzt«, sagte Enderby, »werde ich im Gefängnis weiterschreiben.« Er schlug die Beine übereinander und legte damit einen großen Teil seiner europäischen Hose frei; aus irgendeinem Grund war ihm danach, Rawcliffe anzulächeln. »Die Todesstrafe haben sie ja nicht mehr.«

Rawcliffe zitterte und bebte. Vor Zorn, merkte Enderby überrascht. »Erzählen Sie mir nichts von der gottverdammten Todesstrafe«, sagte Rawcliffe zitternd. »Die Natur verhängt ihre eigenen Strafen. Ich sterbe, Enderby, sterbe, und Sie schwatzen mir etwas vor, daß Sie im Gefängnis Gedichte schreiben werden. Das Sterben ist es nicht so sehr, es ist die Würdelosigkeit. Meine Unterhosen füllen sich mit blutiger Kacke, und die Agonie, jedesmal wenn ich pissen muß, und der Geruch. Der Geruch, Enderby. Können Sie den Geruch riechen?«

»Ich hab mich an allerlei Gerüche gewöhnt«, entschuldigte sich Enderby, »so, wie ich gelebt habe. Sie riechen nicht anders«, er witterte, »als damals in Rom. Sie gemeiner Verräter«, fuhr er hitzig fort. »Sie haben mein verdammtes Gedicht gestohlen und haben es ans Kreuz geschlagen!«

»Ja ja ja ja.« Rawcliffe schien wieder müde geworden. »Ich nehme an, der Zerfall war schon immer da, in mir. Nun, es dauert jetzt nicht mehr lange. Und ich werde weder Luft noch Erdreich vergiften. Das Meer soll mich nehmen. Das Meer, Enderby, *thalassa, la belle mer*. Das Schicksal, in welcher Verkleidung auch immer, hat Sie – in welcher Verkleidung auch immer – hierhergesandt. Denn so entzückend diese jungen Leute auch oft in meinem veilchenduftenden Altherrensommer gewesen sein mögen, trauen möchte ich ihnen am Ende doch nicht ganz. Bin ich einmal nicht mehr, nur noch ein Paket organischen Abfalls, in dem sich begeistert die Phagozyten winden, dann wird die postume Erinnerung an meinen letzten Wunsch sie nicht bewegen können, ihn zu erfüllen. O nein. Aber Ihnen kann ich das nun mit vollkommener Zuversicht anvertrauen, einem Landsmann, einem Dichtergenossen.« Man hörte die Jungen in der Küche, herzhaftes mediterranes Schmatzen, das seltenere, urbanere Klingen einer Gabel gegen einen Teller, arabische Konversation, Gelächter aus kauenden Mündern. Trauen möchte man ihnen doch nicht ganz. Der Regen begann jetzt, und Rawcliffe – als sei er befriedigt, daß ein kompliziertes Experiment nun endlich begonnen hätte – nickte. Enderby begriff plötzlich, woher er sein eigenes Nicken hatte: von Rawcliffe.

»Rawcliffe«, sagte er, »Sie Bastard. Ich bin nicht hier, um irgend etwas für Sie Bastard zu tun. Sie muß man töten. Als einen Verwurster der Kunst und einen elenden Verräter.« Es fiel ihm auf, daß er noch immer behaglich die Beine übereinandergeschlagen hatte. Er richtete sich aggressiver ein, die Hände um die Knie gekrampft, wenn auch immer noch sitzend. Die braune Politur schien langsam abzuschwitzen, wurde ein wenig streifig. Das brachte er am besten noch in Ordnung, ehe er Rawcliffe umbrachte.

»Wenn Sie mich töten würden«, sagte Rawcliffe, »dann täten Sie mir einen immensen Gefallen. Vielleicht käme ein kleiner Nachruf in der *Times.* Man würde sich möglicherweise an den Triumph jenes frühen Gedichtes erinnern, das Gedicht selbst abdrucken, wer weiß? Als Waffe können Sie den Armeerevolver nehmen, der zum Schutz der Kasse in dem Schrank da hinter der Bar liegt. Oder unsere Steakmesser, die sind recht scharf. Oder Sie könnten mir, sagen wir, fünfzig Schlaftabletten füttern, eine nach der anderen. Ach, mein lieber Enderby, seien Sie kein solcher Tor. Lassen Sie mich auf natürliche Weise sühnen, gottverdammt.«

»Das ist nicht recht.« Enderby fing an zu nuscheln. »Gerechtigkeit. Ich meine damit.« Was er damit meinte, war, daß er sich richtig gefreut hatte auf eine lebenslängliche Gefängnisstrafe, endlich mal ein wenig Ruhe, weiter mit seiner. »Ich meine, wenn sie mich erwischen, dann doch besser für was Reales.« Dann: »So hab ich's nicht gemeint. Ich meine, wenn schon, denn schon. Hören Sie, ich glaube, ich trinke jetzt doch einen.«

»Schon besser, Enderby, viel besser. Hinter der Theke steht eine schöne Flasche Strega. Erinnern Sie sich an diese kurzen, sonnigen Stregatage am Tiber? Tage des Verrats, werden Sie sagen. Bin ich der einzige Verräter gewesen?« Er setzte sich mit plötzlicher Wachheit auf. »Geben Sie mir doch diese Flasche dort mit dem Lebenssurrogat, mein lieber Enderby. Cordon Bleu, ein blauer cordon sanitaire, der mir diese wühlende Horde von Parasiten, die nach meinem Blut dürsten, vom Halse hält. Die müssen noch etwas warten, nicht wahr? Wir haben zuerst noch das eine oder andere zu erledigen.« Enderby ging zur Bar, reichte dem zitternden Rawcliffe seine Flasche, weigerte sich jedenfalls, dem

Sack auch noch einzuschenken, starrte dann all die anderen Flaschen an, embarras de richesse. »Ist nicht gut gegangen, Ihre Ehe, was, Enderby? Nicht zur Ehe geschaffen, nicht zum Mord. Erzählen Sie mir alles. Nein, warten Sie. Die gute Tante Vesta. Jetzt mit irgendeinem flotten Levantiner mit hervorragenden Anzügen verheiratet. Aber es ist ihr nicht geglückt, ist ihr, verstehen Sie, trotz allem nicht geglückt. Sie wird nie in irgend jemandes Biografie erwähnt werden, armes Schwein. Sie sind ein bemerkenswerter Mann, Enderby. Stand in allen Zeitungen, wissen Sie, diese Hochzeit. Eine Pophochzeitsmesse oder dergleichen. Choreografie rund um den Altar, der für den Anlaß nach vorne gerückt wurde. Jede Menge ökumenischer Blödsinn.«

»Genau das«, grummelte Enderby, »hab ich auch gesagt. Nicht in diesem Zusammenhang. Ich meine, in dem anderen. Dieser Priester, meine ich. An dem Tag, als es passiert ist.« Fundador. Kein schlechter Schnaps im Grunde, trotz dieser Mondzicke. Rawcliffe goß sich klappernd, klirrend seine Dosis ein, dann trank er. Enderby, der sich seiner ruhigeren Hand schämte, schenkte sich selbst mit professioneller Exaktheit ein. »Folgendes ist passiert«, sagte er, ehe er trank. »Dieser Lümmel ist angeschossen worden, Crewsy ist das, war das, und jemand hat mir die Pistole in die Hand geschoben. Ich bin weggelaufen, verstehen Sie. Sie hätten an meiner Stelle nichts anderes getan.«

Rawcliffe runzelte die Stirn, zielte mit dem Glas auf seinen Mund, versprühte und versabberte Cognac, sog einen ordentlichen Teil in sich ein, keuchte. »Wollen wir doch diese Geschichte klarstellen, Enderby«, keuchte er. »Ich lese die Zeitungen. Ich lese nichts sonst. Ich klammere mich am Leben fest, wissen Sie. Am Ephemeren, meine ich, dem traurigen, hübschen, entsetzlichen, tragischen Alltag, nicht an den Transzendenzen großer Kunst. Die Ewigkeit werde ich bald genug vor mir sehn. Ich kriege in kürze meine Kammermusik, ohne daß ich mir Profunditäten anhören muß, die schwitzend aus Därmen hervorgequält werden. Oder es kommt gar nichts, nach Sam Beckett. Ich lese die Zeitungen – die pfeiferauchenden Hunde, die barbusigen Hochzeiten, die Ermordungen von Popsängern. Über Yod Crewsy bin ich voll informiert. Stirbt, soll bald tot sein. Vielleicht sterben wir am selben Tag, er und ich. Das wäre irgendwie angemessen. Ein Barkeeper hat ihn erschossen. Ich kann mich nicht an den Namen erinnern. Moment: etwas Schweinisches.«

»Hogg«, sagte Enderby voll Ungeduld. »Hogg, Hogg.« Ein junger schielender Mann mit schmutziger Schürze, vermutlich der Koch Antonio, stand an der Küchentür und stocherte sich mit einem Federkiel in den Zähnen; verwundert, mit gerunzelter Stirn, starrte er Enderbys Aufzug an. »Hogg.«

»So ist es. Also lesen Sie auch die Zeitungen. Ein poetischer Name, so viel wußte ich noch. Ein sehr jakobitischer Poet! Charlie ist mein Liebling… Was Teufel haben wir denn zum König? Ein winziges deutsches Fürstlein. Der hat den Mund aufgemacht, Enderby. Hat ihm nichts ausgemacht, dem alten Schäfer.«

»Jetzt hören Sie zu«, zischte Enderby und kam mit seinem Glas Fundador hinter der Theke hervor. »Das war ich. Hogg. Das war der Mädchenname meiner Mutter. Sie haben mich zum Barkeeper gemacht, Wapenshaw und der Rest. Ja, ja, so war es. Ein nützliches Mitglied der Gesellschaft, hieß es, kein Dichter mehr. Das haben Sie nicht gewußt, niemand hat's gewußt. *Das* stand nicht in der Zeitung.« Rawcliffe saß jetzt vollkommen starr und steif und sah ihn an. »Aber«, sagte Enderby, »ich konnte fliehen. Als Enderby. Ich hatte meinen Paß. Und dann hat so ein Weibsstück herausgefunden, daß Enderby und Hogg ein und derselbe waren. Also mußte ich den Paß loswerden. Eine lange Geschichte.« Er trank einen Schluck Fundador und schmeckte wieder die Nacht mit dieser furchtbaren Frau. Furchtbare Frauen!

»Das glaube ich, das glaube ich. Aber«, sagte Rawcliffe, »es ist ein Mann namens Hogg, nach dem man gesucht hat.« Enderby lieh sich Rawcliffes Starre und blickte ihn versteinert an. »O ja. Nichts davon, daß der unter einem Alias reisen könnte. Obskurer Dichter, auf mysteriöse Weise verschwunden – nichts dergleichen. Niemand hat geplaudert, mein lieber Enderby.«

»Sie muß was gesagt haben. Selenografin hat sie sich genannt. Die Polizei kämmt ganz Marokko durch. Ich im Versteck. Und dann ist da noch Spanierjohn.«

»Ja ja ja!« Rawcliffe redete ihm beruhigend zu. »Die Welt ist voll Verrat, nicht wahr? Aber sagen Sie mir, Enderby, weshalb haben Sie ihn erschossen?«

»Er hat es verdient. Plagiate! Eine Travestie der Kunst. Er hat meine Gedichte gestohlen. Genau wie Sie.«

»Ach, um Gotteswillen«, sagte Rawcliffe mit betonter Müdigkeit, »machen Sie doch Schluß. Erschießen Sie alle. Erschießen Sie die ganze treulose Welt, dann gehn Sie hinter Gitter und schreiben Sie Ihre blöden weinerlichen Reimereien.«

»Reimereien!« höhnte Enderby. »Sie haben es gerade nötig, mir mit Reimereien zu kommen.«

»Aber warten Sie, warten Sie. Haben Sie nicht gesagt, daß Sie ihn gar nicht erschossen haben? Daß Ihnen jemand die rauchende Pistole ins unschuldige Patschhändchen gedrückt hat? Schätze, so war's, wie man in den Filmen mit den rauchenden Pistolen gerne sagt. Spaghettiwestern... Die mußte ich schreiben, Enderby. Aber ich hab's geschafft, ich bin ausgestiegen. *L'Animal Binato* war finanziell nicht schlecht für mich. Das war schon eine verdammt gute Idee von Ihnen.« Er schüttelte sich und kehrte zum gegenwärtigen Thema zurück. »Sie sind ein Killer, Enderby, da können Sie sicher sein. Sie sind nicht einmal das vorherbestimmte Opfer. Sie kriechen vor dem Schicksalsschlag noch rasch zur Seite, Sie finden immer ein Mauseloch, einen Geheimgang. Sie fallen auf die Füße. Den *Acantilado Verde* werden Sie natürlich anders nennen müssen.«

»Wa –«

»Grünes Kliff, *raw cliff.* Irgend jemand ist auf Ihrer Seite. Wer? Da stehen Sie, eine absurde Gestalt, aber unbesiegt. Und Tantchen Vesta hat verloren, und der arme Rawcliffe ist am Sterben. Wollen Sie noch mehr? Ach ja! Ich werde einen Brief an Scotland Yard diktieren – in meinem Schlafzimmer hinter der Bar steht eine alte Oliver – und alles gestehen. Schließlich und endlich, Enderby, hätte ich es durchaus gewesen sein können. Ich hatte sogar eine Einladung. Schließlich bin ich einer der großen Kunstverdünner unserer Zeit, würdig, zu so einem Anlaß gebeten zu werden. Und ich war in London, habe den letzten meiner kopfschüttelnden Spezialisten aufgesucht. Sehr ernst und feierlich. Bald treten Sie Ihrem Schöpfer gegenüber. Ihrer Schöpferin wohl eher. Ja, ja, ja, die Spötter und Verdünner und Travestierer verdienen es zu sterben.« Enderby fragte sich stirnrunzelnd, ob das noch alles Suff war oder der Beginn eines letzten Deliriums. Rawcliffe schloß die Augen, sein Kopf sackte zur Seite, sein Hosenladen umdunkelte sich und dann troff sein Schritt. Enderby sah Barmann und Kellner und Koch sämtlich unter der Küchentür zusammengedrängt, mit offenen Mündern.

»Bringt ihn ins Bett«, befahl er. »Auf geht's, Beeilung.« Antonio bekreuzigte sich, den Federkiel noch zwischen den Zähnen. Sie beeilten sich nicht unbedingt, aber Manuel und der Kellner mit dem Tarbusch schnappten sich jeder einen Rawcliffeschen Arm. Rawcliffe röhrte schwach vor sich hin. Enderby nahm die Beine. Das hatte er schon früher für Rawcliffe getan, erinnerte er sich. In Rom, während der Flitterwochen. Rawcliffe war nun leichter als damals. Antonio deutete hinüber, wo das Schlafzimmer war. Der Regen ließ ein wenig nach.

3 »Sie sind also ein *Freund* von ihm?« fragte der Doktor. »Wußte nicht, daß er auch *britische* Freunde hatte.« Er sah Enderby ungnädig an, trotz den wieder an Ort und Stelle angebrachten Zähnen, der glattrasierten rosa Haut (das braune Zeug war nur schwer zu entfernen gewesen, die Lösungsmittel schmerzhaft), dem spärlichen, aber gewaschenen und gekämmten Haar, der ernsthaften Brille, in der sich das blasse Licht von Tanger nach dem Regen fing. Außerdem trug Enderby einen von Rawcliffes neogeorgianischen Anzügen, grau und haarig und nicht so knapp unter den Achseln. Die drei Jungen, an denen Enderby bei näherem Hinsehen verschiedene Pickel und Eigenheiten wahrnahm (der Kellner mit dem Tarbusch hatte auch einen Namen – Tetuani, nach seiner Heimatstadt Tetuan), hatten ihm bei seiner Restaurierung geholfen. Sie hatten ihm sogar eine Art Bett aus dem Kaminsessel und zwei, drei Stapelstühlen aufgeschlagen. Es schien sie zu erleichtern, daß ein Engländer da war, der nicht im Sterben lag.

»Nicht in diesem Sinne«, sagte Enderby streng. »In gewisser Weise ein Freund, aber nicht in dem Sinne, in dem Sie meinen.«

»Was meinen Sie mit dem Sinn, in dem ich meine?« Der Doktor war ein großer, sich aufrecht haltender Mann Anfang sechzig mit einer Menge silbrig gewelltem Haar. Er sah aus wie ein Oberstabsarzt, der nach der Rückberufung einer aus erlesenen Regimentern gebildeten Garnison in die Heimat sich entschieden hat, im Lande zu bleiben. Gefiel ihm wohl hier oder wie. Aber wahrscheinlich hatte er auch sein Geheimnis, nicht ganz koscher. Sein »Was meinen Sie –« kam ein wenig zu scharf.

»Sie wissen doch, was ich meine«, sagte Enderby errötend. »Mit dem Sex ist bei mir ohnehin Schluß«, er quasselte, fühlte sich unbehaglich, Ärzte machten ihn nervös. Als wäre diese Erklärung ein Hinweis auf seine Identität, sagte der Doktor:

»Ich hab Sie doch schon mal gesehen, oder?«

»Mein Foto in der Zeitung vielleicht. Oder besser«, Enderby verbesserte sich hastig, »das Bild von einem Mann, der mir ziemlich ähnlich sieht, wie ich höre. Ein gewisser Hogg.«

»Keine Ahnung. Lese nie Zeitungen. Meist alles Lügen. Was die Sache mit dem Sex angeht, ist es mir völlig gleichgültig, was die Leute in dieser Hinsicht anstellen, wenn sie anschließend nicht mit den Folgen anrücken und mir etwas vorheulen. Der da«, sagte er und ruckte mit der Schulter in Richtung Rawcliffe, der schwach schnarchend unter einer Decke lag, »hat Schmutzige und Kranke bevorzugt. Aber das wissen Sie natürlich, da Sie sein *Freund* sind. *Nostalgie de la boue*, wenn Sie wissen, was das ist. Aber das, woran er stirbt, das kann jedem passieren. Ihnen«, sagte er. »Ihrer jungfräulichen Tante in Chichester oder wo immer das ist.«

»Ich habe keine –«

»Er ist durchsetzt davon, na ja, vor dem Tod sind alle gleich. Wir können ihm nur das Ende erleichtern. Sie können mich jetzt gleich für die Spritze und das Morphium bezahlen, wenn Sie wollen. Und für diesen Besuch und die zwei vorhergegangenen. Rufen Sie mich wieder, wenn Sie meinen, daß es vorbei ist. Ich muß den Totenschein unterschreiben.«

»Der Leichnam«, sagte Enderby. »Es ist die Frage –«

»Er hätte das tun sollen, was die meisten Briten hierzulande machen. Fünfzig Pfund oder so für ein Grab in St. Andrew's, und fertig. Begräbnisgottesdienst, die Auferstehung und das ewige Leben inbegriffen. Hat mir einmal gesagt, er sei ein bewußter Hedonist. Lust der Sinn des Lebens, heißt das. Sehr unklug, da sehen Sie, wo das endet.«

»Aber Sie sagten doch, das könne jedem –«

»Wird in Bubana begraben werden müssen. Wird wohl einer ein paar Worte am Grab sagen. Gewöhnlich kommt jemand vom Konsulat. Überlasse ich alles Ihnen.«

»Hören Sie –«

»Normalerweise werde ich bar bezahlt. Aus der Kasse.« Er marschierte vor Enderby her, hinter die Bar, nickte Antonio und Manuel zu, die spanisches Scrabble spielten, und holte sich, soweit Enderby es sehen konnte, vierundvierzig Dirhams.

»Ella.«

»Ellas.«

»Er sagt«, sagte Enderby, »daß er ins Meer geworfen werden möchte. Das liegt schriftlich vor, unterschrieben und von Zeugen bestätigt. Daß er ins Meer geworfen werden soll. Gibt es dagegen irgendein Gesetz?«

»Verdammt unüblich«, sagte der Doktor und goß sich einen Schuß Bell's ein. »Die Sache sollte ordentlich vonstatten gehen. Was muß man hier vom Weißen Mann denken, frage ich mich oft. Päderastie, wenn Ihnen der Begriff vertraut ist, und Trunksucht. Dazu Drogen und Schriftstellerei. Sie sind neu hier, Sie machen sich noch keinen Begriff, was hier vor sich geht. Halten Sie sich fern von diesem Lokal gegenüber mit dem idiotischen Namen, Dog-Dingens da. Amerikaner der schlimmsten Sorte. Nun ja, *autres temps autres mœurs*. Ich muß das hoffentlich nicht übersetzen. Ich überlasse alles Ihnen, seinem *Freund*. Versäumen Sie nicht, mich anzurufen, wenn die Zeit gekommen ist.«

»Enby.« Es war Rawcliffe, sehr schwach.

»Gehen Sie besser und schauen Sie, was er will. Regen Sie ihn nicht auf. Er ist jetzt in Ihren Händen.«

»Hören Sie –«

»Dios.«

»Adios.«

»Kleines Gedicht in sich, könnte man da wohl sagen, nehme ich an«, sagte der Arzt. Er trank schnalzend den Rest seines Whisky. »Aber ich überlasse die Poesie Ihnen und Ihresgleichen. Ich muß jetzt gehen.«

»Was meinen Sie eigentlich mit –«

»Enby.« Rawcliffe hatte ein paar zusätzliche Teelöffel voll Luft heraufgepumpt, um mit schmerzhafter Anstrengung seinen Ruf lauter werden zu lassen. Ungerührt marschierte der Doktor raus. »Schss nochml Emby. Kmmer.« Enderby ging in das Krankenzimmer zurück. Es war klein, aber kühl. Rawcliffes Bett war eine Doppelmatratze, auf einem abgewetzten Buchara ausgebreitet; auf dem Boden lagen überall verstreut einheimische Ziegenfelle in verschiedenen Tönungen von Altweiß; billige Nippes aus dem Basar waren zu sehen, eine Fatimahand, eine Kobra, die in Wirklichkeit eine Sprungfeder war (sie pochte und sprang und ratterte auf dem maurischen Kaffeetischchen, wenn man sie berührte), ein Kabylensattel, eine Wasserpfeife, Säbel und Dolche an der Wand. Eine Wand bestand ganz aus Büchern, aufgestellt in Munitionskisten, die wie Regalelemente angeordnet waren. Enderby hatte noch keine Zeit gehabt, diese Bücher durchzusehen: Es war vorstellbar, daß sich ein Exemplar von –. Der Geruch des sterbenden Rawcliffe kämpfte gegen einen Weihrauchkessel und gegen Lavendelspray. Rawcliffe, nackt unter der Decke, sagte: »Brndy. Gz grß.«

»Er hat gesagt, Sie sollen Morphium bekommen«, sagte Enderby besorgt. »Alkohol richtet gegen die Schmerzen nichts aus, hat er gesagt.«

»Rschlch. Will rdn. Brndy.« Enderby versuchte, sein Herz gegen ihn zu verhärten, den Verräter, Verleumder, Verdünner, Sünder wider die Literatur. Er ging eine neue Flasche Cordon Bleu holen. Würde Rawcliffe mit einem Limonadenglas zurechtkommen?

»Caca.«

»Cacao.«

Neben der Eisenkobra stand eine Schnabeltasse aus Porzellan. Enderby goß Cognac hinein, setzte sich auf Rawcliffes Bett und half ihm trinken. Rawcliffe prustete, hustete, versuchte *Jesus* zu sagen, aber er schaffte nach Enderbys Schätzung etwa einen (nach Barmaß) fünffachen Brandy. Er hatte einmal, in Piggy's Sty, einem Kabinettsmitglied einen solchen servieren müssen, hatte dreißig Schilling gemacht. Alles Steuergelder.

»Schon besser, Enderby, viel besser. Hat er den Brief zur Post gebracht, ja? Treibt sich manchmal auf dem Weg herum, unzuverlässig. Im Grunde aber ein guter Junge. Fundamental gesehen. Ja, ein sehr attraktives Fundament hat er. Fundamental sehr vernünftig? Dr. Johnson oder jemand hat das gesagt, Enderby.«

»Es bezog sich auf eine Frau.«

»Eine Frau, was? Na, da sind natürlich eher Sie zuständig, wie? Gott, Gott, Gott, Gott, die beschissenen Schmerzen. Ja, man muß eben den Schmerz als etwas sehen, das sich an einem ganz anderen Ort *dort* abspielt. Der Körper bin nicht ich. Keine Transsubstanz. Aber Jesus, Jesus, es gibt einen heißen Draht zum Gehirn. Die Nervenenden abschneiden, gibt es mich immer noch, wenn sie alle weggeschnitten sind? Psychoneuraler Paral Paral Parallelismus. Ismus. War sehr beliebt vor dem Krieg. Die neue Unsterblichkeit.«

»Hier wär das Morphium«, sagte Enderby.

»Eher Sie zuständig bei den Damen. Schwer auf Draht, was? Aber zwei Drähte, heiß und kalt. Sonne und Mond. Mond hat keine Macht über Sie, Enderby. Ich, ich habe gegen die Muse gesündigt, *die* ist eine Frau, und sie hat sich gerächt. Und jetzt ihr geopfert zu werden. Aber zum Teil wird sie betrogen, Enderby. Bald jetzt zunehmender Mond. Aber im Osten Gewässer ohne Gezeiten. Werfen Sie dort dies äußere Ding in das gezeitenlose Wasser, Enderby. Noch Brandy.«

»Glauben Sie, daß –«

»Ja, das glaub ich. Muß Ihnen alles sagen. Instruktionen.« Enderby goß noch mehr Cognac in die Schnabeltasse. Obszön irgendwie, die festive goldene Flüssigkeit, das starke Aroma, in dem weißen Invalidenporzellan. Rawcliffe sog gierig den Alkohol in sich ein. »Gibt einen nützlichen Mann, Enderby, heißt Walker. Britische Kolonien irgendwoher. Genaues Terri Territorium unklar. Ist jetzt in Casablanca. Setzen Sie sich mit ihm in Verbindung, Telefonnummer hinter der Bar. Weiß, wie man an kleines Flugzeug rankommt, leiht es von Abdul Krim oder wem, alter Gangster wer auch immer. Alter Gangster. Was sagte ich gerade? Bin ziemlich zu, das ist das Problem. Leerer Magen, das ist das Problem.«

»Ich kenne diesen Walker. Easy Walker nennt er sich.« Und dann: »Können Sie irgendwas essen? Ein Ei oder so?«

»Nicht Ihr Job, mich am Leben zu halten, wie, Enderby? Was soll ich denn gottverdammt noch mit Nahrung anfangen? Hören Sie zu. Das Geld steckt in dieser Matratze. Lassen Sie die um Gotteswillen niemand verbrennen. Nicht, daß ich kein Vertrauen zu den Banken hätte. Zu den Arschgesichtern in den Banken hab ich keins. Plapper plapper, wieviel hat der auf dem Konto, dann kommen sie an und wollen Geld geliehen haben, dann prügeln sie einen in einer dunklen Gasse durch, wenn sie keins kriegen. Kenn ich nur zu gut. Sie kennen die doch auch nur zu gut. Sie kennen Easy Walker? Hab immer gesagt, Sie fallen auf die Füße, Enderby. Holen Sie diesen verdammten Antonio rein.«

»Wozu?«

»Sagen Sie ihm, Gitarre bringen. Will's hören. Hören. In allen Antholo. Er singt's.«

Enderby ging hinaus in die Bar und sagte: *»Antonio, Señor Rawcliffe quiere que tu, usted canta, cante,* irgendwie konjunktiv eben. *Su cancion, él dice.«* Antonio und Manuel sahen beide von einem Scrabblebrett auf, das nun fast mit Wörtern gefüllt war; ihre Augen wollten überlaufen. Enderby ging zu Rawcliffe zurück. »Dieser Brief an Scotland Yard«, sagte er. »Das wird nichts nützen. Eine Menge Leute müssen solche Briefe schicken.« Und wohin sollte er gehen, wohin? Er hatte sich schon damit abgefunden gehabt! Aber das war, als es noch möglich erschienen war, Rawcliffe zu ermorden. Rawcliffes Augen waren geschlossen. Er hatte wieder zu schnarchen begonnen. Sein Körper wand sich schwach. Und dann fuhr er zuckend aus dem Schlaf auf.

»Sie haben nicht die geringste Vorstellung«, sagte er mit langsamem Ernst, »von der ungeheuerlichen Agonie. Sie würden es nicht für möglich halten. Warten Sie nicht zulange damit, Enderby.«

»Morphium?«

»Brandy. Beleidigung fürs Hirn. Armer Dylan. Bringt mich um aus Mitgefühl.« Enderby seufzte, dann goß er wieder die Schnabeltasse voll. Antonio trat weinend ein, prüfte seine Saiten. »Sing, verdammt«, sagte Rawcliffe und sog prustend an seinem Cognac. Der Geruch überdeckte nach und nach seinen eigenen. Antonio setzte sich auf den Sattel und ließ seinen Daumen tönend von E nach e gehen, seine Tränen zurückschniefend. Es war ein gut eingespieltes Instrument; Enderby konnte die Kratzspuren der Finger sehen, die im andalusischen Stil gegen den Gitarrenkörper getrommelt hatten. Antonio schlug fest einen Durakkord an, der zusammen mit dem Cognacgeruch dem Leben zuzugehören schien (Sonne, Zapateados, Tod am Nachmittag). Er sang winselnd:

»Chbin wol unerwins ssakter
Chlas dich libr lein
Si rirtkein klid dia ugenler
Un ssakni chianich nein.«

»In allen Anthologien!« schrie Rawcliffe, dann hustete er und hustete. Antonio spielte nicht weiter. »Na, Tod, wie gefällt dir das?« sagte Rawcliffe schwächer, als das Rasseln des Hustens aufgehört hatte. »*Exegi monumentum.* Und was ist mit Ihrem, Enderby?« Er sprach so leise, daß Enderby sein Ohr zu ihm hinabbeugen mußte. »Besser, man ist der Mann mit dem einen Gedicht. Aber dann hat sie mich verlassen. Öffnet mir den Himmel des Schöpferischen und macht ihn wieder zu. Alles klar, Antonio. Nachher dann, nachher. Muchas gracias.« Antonio schneuzte sich in seine Kochschürze. »Lesen Sie mir etwas von Ihren Sachen vor, Enderby. Sie sind hier irgendwo, Ihre schmalen Bändchen. Ich habe zumindest Ihre Bücher gekauft. Mindeste, was ich tun konnte. Ich bin nicht gänzlich schlecht.«

»Nun, also, das ist wirklich – Ich will sagen, ich –«

»Etwas Angemessenes. Etwas an jemand, der stirbt, oder an jemand, der tot ist.«

Enderby tastete grimmig in seiner linken Jackentasche. Dorthin hatte er das gestohlene Horrorbuch umgesiedelt. »Ich kann«, sagte er, »ohne daß ich Ihr Regal bemühen muß.« Aber nun hatte er seine Chance, und sein Herz fing an wie mit muskulärer Pseudopodie in seiner Brust emporzusteigen, nun konnte er es nachprüfen. Tante Vesta! Er stieg über Rawcliffes zugedeckte Füße und ging zu der Wand voller Bücher. Eine Menge billiges fieses Zeug dabei: *Knabenpopos, Im Internat, Peitschendisziplin.* Er dachte, nach Form und Größe, auf ein Exemplar seiner *Fische und Helden* gestoßen zu sein, aber es war eine kleine Sammlung von Hochglanzfotos, Männer und Knaben in komplizierten Stellungen mit idiotisch leerem Blick. Aber da war es, der andere Band, der, den die Kritik niedergemacht hatte: *Pavane im Kreis.* Er durchblätterte, durchblätterte rasch die Seiten. Es waren nicht viele. Und dann. »Richtig!« sagte er. Rawcliffes Augen waren wieder geschlossen, aber er konnte hören, daß Enderby lächelte. Er sagte:

»Heiterkeit, wie? Die narzißtische Heiterkeit des Schöpfers? Sie sind auf etwas gestoßen, das Sie an die einstige Ekstase seiner Verfertigung erinnert. Kompi Komplizieren Sie nicht meine Agonie. Lesen Sie vor.«

»Hören Sie zu.« Enderby versuchte, grob-sachlich zu lesen, doch es klang so, daß das Gedicht höhnisch erschien, als würden die Gefühle Erwachsener von einem klugen grünen Kind verspottet:

»Sie dachten: Das nehmen wir als Parenthese,
Man braucht sich nur der nackten Daten zu erinnern.
Wir brauchen die Logik unserer Sätze nicht zu zerlegen.
Wir strecken keinen Fühler aus zu dem wachenden Träumer –

So daß sie sich bequem wieder hinsetzen konnten,
Den Kaffee austrinken, das Thema erschöpfen,
Vom vertrauten Haken die Hüte erlösen,
Und mit der Selbstzufriedenheit des guten Freundes gehn.

Doch schlingt sich Strähne in Strähne, wie ein Brotzopf,
Und dies ist Teil der Zeit, ist Teil von ihnen –«

»O Gott Gott«, rief Rawcliffe plötzlich. »Tu dich nicht auf, o Hölle, komm nicht, Luzifer.« Er begann zusammenhanglos zu stammeln. »Und wenn das Ewige seine Gestalten im Zeitlichen findet, dann können diese ihr Inferno finden, hier.« Er kreischte und brach dann zusammen, der Kopf schlaff hängend, die Zunge hervortretend; Blut sickerte aus dem linken Nasenloch. Antonios Gitarre gab sanft übereinandergelagerte Quarten und my-dog-has-fleas von sich, als er sie weglegte. Er schlug ein Kreuz und betete weinend. »Einen Schuß, Enderby, um Gotteswillen.« Enderby fuhr zusammen: ein Test? Zu sehen, ob er wirklich töten konnte? »Eine Menge.« Er begriff und ging zu dem Kaffeetischchen, wo die Spritze mit der Schachtel Morphiumampullen lag. Er hoffte, er war der Lage gewachsen. Die Doggy Wog-Gäste wären ihr zweifellos gewachsen gewesen.

4

Rawcliffe blieb nicht lange besinnungslos. Ein gewaltiger Trieb zum Leben war da, trotz allem. »Brandy«, sagte er. »Ich zeig's ihnen noch allen, Enderby.« Enderby füllte die Tasse; die Flasche war ihrem Ende nahe. Rawcliffe sog alles ein wie Wasser. »Was gibt es Neues?« fragte er. »Was gibt es Irrelevantes in der großen Welt?«

»Nichts, soweit ich sehen kann«, sagte Enderby. »Aber wir haben nur die spanische Zeitung, und ich kann nicht sehr gut Spanisch lesen.«

Doch ausreichend. Als Tetuani zurückkam vom Aufgeben des Luftpostbriefs, brachte er eine Nummer von *España* mit, die Enderby mit sich an einen Bartisch nahm. Rawcliffe war bewußtlos, doch röhrte er schrecklich, tief aus dem Stammhirn hervor; Enderby saß mit einem großen Whisky da und atmete prophylaktisch die frische Luft ein, die durch das offene Fenster drang. »Quiere comer?« fragte Antonio. Enderby schüttelte den Kopf; er konnte jetzt noch nichts essen, jetzt noch nicht, trotzdem gracias. Er trank seinen Whisky und sah die Zeitung an. Besser, er las das, was er zweifellos lesen würde, nicht auf Englisch; er brauchte die Abfederung durch eine Fremdsprache mit all ihren literarischen und touristischen Assoziationen, obwohl er alles schon vorauswußte. Wörter hatten eigene Macht: *tot* würde immer ein furchtbares Wort sein. Auf der ersten Seite heulte der Caudillo immer noch nach Gibraltar, und ein arabischer Führer forderte vergeblich zur Ausrottung Israels auf. Als er auf Seite 2 zu der Schlagzeile Yod Crewsy Muerto kam, war seine Reaktion wie die eines Druckers, der den Text selbst gesetzt hat. Es hatte, sagen wir, 10:2 gestanden, und man mußte noch – sagen wir – zehn Minuten auf den Schlußpfiff warten. Was unter der Schlagzeile stand, war knapp. Es bedeutete, soweit Enderby verstand, daß er nach einem letzten Moment, wo er die Augen aufgeschlagen hatte, in ein terminales Koma versunken war und daß bald darauf keine Herztöne mehr registriert wurden. Er würde irgendwo noch aufgebahrt rumliegen, dann ein Requiem in der Katholischen Kathedrale in London (sie meinten Westminster). Fr. O'Malley würde die Leichenlobpreisung halten. Nichts darüber, daß Mädchen weinten wie über Osiris oder Adonis oder so. Nichts davon, daß Scotland Yard eine Verhaftung als unmittelbar bevorstehend bezeichnete.

»Überhaupt nichts«, sagte Enderby.

Was würde Scotland Yard wegen Rawcliffes Brief unternehmen? Enderby hatte ihn selbst mit zwei Fingern nach Rawcliffes Diktat geschrieben. Es würde nichts nützen, hatte Enderby gesagt, aber Rawcliffe hatte darauf bestanden. Reue, Bekehrung, symbolischer Schlag gegen die Unkunst. Als Gast (vgl. Gästeliste), der mit der kaltblütigen Absicht gekommen war, zu töten und sich dann verhaften zu lassen (er starb schon unter den sich immer tiefer wühlenden Klauen, was hatte er zu verlieren?), war er einer reflexhaften Panik erlegen und hatte die Pistole einem anonymen Kellner gereicht. Leid tat es ihm nicht, o bei weitem nicht – möchten alle Feinde der Kunst so enden, eingeschlossen (aber bei ihm geschah es mit vollem, schwärzestem Bewußtsein: er wußte, was er tat) er selbst. Rawcliffes Krakel, zwei Zeugen: Antonio Alarcón und Manuel Pardo Palma. Nun, dachte Enderby, es mochte die Dinge so oder so zu einer Lösung bringen. An irgendeinem Endbahnhof würde er aussteigen können und sich der Polizei gegenübersehen. Und Ihr Name, Sir, Señor? Enderby. Ihren Paß bitte, por favor. Nun, da gibt es ein kleines Problem, Herr Wachtmeister. Geflüsterte Beratungen, der Sergeant holt den Inspektor rüber, Fotografien werden verglichen. Gut also, Hogg von mir aus. Ich habe den wahren Mörder erkannt und ihn verfolgt. Habe der Polizei ihre Aufgabe abgenommen und gelöst, in der besten Tradition des Kriminalromans. Mehr sag ich nicht. Gut, verhaften Sie mich. Nein, ich sage nichts mehr. Sie brauchen mich nicht darauf aufmerksam machen, daß alles gegen mich verwendet werden könnte.

Es war ihm im Grunde gleichgültig. Alles, was er wollte, war ein kleines Zimmer und ein Tisch, auf dem er Verse schreiben konnte, und Freiheit von der Notwendigkeit, sich einen Lebensunterhalt zu verdienen. War die Muse jetzt so großzügig, weil sie ihm Schrott schenkte? Die Zukunft lag vielleicht bei der Doggy Wog-Brigade. Er wußte es wirklich nicht; er wollte es gesagt, gezeigt bekommen. Aber wurde er für irgend etwas aufbewahrt? Warum wußten nicht alle, daß Hogg Enderby war? Warum war dieses Mondenweibsstück stumm geblieben? Wenn Spanierjohn ihn verpfiffen hatte, warum wimmelte Tanger dann nicht von Interpol, wurden nicht überall die Pässe der Ausländer kontrolliert, alle Stadtviertel durchgekämmt? Welche Macht hatte Wapenshaw hingestreckt, wenn es denn Wapenshaw war, von dem sie geredet hatten, und hatte ihn verstummen lassen?

Enderby fragte sich jetzt, auf dem Kabylensattel hockend, ein Stück weg von der Fäulnis, ob er Rawcliffe fragen sollte (nämlich die immer noch nicht ruinierte Intelligenz in dem Penthouse über den Abrißkolonnen), als einen Sterbenden, dem eine Lüge nichts mehr nützen konnte, was er von seiner, Enderbys, Arbeit hielt und (das war's vor allem) ob er damit weitermachen sollte. Doch der zuckende und stöhnende Rawcliffe gab ihm die Antwort ungefragt und ohne zu sprechen. Mach weiter mit allem, mit jedem, solange du lebst; nichts zählt, außer am Leben zu bleiben. Enderby konnte das jetzt erkennen, doch er hatte nicht immer so gedacht. Rawcliffe sagte:

»Schauen Sie, daß Sie mit Walker in Kontakt kommen. Bald ist *es* soweit, Enderby. Egal, was er haben will. Geld, Geld, Geld. Nichts als Geld heutzutage. Glücklicherweise ist es hier reingestopft, meines, meine ich, zu meinen Füßen. Keine Gefahr, Enderby, daß es durch eine letzte Inkontinenz beschmutzt wird. Sauberes Geld, das meiste davon jedenfalls. Und der dreckige Teil hat meinem Land eigentlich nicht geschadet. Haschisch ist eine Droge, die harmlos genug ist. Noch Brandy!«

»Ich muß eine neue Flasche holen.«

»Dann holen Sie die rasch, verdammt. Was treiben diese verdammten Jungs?«

»Siesta.«

»Gibt's doch was in der Bibel drüber. Konntet ihr nicht eine Stunde lang mit mir wachen? In dieser Nacht, noch ehe der Hahn krähet.« Rawcliffe holte rasselnd Atem und stieß ein schwaches Kikeriki aus. Dann hustete und hustete er. Blut blubberte aus beiden Nasenlöchern und auch ein wenig aus seinem rechten Mundwinkel. »Jesus Christus«, keuchte er, »das laß ich mit mir nicht machen. Bepißt und voll Scheiße. Im eigenen Kot zu sterben.« Er versuchte, seinen Leib von dem frischen Schmutz wegzurollen, aber er fiel zurück. »Ich stehe auf«, sagte er. »Ich werde auf den Füßen sterben. Helfen Sie mir, verdammt noch mal, Enderby.«

»Sie können nicht. Sie dürfen nicht, Sie –«

»Am besten erschossen, erstochen, stehend.« Er warf die Decke ab. Er war nackt bis auf ein mit Sicherheitsnadeln wie eine Windel befestigtes Handtuch. »Ich bestehe darauf, Enderby, Sie Bastard. Ich werde meinen letzten Schnaps in einer Bar trinken wie ein Mann. Meine letzte Wegzehrung, mein Viaticum, Sie Schwein!« Fluchend begann er aufzustehen. Enderby mußte ihm helfen, es gab keine Wahl. Er ging weiter, als er für irgend jemand sonst gegangen wäre. Er zog Rawcliffes Windel ab und wischte ihn mit dem sauberen Teil sauber. Er vergab seiner Stiefmutter alles. An einem Nagel hinter der Tür hing ein Bademantel. Er legte den Arm um den bloßen schaudernden Rawcliffe und drängte ihn langsam wie in einem kleinen Tänzchen dorthin. »Schon besser, Enderby, schon besser«, als er in fröhliches Gelb und Blau gehüllt wurde. »Bringen Sie mich zur Bar. Wecken Sie diese verdammten Jungen. Sie müssen meine Krücken sein.«

Rawcliffe vor sich her schiebend, schrie Enderby laut. Antonio spähte als erster verblüfft aus der Küche, nackt wie Rawcliffe es gewesen war. Er ging zurück, um die anderen zu holen, schrie nun selber. Rawcliffe wollte schreien, doch der Laut erstickte in einem Hustenanfall. Er sackte gegen die Bartheke, hustend, versuchte zu fluchen. Bald waren Antonio und Manuel da und stützten ihn, jeder mit einem Arm um seinen Körper, in schmutzigen weißen Hemden; Manuels Hosen waren bereits schwarz. »Nun, Enderby«, keuchte Rawcliffe schließlich. »Sie waren also gottverdammich Barkeeper? Mixen Sie mir was. Einen Cocktail mit dem Namen *Muerte.* Hört mit dem widerlichen Geschniefe auf, ihr zwei.« Tetuani kam heraus, den Tarbusch auf dem Kopf, verschreckt.

Ich mach's, dachte Enderby. »Überlassen Sie das nur mir«, sagte er und fügte verzweifelt neckisch hinzu: »Sir.« Er nahm ein großes Bierglas und ließ Brandy hineinklatschen, dann weißen Rum, Gin, Whisky, Wodka. Die Flaschen blinkten im schönen Licht des Nachmittags. Es war, als würde etwas gefeiert.

»Kein Eis nötig«, keuchte Rawcliffe. »Krieg ich vielleicht auch bald ab. Geschichte da bei Shakespeare. Maß für Maß, wie? Sehr angebracht. O die Regionen des getürmten Eises. Schmeißen Sie oben noch was Schäumendes drauf, Enderby. Asti, Erinnerungen an Rom. Und fügen Sie, um alter Zeiten willen, noch einen Schuß Strega hinzu. Strega, die Hexe. Das Hexenweib. Dieser Idiot auf Mallorca, Enderby, sagt, die Zeit der Mondgöttin sei abgelaufen. Die Sonnengöttin tritt die Herrschaft an.« Enderby fand eine Flasche Asti im Regal, sehr warm, von der Sonne verwöhnt. Er schlug ihr an der Thekenkante den Hals ab. »Gut so, Enderby.« Ein prächtiger Schaumstrahl. Rawcliffes Gestank war nun gründlich von kraftvollen lebensbejahenden Aromen überlagert. Aber, dachte Enderby bewundernd, die Jungen hatten einen guten Magen. Er gab das volle schäumende Glas in Rawcliffes beide Klauenhände. »Ein Trinkspruch!« sagte Rawcliffe. »Worauf soll's gelten, wie? *La sacra poesía?* Die Sonnengöttin? Die Unsterblichkeit des Geistes? Auf die«, er begann zu erschlaffen, »bevorstehende Auflösung«, zu schniefen; die starkarmigen Jungen schnieften mit ihm; »dieses – dieses –« Enderby wurde streng: Das Geschniefe paßte ihm nicht. Er rief:

»Ach, seien Sie still! Kippen Sie den verdammten Drink weg und halten Sie den Mund.« Starke väterliche Worte; gesunde Medizin; hatte nicht er, Enderby, sich einst dem Tod gestellt, wenn man ihn auch gurgelnd zurückgezerrt hatte? »Machen Sie schon, Rawcliffe. Verdammter Verräter.«

»Gut, Enderby, gut, gut. Kein falsches Mitgefühl. Ausgezeichnet.« Rawcliffe richtete sich auf, holte tief Luft, pumpte seine Lungen auf wie eine Parodie eines Hundehechelns, dann nahm er seine Medizin. Das Glas troff und rann, die Mousse stieg ihm in die Nase, er hustete einen Teil wieder ins Glas zurück, aber er machte tapfer weiter, bis er beim Bodensatz angekommen war. Antonio stellte das schaumfleckige Glas für ihn zur Seite. Rawcliffe keuchte, keuchte. »Setzen. Sie. Den. Auf. Die.« Er hustete, wie um zu bezahlen, eine Münze blutigen Auswurf auf die Theke. »Ich meine. Muerte. Der letzte. Cock. Cckt1. Unübrbtttr.« Er drehte sich sehnsüchtig zu seinem Sessel, mit schwachen Bewegungen. Die Jungen führten ihn hin, nur seine nackten Zehen berührten den Boden. Rawcliffe brach neben dem Tischchen beim Sessel zusammen, wo all das Spielzeug stand. Coventry Patmore. »Klns Mißgck.« Er begann sofort zu schnarchen. Die Jungen hoben seine Füße auf den Stapelstuhl hoch. Enderby dachte, daß er jetzt am besten in Casablanca anrief.

5 Es wurde dunkel, als Rawcliffes Bewußtsein ein letztes Mal an die Oberfläche kam. Enderby hatte die Jungs hinausgeschickt, er hatte das Händeringen und Schniefen satt. Er saß auf der anderen Seite von Rawcliffes Sessel, rauchte die einheimischen Zigaretten, die sich *Sport* nannten, trank nichts. Der Gedanke an Alkohol ließ ihn erschauern. Als Rawcliffe auftauchte, geschah dies – Henkersmahlzeit – mit klarer Ruhe. Er sagte:

»Wer ist das da?«

»Ich. Enderby.«

»Ah ja, Enderby. Kenne Ihre Gedichte gut. Hab einmal eine Ihrer Ideen gestohlen, eine verdammt gute. Nichts bereut. Jetzt gebe ich Ihnen etwas im Gegenzug. Mein letztes Gedicht. Es kam mir im Schlaf. Hören Sie.« Er räusperte sich wie ein Vortragskünstler und intonierte langsam, doch mit Nachdruck:

»Das Segnen der Lichter und die
Häute der Esel und die
Milch der Gezeiten.
Sie hätte mich nicht
Abweisen sollen wie den Kopulanten
Gemeiner Kommunalität.

Zuviel Licht, Enderby. Drehen Sie eins von den Lichtern aus.«

Es waren keine Lichter an. »Das hab ich schon getan«, sagte Enderby.

»Gut. Wo war ich? Ah, ich weiß. Hören Sie.

Endlich vernahm ich wirren Lärm und Sang.
Ich sah ihn zwischen Mörder und Bandit,
›Dein Wunsch gewährt sei‹, sprach er und verschied.«

»Das«, sagte Enderby, »ist George Herbert.«

Rawcliffe begann abrupt zu toben. »Ist es nicht ist es nicht ist es nicht, Sie gemeines Schwein. Das ist von mir. Mir.« In der Dämmerung rollte sein Kopf hin und her. Ruhig sagte er: »Dein Wunsch gewährt sei«, und verschied. Mit der konventionellen Begleitung eines heiseren Röchelns, dem Nachspiel aus Rictus und Flüssigkeitsabsonderung.

Kapitel Drei

1 »Und dazu«, schrie Easy Walker über den Motorenlärm, »primissima Masturbinos, Pornobibelchen. Hab da nen Freier, alter Latz, der besabbert sich für solche lieben Plisch-und-Plum-Geschichten. Also schaun wir alles gründlich durch, wenn diese Ladung hier verplumpst ist.«

Die leibliche Himmelfahrt, Meeresfahrt Rawcliffes. Seine Leiche, in sauberem Pyjama und eingewickelt in einen Union Jack, den Manuel für ein paar Dirhams im – ausgerechnet – Big Fat White Doggy Wog gekauft hatte, saß neben Easy Walker auf dem, wie Enderby vermutete, Kopilotensitz. Zumindest ragte vor Rawcliffe eine Art abgenagtes Steuerrad, ein Steuerknüppel oder was, empor und zuckte und drehte sich sympathetisch mit dem von Easy Walker. Auch hatte der tote Rawcliffe jede Menge lebhafter Armaturen und Anzeigen vor sich und Instruktionen für den Notfall, mit Ausrufezeichen übersät. Seine Arme waren unter der Flagge fixiert, und er war an Hals, Brust, Schenkeln und Knöcheln verschnürt. Keine Gefahr, daß er, daß es, im Falle einer Wiedererweckung, zu großen Bewegungen ausholte.

»Sicher, daß er das Handtuch definitiv geschmissen hat?« hatte Easy Walker gefragt, als sie ihn hereingehievt hatten. »Gibt nämlich Fälle. Gab da einen Fall. Erzähl ich Ihnen nachher, Latz. Aber Sie haben ja wohl alles selbst mitgekriegt.«

Enderby saß hinter Rawcliffe, neben sich einen leeren Sitz. Es war ein kleines, properes Flugzeug, amerikanisches Fabrikat, wenn auch Enderby ein Druckfehler bei einer der Anweisungen am Armaturenbrett auffiel: *Balast.* Das ließ ihn jedoch nicht an der Flugtauglichkeit der Maschine zweifeln, denn hier wie überall war der Schuster erst einmal für seinen Leisten zuständig. Für Easy Walker schien das Fliegen ebenso selbstverständlich zum Berufsbild zu gehören wie all seine anderen Aktivitäten. Er hatte gleich beiläufig losgebrüllt, als die Maschine die Piste hinunterschoß und die Geschwindigkeit sich auf Fluggeschwindigkeit erhöhte:

»Das gibt ja wieder einen Zuckerpaß. Hat Ihnen den ganzen Hasenstall gratis und franko vermacht, wie, Latz?«

»Das ist die Frage dabei«, hatte Enderby zurückgerufen. »Eine von meinen, meine ich.«

»Willkommen im Luftraum«, schrie Easy Walker, als das Flugzeug seine Nase in die altgoldleuchtende marokkanische Luft gereckt hatte. Sie hatten den Spätnachmittagshimmel für sich, von wenigen Möwen abgesehen und von – weit drüben backbord – einem bräunlich flatternden Vogelzug, der nach einer Ruhepause auf dem Felsen von Gibraltar die Straße überquerte, um zu seinem afrikanischen Winterquartier zu fliegen. Kein Air Maroc-Flug, erst viel später. Drunten auf dem Kristallschliff des Mittelmeers nur wenige Boote, wenn auch steuerbord die Yacht eines reichen Mannes zu blinken schien. Es war noch die Zeit der Sonne. Der Mond, dünn gestern nacht, wachte nicht über Rawcliffes Himmelfahrt. Fetter geworden würde Luna vergeblich an ihm in der Tiefe ziehen, von Fischen angefressen, seine Flagge befleckt. Über das Flugzeugradio knisterte und knackte seltsames Englisch vom Tower in Tanger. Easy Walker ignorierte es. Hinter ihnen lag Ceuta.

»Gibt eines«, brüllte er ohne Anstrengung, »von Ricker Sugden, hat er für seinen Saufkumpano geschrieben, als der den Löffel abgegeben hat. Paßt wohl auch für diesen Hecht hier.« Er rezitierte, den Motor übertönend:

»In der Blüte fortgeprügelt vom Lotterkissen,
Wie ein Cranzvogel im Fluge getroffen.
Sperrstunde, eh er noch ausgesoffen,
Dem nagenden Hundszahn schnöd vorgeschmissen.«

»Nicht so ganz das Wahre für Rawcliffe«, rief Enderby. War es auch nicht. Das Wahre stand in allen Anthologien, aber wenn Enderby es hier ausrufen würde, käme er nie gegen Ricker Sugden an. Es war das Wahre nur, weil's nur das eine gab.

»Tschüß, alter Latz, laß rollen den Saus,
Den Schaum der Milchstraße, Sternensaft,
Die Himmelstür nimmt dich in Ewigkeitshaft
Und der himmlische Wirt schmeißt dich nie wieder raus.«

»Nicht gerade sein Bestes«, rief Enderby, doch er wurde nicht gehört. Nicht obskur genug, zu viel Bedeutung. Armer Rawcliffe. Rawcliffe der Verräter, ja doch, aber er hatte bezahlt. Dein Wunsch sei gewährt. Welcher Wunsch? Eine eigene Zelle zu haben, kleinste Einheit des Lebens. Enderby machte einen schwachen Versuch, Himmel, Meer und

Easy Walker jene letzte Strophe zu Gehör zu bringen (»Sein Leib fault längst in fremder Erd«) und merkte, wie unangemessen das doch war. In fremdem Wasser würde er verfaulen, so sah's aus. Es gab nichts für Rawcliffe. Aber es war doch etwas, mit seinen Knochen, flaggenfetzenumflattert, auf dem Meersgrund zwischen zwei Kontinenten zu ruhen. Es war eine Art Gedicht. Easy Walker rief:

»Also denn. Alles klar zum Ausstoß, Latz?« Enderby nickte; er vergaß dabei, daß Easy Walkers Blick geradeaus gerichtet war und daß es keinen Rückspiegel gab. Rawcliffes Leiche war gegen das Plexiglas der Steuerbordtüre gesackt. Enderby drängte ihn grob zur Seite, daß er anmutig gegen Easy Walker zu sinken begann. »Aufgepaßt, aufgepaßt, Latz.« Enderby beugte sich vor und drückte keuchend auf die Klinke. Sie klemmte. Plötzlich gab sie nach, und die Tür schwang auf, und die weite röhrende Luft draußen schien an ihm zu ziehen, aber er krallte die Fingernägel in Rawcliffes Lehne. »Also denn, bitte gleich.« Easy Walker ließ das Flugzeug sich nach Steuerbord neigen. Ein Schwall eisiger Luft drang schräg von unten ein. Enderby schlug seine Finger durch das Flaggenleichentuch in den Körper, stieß ihn nach draußen, doch er schien, in den Luftstrom stürzend, von diesem mitgetragen zu werden. »Rawcliffe, du verdammter –«, stöhnte Enderby zum letztenmal. »Alles klar!« rief Easy Walker heiter und trat gegen ein totes Schienbein. Dann kippte er die Maschine noch weiter. Enderby schlug und stieß. Wie widerwillig trat Rawcliffes Leiche in diese recht niedrige Himmelszone ein, niedriger sicherlich als der Parnaß. »Wir haben ihn, Latz!« – sollte heißen, daß der freie Raum ihn hatte. Die britische Flagge, deren drei Farben krud von diesem saphir- und türkisfarbenen Hintergrund abstachen, kreiselte langsam hinunter. »Weg.« Ohne einen Laut und mit Lippen, die sich nur wie für eine Zigarette öffneten, nahm ihn das Meer auf. Hier liegt einer, dessen Namen *nicht* in Wasser geschrieben ward, hatte er einmal im Suff gesagt.

Es war schwierig, die Tür, die sich bis zu ihrer äußersten Reichweite geöffnet hatte, wieder an den alten Ort zu bringen. Aber Easy Walker schwenkte brutal nach Backbord, und die Tür kam zurückgeflogen, und bei einem weiteren Schwenk, der sie beide auf die Seite legte wie Gäste bei einem römischen Bankett, knallte sie zu. Dann richtete er das Flugzeug auf, kreiste in großen Schleifen, und dann witterte die Nase der Maschine wieder in die Richtung nach Hause. Wie sollte man es sonst nennen? Voraus das grüne Afrika, dann die geometrischen Muster des kleinen Flughafens, dann eine plötzliche dringliche Leidenschaft für die

Piste. Eine Dreipunktlandung von der Art, die man als unverschämt souverän bezeichnet, langsames Rollen hinüber zu Easy Walkers wartendem Volkswagen.

»Wo wir von Pässen reden«, sagte Enderby, als sie durch die braune Landschaft vor der Stadt fegten, »ich hätte meinen gern zurück, wenn Sie ihn noch haben. Hab ihn zu früh weggegeben.«

»Nicht drin, Latz. Schon verschlungen vom großen passaportohungrigen Maul der Wüste. Aber nehmen Sie den, brauchen ihn wohl dringender. Die toten Kunden helfen den lebendigen aus ihrem Herzen der Finsternis, trotzdem jammerschade drum.«

»Ich meine«, sagte Enderby, »daß ich ja schließlich das Anrecht auf irgendeine offizielle Identität habe.« Aber hatte er das? Und wenn ja, wozu? Er würde zwar vielleicht irgendwohin abtransportiert werden, aber er hatte nicht die Absicht, selbst irgendwohin zu gehen. Und so oder so, spielte der Name eine Rolle? Rawcliffe wäre mit jedem oder keinem Namen zufrieden, wenn er wieder leben könnte.

»Hab mal einen Paß organisiert, und der Kunde war anscheinend gerade am Abzwitschern. Aber er kam wieder zu sich, Tatsache, und gerade als ich mit dem nächsten einig war. Na, Ihnen kann wohl mit Herrn Rawcliffe nix passieren. Kommt nicht mehr rauf, nein, nie mehr. Anders als der Kunde im guten alten Heimatdreck.«

Als sie wieder im *Acantilado Verde* ankamen (Rawcliffes zweites Verbalmonument), war Easy Walker eifrig interessiert, welche zwielichtigen Schätze es wohl billig zu kaufen gab, die man dann teuer verkaufen könnte. Die drei Jungen saßen in sauberem Weiß an einem Tisch neben der Bartheke und spielten ein Spiel, bei dem unter anderem die kleinen Finger ineinandergehakt wurden. Sie hatten Schwierigkeiten, würdevolle Trauermienen aufzusetzen. »Alles vorbei«, sagte Enderby. »Finito.« Aber es mußte doch ein besseres spanisches Wort geben. Consommado? Klang nach Suppe. »Consummatum«, sagte er; zurück zu den Wurzeln.

»Gut, Inspekto«, sagte Easy Walker. Er war von großem Geschick. Was er alles an Pornografie zutage förderte, war schockierend. Das meiste steckte in den Munitionskistenregalen, obwohl Enderby – getäuscht von der Strenge der Einbände – nichts geahnt hatte. »Hier«, sagte Easy Walker, »haben wir was Leckeres für alle, die aufs Pfeffern stehen.« Er zeigte Enderby viktorianische Stahlstiche blutiger Wunden, liebevoll detailliert, und geknoteter Peitschen und Riemen. »Und da geht's mit dem ganzen Werkzeugkasten den Kamin hoch, wäre mir für meine Trompete zu schmerzhaft. Und hier«, sagte Easy Walker, der nicht zu

Schockierende, schockiert, »das würde ich verbieten, und wenn meine eigene Tante Trudchen auf der Zause wäre, Latz, denn es gibt doch bei allem Gekunkel eine Grenze, muß doch, klar.« In seinen Händen zitterte ein ledergebundener Folioband mit – wie es dem mit zusammengekniffenen Augen prüfenden Enderby zuerst schien – Illustrationen zur Bibel. Doch waren es äußerst pervertierte Illustrationen, und bei einer wurde es Enderby fast schlecht. »Ich meine«, sagte Easy Walker und knallte das Buch zu, »das war schon so schlimm genug, ohne daß man's noch schlimmer macht und sexuell.« Es war das erstemal, daß Enderby ihn ganz gewöhnlich hatte reden hören. »Wird dann ein Hohn draus, wie bei dem Kunden, von dem ich erzählt hab. Wenn einer abgeht, dann hat er sich nicht mehr umzudrehen, Kuckuck da bin ich wieder. In Ordnung für ihn da drin«, er senkte den Kopf, »der war, was er eben war, kein Flax dabei. Aber dieser Kunde wie gesagt. Und dann dieser Gitarrenwichser, macht da total den Lazarus. Auch Kreuzigung bei dieser Chose, echter Dreck. Glatt inszeniert.«

»Was?« sagte Enderby. »Wer?« Die Zeit zerrt dich in ihren teuren Wagen… Und wenn der Wagen dann nicht weiterfährt und noch jemand einlädt, sondern einfach zurück in die Garage rollt? Alles wieder wie zuvor, oder doch fast alles. Es würde ihn gar nicht überraschen, nichts würde ihn überraschen. »Sie meinen«, sagte Enderby, »Yod Crewsy. Sie meinen, er ist gar nicht tot.«

Easy Walker nickte und nickte. »Schön hingelegt in so einem griechisch-römischen Schuppen in der Metropole. Und all die Teenies wuffeln ringsum, schnief buh huh. Sonntagsstaat, sieht er nicht Zucker aus. Und seine drei Spezis auf Posten, zwei zu Füßen, einer hinter der Omme. Dann reißt er die Äuglein auf und sagt: ›Wo bin ich?‹ Kam heut morgen im Quasselkasten, Kurzwelle, auf dem Herweg.«

Enderby nickte und nickte. Flittchen. Blasphemisches Flittchen! Schlau gemacht. Kein Problem, bestochene Ärzte, oder nicht einmal das. Echter Irrtum. Klinischer Tod und wahrer Tod. Und jetzt Predigten über Wunder, Popfreaks, die zu Dankgebeten strömten. Unser Thammuz, Adonis, unser Christus auch, davon abgesehen. »Und«, sagte Enderby, »ich nehme an, ein listiger Pseudotrauergast war anwesend, um seine einzige Chance wahrzunehmen, anzusehen, was er angerichtet hatte, drückte sich im Schatten der Kathedrale rum, und als der Leichnam aufstand von den Toten, da schrie er. Schrie, daß vor Zeiten, wenn der Schädel leer, der Mann auch starb, und damit hatt's ein End, doch nun da steht er auf, ein größres Wunder, als je die Mordtat war.«

Easy Walker schüttelte perplex den Kopf. »Da komm ich jetzt wieder nicht mit, Latz. Nicht meine Liga, ferner liefen. Müssen Sie mal die Zeitungen bespechten, wenn sie rauskommen, sind noch nicht da, nicht mit dem Jubel.«

Enderby schüttelte unverwirrt den Kopf. »Keine Zeitungen mehr! Scheiß auf die Welt da draußen«, sagte er zornig. »Wenn nicht auf die eine, hör ich's auf die andere Weise, muß nur lange genug warten. Keine Auferstehung für Rawcliffe, in keiner Weise, die knüllen seinen Brief in Scotland Yard gleich in den Papierkorb, wieder ein Spinner.«

»Ich schlepp die mal ab«, sagte Easy Walker, »die Pornobibelchen.« Wieder erschien auf seinem Gesicht ein schockierter Ausdruck, als ihm klar wurde, daß sein Slang, dieses eine Mal, ins Schwarze traf. Enderby spürte nun intuitiv, daß er gleich die Hülle seines wohl handgestrickten Argot abstreifen und, schwarzes Schaf oder verlorener Sohn, eine Sprache sprechen würde, die viel stärker als die Enderbys der Mittelklasse zugehörte. »Es ist alles Schmutz und Betrug«, sagte er, und nur in der leichten Aufweichung des letzten Wortes war das unspezifisch Koloniale an ihm zu hören. Einen Augenblick lang schien er benommen wie von einem kolossalen Fuselkater. Enderby nickte. Er sagte freundlich:

»Kommen Sie morgen oder übermorgen wieder und holen Sie den Rest von dem Zeug. Außer dem, was ich haben möchte, meine ich. Was an heterosexueller Pornografie im Hause ist, behalte ich. Mit den Frauen bin ich fertig.«

»Da seien Sie froh.« Klar und bitter gesagt. Und dann: »Was sollen die ganzen Drucksachen da drüben, Latz?« Er wies mit einem Kopfrucken auf einen Satz allein stehender Munitionskisten, abseits, besonders.

»Das«, sagte Enderby, »sind all die Anthologien.«

Als Easy Walker gegangen war, schlitzte Enderby Rawcliffes Matratze mit einem angelaufenen Krummdolch auf. Bündel schmutziger Banknoten kamen zum Vorschein, hohe und niedrige Werte, alles in allem, schätzte er, etwa fünfzehntausend Dirhams. Morgen würde er eine neue Matratze kaufen, heute abend sich ein Hundelager aus Decken und Kissen herrichten. Dann inspizierte er nachdenklich Rawcliffes Bad und Toilette, recht komfortabel eingerichtet; für die Gäste gab es nur ein – immerhin regelmäßig saubergeschwemmtes – französisches cabinet d'aisance neben dem Restauranttreibhaus. Dann ging er in die Bar. Alle drei Jungen sahen ihn erwartungsvoll an – eine Komposition, wie für den frühen Picasso arrangiert, von Kaffeetrinkern mit ihren zylindrischen Bechern: Antonio trank mit großen Augen, Tetuani wärmte seine beiden dunkelbraunen Hände am Bauch des Bechers, Manuel, der schon ausgetrunken hatte, schwang seinen leicht hin und her, mit dem Henkel an den kleinen Finger gehängt. »Nein«, sagte Enderby entschieden, »ich schlafe allein. Yo duermo solo.« Sie nickten mehr oder weniger nachdrücklich; sie hatten nur Bescheid wissen wollen. Manuel sagte:

»Verdammten Laden wieder aufmachen?«

»Mañana.«

»Quiere café?« fragte Antonio.

Enderby konnte seiner Sehnsucht nach chronischer, selbst herbeigeführter Verstopfung nicht widerstehen. Er hatte sich selbst davon überzeugt, daß er gesund genug sein konnte, wenn er nur wollte. »Mach«, sagte er langsam, »sehr starken Tee. Muy fuerte. Keine Teebeutel, sondern richtigen Tee, löffelweise. Comprendido? Büchsenmilch. Leche condensada.« Und später würde er etwas essen – was? Etwas stiefmütterlich Vulgäres – ein Corned-Beef-Stew mit Speck drin, daß die Fettaugen aufblühten, einen grollenden Hügel gekochter Kartoffeln, eingelegte Zwiebeln. Er nickte entspannt und freundlich und ging zu seiner ersten – nach verdammt langer Zeit – seiner ersten ruhigen Sitzung auf den Abort.

2

»Meiner Meinung nach«, sagte der älteste der Männer, dessen Haut mit ihren geplatzten Äderchen und Kapillaren aussah wie eine vergrößerte Mikroskopaufnahme von Autoöl, »kann es sich dabei nicht um eine Verschwörung handeln. Die nehmen Meisterschützen. Ein politischer Mord ist, in unserem Lande zumindest, eine ziemlich ernste Angelegenheit.«

»Es ist durchaus möglich«, sagte ein vertrockneter Alter mit einem von der Schilddrüse kropfartig aufgetriebenen Hals, hervortretenden Augen, heiserer Stimme, »daß dies die Tat eines unternehmungslustigen Privatmannes war. Viel Enthusiasmus, wenig Geschick. Die allgemeine Wehrpflicht hätte man niemals abschaffen dürfen.«

»Nun, das habe ich doch soeben gesagt, oder?«

»Indirekt, wenn Sie so wollen. Ausdrücklich kaum.«

»Der«, sagte ein kleiner rascher bellender Ex-Major, der Jüngste, etwa fünfundsiebzig, »wäre wohl auch wiederauferstanden. Denen trau ich alles zu. Ein immerwährender Premierminister.«

»Oder er war einfach ein Lügner.« Das war ein unstet zuckender Mann mit flatternd zahnlosem Mund. »Die Ratte eifersüchtig auf die Maus. Hat auf ihn geschossen. Hat ihn nicht erwischt. Jetzt versucht er sich als politischer Held aufzuspielen. Was meinen Sie, Rawcliffe?«

»Ich habe zu dieser Frage wirklich keine Meinung«, sagte Enderby. Er saß in dem Kaminfeuersessel, vor sich den Tisch, Papier und Kugelschreiber auf dem Tisch, keine einzige Zeile hinzugefügt zu den dreien, die schon dastanden:

Der Brotlaib glänzt bei Ceres' sauberem Mahl,
Jack heißt gern Thyrsis, Crousseau Admiral,
Lebt auf vernünftiger Insel –

Die Sonne war schwach; was Tanger seinen Winter nannte, zog langsam auf. Die Flaschen hinter der Bar fingen das magere Licht ein, als wollten sie noch einmal in sich sammeln, was längst schon aufbewahrt war. Manuel maß den alten Männern ihren Whisky zu, die ihre letzten Jahre wegen der Wärme und des vermeintlich billigeren Lebens hier verbrachten. Manuel war fröhlich und ehrlich, man konnte ihm die Kasse anvertrauen. Ehrlichkeit war hier in Tanger ein Luxusartikel, ein Genuß. Farbenfrohe Pinup-Kalender hingen an der Wand und versprachen nach dem milden, windigen Winter wieder hitzige Leidenschaftlichkeiten, goldenes Fleisch, die herzzerreißend wackelnden Kruppen der Bikinijugend auf den goldenen Stränden. Und Emailschilder, die für Byrrh warben, Rivoli, Royal Anjou, Carlier, ein englisches Bier namens Golden Fleece. Den Coca-Cola-Eisschrank hatte Tetuani frisch poliert. Marie Brizards Name stand auf den Wasserkrügchen, Picons auf den Aschenbechern. Antonio sang beim Zubereiten von Tapas in der Küche. »Sowohl Politiker wie Popsänger«, sagte Enderby, »sind Furunkel am Hintern der Gesellschaft.« Der älteste Alte macht Chchaaargh. Das gefiel ihm. Schriftsteller oder was, dieser Rawcliffe. Das treffende Wort.

Enderby kam weder mit der Arbeit an seinem Sonett weiter noch mit dem Brief, den er immer noch zu schreiben hatte. Die Frage war, dachte er, wie er sie anreden sollte. Liebe Vesta: niemals. Liebe Mrs. – Er hatte ihren neuen Namen vergessen. (Die Adresse war einfach: der Verlag dieses elenden Buches.) Eine beleidigende Grußformel, da ginge er unter sein Niveau. Er hatte seinem eigenen Verleger geschrieben, weil er sich dachte, daß er ihn, sie, das Verlagshaus noch brauchen könnte. Winzige Tantiemen waren aufgelaufen (fünf Pfund, sieben Schilling, neun Pence); sie freuten sich, sagten sie, endlich wieder zu wissen, wo er zu erreichen sei. Was die Plagiatsgeschichte anging, war das seine

Angelegenheit, da das Copyright bei ihm lag. Sie selbst waren nicht bereit, etwas zu unternehmen, da sie beim Kampf um die Rechte an dem neuen Buch des wiederauferstandenen Yod Crewsy mitboten – ein kurzer Prosaband, wie man hörte, humorvoll, inspirierend, sogar religiös. Und sie legten einen privaten Brief bei, ungeöffnet, der erst vor kurzem bei ihnen eingegangen war. Enderby hatte stirnrunzelnd die Handschrift betrachtet: weiblich. Du mit deine wahnsinnige Verehrerinnen! Mit klopfendem Herzen öffnete er den Umschlag.

Lieber Piggy oder Hoggy oder Dirty (ich weiß ja nicht, wie ich Dich sonst nennen soll!),

Es hat mir leid getan, wie alles gegangen ist, und tut mir jetzt noch leid. Und jetzt kann ich mich nur auf diesem Wege mit Dir in Verbindung setzen. Denn ich habe es aus diesem dummen Ding im Flugzeug herausgeholt, daß alles wirklich nur ein Mißverständnis war, daß du wirklich nur im falschen Zimmer warst und gar nicht tun wolltest, was der dumme Flugzeugkapitän gemeint hat (Du weißt, wovon ich rede, nicht wahr?). Es werden zuviele von diesen Stewardessen nur nach dem Aussehen ausgesucht, obwohl das bei ihr ja auch nicht so berückend war, und nicht nach der Intelligenz, und der dumme Kapitän hat ein wenig zu rasch seine falschen Schlüsse gezogen, und mit denen fliege ich ganz bestimmt nicht mehr, der Führer mit der dummen Wollmütze war auch ganz unverschämt. Was Dir nicht alles an Unrecht geschehen ist! Auch ich war dumm, nicht wahr, als ich gedacht habe, du könntest irgend etwas mit dieser Schießerei zu tun haben, das muß meine erhitzte Urlaubsphantasie gewesen sein. Ich habe viel an Dich gedacht, und ich bin sicher, Du hast viel Böses von mir denken müssen. Aber kann man mir wirklich böse sein? Ich meine, Du warst schon ziemlich geheimnisvoll, kein Gepäck und alles. Ich *mußte* mir einfach als Buße Deine Gedichte in der Bibliothek ausleihen – sehr schwierig, die Bibliothek mußte sie erst anderswo besorgen –, und ich finde manche davon schwierig und andere sehr traurig. Sehr modern natürlich. Ich weiß immer noch nicht recht, ob sie mir gefallen – das hört sich undankbar an, nicht wahr, aber ich bilde mir ein, daß ich immer ehrlich bin, aber einer von unseren jungen Englischdozenten – habe ich ihn erwähnt? Harold Pritchard, er versucht gerade, einen kleinen Band Literaturkritik herauszubringen – war ganz weg. Er hat gesagt, es gebe merkwürdige Ähnlichkeiten mit dem Werk von Yod Crewsy, und je mehr ich über diesen ganzen Skandal nachdenke, desto mehr bin ich davon überzeugt, daß das alles wegen der Publicity inszeniert war, und noch dazu in Anwesenheit des Premierministers, und von *dem* halte ich seither auch nicht mehr so viel. Dann hat Harold dasselbe Gedicht in beiden Büchern gefunden, und da war er total aufgeregt, er ist begeistert von literarischen Skandalen. Es gibt keinen Zweifel, hat er gesagt, wer hier von wem gestohlen hat. Also hat er einen Brief an das *Times Literary Supplement* geschrieben und er glaubt, da kommt noch einiges nach.

Wo bist Du, lieber Piggy? Ich wünschte, ich könnte mich persönlich bei Dir entschuldigen. Wenn ich zurückschaue, sehe ich, daß die Nacht in Sevilla trotz allem doch sehr romantisch war – Liebe und Deine plötzliche Inspiration und selbst Dein Irrtum, als Du, Du Lieber, nach mir sehen wolltest. Schreib mir und nimm, wenn Du willst, meine lieben Grüße an, und verzeih mir.

Deine Miranda.

Wie er an diesem ruhigen Wochentag nun hier saß – der Zug aus dem königlichen Rabat fuhr gerade auf der einspurigen Strecke vorüber, welche die Spanische Avenue von den Strandlokalen trennte, die Tintenflüssigkeit in seinem Kugelschreiber stockte, der harmlose Winter nahte –, dachte er, daß der Herbst, obwohl sein Wunsch ihm gewährt worden war *(sprach er und verschied)*, gerechterweise noch einmal mit einem letzten Racheakt aufflammen sollte. Aber er konnte den Brief nicht schreiben, und solange der Brief ungeschrieben blieb, würde sich das Sonett nie ins Delta seiner letzten Zeilen ergießen. Was wollte er denn eigentlich von ihr? Sein Geld zurück? Nein, das Lokal brachte genügend ein, sogar im Winter. Ihre Demütigung? Ihre smarte Erscheinung noch einmal ruiniert sehen, aber von gewaltigeren Wassern als dem Regen von Castel sowieso, das Schniefen, der rinnende Lidschatten, das glatte Gesicht, das zu dem einer müden Alten zusammensackt? Nein, das auch nicht. Rawcliffe hatte ihn das Mitleid gelehrt, welches die Wälder verderben lässet.

»Irgendwann wird es still darum werden«, sagte der kropfige alte Mann, »und neue Sensationen werden kommen. Diese haltlose junge Generation muß ständig mit Neuigkeiten gefüttert werden.« Er nahm ein wenig Schnupftabak, Wilson's, hustete, krächzte und erschauerte vor strengem Genuß.

»Bin nicht religiös«, sagte der Ex-Major abgehackt. »Aber wenn ich einen entscheidenden Glaubenssatz meines Vaters – armer Teufel, hat während seines ganzen Leidens an seinem Glauben festgehalten – wenn ich das, sage ich, als Trick oder Gag oder wie immer man jetzt gerade sagen mag, mißbraucht sehe, dann frage ich mich. Ich frage mich, welche neue Blasphemie sie sich noch ausdenken werden.«

»Keine Moral«, sagte der flatternde Mann. »Keine Loyalität. Behandeln ihre Freunde gradeso wie ihre Feinde. Es war doch auf einer privaten Gesellschaft, wo dieser junge Mann mit der Pistole in der Trunkenheit damit geprahlt hat. Stimmt das nicht, Rawcliffe?«

»Ich weiß es wirklich nicht«, sagte Enderby. »Ich lese keine Zeitungen.«

»Sehr weise Einstellung«, sagte der Älteste. »Sich von der Welt fernhalten. Einfach mit der eigenen Arbeit weitermachen, was immer es ist.«

»Sam Foote«, sagte der kropfige alte Mann. »Ein lächerlicher Name. Wahrscheinlich erfunden.«

»Samuel Foote«, sagte Enderby, »war ein Schauspieler und Theaterdichter des achtzehnten Jahrhunderts. Außerdem ein Vertreter für Dünnbier. *Und alle fingen an, Fangen zu spielen, bis ihnen das Schießpulver aus den Absätzen rann.*«

Es herrschte ein kurzes Schweigen. »Tatsache?« sagte der Älteste. »Nun, ich muß wohl langsam daran denken, daß ich zum Mittagessen nach Hause komme. Brauche immer länger. Beim Gehen, heißt das.«

»Das hat er geschrieben«, sagte Enderby. »Es war ein Probetext. Ein anderer Mann hatte gesagt, er könne alles rezitieren, was er nur einmal gehört habe.«

»Auch auf den Weg«, sagte der Ex-Major. »Bißchen auf der Promenade durchblasen lassen.«

Die Tür ging auf, und ein Mädchen kam herein, sehr braungebrannt. Sie trug wie für den Hochsommer ein einfaches grünes Kleid, das ein gutes Stück über den Knien endete, tief an ihrer jungen Brust ausgeschnitten, die goldenen Arme völlig bloß. Sie trug eine Strandtasche. Sie lächelte schüchtern und ging zu Manuel an die Bar. »Ich habe gehört«, sagte sie, »daß ich hier eine Badekabine oder wie das heißt mieten kann.« Ihre Stimme war recht tief, der Tonfall klassenlos. Susanna und die Alten, dachte Enderby. Der Ex-Major sagte leise:

»Susanna und die Alten.« Enderby konnte sehen, daß sie sich greisengrau fühlten, impotent, die Lust in ihrem Inneren zu sehr erstorben, als daß sie noch Zorn empfinden könnten über die vielen verpaßten Gelegenheiten, über das vergangene Leben, den vielleicht als nächste Jahreszeit heranrückenden Tod. Und er selbst? Er stand auf und sagte zu dem Mädchen:

»Nun, das *können* Sie im Prinzip, aber –« Sie sah ihn mit grünen Augen an, die wie ein Happen Sireh mit Gold bestreut waren. Die Augen standen weit auseinander, aber nicht zu weit: weit genug für Schönheit, vielleicht auch Ehrlichkeit, nicht weit genug für die panische, bewußtlose Welt der Tiere. Ihr Haar? Enderby dachte zu seiner Überraschung sofort an die Blume mit dem Namen Montbretie. »Ich meine, daß es doch sicherlich schon ein wenig zu kalt ist. Zu dieser Jahreszeit, meine ich.«

»Ich spüre die Kälte nicht. Vor einem kalten Meer habe ich keine Angst.« Wie in einem allegorischen Auftritt oder auf der Titelseite von

Punch wackelten nun die Alten davon (Winter, Krieg, Wirtschaftskrise oder einfach ein beschissenes Jahr), der Gegenwart der Jugend weichend (Frieden, Frühling oder Regierungswechsel). Sie knarrten und stöhnten, schnaubten, hinkten, zuckten unter arteriosklerotischen Stichen zusammen, gingen. Ein oder zwei winkten Enderby müde hinter der geschlossenen Glastür zu, in sicherer Entfernung. »Könnte ich dann eine haben? Für ein paar Tage. Zahl ich im voraus?«

»Nein, nein, nicht nötig – Gewiß. Un llave, Manuel.«

»Numero ocho«, lächelte Manuel.

Alle – Tetuani, der die Whiskygläser der alten Männer abräumte, Antonio unter der Küchentür, Manuel vom Sandplatz mit seinen zusammengerollten Sonnenschirmen aus, Enderby halb umgedreht in seinem Sessel – sahen sie ihr zu, wie sie über den leeren Sand zum Meer sprang, in knappem Karmesinrot, das Haar offen. Enderby drehte sich wütend wieder zu seinem Tisch. Er nahm ein Blatt Papier und schrieb wild: »Du Nutte, Du weißt, daß Du mein Leben ruiniert hast. Und Du hast meine Gedichte gestohlen und diesem Deinem blasphemischen falschen Kommerzlazarus gegeben. Damit kommst Du nicht durch! Eins von den gestohlenen Gedichten war schon in einem Band von mir veröffentlicht. Ich werde Euch verklagen, es wird Euch noch allen leid tun.« Und dann konnte er Vesta vor sich sehen, wie sie dastand, kühl, makellos in modischem Dakron, unerschüttert; wie sie sagte, *ihr* müßte bestimmt nichts leid tun, höchstens ihrer plärrenden Kreatur, und der hatte ohnehin seinen Höhepunkt überschritten, würde fallengelassen, es kam die Zeit der chaotopoetischen Gruppen, oder das Duo Lyserg und Diäthyl, oder Big D and the Cube and the Hawk and the Blue Acid. Oder Schlimmeres. Enderby nahm ein anderes Blatt Papier und schrieb:

Gestank und unverbesserliches Schinderpack
Mit dem zerkauerten Stab darunter
Und Fäden seiner Hoden aufgeklebt
Auf Darmgeschwulst und wo der
Ausgehöhlte Nachmittag erbricht
Den Samen des Ennui und

Und und und. Schick's rüber, signiert, in den verdammten Doggy Wog, zeig ihnen, daß du sie bei ihrem eigenen Spielchen schlagen kannst, wenn du willst, aber es ist die Mühe weiß Gott nicht wert. Und, amigo mit der Zwiebel, ich weiß schon, was in der carta steht, die du dorthin bringen wolltest, wo ich wohnte, wo mein Rasiermesser und meine antisolare Brillenergänzung und meine paar schmutzigen Taschentücher mittlerweile schon lange von denen eingesackt worden sind, welche in jener Nacht noch nicht vom dicken Napo an die Polizei verraten wurden. *Khogh.* Einfach ein Wort in ihrer Sprache, kein deformierter Eigenname aus einer anderen. Und der Brief teilt mir sicherlich mit, daß er gesehen hat, wer's war, hombre, und ebendas auch Scotland Yard erzählt hat. Ein merkwürdiger und vielleicht verdächtiger Mangel an verräterischer Gesinnung bei den verräterischen Spaniern! Enderby fühlte sich undankbarerweise schlecht gelaunt. Alles lag zum Schreiben bereit, doch er konnte nicht schreiben. Entwürfe, unvollendete Entwürfe, immer wieder. Düster las er die ersten acht Zeilen seines Sonetts noch einmal durch.

Augustus auf der Guinee, hochpoliert. Das ist das achtzehnte Jahrhundert, das Augusteische Zeitalter der englischen Literatur, und die Guinee ist eine Reduktion der Sonne. *Die Sonne zählt nicht viel.* Genau, da die wahre Sonne Gott ist und das urbane Leben wesentlich ein Produkt jener Vernunft, welche vor der Sonne zergeht. Und keine Sonnenkönige mehr, nur noch das Haus Hannover. *Doch jeder Strahl formt eine Säule, grad und rational.* Also, man kommt doch nicht ohne die Sonne aus, man formt sie in ihre einzelnen Strahlen um und benutzt ihre Energie zur Errichtung neoklassischer Strukturen in Architektur und Literatur (na ja, sagen wir *The Rambler* oder *The Spectator*, und dessen geistreiche Biederkeit wird mit *grad* ganz gut getroffen). *Kein Bogen!* Ja, und die Schiffe durchsegelten eine bekannte Welt, die kein rachsüchtiger Gott überfluten würde, und sie brauchten kein Zeichen des Bundes mehr, der Regenbogen wird abgewiesen. Etwa so. *Wenn das Denken zirkuliert, Wird es wie Blut durch grades Rohr geführt.* Eigentlich klar. Die Rundung der Guinee ist nur vonnöten, damit sie die geraden Straßen des Kommerzes oder wie immer hinabrollen kann. Der runde Querschnitt der Röhren ist an der Oberfläche nicht zu sehen, die Röhren sind im Grunde Mittel, zwei Punkte auf kürzestem oder logischstem Wege zu verbinden. Und wenn man will, das Rohr der Tabakspfeife, die neu eingerichteten Kaffeehäuser, wo die neuen Ideen zirkulierten. *Der Brotlaib glänzt bei Ceres' sauberem Mahl. Jack heißt gern Thyrsis.* Bißchen Füllsel wegen des Reims, aber wenn man die Sonne abweist, weist man das Leben von sich und kann es nur in der Stilisierung der Mythologie oder der Idylle noch akzeptieren. Jack aber bringt uns zu Jean-Jacques. *Crousseau Admiral, Lebt auf vernünftiger Insel.* Jetzt kommt langsam das Umkippen. Defoe fängt an damit: die Natur mit

Vernunft überwältigen. Der Zuhörer hört allerdings nur *Crusoe*. Dann wird man die Natur zur Vernunft erheben und in die Antithese purzeln, man wird romantisch. Warum? Schwierige Sache mit der Weiterführung.

»Herrlich!« Sie war hereingelaufen, naß. Sie wand eine Haarsträhne aus, Nässe auf dem Boden. Dicke Tropfen lösten sich auf ihren goldenen Gliedmaßen auf. Ihr Fuß mit seinem hohen Spann ließ Freitag-Spuren zurück. Beim Anblick ihres runden schaukelnden Hinterns hatte Enderby vor Reue und Rage sterben mögen. »Dummerweise hab ich jetzt alles mitgenommen außer einem Handtuch. Wäre es vielleicht möglich –« Sie lächelte, ihr Kinn troff, als hätte sie Reben zerkaut.

»Einen Moment bitte.« Er hechelte zu seinem Schlafzimmer und brachte ein Badetuch zurück, das er noch nie (wenn er's je tun würde) benutzt hatte, dazu den bunten Mantel, kaum befleckt, in dem Rawcliffe gestorben war. Er legte ihn um ihre Schultern. Klare goldene Haut ohne Makel und ein lächerlich zarter Flaum. Sie rieb sich energisch das Haar trocken und lächelte dankend. Manuel hielt sich lächelnd in der Nähe. Sie lächelte zurück. Enderby versuchte zu lächeln.

»Könnte ich« – sie lächelte – »etwas zu trinken haben? Etwas, das ein wenig säuerlich ist. Schauen wir mal –« Die Flaschen lächelten. Nein, nein, das taten sie nicht. Das ließ Enderby nun doch nicht zu. »Einen Whisky Sour.«

»Wiiskii –?«

»Ich mach das«, sagte Enderby. »Hol ein Eiweiß. Clara de huevo.« Manuel lief in die Küche. Sie rieb sich am ganzen Körper in dem, mit dem leuchtenden Mantel des einstigen Rawcliffe ab. »Eine seltene Kunst«, plapperte Enderby, »einen Whisky Sour zu machen.« Das klang nach Angabe. »Amerikaner mögen ihn sehr gerne.« Ein Ei zerknackte laut nebenan. Sie rieb und rieb. Enderby trat hinter die Bar und sah sich nach der Plastikzitrone um, die Zitronensaft enthielt. Manuel, der eine Teetasse mit Eiweiß und einigen winzigen Dreiecken Eierschale darin gebracht hatte, schaute ihr zu, wie sie rieb, nicht dem Meister, wie er mixte. »Da«, sagte Enderby nach recht kurzer Zeit.

Sie nahm das Glas und nippte. »Hmm. Trinkt sonst niemand?«

»Wird Zeit«, sagte Enderby, »daß ich meinen mittäglichen Aperitif zu mir nehme.« Es schien ihm, daß er albern grinste, während er sich einen Scotch ohne was eingoß.

»Zahle ich jetzt gleich oder geben Sie mir nachher die Rechnung? Und kann ich hier was essen, wo wir vom Mittäglichen reden?«

»Oh«, sagte Enderby. »Zu dem Drink sind Sie eingeladen. Eine Art

Brauch hier, der erste Drink eines neuen Kunden geht auf's Haus.« Und: »O ja. Sie können ein Steak und einen Salat haben oder so etwas. Oder Spaghetti mit diesem oder jenem. Im Grunde alles, was Sie wollen. In vernünftigem Rahmen, meine ich.« Vernünftig. Das brachte ihn zu dem verdammten Gedicht zurück. Zu seinem Entsetzen sah er, wie sie sich über seinen Tisch beugte und ganz offen seine Papiere betrachtete.

»Hm«, sagte sie, nachdem sie wieder einen kleinen Schluck genommen hatte. »Sie scheinen diese Person, diese Nutte besser gesagt, nicht sehr zu schätzen.«

»Das«, stotterte der konfuse Enderby und kam hinter der Theke hervor, »hat nichts zu bedeuten. Ich werde es nicht abschicken. Nur eine Idee von mir, das ist alles. Wirklich«, sagte er, »das sollten Sie nicht tun, Sie verstehen schon. Intim.« Aber du hast deine intimen Teile nur allzugern hergezeigt, nicht wahr, als du –. Er spürte eine Art laues Vergnügen, das Wärme versprach und gar keine Wut. Sie setzte sich in seinen Kaminsessel. Sie fing an, sein halbes Sonett zu lesen, die Stirn leicht gerunzelt. Eine merkwürdige Tutoriumsatmosphäre schien zu entstehen. Enderby setzte sich auf einen der Stapelstühle in der Nähe seines Tisches.

»Bringen Sie den Stuhl doch näher her«, sagte sie. »Was hat all das hier zu bedeuten?«

»Nun«, plapperte Enderby, »es ist ein Sonett, sehr strenge Form. Es ist im Grunde ein Versuch, das Zeitalter der Aufklärung mit der Französischen Revolution in Verbindung zu setzen. Oder, auf einer anderen Ebene, das Rationale und das Romantische können jeweils als Aspekte voneinander betrachtet werden, wenn Sie verstehen, was ich meine.« Sitzend bewegte er sich auf sie zu, ohne aufzustehen, als säße er in einem Krankenstuhl. »Was ich tun muß, ist: zeigen, daß romantische Kurven aus der klassischen Geraden hervorgehen. Verstehen Sie?« Und mürrisch zu sich selbst: Wahrscheinlich nicht. Sie war jung. Sie hatte vielleicht um Yod Crewsys Tod getrauert, war bei seiner Auferstehung zu irgendeinem Freiluftgottesdienst gezogen.

Sie machte die Augen fest zu. »Ordnen Sie Ihren Sechszeiler in zwei Teilen an«, sagte sie. »Ein Atemholen zwischen cdc und dcd. Wie werden klassische Säulen zu gotischen Bögen? Die Sonne schmelzt sie, nehm ich an. Und dann sollten Sie die Guillotine dabei haben. Eine sehr rationale Maschine – tut mir leid mit dem Reim, aber Reime brauchen Sie ja wohl, oder?«

»Was«, sagte Enderby feierlich, »möchten Sie zum Essen? Da, sehen

Sie, steht Antonio, bereit, es für Sie zu kochen.« Antonio stand an der Küchentür und versuchte zu lächeln, während er auf etwas herumkaute. Sie nickte ohne zu lächeln, zog aber reizend die Lippen zusammen, nachdenklich. Guillotine, Maschine. Ruine? Linie…

»Was essen Sie denn? Ich esse gerne mit von dem, was Sie essen. Aber keinen Fisch. Fisch kann ich nicht ausstehen.«

»Also«, murmelte Enderby, »normalerweise werde ich erst – Wir schließen während der Siesta, verstehen Sie, und dann, für gewöhnlich –«

»Ich esse so ungern allein. Außerdem müssen wir diese Sache hier lösen. Gibt es irgendwas mit Fleisch?«

»Nun«, sagte Enderby, »ich hab die meiste Zeit irgendein Stew auf dem Herd. Rindfleisch und Kartoffeln und Rübchen und so. Ich weiß allerdings nicht, ob Ihnen das zusagen würde.«

»Mit eingelegten Zwiebeln!« sagte sie. »Und viel Worcestershiresauce. Manchmal mag ich richtig derbe Sachen.« Enderby errötete. »Ich komme gerne wieder mit beiden Beinen auf die Erde.«

»Sind Sie mit Ihrer Familie hier?« Sie gab keine Antwort. Hatte wohl Geld. »Wo wohnen Sie? Im Rif? Im El Greco?«

»Ach, in der Nähe. Gleich den Berg hinauf. Also jetzt. Versuchen Sie's.«

»Hm?« Und während Tetuani im Glashaus deckte, versuchte er's.

Lebt auf vernünftiger Insel im Geviert.
  Dann rächt sich erst die Sonne, die verletzte,
Die Säulen nickten, schmolzen, in bizarrer Linie
  Erwuchsen Höhlen, wo der Schatten hetzte.

»Die Volta ist kaum scharf genug. Die Reimwörter sind schwach. Das angehängte ›die verletzte‹ ist schockierend.«

Dann – über dem dicken Stew, vollkommen zugesoßt, mit eingelegten Zwiebeln, als ganze zerknackt, daneben und einer Flasche dickrotem, nach Aal und Alaun schmeckendem lokalem Wein – schwitzten sie, schwitzte also in erster Linie einmal er (buchstäblich) über den letzten Zeilen.

Denn jene höchst vernünftige Maschine,
  Die sich die Ratio in den Tempel setzte,
(Ein ärztliches Patent) hieß Guillotine.

»Fürchterlich«, sagte sie. »So etwas von Unbeholfenheit.« Sie atmete ihn an, und er roch (die junge Dame aß ja, trotz des bekannt penetranten

Aromas von Zwiebeln, Zwiebeln) Zwiebeln. »Ich hätte gerne noch etwas Käse«, sagte sie. »Haben Sie Cheddar, Black Diamond? Nicht zu jung, wenn das geht. Ich mag ihn eher hart.«

»Würden Sie auch gerne«, fragte Enderby demütig, »einen sehr starken Tee trinken? Den machen wir wirklich nicht schlecht.«

»Muß aber tatsächlich ganz stark sein. Freut mich, daß es etwas gibt, das Sie wirklich nicht schlecht machen, die Verse hier sind ja eine Schande. Und nennen sich einen Dichter.«

»Ich habe mich – Ich habe nie –« Aber sie lächelte, als sie es sagte.

3 Enderby träumte von ihr in dieser Nacht. Es war im Grunde ein Albtraum. Sie spielte in ihrem kurzen grünen Kleid Klavier für eine Horde singender Männer, die kurz vor Lokalsperre noch ihre Biergläser schwenkten. Aber es war weniger eine Kneipe, mehr eine lange dunkle Turnhalle. Auf dem Klavier lag ein gähnender schwarzer Hund, und Enderby, der wußte, daß er zutiefst böse war, versuchte sie davor zu warnen, doch sie und die Singenden lachten nur. Endlich aber zerrte er sie trotz ihres Protests in die Winternacht hinaus (aber sie schien die Kälte nicht zu spüren), die Nacht einer schmutzigen nordenglischen Industriestadt. Sie mußten rasch fort, mit dem Bus, der Straßenbahn, dem Taxi, oder der Hund würde herauskommen und hinter ihr her sein. Er drängte sie, die immer noch protestierte, zu einer Hauptstraße und hielt dort ohne Schwierigkeiten einen südwärts fahrenden Lastwagen an. Sie fing an, das Abenteuer komisch zu finden, und scherzte mit dem Fahrer. Aber sie sah nicht, daß der Fahrer der Hund war. Enderby mußte die Wagentür öffnen, während der Wagen fuhr, und sie wieder auf die Straße hinausholen, um einen anderen Wagen anzuhalten. Wieder war es der Hund. Und wieder. Die neuen Fahrer waren immer der alte Hund, und darüber hinaus sagten sie zwar bellend, sie führen nach Süden, aber beinahe sofort bogen sie nach links ab und wieder links und nahmen ihre Passagiere wieder mit gen Norden. Endlich verlor Enderby sie aus den Augen und befand sich in einer Stadt, die Tanger stark ähnelte, wenn auch in einem Sommer, der für Nordafrika zu glühend heiß war. Er hatte ein Zimmer, doch das lag ganz oben an einer langen Treppe. Als er eintrat, traf er ohne Erstaunen dieses Mädchen und ihre Mutter an, eine ältere Miss Boland. Sein Herz pochte, er war bleich, sie gaben ihm

freundlicherweise ein Glas Wasser. Doch dann begannen, obwohl kein Wind ging, die Fensterläden zu zittern, und er hörte eine ferne, recht alberne Stimme, die irgendwie seiner eigenen ähnelte. ›Ich komme‹, sagte sie. Das Mädchen schrie nun, sie sagte, das sei der Hund. Aber er schwamm durch Meilen von Ozean aufwärts, nach Luft ringend. Dann wachte er auf.

Er hatte eine gemeine Magenverstimmung; er knipste die Lampe neben seinem Bett an und nahm zehn Bisodoltabletten. Doch das Wort *Liebe* hing, wie ihm auffiel, in Gestalt eines fernen Nachgeschmacks von eingelegten Zwiebeln in seinem Munde, und das ärgerte ihn. Der Mond schien schwach. Ein paar betrunkene Mauren stritten sich in der Ferne, und noch weiter entfernt begannen reale Hunde eine Gebellstafette. Das kam nicht in Frage, das war alles vorbei. Er trank aus einer Flasche Vittel, machte Braaargh (und das hatte sie auch gemacht, nur einmal und ohne Entschuldigung). Dann tappte er in seiner Pyjamajacke ins Bad. Die Neonröhre über dem Spiegel zeigte ihm plötzlich das Bild: Der mürrische Poet. Er setzte sich auf die Toilettenbrille und, mit einem großen Band (heterosexueller) Pornografie auf den Knien als Unterlage, versuchte er, den Traum in ein Gedicht zu bringen, mal sehen, was das alles sollte. Ein mühsames, langsames Geschäft.

In einem dunklen Saal. War seine Liebe hier?
Da, süß und bunt
Ließ sie die Finger schwarzweiß klingend hasten,
Schlug lachend in die gelbgebleckten Tasten,
Und auf dem Deckel droben, dem Klavier,
Lag unbemerkt – lag wartend – lag der Hund.

Sie hatte ihren Namen nicht nennen wollen, hatte gesagt, das sei nicht wichtig. Sie war gegen drei Uhr gegangen, wieder in Grün, die handtuchlose Strandtasche hin und her schwenkend, ohne einen Hinweis darauf, wo sie hinging. Manuel, der später wegging, um die bestellten Zigaretten zu holen, sagte, er hätte sie aus dem Doggy Wog kommen sehen. Das machte Enderby eifersüchtig: Half sie diesen verdreckten Süchtigen mit ihren dreckigen drogendumpfen Versen? Wer war sie, was wollte sie? War sie eine anonyme Agentin des British Arts Council, ausgesandt, kulturelle Bemühungen in – mit Blakes Worten – winzigsten Sonderheiten zu unterstützen?

Er sah, schrie, zerrte sie aus dem Gelächter.
Die Nacht kalt, ungewiß.
Anhalterlasterfahrt, und wieder, schlimmer
Der Scherz. Die Seitenstraße. Wieder, immer:
Der Fahrer macht den Mund auf: Er, der Wächter
Zog sie aufstöhnend weg: Das Hundsgebiß.

Sie sollte bloß damit aufhören, als Jugendtraum herumzulaufen, denn das war alles zu spät. Er hatte seinen stillen Hafen erreicht, oder? Er würde morgen früh, oder richtiger: heute morgen nicht in der Bar sein; er würde einen langen Spaziergang machen.

Ermüdet endlich, heiß am Ende einer Reise.
Die Treppe. Sie,
Als Tochter, ja, so war das, ein Glas Wasser bitte.
In Mutters ruhiger Wohnung. Unhörbare Tritte.
Kein Wind. Die Läden schüttern.

Das war jetzt alles durcheinander. Die Geschichte gab keine neue Strophe mehr her, und diese Strophe hier war schon zu lang. Und der Rhythmus war fürchterlich.

Ich komme, sagte eine Stimme leise.
»O Gott, o Gott, der Hund!« Alleingelassen?
Doch er am Grunde meilentiefer Wassermassen,
Luftlos. Er schrie.

Eine ausführliche Unterhaltung darüber mit jemand, bei Whisky oder Stiefmuttertee, das war nötig. Die Einsicht erschreckte ihn plötzlich. Mußte der Dichter nicht allein sein? Er übersetzte dies in Eingeweidesprache und teilte es grimmig der nächtlichen Stille mit, unter Anspannung der zuständigen Muskeln, doch der Laut war hohl.

Also war sie wieder da im Zitronenlicht des Vorwinters von Tanger, und dieses Mal mit Handtuch. Die alten Männer, ängstlich vielleicht, daß ihnen Schießpulver aus den Absätzen rinnen könnte, waren weggeblieben, aber andere Gäste waren da. Zwei junge Filmer, in Marokko, um Gegenden für Außenaufnahmen auszusuchen, die als Arizona herhalten konnten, sagten verstärkt *Japp* zueinander und schaufelten gierig Antonios Tapas in sich hinein – dicke schwarze Oliven, heiße gebratene Leber auf Brot, Spanischer Salat aus Zwiebeln, Tomaten, kleingehacktem Paprika mit Essig. Ein Engländer teilte Manuel in fließendem, aber sehr englischem Spanisch seine Vorliebe für Baseball mit, ein Spiel, das er leidenschaftlich verfolgt hatte, als er drei Meilen außerhalb von Havanna gelebt hatte. Ein ruhiger Mann, ein Russe vielleicht, saß an der Ecke der Theke und trank stetig und ohne erkennbaren Effekt spanischen Gin.

»Es lohnt sich nicht«, sagte sie, »so ein Gedicht zu schreiben.« Sie hatte sich wieder ihr Kleid angezogen, karmesinrot, noch kürzer als das grüne. Der Baseball-Aficionado, angegraut und auf eine leere Art hübsch, warf ihr deutliche Blicke zu, aber sie schien es nicht zu bemerken. »Sie selbst mag es berühren«, sagte sie, »wegen des emotionalen Eindrucks, den Ihnen der Traum gemacht hat. Aber es ist doch im Grund nur eine Reihe von langweiligen Sexualmetaphern, was? Der Hund, meine ich. Lastwagenfahrt für Erektion. Und Sie versuchen, mich vor sich selbst zu bewahren, oder sich selbst vor mir – beides töricht.« Enderby schaute sie bitter an, begehrenswert und geschäftsmäßig wie sie war. Er sagte:

»Das ›Liebe‹ in der ersten Zeile. Das tut mir leid. Das meine ich natürlich nicht wirklich. Es war nur im Traum.«

»Schon gut, wir schmeißen's ohnehin raus.« Und sie knüllte das Werk von drei Nachtstunden zusammen und warf es auf den Boden. Tetuani hob es gerne auf und trug es weg, ins Nest zum anderen Abfall. »Ich glaube«, sagte sie, »wir machen einen Spaziergang. Es gibt noch ein Sonett, das wir ausarbeiten müssen, nicht wahr?«

»Noch eines?«

»Eins, das Sie gestern erwähnt haben. Über den Aufstand der Engel oder so.«

»Ich bin mir nicht sicher, daß ich –« Er runzelte die Stirn. Sie gab ihm einen festen Schlag auf den Arm und sagte:

»Jetzt seien Sie mal bei der Sache. Wir haben nicht viel Zeit.« Sie führte ihn aus der Bar hinaus, kräftiger, als sie aussah, und die Gäste, die alle neue Gäste waren, nahmen an, daß Enderby ein alter Gast war, der ein wenig zuviel getrunken hatte.

»Hören Sie«, sagte Enderby, als sie auf der Esplanade standen, »ich begreife nichts von all dem. Wer sind Sie? Welches Recht haben Sie? Nicht«, fügte er hinzu, »daß ich nicht zu schätzen wüßte – Aber im Ernst, wenn man darüber nachdenkt –«

Der Wind fegte ziemlich kalt daher, aber sie spürte die Kälte nicht, die

Arme in die Seiten gestemmt, in ihrem lächerlich kurzen Kleid. »Sie verschwenden Zeit, oder? Also, wie fängt es an?«

Sie gingen in Richtung der Medina weiter, und es gelang ihm, etwas davon in den Wind zu hämmern. Es war, als redete sie ihm zu, alles hochzuholen, besser alles raus, raus damit.

Voll Ekel für die eitlen Klubs und Cliquen,
Für das Gesinge jeden Nachmittag –

Stämmige Palmen die ganze Strandstraße entlang, die Wedel vom Wind geregt. Die Esel mit den vollgeladenen Körben, hie und da ein spöttisch fletschendes Kamel.

»Das ist die Grundidee? Der Himmel als eine Art mieses Provinzstädtchen. Oder als eine unbedeutendere Public School. Waren Sie auf einer unbedeutenderen Public School?«

»Ich war«, sagte Enderby, »auf einer katholischen Tagesschule.«

Es war Freitag, und die Gläubigen trotteten zur Moschee. Der Imam oder Bilal oder wie auch immer gurgelte über einen Lautsprecher. Braune Männer, Kabylen oder Berber, folgten der Stimme, sahen aber nach ihren Beinen, mit glänzenden Augen, offenem, aber hoffnungslosem Begehren. »Das ist alles abergläubischer Blödsinn«, sagte sie. »Kehren Sie nie, wie groß auch die Versuchung sein mag, dazu zurück. Verwenden Sie es als Mythologie, plündern Sie die Bildersäle, aber glauben Sie nie wieder daran. Nimm bares Geld, und pfeif auf den Kredit.«

»Kein besonders markanter Dichter, Fitzgerald.« Enderby liebte sie für das, was sie soeben gesagt hatte.

»Also gut, dann rücken Sie mit etwas Besserem raus.«

Den ganzen grinsend arroganten Schlag,
Begann die Bombe ihm im Hirn zu ticken –

Mittagessen in einem kleinen Restaurant, vollgepfropft mit modischen Militaria, nicht allzuweit vom Hotel El Greco. Es wurde von zwei ineinander verliebten Männern geführt, einem Amerikaner, einem Engländer. Ein hübscher Maurenjunge, der sie bediente, schien selbst in den Engländer verliebt, der flachshaarig war, braungebrannt, und dazu neigte, zu schmollen und den Koch anzubrüllen. Der Maure verstand seine Gefühle nicht zu verbergen: Seine große Unterlippe zitterte, und seine Augen schwammen. Enderby und sie aßen ein dünnes, langweiliges Gulasch, von dem sie laut bemerkte, es sei beschissen. Der englische Liebhaber warf den Kopf zurück und drehte unter indignierten Schnalzgeräuschen die Musik lauter – eine sinnlich selbstgefällige amerikanische Männerstimme sang vor einem quasi Mahlerschen Orchester dünne langweilige Caféschlager der dreißiger Jahre. Sie war drauf und dran, zu schreien, daß der verdammte Krach abgestellt werden solle: Er störte den Rhythmus der beiden. Enderby sagte:

»Bitte nicht. Ich muß in dieser Stadt leben.«

»Ja«, sagte sie, die grünen Augen, deren Gold sehr metallisch war, hart auf ihn gerichtet. »Ihnen fehlt Mut. Sie sind von irgend jemand oder irgend etwas aufgeweicht. Sie haben Angst vor dem Jungen, dem Experimentellen, dem Exzentrischen und dem schwarzen Hund. Als Shelley das gesagt hat, daß Dichter die inoffiziellen Gesetzgeber der Welt sind, hat er tatsächlich nicht übertrieben. Nur mit dem genauen Gebrauch der Worte können die Menschen beginnen, sich zu begreifen. Dichten ist kein dummes kleines Hobby, zu dem man sich im kleinsten Raum des Hauses einschließt.«

Er wurde rot. »Was kann ich tun?«

Sei seufzte. »Schwitzen Sie erst all die alten Sachen aus. Dann machen Sie weiter.«

Algebra aus präzisen Augenblicken,
  Und jede Teilung trieb ihn mehr zusammen,
Empört. Doch dann, in Feuerflammen,
  Las er: »*Du* darfst hier keine Blume pflücken.«

»Es wäre an der Zeit«, sagte sie, »daß Sie mit der Arbeit an einem langen Gedicht beginnen.«

»Ich hab's einmal versucht. Dieser Bastard hat's gestohlen und verwurstet. Aber«, und er schaute bergabwärts, zum Meer, »er hat bezahlt. In einen Union Jack gehüllt, sanft angeknabbert.«

»Hier können Sie sich was holen. Hier kommen Wege zusammen. Deukalions Flut und Noahs. Afrika und Europa, Christentum und Islam, Vergangenheit und Zukunft. Das Schwarz, das Weiß. Zwei Felsen, die einander anschauen. Die Straße von Gibraltar mag einen Unterwassertunnel haben. Aber Mallarmé hat gesagt: Dichtung wird mit Worten gemacht, nicht mit Ideen.«

»Woher wissen Sie das alles? Sie sind so *jung*!«

Sie spie sehr boshaft Luft aus. »Da haben wir's wieder. Mehr an den falschen Unterschieden interessiert als an den wahren. Auf geht's, die letzten sechs.«

Die letzten sechs Zeilen des Sonetts kamen in einer kleinen Kneipe nicht weit vom Souk oder Socco an ihr Ende, über Gläsern mit warmem Pastis. Schäbige lange Gewänder, Kapuzen, Ponchos, Eselsprügler, lautes gurgelndes Moghrabi, nasebohrende Kinder, die die andere Hand zum Betteln ausgestreckt hielten. Enderby sympathisierte und gab ihnen kleine Münzen.

Gleich pflückt er sie! Alarm, Sirenenschrei.
 Das Feste taut. Die Garde kommt im Trab.
Er sammelte die Rebellionspartei
 Am Abgrund, schuf die Hölle und das Grab:
Das Licht brach sich zum erstenmal. Es sei.
 Wie ein verdammter Donnerkeil stieß er hinab.

»Das *verdammt*«, sagte Enderby, »ist natürlich das, was mit Luzifer geschieht, aber es soll auch eine widerwillige Anerkennung ausdrücken. Aber das klappt nur, wenn der Leser weiß, daß ich die Zeile aus Tennysons Gedicht über den Adler genommen habe.«

»Zur Hölle mit dem Leser. Gut. Das braucht noch eine Menge Arbeit, aber das können Sie dann in Ruhe machen. Wenn ich wieder weg bin, meine ich. Jetzt schauen wir uns besser mal diese Horazische Ode da an. Können wir in Ihrem Lokal zu Abend essen?«

»Ich würde Sie gerne zum Abendessen *aus*führen«, sagte Enderby. Und: »Wenn Sie wieder weg sind, haben Sie gesagt. Wann sind Sie wieder weg?«

»Ich fliege morgen abend weg. Gegen sechs.«

Enderby schluckte. »Ein kurzer Aufenthalt. Man kann sehr gut in der *Parade* essen. Ich könnte ein Taxi nehmen und Sie dann abholen, gegen –«

»Immer noch neugierig, wie? Das ist eine echte Abwechslung für Sie, oder, diese Neugier in bezug auf andere Leute? Die haben Sie sonst eigentlich nie so recht interessiert. Nach dem, was Sie mir erzählt haben jedenfalls. Ihr Vater hat Sie enttäuscht, weil er Ihre Stiefmutter geheiratet hat, und Ihre Mutter hat Sie enttäuscht, weil sie so jung gestorben ist. Und die anderen, die Sie erwähnt haben, Männer und Frauen.«

»Mein Vater war in Ordnung«, sagte Enderby. »Ich habe nie etwas gegen ihn gehabt.« Er runzelte die Stirn, doch ohne Ärger.

»Vor vielen Jahren«, sagte sie, »haben Sie auf eigene Kosten ein kleines Bändchen veröffentlicht. Unvermeidlicherweise war es sehr schlecht gedruckt. Darin stand ein Gedicht mit der Überschrift ›Unabhängigkeitstag‹.«

»Kann mich ums Verrecken nicht erinnern.«

»Ein ziemlich schlechtes Gedicht. So fängt es an:

Wer in den alten Tagen hat begehrt
Den Vater Haß zu lehren mit dem Schwert
Kam gleich in einen großen Sack zum Ärgernis
Mit einem Affen, der ihm seinen Rücken riß
Und einem Papagei der schreit zum Spott
Ja ohne Luft und Licht entsetzt vor Gott
Gewiß
Zum dritten schleicht im Sack der Schlangenbiß.«

»Das kann ich unmöglich geschrieben haben«, sagte Enderby besorgt. »Unmöglich habe ich je etwas so Schlechtes geschrieben.«

»Nein?« sagte sie. »Hören Sie.

Dann warf man ihn hinaus ins Meer.
Doch war das nur Geschwätz und zählte nicht.
Heut fällt uns auch der andere Haß nicht schwer.
Wir gehen jetzt in einem sauberen Licht
Und als ich wußte, sein Ende ist nah
Als ich meinen Geist freier sah
Lacht ich laut
Wie törich sperrt uns die Geburt
Jetzt hab ich Recht, ich hab den besseren Start
In mir selbst habe ich dem Mann vertraut
Streif ab die letzten Fetzen der alten Haut.«

»Das ist jemand anderer«, sagte Enderby aufgeregt. »Ehrlich, das bin ich nicht.«

»Und Ihre Mutter lieben Sie, weil Sie sie nie gekannt haben. Soweit Sie wissen, hätte sie ebensogut auch Ihre Stiefmutter sein können.«

»Jetzt ist es anders«, sagte Enderby beschwörend. »Ich vergebe meiner Stiefmutter. Ich vergebe ihr alles.«

»Das ist sehr großzügig von Ihnen. Und wen lieben Sie?«

»Ich wollte gerade darauf zu sprechen kommen«, sagte Enderby und machte sich bereit, alle Flaggen der Peinlichkeit zu hissen. »Was ich sagen wollte, war –«

»Schon recht, schon recht. Holen Sie mich nicht mit dem Taxi ab. Sie können das gar nicht, weil Sie nicht wissen, wo ich bin. *Ich* hole *Sie* gegen acht ab. Jetzt gehen Sie nach Hause und arbeiten Sie an Ihrer komischen horazischen Ode. Nein, lassen Sie mich hier, ich gehe in eine andere Richtung.« Sie schien unnötig gereizt, und Enderby, der schließlich einmal, wenn auch nur kurz, mit einer Frau zusammengelebt hatte, fragte sich, ob sie möglicherweise – sie war ja schließlich alt genug, um –

»Gin und heißes Wasser«, schlug er freundlich vor, »sollen angeblich Wunder wirken.« Doch sie schien ihn nicht zu hören. Sie schien Enderby wie ein Fernsehbild abgestellt zu haben und sah ihn mit leerem Blick an, als wäre er zum leeren Schirm geworden. Ein sehr seltsames Mädchen, alles in allem. Aber er dachte sich, daß er nun, da er den Mond überwunden hatte, vielleicht diesmal mit seiner Angst leben konnte.

4

Sie war für den Abend adrett gekleidet, bronzefarbene Strümpfe und ein kurzes, doch nicht allzukurzes, goldfarbenes Kleid, eine goldene Stola um die gebräunten Schultern, das Haar hinten hochgesteckt. Am linken Handgelenk trug sie eine goldene Kette, an der winzige Figürchen hingen. Es war ein Restaurant mit gedämpfter Beleuchtung, und Enderby konnte nicht erkennen, was die Figuren waren oder bedeuteten. Ihr Parfüm erinnerte an ein Gebäck – ein delikates Soufflé mit den Eigenschaften eines Aphrodisiakums, gewürzt mit raren Likören. Enderby trug einen von Rawcliffes edwardianischen Anzügen – er paßte ihm nicht allzuschlecht – und sogar Rawcliffes goldene Taschenuhr mit der Kette. Eines, was Enderby an dem Restaurant mißfiel, war die Tatsche, daß der Collagen-Leichenbestatter aus dem Doggy Wog drinsaß und offensichtlich ein geachteter und regelmäßiger Gast war. Er saß an einem Tisch gegenüber und aß mit den Fingern gebratene Wachteln oder anderes Wildgeflügel. Er hatte dieses Mädchen mit einem vertrauten Knurren begrüßt, hielt aber jetzt, während er das Fleisch von einem Rückenknochen zupfte, seinen Blick streng auf sie gerichtet. Anscheinend erinnerte er sich nicht an Enderby. Sie hatte seinen Gruß mit dem »Hi!« einer amerikanischen Stewardeß erwidert.

Heute wollte sie kein fettiges Stew, keine eingelegten Zwiebeln, keinen Stiefmuttertee. Sie studierte die Karte mit höchster Konzentration, als gelte es, ein Nabokovsches Kryptogramm zu entdecken, und bestellte einen Junghasen der *capuchin* genannten Sorte, in *marc* mariniert, mit seiner eigenen sowie Schweineleber gefüllt nebst Brotkrumen, Trüffeln und ein wenig eingelegtem Truthahnfleisch, und serviert mit einer Sauce voller Rotwein und Doppelrahm. Vorher nahm sie eine kleine Portion Ebersülze. Enderby, verwirrt, bestellte Schafzunge *en papillotes*, was immer die waren, was immer das war. Und nach trockenen Martinis, die sie zurückgehen ließ, weil sie weder trocken noch kalt genug waren, tranken sie Champagner – Bollinger, einen Dreiundfünfziger. Sie sagte, der sei nicht sehr aufregend, aber es schien der beste zu sein, den sie hatten, also legte man auf ihre Anweisung hin noch eine Flasche auf Eis, während sie diese tranken. Enderby glaubte beunruhigt, die Anzeichen einer eindeutigen Absicht zu erkennen, sich zu betrinken. Bald sagte sie, ihre Gabel klirrend auf den Tisch knallend:

»Eine phantasierte Überlegenheit Frauen gegenüber. Verachtung für ihre Köpfe, also vorgeblich Verachtung auch für ihre Körper. Nur weil Sie ihre Körper nicht kriegen können.«

»Verzeihung? Wie –?

»Juvenilia. Aus Ihren«, sie rülpste sanft, »Juvenilia.«

»Juvenilia? Aber ich habe nie etwas von meinen Juvenilia veröffentlicht.« Verschiedene Bargäste zeigten Interesse an diesem wiederholt gefallenen Wort – eine Hormoninjektion, eine erotische Stellung, ein synthetischer Ferienort. Sie begann, mit spöttischer Intensität vorzutragen:

»Sie hassen und fürchten sich vor
Dem Dante und Donne in ihm, der kalten
Gabe, aus Hitze Flamme zu schaffen, aus dem Kuß ein Tor
zum Labyrinth eines Monstrums. Sie wären verloren,
Aber sie halten –«

»Nicht so laut«, sagte Enderby mit leisem Nachdruck, errötend. Der Leichenbestatter schaute über einer großen Portion Eis von der Farbe frischen Blutes sardonisch drein.

»– und spinnen einen schmalen Faden
Mit Tennispartys, Tänzchen, Charaden:
Schaler Eiter aus toten Poren.«

Jemand an der Bar, unsichtbar bei dieser Beleuchtung, klatschte Beifall. »Das habe ich nicht geschrieben«, sagte Enderby. »Sie verwechseln mich mit jemand anderem.«

»Tue ich das? Tue ich das? Wohl möglich. Es gibt so viele zweitrangige Lyriker.«

»Was soll das heißen – zweitrangig?«

Sie nahm einen tiefen Schluck Bollinger, als hätte sie der Vortrag des Gedichts durstig gemacht, rülpste ohne Entschuldigung und sagte: »Und dann noch dieses andere gemeine Dingelchen über die Begegnung beim Tanz, nicht wahr? Auch aus den Juvenilia.« Oder eine Krankheit vielleicht, eine von diesen grausam angenehm klingenden. Salmonella. Sie trank noch mehr Champagner und rezitierte mit weltmüdem Tonfall und übertrieben scharfer Artikulation:

»Semitisches Violinengewimmer
Klänge der Klagemauer
Klage
Um den verschollenen Dschungel, das Lianengewirr –«

»Ich glaube«, sagte Enderby streng, »ich habe ein Recht darauf, zu erfahren –«

»Sie sagen: dies einst, in der ersten Röte
Sie sagen: jetzt
Fällt eine Handvoll Münzen
Mit abgegriffenem Bild und Rand zu Boden
Ihr rollender Pfad bestimmt
Unseren Handel mit Gefühlen.«

»Ich meine, abgesehen von der Frage, woher Sie das alles kennen, und ich glaube ohnehin nicht, daß das meines ist –«

»Auf diesem Hintergrund hin und her
Triebe, deren Natur schwer zu bestimmen ist:
Muscheln, die schwimmen, geformt von vergessenen Wogen.«

»Das ist jetzt genug«, sagte Enderby und ergriff ihr dünnes Handgelenk fest. Sie schüttelte ihn mit geringer Anstrengung ab und sagte:

»Zu üppig für Ihren Geschmack, wie?« Sie roch an seiner halbgegessenen Schafszunge *en papillotes.* »Eine Menge Dinge, die Ihnen zu üppig sind, oder? Schon gut. Mammi tümmert sis um den tleinen Mann. Lassen Sie mich zu Ende kommen.« Enderby, der sich höchst elend fühlte, ließ sie.

»So wenig zu verstehen, keine Wörter,
Gedanken daraus zu formen, kein Beil,
Dürre Erde aufzuhacken, keinen Bohrer
Zum lebenden Wasser. Ein zu großer Teil
Meiner Kraft wäre nötig, dich aufzulesen
Aus den abgegriffenen Münzen, abgeschliffenen Muscheln.«

Sie trank wieder ein großes Glas des rauchenden Weins leer, rülpste wie eine Elfenposaune des Triumphes, winkte dann lächelnd dem Leichenbestatter zu. Er sagte:

»So ist's recht. Sag ihm Bescheid.«

»Sie sind unglaublich unfair«, sagte Enderby laut und, noch lauter, zu dem Leichenbestatter: »Sie halten sich da raus, Sie Pisser.« Der Leichenbestatter sah Enderby mit sehr geringem Interesse an und löffelte weiter sein Eis.

»Große unechte Posen«, urteilte sie. »So tun als ob. Große Dichtung schafft man nicht aus dem Als ob.«

»Ich sage Ihnen doch«, sagte Enderby, »es war die Schuld meiner Stiefmutter, aber das ist jetzt alles vorbei. Als ob, sagen Sie«, fügte er schlau hinzu, »aber doch sehr einprägsames Als ob. Nicht«, fügte er dem Hinzugefügten hinzu, »daß ich das geschrieben hätte. Ich bin sicher, ich war es nicht.« Er war sich ziemlich sicher jedenfalls.

»Ich kann mir alles einprägen«, sagte sie selbstgefällig. »Es ist eine Begabung.« Dann machte sie *puuuh.* »Gott, ist das warm hier.« Und sie zerrte sich grob die Stola von den Schultern, die man nun sah, leuchtend jung.

»Es ist tatsächlich gar nicht so warm«, sagte Enderby. Und, hoffnungsvoll: »Es ist vielleicht der Champagner. Vielleicht fühlen Sie sich nicht wohl.«

»Ich fühle mich hervorragend«, sagte sie. »Das ist die Sonne in mir. Ich bin ein Krug, des warmen Südens voll. Hübsche Spannung von Gegensätzen: Gekühlt ein langes Alter in der Tiefe.« Sie hatte das meiste der ersten Flasche getrunken und hielt sich nun bei der zweiten nicht schlecht. »Ich will nicht so tun, als hätten Sie das geschrieben, *das* ist wirklich nicht von Ihnen. Armer Junge. Aber sein Name ward nicht in Wasser geschrieben.« Enderby überlief es kalt, als er das hörte. »Nachwelt«, sagte sie dann. »Der Dichter an die Nachwelt. Und was ist die Nachwelt? Lehrerinnen mit rotnäsigen Schulklassen trotten um die Denkmäler. Die Teetasse des Dichters mit einem unauslöschlichen Ring aus Tannin. Die Liebesbriefe des Dichters. Das ausgefallene Haar des Dichters, in selten gereinigten Haarbürsten auf die Nachwelt gekommen. Die kleinen Schwächen des Dichters – sorgfältig verborgen, aber nicht für immer. Und die Kinder langweilen sich, und ihre Lesebücher sind voll fettiger Fingerabdrücke und unanständiger Kritzeleien. Sie haben die Gedichte gelesen, natürlich. Sie sind die Nachwelt. Denken Sie nie an die Nachwelt?«

Enderby sah sie vorsichtig an. »Nun, wie jeder andere auch–«

»Zweitrangige Dichter hoffen, daß die Nachwelt sie zu erstrangigen machen wird. Ein großer Mann, nicht wahr, der unter dem Hohn der Kritik und der Mißachtung der Öffentlichkeit gelitten hat. Ehrfürchtiger Mundgeruch über Ihrem Grab. Fromme scheue Schritte im Häuschen des Poeten, man befingert die heiligen Töpfe und Tiegel.«

Enderby fuhr auf. »Das erinnert mich an einen Traum. Ich glaube, es war ein Traum... Die Töpfe und Pfannen sind heruntergefallen, und ich bin aufgewacht.«

»Ach, lassen Sie uns den Champagner austrinken und gehen. Ich will nichts mehr von diesem Rotz. Hasenknochen in Rahm, bäh. Gehen wir schwimmen.«

»Um diese Zeit? Und es ist sehr kalt, das Meer meine ich. Und außerdem –«

»Können Sie nicht schwimmen, ich weiß. Sie bereiten Ihren Leib auf ein verehrliches Leichendasein vor. Tun können Sie damit nichts. Na gut, Sie können zuschauen, wie *ich* schwimme.« Sie füllte die beiden hohen Gläser, trank ihres weg, füllte es wieder, trank es wieder aus.

»Ich wollte damit sagen – Es ist etwas schwierig, ich weiß, aber –« Er winkte nach der Rechnung. *»Cuento, por favor.«* Bist schon ganz unser Mann in Tanger. Kleine Tangerine... Richtest dich hier ein aufs Leichendasein. Nein, nein. Er hatte seine Arbeit, oder nicht? Und dann noch das andere, und er stammelte es jetzt am besten gleich hervor, ehe man mit der Rechnung kam. »Ich weiß«, sagte er steif, aber dringlich, »daß ein großer Altersunterschied besteht. Aber wenn Sie es sich vorstellen könnten – Ich meine, wir kommen gut miteinander aus. Ich würde es Ihnen überlassen, die genaue Form unserer Beziehung zu entscheiden.

Ich will weiter nichts.« Die Rechnung kam; wieder ein flammenhaariger Gote von spanischem Kellner, der einen goldenen Tunthus blinken ließ. Es machte eine Menge Dirhams. Enderby zählte Banknote nach Banknote nach Banknote hin, alle aus Rawcliffes Matratze.

»Sie wollen nur, daß ich entscheide«, sagte sie. Der Champagner war leer, und sie drehte die Flasche um und hielt sie wie einen Thyrsus. »Kommen Sie, ich brenne.«

Der Leichenbestatter brummte etwas, daß das ja dann okay sei. Sie lächelte und nickte. »Was machen Sie denn da drüben bei denen?« fragte Enderby eifersüchtig. »Sie gehen da hinüber zu denen. In diese Hundebar, meine ich. Ich weiß Bescheid.«

»Ich komme viel herum. Ich bin ein vielbeschäftigtes kleines Mägdelein. Die Welt ist größer, als Sie es sich je vorstellen könnten.«

Der Türsteher pfiff ein *petit taxi* beziehungsweise *taxi chico* herbei. Es war eine windige Nacht auf einer abschüssigen Straße, nichts weiter. Aber ein schmutziger alter Maure schlich mühsam zu ihnen her, um ihnen ein kleines Päckchen Marihuana für fünf Dirhams anzubieten. »Shit«, sagte sie. »In Verdünnung für die Touristen. Alles aus Zigarettenkippen aus der Gosse zusammengeklaubt.« Sie gab dem alten Mann ein kurzes Mundvoll fließendes Arabisch, so wie es sich anhörte. Er schien schockiert. Enderby war jenseits allen Erstaunens. Im Taxi sagte er:

»Was meinen Sie also? Die genaue Form unserer Beziehung –«

»Bleibt mir überlassen, ich hab's schon begriffen.« Sie rollten Richtung Meer. Der Fahrer, ein schnurrbärtiger dünner Maure mit einem enganliegenden Käppchen, drehte sich immer wieder um, um sie anzusehen. Sie hieb ihm auf die Schulter und sagte: »Schauen Sie auf die Straße, Scheiße nochmal.« Und zu Enderby: »Alles, was ich im Augenblick will, ist schwimmen gehen. Ich will keine Gelöbnisse und nicht die genaue Form unserer Beziehung.« Dann schwieg sie, und Enderby hielt es für klüger, ebenfalls zu schweigen. Sie näherten sich dem Tor, nur die Einspurbahnlinie war noch zu überqueren, das Tor führte zu den Stufen zum Strand hinunter und zu – Aber *El Acantilado Verde* war übermalt, und der neue Name war erst leicht vorgezeichnet. Manuel hatte einen Bruder, der so etwas machte.

Die Bar wirkte kalt und funktional im Licht der weißen Lampen. »Kommen Sie hier herein«, lud Enderby sie ein und führte sie in sein eigenes Zimmer. Tischlampen mit Schirmen in warmen Farben gingen alle gleichzeitig an, als er den Schalter neben der Türe knipste. Viele von Rawcliffes maurischen Kuriositäten lagen noch herum, aber es gab jetzt eine Menge leerer Regalfächer, die zu füllen wären. Doch womit? Er las nicht viel. Vielleicht sollte er mehr lesen, den Kontakt mit der Nachwelt aufrecht erhalten, der sie, wenn man ehrlich war, ja fast schon angehörte. Über die Medien lesen, und wie man die Psyche mit Drogen erweitert. Alles mögliche. Enderby hatte einen Kamelhaarüberwurf für das Bett gekauft, mit wenig bemerkenswertem Muster, sowie neue Bettwäsche und eine neue Matratze. Es war immer noch eine Aura des Unsoliden, Sittenwidrig-Rawcliffeschen um das Bett auf dem Fußboden, mitten auf dem Fußboden. Enderby hatte hier noch keine besondere Spur hinterlassen.

»Hm«, sagte sie. »Wie wär's, wenn Sie Ihren kleinen Koch rufen würden, daß er uns einen Kaffee macht? Ich hätte danach gerne Kaffee.«

»Oh, der ist nicht hier. Sie schlafen alle außer Haus. Yo«, sagte Enderby peinlich-neckisch, »duermo solo.« Und dann: »Natürlich, Sie können ja gar nicht schwimmen. Sie haben nicht daran gedacht, ich habe auch nicht daran gedacht – Sie haben nichts, womit Sie schwimmen könnten.« Er lächelte.

»Sehr richtig«, sagte sie. »Nichts. Ich werde in nichts schwimmen.« Und ehe Enderby etwas sagen konnte, war sie schon drüben bei seinen Bücherregalen und hatte einen Folioband mit Goldschnitt in der Hand.

»Das«, sagte Enderby, »gehört nicht mir. Es stammt noch von ihm. Sehen Sie das bitte nicht an.« Idiot, er hätte daran denken müssen. »Und schwimmen Sie nicht ohne etwas. Es ist zu kalt, es gibt Gesetze dagegen, die Polizei wird vorbeikommen, dies ist ein islamisches Land, sehr strenge Bräuche hier, scharf gegen alles Unanständige.«

»Das Unanständige«, sagte sie und blätterte das Buch durch. »Ja. Liebe Zeit. Das sieht eher schmerzhaft als angenehm aus.«

»Bitte nicht.« Er meinte zweierlei. Es war ihm, als müßte er die Hände ringen. Aber sie ließ das Buch zu Boden fallen und fing dann an, ihr Kleid auszuziehen. »Ich werde selbst Kaffee machen«, sagte er, »und ich habe einen recht guten Cognac. Bitte nicht.«

»Gut, den gibt's dann anschließend.« Und sie stieß ihre hochhackigen Schuhe von den Füßen und begann, ihre Stümpfe abzuschälen, auf Enderbys Stuhl neben dem Bett sitzend, damit's leichter ging. Und dann. Er schluckte, er fragte sich, ob er sich umdrehen sollte, aber irgendwie hätte das vielleicht nach diesem Buch wie Heuchelei gewirkt. Der kühne Enderby, ungerührt zusehend. Aber:

»Gehen Sie von mir aus gerne so hinein, wie Sie jetzt sind, aber –« Aber so hineinzugehen, wie sie jetzt war, hieß beinahe schon hineinzugehen, wie sie gerne wollte. Und jetzt zur Gänze. O Gott! Enderby sah sie vollkommen nackt, ohne lepröse Streifen, wo man solche, normalen Anstand am Strand vorausgesetzt, hätte erwarten dürfen. Er stand einfach da, ein Butler, von der exzentrischen Lady gerufen. Sie sah ihm hart, aber weich in die Augen. Er knirschte mit den Zähnen vor ihrer furchtbaren jungen Schönheit, ganz enthüllt. Sie sagte:

»Zeit genug.« Mit rauher Stimme. Dann legte sie sich auf das Kamelhaar, den Blick nicht von seinen Augen abwendend, und sagte: »Liebe. Du wolltest sagen: Liebe. Komm, nimm mich, Liebling. Ich gehör dir, ganz dir. Wenn ich schenke, schenke ich alles. Das weißt du.« Er wußte es. Und sie streckte goldene Armesklingen nach ihm aus, goldene Wolle glänzte in ihren Achselhöhlen. Und Gold drunten auf dem Hügel. »Du sagtest«, sagte sie, »ich solle die genaue Form unserer Beziehung entscheiden. Gut, ich entscheide. Liebling. Liebling. Komm.«

»Nein«, stöhnte Enderby. »Du weißt, ich kann nicht. Das hab ich nicht gemeint.«

»Genau wie Mr. Prufrock. Liebling, Liebling, du kannst alles tun, was du magst. Komm, laß mich nicht warten.«

»Es hat keinen Zweck«, sagte Enderby sterbend. Er sah sich selbst dort mit ihr, keuchend, seine schlaffe Weiße. »Es tut mir leid, daß ich das gesagt habe – was ich gesagt habe.«

Sie zog plötzlich ihre Knie unter ihr Kinn, umschlang die Schienbeine mit den Händen und lachte, nicht unfreundlich. »Zweitrangiger Dichter«, sagte sie. »Wir wissen jetzt, wo wir stehen, nicht wahr? Nun ja. Sei dankbar für das, was du hast. Verlang nur nicht zuviel.« Und sie sprang auf vom Bett, streifte seine Hand mit der Glätte ihrer goldenen Flanke, nur einen Sekundenbruchteil, während sie an ihm vorbei zur Tür lief, aus der Tür hinaus, aus dem Haus, aus dem Hof, zum Meer.

Enderby saß auf dem Bett, sein Blut prägte seinen Augen Formen ein. Sein Herz knurrte und pochte. Fort zum verdammten Meer, wo Rawcliffe war. Aber nein, Rawcliffe lag im Mittelmeer, östlich von hier. Sie war draußen am Rande des Atlantiks, eines größeren Meeres. Man vergaß manchmal, daß hier der Atlantik war, der Atlantik und Afrika und all die großen Geschichten. Zweitklassiger Poet in Afrika, mit Blick auf den Atlantik. Ohne Zweifel würde das Wasser um sie phosphoreszieren, wie sie weiter in den Atlantik hinaustauchte.

5 Sie kam am nächsten Morgen nicht vorbei, und er erwartete sie auch nicht. Doch hatte kein Abschied stattgefunden, noch nicht. Sie war in ihren Stöckelschuhen in die Küche gestakt, rosig, bekleidet, sogar parfümiert (und doch irgendwie, für seine Phantasie, nach ertrunkenen Poeten riechend), um zu sehen, daß er dastand und den blubbernden Kaffee wie ein alchemistisches Experiment bewachte. Und der Kaffee hatte ihr nicht geschmeckt: zu schwach, der Kaffee eines zweitrangigen Poeten. Ja, Kaffee hatte er noch nie gut hingekriegt. Tee, das war etwas ganz anderes. Jedenfalls, sie mußte sich beeilen, noch soviel zu erledigen vor dem Abflug. Und dann, leicht und ohne Ironie, ein Kuß für ihn auf jede Wange, wie bei der Verleihung irgendeines *prix* für Dichtung, zweitrangige.

Sich im Bett hin und her wälzend, dachte er über zweitklassige Dichter nach, poetae minores. Da gab's T. E. Brown, der geschrieben hatte: »O blackbird, what a boy you are! How you do go it!« und den englischen Gärten für alle Zeiten versichert hatte, daß sie »liebenswert« seien. Und Leigh Hunt, den Jenny geküßt hatte. Und die Frau, die Faunus irgendwie gesehen hatte, später verheiratet mit einem allgemein als erstrangig angesehenen Dichter.

Minor Poets of the Twentieth Century (Oxford University Press, 84 Schilling), da waren von ihm zwei oder drei drin, eine gute Strecke – wegen des Alphabets – entfernt von dem einen von Rawcliffe. Aber man hatte einmal *Aurora Leigh* für das Größte seit Shakespeare gehalten, und Hopkins galt bloß als Jesuitenhysterie. Es hing alles von der Nachwelt ab. Ein Kuß, zwei Küsse. Und er erkannte, daß ihr Name gleichgültig war.

Er seufzte, doch nicht hoffnungslos. Er war an diesem Morgen zu seiner Horazischen Ode zurückgekehrt, in der gut besuchten Bar.

So wird der Zeit- und Feuerregen,
Das Leiden am Prozeß, sich legen,
Daß sich Geschichte setzt
Zu einem steten Jetzt.

Es mußte hinter die Theke, der Experte, Hogg of the Sty, der Eber aus dem Stall (Wenn Sie Gin sagen, weiß Piggy: Sie meinen Yeoman Warder! Falsches Lächeln blinkt über dem Shaker, auf einer Hochglanzwerbeseite), um einen Manhattan für einen grantigen Mann aus Kansas zu mixen, der die Ansicht vertrat, der Drink hieße nach einer Universitätsstadt in seinem eigenen Bundesstaat. Und ein junger, aber archaisch gestylter Was?-Was?-Ha-Ha-Engländer, Schal mit Hundchen im offenen Hemd, hatte zwei Mädchen angeschleppt, von denen eine Bunty hieß, und sagte, niemand in dieser Stadt wisse, wie man einen Hangman's Blood mixt. Aber er, Enderby, Hogg, wußte es, und der Mann war etwas außer Fassung. Drei alte Männer waren dagewesen, der vierte, der mit dem mikroskopierten Gesicht, fühlte sich nicht ganz wohl, blieb besser auf seinem Zimmer. Wird wohl keinen Frühling mehr sehen. War in Bisley der beste Schütze im Jahre, wann war's noch gleich? Military Cross mit Streifen, hat nie viel davon gesprochen.

Was sich langsam herausschälte, sah Enderby, war ein langes Gedicht, das auf den Figuren des *Hamlet* aufbaute. Die horazische Ode war für den König, Typus des absoluten Herrschers, der Dänemark vom Fluß der Geschichte abkapselte. Ein Hochzeitspreislied für ihn und Gertrude, die Leidenschaft des reifen Paares. Er hatte eine Menge davon schon in der Gloucester Road verfaßt, wenn Vesta tagsüber arbeiten war, die Nutte.

> Der Stengel knickt, die schwanke Goldraute
> Dringt hier nicht ein. Die dünne Frühlingsluft
> Läßt blaue Liebende auf Hügeln frieren, doch
> Im Sommer dröhnen schwere Glocken, und das Fleisch
> Nährt sich, wo Früchte platzen, Beeren wuchern.

Etwas in dieser Art. Es würde ihm schließlich wieder einfallen. Ein langer Monolog für Hamlet. Marsyas ... riskierte er, er, Enderby, daß man ihm als zweitrangigem Dichter die Haut abzog? Egal. Mit verdammtem Job einfach weitermachen das Beste, *hombre*.

Sie kam herein, als er gerade an sein Stew dachte, auf das der Tee und die Siesta folgen würden. Sie war recht zurückhaltend gekleidet, ähnlich wie Miss Boland, beiges Kostüm, Rock bis zu den Knien, graublaue Strümpfe, vernünftige und frischgeputzte Schuhe. Sie hatte blaue Ringe – halbe Ringe, wenn man's genau nahm – unter den Augen. Ihr Hut war wie der eines viktorianischen Matrosen. Sie sagte:

»Ich hab draußen ein Taxi warten.« Über den Sand, die Stufen hinauf, über Bahnlinie und Gehsteig hinweg, am Randstein, drüber eine im Wind laut sausende Palme. Es wehte kräftig. »Du darfst dir über nichts allzuviele Gedanken machen«, sagte sie. »Tu, was du tun kannst. Versuch nicht, Hunde zu zähmen oder in eine Welt voller Visionen und ohne Syntax einzutreten.«

Das war sehr sibyllinisch.

»Ich sitze an einem langen Gedicht, das auf den Figuren im *Hamlet* aufbaut. Ich weiß noch nicht recht, was insgesamt das Thema sein wird, aber ich nehme an, das stellt sich mit der Zeit heraus. Kann ich dir eine Tasse Tee machen? Antonio hat heute frei. Er besucht einen Mann in Rabat.«

»Gut. Nein, danke. Ich werde wiederkommen und dich besuchen. Nächstes Jahr vielleicht. Ich wäre wohl schon früher gekommen, aber ich habe so viel zu tun.« Enderby war sich darüber im klaren, daß es jetzt keinen Sinn hatte, weiter nachzufragen: Machst du dein Examen in Englisch? Abschlußarbeit über zeitgenössische Lyrik, ist es das? Das war außerhalb seines Interesses, ebenso wie die Neugier – die er nicht mehr empfand – bezüglich ihrer Identität, ihrer Herkunft, ihres Alters. Allen Dichtern alles sein – diesem Dichter vielleicht etwas weniger als anderen. Kein Neid. Die Nachwelt würde die Sache überprüfen. Aber, natürlich, die Nachwelt, das waren diese rotznäsigen Schulkinder.

»Ich bin dir dankbar«, sagte er, wenn auch, gewohnheitsmäßig, in mürrischem Ton. »Du weißt, daß ich das bin.«

»Man kann es dir nicht übelnehmen«, sagte sie, »wenn du dich für ein Leben ohne Liebe entschieden hast. Irgend etwas ist früh schiefgelaufen. In deinen jungen Tagen, den Tagen der Juvenilia.« Enderby runzelte leicht die Stirn. »Also«, sagte sie, »ich muß mich jetzt wirklich eilen. Ich bin nur zum Lebewohlsagen gekommen. Aber nicht eigentlich Lebewohl«, sie sah auf ihre Uhr und schnitt eine Grimasse. Enderby stand auf und verzog das Gesicht ein wenig. Ein Krampf in der rechten Wade, seinem mittleren Lebensalter völlig angemessen. »Also«, wiederholte sie, und sie ging die drei Schritte auf ihn zu und gab ihm einen raschen Kuß auf den Mund. Sein Teil, seine Rate, das, was er wert war. Ihr Mund war sehr warm. Der letzte Kuß. *Auf den endgültigen Kuß* – Als wüßte sie Bescheid, gab sie ihm den Bezugspunkt für die Vollendung, überließ ihm die Worte; sie ergriff ganz kurz seine Schreibfinger und drückte sie. Ihre Handschuhe waren beige, aus einem weichen und teuren Leder. *Auf letzten Händedruck und letzten Kuß.* Das war es also, das Gedicht war fertig. Aber das Ganze war eine Lüge (für ein Leben ohne Liebe entschieden), doch keine Lüge für irgend jemand, der es gebrauchen konnte, jemand Junges, Verliebtes, beim erzwungenen Abschied von dem, von der Geliebten. Dichter, selbst zweitrangige, stellten die richtigen Wörter zur Verfügung, und der kleine Stolz mochte den großen Neid aufheben.

»Jetzt –«, sagte sie. Sie gingen zusammen zur Tür, beinahe mit der Förmlichkeit von distinguiertem Gast und sich verneigendem *patron.* Er sah zu, wie sie zu ihrem Taxi hochstieg, fühlte ein Aufwallen hoffnungsloser Wut, kürzer als ein Magengrollen, beim letzten Anblick ihres sich präzis bewegenden Hinterns. Aber er hatte kein Recht zu diesem Gefühl, und so erfuhr das Gefühl rasch eine Modulation, wie ein Nesselstich sich zu der Empfindung von Wärme wandelt (die barbeinigen römischen Legionäre hatten sich im britannischen Winter warmgehalten, indem sie sich mit Nesseln geschlagen hatten; steckte darin nicht vielleicht ein Gedicht?), zu etwas, das, in seinen oberen Registern, eben jenen Stolz enthielt. Sie winkte, ehe sie einstieg, und rief dann etwas, das klang wie *Alle Anthologien jedenfalls*, aber ein vorüberfahrender Bus, voll im Rif aufgesammelter stadtrundfahrender Touristen, brüllte dazwischen. Die Gänge knirschten, *unversehens eingeladen*, aber dies war nur ein hinfälliges marokkanisches Taxi. Der Wind blies stark. Sie war fort, wie bei einer Injektion war alles vorbei. Er fragte sich, ob es nicht eine Pflicht der Pietät wäre, mehr über Rawcliffes schmales und gebrochenes Œuvre in Erfahrung zu bringen, etwas herauszugeben, nachzudrucken, auf Kosten der Matratze. Vielleicht war das eine oder andere – gar Juvenilia? – noch irgendwo hier versteckt, vielleicht sogar in den pornographischen Wälzern. Aber nein, am besten Abstand halten. Er hatte genügend Eigenes zu tun, hatte die Pflicht, zumindest besser zu sein als T. E. Brown oder Henley oder Leigh Hunt oder Sir George Goodby oder Shem Macnamara. Was auch die Zukunft bringen mochte, es würde alles einigermaßen in Ordnung sein, nämlich ziemlich schlimm, mit genügend Spielraum für das Schuldgefühl, den eigentlichen Dynamo der Kreativität. Es wäre vielleicht ganz höflich, Miss Bolands Brief zu beantworten. Wenn sie vorschlug, ihn zu besuchen, konnte er, wenn er wollte, immer eine Ausrede finden. Er würde jetzt hineingehen zu seinem Proletenstew und seinem bärenstarken Tee, und dann für eine Weile schlafen. Das C-Dur seines Lebens. *C major*. War Browning ein poeta minor gewesen? Er wandte sein Gesicht dem Atlantik zu, doch war dann, brrrrr, froh, ins Haus hasten und dem Meereswetter entkommen zu können.

6

Dies, liebe Kinder, ist Marokko. Ist das nicht ein erregender Anblick, wenn ihr nun all das seht, von dem ihr gehört oder gelesen habt? Paschas und die Beni-Qurain und Kamele. Mulai Hafid und Abd-el-Kader. Die hellhäutigen Scherifen, die für sich die Abstammung vom Propheten beanspruchen. Palmetto und Sandarak und Argan und Tizra.

Was sagst du, Sandra, du findest es nicht erregend? Nun, Kind, du hast noch nie viel Phantasie gehabt, nicht wahr? Und ich möchte jetzt kein Gekicher und Geflüster hören, *was* du erregend findest. Dummheiten. Manche von euch Mädchen haben einfach keinen vernünftigen Gedanken im Kopf. Ja, da bist du auch gemeint, Andrea. Und, Geoffrey, wenn dieser ältere Berber hier in der Nase bohrt, brauchst du dich nicht gleich veranlaßt fühlen, das auch zu tun. Löwen, Bertrand? Löwen gibt es erst viel weiter südlich. Hier gibt es Leoparden, Bären, Hyänen und wilde Schweine. Trappe, Rebhuhn, Wasservögel. Dromedare und die herrlichen Berberpferde.

Dies ist Tanger, das einmal, was euch vielleicht unbekannt ist, sogar den Engländern gehört hat. Es gehörte zur Mitgift von Katharina von Braganza, der portugiesischen Königin eines fröhlichen Monarchen! Eine durchaus angenehme Stadt, nicht länger von besonderer Bedeutung, allerdings mit einigen unschönen Beispielen neuerer Architektur. Der Strand ist verlassen. Jetzt ist keine Touristensaison, und außerdem ist dies die Stunde der Siesta. Die Strandcafés sind etwas grell hergerichtet, an manchen blättert die Farbe ab, doch manche der Namen sind ganz reizend! Das *Winston Churchill*, das *Sun Trap*, das *Cuppa*, das *Well Come*. Diese hebräischen Lettern hier bedeuten »koscher« (das Wort besteht aus drei Konsonanten; die semitischen Sprachen neigen nicht sehr zur Alphabetisierung der Vokale. Ja, Donald, das Arabische ist auch eine semitische Sprache und schreibt keine Vokale. Warum kommen dann Juden und Araber, die sich doch eines gemeinsamen Ursprungs ihrer Sprache und alphabetischen Methode wie auch ihrer Gene, Tabus und Mythen bewußt sein müssen, nicht besser miteinander aus? Da, mein Junge, hast du das ewige Geheimnis der Brüderlichkeit. Wie Blake hätte sagen können: Laß mich ihn hassen oder sein Bruder sein. Aber eine gute Frage, Donald, vielen Dank), was in bezug auf Nahrungsmittel heißt: nicht von den religiösen Gesetzen verboten. Ein Feiertag, ihr seht es, läßt keine Lockerung der Vorschriften des Bundes mit dem Herrn zu. Hör auf zu grinsen, Andrea! Gleich ist meine Geduld am Ende!

Das da bekommt ein neues Schild. Ihr könnt sehen, daß dieses in geschmackvollem Ultramarin heißen wird: *La Belle Mer*. Sehr hübsch. Wohl ein Franzose, der eine höchst delikate Küche bietet, im Augenblick jedoch ordentlich schläft. Horcht, ihr könnt sie schlafen hören. Zzzzrrzzz. Ghraaaaaakh. Ong. Schlaf befällt so viele der Besten, und es ist der Schlaf, der uns birgt, wenn uns die Schau zuteil wird, die später zerbricht und gar phantastisch ausgesponnen wird, vielleicht auch zur Gänze vergessen.

Warum sind wir hier? Eine gute Frage, Pamela. Was hat dies alles mit Literatur zu tun? Ich bin froh, daß du das gefragt hast. Nun, dazu wäre folgendes zu sagen. Hier haben wir Leute aus nördlichen Ländern, die sich mit den Mauren und Berbern und Spaniern vermischen. Viele von ihnen sind aus ihrer Heimat geflohen, um der Strenge des Gesetzes zu entgehen. Ja, leider, Verbrechen und Vergehen. Veruntreuung, gemeiner Diebstahl, sexuelle Inversion. Ich dachte mir, daß du das fragen würdest, Sandra, der Begriff »sexuell« löst in deinem Fall eine beinahe elektrische Reaktion aus. Der Begriff bedeutet lediglich, daß philoprogenitive Triebe in Bahnen abgeleitet werden, die keine generative Bedeutung besitzen. Und was das alles am Ende heißen soll? Diese Bemerkung, ignorantes Mädchen, habe ich erwartet. Ich werde sie ignorieren. Das Ignorieren ist die einzig rationale Antwort auf Ignoranz. Denk darüber nach, du überhitztes kleines Geschöpf.

Und unter den Exilanten aus dem Norden finden wir Künstler, Musiker, Schriftsteller. Sie haben gesündigt, aber sie haben Talent. Verzweifelt üben sie hier ihre Talente, träumen dabei von bittrem Bier und Schlüsselblumen, und sind doch für immer getrennt, ja, für immer, vom Piccadillyautobahnkreuz und vom Staatlichen Hyde-Park-Museum und dem großen kommunalen Bierkeller am Hammersmith Broadway. Das sind die Briten. Die Amerikaner weinen jeden Abend in ihre Highballs und trauern den glücklichen Einkaufsabenden im Dupermarket nach, dem Drive-in-Stereo-Color-Video, dem nuklearen Summen der vollautomatisierten Highway-Welt. Aber sie arbeiten an ihrer Kunst. Meistens sind es ja Schriftsteller. Hier auf dem Hügel wohnt ein Mann, der schon fünfundzwanzig Bände seiner Autobiographie vorgelegt hat; er zerrt an allen Augenblicken seiner präexilischen Vergangenheit wie an den Garnelen eines Vorspeisentellers. Ein anderer Mann in der Calle Larache frißt sich ins Herz seines Unbewußten und zieht die wieder ausgespieenen Fragmente auf alte Zeitungen auf. Ein anderer schreibt höhnische Satiren, ohnmächtig Alexander Pope nacheifernd, auf ein schon beinahe nicht mehr existierendes England. Es sind kleine Künstler. Hier gibt es eine Rue Beethoven, eine Avenida Leonardo da Vinci, eine Plaza de Sade. Aber keiner jener Künstler wird je einen Platz oder eine Straße nach seinem Namen benannt bekommen. Sie sind nichts.

Und doch, bedenkt, was sie auf drei Seiten umgibt (und auf der vierten spielt der wilde Atlantik dem auf, was muskelstark, zur eigenen Überraschung der Sonne, aus dem sonnengedörrten Afrika und Iberien erstanden ist). Die Herrlichkeiten der Lusiaden (George, unterlaß bitte diese Gähnerei) und die stoische Tapferkeit und das brechende Herz des Cid und der Mythos von Juan und die Chronik jenes hageren Don auf dem hageren Pferd. Die Akkorde der Gitarren dort droben und der Wirbel hämmernder Absätze beim Tanz, und drunten das Fieber eingeborener Timpani! und im Osten die Geschichte, die man sich vom grausamen Sultan Schariyar erzählt, und die feinziselierten Verse von Omar Soundso und Abdul Anderswer (schon gut, Benedict, du brauchst nicht zu kichern, islamische Dichtung ist nicht mein Fach) und Sayid Dingsbums.

Gaaaaah. Org. Uuaaaaaghh.

Der Schmerz, wenn sie alle – nicht alle allein – in der Abenddämmerung von Tanger, im tangerinischen Abend erwachen. Ja, das wissen wir, eine Tangerine ist eine kleine Orange, an den Polen stark abgeflacht. Sehr komisch, Geoffrey. Aber nun werdet ihr vielleicht in Zukunft überlegen, wieso sie so genannt wird. Die kalligraphischen Neonschriften – *fa* und *kaf* und *kaf* und *nun* und *tok* – werden aufleuchten, und die Läden werden beim Schein der Öllampen ihr Geschäft wieder aufnehmen. Damen in Yaschmaks und Kaftanen werden durch die Rues und Calles schlendern, und die Jungen werden schamlos lachen und kichern, wenn die wenigen männlichen Touristen vorbeigehen, und auf ihre kleinen Brüder deuten wie auf gut abgehangene zarte Lämmer. Und die Schriftsteller werden stöhnend ihren Text vom Vormittag durchlesen und werden verzweifeln.

Also weiter! Unsere Kamele wittern froh den Abend. Ein Zitat, Benedict, natürlich. Lassen wir sie zurück, denn jedermann muß allein sein bitteres Leben leben. Ein Mann muß sich das Glück erschaffen, so gut er kann. Wie wir alle. Wie wir alle, Geoffrey und Benedict und George und Donald und Andrea und Pamela und diese entsetzliche Sandra und – ach! Aufschließen da hinten! Wir starten, in den Wind vom Atlantik hinein. Der Mond, die Sichel des Islam, ist aufgegangen. Die Planeten Marikh und Zuhrah und Zuhal leuchten. Die Sterne – in amerikanischen Armeestiefeln – gleiten leise auf ihre zugeteilten Plätze. Und die Wörter gleiten an die Orte, welche die Syntax ihnen bestimmt hat, und glitzern, wie übersät vom Staub der Atmosphäre, von jenen Unreinheiten, welche wir Bedeutung nennen. Weiter, Kinder! Laßt sie bei ihrem Leben.

Bis einst des Gletschers kalter Arm
Die Inseln und den Schiffesschwarm

Und und und und. Macht weiter. Es wird am Ende gut, Zeit und Anstrengung vorausgesetzt. Ihr könnt, wenn ihr traurig seid, euren eigenen Lorbeer pflücken, *laurus nobilis.* Der wächst hier. Niemand anders wird ihn für euch pflücken. Die aromatischen Blätter sind ein geschätztes Küchenkraut, und mit den Beeren könnt ihr eure kranke Katze heilen.

Verlagsgemeinschaft Ernst Klett Verlag – J. G. Cotta'sche Buchhandlung
Die Originalausgaben erschienen im Verlag William Heinemann Ltd, London, in zwei Bänden unter den Titeln »Inside Mr. Enderby« und »Enderby Outside«

Printed in Germany
Schutzumschlag: Klett-Cotta-Design
Gesetzt aus der Bodoni Old Face
von Steffen Hahn, Kornwestheim
Gedruckt auf säurefreiem und holzfreiem Werkdruckpapier
und gebunden bei May + Co., Darmstadt

CIP-Titelaufnahme der Deutschen Bibliothek

Burgess, Anthony:
Enderby : ein Doppel-Roman / Anthony Burgess. Aus dem Engl. übers. von Wolfgang Krege und Joachim Kalka. – Stuttgart : Klett-Cotta, 1991
Enth.: Die Stiefmutter [Einheitssacht.: Inside Mr. Enderby <dt.>]. Die Muse [Einheitssacht.: Enderby outside <dt.>]
ISBN 3-608-95296-9